LOVING MADNESS

LYNA REYS

LOVING MADNESS

ROMAN

HARPERCOLLINS FRANCE
83-85, boulevard Vincent-Auriol, 75646 PARIS CEDEX 13.

www.harlequin.fr

ISBN 978-2-2804-6438-3 — ISSN 2271-0256

Pour ma mère, celle qui m'a appris un jour à avoir un rêve.
Pour les personnes qui ne croient plus en leurs rêves : accrochez-vous et, même s'ils ne deviennent pas réalité, ils auront eu le mérite de briller en vous.

« Celui qui avance avec confiance dans la direction de ses rêves connaîtra un succès inattendu dans la vie ordinaire. »

LE CERCLE DES POÈTES DISPARUS

Playlist ♫

Paranoid de I Prevail
Iris de Goo Goo Dolls
Try a Little Tenderness d'Otis Redding
Stop Crying Your Heart Out d'Oasis
Cigarettes and Coffee d'Otis Redding
Breaking Down de I Prevail
Radioactive d'Imagine Dragons
Trouble de Cage the Elephant
Do Your Worst de Rival Sons
Feed the Machine de Nickelback
Fucked My Way Up to the Top de Lana Del Rey
Numb de Linkin Park
Norman Fucking Rockwell ! de Lana Del Rey
Let Me Be Sad de I Prevail
Come as You Are de Nirvana
Reflections de The Neighbourhood
Naked de James Arthur
Love and War de Fleurie
Even if It Hurts de Sam Tinnesz
Dangerous Game d'Unsecret
My Heart I Surrender de I Prevail
Follow You d'Imagine Dragons
How It Feels to Be Lost de Sleeping with Sirens
Come Back for Me de Jaymes Young
I Wanna Be Yours d'Arctic Monkeys
Love Don't Hate It de Duncan Laurence
What I've Done de Linkin Park
Alone de I Prevail

Prologue

Iris

Vous savez c'est quoi l'ironie ? C'est d'avoir le prénom d'une fleur magnifique et de renvoyer une image totalement opposée dans la vraie vie. Je suis un désastre humain, un corps qui a vendu son âme au diable.

Les louanges perverses, les rictus lubriques et les acclamations satisfaites de ces hommes s'élèvent encore et encore alors qu'ils m'observent. Une sensation désagréable rampe le long de ma colonne vertébrale. C'est terrible d'arriver à un stade où le seul fait d'avoir des nibards permet de gagner du fric. Je déteste ma vie, encore plus quand mon corps s'enroule tel un serpent autour de cette barre de pole dance froide.

Le club empeste l'alcool bas de gamme et le tabac. Des yeux globuleux bleus me reluquent avec insistance, et une bile acide me monte dans la gorge.

Iris, combien de fois t'ai-je dit de ne pas les regarder dans les yeux ces bigleux attardés ?

Ne jamais les regarder dans les yeux.

La lumière est au-dessus de moi, et mon pauvre corps dénudé est au centre de l'attention. Je suis un objet qui leur apporte un plaisir visuel, un objet qu'ils convoitent et rêvent de dévorer. Mes doigts se crispent sur la barre lorsque je termine mon numéro de danse lascive. Je m'empresse de descendre de cette scène, que je méprise au plus profond de mon être.

C'est mon dernier soir ici, j'en ai fait le serment, pour moi et pour *lui*. Et rien ne m'arrêtera. Tout ce qu'il me reste à faire, c'est de récupérer ma dernière paye et je serai enfin libérée de ce putain de calvaire.

Jusqu'à présent vêtue d'un string ridiculement fin et d'un soutien-gorge argenté très extravagant, j'enfile rapidement un long pull noir pour me recouvrir.

Dans la loge, qui ne contient qu'un grand miroir de la taille du mur et un portant où sont suspendues toutes nos minuscules tenues, je comptabilise mon argent de la soirée et remarque qu'il en manque. Je vais voir Alaric, mon patron, en retenant une irrépressible envie de l'insulter de tous les noms.

— Alaric, où est mon supplément ?

Ma voix révèle mon agacement. Un sourire sournois étire ses lèvres. Ses yeux noirs perçants me détaillent de haut en bas pour mieux me déstabiliser, mais cela ne marche jamais avec moi. Je ne suis pas intimidable.

Il passe les mains sur son crâne rasé et tatoué de ronces épineuses des deux côtés.

— Ton supplément est chez Nelson. Tu lui as tapé dans l'œil, *Porcelaine*.

Oh non…

— Tu te fous de moi ? Demande à Kristen ! Ma soirée est finie, craché-je, furieuse.

Il se rembrunit et agrippe brusquement mon bras à la peau d'albâtre, ce qui m'a valu ce surnom, *Porcelaine*… Je tente de me calmer. Si j'explose, j'aurai de trop gros problèmes et je ne peux pas me le permettre, plus maintenant.

Alaric est un homme bâti pour la prison, une montagne de muscles qui a pour socle les sept péchés capitaux. En tête de liste, la luxure, je présume, sinon pourquoi gérer un club de strip-tease ?

— Écoute, ma petite tigresse, souffle-t-il en enroulant son index autour d'une de mes mèches blondes. Tu as deux options, soit tu te barres, soit tu vas sucer Nelson. Crois-moi, la somme en vaut largement la chandelle pour une pute comme toi.

Sur ces mots, il me lâche. J'ai envie de lui faire ravaler son sourire de vieille crapule avec un uppercut. Je prends sur moi pour ne pas faire un scandale, j'en ai fait beaucoup trop ici et je souhaite qu'on m'oublie.

Mes épaules s'affaissent, je montre ainsi ma capitulation. Sous son rictus goguenard, je me dirige vers la chambre privée aux murs matelassés noirs. Une pièce où je ne mets quasiment jamais les pieds… *enfin presque.*

Le dénommé Nelson est l'homme aux yeux globuleux de tout à l'heure. Son crâne dégarni me laisse penser qu'il a dépassé la quarantaine. L'alliance à son annulaire me donne envie de vomir, encore plus lorsque j'aperçois la protubérance qui étire son pantalon. Assis dans le fauteuil gris, les bras et les jambes croisés, il me détaille d'un regard libidineux.

— Déshabille-toi, ma belle, m'ordonne-t-il d'un ton braillard, ce qui provoque en moi des frissons dérangeants.

Seigneur, donnez-moi la force de ne pas lui éclater les couilles.

— Tu ne préfères pas m'enlever ce pull toi-même ? demandé-je d'une voix douce et affreusement hypocrite.

— Quel est ton nom ?

— Porcelaine.

Ses yeux s'attardent longuement sur mes jambes nues, avant de revenir à mon visage, inexpressif.

— C'est vrai que ta peau est très… laiteuse. Approche-toi que je te touche sans ce pull qui me gâche la vue.

Je croise les bras, ne lui cédant pas.

— L'argent d'abord.

— Ces femmes… toutes les mêmes, répond-il en tirant une liasse de billets avant de la poser sur la petite table à sa droite.

Faisant abstraction de cette remarque, je m'avance vers lui d'une démarche féline. Son odeur nauséabonde me révulse. Sa langue humecte ses lèvres, son regard globuleux se verrouille sur mes jambes, et il passe ses mains râpeuses sous mon pull à l'orée de mes fesses.

Tiens le coup, Iris, on y est presque.

— Tu es une vilaine fille, Porcelaine, marmonne-t-il en empoignant mes fesses.

Encore un peu, Iris.

— Je vais être très doux, aussi doux que ta peau soyeuse, ma jolie.

Agrippée à l'accoudoir du siège en velours où il est assis, je déglutis difficilement alors qu'il remonte lentement mon pull, révélant mon ventre, caressant langoureusement mon corps. Il fait un aller-retour entre mes fesses et le creux de mes reins, déclenchant en moi une furieuse envie de le frapper. Quand il me rapproche un peu plus près de lui, je refuse de m'installer sur ses genoux. Il fronce les sourcils, mécontent, puis passe son pied entre mes jambes tandis que je suis encore debout pour me faire un croche-patte et que je me retrouve sur lui.

Maintenant !

J'éclate mon coude sur sa tronche puis attrape la liasse. Il m'insulte et me menace de représailles. J'écrase mon talon sur son appareil génital, le faisant hurler si fort que les veines de son cou gonflent. Je fuis, je dois sauver ma peau et vite ! Mon instinct de survie domine. Quelles que soient les conséquences, je m'en contrefiche ; je pars loin, je n'aurai pas à les affronter.

Je quitte le club à toute vitesse, mais Alaric m'intercepte à l'entrée avec un regard haineux. Il a compris mes intentions.

— Barre-toi ! grommelé-je, prête à tout.

— Sale pétasse, je me doutais que tu me ferais un sale coup.

Il s'apprête à me gifler, mais j'esquive.

— C'est toi, la pétasse ! m'écrié-je en jetant mon pied dans ses couilles comme si je tirais dans un ballon de foot.

Appelez-moi Iris, la briseuse de burnes.

Alaric se tord en deux et commence à beugler de douleur. J'en profite pour lui administrer un crochet dans la figure, avant de le frapper en plein dans la jugulaire. Mes coups ne sont peut-être pas puissants pour un homme de cet acabit, mais je suis avantagée par sa position cambrée suite à ma première attaque. Il s'écroule à quatre pattes sur l'asphalte.

— Ton père va s'occuper de ton cas ! grogne-t-il en restant recroquevillé sur lui-même.

Ses paroles me donnent des sueurs froides, mais faire machine arrière est inconcevable. Je laisse tout derrière moi. C'est terminé.

Je monte dans ma vieille Ford, qui émet un bruit strident dès que j'enclenche le moteur. Je balance mes billets sous le siège passager, où j'ai caché ce matin tout mon argent économisé sur ces deux dernières années.

Ma destination est Boston et son conservatoire. Une nouvelle vie m'attend. Une nouvelle identité. Plus rien ne me retient ici, à Memphis.

Le cœur lourd, je m'élance sur la route. Je pleure en repensant à son doux visage. Il aurait dû être avec moi pour ce périple, pour la rentrée dans les écoles de nos rêves, mais je suis seule, hélas.

Je fuis le Tennessee, des rêves et des notes de musique plein la tête, mais sans Chris.

Mon cœur saigne,
Je suis effondrée.
Tu as quitté ce monde,
Déployé tes ailes dans le ciel,
Le paradis était fait pour toi, ma petite merveille,
Quelles que soient tes croyances,
Tu restes un ange.
Un ange parti trop tôt…
Mon ange à moi,
Mais maintenant que tu n'es plus là,
Je frôle la déchéance,
Car, sans toi,
Je deviens la démence.

1. Résurrection d'une rockstar

Jayde

— Oh ! oui, Jayde, geint-elle en se cambrant sur la table.

Cette pute est à ma merci, ma proie pour ce soir. Quel que soit son degré d'alcool, elle m'appartient. Mes coups de reins s'intensifient en elle, contre ce cul bien galbé que j'aime empoigner. Ils sont violents, et chaque pénétration m'excite un peu plus. Mon désir monte en flèche, je n'ai plus aucun contrôle, encouragé par ses halètements prononcés. La cadence de mes va-et-vient s'accroît, et la débauche suinte des murs percutés par les cris de ma conquête. Les femmes, pour moi, sont juste associées au sexe. Seul mon plaisir personnel importe. Leurs corps m'intéressent. Leurs âmes ? Rien à faire. À quoi bon s'y attarder si je sais déjà ce que j'y trouverai : superficialité, perfidie, tromperie. En matière de sexe comme en musique, je suis un virtuose. La femme est comme un instrument qui produit pour unique son des gémissements.

Quand j'atteins l'extase, elle a surpassé le septième ciel. J'ai pris mon pied, et cette fille aussi canon que stupide ne se souvient même plus de son prénom en me regardant avec ses yeux de biche – pour ne pas dire *bitch* – qui clignent à cent à l'heure.

Cette barbipute me sourit d'un air si béat que j'aimerais la baffer pour qu'elle le ravale. N'empêche, je me sens bien après cette baise.

Rien de mieux qu'un bon coup de reins pour expédier ses problèmes au loin !

Quelqu'un frappe contre la porte de ma loge, recouverte de posters des plus grands groupes de rock de l'histoire, et me fait grogner. Je remonte la fermeture de mon pantalon et fusille du regard la prénommée Liv pour qu'elle arrête de me fixer de manière aussi appuyée. J'ai horreur qu'on me scrute avec des yeux de merlan frit, et surtout j'ai horreur qu'on me scrute tout court.

— C'était waouh ! s'exclame-t-elle comme une junkie en remettant son short si court qu'on dirait un string.

— Ouais, je sais, lâché-je avec nonchalance en allumant ma clope.

— Jayde Black, ouvre cette putain de porte ! hurle Braden, mon producteur.

Une fois Liv rhabillée, enfin si on considère comme des vêtements normaux sa tenue tout droit sortie d'un film porno, je me décide à ouvrir la porte à Braden.

Il me lance un regard haineux. Il n'en peut plus de moi et de mes conneries perpétuelles. Je donne une fessée à Liv, la poussant à quitter la pièce.

— On se retrouve après, ma belle, dis-je avec un clin d'œil, ce qui lui soutire un sourire coquin.

Braden l'observe avec mépris. Probablement par peur des représailles, Liv nous laisse sans demander son reste.

— Putain, Jayde, à quoi tu joues ? C'est risqué de faire venir tes groupies ici, et j'espère pour ton cul qu'elle n'est pas mineure, gronde-t-il en serrant les poings.

Je lui ricane au nez tout en continuant de fumer ma cigarette.

— On t'a déjà dit que tu avais plus de rides en te mettant dans cet état. Ça ne te rajeunit pas du tout.

Avec lui, je fais toujours dans la provocation.

— Tu commences sérieusement à m'énerver, Jayde.

— Non, putain, elle n'est pas mineure. Tu n'as pas vu comment elle est roulée ? Quoique, avec la génération d'aujourd'hui, faudrait se poser des questions…

Sa main empoigne subitement le col de mon T-shirt noir, la fureur irradie par tous les pores de son visage.

— Arrête de faire le malin avec moi ! Le groupe est déjà au bord du gouffre à cause de toi.

Je fronce les sourcils et lui souffle ma fumée en pleine gueule.

Ce n'est pas le moment pour lui foutre une droite… *peut-être après le concert.*

Il me lâche et tousse en m'insultant de tous les noms.

— Ne me cherche pas, Braden. Mon groupe, c'est tout ce qu'il me reste, je ne compte pas le détruire.

— Va les rejoindre, ils t'attendent, c'est bientôt votre tour, dit-il en arrangeant les manches de sa chemise noire.

Je le jauge avec dédain, souffle fort, puis jette mon mégot au sol. Je sors de la loge pour aller vers le sas où les chanteurs se retrouvent avant d'enflammer la scène. Mes mains passent dans mes cheveux noirs complètement emmêlés après ma partie de jambes en l'air impromptue. En tout cas, ça m'a calmé avant notre apparition en public.

— Hey, Jayde !

Cody m'accueille dès qu'il me remarque alors qu'il accorde sa guitare. Ce soir, ses cheveux sont bleu électrique. Sa mèche retombe sur son front, et elle est en harmonie avec ses yeux azur foncé dignes d'un océan agité.

Même si ça lui va bien, ses coiffures ont tendance à me faire grimacer. Toutes ces teintures qu'il se fait resteront un mystère pour moi, je m'y perds dans ces artifices nichés sur son crâne. C'est mon plus vieil ami, et surtout le premier ; je l'ai rencontré à l'université.

Quoi, Jayde ? Tu as fait l'université ? Eh ouais, ma poule !

Cody est excentrique et surtout très optimiste, ce qui a le don de motiver notre groupe. *Peace and love* est le mantra de sa vie.

— Bah dis donc, t'as pris ton pied on dirait, se moque Dustin en tapant les baguettes de sa batterie sur la tête de Bryce, qui lui lance un regard noir digne d'un gamin de cinq ans.

Dustin vient du Texas alors que Cody, Bryce et moi sommes originaires de Boston. La première fois que je l'ai croisé, j'ai cru qu'il était né avec des baguettes à la main ; elles sont comme un prolongement naturel de son être. Il est fait pour être batteur. Avec sa carrure imposante, ses muscles et son air dur, il a le look du parfait taulard. Ses cheveux noirs hirsutes sont retenus en une courte queue-de-cheval, et une série de tatouages courent le long de ses bras. Il est doté d'une patience imperturbable et d'un côté paternel insoupçonné. Par expérience, je sais qu'il ne faut jamais jouer avec les nerfs de Dustin.

— Ouais. Vous êtes prêts ? demandé-je en frottant mes mains bizarrement moites sur mon jean noir.

— On t'attendait, lance Bryce en levant les yeux au ciel. Ça va faire plus de quatre mois qu'on n'est pas montés sur scène, ça va être chaud pour nous.

Bryce alias le nabot – comme j'aime l'appeler – est l'ami d'enfance de Cody, tous deux prenaient des cours de guitare ensemble. Il est le dernier à avoir rejoint le groupe et surtout le plus jeune. C'est un grand tatoué blond ; une de ses mèches rebelles est rose, il se l'est fait faire après avoir perdu un pari contre moi. D'ailleurs, heureusement que j'ai réussi à baiser la serveuse dans les toilettes lors de notre dernier resto, sinon j'aurais une mèche vert pistache à l'heure qu'il est.

— Dis pas ça, le corrige Cody. Si ce soir on assure, Madness reprendra du service. Faut être optimiste, les gars ! J'espère que tu l'es, Jayde ? ajoute-t-il avec un regard rassurant à mon intention.

Si ce n'était pas mon ami le plus proche, je lui aurais ri au nez, mais je me contente de hocher la tête pour apaiser les tensions. Si aujourd'hui on ne cartonne pas, ce sera la fin de notre groupe, tout dépendra de notre performance. *Ma performance.*

La musique, c'est tout ce qu'il me reste, je ne peux pas la perdre.

— Bon, les gars, intervient Braden en tapant des mains pour attirer notre attention.

Braden Gill est un parfait businessman qui sait ce qu'il veut et n'abandonne jamais avant d'en avoir tiré un bon prix. Je devrais remercier le destin d'avoir un producteur aussi dévoué, mais l'autorité dont il fait preuve me rebute. Je suis du genre rebelle, si vous voyez ce que je veux dire. Notre maison de disques est dirigée par plusieurs producteurs, Braden s'occupe exclusivement de nous. Il gère également notre agenda, depuis que notre précédent agent a démissionné, après mes dernières dérives. Selon lui, je ne mérite pas son investissement. Et il a sûrement raison.

Je croise les bras et m'évertue à faire semblant d'être intéressé, même s'il m'ennuie. Ses yeux marron nous sondent un par un. Des mèches de cheveux foncées retombent sur son front, et d'un mouvement de tête il les rejette sur le côté. Du haut de ses trente ans, il dégage une prestance qui en épate plus d'un, mais pas moi.

Il nous dit que nous devons nous montrer solidaires pour notre groupe, nous rappelle l'importance capitale de ce concert pour notre carrière. Si nous n'obtenions pas les suffrages du public, cela signerait la fin irrévocable de la notoriété de Madness.

— Impressionnez-les, les gars ! Dites-vous que, si on cartonne, on travaillera sur un nouvel album !

Cody, Dustin et Bryce se jettent des regards confiants, puis le premier presse sa main sur mon épaule, comme pour me communiquer son assurance.

— Mets le feu sur scène, Jayde. Tu es fait pour ça, mon frère.

Je lui souris, gardant cet espoir que ce soir ce sera un nouveau départ pour nous. J'ai entraîné mes amis dans ma déchéance. Par égoïsme, je n'ai pas songé une seule seconde aux conséquences. À la minute où j'ai dévié, la plupart des gens ont commencé à me reconnaître plus pour ça que pour mon talent. Dans un monde parfait, je pourrais leur faire oublier mes terribles mœurs, mais nous vivons dans un monde pourri par les apparences. On dit souvent qu'on est jugé d'après nos actes, mais c'est faux, on est jugé uniquement d'après nos erreurs, toutes nos réussites ne comptent pas.

Le micro en main, je le serre comme si ma vie en dépendait. Mes paupières se ferment, et j'inspire profondément. Je me sens comme un funambule prêt à marcher sur une corde raide. Si je tombe, ce sera un point de non-retour.

La plate-forme s'élève, la lumière des projecteurs se braque sur moi formant presque une armure autour de mon corps. En général, on est toujours surpris ou intimidé quand on est éclairé de manière si brute, mais ça ne m'a jamais effrayé, bien au contraire. L'ambition m'envahit, la rage de réussir se déverse dans chacune de mes cellules, je suis dans un état d'esprit de conquérant. Je me sens à ma place sur scène, c'est mon unique maison.

Les acclamations du public résonnent ; je jette un dernier coup d'œil à mes partenaires, qui hochent la tête à l'unisson. Nous sommes tous convaincus que ce ne sera pas notre dernière prestation. Cette chance, nous la saisissons.

Me voilà face aux spectateurs. Ils paraissent étonnés de me voir ici, et non en taule.

— Regardez, c'est SK !

— Jayde Black ? Waouh, si ce n'est pas une surprise, ça !

— Je le croyais derrière les barreaux, moi.

— Waouh, Singer Killer est dans la place.

Depuis que mes premières frasques ont fait la une des journaux, les fans m'ont attribué ce surnom : Singer Killer ou SK. J'ai fait les quatre cents coups, et je n'ai aucune excuse. Quand je suis shooté à la weed, je peux aller très loin, et je ne fais rien pour me cacher, je m'en branle de l'image qu'on peut avoir de moi. Je pars du principe qu'il faut différencier l'art de l'artiste, sinon les plus grandes légendes n'auraient jamais connu la gloire aujourd'hui. C'est pour ma musique qu'on me suit, et non pour le prochain policier que je vais insulter.

Mais mon implication dans un meurtre a resserré l'étau autour de moi. Meurtre que je n'ai pas commis, mais c'est tellement plus facile d'être inculpé quand on a un casier comme le mien. J'étais juste au mauvais endroit, au mauvais moment. La victime était un dealer. Il a fallu trois mois pour qu'on me lâche les basques. La police n'a trouvé aucun coupable, aucune trace de mon ADN n'a été détectée, mais personne ne me croyait.

Depuis cet incident, les activités de Madness ont été annulées. On devait faire une tournée dans tout le pays cet été, mais mon arrestation a compromis nos projets. Heureusement que mes amis sont compréhensifs et me soutiennent.

Impassible face à toutes les messes basses du public, je penche la tête, me concentre sur ce qui va suivre et prends une grande inspiration avant de plonger les yeux vers les spectateurs. Je les affronte maintenant, mais, après ce qui va se passer, ils seront tous de mon côté.

— Singer Killer est de retour, j'espère que vous êtes prêts. Parce que Madness va vous en mettre plein la vue ! m'écrié-je avec un sourire assuré tout en levant le poing.

Le silence s'installe, une tension exceptionnelle se propage dans l'assemblée. Les mauvais souvenirs de mon existence décampent, je ne pense plus à rien.

Le son de la basse de Bryce s'élève, suivi de celui de la guitare électrique de Cody, Dustin explose ses baguettes sur la batterie et j'expulse les paroles de la chanson que j'ai écrite en dehors de l'étau de ma gorge.

Bipolar.

La musique devient de plus en plus forte alors que ma voix retient l'attention de tous. Je suis en transe, c'est le seul moment où je suis connecté avec mes émotions, comme si je retrouvais mon âme et mon humanité à la ramasse.

Mon cœur tambourine fort et menace de s'extirper de ma poitrine. Ce que je chante est indéniablement une partie de moi. J'entonne le refrain, et la violence s'écoule de ma voix, je déclame mes paroles sans filtre et avec rudesse, comme si je cherchais à me convaincre que tout ce qui m'arrivait n'est qu'une sinistre mascarade. L'art est salvateur et inspire toujours des idées moins obscures que celles nichées au creux de notre esprit. J'aime faire passer des messages à travers ma musique, cet instant est une véritable catharsis pour moi, tous ceux présents le ressentent au plus profond de leur chair. Ils éprouvent la même chose que moi, je le sais, je le sens. Car nous, êtres humains, sommes liés par la même part d'ombre et de démence.

La foule est en délire. Un lien invisible me connecte au public, un lien imprégné d'émotions poignantes, un lien qui me fait revivre. Leurs acclamations enthousiastes témoignent du fait que j'ai réussi à toucher leur âme. Songer que mes mots aient pu s'infiltrer en eux, à l'instar d'une empreinte indélébile, ravive mes doux rêves d'enfant.

Une sensation de jouissance extrême m'envahit et me galvanise.

Désormais, j'en suis convaincu, Madness ne tirera pas sa révérence. Pas ce soir, pas maintenant.

« L'euphorie m'étreint. La dépression m'éteint.
Un écho me divise. En mille parties.
Bipolaire à l'extrême.
Dans cet état émotionnel.
La démence sera ma fin… »

Ma prestation terminée, j'ai le droit à une *standing ovation*, ce dont tout artiste rêve pour un *come-back*.

Je n'ai jamais cru aux secondes chances, mais aujourd'hui voir mon public m'en accorder une, avec cette effervescence unique, cette osmose, ranime mon cœur cabossé. Des frissons dévalent mon échine, et une sensation lénifiante court dans mes veines. Pour la première fois depuis longtemps, je me sens bien, je me sens moi. Le sourire aux lèvres, je me penche pour les remercier.

J'ai réussi.

— On a assuré, les mecs ! s'exclame fièrement Bryce en levant son verre de vodka avant de passer la main dans cette perruque qui semble le démanger.

Cul sec, je bois mon shot puis promène mon regard dans ce bar-restaurant où je n'avais jamais mis les pieds avant. Dream Club, quel nom bizarre pour un établissement. C'est assez grand, et un piano est au centre de la salle, une place qui a été méticuleusement calculée. Même les cadres des légendes de la musique sont accrochés de manière étudiée. Le proprio, probablement fan d'Elvis Presley vu que 50 % des photos sont de lui, doit être un maniaque, du style Monica Geller.

Juste en face de l'instrument est installée une scène à l'éclairage *cosy*, on est loin des projecteurs qui agressent la rétine. Je relève un peu ma casquette pour arranger mes cheveux avant de la remettre. L'envie de retirer ces putains de lunettes me prend aux tripes, mais évidemment je ne peux pas me le permettre, pour ne pas être reconnu. Je dois plutôt m'estimer heureux de ne pas porter des perruques ridicules comme Bryce, ses faux cheveux sont d'un rouge vif, et des lentilles de contact recouvrent ses yeux noisette d'une teinte gris acrylique. Tout comme moi, Dustin et Cody ont opté pour les lunettes ; le premier a mis un bonnet noir, le second une perruque brune qui nous rappelle l'époque où sa couleur de cheveux était… normale.

Un groupe monte sur scène, trois jeunes qui ne semblent pas avoir plus de dix-huit ans, ils sont sûrement plein d'ambition. Le nom Dream Club encourage probablement les artistes débutants à venir ici, pour tenter de faire leurs preuves et de se faire repérer par un producteur.

— Bonsoir à tous ! s'exclame le guitariste, la voix tremblante, sans oser regarder tous les gens présents. Nous sommes les Bloody Angels. Et voici notre chanson, *Soulmate never Dies*.

Les premiers coups sur la batterie s'élèvent à travers les enceintes, et le chanteur, timide au départ, semble plus à l'aise une fois qu'il s'égosille sur des paroles de chansons purement nulles à chier.

Je ne fais que dans le trash. Le style Maroon 5, je le laisse aux midinettes. Les vraies bêtes de scène sont ceux qui explosent leurs cordes vocales contre le micro, hurlant leur chaos réduit en cendres, partageant un lien immortel avec leur public. Guns N' Roses, Nirvana ou encore Aerosmith. Ça, c'est réel.

— C'est pas mal, commente Braden en souriant tout en tapant la main sur sa cuisse, guidé par le rythme.

Je me sers un nouveau verre de vodka.

— Bof.

Après le succès de notre prestation, il nous a invités à boire un verre. Ce n'est pas que l'alcool ne m'enchante pas, mais j'aurais préféré finir dans une chambre d'hôtel, avec une nouvelle conquête.

— Ces petits ont du talent, ajoute-t-il en constatant que nous sommes tous les quatre moins emballés. Cette chanson est géniale !

— Ils sont pas mal. On dirait nous, Jayde. Tu te rappelles ? intervient Cody avec cet éternel sourire collé aux lèvres.

— Ouais, sauf qu'on avait plus de talent à cet âge, marmonné-je en sirotant ma boisson.

— Ton arrogance reste la même, enchaîne Dustin en levant les yeux au ciel.

Je les défie d'un regard sournois, puis Bryce me souffle sur la gueule, m'obligeant à fermer les paupières.

— Sale enfoiré ! craché-je.

— C'est pour te faire redescendre de ton trône, vieux, répond-il d'une voix faussement innocente.

Une teigne, ce mec.

— Bon, vos chamailleries m'exaspèrent, je vais aller faire la conversation avec des adultes matures, annonce notre producteur en se levant avant de nous laisser tous les quatre à notre table.

Il se dirige vers un homme chauve qui ressemble à Vin Diesel et surveille d'œil bienveillant les trois jeunes qui chantent sur scène.

— Il est vraiment parti se renseigner sur eux ? demande Dustin, ahuri.

— T'inquiète, avec Jayde on est l'équivalent de dix groupes pour Braden, se moque Cody.

Tous trois s'esclaffent, et je leur fais un doigt d'honneur, puis fouille dans mes poches pour trouver mon briquet ainsi que mon paquet de clopes.

— Je commande une deuxième bouteille, nous indique Cody avant de lever la main et d'interpeller une serveuse.

Mon regard se verrouille sur celle qui s'avance vers nous. Ses cheveux couleur améthyste s'arrêtent à son cou, encadrant un visage aux traits délicats, ses iris ressemblent à des saphirs, et elle a quelques piercings : des discrets parsemés au niveau de son oreille et un fin anneau sur le nez.

Sacrée bombe ! J'imagine bien empoigner ses cheveux alors qu'elle me bécote la queue.

— Vous désirez autre chose ? nous demande-t-elle d'une voix mélodieuse en mettant la main dans la poche de son pantalon serré noir accordé à son polo avec le logo du bar inscrit dessus.

Mes trois amis la fixent comme un morceau de viande, et je me retiens de rire en voyant Dustin la bouche à moitié ouverte devant la beauté rock'n'roll de la serveuse. J'allume mon briquet et enflamme ma clope coincée entre mes lèvres.

— Une autre bouteille de vodka, s'il vous plaît, lui indique poliment Cody.

— C'est non-fumeur ici, me dit-elle en fronçant les sourcils.

Je rêve ou c'est un avertissement ?

— Sinon ? lâché-je avec indolence en soufflant sans vergogne ma fumée vers elle.

— C'est le règlement, poursuit-elle sur un ton plus dur.

— Écoute, ma jolie, tu ne sais pas à qui tu as affaire, alors contente-toi de servir mon ami et barre-toi, grommelé-je, furieux face à son air hautain.

Elle écarquille des yeux stupéfaits, puis s'en va sans demander son reste. J'en profite pour mater son cul moulé dans ce pantalon, que je trouve pas mal galbé, soit dit en passant.

— Putain, Jayde, t'aurais pu arrêter de fumer au lieu de lui parler comme ça, me réprimande Dustin, visiblement déçu de mon attitude.

— Je ne reçois d'ordre de personne.

La serveuse revient vers nous avec une bouteille de vodka et nous l'ouvre sans broncher. Face aux regards noirs de mes compères, je soupire d'exaspération avant de m'adresser à cette effrontée.

— Si tu m'offres un petit strip-tease sur la piste, je veux bien arrêter de fumer, annoncé-je en levant la main pour effleurer sa cuisse.

Immédiatement, un bain de vodka se déverse sur moi, éteignant ma cigarette allumée et ravivant mon irascibilité.

— Quand je te dis d'éteindre ta clope, tu le fais et tu la fermes. Si tu veux voir une stripteaseuse, t'as qu'à aller au club de strip du coin, qui regorge de losers comme toi, tonne-t-elle avec fureur.

Elle abat violemment la bouteille de vodka sur la table, avant de s'éloigner. Je m'essuie rageusement puis aperçois les regards ahuris de mes amis.

— Je suis amoureux, les gars, déclare Bryce, les yeux pétillants.

Tous trois s'esclaffent à l'unisson, puis j'entends les rires de quelques clients, ils n'ont dû rater aucune miette du spectacle.

— Cet idiot a osé défier Iris, se moque un vieux en levant sa bière, amusé.

— Quel inconscient !

Je vais buter cette garce. Sans plus attendre, je me redresse et cherche du regard la dénommée Iris, mais mes amis s'interposent devant moi comme un bouclier, m'empêchant d'avancer et de causer un chaos imminent.

— Barrez-vous ! C'est entre moi et cette garce.

— Bon, on décampe, les gars, intervient Braden, le sourire jusqu'aux oreilles. Bah alors, Jayde, t'as explosé le robinet sur toi en partant aux toilettes ?

Je ne suis pas d'humeur, cette connasse va entendre parler de moi. Alors que je vais repousser la barrière que mon groupe forme devant moi, Cody m'attrape le bras et m'observe dans le blanc des yeux.

— Jayde, arrête, c'est bon. C'est toi qui l'as cherché, elle n'a fait que riposter.

Je grogne en balayant une dernière fois le bar du regard, mais que dalle, elle s'est volatilisée. Je me dirige vers la sortie de ce foutu Dream Club.

Je ne suis pas près d'oublier son visage. *Iris.* Elle va regretter d'avoir croisé mon chemin.

On subit toujours les conséquences de nos actes. Elle va vite comprendre que personne ne s'en prend à Jayde Black.

2. Pianiste de nuit

Iris

La fumée s'agglomère devant mon visage, comme une poussée d'idées noires. Je pose ma clope sur la table basse à côté de moi et prends une gorgée de mon café noir. Je ne suis pas du matin, c'est la seule chose qui puisse me réveiller totalement. Mes doigts glissent sur les touches du clavier de mon synthétiseur, je tente de créer une nouvelle mélodie.

Le groupe Wolves' Brotherhood, qui est composé de trois frères, m'a demandé de les aider à écrire une chanson d'amour. Ils ont façonné un prélude musical plutôt intéressant, mais je dois revoir certains accords.

La chanson s'appelle *Waiting for You*. Hier soir j'ai terminé de rédiger les paroles et, là, j'essaye de rythmer le tout. Entre deux gorgées de café, je me délecte de la nicotine qui m'apaise. Je suis devenue accro. Quand tout ira bien dans ma vie, je tenterai d'arrêter.

Enfin, je dis ça, mais on verra…

Je vis dans un petit appartement pas loin de mon école de musique, Berklee. Même si mon logement aurait pu inspirer le film *Apocalypse Now*, je suis heureuse d'avoir un toit au-dessus de la tête. Avec mes affaires qui traînent partout, c'est un véritable capharnaüm, mais je m'y sens bien et c'est l'essentiel.

J'habite dans un immeuble en assez bon état, ce qui me change de mon ancienne maison à Memphis, où le plafond pouvait s'effondrer sur nous à tout instant. Depuis la porte, on entre directement dans le salon. Il y a un sofa camel trouvé d'occasion, mon synthétiseur face à la porte-fenêtre, et une table basse que je déplace toujours selon mes besoins. Cet espace est jouxté à une cuisine minuscule et à un petit couloir, qui permet d'accéder à une salle de bains, puis à ma chambre.

Il est 7 heures du matin, et ça fait deux heures maintenant que je travaille sur ce morceau mélancolique. J'espère qu'il plaira à Dexter, le batteur et leader du groupe.

Je range rapidement mes affaires, puis m'habille pour me rendre au cours. Je suis en troisième année de licence de composition musicale. Jouer de la musique au piano est ma passion, mais ce que je préfère surtout c'est la créer. Avant de vivre ici, j'étais privée d'extérioriser ma créativité ; à présent, pas un jour ne s'écoule sans que mon inspiration ne s'extirpe de mon âme d'artiste. Je la laisse vivre en moi, sans qu'elle soit perturbée.

Mes mains flirtent avec les touches du clavier comme si c'était leur mission sur terre. Je suis douée pour le piano, et mon unique but est d'atteindre la perfection. L'ironie dans toute cette histoire, c'est que je n'en ai jamais eu chez moi. C'est à mes onze ans que tout a commencé, dans la salle de musique du collège. Mes doigts ont effleuré les touches et bam ! ça a été un électrochoc, un véritable coup de foudre. Pour la première fois j'avais quelque chose rien que *pour moi*. Quelque chose que je ne partagerais avec personne.

On n'avait pas les moyens d'avoir de piano à la maison, et demander à mon père ne serait-ce qu'un clavier aurait été un affront à sa personne. Alors ma professeure de musique, Mme Lopez, m'a donné des cours gratuits pendant une heure tous les jours après les cours, jusqu'à la fin du secondaire.

Tu as un don, Iris, ne laisse personne te l'enlever.

La musique me maintient en vie. C'est la seule chose qui puisse combler les trous béants des crevasses de mon cœur meurtri. Je suis vide, mais les notes de musique nourrissent mon âme avec cette passion infinie.

Être ici à Boston m'a délivrée des merdes que j'ai vécues à Memphis. Cela fait trois ans que je n'y ai plus mis les pieds, et jamais je n'y retournerai. Ma place n'a jamais été là-bas, et j'ose espérer que j'ai le droit d'avoir une place ici.

Ce conservatoire regorge de personnes aussi différentes les unes que les autres, mais, dès que j'en franchis le portail, tout le monde me fixe. Il y a toujours une sorte d'*outsider* à l'université, et devinez qui a ce rôle ? Moi, évidemment. Avec mes cheveux améthyste, mes tatouages plus que voyants et mes piercings, les filles à papa de cette école me haïssent. Heureusement que leurs opinions à mon sujet me sont aussi utiles que la bite du pape. Je ne suis pas la seule à avoir un style excentrique, mais disons que la différence n'est jamais bien vue…

J'ai cours d'histoire de la musique, et l'après-midi un séminaire de composition musicale avec un professeur que j'adore, M. Cooper, un réel virtuose du jazz.

— Salut, Iris, m'interpelle Ethan, un gars de ma section que je connais à peine.

Blond aux prunelles vertes avec des oreilles anormalement décollées, il fixe avec insistance mon décolleté, où se niche un tatouage entre mes seins. Un serpent enroulé autour du sceptre du diable.

— Hé, Ducon, mes yeux sont plus haut, persiflé-je, les bras croisés, ce qui fait remonter ma poitrine de manière aguicheuse.

— J… je… Y a une fête ce soir… j'espère t'y voir, dit-il en se frottant la nuque.

— Non, je ne viendrai pas, le blondinet.

Je le laisse en plan, mes Dr. Martens foulent le sol en marbre de l'établissement pour atteindre mon amphithéâtre. Les fêtes estudiantines, très peu pour moi, et puis je travaille au Dream Club ce soir. D'ailleurs, mes partitions pour les Wolves' Brotherhood sont dans mon petit sac à dos, et j'ai hâte de les écouter chanter mes œuvres, tout à l'heure.

— Hé, Iris, ça t'arrive de t'habiller par ce froid ?

Cassie Donovan. Sa voix me donne la gerbe, elle est pire que le fracas d'assiettes sur le sol. Elle m'horripile, elle est comme un choléra ambulant dont on ne trouverait pas le remède, malheureusement.

Je me retourne vers elle, arborant le plus faux de mes sourires. Mes tenues ont toujours posé problème à cette fille, qui ne s'habille qu'en Gucci. Elles seraient *vulgaires* d'après elle. Au fil du temps, j'ai remarqué qu'on catégorisait énormément les femmes par rapport à leur style vestimentaire. Plus tu dévoiles ta chair, plus tu es mal vu. Et si on te harcèle dans la rue à cause d'une robe courte ? Bah, c'est ta faute, bien sûr…

— Et toi, Cassie ? Toujours la peau orange ?

Ma pique la fait se rembrunir. Fièrement, je lui tourne le dos et me dirige vers ma place fétiche de cet amphi. Dans le coin et seule. Une vraie louve solitaire… ou plutôt un serpent solitaire qui sort ses crocs gorgés de venin dès qu'on l'approche un peu trop.

Cracher mon venin ? Ma passion.

À la fin de la journée, je monte dans ma vieille Ford pour aller directement au Dream Club. J'y travaille depuis presque trois ans. Lenny, le gérant, m'a tout de suite adoptée, et on peut dire que c'est mon seul ami dans cette ville.

À plus de quarante ans, c'est un réel passionné de musique. C'est pourquoi créer une scène où des jeunes peuvent jouer devant un public était une évidence pour lui. J'ai proposé mes services en tant que compositrice pour certains groupes. Le bouche-à-oreille a marché, tous ceux qui se produisent au Dream Club veulent que je leur écrive quelques titres, bien sûr contre rémunération. Quoi de mieux que gagner du fric en faisant quelque chose que nous aimons ? Cela m'aide à arrondir mes fins de mois et à payer mon école, car ma bourse ne couvre pas tous les frais.

Lenny Payne mesure un mètre quatre-vingt-dix, il me dépasse d'une bonne tête. Malgré sa barbe hirsute, il est chauve, aucun poil sur le caillou, d'ailleurs il m'arrive de l'appeler comme ça pour l'embêter parfois. Derrière ses yeux noirs perçants très intimidants se cache un homme au grand cœur. De tous ceux qui ont croisé ma route, je pense que c'est celui qui a le plus de respect envers les femmes. Avec lui, je me sens en sécurité. Son épouse a beaucoup de chance. Leur soutien m'a été précieux pour m'intégrer ici.

— Salut, ma fleur, lance-t-il dans un sourire dès que je franchis la porte d'entrée.

Ugh, qu'il arrête ça.

Mon prénom est une blague sinistrement ironique, surtout quand on connaît mon deuxième prénom…

Il n'est que 17 heures, et l'ambiance est très agréable grâce aux habitués qui se marrent entre eux.

— Coucou, Racaillou[1] !

Il roule des yeux ennuyés, puis s'approche de moi avant de me faire la bise. Je salue de la main ses amis, et ils me sourient tous poliment.

— Iris, je reste épaté par la façon dont tu as remis ce con à sa place. Franchement chapeau, ma jolie ! me félicite Hervey, amusé, en levant sa bière pour trinquer.

Je croise les bras.

— Il le méritait, c'est un enfoiré qui se prend pour je ne sais quoi.

Quand je repense à la manière dont cet imbécile a osé s'adresser à moi, je suis à deux doigts de péter un câble. Il a eu du bol que je ne fracasse pas la bouteille sur son crâne, ce n'est pas passé loin.

Il a utilisé tous les termes que j'exècre : « Si tu m'offres un petit strip-tease… » Quelle enflure ! Je suis sûre que c'est le genre de type qui vit aux crochets de son papa chéri et qui n'accomplit rien dans sa vie. J'espère qu'il ne remettra plus les pieds ici, même si, en vérité, je ne suis pas certaine de le reconnaître. J'étais tellement énervée que, bien que je sache qu'il portait des lunettes, je n'ai pas vraiment mémorisé les traits de son visage.

— Dexter est dans les coulisses derrière, il patiente pour le morceau que tu lui as concocté, m'informe Lenny.

J'opine du chef et m'y dirige. Dexter est là sans ses frères. Dès qu'il me remarque, un sourire étire ses lèvres, et il frotte sa barbe de trois jours.

— Tu m'attends depuis longtemps ? demandé-je en cherchant dans mon sac mes partitions.

— Non, du tout. Mes frères ne vont pas tarder à arriver. Ils essayent d'inviter un max de personnes à venir nous voir.

Il examine les feuilles que je lui tends, puis m'offre un sourire radieux.

1. Racaillou est un Pokémon chauve. (NdA)

— C'est magnifique, Iris !

— Je t'en prie. Je suis heureuse que tu aimes.

— T'es la meilleure compositrice ! Pourquoi tu ne chanterais pas avec nous ? Je serais honoré.

— C'est très gentil, Dexter, dis-je, touchée, en posant la main sur mon cœur. Mais je ne chante pas… Du moins, je n'aime pas trop ça, sauf si j'y suis vraiment obligée, et puis c'est votre groupe !

— Je comprends, t'inquiète. Si je signe avec une maison de disques, tu es la première que je contacte pour travailler avec moi, dit-il avec reconnaissance.

Ravie, je lui adresse un autre sourire sincère, puis je décide de le laisser se préparer. Je me dirige vers les vestiaires pour me changer. Contrairement aux autres filles, je ne porte pas la jupe noire de l'uniforme, j'enfile un pantalon. Je n'ai pas envie de révéler mes jambes aux yeux de tous. *Plus comme avant.*

Comme Dexter l'espérait, beaucoup de personnes sont venues au Dream Club, curieuses d'écouter ce groupe qui débute. Tous trois ont beaucoup de potentiel et de très belles voix qui s'accordent dans une harmonie parfaite.

Ce soir, je travaille derrière le bar. Hervey, un habitué, me raconte les péripéties de son petit-fils de cinq ans, doté d'une grande imagination : celui-ci se déguise avec les vêtements de son père et fait des défilés de mode dans le salon, se croyant chez Vogue. Ces anecdotes me font doucement rire, mais exhument aussi de vieux souvenirs qui répandent une gêne sous mon épiderme. Cet enfant me rappelle mon petit frère au même âge.

— Bonsoir ! s'exclame un homme en me sortant de mes songes.

Je m'excuse auprès de Hervey afin de prendre la commande de ce client qui vient depuis plusieurs jours.

— Un whisky, s'il vous plaît, demande-t-il poliment.

De derrière le comptoir, j'aime bien imaginer la vie de ceux qui viennent boire un verre. Sont-ils là pour se détendre ? Oublier une dure journée ?

Cet homme semble être quelqu'un de confiant, avec cette lueur de détermination au fond de ses yeux marron. Tandis que je le sers, son regard demeure verrouillé sur moi, exactement comme toutes les autres fois. Alors que je m'apprête à le sermonner pour qu'il arrête, il me dit :

— C'est vous qui vous cachez derrière ces belles paroles, n'est-ce pas ?

Il pointe du doigt la scène où les Wolves' Brotherhood chantent encore.

Confuse, je fronce les sourcils.

— Qui vous l'a dit ?

— Votre patron, il est très fier de vous. Cela fait un moment que je viens ici pour entendre ce que vous écrivez. Je sais reconnaître le talent à l'état brut, et hier soir, quand je vous ai vue jouer du piano, j'étais décidé à vous aborder.

— Euh… merci… mais qui êtes-vous ?

— Braden Gill, producteur de musique. Et j'aimerais vous proposer un contrat, Iris Lance.

Seigneur, suis-je en pleine hallucination ?

— De quel genre ? demandé-je avec curiosité en posant les bras sur le comptoir qui nous sépare.

— Connaissez-vous le groupe Madness ?

— De nom seulement. C'est la tendance du moment, on va dire.

— Le chanteur est celui qui écrit les paroles. J'aimerais que leur deuxième album soit différent du premier, qui n'exprime que le chaos et la destruction de soi. De vos créations émanent de l'espoir… de l'amour. Lui est dépourvu de ce genre d'émotions, cet imbécile est imbu de lui-même et carrément égoïste, se plaint-il en croisant les bras.

— Vous voulez que je travaille avec un être aussi détestable ? Vous n'êtes pas doué pour vendre un contrat.

— En tant qu'étudiante en composition musicale, vous devriez vous jeter sur cette offre, non ?

— Je ne suis pas comme les autres, affirmé-je avec un sourire innocent.

— Oui, je l'admets. Mais je serais ravi de collaborer avec vous. Et pour Jayde, ne vous en faites pas. Quand il s'agit de musique, son sérieux est exemplaire.

Pendant qu'il me parle de l'histoire d'Indy Records, son label, il me tend un contrat d'une dizaine de pages, accompagné de sa carte personnelle. Puis Braden prend son verre de whisky avant de s'éloigner du comptoir. Je suppose qu'il me laisse étudier ce qui se cache entre les lignes. Une serveuse me remplace, alors que je m'enferme dans les vestiaires. J'ignore combien de temps je reste à l'éplucher, mais j'ai prévenu Lenny par message pour lui expliquer la situation. Dans le contrat, tout me semble correct sans aucune arnaque.

Accepte, putain ! T'as besoin de fric ! En plus, tu seras payée pour un truc que tu aimes faire.

Le label est très réputé aux États-Unis, il est dirigé par plusieurs producteurs, chacun d'eux a sa propre équipe, des managers, des musiciens. Braden s'occupe exclusivement du groupe Madness.

C'est décidé, je le fais !

Après avoir fait le choix sans doute le plus important de ma vie, je sors de ma cachette. Le Dream Club commence un peu à se vider, et au loin je remarque Lenny et Braden qui discutent. Dès que le producteur m'aperçoit, il coupe court à sa conversation avant de s'avancer vers moi.

— Vous venez réellement d'étudier tout le contrat maintenant, au lieu de le faire chez vous à tête reposée ?

Je hausse les épaules.

— Je n'aurais pas pu travailler tranquillement en ayant ça en tête.

— Je peux vous laisser du temps, si vous voulez…

— Comme vous l'avez dit, n'importe qui se jetterait sur cette offre, même si l'idée que je devienne n'importe qui me dérange un peu, dis-je avec un air malicieux.

Il sourit franchement.

— Cela fait plusieurs jours que je me pointe ici rien que pour vous, pensez-vous toujours que vous êtes n'importe qui ?

Je l'aime bien, lui.

— Je suis pour. D'habitude, je travaille seule, mais, si votre chanteur gagne un jour les Grammies, mon nom a intérêt à être cité dans son discours, sinon je vous poursuivrai en justice. Et je ne suis pas du genre à dire des paroles en l'air.

— J'y veillerai personnellement ! s'exclame-t-il, amusé, en me tendant la main pour une poignée afin de conclure le marché. Je vous donne rendez-vous demain pour une entrevue, je répondrai à vos questions s'il y en a et nous signerons les contrats. Je vous présenterai également les membres du groupe.

— Très bien, je me pointerai à 9 heures, j'ai cours seulement l'après-midi.

— Je vous remercie de m'avoir accordé du temps, Iris. Lenny m'a guidé vers vous. Lui aussi a l'œil pour reconnaître le talent.

Braden prend ensuite congé, puis quitte le bar. Lenny accourt vers moi et affiche un sourire excité.

— Alors ?

— Tu es une fouine, Lenny !

— C'est pour ça que tu m'aimes, non ?

— Carrément !

Je me rue sur lui pour le prendre dans mes bras et l'embrasser. Ce qui vient de se produire est irréel. Je n'aurais jamais imaginé que moi, Iris Lance, sortie tout droit des bidonvilles de Memphis, décrocherait un contrat d'une telle envergure.

J'ignore qui sont les membres du groupe Madness, mais je sais qu'à leur dernier concert ils ont frappé très fort. Toute mon école ne parle que d'eux.

Pour ma part, je n'ai jamais vraiment écouté leurs chansons, mais ce soir, en rentrant chez moi, j'analyserai leur premier album. En tout cas, rien ne pourra m'arrêter, je mènerai à bien ce projet. Si je veux l'avenir auquel j'aspire tant, je dois saisir toutes les opportunités.

Chaos Theory. C'est le nom du premier album du groupe. Il contient dix chansons, toutes plus déchaînées les unes que les autres. La voix du chanteur est terriblement envoûtante. Son timbre grave, presque sexy, me donne la chair de poule. Son talent est indéniable. Pourtant, ce qu'il chante, c'est trop agressif… Pas que cela me dérange, mais Jayde Black chante avec hargne et destruction.

J'ai tapé son nom sur Google, et je dois avouer que l'emballage n'est pas dégueu à regarder. Avec sa chevelure d'ébène qui retombe légèrement sur son front, sa mâchoire carrée taillée dans la pierre, et ses yeux noirs et hypnotisants… il a du potentiel.

Sa beauté sombre est captivante, il semble en totale osmose avec les paroles qu'il a écrites. En faisant défiler les articles sur lui, je constate que c'est un spécialiste de la débauche. Il se drogue, les gens se posent des questions sur son alcoolisme et il baise tout ce qui bouge, un tas de filles se vantent d'avoir rencontré sa queue, qui a le surnom de « Python ».

Elles sont sérieuses ? Beurk.

Ce mec est une chlamydia ambulante !

Pour couronner le tout, il a été soupçonné du meurtre d'un dealer dans les rues de Boston, ce qui a freiné la carrière de son groupe durant plusieurs mois, les faisant rater une grosse tournée tout l'été.

Et moi je suis censée travailler avec ça ?

Contrairement à lui, les trois autres membres du groupe ont l'air amicaux, en particulier ce Cody Norton avec des cheveux vert explosif sur cette photo. Il dégage de ses yeux bleus une douce joie de vivre. Bryce Hood aussi sourit, ses cheveux blonds me rappellent vaguement le blé, et tous ses piercings au visage accentuent son côté excentrique et rock'n'roll. Quant au dernier, le batteur Dustin Monroe, avec ses cheveux attachés en une courte queue-de-cheval, il semble être le plus âgé. Il est tatoué de partout jusqu'au cou. J'aime bien les tatouages, mais il ne faut pas en abuser. Même si j'en ai plusieurs, ils sont discrets, contrairement aux siens.

Le lendemain, après une nuit plongée dans les recherches sur mon éventuel futur job, j'arrive à destination : Indy Records. Le label se situe dans les plus beaux quartiers de Boston. L'architecture est impressionnante, ça me change énormément des endroits que je fréquente. Un bâtiment très moderne se dresse devant moi, si haut que je me sens aussi minuscule qu'une vulgaire fourmi. Il est fait de briques rouges sur le bas, puis un blanc immaculé recouvre la façade, créant un contraste avec la couleur initiale.

Des rangées de palmiers entourent tout le périmètre de cette construction rocambolesque. Ça envoie du lourd !

Prenant mon courage à deux mains, j'entre et me présente à l'accueil. Une jeune femme très souriante s'adresse à moi. Dès que je lui donne mon nom, elle m'indique que Braden Gill m'attend au septième étage comme convenu.

Dans l'ascenseur, mon cœur bat la chamade, et mon cerveau rembobine toutes les informations que j'ai amassées hier. Quand les portes s'ouvrent, je tombe sur un couloir aux murs ivoire décorés de cadres avec des disques de diamant et de platine des plus grandes stars du label… Le corridor, illuminé par divers spots, est long, et toutes les portes, dont chacune a une inscription particulière, sont fermées.

Il est 9 h 30, n'y a-t-il personne ?

Des voix résonnent dans le fond. J'étrécis les yeux et remarque que la dernière porte est entrebâillée. Je m'avance en espérant trouver Braden Gill. Plus je m'approche, plus j'entends un homme beugler de mécontentement.

— Tu te fous de qui, Braden ? Je travaille en solo !

— C'est moi le producteur, et tu te plies à ce que je dis.

Braden répond avec un ton furieux.

— C'est moi l'artiste. La pétasse que tu t'es trouvée, baise-la si ça te chante et renvoie-la d'où elle vient.

Pardon ? Non mais, pour qui il se prend ?

Il est clair que je suis la « pétasse » en question. Une haine incommensurable se distille dans mes veines. Le fait qu'il m'insulte de la sorte éveille les ombres de mon passé, celles que je m'évertue à ensevelir depuis tant d'années. Je serre les poings si fort que mes ongles tailladent agressivement ma peau.

Bizarrement, cette voix ne m'est pas totalement inconnue et elle accentue ma colère. Je décide de frapper à la porte pour m'annoncer.

Cinq têtes se tournent vers moi. Mais une seule retient mon attention.

L'enfoiré du bar ?

Furtivement, ce dernier enlève sa casquette noire, avec

fureur, et ses lunettes de soleil, puis la vérité me percute enfin. Jayde Black n'est autre que celui qui m'a cherché des noises au Dream Club.

Et merde !

Ses yeux s'écarquillent quand il m'aperçoit. Les traits de son visage sont durs, et il laisse éclater sa rage :

— Génial, Braden, tu m'as dégoté la reine des garces !

3. Confrontation

Jayde

Je souffle cette fumée à l'odeur si particulière, âcre et accentuée. Mon espace vital en est gorgé, si bien que quiconque oserait m'approcher en serait imprégné. La marijuana est un vice qui me colle à la peau et celui que je préfère. Ce sentiment de relaxation qui m'envahit quand j'en consomme est inouï.

J'oublie tout, plus rien n'existe. Sauf peut-être cette Barbie siliconée qui fait un strip-tease en face de moi rien que pour moi.

C'est le pied !

La vision de ce corps sexy qui bouge en se déshabillant a des répercussions inédites sur mes testicules.

Les yeux de cette… Kelly ? Nelly ? Je n'en sais rien. Elle est venue m'aguicher au bar où je traînais alors que j'étais déjà bien imbibé d'alcool.

Ou bien c'était Chelsea ?

De toute manière, je n'en ai rien à faire. Elle doit juste connaître mon nom pour le crier quand ma queue l'empalera à l'orée d'une éjaculation imminente.

Sa peau hâlée m'évoque le chocolat, et je suis tellement shooté que j'aperçois des vaches Milka autour d'elle. Je réprime un éclat de rire avant qu'un string rouge ne se retrouve entre mes doigts. Elle vient tout juste de me le jeter.

— T'aimes ce que tu vois, Jayde ? dit-elle d'une voix suave en laissant ses mains glisser sur sa robe moulante, épousant chacune de ses formes alléchantes.

J'essaye de me rappeler le prénom de cette pouf qui me scrute de ses yeux teintés de miel ; je ne sais pas pourquoi cette question me taraude le cerveau, sûrement un des effets de la drogue.

À la fac, j'ai eu le temps d'étudier la biologie végétale. En général, les arômes des plantes ont deux vocations, soit repousser les prédateurs, soit attirer les pollinisateurs. Je suis un prédateur né, mais l'effluve du cannabis ne m'a jamais rebuté, bien au contraire. Bon, par contre, mes pensées vagabondent trop loin… Je visualise, malgré moi, les minuscules particules que produisent les feuilles de cannabis, pénétrant mes cavités nasales librement. Elles insufflent en moi de nouvelles perspectives…

Les lumières de l'appartement de cette nana bandante sont plutôt tamisées, sûrement pour créer une atmosphère romantique comme dans les films à l'eau de rose qu'elle aime sans doute mater, sauf que, quand j'écarterai ses cuisses, ce sera plus l'équivalent d'un porno qu'autre chose.

L'effet de la weed s'accentue, alors je jette mon joint et tente de rassembler les dernières miettes de ma concentration afin de passer à l'action. Il faut que je la baise. Tout de suite et maintenant.

À peine s'approche-t-elle de moi d'une démarche féline que j'agrippe son bras et la fais s'agenouiller. Je suis assis, jambes écartées pour dévoiler mon érection sous mon jean. Sa langue humecte ses lèvres de manière vorace, une étincelle de luxure éclate dans ses prunelles.

— Suce-moi. Et après tu te mettras à quatre pattes.

Mon ordre la fait frémir, ses épaules tressaillent d'excitation.

Quelle soumise !

— Avec plaisir, Singer Killer ! s'exclame-t-elle avec un sourire coquin.

Je n'en attendais pas moins d'elle.

J'ai l'esprit un peu en vrac. Après ma baise, je rentre chez moi vers les coups de 5 heures. Je prends une douche froide pour réveiller chacun de mes muscles.

Ma nuit a été torride, mais avant ça ma frustration était à son comble, il fallait que j'évacue toute cette montée d'angoisse qui accaparait mon cerveau.

Sexe et weed, quel mélange !

J'ai un peu le vertige, mais le jet d'eau glacée est un excellent moyen pour moi de décaniller légèrement mon *bad trip*. J'ai les idées plus claires et je me rappelle qu'avant de déraper dans la luxure et les stupéfiants je travaillais sur une nouvelle chanson. Les sentiments que j'exploitais ont été exhumés du fin fond de mon être. Ma mélancolie restera ma source d'inspiration inépuisable par excellence. Mes poings se serrent à la seconde où mon esprit dérive, et mon rythme cardiaque devient frénétique. *Je dois me calmer.*

Je vis dans un luxueux penthouse avec mes trois amis. Il y a une piscine intérieure, et le loyer est exorbitant.

Eh ouais, ça paye d'être une rockstar !

Même si j'ai pas mal bifurqué avec mes déboires légendaires, les ventes de notre premier album ont explosé, et nous sommes toujours classés dans le top 3 depuis *Bipolar*, le titre dévoilé lors du concert de notre *come-back*. Comme quoi, bon ou *bad buzz*, on finit toujours par entendre parler de toi. C'est ça qui marche dans ce monde de pure consommation.

En sortant de la salle de bains privée jouxtée à ma chambre, je me laisse tomber sur le dos sur mon lit en poussant un grognement de frustration.

— Encore une journée de merde qui s'annonce.

J'ignore combien de temps j'ai somnolé mais je sens des griffes sur mes chevilles.

Argh, saloperie de chat !

Irrité, je fourgue un coup de pied à Jimi Hendrix, le gros chat roux de Cody.

J.H. pleurniche en miaulant, puis j'entends les pas rapides de mon ami qui cognent contre le sol en marbre.

— JAYDE, LAISSE LE DIEU JIMI TRANQUILLE !

Sa voix résonne à l'infini dans chaque recoin de ma tête depuis sa chambre, j'ai envie de gerber mes tripes. Le vertige n'est pas près de s'arrêter aujourd'hui.

— Ferme ta gueule, zoophile, lâché-je en me forçant à me redresser.

— T'es pas encore prêt ! dit Bryce en entrant dans la pièce, peinant à parler avec le dentifrice dans sa bouche.

— Magnez-vous ! s'écrie Dustin, Braden nous a tous convoqués au studio. Il veut discuter avec nous de quelque chose d'important.

Je grogne puis intime à Bryce de sortir de ma chambre en fermant la porte derrière lui.

Malgré les sombres pensées entassées dans mon esprit, ma chambre est ce qu'il y a de plus épuré et immaculé. Les murs sont blancs, mon dressing est blanc, mon bureau ainsi que mon lit *king-size* sont blancs.

Les seules onces de couleur qui existent, ce sont la carte fixée au plafond et un poster en grand format tiré du premier *shooting* de notre groupe. C'était symbolique, et je voulais le garder en souvenir ; il est face à mon lit, au-dessus de ma télé.

Mais ce que je préfère dans la pièce est l'immense baie vitrée à droite de mon lit qui donne sur une vue magnifique de Boston. Un sentiment de liberté m'envahit à chaque fois que je la contemple. C'est cette liberté que je recherchais désespérément étant enfant.

Cela me change de mon ancienne chambre où j'ai vécu l'enfer psychologique.

Ici, tout est méticuleusement rangé, j'ai en horreur le désordre, et puis j'aime le fait de savoir, quand je rentre d'une soirée trop arrosée, que ma chambre est nickel.

Je prends les premières fringues qui me tombent sous la main, et je termine mon look avec une casquette noire, en mettant ma capuche par-dessus pour ne pas qu'on me reconnaisse.

J'aurais préféré vivre seul, mais nous avons été contraints de cohabiter à quatre à la demande de Braden. Pour lui, on a besoin les uns des autres, même si je ne vois pas pourquoi on est obligés, comme on est H24 ensemble par ailleurs.

Dans le groupe, je suis le plus solitaire. J'écris seul les paroles de nos chansons, en tête à tête avec la spirale de mes ténèbres intérieures.

La douleur est la meilleure des muses, c'est un fait, et j'aime l'exalter perpétuellement. La souffrance résonne chez tout le monde, je dois juste tirer sur la bonne corde sensible grâce à mes mots afin de toucher l'âme du public. Cette inspiration est un gouffre sans fond.

Notre chauffeur nous dépose tous les quatre au label, il est plus de 9 heures. Je n'ai pratiquement pas fermé l'œil de la nuit. Même si je suis habitué aux insomnies, aujourd'hui je suis sur les charbons ardents. Je sais d'ores et déjà que, si on me chauffe, l'irritation prendra l'ascendant sur toutes mes émotions.

Nous rejoignons Braden dans la salle de réunion. Une grande table se trouve au centre avec des chaises autour et derrière une fenêtre de la taille du mur. Tout semble si minuscule d'où nous sommes, c'est comme si on gouvernait le monde.

Je me laisse tomber sur un siège en poussant un grognement de pur mécontentement. Les autres s'assoient, attendant patiemment que notre producteur parle. Mais j'ouvre la bouche en premier.

— Braden, les gars sont d'accord pour appeler le nouvel album *J. Black*.

— Euh, Jayde… Tu n'as écrit encore aucune chanson pour nommer déjà l'album.

— Et ? C'est moi qui écris. Je veux me faire un hommage, ça te pose problème ?

— Oui, je trouve ça narcissique et totalement égocentrique.

— Tu crois que ton avis m'intéresse ? marmonné-je en étalant les jambes sur la table avec indolence.

— Si ça peut lui faire plaisir, ça ne nous dérange pas, intervient Bryce.

— Au moins il ne l'a pas appelé *Jayde Black*, plaisante Dustin en haussant les épaules.

— C'était mon idée de départ, raillé-je en sortant une clope et mon briquet.

— Bon, Braden, tu veux nous dire quoi ? réplique Cody.

— Ouais, c'est vrai, accouche. Y en a qui doivent pondre le prochain succès planétaire *J. Black*.

Cody me lance des éclairs avec ses yeux bleutés. Je devine qu'il voudrait que j'aie un minimum de respect. Cody n'est pas doué pour réprimander, ce rôle est décerné exclusivement à Dustin. Je ne pourrais jamais prendre au sérieux mon meilleur ami, encore moins si son chat s'appelle Jimi Hendrix.

— J'ai embauché une compositrice.

— Qui ? s'exclament à l'unisson ces trois nigauds.

C'est une putain de blague ?

Je n'ai pas le temps de dire quoi que ce soit que mon producteur poursuit :

— C'est une jeune fille extrêmement talentueuse, qui j'en suis sûr apportera beaucoup pour le nouvel album. Il faudrait qu'on innove, elle est parfaite pour ça.

— Cette meuf t'a sucé comme une déesse pour que tu aies le culot de me dire ça ? braillé-je en me mettant debout, exaspéré.

Ma réplique est rude. Comment ose-t-il m'imposer une chose pareille ?

Braden me fixe avec impassibilité. Apparemment, je l'ai fait tellement enrager par le passé qu'il ne prend même plus la peine de s'énerver face à mon comportement.

— Jayde, arrête. Tu sais très bien que c'est nécessaire. Si ton deuxième album ressemble au premier, ça n'aurait aucun intérêt. Tes nouvelles chansons doivent être différentes, le mieux est de les écrire avec quelqu'un qui contraste avec… tes pensées sombres. Je suis sûr que tu t'entendras avec elle. Elle est très douée, tu serais impressionné.

— Tu te fous de qui, Braden ? Je travaille en solo !

— C'est moi le producteur, et tu te plies à ce que je dis.

— C'est moi l'artiste. La pétasse que tu t'es trouvée, baise-la si ça te chante et renvoie-la d'où elle vient.

Une silhouette apparaît. Pas n'importe laquelle. Braden lui sourit, les autres sont subjugués par la soudaine présence de *cette putain de garce.*

Mon sang ne fait qu'un tour. Je suis piqué au vif. Ma frénésie prend le pouvoir sur toutes mes émotions.

Iris. La serveuse qui a osé se confronter à moi.

— Génial, Braden, tu m'as dégoté la reine des garces !

Depuis son affront avec la vodka, j'ai fait des recherches sur elle, comme j'en ai l'habitude quand quelqu'un essaie de me nuire, pour avoir une longueur d'avance sur lui, mais je n'ai rien trouvé, aucune trace de cette fille sur les réseaux sociaux. C'est comme si elle n'avait jamais existé. Un putain de fantôme aux cheveux améthyste.

Ses yeux azur s'assombrissent après mon insulte. Furieux, je jette ma casquette sur la table et la gratifie du sourire le plus méprisant qui soit.

Quand la stupéfaction s'affiche sur ses traits, je comprends qu'elle me reconnaît. Me voir sans mon couvre-chef et le son de ma voix ont été son déclic.

— Alors, sale garce, tu te pointes ici pour me casser les couilles !

— Jayde ! s'énerve Braden.

— Je me disais que cette pièce puait la *loose*.

Sa réplique me fait écarquiller les yeux, Bryce réprime un rire et, avant que je ne m'avance vers elle, mes trois amis font barrage pour se présenter chacun leur tour.

Bande de traîtres.

Braden s'approche pour s'excuser auprès d'Iris de mon comportement « instable », d'après lui, et lui propose de visiter les locaux.

Non mais je rêve !

— Jayde, c'est ta nouvelle coéquipière, et tu as intérêt à te tenir à carreau, lance Braden, les sourcils froncés.

Face à moi, Iris a la tête légèrement inclinée, mettant en valeur la finesse de son cou, et elle me jauge avec dédain. Sa chevelure me brûle la rétine, cette couleur pourrait être un aphrodisiaque, mais elle me rappelle un bonbon au cassis acidulé qui crépite sur la langue. Avec mon état nébuleux, c'est une horreur, ça me donne envie de gerber. Tout comme cette fille.

— Il est hors de question que je travaille avec elle ! lancé-je, furieux.

— C'est plutôt à moi de dire ça, réplique-t-elle sur le même ton. Tu te prends pour qui à me traiter de pétasse ? C'est toi qui baises de gauche à droite. Sale MST ambulante !

Mes amis éclatent de rire, tout comme Braden. Je m'approche

d'elle, annihilant la distance entre nous, et, lorsque je suis suffisamment près, elle recule d'un pas.

— Tu pues, évite d'empiéter sur mon espace vital, lâche-t-elle en me fusillant du regard.

Les rires redoublent.

— Dégage d'ici ! Avant que je ne te fracasse en deux, menacé-je.

Dustin s'interpose entre nous, Braden attrape le bras d'Iris pour la conduire à l'extérieur.

— Iris, ne vous en faites pas, quand il sera calmé, il pourra travailler, lui explique mon producteur.

— Je crois que tu n'as pas bien pigé ce que j'ai dit, Braden, grommelé-je entre mes dents. Cette peste retourne dans son bar pourri, je ne travaillerai pas avec elle.

Ils m'ignorent et s'apprêtent à sortir tous de la pièce, mais, avant d'en franchir le seuil, Iris me jette un regard indescriptible par-dessus son épaule. Ses opales bleues sont comme des revolvers prêts à me tirer une balle entre les yeux.

— La dernière fois, tu as eu de la chance que je ne brise pas la bouteille sur ton crâne, mais, si tu recommences à me manquer de respect, ce sont tes couilles que je vais briser… enfin si tu en as, bien sûr.

J'hallucine, cette meuf débarque de nulle part, et elle croit déjà faire la loi ici. L'heure de me venger de cette peste décolorée est venue.

Après une heure à discuter avec Iris, Braden l'a laissée avec les gars dans la salle de musique. J'intercepte mon producteur et le prends à part dans le studio d'enregistrement.

— Braden, t'as intérêt à la dégager, je suis plus que sérieux quand je dis que je travaille seul.

— Désolé, Jayde, mais c'est moi qui décide. Tu n'as pas ton mot à dire. Je suis ton producteur et je sais ce qu'il te faut. J'ai écouté les chansons de cette fille, ses textes sont très intéressants et je connais suffisamment mon travail pour deviner qu'une combinaison de vos talents donnera quelque chose de fantastique. Si tu écris seul, tu vas me pondre une copie de ton premier album.

On doit innover et prendre des risques en dévoilant quelque chose de différent.

— Je n'en ai rien à branler, bordel !

— Écoute-moi, Iris va travailler avec toi, que tu le veuilles ou non ; et, si tu te comportes mal avec elle, je te vire.

Mais elle les a lobotomisés !

— Pour qui tu te prends à me menacer ?

— Il serait grand temps pour toi d'apprendre le respect des autres, gronde-t-il.

Je pousse un grognement féroce et sors rejoindre mes amis, mais je remarque qu'Iris est toute seule dans la salle de musique.

Je décide de m'approcher et m'adosse au chambranle de la porte, les mains enfoncées dans les poches de mon jean noir.

Elle est debout, de profil, les yeux rivés sur le piano à queue juste en face d'elle. Je dresse un sourcil en l'analysant. Elle passe une de ses mèches violettes derrière son oreille avant de faire glisser les doigts sur les touches, produisant un son mélodieux.

Elle joue *Fantaisie-Impromptu*, de Frédéric Chopin, comme si c'était simple. Les traits de son visage à la peau d'albâtre se détendent sous la résonnance de l'instrument. Avec ses airs de *bad girl*, je ne l'aurais jamais cru du genre à flirter avec l'immortalité de la musique classique. Elle a retiré sa veste en jean trois fois trop grande pour elle, et ses bras sont nus. Sur son épaule gauche se trouve une rose avec des reliefs bien travaillés, et je doute que ça soit le seul tatouage qui orne son corps fin.

J'ai du mal à détacher les yeux d'elle. Deux bonnes minutes se sont écoulées, et elle poursuit son morceau sans remarquer ma présence. Ses mains bougent aussi vite que celles d'un virtuose. Je ne m'attendais pas à une telle maîtrise de sa part, je suis sur le cul.

Cette nana a du mordant, elle me répond et ose me confronter, et en plus Chopin s'est réincarné en elle.

Qui es-tu, Iris ?

Une bulle semble l'enfermer dans la douceur des notes qu'elle produit. Et je suis coincé dedans, quelque part entre sa passion et mon aversion envers elle.

Quand Iris s'arrête, elle inspire profondément en se tournant vers moi. Elle hausse les sourcils avec perplexité en me remarquant, enfin.

— On peut ajouter la faculté de voyeur. Tu ne crois pas que ton CV de la *loose* soit assez long ?

— Ne prends pas trop tes aises, tu es chez moi ici. Les meufs dans ton genre, je les réexpédie sans problème dans le trou paumé d'où elles viennent.

Elle réfrène un rire, puis croise les bras, pressant ainsi sa poitrine. Étonné, j'y découvre qu'un tatouage y est niché : un serpent enroulé autour du spectre du diable. L'idée de combiner des roses, sur le point d'éclore, et le signe de Satan sur un même corps est grotesque. Cette fille est clairement possédée par le démon.

— Je vais travailler ici, que tu le veuilles ou non. Et arrête de fixer ma bouche quand je parle.

C'est une habitude que j'ai gardée depuis mon enfance, je regarde toujours à un moment donné les lèvres de mon interlocuteur. *Une sale manie !*

— Tu ne vas rien écrire du tout. Ne crois pas que j'ai oublié ce que tu m'as fait l'autre jour, marmonné-je.

— Oui, et tu manques cruellement de répartie. Va jouer ailleurs, tu commences sérieusement à m'agacer avec tes caprices de gamin pourri gâté.

— Tu ne m'impressionnes pas du tout. Si tu penses qu'une fille dans ton genre vaut quelque chose, tu te trompes.

Le bleu de ses yeux s'assombrit, comme si un océan agité peignait ses iris. Elle s'approche de moi, les poings serrés.

— Un conseil, connard, quand tu te dopes à la marijuana, apprends au moins à te laver. Ta place est dans un centre de désintox.

— Mêle-toi de ton cul, vipère, rétorqué-je en contractant la mâchoire.

— Les types de ton genre ne me font pas peur.

— Pour qui tu te prends, sale garce ?

Je la scrute avec condescendance. Elle me lance un sourire narquois, et je remarque les quelques taches de rousseur qui parsèment son nez fin. Plus je la regarde, plus elle m'intrigue. Plus elle est proche de moi, plus la tension entre nous devient tangible.

Mon rythme cardiaque s'accélère… mais ce sont juste les dernières bribes de weed. Il est hors de question que cette vipère me fasse de l'effet, avec sa beauté… qui fait chier.

— Satan, tout simplement.

Sa réponse me fait froncer les sourcils, puis elle s'éloigne. Je l'entends dans le couloir discuter avec Braden avant qu'ils n'entrent dans son bureau pour signer le contrat. Iris est une teigne, et cette collaboration une funeste ironie !

Elle se considère comme Lucifer ? Elle n'a encore rien vu. Lucifer était un ange avant d'aller en enfer ; moi je suis né démon, je reste le démon. Et je serai son pire ennemi.

4. Fleur vénéneuse

Iris

Non mais, pour qui il se prend ?

Je mérite une médaille d'or pour mon self-control. Je me suis retenue comme il fallait pour ne pas faire jaillir mon côté volcanique.

J'essaye d'être compréhensive ; qu'on lui ait imposé une collaboratrice ne doit pas être simple. C'est très intime d'écrire, on s'enferme dans une bulle hors du temps, et c'est légitime qu'il souhaite rester seul. Mais je suis là, maintenant. S'il croit qu'avec ses airs supérieurs il m'intimide, il peut se fourrer les doigts dans le cul.

Jayde Black n'a aucun respect pour personne et surtout pas pour les femmes. Quand j'ai vu la manière dont il traitait son producteur plus que tolérant, j'en ai eu la certitude. La prochaine fois qu'il m'insulte, je lui casse les dents.

Aujourd'hui, c'est ma première journée de travail. Je sors de Berklee avec hâte. J'ai parlé à mon professeur principal de l'opportunité que j'ai eue, il s'est montré fier de moi et aussi surpris par la notoriété du groupe qui m'a embauchée. Je ne réalise toujours pas ma chance.

Chris serait tellement fier de moi.

Comme je débarque du Tennessee, ma première référence musicale a été la country et le rock, mais j'ai un esprit ouvert sur toutes les sortes de musique. Je joue tous les styles possibles et inimaginables. La richesse de cet univers me fascine, c'est inconcevable pour moi de me limiter alors qu'il y a tant à jouer. La vie est trop courte pour faire toujours la même chose.

Le classique est incontestablement le genre auquel je m'adonne le plus. J'aurais rêvé de vivre à la même époque que Chopin, mon virtuose préféré.

Le premier morceau que Mme Lopez m'a enseigné est *La Lettre à Élise* de Beethoven. Un sentiment indescriptible m'a envahie ce jour-là. Sans cette femme, je n'en serais pas là aujourd'hui. C'est elle qui m'a appris à ne jamais me limiter.

« Ne t'attarde pas sur une seule chose, Iris, tu as le don de créer ce que tu veux avec la magie de tes doigts. »

La reconnaissance que je lui porte est sans pareille, c'est elle qui a le plus cru en moi et je garde en mémoire son visage plein de fierté lorsque je lui ai annoncé où je comptais m'inscrire.

À l'étage du groupe Madness, je croise Cody dans le couloir, toujours avec cette coupe extravagante bleu électrique.

— Salut, Iris ! Jayde n'est pas encore là, mais il ne va pas tarder à arriver.

— D'accord, je vais m'installer dans la salle de musique.

Il a intérêt, je travaille au Dream Club après.

Je pose mon sac au pied du pupitre du piano, et joue un peu pour me détendre. C'est la première fois de ma vie que je suis face à un instrument aussi somptueux. Bien que celui du bar soit beau, celui-là… Il doit être hors de prix.

Je rêve d'avoir un tel trésor chez moi. Bon, pas mon chez-moi actuel hein, plutôt celui que j'aimerais acquérir plus tard. Une grande maison avec une vue magnifique. Même si ce n'est pas près d'arriver, c'est bien parfois de laisser ses rêves d'enfant nous caresser.

J'ai toujours aimé rêver. Ma tête pouvait exploser tant je rêvais. Seulement, quand on a sali l'innocence de l'adolescente que j'étais, ces rêves sont devenus le carburant d'une fureur de survivre.

Cette pièce est géniale. En plus du piano s'y trouvent plein d'autres instruments : trois guitares, une batterie et même un autre clavier. Au fond il y a un canapé et une sorte de bureau très grand pour écrire, ainsi qu'une baie vitrée de la taille du mur qui dévoile une vue sur tout Boston.

Je me demande si Jayde travaille ici. Cela m'étonnerait. Il est probablement du genre à pondre ses chansons virulentes en plein milieu de la nuit, dans une chambre qui empeste le cannabis.

J'ai un peu abusé l'autre jour quand je lui ai dit qu'il puait, mais je connais sous toutes les nuances l'odeur de la marijuana, et le quotidien de drogué.

Jayde arrive enfin en titubant légèrement. Une capuche recouvre son crâne. Il porte des lunettes de soleil noires qu'il retire pour me jauger avec mépris.

— Tu as une heure de retard.

— Et ?

— Assieds-toi. On doit commencer, marmonné-je, agacée.

Avec nonchalance, il s'affale sur la chaise à côté de moi.

— Ramène-moi un café.

— Pardon ?

— T'es serveuse, non ?

— Haha, très drôle. T'as des jambes, va te le rapporter tout seul.

— Si je vais en chercher, je vais faire du rentre-dedans à la réceptionniste. Tu ne voudrais quand même pas que je nous fasse perdre du temps. Tu l'as dit toi-même. Je suis une MST ambulante !

Je vais le tuer.

En rogne, je me lève pour aller lui rapporter son foutu café, en espérant qu'il le boive brûlant pour se carboniser la langue. Son comportement est horripilant, mais je suis toujours prête à faire des concessions quand j'ai un objectif en tête.

À mon retour du distributeur de café, je le retrouve dans la position où je l'ai laissé. Il m'offre le plus faux cul des sourires et me prend le gobelet des mains. Je le lui ai payé alors qu'il doit être plein aux as.

Salopard !

Je m'assois à nouveau et attrape mon carnet. Avant que je ne me tourne vers lui pour lui demander quelles sont ses idées pour cet album, il verse le contenu tiède sur mes cuisses. Je me redresse précipitamment.

Putain de merde !

— Oups, désolé, fait-il d'une voix faussement innocente en posant la main sur sa bouche.

Je ne dis rien, le fusille du regard et m'empresse de sortir pour essayer de rattraper les dégâts dans les toilettes.

Heureusement que mon pantalon est foncé et suffisamment épais, il masque la tache et je n'ai presque rien senti.

Ma peau me tire légèrement, et j'éponge le tissu de mon jean avec du papier humide. La réelle douleur est dans l'humiliation que son acte provoque. Mes mains s'ancrent au lavabo, je prends une profonde respiration pour calmer mes nerfs.

— Abruti de camé, marmonné-je entre mes dents.

Ma limite va être dépassée, il n'arrête pas de me provoquer, mais je dois tenir bon. Je suis résiliente et très tenace. Tôt ou tard, il capitulera. Jayde est loin d'être immortel tout comme sa patience.

Je prends sur moi pour me montrer indulgente. Cette situation ne peut pas continuer. J'ai besoin de ce job, je dois rester indifférente à ses attaques, sinon je risque de péter un câble à chaque fois, et dans ces conditions c'est moi que Braden va virer.

J'essuie les quelques larmes qui ont embué légèrement mes yeux, à cause de cette brûlure très superficielle, et reviens plus décidée que jamais dans la pièce où m'attend Jayde, sûrement en train de jubiler après son tour machiavélique.

Il me lance un regard noir quand j'entre, et fièrement je dresse mon majeur entre nous avec un sourire goguenard qui le fout en rogne.

Eh ouais, mon coco, je suis une épine ambulante.

Je reprends ma place, puis ouvre mon carnet pour lui présenter mes remarques sur son premier album. Évidemment, il se redresse vivement comme si j'étais la peste en personne, puis me foudroie du regard.

— Laisse tomber, je n'écrirai rien avec toi.

— Et moi qui allais te faire un compliment sur tes chansons.

Flatter son ego est une bonne démarche, non ?

— Je m'en fiche de l'avis des autres, tant que ça me plaît à moi. Et tu rêves si tu penses que j'ai envie de bosser avec quelqu'un.

— Je m'en tape de ton envie. Je suis payée pour. Alors soit tu poses ton cul de branleur sur cette chaise et tu te mets au travail, soit j'écris ce que je veux et le montre à Braden et, crois-moi, il ne trouvera rien à redire à mes écrits.

Option deux : menace professionnelle.

— T'as couché avec lui, pour te la péter autant ?

— Je te retourne la question.

— J'écris en solo. C'est moi la star ici.

— Une star qui empeste la *loose*, rectifié-je en croisant les bras.

— Ne te pense pas immunisée. C'est un avant-goût de l'enfer que tu t'apprêtes à vivre avec moi.

— Ne me sous-estime pas, rétorqué-je en me redressant.

— Oh ! mais je ne te sous-estime pas, Iris, bien au contraire. Et c'est parce que je ne te sous-estime pas que tu n'obtiendras de moi aucun traitement de faveur.

Sur ces mots, il sort de la pièce, me faisant clairement comprendre qu'aucune collaboration n'est possible entre nous.

Pourquoi se montre-t-il si récalcitrant ? Il ne peut pas y mettre un peu du sien, franchement ? Son ego est plus grand que l'univers.

De tous les chanteurs célèbres, il a fallu que je me coltine celui-là !

Je décide d'aller expliquer la situation à Braden. Jayde est déterminé à me foutre dehors, et je risque de ne pas pouvoir exécuter le contrat dans de telles conditions.

— Iris, je suis navré pour le comportement de Jayde. Ses amis lui feront entendre raison. Croyez-moi, il est vraiment talentueux à défaut d'être facile.

— Je veux bien attendre.

Il me remercie, puis je me dirige vers le studio d'enregistrement, où je trouve les trois autres membres du groupe.

— Ça va, Iris ? me demande Dustin en se levant du canapé en cuir camel contre le mur.

— Oui, ça va… Est-ce que Jayde a toujours été comme ça ?

— C'est-à-dire ? réplique Cody, amusé.

— Borné et irrespectueux.

Bryce roule des yeux.

— Oui, il est infernal.

Je m'assois sur la chaise devant la table de mixage, et les interroge avec curiosité.

— Comment vous l'avez connu ?

— Je suis le premier à l'avoir rencontré, raconte Cody en passant la main dans ses cheveux. On partageait une chambre à la fac, et même s'il était très réservé et plutôt distant, quand on a su qu'on avait une passion commune, on est devenus amis. On formait un duo, il écrivait les paroles et moi je m'occupais de la musique. Plus tard, on s'est pris un appart, et on a toujours été colocs, mais on avait une chambre en plus…

— … et j'ai répondu à leur annonce, poursuit Dustin. Je cherchais un logement, et ils m'ont accueilli. Quand ils ont vu que je me débrouillais à la batterie, ils m'ont proposé de jouer avec eux.

— Et le meilleur pour la fin, c'est MOI ! s'exclame Bryce en levant les mains en l'air. Cody et moi sommes amis depuis toujours, on était voisins et, même si je suis le plus jeune, ils n'ont pas pu s'empêcher de me pousser à rejoindre leur groupe.

— Bryce, vas-y mollo sur la frime, tes chevilles vont être si enflées que tu ne pourras plus marcher, réplique Dustin.

— Arrête de faire ton rabat-joie, c'est le rôle de Jayde, ça.

— Il écrit toujours les paroles seul ? les questionné-je avec perplexité.

— Oui et tu seras la première avec qui il le fera. On sait qu'il est difficile mais, crois-moi, il va se ressaisir, il a juste besoin d'un peu de temps. C'est vraiment un passionné, Iris. Il ne vit que pour la musique.

Les mots de Cody m'apportent un certain réconfort. Je redoute le moment où Jayde acceptera enfin de collaborer, mais je garde espoir. Son ami parle de lui comme une source d'inspiration, et ce serait mentir de prétendre que je ne serais pas ravie d'apercevoir cet aspect de sa personnalité.

Dustin affiche un sourire confiant.

— En tout cas, si tu rencontres des soucis avec lui, dis-le-nous, on sera là pour te soutenir et lui faire entendre raison.

— Merci beaucoup, les garçons.

— Franchement, t'es bien la seule à lui tenir tête ! s'exclame

Bryce. L'unique chose qu'il fait avec les femmes, c'est de leur écarter les cuisses.

Beurk.

— Faut bien qu'il redescende sur terre, non ?

— Tu as tout à fait raison, approuve Cody. On t'apprécie beaucoup, Iris, et on a hâte de voir ce que tu vas nous pondre comme chansons. Braden nous a parlé de ton travail, et il a été vraiment impressionné.

— Merci, j'espère que vous allez aimer… du moins si Jayde capitule. Vous vous chargez de la musique ?

— Oui, on le fait avec Jayde. On a une confiance aveugle en lui par rapport aux paroles, on sait qu'il en a besoin et on a bien compris qu'il voulait faire ça seul.

— Pourquoi faire partie d'un groupe, alors ?

— C'est lui qui en a eu l'idée, précise Dustin. On a tous accepté parce que nous sommes amis et, même si ça ne se voit pas directement, on est très soudés tous les quatre.

Les deux autres opinent du chef avec un sourire sincère, ils semblent vraiment unis et c'est touchant, mais imaginer Jayde avec eux c'est compliqué.

Je décide de prendre congé pour aller au Dream Club.

Il y a beaucoup de monde ce soir, pour le plus grand plaisir des poches de Lenny… et des miennes.

Je me sens un peu mieux par rapport à tout à l'heure. Si Jayde a fait naître une boule de frustration en moi, la sympathie de ses amis a réussi à estomper cette sensation.

Durant mon service, je remarque les quatre membres du groupe Madness qui font leur entrée dans leurs accoutrements pour ne pas être reconnus.

Putain, mais qu'est-ce qu'ils foutent là ?

Cody et Bryce s'approchent du comptoir. Je les observe, intriguée. Si j'en juge par l'expression renfrognée qu'arbore Jayde en s'installant sur une des chaises de libres au côté de Dustin, on l'a forcé à venir ici.

— Comme Jayde s'est mal comporté avec toi ce matin, on

s'est dit que durant ta pause tu pourrais te joindre à notre table pour qu'on trouve un terrain d'entente.

— Un terrain d'entente ? répliqué-je. Je doute qu'il accepte, et après notre altercation de tout à l'heure j'ai besoin d'un break.

Cody grimace.

— Oui, je sais qu'il est… exaspérant. Mais vous devez faire au moins connaissance, et quoi de mieux que de venir boire un verre avec nous pour ça ? Et je suis sûr que vous avez plein de points communs.

Il semble un peu trop optimiste à mon goût.

Je croise les bras, agacée.

— Comme quoi ?

— Bah… Déjà… il y a les tatouages… et… euh, les piercings ! ajoute Bryce avec enthousiasme.

C'est un véritable gamin, celui-là !

— Euh… Vous aussi, je te signale, et puis ce ne sont pas des points communs !

— On te demande juste de nous rejoindre après à notre table.

Je soupire et finis par céder. Ma pause est dans un quart d'heure. Si on doit écrire des chansons ensemble, l'étape « faire connaissance » est un passage obligé, même si ça ne m'enchante pas.

Un jeune homme menu, de grande taille, à la peau noire, s'approche du comptoir. Face à son air juvénile et à son sourire chaleureux, je me détends immédiatement. Il semble loin d'avoir l'âge légal pour boire.

— B… bonsoir…

Il est très timide, ce qui m'amuse.

— J'aimerais un mojito.

— Avec ou sans alcool ?

Il se frotte la nuque, embarrassé.

— Je doute que vous me laissiez prendre de l'alcool… même si j'aimerais bien.

— Les règles sont faites pour être brisées, non ?

Il me sourit, visiblement ravi que je lui cède ce caprice silencieux.

— On a tous été jeunes, mais tu as le droit à un seul verre et j'appellerai un chauffeur pour te ramener chez toi si personne ne peut le faire.

— Je suis véhiculé, mais merci de cette sollicitude.

Juste avant que je lui tende sa boisson, il est propulsé au sol par une main puissante.

— Pousse-toi, le négro.

Un motard à la musculature imposante vient de faire tomber volontairement mon client, qui s'écroule violemment sur le sol.

Je suis sur des charbons ardents. L'homme à la carrure de Hulk me fixe avant de s'accouder au comptoir pour scruter mon décolleté. Sa langue humecte ses lèvres, et ses yeux marron vacillent entre ma poitrine et mon regard noir.

— Une vodka, ma jolie.

Je serre les poings.

— Il était là avant vous.

— Les Noirs n'ont pas leur place ici.

— La ségrégation raciale est terminée, il est temps pour vous de vous mettre à la page.

— Sers-moi et ferme-la, sale conne.

Retiens-toi, Iris, retiens-toi.

Et puis merde !

J'asperge cet enfoiré avec le verre que j'ai à la main. Il grogne en me traitant de tous les noms, mais je fais abstraction de ses insultes et je saute par-dessus le comptoir. Je m'adresse doucement au jeune homme encore à terre.

— Est-ce que ça va ?

— Oui, je me suis un peu cogné la tête, m'explique-t-il en frottant ses cheveux frisés. Vous n'étiez pas obligée de prendre ma défense.

Une main rêche agrippe mon bras et, par pur réflexe, je gifle mon assaillant avant de m'éloigner de lui.

— Je t'ai sous-estimée, lâche-t-il en s'accoudant de nouveau au bar tout en me reluquant de haut en bas.

J'inspire profondément en le fusillant d'un regard empli de haine. Avec un sourire sournois, il saisit le verre vide et le fracasse au sol. Les éclats résonnent et s'éparpillent dans tous les sens.

— Ramasse, sale chienne.

Une boule obstrue ma gorge, j'ai envie d'étrangler ce fumier. Hésitante, je m'approche des morceaux de verre, sachant que je ne peux pas les laisser comme ça. La colère bouillonne dans mon ventre ; à force de cumuler, je crains l'explosion. Mes pensées se bousculent et laminent avec ferveur ma lucidité. La violence ne résout jamais rien, mais avec ces cons il n'y a que comme ça que justice est faite.

À la seconde où je me penche pour nettoyer les dégâts, je l'entends siffler derrière mon dos. À l'idée qu'il puisse se rincer l'œil dans la position où je me trouve, l'adrénaline afflue dans tout mon organisme. Une vague de haine se déchaîne dans mes veines. Ce sentiment-là est ce que la vie m'a offert, comme un cadeau pour pouvoir mieux riposter, un cadeau qui m'aide toujours à me relever.

Je ne veux plus qu'on me traite comme un vulgaire jouet. Sans réfléchir, j'attrape un morceau de verre et l'écrase en plein sur la face de ce connard. Dans un mouvement de recul, il jette la tête en arrière et couvre sa joue mal rasée de sa main poilue.

En plein dans le mille !

Je m'aperçois qu'il saigne, et le regard qu'il me lance n'annonce rien de bon.

Quand on me fait sortir de mes gonds, je perds totalement le contrôle.

5. Liés par la haine

Iris

— Espèce de garce !

Alors qu'une perle de sang écarlate coule le long de sa joue, il bondit sur moi sans crier gare, mais Lenny s'interpose entre nous et un bras me tire en arrière pour m'éloigner.

Lorsque je me retourne, Dustin me fixe de ses yeux noirs avec inquiétude.

— Iris, est-ce que ça va ?

Sa voix suinte une préoccupation insolite à mon égard. Je hausse un sourcil avant de lui sourire, lui indiquant que tout va bien.

— Tu as perdu ton sang-froid, poursuit-il.

Dustin est celui avec qui j'ai le moins discuté. J'ai appris de Braden qu'il venait du Texas, et qu'il n'était pas très bavard. Sa sollicitude me touche, je ne suis pas habituée à ce qu'on se soucie de moi.

— J'ai des envies de meurtre, soufflé-je en passant la main dans mes cheveux.

Il me sourit gentiment à son tour. Puis Bryce et Cody s'approchent de nous en me demandant ce qui est arrivé.

— Rien de grave. Quand on m'énerve, j'ai du mal à me contrôler, expliqué-je en voyant Lenny virer le motard.

— Tu me rappelles quelqu'un ! s'exclame Bryce, amusé.

— Tu étais prête à affronter cette brute ? me questionne Cody, éberlué, en papillonnant des paupières.

Je hausse les épaules avec un air innocent.

— Je n'ai peur de rien.

Je remarque le petit jeune, victime de ce connard de motard, et me dirige vers lui.

Visiblement très gêné, il se frotte la nuque.

— Je suis vraiment navré !

— Il n'y a aucun problème, ce genre de discrimination ne devrait pas se produire.

— J'y suis plus ou moins habitué, ajoute-t-il d'un rire nerveux.

Je lui tends la main.

— Je m'appelle Iris.

— Darren. Ravi de faire votre connaissance.

— Tu peux me tutoyer, tu sais, je n'ai que vingt et un ans.

— Vous m'intimidez un peu, enfin tu...

Malgré sa couleur de peau, je pourrais l'imaginer devenir cramoisi. Je trouve ça très mignon.

— Il n'y a pas de quoi, fais-je, amusée.

Darren me prévient qu'il doit s'en aller et qu'il espère me revoir un jour.

Je retourne derrière le comptoir et remarque Jayde avec son éternelle indolence. Il a tiré une chaise pour s'y installer et fume sous mes yeux par pure provocation.

Soufflant d'exaspération, je m'approche de lui et lui arrache sa cigarette des mains. Il se laisse faire, éveillant ma curiosité. Je ne le connais pas très bien, mais il est le genre de type qui peut avoir tout ce qu'il désire. Il fait dégager d'un coup de pied quiconque empiète sur son terrain, d'une manœuvre parfaitement étudiée pour faire mal. Or je suis son élément perturbateur.

— T'as cru que t'étais Wonder Woman pour sauver des âmes en détresse ? lance-t-il en posant les coudes sur la surface en marbre.

Sans pouvoir m'en empêcher, et parce que j'en ai besoin, je coince sa cigarette entre mes lèvres, prends une bouffée qui emplit mes poumons de ce poison enivrant, avant de souffler sur son visage. Dans ce brouillard, je détecte son rictus sournois. Il est loin d'être impressionné. J'ai toujours été connue pour être un volcan au bord de l'éruption, à foncer dans le tas, comme la lave, dès que les choses ne me plaisent pas. Si de prime abord je parais jeune et innocente, je renvoie en fait une image froide comme les serpents tatoués sur ma peau blanche. Mon apparence est une nuée de contradictions. Personne n'ose m'approcher. Je n'ai pas une grande estime pour les gens en général, en particulier les hommes.

De mon point de vue, la plupart sont des obsédés refoulés qui utilisent le corps des femmes comme un *sex toy*. Lenny est une des exceptions ; il pourrait me redonner foi en l'humanité et aussi dans le sexe opposé.

Jayde est quant à lui incontestablement un connard, ça se voit comme le nez au milieu de la figure. S'il croit une seconde que je vais le laisser gagner, il rêve !

— Je préfère Cat Woman, elle est plus sexy.

J'écrase son mégot sous la semelle de mes Dr. Martens avant de le jeter dans la poubelle à mes pieds.

— Sers-moi un whisky, Iris Lance, avant que je ne te traite d'autre chose.

Il appuie sur le *Lance*, et je me fige. Dans ses yeux aussi sombres qu'une nuit sans lune, je discerne un mélange de froideur et de ruse.

Il sait ?

J'ai cette envie fulgurante de lui faire ravaler son sourire avec mes poings, mais aussi de m'éloigner, parce que je devine que Jayde Black a pour projet de dénicher mes secrets les plus ensevelis. Ceux qui m'étouffent chaque jour un peu plus.

— Ne m'appelle pas Lance. Iris, ça suffit.

Je lui tends son verre.

— Pourquoi ? Tu as quelque chose à cacher ?

Bordel, fous-moi la paix !

Cet homme est le démon incarné. Dommage pour lui, ceux de Memphis sont plus impressionnants. J'arque un sourcil pour jouer à l'indifférente, mais il surenchérit :

— L'Iris est une fleur délicate ; t'es plus une plante carnivore qu'autre chose.

Je soupire avant de passer la main dans mes cheveux, il n'est pas le premier à m'avoir fait ce commentaire.

— Mon deuxième prénom est Santana.

Il écarquille les yeux sous la surprise, avant de jeter la tête en arrière dans un éclat de rire.

— Tes parents sont schizophrènes, ou quoi ?

C'est ma mère qui m'a appelée comme ça ; j'ai deux prénoms diamétralement opposés. Santana évoque le diable, voilà pourquoi j'ai tendance à me qualifier de démon.

Je hausse les épaules.

— Je l'ignore.

Jayde m'analyse sans la moindre discrétion. Je romps ce silence embarrassant :

— Le surnom SK est ridicule.

Il poursuit :

— Il n'y a rien de ridicule à se faire appeler Singer Killer par tout le pays. Moi, je trouve ça… jouissif, lâche-t-il après avoir bu une gorgée.

— Singer Killer, oui, mais SK on dirait un groupe de K-pop.

Il écarquille à nouveau les yeux.

— Tu me compares à cette merde musicale ?

— Ça te dérange ?

La tension entre nous est chargée de fourberie. Il me provoque, et je rétorque. Je me penche vers lui avec un sourire innocent.

Il pose son verre brusquement, sans détacher ses prunelles des miennes. Mon cœur tambourine à cause de notre proximité.

Je remarque que, malgré ses subterfuges pour se camoufler, il est encore plus sexy que sur les clichés que j'ai pu voir. Sa casquette et ses lunettes de vue lui ajoutent une aura mystérieuse. Ses piercings sont presque identiques aux miens : un anneau sur la narine et quelques-uns sur son oreille. Mais il a un anneau supplémentaire au niveau de l'arcade sourcilière.

Une lueur de rage vibre dans ses iris. Jayde est imprévisible, comme un cadeau empoisonné. Son talent est reconnu de tous. Malheureusement ce sont ses dérives qui l'ont propulsé vers le haut.

— Oui, ça me dérange, vipère.

Ces mots sortent de sa bouche en un souffle qui vient effleurer mes lèvres. Ce surnom me fait doucement sourire.

— Je n'en ai rien à faire, SK, rétorqué-je sur le même ton que lui.

Il réprime un rire, puis s'écarte de moi, avant de secouer légèrement la tête.

— Maintenant ce surnom perd toute crédibilité par ta faute.

Je hausse à nouveau les épaules avec un sourire angélique, ce qui le fait rouler des yeux. Il se lève de sa chaise et sort son téléphone avant de me dévisager une nouvelle fois.

— J'ai horreur de l'autorité et, crois-moi, je vais tout faire pour te faire dégager.

Je pose la main sur mon cœur, prenant un air choqué et faussement offusqué.

— Tu commences à avoir de la repartie, Jayde. Je savais que je serais un bon exemple pour toi.

Il fronce les sourcils tandis que, moi, je continue de jouer les *drama queens*.

— Tu me fais pitié, Iris. Un conseil, n'essaye pas de jouer avec moi. Je te ferais vivre l'enfer.

J'incline la tête sur le côté en croisant les bras. Un profond soupir franchit la barrière de mes lèvres, et je lui réponds :

— Sache une chose, Jayde, tu ne m'intimides pas, t'es pitoyable. Si tu penses que je vais me laisser faire par un gosse de riche qui se croit tout permis, tu rêves !

— Tu peux jouer un rôle autant que tu veux, mais ça ne marche pas avec moi.

Ses paroles m'interpellent et résonnent comme une menace. J'ai l'impression qu'il veut me percer à jour. Cherche-t-il à semer la paranoïa dans mon esprit en me faisant croire qu'il est sur une piste ?

Je déteste l'idée qu'il puisse dénicher quelque chose à mon sujet, tout comme je me déteste de le trouver sexy avec sa condescendance sempiternelle. Seulement, la beauté extérieure n'est qu'une façade, elle finit par s'estomper avec le temps. La beauté intérieure est celle qui importe vraiment. Pour moi, Jayde est un réel mystère. Il arbore toujours un masque d'indifférence alors qu'une fureur explosive grésille au fond de ses yeux.

Aurait-il vécu l'enfer ? Sans doute. Mais est-ce une bonne raison de le faire vivre aux autres ? J'en doute.

Jayde m'intrigue, mais je ne baisse pas ma garde. Moi aussi, j'ai traversé l'enfer. J'ai vu l'horreur, la mort, les démons implacables. Je me bats constamment avec moi-même, et j'aimerais laisser la lumière me caresser et m'envelopper dans sa chaleur lénifiante. Mais les filles comme moi ne se bercent pas d'illusions, elles savent pertinemment que dès le départ c'est foutu pour elles.

Heureusement que la musique existe, elle me garde en vie, tout comme leur amour pour moi.

Maman, Chris.

Paix à leurs âmes.

Jayde

Cette fille est une putain de peste. Une sale garce qui me fait bander. Tout chez elle a une répercussion vigoureuse sur mes testicules. Ses lèvres pulpeuses sont une invitation à la débauche, son corps menu n'est qu'un leurre dissimulant sa force tranchante, et ses affronts envers moi ont du mal à me laisser de marbre.

J'ai dû baiser toute la nuit avec… *Argh*, je ne me rappelle jamais les prénoms de mes coups d'un soir, encore moins quand leur bouche se referme autour de ma queue.

J'adore user des corps des femmes pour mon propre plaisir. Oui, je suis un putain d'égoïste, surtout dans l'art charnel, mais je m'assure quand même que les meufs que je culbute soient consentantes. Après avoir été soupçonné de meurtre, je n'ai pas besoin qu'on me calomnie pour un viol.

Le camé que je suis a du mal à se contrôler. La cause perdue que je suis a besoin de s'évader.

La musique est mon exutoire mais, quand je suis complètement torché, mes émotions prennent une autre tournure. Je les ressens *toutes*, jusqu'à ce qu'elles me crèvent le cœur et que je devienne un corps sans âme. Et j'aime l'idée d'être imperméable.

Il est 4 heures du matin. Je viens de rentrer chez moi après avoir passé la nuit avec deux filles, des jumelles très sexy en passant. J'avais besoin de décompresser et je n'étais pas suffisamment shooté à la weed pour être en *blackout* total.

J'essaye d'arriver dans ma chambre en toute discrétion, mais évidemment ce fumier de Jimi se faufile entre mes jambes.

— Barre-toi, trou du cul ! grogné-je, furieux, en lui donnant un coup.

Il miaule méchamment, griffe mon jean et court vers la chambre de Cody dont la porte est entrouverte.

Satané chat ! Je devrais l'empailler.

Après avoir pris mon cahier sur mon bureau, je m'allonge sur le dos. Mes yeux fixent le plafond où ma carte du monde est étalée. J'inspire profondément en me remémorant les sentiments qui me traversaient quand j'étais jeune et que cette carte était accrochée au plafond de mon ancienne chambre.

Dans le tiroir de ma table de nuit, j'attrape un stylo et commence à écrire ce que l'inspiration m'oblige à extérioriser.

Une sensation pénible me ronge la peau. Je me gratte le bras puis me tape le front lorsque j'imagine *sa* voix résonner dans ma caboche.

Suis-je fou ?

L'étau dans ma gorge se resserre. Toutes les drogues que j'ai dû consommer dans ma courte existence n'ont jamais suffi pour me faire oublier ma situation. Pourtant, je continue, profitant de ces minutes d'abandon comme si elles valaient de l'or.

Pour essayer de comprendre ceux qui nous sont chers, nous avons tendance à nous approprier leurs souffrances afin de créer des liens avec eux, d'être en phase avec leur âme. C'est difficile de se mettre à la place des autres. Tous les gens ne savent pas faire preuve d'empathie.

Personne ne s'est jamais mis à ma place ni n'a tenté de me comprendre. Alors je me suis totalement refermé sur moi-même, persuadé que cette protection en titane sera toujours mon bouclier. Le monde est rempli de haineux, donc j'ai décidé de devenir le pire d'entre eux. Personne ne franchira mes barrières.

Malgré tout, j'arrive à me mettre à la place d'une seule personne dans ce monde. La dernière à qui je suis lié et qui m'importe. *Mon grand frère.*

Je ne puise pas uniquement mon inspiration dans ma façon de voir la vie ou encore de mon histoire. Je la pompe aussi dans les faiblesses de mon aîné.

Je continue d'écrire, exorcisant mes démons. Je n'ai besoin de personne pour le faire. Encore moins de cette *vipère* décolorée.

Avec ses deux prénoms totalement différents, Iris est un paradoxe. Qui est-elle vraiment ? Elle cache clairement quelque chose. Si elle pense que je ne vais pas faire de recherches sur elle, elle se goure.

Une sorte de connexion s'est établie entre nous, à la seconde où cette collaboration ridicule a été signée.

Je hais la manière dont cette fille se confronte à moi. Et je tiens toujours mes promesses quand il s'agit de se venger et de nuire aux autres.

Quand elle saura ce que j'ai découvert à son sujet, elle n'osera plus jamais se pointer avec son sempiternel répondant. Elle se sentira humiliée.

6. Guerre déclarée

Iris

Devant toute ma classe, je joue la partie *Hiver*, des *Quatre Saisons* d'Antonio Vivaldi, à la demande de ma professeure de musique classique, Mme Allen.

Je sens le regard pesant qu'elle m'adresse de derrière ses lunettes et qui lui donne cet air aigri. Elle inspecte le moindre mouvement de mes mains sur les touches. Bien qu'intimidante et un peu sévère, elle est très investie auprès de ses élèves, surtout avec moi, j'ai l'impression.

Si je suis là, dans l'un des meilleurs conservatoires du pays, c'est pour une raison. Qu'importe les remarques, je les encaisserai tant qu'elles sont là pour me garder sur les rails. J'ai les épaules larges. Je suis en osmose avec mon instrument.

Quand je joue de la musique classique sur un piano, je me sens voler dans les airs. Je redécouvre ma sensibilité. Mes ailes abîmées se déploient en se libérant de leurs chaînes en fer forgé. Un sentiment de béatitude me submerge. Je suis si bouleversée par ce chef-d'œuvre de Vivaldi que je pourrais pleurer devant toutes ces personnes.

Bien sûr, je ne le ferai pas.

Un maelström d'émotions s'échauffe dans mes veines, jusqu'à envelopper mon cœur dans cette chaleur rassurante. Je flotte près de la lisière du paradis dès qu'une nouvelle note chatouille mes oreilles. À Memphis, je ne voyais pas le temps passer chez le vendeur de disques de mon quartier où je me réfugiais après mes cours pour écouter de tout. Je n'avais pas les moyens de m'en acheter et je savais que mon père les détruirait sur-le-champ, comme il a brisé en deux le premier vinyle que m'avait offert le gentil vendeur, un disque rare des Beatles, parce qu'il était ivre. Il a ainsi annihilé le peu de respect que j'avais pour lui. À mes yeux d'enfant, c'était un véritable crime musical, qui méritait même la peine de mort.

À la fin du morceau, quand je relève la tête vers Allen, les autres élèves applaudissent, mais je discerne dans leurs regards un soupçon de mépris, surtout dans ceux de cette peste de Donovan et de sa bande.

— Excellent, Iris ! Franchement, c'était parfait.

Je souris, ravie du compliment, puis me redresse avant de reprendre ma place tout en lançant un clin d'œil hypocrite à Donovan.

— Bon, comme vous le savez, à la fin du mois nous organisons un concert. Chacun d'entre vous présentera sa propre composition et la jouera devant toute l'école. Je compte sur vous pour nous éblouir.

— Quel type de composition ? l'interrogé-je en levant la main.

— Une composition classique pour ce concert. Il y aura plusieurs invités de prestige. Peut-être que ça vous ouvrira des portes.

Elle nous annonce la fin du cours, mais me demande de rester. Ma montre m'indique que j'ai une demi-heure devant moi pour arriver au studio et retrouver Jayde, en espérant qu'il daigne enfin travailler sérieusement.

— Cooper m'a dit que tu étais devenue la compositrice d'un groupe de rock très en vogue.

Allen a l'air à la fois impressionnée et légèrement soucieuse. Elle m'observe d'un regard inquisiteur qui me laisse perplexe.

— Iris, tu as beaucoup de talent et en plus tu es très polyvalente, mais je te vois vraiment dans le domaine classique, tu as une telle aisance à jouer. Je n'ai jamais vu ça.

— Merci beaucoup, madame Allen, dis-je, réellement touchée. Mais j'aime la musique sous toutes ses formes et je trouverais ça dommage de ne me consacrer qu'à une seule chose. C'est un univers si vaste…

Elle sourit.

— Je te comprends. C'est un producteur qui t'a repérée ?

— Oui. C'est un des producteurs d'Indy Records qui m'a contactée.

— C'est vraiment très bien. J'espère que tu vas percer.

— Merci beaucoup, madame.

— Par contre… Pour le concert, ça te dérangerait de faire quelque chose pour tes tatouages ? dit-elle, visiblement embarrassée de me demander ça.

Je me contente d'opiner du chef, et sors de la pièce après l'avoir encore remerciée de ses encouragements. Je ne peux pas lui en vouloir d'être de la vieille école. C'est vrai qu'elle n'est pas habituée à avoir des étudiants dans mon style. Mais du moment qu'elle ne me juge pas, c'est l'essentiel. Si elle me demande ça, c'est certainement en rapport avec les invités de « prestige ».

Je démarre ma vieille Ford et prends la route qui me mène au studio avec appréhension. J'espère que Braden a eu le temps de parler à Jayde et de le convaincre de collaborer.

Quand l'ascenseur s'ouvre sur les locaux du label, une chanson mythique résonne dans l'étage, *Livin' on a Prayer* de Bon Jovi. Intriguée, je m'approche de la pièce d'où provient la musique et découvre le groupe en pleine prestation.

Jayde chante à gorge déployée tout en jouant de sa guitare, et la voix de Cody s'accorde parfaitement à la sienne. Ils se lancent des regards complices.

Bryce bouge la tête dans tous les sens, comme s'il était épileptique, et chante en laissant ses doigts courir sur sa basse, produisant un son envoûtant. La voix grave de Dustin s'élève tandis qu'il tape de plus en plus fort sur la batterie avec ses baguettes.

Cody saute sur la table en reprenant le solo avec son instrument dans une sorte de danse qui fait vaguement penser à un twerk… *C'est très gênant.*

— *OH, LIVIN' ON A PRAYER !*

Jayde lui intime de redescendre d'un mouvement brusque du bras et d'un regard si méprisant que Cody lui répond avec un doigt d'honneur. Mais Bryce, voulant visiblement faire enrager la bête à son tour, rejoint Cody dans son délire sur la table et bouge le bassin de manière très suggestive.

Je retiens un éclat de rire devant la chorégraphie de ces deux guignols, remuant leurs fesses. Jayde finit par les ignorer et se tourne vers Dustin, qui est en train de rire face à leur comportement.

Je souris devant ce spectacle. Tous les quatre ont un fonctionnement particulier. Je soupçonne Dustin d'être le plus mature. Cody est celui qui maintient la cohésion du groupe et Bryce le danseur improbable. Jayde est évidemment le merdeux qui fait tout capoter.

— Ils font toujours ça.

La voix de Braden me fait sursauter. Je tourne la tête par-dessus mon épaule et croise son regard.

— Chaque jour ils font une reprise ici, comme pour solidifier leur lien. C'est un rituel sacré.

— C'est vous qui leur avez demandé de faire ça ?

— Non.

Sûrement Dustin, alors.

— C'est l'idée de Jayde, mais évidemment, comme c'est la sienne, c'est lui qui choisit la chanson. Heureusement qu'ils ont les mêmes goûts.

Cela me surprend, même s'il continue à faire preuve d'égocentrisme au final.

Les quatre garçons posent chacun leur instrument, et je décide d'entrer dans la pièce. Cody, Bryce et Dustin me sourient chacun en me saluant, mais Jayde souffle de frustration dès qu'il m'aperçoit.

— La sorcière vaudoue que j'ai payée hier s'est visiblement trompée en me disant que tu crèverais dans un accident de voiture.

Sa remarque me fait rouler des yeux tandis que ses partenaires le réprimandent à propos de son irrespect.

— D'ici la fin de mon contrat, j'espère que tu seras moins *looser* dans tes répliques.

Il me fusille du regard alors que ses amis se retiennent de rire. Dustin essuie avec une lingette la chaise et la table que Cody et Bryce piétinaient tantôt pour que je puisse m'y installer.

— Merci, Dustin, dis-je gentiment.

— Pas de problème, me lance-t-il avec un clin d'œil.

— Arrête ton numéro, Dustin ! Tu me dégoûtes, râle Jayde.

Ignorant sa rebuffade, le batteur me gratifie d'un sourire timide. Malgré son look excentrique, une réelle sensibilité émane de lui. Je le trouve sincère et prévenant. Tout ce que je n'ai jamais connu auparavant.

— Bon, on va vous laisser ! s'exclame Cody en posant la main sur mon épaule. Bon courage, Iris, et n'hésite pas à le casser en deux, me murmure-t-il.

— Je t'ai entendu, connard, tonne l'intéressé.

— Mais nooon, tu te fais des idées, poursuit Bryce en regardant son ami. La force soit avec toi, Iris. Tu es mon idole !

Je réprime un éclat de rire, puis les trois sortent de la pièce. Je croise les bras en voyant Jayde ignorer ma présence. Dos à moi, il accorde sa guitare. Je souffle, agacée par son attitude. Il sait très bien qu'on doit travailler.

— Bon… Jayde, faut s'y mettre, lâché-je en m'asseyant sur le banc du piano.

— J'ai déjà écrit une chanson. Tu peux rentrer chez toi.

Doux Jésus, retenez-moi, je ne veux pas finir en prison pour lui avoir écrasé les couilles avec mes Dr. Martens.

— T'es sérieux, là ? Tu sais très bien que Braden n'acceptera aucune chanson de ta part sans ma contribution.

Il m'épie avec impertinence, à croire que sa stature imposante lui fait gonfler encore plus les chevilles.

— Arrête de t'obstiner. Tu sais très bien que je ne travaillerai pas avec toi. Au final, Braden cédera à ma demande avec ou sans ta contribution.

Je souffle fort. Lui parler, c'est comme se confronter à un mur, et encore… Au moins les murs savent garder le silence.

— Tu es infernal ! Je fais preuve de patience avec toi pour le moment, mais, si tu continues, je t'assure que j'écrirai les chansons de l'album seule, que ça te plaise ou non !

Mon avertissement le fait lâcher un rire sordide. Puis il s'approche de moi. Je soutiens son regard, m'évertuant à rester calme.

— Parce que tu crois que j'accepterais de chanter tes titres de merde !

Sa voix rêche me fait presque frissonner, mais je secoue la tête et pointe mon doigt sur son torse ferme.

— Tes amis n'y verront aucun inconvénient.

Ses rebuffades me mettent sur des charbons ardents. Sournoisement, il me jauge de haut en bas, puis, sans crier gare, il empoigne mon bras. Par pur réflexe, je le frappe au visage, et sa tête valse. Le son de ma claque a résonné dans la pièce.

— Ne t'avise pas de me toucher ! lancé-je, à bout de nerfs.

Mon passé me revient comme un boomerang en pleine poire. Une déferlante d'émotions m'assaille. Je suis à la merci de mes craintes les plus profondes. La peur est un sentiment que je redoute, un sentiment qui me relie à toutes ces choses que j'ai déjà perdues, et, même si étrangement la peur fait se sentir vivant, moi elle m'étouffe douloureusement. Je refuse qu'on me touche, que quelqu'un me soumette à sa volonté sans mon accord. Je ne veux plus être cette Iris-là ni qu'on s'en prenne à moi.

Sans que je le voie venir, ses mains agrippent mon cou et me coupent le souffle. Il me plaque contre le mur, et une de ses jambes se presse contre les miennes pour anticiper une quelconque riposte de ma part.

— Sale vipère, pour qui tu te prends de me gifler ? Tu crois quoi ? Que tu débarques ici, t'as un job et je vais te laisser faire ?

Cette offensive malveillante est une piqûre de rappel brûlante. Suffoquant, je lutte contre moi-même pour m'extirper de cette léthargie qui m'étreint et enfin me défendre.

Il desserre sa poigne sur ma gorge. Ses yeux sont des revolvers qui ne cessent de me prendre pour cible. Cette aversion dans son regard n'est que le reflet de la noirceur de son âme. Je ne flanche pas, bien au contraire. Mon cœur martèle contre ma poitrine tandis que j'essaye de le repousser de toutes mes forces.

— Dégage !

Jayde chancèle à peine. Tiraillée par un dédale d'émotions contradictoires, je m'abandonne à cette rage pernicieuse qui me consume. Mais Jayde attrape mes mains au vol et les plaque sur le mur de part et d'autre de ma tête.

— C'est mon dernier avertissement, Iris. Tu démissionnes, sinon je te détruis.

— T'es un sacré lâche pour t'en prendre ainsi à une femme, craché-je, furieuse. Ramasse ton honneur, il est à mes pieds.

Nos visages n'ont jamais été aussi proches, nos souffles se mélangent. On se fixe, cherchant mutuellement à s'intimider.

— Respecter les femmes ? Laisse-moi rire, vous êtes toutes les mêmes, perfides et hypocrites. Tu ne vaux pas mieux que les autres.

Ce laïus résonne comme une accusation, comme une raison de nous mettre toutes dans le même sac. Moi aussi, j'éprouve un certain dégoût envers les hommes, mais je ne me comporte pas de manière infâme avec eux ; j'ai appris à en apprécier certains. Ses yeux reflètent une frénésie peu commune et semblent m'adresser un message silencieux.

A-t-on brisé ton cœur, Singer Killer ?

— C'est cliché de détester les femmes parce qu'on t'a brisé le cœur.

— Pour briser le cœur de quelqu'un, encore faut-il qu'il en ait un, réplique-t-il en me relâchant.

— T'es un vrai mouton avec tes états d'âme d'adolescent prépubère.

Mes poignets libérés me brûlent, et de l'adrénaline se déverse dans mes veines. Ma lucidité passe à la trappe. Un capharnaüm d'émotions nuisibles m'assaille. Je n'arrive même plus à réfléchir correctement.

— T'es une putain de teigne, grommelle-t-il.

Ma rancune prend le dessus. Il n'avait pas le droit de poser les mains sur moi ! Je lui décroche un crochet au visage. Sa tête valse sur le côté, et la douleur déforme ses traits. Un cercle rouge apparaît sur sa joue. Il ne réagit pas, son corps reste inerte. Il se contente d'orienter à nouveau son regard vide vers moi. Avant qu'il ne puisse dire quoi que ce soit, je deviens hystérique.

— Traite-moi encore comme ça et tu vas le regretter !

Je décide de sortir d'ici, de prendre l'air ou tout simplement de quitter ce studio de malheur. Finalement, démissionner est peut-être un choix à envisager.

Jayde est la clé de la porte qui s'ouvre sur tout ce que je déteste. J'ai besoin de réfléchir.

Là tout de suite, je vais aller au Dream Club pour travailler et me vider l'esprit.

— Quelqu'un t'as énervée aujourd'hui, ma fleur ?

Ma mine renfrognée s'estompe face aux traits chaleureux de Lenny et à sa voix inquiète. C'est bien le seul sur terre à se soucier de moi. Je ne sais pas ce que je ferais sans lui. Avoir de l'importance pour quelqu'un m'apporte du réconfort. On se sent toujours exister à travers ceux qui nous aiment.

— Oui, je déteste Jayde Black et je l'ai frappé, déclaré-je fièrement.

— Oulah, Iris ! La violence ne résout pas tout.

— Je sais bien, Lenny, mais il est allé trop loin. Il s'en est pris à moi.

— Défends-toi quand il le faut ! Mais ne va pas dans l'excès. Tu gères très mal ta colère, ma fleur. Peut-être que tu devrais rompre ce contrat.

— Mais j'en ai besoin, Lenny ! Personne ne peut abandonner un pareil contrat. Imagine que cette aubaine ne se représente pas !

— Ma chérie, tu es bourrée de talent, tu trouverais peut-être mieux.

— Je ne peux pas abandonner, Lenny… J'ai horreur de perdre.

— Ce Jayde ne veut vraiment pas collaborer ?

— Il fait tout pour me pousser à bout.

— Tu as essayé de lui parler calmement ?

— Pas vraiment, vu que tout se finit en dispute entre nous.

— Alors lâche l'affaire !

— Je vais réfléchir, mais ça me ferait mal de renoncer à une telle opportunité.

— Ta santé mentale avant tout, Iris.

— Oui… je ne veux pas perdre mon temps. Peut-être que j'arrêterai avec eux.

— On te trouvera un autre groupe, avec un chanteur plus sympa.

J'acquiesce, puis me hâte à la tâche. La soirée est longue. Les minutes défilent lentement. Quelques-unes de mes chansons ont été jouées par des groupes qui montent sur scène ici.

Quand je les écoute chanter mes paroles, j'ai toujours une sensation de familiarité. Quand un artiste crée une œuvre, il y met toujours une pincée de son âme. Les chansons que j'écris pour les autres auront toujours une infime partie de moi, et les entendre me revigore.

Ces chansons ne sont pas les plus importantes. Celles qui ont plus d'impact restent dans le tiroir de ma chambre. Jamais elles n'ont été chantées, même pas par moi.

Le Dream Club est bondé. Les autres serveuses et moi avons plein de commandes. Je suis à deux doigts de proposer à Lenny l'idée qu'on chausse des rollers pour aller plus vite – idée débile, puisque je ne sais même pas en faire, ce serait un carnage, je me péterais le coccyx.

— Iris ! m'interpelle Bonnie, ma collègue.

— Oui ?

— Lenny veut faire son show à la Elvis.

— Faut pas me le dire deux fois, répliqué-je, amusée, en me précipitant vers le piano au centre.

Je remarque Lenny sur scène. Il me fait un signe OK de la main et prend le micro avant de me signifier d'un mouvement de tête d'envoyer le son.

Je craque mes doigts avant de commencer à jouer *Jailhouse Rock* sur le piano. Les autres musiciens présents se joignent à moi. En vrai fan, Lenny s'approprie la chanson comme s'il était le King.

Une perruque recouvre son crâne chauve. J'éclate de rire face à ses mimiques, surtout quand il passe la main dans ses nouveaux cheveux de manière « sexy ».

Mes doigts virevoltent sur le clavier. Je connais cette musique par cœur. Les chansons d'Elvis ont ce quelque chose qui nous met du baume au cœur, comme une étreinte lénifiante.

Quand Lenny fait le show, l'ambiance du Dream Club est inégalable. On se sent ici comme chez soi.

Les clients se prêtent au jeu. Quelques-uns commencent à

danser en couple. On se croirait dans un clip des années 1980, une des meilleures périodes musicales, aux antipodes de celle de ma génération. Les musiques de maintenant sont fades et vides de sens. Les chanteurs à textes se font rares de nos jours, j'ai l'impression.

Hervey, un ami de Lenny, invite ma collègue Bonnie à être sa cavalière. Elle me lance un regard hilare.

Tout le monde sait ici que Hervey est un virtuose du jive. C'est hallucinant comme cet homme trapu est souple avec ses jambes.

À la fin de ce petit spectacle, je reviens à mon service et me mets derrière le comptoir. Je croise les yeux de Darren, qui m'applaudit avec un doux sourire.

— Tu joues trop bien, Iris !

— Merci, Darren, tu vas bien ?

— Oui, et toi ?

— Suffit d'un peu d'Elvis pour me faire me sentir bien.

— Je vois ça.

— Tu veux boire quelque chose ?

— Oh non… je voulais surtout te remercier. Est-ce que je peux t'offrir un verre ?

— Me remercier ? Tu sais, ce n'est rien…

Mon regard se dirige vers l'extérieur, d'où s'élèvent des éclats de rire. Je remarque le motard de l'autre jour sur le trottoir d'en face avec plusieurs de ses amis. Vestes en cuir, motos branchées. Ce sont des bikers peu fréquentables, ça c'est sûr. Quand je repense à la manière dont il m'a traitée, je serre le poing. L'entrée est comme une frontière inaccessible pour lui. Je suis peut-être protégée à l'intérieur, mais dehors qui sait ce qu'il pourrait me faire ? Lenny s'est chargé de lui l'autre jour. Cependant, la vengeance est un sentiment commun chez les hommes. Je cherche Lenny des yeux et le trouve. Je lui fais un signe de tête vers l'extérieur. Mon patron fronce les sourcils avant de regarder dehors, et finit par comprendre mon message. Il hoche la tête à son tour, et je me sens rassurée.

— Allez, Iris, ça me fait vraiment plaisir.

Je scrute Darren avec bienveillance. Sa frêle silhouette et cette lueur d'insouciance qui brille dans ses yeux chocolat ravivent le souvenir de mon défunt frère.

Chris était atypique et, contrairement à l'ancienne moi, il s'en foutait de ce que les autres pouvaient penser de lui. Je ne comprenais jamais comment il y parvenait… Dieu sait combien lui et moi en avons bavé avec le regard malsain des autres.

— J'ai un bouton sur la figure ? m'interroge-t-il en recouvrant son nez.

Je réalise que, perdue dans mes réflexions, je l'ai fixé avec insistance. Je secoue la tête pour dire non, puis sors deux petits verres en les remplissant de tequila.

— Très bien. Tequila ?

— Avec plaisir !

— Alors tu fais quoi dans la vie ? demandé-je après avoir avalé cul sec mon shot.

Il vide son verre en grimaçant avant de répondre :

— Je fais médecine à Harvard.

— Impressionnant !

— Pas tant que ça. Je le fais parce que c'est la volonté de mes parents et je le regrette. Ce sera ma première et dernière année en médecine.

— Il n'est pas trop tard. C'est bien si tu t'en es rendu compte aussi jeune. Tu voudrais faire quoi ?

— J'ai que dix-huit ans, et mon rêve c'est le théâtre.

J'ai un pincement au cœur et je déglutis difficilement.

— J'aimerais étudier à l'Actors Studio de New York l'année prochaine. Je l'envisage depuis que je suis gosse, mais mes parents ne sont pas vraiment ouverts d'esprit et… excuse-moi, j'ai dit quelque chose qu'il ne fallait pas ?

Mes mains se posent sur mes joues glacées, comme si mes démons venaient de me fouetter le visage avec un froid polaire. J'inspire profondément et tente de ne pas laisser mon passé assombrir ce moment.

— Ça va… Je me suis juste rappelé quelque chose…

Chris.

— Je m'excuse, j'ai monopolisé la conversation. Tu fais quoi toi dans la vie ?

— J'étudie la composition musicale à Berklee.

— Waouh, ça c'est encore plus impressionnant ! Je t'ai vue jouer du piano, t'es un futur Mozart, toi.

Je ris.

— Loin de là. J'aime créer, et le piano c'est vraiment ma passion.

— J'ai entendu dire ici que c'est toi la compositrice en chef des groupes qui se présentent.

Je me frotte la nuque, gênée.

— Pas en chef. Ils ont beaucoup de talent, je les aide seulement un peu.

— T'aimes pas les compliments, toi, je me trompe ?

— Je n'y suis pas habituée.

— Tu devrais prendre en compte chaque compliment qu'on te fait pour booster ton estime de soi.

C'est difficile quand on a eu une enfance comme la mienne, baignée dans des vices sordides. Mon apparence de reine des glaces n'est qu'un sinistre mensonge. Malgré ces pensées entassées dans mon esprit, je souris.

— Bonne remarque, Darren. Alors, ton rêve, c'est New York ?

— Oui, vraiment, j'aimerais être acteur, jouer sur Broadway. Même si je ne suis pas très doué en chant, je peux m'améliorer, et par contre je suis un as de la danse.

— J'espère pour toi que tu ne danses pas comme une danseuse orientale sous ecstasy. Ce n'est pas ce qu'on cherche à Broadway, le taquiné-je.

— Comment t'as su ? J'adore mettre des voiles autour de ma taille !

Je grimace lorsqu'il explose de rire en me disant que c'était une blague. Je ris également. Décidément, j'aime bien ce petit, son sarcasme me plaît bien.

— T'es chouette, Iris, dit-il. Ça fait longtemps que je ne me suis pas amusé comme ça.

— Moi aussi. J'ai passé une sale journée, et ça fait du bien.

— Ravi d'avoir égayé tout ça.

Darren et moi continuons de discuter. Il m'aide même à servir les autres clients. Nous avons beaucoup accroché tous les deux. C'est fou comme il me rappelle Chris, et cette idée me réconforte. Darren est vraiment quelqu'un d'adorable et de charmant.

À la fin de mon service, chacun de nous prend sa voiture pour rentrer, et il m'assure qu'il viendra me voir souvent.

J'arrive dans mon immeuble et monte l'escalier. Mon appartement est au dernier étage. J'allume la lumière du couloir pour trouver plus facilement la serrure de la porte.

J'aperçois alors l'inscription qui balafre ma porte, une écriture si rouge qui me rappelle tant le sang que son goût métallique me revient dans la bouche. Je suis en état de choc. Mon cœur caracole et menace de s'échapper de ma poitrine.

CONNER.

Je n'ai pas besoin de chercher qui est derrière tout ça. Suite à nos derniers échanges, j'ai la conviction que Jayde est le responsable. Dans mon esprit, son visage apparaît. Sa beauté n'est qu'un leurre, il est dégueulasse à l'intérieur.

Tu as quelque chose à cacher ?

Cette espèce de fils de pute connaît mon vrai nom de famille. Je vais le buter.

7. Âme incendiée

Jayde

— Allez, Jayde ! me supplie Bryce.

— Non, dégage !

Bryce s'écrase au sol en s'agrippant à mon pied. Je secoue la jambe pour me libérer de son emprise, mais en vain. Ce nabot est aussi insupportable qu'un herpès virulent. Depuis le réveil, il n'arrête pas de me coller pour que j'accepte sa requête concernant l'album.

— ALLEZ, MON AMOUR !

— Je vais te brûler avec ma cigarette si tu ne fermes pas ton clapet !

Il affiche une mine de chien battu, toujours cramponné à mes basques, comme un chihuahua en manque. Tous ses muscles et ses tatouages ne sont qu'une imposture pour lui donner une apparence d'adulte. Derrière se dissimule un sale gamin qu'on a trop gâté. Heureusement que je le connais bien, sinon il y a longtemps que je l'aurais viré du groupe en lui bottant le cul.

J'ai passé une nuit épouvantable à rédiger une chanson qui m'a remué jusqu'aux tréfonds de mon âme. Parfois je me demande si c'est bien de me dévoiler de la sorte aux yeux de tous, mais en général on doute que ça soit mon réel ressenti… Quand je parle d'amour perdu, d'illusions rompues… on ne s'imagine pas que je suis caché derrière tout ça.

— Je vais te tuer, Bryce, de mes propres mains, grommelé-je.

— Tu ne ferais pas ça à ton meilleur pote, quand même ? fait-il d'un air suppliant, toujours au sol.

— Mais putain, qu'est-ce que tu as fumé ? Je n'ai jamais été ton meilleur pote !

— QUOI ? Tu me trompes avec Cody ! Sous mon toit, EN PLUS ?

C'est comme s'il jouait dans une tragédie grecque.

Seigneur, je vais commettre un crime.

— SILENCE ! JE LIS ! s'écrie Dustin de sa chambre

— ET MOI, JE MÉDITE ! enchaîne Cody.

Tous deux ne tardent pas à se pointer dans le couloir. Ils s'esclaffent en découvrant notre position au nabot et moi.

— On dirait une caricature de l'esclavagisme, déclare Cody en caressant son chat.

L'animal me guette avec un regard perçant. S'il se croit invincible dans les bras de son maître, il a tout faux. Cody est du genre à se cacher sous les draps si une araignée rampe sur un des murs de sa chambre.

— Allez, Bryce, lâche Jayde avant qu'il ne te tue ! s'exclame Dustin, encore amusé.

Voir Dustin sourire est toujours une surprise, avec son sérieux légendaire. Lui et moi ne sommes pas si différents que ça. Nous renvoyons la même image froide et désinvolte, et nous partageons une philosophie identique : dans la vie, nous n'obtenons jamais ce que nous souhaitons vraiment, elle nous fait croiser des personnes qui nous font souffrir, nous aident, nous quittent, nous aiment… tout ça pour modeler davantage notre barrière protectrice et inébranlable. Notre différence commence à la frontière de ce précepte. Dustin abaisse ses défenses pour s'ouvrir au monde, alors que moi je renforce ma résistance.

Bryce rechigne puis daigne enfin lâcher ma jambe en se redressant. Il croise les bras, toujours avec cette mine boudeuse horripilante, faisant tressauter les piercings de son visage.

— Qu'est-ce qui se passe, Bryce ? s'enquiert Cody en réprimant un rire.

— Un de mes plus fervents admirateurs m'a envoyé un mail trop gentil en me demandant si c'était possible qu'on fasse une reprise de *Con Calma* !

— Tu oses le redire sans vergogne, grondé-je en le fusillant du regard.

— Bah quoi ? Ce serait sympa. En plus, mon mouvement de bassin est épique, dit-il en faisant une démonstration. Un clip au soleil au bord de la plage avec plein de bombes ! Son idée m'a tellement plu que je suis prêt à l'inviter sur le clip. Il s'appelle Luke Julliard et, en *stalker* que je suis, j'ai cherché son profil, il est trop mignon ! Mais sa sœur, putain, un vrai canon !

— Tu me la montres ? ajoute Cody avec curiosité.

— Elle est en couple, et son mec, crois-moi, il a l'air tout sauf commode. Un vrai grincheux, celui-là. On dirait Jayde.

— T'as fouillé tous leurs profils ? réplique Dustin, les yeux aussi ronds que des billes.

— Bah oui… le clan Julliard au complet. J'ai même eu le temps de tomber amoureux. Allez, dites oui ! On invite le petit Luke, et il m'arrange un coup avec sa *sister*. Le grincheux, je le dégage en un coup de reins quand elle va goûter à Bryce Hood.

Je me masse les tempes.

— Putain, ferme ta gueule.

— Dustin, t'as vu comment il me parle ? lance le nabot, l'air offusqué.

— Bon, les gars, on a du boulot aujourd'hui. Vos délires, je m'en branle. Bryce, il est temps de grandir, et Jayde, arrête d'être désagréable.

Les paroles de Dustin sont ponctuées d'un regard noir qui terrifie toujours autant Bryce, qui se précipite dans sa chambre en ronchonnant : « Balec[1], je ferai une carrière solo et je me marierai avec elle. »

Je roule des yeux, exaspéré, puis m'empresse de récupérer mon briquet.

Nous sortons tous les quatre de l'appartement. Bien sûr, Bryce boude encore, et Cody fait son possible pour le faire parler. Notre chauffeur nous dépose au studio, et je suis rapidement intercepté

1. « Je m'en bats les couilles. » (NdA)

par Braden lorsque les portes de l'ascenseur s'ouvrent sur notre étage.

— Je dois discuter avec toi.

Nous sommes dans le couloir. Mon producteur arbore un air dur. Ses yeux aveline m'indiquent que cette contrariété m'est spécialement dédiée. Braden est connu pour être une force tranquille. Il n'y a que moi qui puisse le faire sortir de ses gonds.

— Je n'ai rien fait, dis-je pour anticiper les choses.

Enfin… presque rien fait.

— Ça va faire trois jours qu'Iris travaille, et tu n'as en aucun cas collaboré avec elle. Tu as intérêt à changer ça.

— Je ne veux pas collaborer avec elle. Pourquoi me forcer à écrire avec quelqu'un ? répliqué-je en le dévisageant méchamment.

— Je t'ai déjà expliqué pourquoi ! On a besoin d'innover en matière de contenu. C'est comme ça qu'on marque les esprits, avec l'originalité ! Iris est extrêmement douée. Retire tes œillères et observe son talent.

Je ne veux pas.

— De toute façon, elle ne risque pas de revenir, Braden, crois-moi.

— Putain, qu'est-ce que tu as encore fait ? grommelle-t-il en serrant les poings.

Le mécontentement brille dans ses pupilles. Mon refus est catégorique. Personne ne piétine mon espace vital lorsque j'écris.

— Si tu veux embaucher quelqu'un, il doit être résilient. Cette vipère est loin de l'être.

Un pli barre son front et accentue ses quelques rides. Braden crispe la mâchoire, ravalant ainsi le flux d'insultes qu'il souhaite visiblement m'adresser. C'est un faux calme, contrairement à moi qui suis le pire des prédateurs.

Il souffle fort, puis se dirige vers son bureau. Juste avant d'en franchir le seuil, il se tourne vers moi et me toise avec sévérité.

— Elle viendra, que tu le veuilles ou non ; et, si ça ne te plaît pas, tu n'es pas le seul capable de chanter dans le groupe.

La porte claque, et je hausse les épaules. Sans moi, ce n'est plus Madness, et mes amis sont suffisamment francs pour le reconnaître.

— Bon, bah, si Jayde déguerpit, je suis prem's pour devenir le chanteur du groupe ! s'exclame Bryce en levant la main comme s'il était en classe.

Sympa, Bryce.

— Tiens, y a le nabot qui a retrouvé la parole, marmonne Cody en roulant des yeux.

Je lance un regard noir à Bryce, qui s'empresse de se cacher derrière Cody. Comme toujours, ces deux-là sont collés l'un à l'autre… Enfin, surtout Bryce. Il colle tout le monde de toute façon.

— Qu'est-ce que tu as fait ? intervient Dustin, presque furieux.

Ses lèvres plissées font tressauter son piercing. Il croise les bras, faisant onduler la série de tatouages qui s'y trouve.

Dans une splendide insolence, je feins l'innocence.

— Tu m'accuses de quelque chose ?

— Tu lui as fait quoi ? surenchérit Cody en fronçant les sourcils.

— Rien.

Ce n'est pas bien de mentir, Jayde.

— Elle est grave sympa, Iris ! s'exclame Bryce en se mettant en face de moi. Je suis sûr que t'as envie de te la faire, mais tu ne veux pas te l'admettre, alors tu te montres horrible avec elle.

— Tes leçons de morale, garde-les pour toi, le nabot.

— Donc t'as envie de te la faire ?

Un peu.

— Pourquoi tu refuses de travailler avec elle ?

Dustin m'interroge d'un air inquisiteur, comme s'il se doutait de quelque chose, comme s'il croyait me connaître, mais j'ai un scoop pour lui, personne ne me connaît et encore moins lui.

— Jayde, réponds, pourquoi tu ne veux pas ? insiste Cody en arquant un sourcil.

Mes secrets sont destinés à régner dans mon cœur et non les leurs. Rage, mensonge et réticence. C'est mon existence.

J'ai fait un serment : pas de confessions ni d'attaches avec qui que ce soit. J'ai vite compris que les rencontres que nous faisons sont des tests avec pour but de nous détruire. Rien n'est éternel, rien n'est important si ce n'est son propre intérêt.

C'est très paradoxal venant d'un type qui fait partie d'un groupe, mais, si c'était à refaire, je ne changerais rien. Intégrer Madness m'a beaucoup appris. J'ai pu dépasser certaines de mes limites. Mais si je suis honnête, du moment que la musique rythme ma vie, peu importe avec qui je partage la scène. Je crois qu'au fond j'en ai besoin pour me tempérer.

Sans le prévoir, j'ai vécu beaucoup de choses avec mes amis, des épreuves qui nous ont unis, malgré nos différences. Leur amitié est comme une récompense à tous les désastres de mon existence… Seulement, pour combien de temps ?

— Je déteste les femmes, déclaré-je pour répondre à leurs regards interrogateurs.

Bryce étrécit les yeux.

— Euh… t'es gay ?

— Tu sais très bien que non, imbécile.

Dustin frotte sa barbe de trois jours.

— Je ne comprendrai jamais pourquoi tu détestes les femmes.

— Tu es sortie avec une fille qui t'a fait la misère ? réplique Bryce en me dévisageant. C'est vrai que de nous quatre t'es celui qui est le plus secret. Allez, fais pas ta prude, viens te confier à tonton Bryce.

— Je n'ai pas besoin de sortir avec une fille pour détester les femmes, crois-moi. Et je ne sors pas avec des filles, je les baise. Point à la ligne.

Les baiser avant qu'elles ne te baisent.

— Je m'attendais à plus de confessions, mais bon…

— Laisse une chance à Iris. Braden nous a montré ce qu'elle écrit, et elle est vraiment douée, poursuit Dustin.

Iris représente tout ce qui me déroute. Cette femme indomptable est dotée d'une sacrée carapace. Je n'ai pas besoin de la connaître pour savoir qu'elle est aussi butée que moi. Elle me fait penser à cette héroïne de DC Comics, avec sa chevelure améthyste et sa badass attitude. Mais cela ne reste qu'une apparence, un revêtement tatoué qu'elle affiche pour mieux se couvrir.

Peut-être qu'elle dissimule ses faiblesses sous cette façade ? Peut-être qu'elle est aussi abîmée que moi ? Peut-être qu'elle ne cherche pas à me nuire en travaillant avec moi ?

Peut-être qu'elle peut encaisser mes secrets ?

Collaborer avec elle signifierait beaucoup trop de sacrifices de ma part, je ne peux pas me le permettre.

Pourquoi changer de nom de famille ? Cette fille m'horripile autant qu'elle m'intrigue. Je provoque, elle rétorque ; j'attaque, elle riposte. Cette sauvage m'a foutu un poing en pleine gueule ! Et cette fois, j'ai tiré ma meilleure carte pour la contrer.

L'autre jour, j'ai versé volontairement mon café sur elle pour distraire son attention. J'ai fouillé dans son sac quasi vide et n'ai trouvé qu'une vieille carte d'école où le nom inscrit était Iris Conner.

Après quelques recherches sur Google, j'ai découvert que son père baignait dans pas mal d'affaires louches à Memphis. J'en ai déduit qu'il était le pire des connards et qu'elle ne voulait pas être associée à lui. Fuir une identité qui ne nous définit pas pour s'en créer une nouvelle qui nous correspond mieux, c'est une bonne stratégie. Je n'ai pas approfondi mon enquête davantage, je voulais juste avoir ce moyen de pression sur elle. À l'heure qu'il est, l'humiliation doit l'empêcher de venir ici. Et c'est exactement ce que je veux.

Mon téléphone sonne. Je m'éloigne de mes amis qui décident d'entrer dans la salle d'enregistrement, tandis que je me dirige vers la salle de musique pour décrocher. Je pousse un profond soupir en découvrant l'auteur de l'appel.

— Qu'est-ce qu'il y a ?

— Détends-toi, mon vieux ! Je n'ai pas le droit de prendre de tes nouvelles ?

Sa respiration est erratique, il parle toujours trop vite et termine essoufflé à chaque fin de phrase. Tel que je le connais, il doit tourner dans tous les sens.

— Je te connais, Tate.

— Oh ! c'est bon, Jayde, je voulais juste savoir si t'allais bien.

Mais bien sûr.

— Tate, je t'ai donné ton argent du mois il y a quelques jours, ne me fais pas chier.

— Tu me dois plus avec ce que tu me fais vivre.

— Tu te fous de moi ?

— Papa m'a donné le double de ce que tu m'as envoyé le mois dernier.

— T'es en contact avec papa ?

C'est une blague ?

— Oui, et visiblement tu es la dernière personne qu'il veut voir.

Ma mâchoire se crispe.

— Pourquoi t'as besoin de fric ?

— Ça me regarde, moi. Le versement, je le veux sur mon compte, frérot, pas sur celui de Mme Sharp.

— Même pas en rêve, enfoiré ! Maintenant fous-moi la paix, j'ai du travail.

— Voyons, Jayde, maman nous a élevés de manière à ce que nous soyons toujours là les uns pour les autres… Ah oui, c'est vrai, elle est partie à cause de toi.

Je balance violemment mon téléphone sur le sol. L'écran se fissure de tous les côtés. Comme si cela ne suffisait pas, je donne un coup de pied dedans, le projetant contre le mur. J'imagine la tête de mon grand frère, Tate Black, à la place. C'est un connard fini qui sait exactement quoi dire pour me déstabiliser.

Et le pire dans tout ça : j'obtempère à ses demandes.

Je m'installe sur une chaise et allume une cigarette avec mon briquet. Je hais mon frère… Quand je pense à lui, je suis tiraillé entre des sentiments que je déteste assimiler. Tate excelle dans l'art de la manipulation… Je cède à chaque fois. Je me soumets à ses manigances sans jamais rien dire. Le pire dans une vie, ce n'est pas d'être contrôlé mais d'avoir conscience qu'on est dominé. Ai-je le choix ? Tate est celui qui dompte ma souffrance, il est le point d'ancrage d'une réalité à laquelle je ne peux échapper.

Après avoir jeté ma cigarette, je prends la guitare électrique de son support avant de m'asseoir à nouveau sur ma chaise, laissant mes pieds traîner sur la table. Je réprime un grognement en m'évertuant à me concentrer, et essaie des notes au hasard jusqu'à trouver la suite d'accords parfaite pour aller avec la nouvelle chanson que j'ai écrite.

Je ne l'ai pas encore montrée au groupe et à mon producteur, incertain du résultat final. J'attendrai d'être plus serein à ce sujet.

D'ailleurs, je n'ai toujours pas choisi le titre, j'étais complètement défoncé quand l'idée des paroles m'est venue.

Elle évoque mes illusions brisées, ma prise de conscience du crétin que je suis. C'est bien plus facile de garder un masque pour se dissimuler, mais cette protection se fissure à chaque fois que Tate refait surface… Voilà pourquoi je limite mes entrevues avec lui. Tout ce que je fais, c'est lui envoyer des chèques, et visiblement mon père fait pareil, mais mon frère a les yeux plus gros que le ventre.

Je me demande parfois s'il va s'en sortir.

Songer à mon père me donne la nausée et vrille mes entrailles. C'est un connard fini et apparemment c'est héréditaire. L'unique chose qui me différencie d'eux est que je transforme mes souffrances en un art qui me fait vivre.

L'artiste fait vivre sa musique, mais je suis aux antipodes de ça, c'est la musique qui me fait vivre. J'occulte mon déclin grâce aux paroles que j'écris, et je me protège derrière le son explosif que je confectionne.

Il faut que la musique soit suffisamment forte pour que l'écho austère de mon esprit se tarisse.

Mes doigts se coincent entre les cordes de mon instrument. Les idées envahissent ma caboche. Je fredonne mes paroles, et je prends conscience que je me renvoie les mots que j'aurais voulu qu'on me dise pour aller mieux auparavant.

Le temps passe, et je gribouille, les yeux mi-clos, sur les feuilles éparpillées sur la table. Une cigarette toujours calée entre mes lèvres, je sonde mon esprit à la recherche de cette souffrance indéfectible semée en moi au fil des années. Je fredonne, je fredonne, je fredonne, jusqu'à trouver la meilleure résonnance, jusqu'à ce que cet écho me donne une raison de poursuivre ma résurrection.

La porte s'ouvre à la volée. Je redresse mon visage et croise un regard bleu magnétique, digne des vagues rythmées par la frénésie du vent. Une Iris furieuse se tient devant moi.

Je fronce les sourcils pour l'analyser. Elle porte un haut qui n'a qu'une seule manche, ce qui révèle une épaule avec un tatouage que je n'avais jamais remarqué auparavant et qui dit : *Try a little tenderness*[1]. Il me semble que c'est un titre de chanson des années 1960. Je me noie dans la contemplation de ses autres tatouages, avant d'être aspiré par ce typhon impétueux au fond de ses yeux.

Tout va très vite. Elle m'ôte la cigarette des lèvres, et celle-ci se retrouve plaquée contre mon T-shirt, au centre de mon torse, brûlant petit à petit le tissu.

— Écoute-moi bien, Jayde Black. J'ai été patiente avec toi, mais visiblement tu ne veux pas descendre de ton trône et retirer ce balai à chiotte coincé dans ton cul. T'as pas saisi à qui tu as à affaire, Ducon. Je ne suis pas le genre de fille qu'on piétine et je ne tolère pas ton comportement de merdeux pourri gâté. T'as voulu jouer avec moi ? Très bien ! Sache une chose : tes petites magouilles ne m'impressionnent pas du tout. Les *loosers* comme toi, à Memphis, j'en ai connu des tas, t'es rien comparé à eux. Au cas où tu n'aurais pas capté, le prénom Santana est issu de Satan, alors méfie-toi, parce que tu vas comprendre pourquoi on m'a appelée comme ça.

Après avoir brûlé une infime partie de mon T-shirt, la cigarette consume la surface de ma peau, et un déferlement de souvenirs me transperce les neurones. Les paroles de son monologue s'alignent difficilement dans mon crâne avec cette douleur qu'elle m'inflige sans ménagement. Pris au dépourvu, je n'ai même pas riposté. Elle retire le mégot en gardant cet air menaçant qui me fait cligner des paupières comme si j'étais face à un mirage.

— Tu as beau connaître mon identité, tu ne sais rien de moi, mais cette cicatrice te donnera un avant-goût de l'enfer.

Le son de sa voix est comme le chant des sirènes qui acculent les navires pour qu'ils fassent naufrage, et je m'échoue comme leurs équipages. Je ne suis plus sûr de pouvoir réagir, mon corps est comme paralysé.

Je la fixe, complètement retourné, puis je baisse le regard vers

1. « Essaie un peu de tendresse. » (NdA)

mon T-shirt, troué au centre, laissant entrevoir une bribe de mon tatouage.

Lentement, je relève la tête vers elle. Sa condescendance me donne un goût amer dans la bouche. En général, c'est toujours moi qui ai le dessus sur les autres, jamais l'inverse. Un sentiment insolite coule dans mes veines : un soupçon de pression… d'intimidation…

Putain, c'est quoi ce délire ?

Mes lèvres s'entrouvrent pour insulter cette vipère, mais les mots se cadenassent dans ma gorge face à son rictus machiavélique. Arborant cet air insolent, elle recule jusqu'à la porte, sans rompre notre échange visuel intense, et, avant de quitter la pièce, déclare :

— J'ai donné mes premières ébauches de textes à tes amis, et ils sont d'accord pour les essayer. Pas de chance pour toi de te soumettre devant une fille, n'est-ce pas ?

8. Radioactive

Iris

— Iris, on adore !

Bryce est tout émoustillé par la chanson que j'ai écrite pour eux. J'ai mis une nuit entière à la rédiger pour clouer le bec à ce rockeur nombriliste.

La rage qu'il a provoquée en moi était inexprimable. En me renvoyant mon passé à la figure, Jayde m'a foudroyée sur place.

Cet enfoiré a exhumé de vieilles blessures. Mais sortir des sentiers battus, c'est ma spécialité. On ne peut pas être plus abîmée que je ne le suis déjà.

La chanson s'intitule *Lost you*, et je ne l'ai pas écrite par hasard, je me suis inspirée d'un des titres de son premier album *Chaos Theory*, qui s'appelle *Hate you*. Je voulais soumettre un contenu qui pourrait plaire à leur producteur et aux garçons, y compris à Jayde.

À force de manier les mots, je me suis laissé prendre au jeu. À force d'évoquer la tristesse d'une perte douloureuse, je me suis laissé submerger par mes émotions. D'habitude, quand j'écris pour quelqu'un d'autre, j'occulte toujours mes propres sentiments, mais hier soir la raison s'est envolée on dirait.

La chanson *Hate you* a touché ma corde sensible, me rapprochant de mes mauvais souvenirs. Toute cette haine qui éclatait dans la voix de Jayde, quand il entonnait son premier couplet, a vibré en moi. Cette haine pour mon père s'est distillée dans mes veines comme un mauvais poison. J'ai beau peinturlurer mon présent avec mes réussites, mon passé se cramponne encore à mon esprit. J'ai fui Memphis pour échapper à l'emprise de cet ivrogne. J'ai renié mon vrai nom uniquement pour qu'on ne me relie plus à lui. Je veux exister pour moi, non pour lui. C'est dur de trouver sa place dans ce monde où les gens ont tous des étiquettes scotchées sur le front, alors j'ai pris soin de retirer la mienne avant de me confronter aux autres.

Malgré moi, le rire rauque de mon géniteur résonne dans chaque recoin sombre de ma tête… Je me remémore aussi la répercussion d'une gifle, le bruit d'une ceinture qui lacère la peau.

— On s'échauffe la voix, puis on fait un test musique sur tes paroles ! s'exclame Dustin en faisant osciller ses yeux entre la feuille et moi.

— Tu te souviens du rythme sur lequel on a travaillé hier ? fait Cody avec un sourire fier en claquant son majeur et son pouce comme s'il venait d'avoir l'idée du siècle.

Il attrape sa guitare, puis laisse ses doigts parcourir les cordes, réalisant un son que je m'imagine parfaitement avec ma chanson. Bryce opine du chef, signe qu'il comprend de quoi parle son ami, puis s'empresse de prendre sa basse et se met à jouer en harmonie avec lui.

— Ce n'est pas mal du tout ! réplique Dustin, satisfait.

— Tu chantes avec nous, Iris ? propose Bryce. On s'échauffe toujours avec un classique du rock avant de s'occuper de nos partitions. Je viens d'envoyer un message à Jayde, mais visiblement il m'ignore.

— Désolée, mais je ne chante pas, dis-je, légèrement embarrassée.

Jouer de la musique, c'est déjà se mettre à nu pour moi. Si je chantais mes paroles, ce serait l'équivalent de dévoiler mon âme ; ma voix se briserait comme du verre.

— Comme tu veux. Putain, je vous jure, j'ai le pire meilleur ami du monde, il ne répond jamais, grogne-t-il en fixant son téléphone.

J'arque un sourcil.

— C'est ton meilleur ami ?

Il fait la moue.

— Oui, mais il n'assume pas.

— Bryce, t'es vraiment un pot de colle, dit Dustin en croisant les bras. La prochaine fois, je laisserai Jayde t'étriper.

— Bah quoi ? Je vous jure qu'on est meilleurs potes lui et moi ! On a même dormi ensemble une fois, déclare-t-il en levant les mains.

Silence total. Dustin, Cody et moi-même regardons Bryce, ébahis, alors que celui-ci est en train de s'empourprer. Ses deux amis éclatent de rire.

— Bryce, évite de mentir. Jayde va te faire la peau à cause des conneries que tu dis, s'esclaffe Cody en rejetant la tête en arrière.

— Franchement, le nabot, tu ne grandiras jamais, poursuit Dustin en se laissant tomber sur le siège en face de la table de mixage.

— Le nabot ? demandé-je en dressant un sourcil, les yeux toujours rivés sur Bryce.

— Tout le monde m'appelle comme ça ici… Bon, bref, oubliez ce que j'ai dit, passons à la répet'.

Il se dirige vers l'habitacle protégé par la vitre, puis se place derrière le micro en mettant son casque. Les deux autres le rejoignent en le charriant toujours sur sa blague… mais, vu la tête de Bryce, je doute que c'en soit une. Il a l'air troublé… comme s'il cachait quelque chose.

— Iris ? m'interpelle Dustin.

— Oui ?

Je m'installe sur le siège où il était assis tantôt.

— Propose-nous une chanson, on se fait une reprise.

— Sans Jayde ?

— Oui, il tarde trop à se ramener, continue Cody en haussant les épaules.

— Mais ce n'est pas votre tradition quotidienne ?

— Il connaît les heures de répétition et il ne répond pas aux appels, déclare Bryce en grimaçant.

— On s'est dit qu'on allait répéter avec du Fleetwood Mac, tu connais ?

— Ce n'est pas une question à poser, déclaré-je en roulant des yeux. J'ai grandi avec l'album *Rumours*.

— Ah, parce que t'es née dans les années 1970 ?

La voix de Jayde résonne soudain à l'entrée de la pièce. Je tourne le visage vers lui, éberluée en le découvrant pour la première fois torse nu. Ses bras musclés sont croisés, faisant se contracter ses biceps.

Sur le bras droit se trouve un crâne humain ; sur l'autre, une caricature bizarre de deux silhouettes en noir qui se séparent l'une de l'autre, chacune ayant la bouche grande ouverte, comme si un cri strident provenait de leurs âmes brisées… C'est très glauque.

Il y a une inscription en dessous de ce dessin atypique, mais j'ai du mal à déchiffrer ce que c'est. Il décroise les bras en s'avançant vers moi, et j'aperçois l'aile d'ange ancrée sur son torse, qui s'étale sur une moitié de celui-ci. Une seule aile… comme s'il était un déchu, perdu entre tous ces humains insouciants.

— La vue te plaît, la vipère ?

Je fronce les sourcils, puis découvre entre ses pecs la brûlure laissée par la cigarette incandescente. Ma rancœur est signée sur sa peau. Je l'ai attaqué sans réfléchir. Si je l'avais fait, je n'aurais jamais agi ainsi. Hélas, la violence ensevelie en moi s'échappe à chaque fois que mes remparts sont touchés.

— J'ai vu mieux, dis-je avec désinvolture.

Ses yeux s'arrondissent, et des rides de mécontentement apparaissent sur son front. Il me dévisage d'un regard froid… aussi froid qu'un iceberg. Il serre les poings, puis finit par rejoindre ses potes à l'intérieur de l'habitacle.

— Jayde, t'aurais pu te fringuer au moins, réplique Cody en pointant du doigt sa peau à découvert.

— La ferme, je me suis taché. On ne chante pas du Fleetwood Mac, et encore moins si c'est elle qui choisit, lance-t-il.

Les trois autres s'observent, visiblement ennuyés, puis Jayde s'équipe de la guitare derrière lui avant de commencer le prélude d'une chanson de Nirvana, *Smells Like Teen Spirit*.

Sa voix rauque et irrésistible s'élève. Il garde les yeux clos comme s'il s'imaginait se barricader avec des murs invisibles pour être seul dans sa bulle. Des frissons parcourent mon échine à chaque fois que je l'entends chanter. Il est dans son monde et nous invite à l'y rejoindre secrètement. Ses cordes vocales sont faites d'or. Jayde est comme un dieu du rock s'appropriant tout ce qu'il entoure par la force de son chant.

Les revêtements les plus parfaits sont ceux qui dissimulent le plus de souillures. Malgré son corps d'apollon, ce type me dégoûte... mais il m'intrigue au même degré. Il semble à la fois complètement à la ramasse et dans le contrôle du moindre détail. Il me fascine, accapare toute mon attention. Comment un mec si empli de haine et de mépris peut-il pondre des paroles aussi profondes ?

Sa psychologie m'interpelle... peut-être parce qu'elle me rappelle *la mienne*. C'est risible d'avoir de telles sottises en tête !

La cigarette sur sa peau est ma première riposte. S'il ose s'en prendre à moi en utilisant à nouveau mon passé, il va le regretter amèrement. J'ai en horreur cette partie de moi, la Iris violente avec une armure de connasse, mais, quand je n'ai pas le choix, mes boucliers se solidifient davantage.

Depuis que je suis à Boston, je préfère la carte de l'indifférence plutôt que celle de l'impulsivité... même si j'ai toujours du mal à la gérer. À Memphis, celui qui me cherchait, je le déglinguais ; celui qui m'insultait, je lui faisais la peau ; celui qui s'approchait trop de moi, je ne retenais pas mes poings.

Comble de l'ironie, j'ai fini par faire du strip-tease dans un club... mais soit c'était ça, soit mon père s'en prenait à mon frère et à moi. Si j'avais été enfant unique, je n'aurais jamais suivi cette voie... mais pour Chris je devais le faire. Dans ma tête, il ne nous restait que deux ans sous ce toit dans cette ville pourrie. Deux ans avant la liberté. Hélas, avant que je n'y goûte, on m'a arraché les ailes sans pitié.

Les garçons chantent en chœur en s'éclatant sur le morceau de Kurt Cobain. Une véritable complicité se lit sur leurs traits lorsqu'ils s'égosillent à l'unisson. Ils se lancent des regards bourrés de vannes silencieuses, ce qui a le don de les faire sourire. Pour la première fois depuis que je le connais, je détecte une certaine sérénité dans les sombres prunelles de Jayde. Cette cabine insonorisée est comme une bulle qui le protège de la cruauté du monde. À l'intérieur, les morceaux délabrés de son cœur s'éparpillent autour de lui pour mieux se remodeler par la suite. La musique guérit tous les maux, mais, quand elle s'achève, que devient-il ? Qui est-il réellement quand les projecteurs s'éteignent ?

Jayde a deux aspects bien distincts : aussi fougueux que le feu et aussi tranchant qu'une lame. Muni d'une armure de glace devant les autres, il insulte, rabaisse, aboie et mord dès qu'on effleure son espace vital. Son autre côté est aux antipodes et s'exprime quand il s'adonne à la musique, quand l'étau de sa gorge déploie les paroles les plus sincères et brutes qui soient. Il se met à nu sans l'être totalement, il s'ouvre à son public, car dans le fond il veut juste être compris.

Oser farfouiller dans mon passé est un véritable affront, mais j'ai la sensation qu'il en ignore encore beaucoup à mon sujet. S'il savait qui est réellement mon père, il m'en aurait fait la remarque. Comment ne pas faire de remarque quand on est au courant que je suis la fille de Joe Conner ?

À mon avis, il voulait simplement trouver un moyen de me faire déguerpir sans se casser la tête, mais je ne vais nulle part. J'ai rêvé de cette opportunité toute ma vie. Pour la première fois, j'ai la possibilité d'être reconnue comme étant une artiste et non l'enfant d'un salaud fini. N'ai-je pas le droit moi aussi à la caresse du bonheur ?

Le destin a toujours pris un malin plaisir à se jouer de moi. J'ai grandi avec l'idée : « C'est toujours les autres, jamais moi. » Dès que je franchis une étape, je me retrouve cent pas en arrière et, si on déteste constamment certains aspects de la vie, elle finit par nous le rendre en nous détestant aussi.

La chanson terminée, les quatre garçons sortent de l'habitacle. Dustin me sourit, puis s'assoit sur l'accoudoir de la chaise où je suis installée.

— T'as aimé ?

— Oui, beaucoup.

— Encore heureux, souffle Jayde en s'empressant de sortir une cigarette.

Je remarque Bryce qui prend la feuille avec ma chanson et la tend à son ami tandis qu'il tire une première bouffée. Il fronce les sourcils et s'en saisit.

— Lis la chanson d'Iris, elle est super.

Jayde écarquille les yeux, avant de les diriger lentement vers la feuille, puis les ferme et la rend à Bryce.

— Pas besoin de lire pour savoir que c'est de la daube.

— Ça restera toujours moins *has-been* que toi, répliqué-je avec une grimace. T'es le cliché du rockeur tourmenté et, le pire, tu crois tout savoir. Réveille-toi un peu ! Ce rôle-là a déjà été joué par Freddy Mercury, à moins que tu ne veuilles suivre ses traces et faire ton *coming out* ?

— La vipère, je ne t'ai pas sonné. Tu te prends pour Carole King, mais tu vas dévier comme Miley Cyrus. T'es le cliché de la peste qui vient me casser les couilles et qui couche avec des mecs pour avoir ce qu'elle veut.

Il arbore un air fier, et ses trois potes me lancent des regards navrés.

— Tu vois ? J'ai déjà une bonne influence sur toi. Tu commences à avoir de la repartie. Mais désolée pour toi, je suis plutôt clito que gland.

Mon sourire candide et ma réplique lui font tirer une tête qui me donne envie de m'esclaffer devant lui.

— Attends, t'es lesbienne ? m'interroge Bryce, les yeux aussi ronds que des billes.

— Putain, quel gâchis ! poursuit Cody.

Dustin reste aussi silencieux que Jayde, et m'analyse minutieusement, comme s'il était à la recherche d'une quelconque vérité qui pourrait le rassurer. Je me sens rapidement gênée, surtout avec cette lueur de déception au fond de son regard.

Jayde frotte son menton en m'inspectant d'un air drôlement amusé, puis il roule des yeux avant de continuer de fumer.

— Waouh, Iris, maintenant j'ai plein de fantasmes en tête ! s'exclame Bryce, pétillant.

Je réprime un rire, puis Braden fait son entrée dans la pièce avec un sourire chaleureux scotché au visage.

— Iris, j'ai parcouru ta chanson et j'en suis fan. Les gars, vous avez des idées de mélodie ?

— Attendez ! fais-je avant que Jayde n'aboie son mécontentement.

Je me lève et m'approche de Braden, qui est debout à côté de Jayde.

— Je veux que Jayde la lise aussi avant de la valider…

— Espèce d'idiote naïve, tu n'as pas compris que je m'en branle ! grommelle-t-il, furibond.

— Tu peux te montrer aussi désagréable que tu veux, tu sais pertinemment que je riposterai. Et au cas où tu aies encore des doutes, je suis vachement tenace.

Mon regard est empli de sous-entendus, dont seul lui peut déchiffrer le sens. J'ai vite réalisé que Jayde et moi sommes liés par deux choses : la passion pour la musique et la haine. C'est ce que nous partageons de plus fort, et c'est ce qui fait que la tension entre nous soit si tangible et comme chauffée à blanc. Il a beau lutter, il finira par capituler. Rien n'est plus important que son dévouement pour son art.

Il détourne les yeux et continue d'afficher une mine renfrognée. Nous devons faire une trêve, j'ai besoin de ce travail, et sans la coopération de Jayde rien ne sera possible. La vengeance a hurlé dans mon corps pour me mener ici. Jayde est un adversaire de taille, un véritable obstacle, mais je refuse d'abandonner la chance qui m'a été offerte.

— Je te demande juste de la lire. Si tu n'aimes pas, on fera des modifications. La balle est dans ton camp, Jayde, t'as conscience que je rends coup pour coup.

La vengeance éclate en moi dès le premier coup. J'ai même un tatouage sur mon bras gauche pour l'exprimer : *Who strikes receives the blows*[1]. Je n'attends jamais les effets du karma. Le karma, c'est moi.

Jayde n'a pas le temps de répondre que son producteur s'interpose :

— Il la lira, Iris, mais, pour que vous travailliez ensemble, vous devez apprendre à vous connaître.

Je m'en doutais.

— Et si on les enfermait comme les chanteurs de Fleetwood

1. « Qui frappe reçoit les coups. » (NdA)

Mac, vu que l'album *Rumours* est né comme ça ? propose Bryce, l'air rieur.

Jayde demeure silencieux, mais il daigne enfin poser les yeux sur moi. Ils sont dénués d'émotion, vides comme si on venait de leur pomper tout leur éclat. Sans rien dire, il quitte la pièce, nous laissant – me laissant – encore plus perplexes.

Jayde

— Jayde !

Je sors de ma chambre, l'air ennuyé, en découvrant Dustin, les bras croisés, en face de moi dans le couloir. Juste après mon départ du studio dans le silence, je suis rentré chez moi, mais visiblement ce connard de Texan m'a suivi.

— Quoi ?

— Fais un effort, s'il te plaît ! Je ne te le demande pas comme membre du groupe mais comme ami.

Dustin a le don de se montrer très persuasif. J'inspire profondément avant de passer la main dans mes cheveux.

— Dustin, tu sais très bien que je ne supporte pas de travailler dans ces conditions.

— Arrête de jouer les méchants. Tu as beau te comporter comme un connard, toi et moi savons très bien que tu vaux mieux que ça, tu as un bon fond.

— Je ne vois pas de quoi tu parles, lâché-je en détournant le regard.

— Mon vieux, tous les quatre, on est une famille. On ne te jugera jamais, même si parfois on ne comprend pas vraiment tes actions. Tu as toujours été là pour nous. Alors ne nie plus quand je parle de ton bon fond, c'est comme si tu t'insultais, et je n'aime pas qu'on dise du mal de mon frère.

La sincérité dans sa voix m'apaise. Toute la journée j'étais dans la brume. La cicatrice sur mon torse n'a pas été douloureuse, mais mes souvenirs ont été ravivés, et c'était le chaos dans ma tête. Le chaos s'étend toujours dans le silence de nos songes. Mes méninges surchauffent rien qu'à la pensée de ce qui s'est passé. Iris et moi sommes à égalité à présent.

Frustré, je plonge mes yeux noirs dans les siens.

— Tu veux quoi, Dustin ?

— Que tu fasses une trêve avec Iris. J'ignore pourquoi tu ériges toutes ces barrières, mais… tu devrais lui laisser une chance. Vous êtes doués tous les deux, et vous pourriez concocter un album qui aurait beaucoup de succès.

— Elle te plaît ?

Dustin se frotte la nuque, et l'embarras s'immisce sur ses traits. Je ne l'ai jamais vu aussi… gêné au sujet d'une fille. Je le connais suffisamment pour en déduire qu'il est méchamment piqué par la fièvre de la peste décolorée.

— Ce n'est pas la question. En plus, elle dit qu'elle est lesbienne…

— Ouais, donc elle te plaît. Son histoire de lesbienne, c'est du pipeau. En revanche, je ne saisis pas pourquoi elle te plaît, c'est une teigne, marmonné-je dans ma barbe.

Bon, elle est sexy… affreusement sexy, mais c'est tout.

— Bah, si tu retirais les œillères qui t'empêchent de la voir sans la juger, tu comprendrais. Fais juste un essai sur la première chanson. Elle veut vraiment travailler avec nous. Tu lui brises ses rêves et, si les rôles étaient inversés, tu aurais réagi pire qu'elle.

— Et si je fais un essai sur sa chanson et que ça ne me plaît pas ?

— Ça te plaira. Tu es suffisamment intelligent pour voir le talent.

— Très bien, mais ce sera selon mes conditions, capitulé-je.

J'ai perdu une semaine, et la chanson que j'ai écrite est de la daube finalement, donc autant essayer.

— Waouh, c'est déjà un grand pas que tu acceptes. J'aurais dû te filmer pour Cody et Bryce. Ils risquent de ne pas me croire.

Dustin affiche un sourire fier. Pour lui, il m'a fait entendre raison.

— Ta gueule, maintenant.

Il me tend la feuille que je suppose être celle avec la chanson. Cette foutue vipère est visiblement une sorcière, vu qu'elle a retourné tout le monde contre moi pour que je cède. Je plie le papier en quatre et le range dans ma poche arrière.

— Tu ne la lis pas ?

— Après.

— Par contre, tu dois faire quelque chose avant.

— Quoi encore, putain ?

— Elle est à son boulot. Pense à passer la voir pour discuter et t'excuser. Je veux que vous partiez sur de bonnes bases demain.

— Tu te fous de moi ?

— Non, je n'ai jamais été aussi sérieux. Tu ne respectes rien, et cette fille mérite des excuses. J'espère que tu feras ce que tu dis, Jayde. C'est pour le bien du groupe.

Les mots magiques : le bien du groupe. Mes dérives ont eu énormément de conséquences, et c'est cette foutue culpabilité qui me pousse à céder.

— D'accord, Dustin. J'irai la voir ce soir.

Mes démons sont pires que l'emprise de Tate, mon frère. J'ai cette sensation de ne pas pouvoir me battre tant je suis harassé par ce brouhaha grandissant dans mon crâne.

Iris est comme la radioactivité, instable et turbulente, n'attendant que le moment propice pour se désintégrer, et l'énergie qu'elle produit est une nuisance pour l'atmosphère. Visiblement, on se ressemble bien plus que je ne le pensais.

Dans la pénombre de la nuit, je roule dans ma Porsche Taycan noire en écoutant du jazz. Ce genre de musique a le don de me détendre, et j'en ai besoin avant de me confronter à cette peste.

Lorsque je me gare, je prends la précaution de mettre un bonnet et mes lunettes de vue. D'habitude, j'opte pour une casquette, mais ce soir il fait un peu frais.

Je sors du véhicule en claquant la porte et, avant que je n'avance vers l'entrée du bar, mon regard se dirige vers des types chelous qui tournent autour d'une voiture. J'analyse vite fait la scène et les aperçois prendre la poudre d'escampette. Ce sont les bikers du coin, j'en ai entendu parler brièvement, mais je les trouve ridicules. Ils ont cru qu'ils étaient dans *Sons of Anarchy* ou quoi ? Quels ringards !

Je ne mets pas longtemps à reconnaître la vieille Ford d'Iris. Faut dire que ce tas de ferraille ne passe pas inaperçu quand elle le gare en bas du studio, ça ternit le paysage huppé du quartier.

Je m'avance vers la voiture, curieux de savoir pourquoi cette épave attirait autant l'attention de ces bigleux, puis je comprends en découvrant les quatre pneus crevés.

— Putain ! Qu'est-ce que tu as encore fait, Black ? s'exclame Iris derrière moi, furieuse.

9. Donnant-donnant

Iris

— Je t'assure que je n'ai rien fait, réplique-t-il, les sourcils froncés.

J'ai beaucoup trop de mal à le croire. Cet homme me débecte à 1 000 sur une échelle de 10. Son innocence me semble d'abord inenvisageable, mais son expression paraît plus que sincère. Ce voile de vérité désamorce la bombe à retardement que je suis.

— Alors pourquoi, comme par hasard, je te trouve ici ? grommelé-je, toujours aussi énervée, en pointant de l'index ma voiture.

Si c'est une blague, elle est plus que de mauvais goût. Je n'ai pas les moyens de me payer un pneu… alors encore moins quatre. Mon salaire du Dream Club et ma bourse couvrent à peine mes frais de scolarité.

— Réfléchis, putain ! Est-ce que j'ai une tête à toucher cette caisse ? Même si tu me payes, je ne toucherai pas la carrosserie. Plutôt crever que de choper les microbes que t'as ramenés du trou paumé d'où tu viens !

C'est le bouquet !

— Je t'emmerde, sale rockeur à la noix !

L'adrénaline fuse dans mes veines. Je refuse d'être victime d'une quelconque crise d'angoisse.

Je suis dans la merde !

— Ce sont des bikers qui ont fait ça, probablement celui que t'as attaqué l'autre soir en mode ninja, ajoute-t-il en balayant d'un regard ce qui nous entoure.

Mon cœur cogne de plus en plus fort. Je ne suis plus sûre de gérer mes pulsions. L'oxygène se raréfie dans mes bronches, j'ai du mal à respirer. Mes paupières restent closes. Je passe les mains dans mes cheveux avant de les coincer derrière ma nuque, tentant de me calmer.

— Ne me dis pas que tu vas pleurer, hein ? Parce que, si c'est le cas, je préfère partir.

Je me confronte à ses opales sombres. Je ne pleure pas, mais je sens que j'ai les larmes aux yeux. Je baisse la tête pour ne plus le regarder.

— Va-t'en !

Je fais semblant de n'avoir besoin de personne, et je suis terrifiée de découvrir que ma résilience est aussi faible que de la poussière devant un ouragan. Je fixe l'asphalte comme si je pouvais y trouver une réponse pour me délivrer. Soudain une main chaude glisse sur ma nuque. Je redresse hâtivement le visage et croise les prunelles de Jayde. Son autre main me tapote légèrement sous le cou. Alors que je suis sur le point de reculer, il exerce une pression silencieuse pour me sommer de ne pas bouger d'un poil.

— Mais qu'est-ce que tu fais ? lâché-je, à la fois hébétée et déconcertée.

Il se tait, roule des yeux, signe qu'il est exaspéré, et continue de tapoter avec douceur ma gorge.

— Une des solutions pour calmer une crise d'angoisse est de stimuler le thymus, alors je te le stimule en faisant ça.

— Comment tu sais ça, toi ? fais-je, toujours aussi perturbée.

La chaleur de sa main a un pouvoir lénifiant. Elle m'émoustille également. Mes épaules tressaillent à chaque petit coup qu'il donne contre ma peau. Ma panique se dissipe et est remplacée par un sentiment de pur trouble.

— Quelqu'un que je connais en faisait souvent. Je suis habitué à ça.

Il cesse de me stimuler le thymus, sans pour autant libérer ma nuque. Nos yeux se verrouillent. Une décharge électrique s'étend de sa paume avant de me parcourir entièrement. J'ai la sensation que par ce simple contact Jayde est parvenu à immiscer une partie de lui sous ma peau.

— Merci…, dis-je.

Il détourne instantanément le regard, visiblement embarrassé. Moi aussi, je le suis ; je n'aurais jamais cru qu'un jour je remercierais Jayde Black.

Il fixe les pneus de ma voiture, puis pousse un soupir.

— Tu devrais appeler une dépanneuse, suggère-t-il en enfonçant les mains dans les poches de son jean.

— Je n'ai pas les moyens de les faire remplacer, avoué-je en croisant les bras, un peu honteuse.

— Alors laisse-la ici. De toute façon, cette bagnole est tellement laide que personne ne viendra l'embarquer.

— Ma voiture est très bien, dis-je, la mine renfrognée.

Jayde affiche un air las, comme si je ne débitais que des futilités. Un détail m'ébranle soudain. Sa présence ici est complètement incongrue.

— Pourquoi t'es là au juste ?

Il se pince l'arête du nez et grimace légèrement.

— Je voulais te parler mais, à peine j'arrive, tu me gueules dessus, marmonne-t-il.

Je souffle.

— En même temps tu ne m'inspires que de la rage.

Je fixe derechef mon véhicule, ne sachant pas quoi faire. Lenny n'est même pas là pour m'aider.

— Bon, t'as le choix, la vipère. Tu laisses ta voiture, et je te raccompagne chez toi. Sinon je t'abandonne ici, et tu te démerdes.

— Plutôt crever que monter dans ton nid à MST, rétorqué-je en lui lançant un regard noir.

Jayde réprime un rire et hausse les épaules alors qu'il se dirige vers son bolide.

— Comme tu veux.

Sa Porsche est flamboyante et carrément impressionnante. Je ne manque pas de mater ses fesses parfaitement mises en valeur dans son jean, et mon esprit farfelu décide de flouter le visage du concerné pour m'autoriser à apprécier la vue et alléger ma culpabilité.

Jayde s'arrête et m'observe par-dessus son épaule. Alors que je viens d'être prise sur le fait, mon sang afflue dans mes joues. Je suis troublée.

— Cesse de me mater et monte dans ma bagnole, dit-il avec un sourire goguenard.

Mes épaules s'affaissent en signe de capitulation. Lentement, je m'approche de sa voiture, tête baissée pour cacher mon visage cramoisi.

— Tu rougis ? Waouh, je suis choqué, la vipère, ajoute-t-il, toujours aussi arrogant.

— Ta gueule.

Je grimpe dans sa Porsche et suis directement frappée par la technologie moderne et les nombreux écrans du tableau de bord. Les sièges en cuir sont si confortables que je doute de ma capacité à pouvoir me lever et à quitter ce bijou de l'automobile quand nous serons arrivés.

Jayde enclenche le moteur et le fait vrombir avant de s'élancer sur la route.

— Comment ça se fait que tu me proposes de me raccompagner ? demandé-je, perplexe, en prenant soin de l'observer.

Jayde est particulièrement attentif à la route. Il prend deux secondes pour retirer ses lunettes de vue et son bonnet, libérant ses cheveux noir corbeau.

— J'ai toujours pitié des chiens errants dans la rue. En plus, je comptais emmener ma voiture au lavage demain, donc ça tombe bien.

J'ignore ce qu'il dit, beaucoup trop concentrée sur la vague de stress qui m'engloutit à cause de mes pneus crevés, et j'enchaîne :

— Pas besoin de te préciser où j'habite, je suppose.

Après une minute de silence, je l'interroge à nouveau alors que les rues de Boston défilent à travers la vitre :

— Tu voulais me parler de quoi ?

— Te dire que je suis d'accord pour faire un premier essai.

Comme frappée par la foudre, j'ai l'impression d'avoir une hallucination auditive. Je le fixe en battant des paupières. Il s'arrête à un feu rouge avant tourner la tête vers moi.

— Qu'est-ce que tu as dit ? le questionné-je, incertaine.

— Attends, tu me fais pas le truc de filles où tu fais genre t'as pas compris mais en fait si, donc tu me demandes de me répéter dans le but que je dise une phrase qui te convienne ?

Un rire va m'échapper, mais je le retiens.

— Tu veux vraiment faire un essai ? Il est où le piège ?

Son regard ténébreux me lorgne intensément. J'ai un mal de chien à détourner les yeux de lui. Je sais que cette sensation qui incendie le creux de mes reins ne va m'apporter rien de bon à l'avenir. Mon corps est invalide concernant tout ce qui peut être charnel. Secrètement j'ai toujours attendu que quelque chose puisse me libérer de ce sentiment qui m'accapare. Ce quelque chose... Jayde l'incarne sans que j'aie le choix. Il éveille une étrange énergie crépitant au fond de mon ventre. Il suinte la débauche, la dépravation, tout ce que je souhaite éviter, tout ce que je ne dois pas approcher.

Jayde est la personnification de mon passé : l'addiction, la drogue, le sexe, les dérives perpétuelles. Un panneau rouge devrait être plaqué sur son front pour m'en interdire l'accès. Malgré les secrets qui obscurcissent son regard ténébreux, mes instincts de femme ne peuvent rester insensibles à sa beauté sombre et saisissante. Comment le pourrais-je ? Je ne sais plus sur quel pied danser avec lui. Sa psychologie m'interpelle. Jayde est troublant. Tantôt il s'éteint dans l'ignorance, tantôt il aboie farouchement.

Un coup de klaxon nous sort de notre torpeur, et de notre bulle. Alors que les conducteurs des voitures derrière nous commencent à s'exciter, Jayde reprend la route après avoir secoué la tête au moins trois fois d'affilée.

Un cocktail d'émotions m'envahit. Des frissons rampent lentement sur ma peau. J'aimerais faire taire les envies qui m'assaillent.

— J'ai lu ta chanson, c'est un peu nunuche, mais je suis d'accord pour faire des modifications.

J'écarquille les yeux.

— Nunuche ?

— Oui, bon, en même temps, t'es une fille. D'ailleurs, c'est difficile de t'imaginer, toi, en train d'écrire des chansons mélancoliques. Ce qui me gêne, c'est que tu y laisses un aperçu d'espoir.

— Et alors ?

Les mains de Jayde se resserrent sur le volant, sa mâchoire se crispe.

— Je ne veux pas inciter à espérer quoi que ce soit. Dans la vie, soit tu as tout, soit t'as rien. L'humain n'est jamais satisfait, il en veut toujours plus.

Que sous-entend-il ? Pour moi, la musique nous donne de l'espoir pour nous extirper de la dure réalité. Lui cherche à exprimer davantage le retour du bâton. Pour lui, la vie ne fonctionne pas ainsi. D'après son premier album… sa vision des choses ne me surprend pas plus que ça.

— Tu es rude dans tes mots, mais je suis prête à faire des modifications.

— Tu n'as pas le choix de toute manière.

Une fois dans mon quartier, il se gare sur le trottoir. Je pivote vers lui, intriguée par cette première discussion où nous n'avons échangé aucune raillerie affligeante.

— Qu'est-ce qui t'a fait changer d'avis ?

Son regard d'obsidienne plonge dans mes yeux. Un souffle de dépit s'évade de sa bouche et vient caresser mes lèvres. J'ai l'impression que les rouages de son cerveau tournent frénétiquement. Il se frotte le menton, puis daigne enfin me donner une réponse :

— Je ne veux pas perdre mon temps pour faire sortir cet album. Si je dois te supporter, je le ferai, mais on fait ça selon mes conditions.

Je me disais qu'il y avait anguille sous roche. Je dresse un sourcil.

— Tes conditions ?

— Dis-toi que, si je fais un effort, c'est uniquement pour mes amis. Je n'ai pas du tout envie de travailler avec une peste comme toi.

Une ébauche de sourire étire mes lèvres, et il le remarque. Un pli barre son front. Il ne semble pas comprendre ce qui m'amuse.

Je souris davantage et ajoute :

— Moi aussi, j'ai des conditions.

— Voyez-vous ça ? T'es une sacrée culotée, tu le sais, ça ?

Je ris, mais je suis surtout troublée. Je feins ensuite une mine angélique et bats des paupières.

— Je te retourne le compliment.

— C'est quoi tes conditions ? bredouille-t-il.

— C'est donnant-donnant.

— Comment ça ?

— Entre nous ça doit être donnant-donnant, Jayde. Si je dois faire des efforts, alors toi aussi.

— Donc tu veux le beurre, l'argent du beurre et le cul de la crémière ?

— Je préfère la bite du crémier, dis-je avec un sourire coquin.

Il rit, un rire si chétif qu'il me poignarde dans la poitrine. Pourquoi sa capacité à rire est-elle réduite à une sonorité si faible ? J'y détecte un désarroi qui asphyxie son envie d'apprécier la vie.

— Je savais que tu n'étais pas lesbienne, lâche-t-il en croisant les bras, l'air toujours aussi amusé.

— Qu'est-ce qui te fait dire ça ? continué-je en prenant la même position que lui.

— Tu me mates comme une petite effrontée, tu crois que je suis aveugle ?

— Je ne te mate pas ! Je confirme juste le fait qu'il faut se méfier des apparences. Ton âme est dégueulasse.

Cette fois-ci, il s'esclaffe en jetant la tête en arrière. Cette scène est carrément inédite. En fait, Jayde Black peut vraiment rire malgré sa mine perpétuellement renfrognée.

Une piqûre de rappel m'assaille, elle s'insère dans ma peau et active ma mémoire en une fraction de seconde. Je revois le moment où je l'ai brûlé avec sa cigarette.

— Je suis désolée pour ce que je t'ai fait ce matin.

Ça me hantait. Même si cet homme est détestable, personne ne mérite un tel châtiment, et je le regrette amèrement. En débarquant à Boston, j'ai cru que je parviendrais à me contrôler, mais les habitudes ne disparaissent pas en un claquement de doigts. J'ai toujours été Iris le garçon manqué, Iris la bagarreuse, Iris la calamité. Alors que je veux juste être Iris la débrouillarde, Iris l'artiste, Iris l'épanouie.

Le silence s'installe dans l'habitacle. Il analyse mon visage à la recherche d'une once de franchise, et j'espère qu'il discerne ma sincérité, ainsi que mes regrets.

Je tente de dissimuler ma gêne en m'expliquant davantage :

— Je suis très impulsive… et ce que tu as fait…

La pression pèse sur mes épaules. Des mots se cadenassent au fond de ma gorge au point de m'étouffer. Je m'en veux d'avoir fait ça, mais la colère chez moi est souvent difficile à canaliser.

— Pourquoi tu as changé de nom de famille ? me coupe-t-il soudain.

La curiosité embrase ses iris. Je comprends qu'il n'a pas creusé pour en savoir davantage sur moi et s'en servir pour me faire partir. Il a tiré ses propres conclusions sans gratter le revers de l'immonde vérité qui se cache derrière.

— Pourquoi tu n'as pas fait de recherches supplémentaires ? demandé-je, intriguée.

— Je n'en voyais pas l'utilité. J'en ai déduit que tu détestais ta famille.

— En venant ici, je voulais un nouveau départ, une nouvelle identité. Je ne souhaitais pas qu'on me relie à ma famille.

Ses lèvres se pincent. Je sens que j'ai éveillé son intérêt, mais il ne me pose pas davantage de questions, ce que j'apprécie.

— Tu sais, cela me surprend que tu n'aies pas remis ça sur le tapis, en plus de l'avoir affiché en grand sur ma porte, répliqué-je avec une certaine amertume.

— Cela me semblait juste être un bon moyen de pression pour te dégager, mais je m'en fiche de la vie des autres. Y a que la mienne qui importe. Quoique, tu as visiblement une sacrée carapace, raille-t-il en poussant un soupir qui paraît sortir du fin fond de son être.

— Mes excuses sont sincères, Jayde.

Je me sens obligée de le préciser, pas forcément pour lui, surtout pour moi. Ma culpabilité risque de revenir me titiller, et je préférerais l'éviter.

— J'ai entendu, et ça m'est égal ce que tu as pu faire.

J'arque un sourcil, perplexe. Il parle comme si tout ce qu'il éprouvait était insignifiant. Jayde semble dénué de toute émotion. Alors pourquoi se montre-t-il aussi imbu de lui-même ? La seule chose qu'il sait faire, c'est mordre dès qu'on l'approche de trop près.

Qui es-tu, Jayde Black ? Mais surtout que caches-tu ?

— Alors c'est donnant-donnant ?

Je le relance, prête à signer un semblant de trêve. Ce ne sera pas facile, mais il est sur le point de capituler.

Restant impassible, il répond :

— Je veux faire un premier essai sur ta chanson, mais tu ne me dis pas quoi faire.

— On ira à ton rythme, mais ne me donne pas d'ordre toi non plus.

— Très bien.

— Donnant-donnant ?

Il opine du chef.

— Répète-le alors, continué-je. Je ne veux pas serrer ta main pour conclure le marché, Dieu sait où elle a traîné, marmonné-je en faisant la moue.

— Donnant-donnant, Conner.

Il me cherche avec son sourire goguenard.

— Je préfère encore que tu m'appelles vipère.

— Donnant-donnant, vipère qui me casse les couilles.

Je roule des yeux.

— Tu vas faire comment pour ton hideuse caisse ? m'interroge-t-il soudain.

— Je ne sais pas encore… Demain je verrai quoi faire. De toute manière, je ne serai pas véhiculée avant un petit moment. J'essaierai de demander à Lenny de m'aider.

— Ça me fera des vacances de ne plus l'apercevoir devant le studio.

— Haha, très drôle, dis-je avec un rire faux.

Je prends mon sac et, avant d'ouvrir la portière pour m'en aller, lui lance un regard par-dessus mon épaule.

— Merci, Jayde.

Il souffle.

— Dégage.

— La politesse et toi ne faites pas bon ménage.

Il grogne.

— Tu es encore là ?

Je soupire d'agacement, mais l'observe une dernière fois avant de quitter l'habitacle. J'affiche un sourire espiègle. Il a une mine interrogative en réponse.

— N'en profite pas pour me mater quand j'aurai le dos tourné.

Donnant-donnant.

10. Attirance dissimulée

Iris

En cette saison, les feuilles rouges tombent des arbres et sont piétinées par les passants, comme les rêves de la jeune Iris. Tantôt je me sens invincible, tantôt j'ai l'impression d'être totalement impuissante, mais je suis aussi coriace qu'une bactérie et c'est pour ça que je survis.

Assise sur un banc de mon école à l'extérieur, je médite avec ma meilleure amie la nicotine sur la mélodie que j'aimerais créer pour mon premier concert de l'année à la fin du mois d'octobre. J'ai trois semaines devant moi, mais cela va nécessiter encore beaucoup de réflexion. J'espère la finir à temps.

De toute manière, je préfère me consacrer à cela plutôt que de songer à mes quatre pneus saccagés. C'était il y a deux jours, deux jours où je suis restée chez moi parce que c'était le week-end et que Lenny m'a donné ces deux jours de repos.

Mon cerveau s'accommode lentement à l'idée que quelqu'un a visiblement une dent contre moi. Ce sont ces bikers qui sont responsables, le groupe de cet immonde raciste qui s'en est pris à Darren et que j'ai attaqué avec un morceau de verre… Heureusement que Jayde a été témoin de la scène, sinon j'aurais cogité deux fois plus pour mener mon enquête.

Lenny m'a proposé son aide pour financer les réparations, mais j'ai refusé. Je suis toujours habituée à me débrouiller seule et je déteste avoir des dettes à régler.

Ma vie est une partition de musique sans clé de sol pour me guider.

Ma clope coincée entre les lèvres me revigore et apaise les spéculations condensées dans mon esprit. Une pensée en particulier se distingue des autres, une pensée aussi obscure qu'un puits sans fond. Jayde Black. Mon trouble est intense, et ma gorge me brûle lorsque je me rappelle sa paume calée contre ma peau. Son attitude vis-à-vis de moi me laisse pleine d'interrogations. La curiosité ne m'a jamais habitée, jusqu'à ce que je rencontre ses yeux noirs dénués d'expression et d'illusions.

Ce soir-là, j'ai découvert un autre Jayde. Une version de lui moins cruelle. Il était toujours aussi cassant dans son discours, mais avait une once de prévenance sous son masque d'indifférence.

Rester professionnelle, voilà mon mantra. Il me donne une chance. Même si je redoute un peu ses conditions vu ses idées machiavéliques, c'est un bon début.

— Excuse-moi.

Je redresse la tête et croise des prunelles chocolat sur un visage noir avec des joues bombées parsemées de paillettes. J'ai en face de moi une copie de Whitney Houston sur un corps aux formes voluptueuses.

— Oui ?

— Tu peux me passer une cigarette, s'il te plaît ?

J'acquiesce avec un faible sourire avant de lui tendre une cigarette et mon Zippo personnalisé.

— Qu'est-ce que ça veut dire ? dit-elle d'un ton amusé face à l'inscription « Vade retro Satana » ?

— C'est en latin. Ça veut dire : « Recule, Satan. »

Pour mon anniversaire l'année dernière, Lenny m'a offert deux Zippo. Celui-ci reprend la phrase inscrite sur l'un de mes tatouages très discret sur mon poignet droit ; c'est un clin d'œil à mon deuxième prénom. Mon second Zippo est à la maison. Il y est écrit « Try a little tenderness ». C'est ma chanson préférée de mon chanteur préféré, Otis Redding. J'avais sept ans quand je l'ai entendue à la radio pour la première fois. Je suis tombée sous le charme des paroles. C'est cette chanson qui m'a donné envie d'en écrire. Écrire des choses qui s'immiscent dans l'esprit des gens, qui se nichent dans leur cœur.

Essaie un peu de tendresse. C'est tout ce que je voulais avoir.

Mon corps est le musée de mon existence. J'ai onze tatouages à mon compteur, et chacun d'eux est un fragment de moi.

La bouche pulpeuse de cette fausse Whitney forme désormais un O. Elle prend place à mes côtés, ce qui me laisse perplexe. C'est bien la première fois qu'une personne de cette école veut partager le même banc que moi.

— T'es une marrante, toi, rit-elle en coinçant la cigarette entre ses lèvres avant de l'allumer. Je m'appelle Amber Jones.

Elle me tend la main pour serrer la mienne, et me rend mon Zippo par la même occasion.

— Iris Lance.

Ses yeux s'arrondissent de stupéfaction.

— C'est toi le petit prodige de M. Cooper ?

Super, je passe pour une fayotte maintenant, et en plus je suis populaire visiblement.

— Petit prodige, non. Mais oui, je m'entends très bien avec M. Cooper. Comment tu me connais ?

— On voit bien que tu n'es sur aucun réseau social, toi, dit-elle, amusée, avant de prendre une bouffée de sa clope.

— Pardon ?

— Tu suscites beaucoup de jalousie chez les étudiants en musique classique contemporaine et dans les classes de jazz. Ton nom est toujours recommandé pour une potentielle collaboration.

Je ne suis en effet sur aucun réseau social. Quel est l'intérêt d'y étaler sa vie ? Je ne l'ai jamais compris. Rien ne m'arrime à mon téléphone si ce n'est la musique que j'écoute. J'ignore si je pourrais m'ouvrir un jour à cet univers, mais je n'en ai jamais ressenti le besoin. Tout ça me paraît si… futile.

— Jamais un étudiant n'est venu me voir pour me demander ça, remarqué-je.

— Bah, vu les éloges qu'on fait sur toi, ils craignent que tu leur voles la vedette.

Je hausse les épaules.

— Je pense surtout qu'on ne m'apprécie pas.

— Tu es très modeste, mais, tu sais, il y en a qui crèveront d'envie face à la réussite des autres plutôt que de vivre de leur passion et d'essayer d'atteindre leurs propres désirs.

Je l'aime bien.

— Tu es dans quel département ? demandé-je.

— Performance musicale. J'ai de grandes aspirations pour l'avenir.

— Ah oui ?

— Iris, on ne se connaît pas encore très bien, mais tu as devant toi la future Aretha Franklin.

Je l'aime vraiment bien.

— Rien que ça ? dis-je en réprimant un rire.

— Oui. Une diva se doit de reconnaître son talent et de l'imposer aux autres. Tu devrais faire pareil d'ailleurs. J'ai la sensation que tu es trop recluse et que tu portes des œillères qui t'empêchent de réaliser ton talent.

— Je suis impressionnée, mais je suis loin d'être une diva, dis-je, amusée, en écrasant ma cigarette contre la semelle de mes Dr. Martens.

Amber passe la main dans sa dense chevelure bouclée couleur ébène, puis prend une autre bouffée de sa cigarette.

— Tu vas participer au concert à la fin du mois ?

— Oui. Je serai dans la partie classique, et toi ?

— Je chanterai une de mes chansons. L'orchestre m'accompagne pour ma performance de *rhythm and blues.*

— C'est ta composition ?

— Oui, c'est ma chanson. J'ai vraiment hâte de monter sur scène, c'est une chance inouïe.

Je lui souris sincèrement.

— J'ai hâte de t'écouter dans ce cas.

— Si tu veux, tu peux assister à une de mes répétitions pour avoir un avant-goût, propose-t-elle avec un large sourire révélant sa dentition parfaite.

— Avec plaisir. Si j'ai un peu de temps, je passerai dans la salle de répét' quand ce sera ton créneau.

— Génial alors ! J'ai hâte aussi de t'entendre. Je voudrais voir les jaloux se décomposer face à ta performance, petit génie, me taquine-t-elle.

Cette Amber est rafraîchissante comparée aux étudiants que je rencontre habituellement. Au premier abord, elle pourrait paraître un peu insistante, mais il est facile de lui parler.

— Oh ! non ! Ne m'appelle pas comme ça, j'ai encore tellement de choses à apprendre.

Elle me sourit avec bienveillance, et nous continuons à fumer tout en bavardant de tout et de rien. C'est surtout elle qui prend la parole. Je ne suis pas très douée pour faire la conversation. Je préfère que ça soit les autres qui animent la discussion et moi j'écoute attentivement.

Amber a cette confiance en soi qu'on rêve tous d'avoir. Celle à laquelle on s'accroche pour se propulser vers nos rêves. Elle est bourrée d'ambition et se donne les moyens pour réussir. Ce n'est pas de l'espoir qu'elle éprouve mais une certitude.

J'admire ce genre de personne. Elle a confiance en elle sans être imbue d'elle-même, elle est acharnée sans se plaindre, c'est une véritable diva qui quémande encore et encore, car elle a conscience de sa valeur et que rien ne peut être trop beau pour elle.

Amber me laisse sur mon banc afin de rejoindre son cours. Elle insiste sur le fait qu'elle a été ravie de m'avoir parlé et qu'elle espère me croiser à nouveau après que nous avons échangé nos numéros de téléphone. Quant à moi, je vais faire un tour rapide aux toilettes avant mon cours de composition musicale avec l'inégalable M. Cooper. Il est surnommé « jazzman » ; c'est un artiste dans ce style de musique.

Mon premier jour de cours au sein de ce conservatoire, j'ai assisté à un séminaire qui a débuté par une prestation au cours de laquelle il a joué une de ses compositions. C'était magnifique, et ça n'a fait que renforcer mon envie de me perfectionner dans ce genre que je chéris.

Dès mon entrée dans la salle, il m'adresse un sourire. Âgé de plus de quarante ans, c'est un homme très bien conservé, avec beaucoup de charisme. Il impressionne la plupart des filles, qui gardent le silence en classe face à sa prestance plutôt que de bavarder des derniers potins.

Le cours s'achève sur ses conseils pour le concert. Avant que je ne sorte, il m'interpelle. Certaines pimbêches, dont Cassie Donovan, m'adressent des regards dédaigneux.

Je me dirige vers le bureau de mon professeur. Il commence à avoir quelques rides. Ses yeux d'un bleu froid m'observent avec bienveillance. Il plonge furtivement la main dans ses cheveux bruns sans aucune trace de gris.

— Alors, comment ça se passe avec ton groupe ?

— J'ai eu quelques différends avec le chanteur, mais normalement c'est réglé.

Enfin... j'espère.

— Sache que je suis extrêmement fier qu'une de mes étudiantes se soit fait repérer par un producteur célèbre. J'espère que ça t'ouvrira beaucoup de portes à l'avenir, mais ne perds pas de vue le concert à la fin du mois, Iris, c'est aussi important, et l'enjeu peut-être encore plus gros.

— Ce concert est tout aussi important pour moi, mais l'enjeu touche plus le classique, non ?

— Tout dépend de ce que nos invités cherchent. En tout cas, j'ai parlé de toi à un ami de longue date. Il gère pas mal d'affaires dans le domaine de la musique. Comme il s'agit d'un monde assez fermé, je pense qu'il serait intéressant pour toi d'être autant compositrice qu'interprète.

— Monsieur Cooper, je suis flattée, mais je suis encore un peu perdue quant à ce que je souhaite faire dans l'avenir... Le contrat avec Madness est ma première expérience, et je dois la finir pour savoir ce que je veux vraiment.

— Je comprends, mais en tout cas mon ami sera là pour toi. Qui sait ? Peut-être qu'il pourra t'aider. Tu pourrais te faire un véritable nom dans la musique avec le talent que tu as.

La façon dont il croit en moi me réchauffe le cœur. Cooper est connu dans cette école pour soutenir ses élèves jusqu'au bout. D'ailleurs, c'est un des rares professeurs à se rappeler les noms de chaque étudiant dans un amphi plein à craquer.

— Merci pour votre soutien. J'espère que les chansons que j'écrirai vous plairont.

Je souris en serrant la bandoulière de mon sac à dos. Je suis légèrement anxieuse en songeant à ma prochaine entrevue avec Jayde.

— Évidemment qu'elles me plairont. Le rock, c'est indémodable, Iris. Ce groupe a beaucoup de ressources et une notoriété qui ne cesse de croître. Ils ont trouvé une perle parmi les grains de sable, et ne t'inquiète pas, aucun étudiant ne le saura, j'ai conscience de combien tu tiens à ta discrétion. Seuls Allen et moi sommes au courant.

— Merci infiniment, je vous suis reconnaissante de croire en moi, dis-je, intimidée, en me frottant le bras.

Un sourire sincère se dessine sur ses lèvres, et les traits de son visage exsudent sa bienveillance envers moi. Sa main presse délicatement mon épaule pour m'encourager.

— Parce que j'ai remarqué que tu doutais de tes capacités, répond-il, alors je fais le nécessaire pour que tu t'en rendes compte.

Ses mots me touchent. M. Cooper me rappelle énormément Lenny. Mon père n'a pas fait le quart de ce que ces deux hommes font pour moi. J'ai un pincement au cœur en songeant que la présence d'une figure masculine bienveillante peut changer une personne.

— J'en prends note, dis-je malgré le trouble que je tente de dissimuler.

— D'ailleurs, tu as invité qui à venir te voir ? Tu as demandé combien de places pour tes proches ?

— Euh… personne ne viendra me voir, monsieur, répliqué-je, presque honteuse.

Une plissure barre son front. Il a probablement compris que je ne suis pas solitaire seulement au sein du conservatoire. J'avais pensé à inviter Lenny, mais il travaille tous les soirs et, même si je l'aime beaucoup, je serais toujours un peu gênée de le convier à ce genre de chose. M. Cooper ouvre sa sacoche du parfait enseignant et tire un ticket d'une des poches en cuir avant de me le tendre.

— Prends celui-ci. Peut-être que d'ici là quelqu'un viendra pour toi, déclare-t-il avec cet éternel sourire rassurant.

Sans véhicule, j'ai dix minutes de retard en arrivant au studio. De toute manière, je suis certaine que M. la star n'est pas encore là. Mon appréhension est à son apogée. Que va-t-il dire ?

Donnant-donnant.

— Salut, Iris !

La voix enjouée de Bryce me sort de mes pensées alors que je m'extirpe de l'ascenseur. Il ébauche un sourire, et l'anneau sur ses lèvres tressaute. Il tient dans ses mains un livre à la couverture assez sombre dont je ne parviens pas à lire le titre.

— Jayde est avec Cody. Ils sont partis acheter de la bouffe. Je crève la dalle. Tu veux quelque chose ? Je les appellerai.

— Non, merci, Bryce. Je vais l'attendre dans la salle de musique.

— Je finis les dernières pages de mon manga, et je viens t'embêter un peu, fait-il d'un air malicieux.

— Tu lis quoi ? lui demandé-je, amusée.

— Je relis plutôt. C'est mon manga préféré, *Death Note*. Tu connais ?

— De nom seulement.

— Sérieux ? Eh bah, quand je le termine, je te le passe. Ça tombe bien, c'est le premier tome. C'est l'histoire d'un lycéen qui trouve un carnet qui a le pouvoir de tuer lorsqu'on y écrit le nom d'une personne. C'est un pouvoir qui donne beaucoup d'idées pour régner sur le monde.

— Ça a l'air chouette !

— Super ! Je te le passe après, il me reste dix pages.

— J'ignorais que tu étais fan des mangas.

Il m'adresse le sourire enjoué d'un enfant.

— S'il y a bien deux choses qui sont indispensables dans ma vie, c'est la musique et les mangas.

— Tes passions sont très intéressantes. J'ai hâte de découvrir ça.

— Si tu aimes *Death Note*, chose dont je ne doute pas, je t'en ferai connaître plein d'autres !

Il s'en va dans la salle d'enregistrement pour poursuivre sa lecture tandis que je me dirige vers celle de musique. Assis au piano, Dustin joue une mélodie… ratée, c'est le cas de le dire. Le bruit de la porte attire son attention. Dès qu'il me voit, il me gratifie d'un sourire timide. Je m'avance vers lui, pose mon sac et m'installe à ses côtés sur la banquette du piano.

— Je ne suis pas doué, m'explique-t-il en se frottant la nuque, embarrassé.

Je le regarde, amusée.

— On ne peut pas être bon dans tout.

J'ai vu la plupart des vidéos de leurs concerts sur YouTube, et Dustin est incontestablement le dieu de la batterie.

— Alors tu as eu une conversation avec Jayde hier, dit-il, perplexe.

— Oui, je pense qu'on est prêts à composer ensemble… du moins, j'espère.

— Il lui faut toujours une période d'adaptation mais, quand c'est pour le bien du groupe, il revoit ses priorités.

— Ouais, mais on a perdu du temps pour rien.

— Cet album, on voudrait le sortir d'ici le printemps, soit dans six mois. Je pense que c'est large pour nous tous.

— Vous prévoyez une tournée ?

— Oui. Braden est en train de s'en occuper. On était censés faire une tournée l'été dernier pour la sortie de notre premier album, mais on a eu un contretemps.

Je soupire.

— Oui, ce contretemps s'appelle Jayde Black. Je suis admirative de votre patience envers lui.

Il réprime un rire, puis frotte sa barbe en arborant un air pensif et ses yeux dérivent sur moi.

— On nous le dit souvent mais, tu sais, on ne peut pas lui en vouloir. Et puis on reste vraiment solidaires tous les quatre, c'est important.

— J'ai l'impression que c'est toi le ciment qui maintient tout ça.

— Moi ? Je passe généralement pour le leader, mais je ne me considère pas ainsi. Chacun apporte sa pierre à l'édifice, et c'est ce qui fait notre groupe.

Avec sa carrure imposante et les tatouages qui noircissent une bonne partie de ses bras, on pourrait le prendre pour un criminel, mais sa personnalité n'a rien à voir avec son apparence. Dustin est conciliant et fait preuve de beaucoup d'empathie.

Ses lèvres charnues s'étirent en un sourire. Il observe avec intérêt mes cheveux quand il coince soudain une de mes mèches rebelles entre ses doigts.

— Pourquoi cette couleur lilas ?

Ce contact me fait frissonner.

— Tu n'aimes pas ? dis-je en faisant une moue boudeuse.

Il rit.

— Non, au contraire, ça me plaît beaucoup.

Il replace alors la longue mèche derrière mon oreille, et mes épaules tressaillent face à ce geste affectueux. Un voile de désir obscurcit son regard. J'y discerne aussi un soupçon d'admiration. Dustin ne m'observe pas, il me contemple avec intensité.

Mes joues s'empourprent. Embarrassée, je baisse les yeux et laisse traîner mes doigts sur le clavier en jouant la première musique qui me vient en tête, le prélude de *Harry Potter*.

— Je me sens minable maintenant, déclare-t-il en se moquant de lui-même.

Ma main flirte avec les touches, et ses prunelles sombres m'épient toujours avec attention. Son intérêt me déstabilise, mais je continue de jouer, créant une bulle autour de moi qui me permet de faire abstraction de sa présence.

— Je suis Gryffondor et toi ? m'interroge-t-il en croisant les bras.

Cette fois-ci, j'arrête et me tourne vers lui. Il m'inspecte toujours avec autant de prévenance, je n'y suis tellement pas habituée.

— Je n'ai jamais vraiment été très fan de *Harry Potter*, mais je suis Serpentard, d'après ce que j'ai pu déduire.

— Nous sommes tous les quatre fans de *Harry Potter*. Cody et moi sommes Gryffondor, Bryce Poufsouffle et Jayde Serpentard.

Cela ne me surprend pas vraiment venant de Jayde. J'ai vite compris que lui et moi portions la même détermination à réussir, quitte à utiliser la ruse pour parvenir à nos fins. La preuve, il a tout fait pour me dégager d'ici, et j'ai aussitôt riposté pour garder ma place.

— J'aime bien la musique, je la trouve très entraînante.

— Ouais, et t'es vraiment douée !

— C'est mon métier. Évite de me complimenter, m'empressé-je de dire avant de rougir derechef.

— Tu te sous-estimes souvent, on dirait. Non ?

— Je suis juste réaliste, c'est tout. J'ai encore plein de choses à apprendre, Dustin.

— Réalisme et pessimisme sont souvent associés.

Je ris en levant les mains en l'air.

— OK, je plaide coupable ! C'était un peu la devise de la ville d'où je viens.

— Memphis, c'est ça ?

— Oui, et toi tu viens du Texas si je ne me trompe pas ?

— D'une petite commune d'Austin pour être précis. J'ai vécu dans une minuscule maison avec mes parents, mes petits frères et sœurs.

— Vous êtes nombreux ?

— Je suis l'aîné. J'ai deux frères et deux sœurs. Et toi ?

Je regrette subitement ma question.

— Je suis enfant unique.

Après cette réplique, la culpabilité m'envahit aussitôt.

— Tes parents doivent être fiers que tu sois ici en train de réaliser tes rêves, poursuit-il.

J'ai l'impression de recevoir un uppercut en plein dans la poitrine, et une douleur lancinante assaille mon cœur. Ce sujet est tabou pour moi. Mes parents représentent une équation mathématique sans solution. L'amour d'un parent dans ma vie pourrait être la thématique d'un film de science-fiction.

Mon rythme cardiaque s'accélère, je suis proche de la crise d'angoisse. Dustin est loin d'imaginer le chaos qui m'anime. Ses longs cils battent, révélant à chaque fois ses yeux noirs mouchetés d'inquiétude à mon égard.

La porte s'ouvre, ce qui me sort de ma torpeur. Dustin et moi nous retournons à l'unisson et croisons le regard d'un Jayde à la fois ennuyé et perplexe en nous voyant ici. Il hausse un sourcil et pousse un profond soupir, accentuant davantage une émotion indescriptible pour moi.

Intimidée sans savoir pourquoi, je baisse les yeux et tente de me calmer en toute discrétion. La peur m'étreint comme un étau qui me coupe le souffle. J'étouffe, et c'est insupportable.

— Sors d'ici, Dustin. Je t'ai acheté ton kebab dégueulasse. La vipère et moi avons du travail.

L'intonation grave de Jayde m'extirpe de ce tumulte affligeant. Mon corps réagit à sa voix, comme si c'était normal. Je retrouve mon souffle, presque choquée. Ma main descend au bas de mon cou, et je tapote légèrement cet endroit comme il me l'a appris la dernière fois.

— Dis donc, tu es bien pressé de travailler, toi, remarque Dustin, visiblement intrigué.

— Plus vite on pondra cet album, plus vite je me débarrasserai d'elle.

Le souffle exaspéré de Dustin me semble lointain, mais je l'entends me murmurer à l'oreille qu'il est désolé de m'avoir brusquée et qu'il espère me revoir. Je lui souris faiblement, puis il se lève, me laissant seule avec Jayde.

Une feuille atterrit subitement devant moi. Je m'évertue à garder mon calme et la saisis sans broncher ou le regarder.

— Ce sont mes modifications, m'explique Jayde en s'asseyant sur une des chaises en face puis en posant les pieds avec désinvolture sur la table.

J'arque un sourcil. Il se pince l'arête du nez avant de se frotter le menton, jouant avec l'anneau perché au coin de ses lèvres. Le désintérêt que je lis dans ses yeux m'interpelle à chaque fois. Ce bouclier est décidément une constante chez lui.

Sans le faire exprès, Dustin a exhumé le fardeau qu'incarnent mes idées noires à propos de mes parents. J'inspire puis expire, imaginant que mes sombres pensées s'envolent ainsi dans mon souffle. Mes yeux se verrouillent sur la feuille imprimée, et je lis le texte de Jayde. Plus les mots défilent, plus je comprends que cette chanson n'a rien à voir avec celle que j'ai écrite.

— Bon sang, Jayde ! Ce n'est pas ma chanson, ça !

— Je sais. C'est la chanson que j'ai rédigée la semaine dernière avant que tu me fasses ton numéro tout feu tout flammes.

— Tu te fous de moi ? Où est ma chanson ? continué-je, agacée.

Mon angoisse se dissipe totalement et laisse place à l'énervement. *Respire, Iris, ça va aller.*

— Le chat de Cody l'a mangée, c'est dommage.

J'ai envie de lui faire ravaler son sourire insolent.

— Oh ! eh bien, je donnerai celle-ci aux pigeons dehors pour qu'ils la picorent !

Il grimace puis grogne avant de pousser la table avec son pied. Il se redresse pour s'appuyer contre le piano, pas loin de moi.

— J'ai fait l'effort de lire ta chanson et je ne suis pas à l'aise avec ça.

— Tu ne fais aucun effort !

Il roule des yeux, puis tire de la poche de son jean noir une feuille pliée en quatre.

— La voici ta foutue chanson. Le chat n'en voulait pas, il sentait que c'était de la merde. J'avais bon espoir de l'empoisonner.

Pauvre chat.

Ce mec est exaspérant. À peine ai-je déplié la feuille qu'il déambule entre les instruments pour éviter tout contact visuel avec moi.

— Jayde, tu es censé rester à côté de moi si tu veux qu'on trouve un compromis entre nos deux chansons.

Il se raidit, puis, lentement, se retourne pour me faire face.

— Un compromis ? répète-t-il, comme s'il n'était pas sûr.

— Oui. La chanson que tu as écrite est vraiment intéressante. Peut-être qu'on peut les fusionner, tu ne crois pas ?

Ses yeux noirs me liquéfient sur place. Ma présence le dérange pour des raisons que j'ignore. Il m'envoie des signaux alarmants, comme s'il était à court de patience.

Cette façade puérile associée à des piques désobligeantes n'est qu'un leurre. Ne pas savoir ce qui se trame dans son esprit me laisse dans une incompréhension insupportable.

— Jayde… qu'est-ce qu'on a dit ?

— Tu proposes, et je décide, dit-il durement en croisant les bras.

Posté debout au milieu de la pièce, il me jauge comme une moins-que-rien alors que je réponds :

— Ça ne marche pas comme ça.

Donnant-donnant.

— Comment tu veux que ça marche, putain ? Pourquoi toute ma vie on doit m'imposer des choses ? s'énerve-t-il en contractant sa mâchoire carrée.

Je sens que ses mots cachent un double sens.

— Tu me forces à m'imposer, Jayde ! Alors fais un effort. Tu as bien vu ce qui est arrivé à ma voiture, l'autre jour ! J'ai besoin de ce travail pour vivre moi aussi.

— T'as déjà un boulot !

— Je ne suis pas née avec une cuillère en or dans le cul comme toi, maugréé-je en affaissant mes frêles épaules.

— Tu ne sais rien de moi, articule-t-il en me communiquant sa contrariété.

J'ai une idée.

— Alors faisons connaissance !

Ses yeux s'écarquillent, puis je remarque que ses lèvres s'ourlent en un sourire narquois.

— Je ne savais pas que les vipères vivaient chez les Bisounours pour dire une chose aussi infantile !

— Je ne savais pas que les queutards pouvaient réfléchir avec autre chose que leur bite !

Assis sur sa chaise avec indolence, il croise les bras, arque un sourcil et me scrute intensément. Il ne se contente pas seulement de me regarder de haut, il tente de labourer mes pensées avec ce fin lien qui semble s'établir entre nous.

— Je te suggère qu'on apprenne un peu à se connaître, ensuite on écrit et, quand on aura fini, tu n'entendras plus jamais parler de moi !

— Mais je m'en tape de savoir qui tu es !

— Parce que tu crois que moi ça m'intéresse de savoir qui t'es ? Tu es le type le plus insupportable que j'aie jamais rencontré.

— Alors l'affaire est close !

— Non, elle n'est pas close ! Je ne vais pas abandonner ce job.

Écoute, j'apprécie ta musique et ton travail, alors laisse de côté ton immonde personne et mets en avant ton côté professionnel.

— Comment on peut apprendre à connaître une personne qu'on ne peut même pas blairer ?

— On pourrait simplement se poser des questions ? Mais évidemment nul besoin d'approfondir la conversation.

Ce sourire goguenard scotché à son visage n'annonce rien de bon.

— T'essayes de couvrir tes arrières, Conner ?

Connard.

— Les tiens aussi, à moins que tu sois une personne totalement transparente ?

Nos regards sont rivés l'un à l'autre ; aucun de nous ne veut perdre au change dans cet affrontement visuel.

C'est Jayde qui finit par tourner la tête et capitule.

— Très bien, souffle-t-il d'un ton las.

Dans ta gueule !

— Je commence ou c'est toi ?

— Moi. Pourquoi Boston ? demande-t-il.

— J'ai postulé à Berklee et j'ai été prise, c'est tout.

Enfin presque.

— Pourquoi monter un groupe et ne pas faire une carrière solo ? m'empressé-je d'ajouter.

— La réponse est dans le *New York Times*, fait-il avec un sourire sardonique.

— Menteur ! Tu ne réponds jamais aux interviews.

Il étrécit les yeux et réfrène un grognement.

— Alors t'as fait des recherches sur moi, petite coquine ?

Il me toise d'un regard inquisiteur, et je lève les yeux au ciel.

— Pas besoin de te chercher, tu fais toujours la une.

— J'ai toujours voulu en faire mon métier, mais…

Il marque une pause, humecte ses lèvres légèrement charnues, les yeux perdus dans le vague à la recherche d'une manière de dissimuler les maux coincés dans les crevasses de ses murailles.

— … enfin, je veux dire que, quand j'ai rencontré Cody, on

avait les mêmes espoirs, alors on s'est lancés, puis ça s'est construit tout seul avec Dustin et Bryce.

Je sens que ce n'est pas ce qu'il voulait dire et qu'il doit s'insulter mentalement d'avoir failli trop en révéler sur lui.

Une prochaine fois, peut-être.

— T'as l'air complètement en retrait par rapport à eux, mais tu es attaché à eux quand même ? dis-je en penchant la tête pour l'observer.

— De un, c'est à mon tour de poser des questions, de deux, évite de me casser les couilles.

— J'aimerais te faire rencontrer le respect.

— Et moi j'aimerais te faire rencontrer le chômage.

J'adopte un air enjoué.

— Bah dis donc, ta répartie monte d'un cran. Je t'avais dit que j'aurais une bonne influence sur toi.

Jayde demeure grincheux avec cette mine renfrognée d'ours mal luné.

— Dans la vie on ne t'a jamais appris à ne pas être casse-pieds ? grogne-t-il.

— C'est l'hôpital qui se fout de la charité. Tu t'es vu ?

— Je ne casse pas les oreilles des autres, moi. Contrairement à toi.

— La vie m'a appris bien plus.

— Et quoi donc ?

— Ce sont les pires déchirures du cœur qui enseignent les valeurs de la vie.

Ses yeux s'écarquillent, puis Jayde m'observe avec attention, comme s'il auscultait au microscope le moindre de mes mots pour découvrir leur véritable sens. J'analyse cette myriade d'émotions qui se succèdent dans son regard sombre : incompréhension, doute, crainte, un mélange qui résonne en moi.

— Et toi ? Qu'est-ce que la vie t'a appris ?

— De ne jamais rien espérer des autres.

Son masque reste impénétrable. Sa mâchoire et ses poings se contractent. J'ai l'impression qu'il ressasse les instants de sa vie qui l'ont rendu ainsi. Jayde se remémore ses cauchemars, et il se tait car c'est bien plus facile que d'en parler.

— Je pense qu'on va s'arrêter là niveau questions pour aujourd'hui, dis-je.

— J'en ai une dernière à te poser, intervient-il en se levant.

— Je t'écoute, assuré-je avec une légère inquiétude.

D'un pas lourd, il s'approche de moi, puis enjambe la large banquette du piano avant de s'asseoir près de moi. Mon pouls s'accélère d'un coup. J'essaie tant bien que mal de faire abstraction de mes émotions pour les ranger dans une boîte et les enfermer à double tour.

L'aura qui émane de Jayde me fait trembler intérieurement. Je ne supporte pas qu'il ait autant d'effet sur moi. Le souvenir de son contact brûlant sur ma gorge m'incendie encore le corps.

Je ressens une profonde honte envers cette attraction déroutante. J'ai toujours étouffé mes émotions, c'est ma première leçon de vie à Memphis. Seulement, à force de les opprimer, elles ont fini par m'empoisonner.

Jayde a des yeux noirs fascinants, presque éprouvants à regarder tant le désespoir s'y reflète intensément. Avec son rictus narquois, la débauche et la ruse pour se jouer des autres se modèlent sur son visage. Se jouer des autres avant de devenir leur jouet préféré. La loi de la jungle s'applique dans la vie des hommes. Le plus fort gagne.

Il cherche sans cesse à deviner ce que je pense ou ressens. Le silence règne, et une connexion indéniable entre nous se construit, mais, dès qu'il parle, notre bulle éclate.

— Pourquoi je n'arrive pas à me débarrasser de toi, Iris ?

Un petit sourire se façonne au coin de mes lèvres, alors que lui demeure très sérieux. Je suis si habituée à ce qu'il m'appelle « vipère » qu'entendre mon prénom de sa bouche me paraît… étrange.

— Moi aussi, j'ai des rêves, Jayde.

— Actuellement mon rêve c'est de te voir quitter ce studio, lâche-t-il en pointant du doigt la porte derrière moi. Écrire une chanson, c'est intime, et je n'ai pas envie de partager ça avec qui que ce soit.

— Plein de chanteurs travaillent avec des compositeurs.

— J'ai mes raisons.

Intéressant, mais c'est bien trop tôt pour que tu me les révèles.

— Tu sais ce que je crois ? dis-je sérieusement.

— Quoi ?

— Dans le fond, tu ne veux pas te débarrasser de moi.

Pour la première fois, une sollicitude luit dans le noir intense de ses yeux. Le mécontentement quitte ses traits. Son regard dérive sur mon nez fin et mes quelques taches de rousseur, avant de se porter sur mes lèvres. Un frisson d'excitation me parcourt.

— Qu'est-ce qui te fait dire ça, la vipère ?

Ce murmure me fait tressaillir. Il plonge à nouveau dans mes yeux, attendant une réponse.

La tension entre nous est électrique. Sans m'en rendre compte, j'approche mon visage du sien. Nous sommes comme deux aimants ; seulement, nous rejetons en force cette attraction entre nous.

L'audace s'empare de moi, de façon inexplicable… Je me penche, et nos effluves s'affrontent.

Chacun est coincé dans les yeux de l'autre. Il se noie dans mon océan de secrets, et je suis prisonnière de ses abysses oculaires.

Et dans cette discordance muette, je lui susurre :

— Les hommes se lassent beaucoup trop vite, et tu sais très bien qu'avec moi tu ne te lasseras jamais.

11. Vieux démons

Jayde

Affalé sur le divan de mon salon, je fixe l'écran plat de télévision en face de moi sans le voir. Cody joue depuis une demi-heure à un jeu post-apocalyptique auquel je ne comprends rien. Plus jeune, je jouais souvent aux jeux vidéo avec Tate, mais c'était plus pour lui faire plaisir qu'autre chose et aussi parce qu'il me forçait.

— Putain, Cody, ça me casse les couilles tes bruitages à la con, grommelé-je en croisant les bras.

— Ta gueule.

Je roule des yeux. Si je me prends la tête avec lui, ça équivaut à une discussion entre deux sourds, alors je préfère ne rien dire. Cody et moi sommes pareils sur un point : nous luttons bec et ongles pour avoir le dernier mot. Question d'ego.

Mis à part les bruits de la télévision, la maison est silencieuse. Bryce n'est pas là pour se plaindre à tout bout de champ ou bien tenter de me convaincre de chanter *Con Calma* pour notre nouvel album.

Dustin est invité à l'anniversaire d'un ancien ami de fac à lui, tandis que Bryce… bah Bryce lui colle aux basques pour s'enticher de quelque fille. Quand il y a une fête, le nabot n'est jamais loin.

— Si tu ne lâches pas cette manette, j'égorge ton chat.

Cody réprime un éclat de rire face à ma menace. Il met le jeu en pause et se tourne vers moi, m'adressant un regard suspicieux.

— Chéri, tu es jaloux à ce point de ma nouvelle distraction ? Tu sais très bien que tu es mon amour pour toujours, déclare-t-il avec son sourire d'enfant.

— M'appelle pas comme ça, l'incontinent !

— Hé ! s'écrie-t-il en me pointant de l'index. T'as juré de ne plus m'embêter avec ça !

— Tu te fous de moi ? pouffé-je en me remémorant cette histoire délirante.

— T'as pas intérêt à la raconter à Dustin et à Bryce, surtout pas à Bryce, putain !

Quand Cody et moi étions encore un duo, nous avons fait une représentation dans un bar miteux de Boston. Ce jour-là, mon ami s'était empiffré de cochonneries en tout genre pour apaiser le stress qui le rongeait avant de monter sur scène pour la première fois. Juste avant notre prestation, il a failli faire une attaque et a pris les jambes à son cou pour filer à toute vitesse vers les toilettes.

Comme on dit, *the show must go on*. Alors j'ai chanté sans me soucier du fait que Monsieur « Je me chie dans le froc » vivait le 4 Juillet dans les chiottes.

— T'inquiète, je ne le dirai à personne, je veux être le seul à pouvoir te faire chanter avec ça.

— T'es cruel !

— Ouais, je sais, soupiré-je en sortant une cigarette de ma poche.

Il grogne.

— Va fumer ailleurs. Je vais songer à appeler les pompiers à la vitesse à laquelle tu t'incendies.

Je ne dis rien, à quoi bon ? Cette mauvaise habitude finira par me tuer, tout le monde le pense, mais, ce qu'ils ne savent pas, c'est que je suis bien plus anéanti que ce que pourrait me faire la nicotine.

— Dis-moi, c'était comment cette semaine avec Iris après cette trêve que t'as signée avec elle ?

Donnant-donnant.

Iris a mixé nos deux textes, chose que je n'aurais jamais cru possible. *Lost.* Une chanson qui reflète mon état d'esprit constant. Comment j'ai pu céder devant elle ?

Putain de merde !

Difficile de me mentir à moi-même. Iris est déterminée, prête à tout pour conserver ce job, et plus talentueuse que je ne le pensais. Elle manie les mots avec aisance, elle leur donne un sens dans des tournures de phrase magiques. Cette femme a l'étoffe d'un génie des mots, c'est une virtuose dans l'art de mes maux.

Je suis dégoûté.

Durant cette semaine de travail, je ne lui ai laissé aucun répit. Ma mauvaise humeur, mes réprimandes et ma grossièreté, rien n'a été suffisant pour la faire dégager.

Cette peste s'est barricadée dans une sphère pour déjouer mes plans. Iris est taillée pour se défendre comme personne. Elle suivait mes directives sans broncher, elle s'est pliée à mes quatre volontés sans donner l'impression de s'y soumettre. Elle m'a écouté et a décodé mes envies derrière mon intransigeance.

Iris a gagné la manche, l'amitié de mes amis et le respect de Braden. En deux putains de semaines !

Et à la fin, elle m'a montré le résultat final. J'ai pris mon temps pour le lire, chez moi dans le calme le plus total, et je suis arrivé à une conclusion déroutante : l'équilibre plus que parfait de nos deux chansons réunies pour n'en former qu'une. J'étais sans voix et je déteste cet effet qu'elle a sur moi.

Quelle teigne, cette fille !

— Elle m'énerve, Cody.

Il se moque de moi.

— Elle t'énerve parce que, contrairement aux autres, elle n'a pas peur de se confronter à toi et te remet constamment à ta place.

— Elle me casse les couilles !

— En même temps tu le mérites, ce n'est que justice.

Je lui lance un regard noir.

— T'es censé être de mon côté, connard.

— Mais je le suis ! J'ai adoré la chanson, elle est excellente. Iris a su répondre à tes attentes, et c'est ça qui te dérange.

Je me contente de souffler.

— Continue à travailler avec elle. Cet album doit être parfait pour qu'on monte plus haut, poursuit-il.

— Il y a un tas de compositeurs ! Pourquoi elle ?

— Braden n'a jamais pensé à prendre de compositeur. Il te

connaît très bien. T'aurais viré n'importe lequel. Seulement, Iris est talentueuse mais aussi résistante, c'est ce qu'il te fallait.

— Si je la paye maintenant, elle pourrait partir, déclaré-je en méditant sur cette idée.

— Jayde, rends-toi. Elle est trop forte pour toi, cette nana.

Avec moi tu ne te lasseras jamais.

Comment la contredire ?

Iris est un aphrodisiaque. Elle plante ses griffes dans ma chair et s'infiltre sous mon épiderme. J'aimerais qu'elle parte, mais elle trouve toujours le moyen de revenir me tourmenter.

— Je ne me rends pas, je supporte, c'est tout, pour le groupe. Dès que le contrat se termine, je la vire à coups de pied au cul.

— Oui, ton sacrifice est admirable vu ton ego, dit-il avec sarcasme en levant les yeux au ciel. Mais tôt ou tard tu seras obligé d'écrire avec elle au lieu de lui aboyer tes ordres à la con.

— T'es vraiment un sale traître, lâché-je.

— Crois-moi, je suis loin de te trahir. J'aime bien Iris. Elle est très gentille et, bon sang, quelle jouissance quand elle te remet à ta place ! T'avais besoin de ça, frérot.

Je me redresse pour écraser mon mégot dans le cendrier sur la table en verre.

— Comment j'ai pu accepter de vivre avec des traîtres pareils ?

— Maintenant que tu le dis, ça fait six ans qu'on habite ensemble toi et moi. Depuis qu'on a dix-huit ans, on ne s'est jamais lâchés.

— Rectification : depuis six ans tu me colles au cul.

Il se marre.

— Oh ! ne joue pas les durs, mon poussin.

— T'es lourd, Cody ! C'est tout l'ammoniaque dans tes cheveux qui te rend comme ça ?

Sur un sourire, il éteint sa console avant de s'affaler de nouveau sur le divan à côté de moi.

Je suis sur mon téléphone à visionner les milliards de snaps que Bryce m'envoie de la fête, complètement torché. Il est en train de faire une démo de *Baby* de Justin Bieber. Je finis par couper, c'est un supplice pour mes tympans.

— Je m'inquiète pour toi, tu sais.

Cet aveu me fait lever le visage vers Cody. Il me sonde de ses yeux azur.

— De quoi tu parles ?

— De ton addiction.

Je soupire.

— Je n'ai aucune addiction, Cody, confié-je.

— Et la *weed*, c'est quoi ?

— Je ne suis pas addict à la weed, insisté-je.

Je me montre franc. Mes paroles sont aussi transparentes que du verre. Je n'ai aucune addiction, et encore moins à la weed.

Ma relation avec cette friandise satanique est superficielle. Mon corps et mon esprit peuvent s'en passer. C'est difficile à imaginer et à expliquer, mais je connais ma réalité.

Je prends de la marijuana pour halluciner. Je me perds dans ces illusions pour fuir les désillusions. En général, la drogue finit toujours par devenir l'ancre des célébrités, les ramenant sur terre après un envol gorgé de paillettes. J'ai beau planer avec, elle ne sera jamais ma délivrance, tout comme le sexe.

La musique, c'est mon carburant. Je ne suis jamais plus vivant que quand les notes flottent dans mon esprit. L'artiste fait de son art sa signature et moi c'est ma rédemption.

— J'ai du mal à te croire, Jayde.

Cody s'inquiète. Cody s'inquiète toujours. Et le Jayde de vingt-quatre ans est le même que celui de dix-huit ans quand il s'agit de Cody.

— Très bien, je n'en prendrai pas avant que tu ne te fasses de nouveau larguer. Je dois planer pour te ramasser à la petite cuillère.

Il se tape le front avant qu'un rire tonitruant ne s'échappe de sa gorge.

— Évite de me rappeler que ma vie amoureuse est un désastre, dit-il, amusé. Mais je suis content que t'arrêtes d'en prendre. Je ne veux pas que tu finisses en centre de désintox alors qu'on est censés avoir un Grammy.

— On l'aura avec l'album *J. Black*, déclaré-je, sûr de moi. Dans ce cas, toi aussi, évite de t'enticher d'une fille en plus, elles te l'ont toutes mise à l'envers.

Des pétasses sans cœur qui brisent le cœur de mon meilleur ami.

— Écoute-moi, quand j'aime, c'est pour la vie… et les mauvaises expériences, ça arrive.

— Apprends à te méfier des femmes ! Je te le répète tout le temps, bon sang. T'as une case en moins ? Toutes des salopes, toutes des hypocrites.

Il m'observe, à la fois amusé et soucieux. J'ai horreur d'être fixé.

— T'as pas conscience que t'es quelqu'un de bien dans le fond. Je trouve ça bien dommage… surtout le fait que t'insultes le sexe opposé.

— Ne m'invente pas une vie.

— Je n'en invente pas, Jayde, je dis juste la vérité. Bref ! Ne t'en fais pas, je ne compte plus me faire prendre par une femme.

— Ouais, bah range ton numéro d'amoureux d'opérette pour commencer, ce n'est pas le moment d'avoir des contretemps.

— Dis ça à Dustin, se moque-t-il. Il est totalement sous le charme d'Iris.

Et moi qui croyais être le seul au courant. Visiblement, le Texan n'a aucune discrétion, c'est un sacré comble quand on le connaît un minimum. Dustin est une muraille sans expression, mais il suffit de gratter un peu avant de tomber sur un nounours dégoulinant d'affection.

Beurk.

— T'as remarqué ?

— Bah, c'est évident, il a des yeux de merlan frit dès qu'elle arrive.

Je soupire.

— Je ne vois pas ce qu'il lui trouve.

— De un, c'est un canon ; de deux, elle est super cool ; et, de trois, elle te remet à ta place comme une reine. La femme parfaite ! Je suis sûr que ton python s'excite. Beurk, je n'arrive pas à croire que les filles dans la presse appellent ta bite comme ça.

Je m'esclaffe.

— Mais avoue, poursuit-il, Iris ne te laisse pas du tout indifférent, du moins… physiquement ?

Je fronce les sourcils puis me frotte le menton avant de tourner mon visage vers lui.

— Si.

— Quel mytho !

Un peu…

— J'ai dit non. Quand une fille m'énerve, je ne peux pas imaginer la baiser, je préfère prendre une greluche qui la ferme. Et cherche pas, je tenterai rien avec cette garce vu que Dustin veut se la faire.

— Ouais, mais bon on peut faire abstraction du *Bro Code*[1] parfois, surtout qu'on ne sait pas ce qu'elle pense réellement de Dustin. C'est avec toi qu'elle va passer tout son temps.

Je fronce les sourcils.

— De quoi tu parles là ?

— Laisse tomber… Je n'insiste pas. Visiblement tu es décidé à fermer les cuisses cette fois. Dustin est complètement épris. Je me demande juste ce qu'elle pense de lui…

— C'est bon, me gâche pas la soirée en discutant d'elle encore, grogné-je.

— Iris. Iris. Iris. Iris. Iris.

Je lui lance un regard assassin, et il feint l'innocence en levant les bras.

— Bon, vu qu'ils ne sont pas là, ça te dit qu'on se fasse un marathon de films ? propose-t-il.

— Très bonne idée. Rapporte les bières, je vais ramener ma clé USB.

Une fois installé de nouveau, je cherche dans ma liste ce que nous allons voir ce soir. Si Cody et moi avons la musique comme point d'ancrage, le cinéma est notre hobby. On a les mêmes goûts.

— Un marathon David Fincher ? dis-je en me tournant vers lui.

— Oh ! tu te rappelles de mon réalisateur préféré, mon poussin ? Je suis ému !

— T'es con ou quoi ? C'est moi qui t'ai obligé à regarder tous ses films ! Sans moi, ta vie ne serait qu'une succession de Tarantino.

— Pas faux, rit-il. Allez, envoie avec *Millénium* ou *Gone Girl*, je m'en lasserai jamais !

1. Code d'honneur entre mecs. (NdA)

— Ouais, bah, visiblement t'as rien appris de *Gone Girl* vu comment tu te fais prendre par les femmes.

— Je suis trop envoûté par la beauté de Rosamund. Tu sais bien que les blondes me font vriller.

— Non, les vagins te font vriller. Pour la peine, je mets *Millénium*, c'est mon préféré.

— Ouais… mais après tu mets Rosamund ? ajoute-t-il avec un air suppliant.

— Ta gueule, ça commence.

Les deux films sont finis, il est 1 heure du matin, et aucun de nos autres colocs n'est encore rentré. Cody et moi avons terminé notre paque de bières et, avant qu'on démarre un troisième film du même réalisateur, mon téléphone sonne.

— C'est qui ? demande Cody en choisissant *Zodiac*.

Sa voix n'est qu'un lointain écho lorsque je réalise que mon père est l'auteur de cet appel tardif. Je suis pris au dépourvu, presque choqué.

Putain, qu'est-ce qu'il me veut ?

Ça fait plusieurs mois que je n'ai pas de nouvelles de lui. Je me redresse sans dire un mot, me dirige vers ma chambre et décroche avant que l'angoisse ne m'envahisse entièrement.

— Jayde ?

Sa voix sèche me renvoie directement à mon enfance. Une enfance que j'aimerais oublier.

— Non, c'est le pape.

— Tu n'as pas changé, déclare-t-il en soufflant.

J'imagine tout à fait la façon dont ses traits se durcissent pour refléter sa colère. On n'oublie jamais le visage d'un tyran qui nous a hantés même si les plaies psychologiques ont cicatrisé.

— Je suis à San Francisco et j'ai oublié le décalage horaire pour t'appeler. Demain je reviens à Boston et j'aimerais te voir.

— Me voir ?

Hein ? Putain, qu'est-ce qu'il me veut, ce trouduc ?

— Oui, te voir toi d'abord, ensuite Tate.

— Qu'est-ce que tu nous veux ? On n'a pas besoin de toi.

— Ce n'est pas ce qu'il m'a fait comprendre l'autre jour au téléphone.

J'en ai marre de ce mec.

— Demain dans mon bureau à 10 heures, c'est important.

Il raccroche sans rien ajouter, et je reste figé dans la pénombre de ma chambre.

Les questions se bousculent dans ma caboche. En général, tous les coups de fil de mon père ont un lien avec Tate. Il n'y en a toujours eu que pour lui.

Tate, le parfait garçon. Tate, le plus respectable des fils. Tate, le plus génial. Et même Tate à la dérive reste le préféré.

Jayde, le maillon faible. Jayde, le rebelle. Jayde, l'irréfléchi.

Tate en première place, Jayde le remplaçant insignifiant.

Tate l'aîné, Jayde le vilain petit canard.

Toute ma vie s'est résumée à l'illustration d'une éclipse. Tate baigné dans les rayons du soleil, et moi dans l'ombre de la terre sans éclaircie.

L'enfer sur terre était la maison des Black. La maison qui m'a vu grandir et périr à l'intérieur. J'ai toujours été un fardeau pour mes parents.

Dans ma solitude, la musique a été mon refuge. J'ai dû lutter pour réaliser ce rêve en encaissant les jugements et les moqueries des autres. Personne n'a jamais cru en moi.

Alors que j'étais reclus dans ma chambre d'enfant, la musique a été comme un édredon en plumes qui me protégeait des horreurs du monde. J'ai toujours été différent des autres garçons, différent dans tous les sens du terme.

J'avais sept ans quand je me suis intéressé à la musique. J'avais huit ans quand j'ai compris que je voulais être chanteur. J'avais neuf ans quand je l'ai annoncé à toute ma classe lors d'une présentation à l'école, puis on m'a jeté dans la benne à ordures. J'avais dix ans quand j'ai parlé de mes aspirations pour l'avenir à ma famille ; ma mère s'est contentée de sourire tout comme Tate, qui avait deux ans de plus que moi, et mon père m'a ri au nez en me punissant. Il m'a dit d'aller dans ma chambre pour terminer mes devoirs, m'a affirmé que j'allais finir chômeur si je gardais de telles conneries en tête.

Toute ma vie, je n'ai pu compter que sur moi-même. Je n'ai jamais rien espéré des autres. Donner sa confiance à quelqu'un, c'est prendre le risque que cette personne vous détruise. Je ne veux plus être détruit, ni moralement ni physiquement. La maladie a suffisamment ravagé mon corps…

Tout ça c'est derrière moi, et l'unique chose qui importe, c'est mon groupe et rien d'autre.

Avec beaucoup d'appréhension, je pénètre dans le bureau de mon père. Il est avocat et travaille dans un cabinet des plus réputés, situé dans le quartier le plus huppé de la ville. Seuls ceux qui en ont plein les poches se promènent ici.

Mon père, Walter Black, n'a pas daigné décrocher une seule seconde son regard de l'écran de son ordinateur depuis que je suis là. Gardant une posture droite comme un piquet face à lui, je tape du pied.

Il lève ses yeux noirs dénués d'émotion, et se redresse de sa chaise. Il s'approche en contournant sa table de travail avant de se poster en face de moi dans son costume Armani.

Mes pensées sombres contrastent avec les murs immaculés dépourvus de couleur. Même son bureau est aussi vide que lui, ne contenant qu'un ordinateur dernier cri. Il me surplombe, bien que nous soyons de taille quasi identique. Il me domine psychologiquement, car une partie du petit garçon étourdi que j'étais subsiste toujours en moi. Le passé ne s'oublie jamais ; il nous lacère au fer rouge pour nous brûler ardemment, ravivant à chaque fois des bribes de souvenirs dans notre mémoire.

Il m'observe avec mépris. Ma tenue est aux antipodes de la sienne. La mienne est décontractée, et je ne porte que du noir : mon sweat Nirvana, ma veste en cuir et mon jean. Ma capuche recouvre mes cheveux, et mes lunettes de soleil me servent de camouflage, mais, maintenant que je suis en milieu hostile, j'aurais besoin de la cape d'invisibilité de Harry Potter.

— Alors Jayde, toujours en train de perdre ton temps ?

— Alors père, toujours à me casser les burnes ?

Un pli barre son front.

— Tate ne va pas tarder à arriver, ce qui m'arrange. Je voulais te voir avant lui et surtout pas en même temps.

Je souffle fort, les mains enfoncées dans mes poches.

— Pourquoi ça ?

— Tate s'est plaint que tu ne lui versais pas d'argent dans son compte.

C'est une blague ? À quoi joue ce con ?

— Il y a à peine deux semaines, je lui ai versé presque deux mille dollars pour ses propres besoins.

— Ce n'est pas suffisant, et tu le sais bien !

Je me fais violence pour ne pas le frapper. Cela me démange, mais, si je fais ça, la situation empirera. Et même si c'est dur de l'admettre… je refuse que ça arrive.

— Pas suffisant ? m'emporté-je. De quoi tu te mêles ? C'est moi qui paye tous ses soins médicaux les plus onéreux, et c'est dans un de mes appartements qu'il crèche. T'es qui pour me dire quoi faire ?

— C'est la moindre des choses que tu puisses faire après l'accident, grommelle-t-il, comme si tous les problèmes de l'univers étaient ma faute.

Je vais péter un câble.

— Tu te moques de qui ? Tu n'as pas levé le petit doigt pour lui ! C'est grâce à moi s'il s'en sort, j'ai toujours été là pour lui !

— Grâce à toi ? C'est par ta faute si on en est arrivés là ! Tout est ta faute ! Le départ de ta mère, le comportement de Tate ! Tout allait très bien avant que tu ne deviennes un gigolo sur scène.

Walter Black dans toute sa splendeur. La perfidie incarnée, il manipule tout le monde en se servant des pires souvenirs comme une grenade qui vous explose au visage.

— Donc, tu m'as appelé pour me descendre, c'est ça ? demandé-je.

— Non, je t'ai dit de venir, parce que je compte retirer ton nom de mes investissements, vu que tu montes sur tes grands chevaux avec ta carrière. Ton frère aura besoin de cet argent plus que toi.

Cette nouvelle laisserait n'importe qui stupéfait, sauf moi. Je connais mon père et cette tendance à me dénigrer pour des raisons difficiles à expliquer. Je n'ai jamais été sous sa coupe, il n'a jamais accepté ma rébellion face à ses exigences.

— Fais ce que tu veux, ça me surprend même pas venant de toi. J'ai tout ce qu'il me faut.

Et c'est vrai, je ne manque de rien, j'ai un toit sous lequel dormir et j'ai de quoi me nourrir.

— Le public donne toujours de l'argent aux putes qui se produisent sur scène, déclare-t-il avec dédain.

— En attendant, cette pute a des rentrées d'argent incroyables avec tous ses investissements, rétorqué-je fièrement pour lui clouer le bec.

Sa mâchoire se crispe, ses traits se durcissent, il est furieux.

Les souvenirs affluent : *Papa est en colère. Papa me frappe. Papa me punit. Et je suis dans ma chambre à retenir mes larmes parce que, comme papa m'a appris, un homme ne pleure pas.*

Sans crier gare, il empoigne le col de mon sweat. Je ne réagis pas. Je ne réagis plus. Parce que, quand papa est dans cet état-là, je ne bouge plus.

— Pour qui tu te prends à me parler avec cette insolence, crache-t-il avec véhémence. T'es personne, Jayde, tu n'es rien et tu resteras cette petite merde qui ne sait rien faire.

Papa m'engueule, et je ferme ma gueule. Je déglutis difficilement, je suis paralysé. Si Tate était là, qu'aurait-il fait ? Si maman était encore là, est-ce que les choses auraient changé ?

Bien sûr que non.

Jayde, le vilain petit canard.

Jayde, le handicapé.

Jayde… l'abandonné.

— Alors répète, hein, t'es qui ? dit-il avec dédain, conscient d'avoir l'avantage psychologique sur moi.

Ses yeux reflètent les ténèbres, ils n'ont jamais exprimé de réelle fierté envers moi. Mon père ne m'a jamais soutenu.

Je croyais avoir pris une revanche sur lui en réussissant ma vie, mais je me suis trompé. Quoi que je fasse, je serai toujours rien pour lui. Rien pour personne. Rien pour moi-même.

— Je ne suis personne, déclaré-je, la voix brisée comme du verre.

12. Sacré parasite

Iris

— Deux mojitos pour la quinze !

Les commandes fusent, et les serveurs les transportent dans tous les sens sur leurs plateaux chargés. Pas une seule goutte ne déborde des cocktails, c'est dans ces moments-là qu'on reconnaît leur expérience pour servir. Je n'ai pas une seconde pour souffler. Le Dream Club est blindé ce soir, au point où j'ai dû annuler ma prestation au piano pour aider mes collègues au service.

Sur scène se produit le groupe Magnolia, un trio de jeunes femmes tout bonnement sublimes. Le plus ironique dans tout ça, c'est qu'elles sont la personnification des *Totally Spies* : une brune, une blonde et une rousse. À l'unisson, elles chantent une des compositions, *Falling for you*, que j'ai écrite spécialement pour elles.

Mia, la meneuse aux cheveux roux, a tenté de me faire rejoindre leur groupe en m'énumérant tous les avantages : participer à leur tournée nationale, devenir la pianiste et chanteuse numéro un du groupe, alors qu'elle ne connaît même pas ma voix. Tout était bon pour me convaincre, mais j'ai décliné.

Je ne peux pas chanter en public, c'est beaucoup trop intime pour moi. Je refuse de m'exposer sous le feu des projecteurs. Ils enflammeraient ma peau d'albâtre, et je risquerais de choper un vilain coup de soleil. Je ne serais pas à l'aise devant des milliers de personnes. Ma place est dans les coulisses.

Ce sentiment qui me traverse quand un artiste chante une de mes chansons… c'est sensationnel.

— Y a moins de monde. Ma fleur, tu ne veux pas jouer maintenant ? me propose Lenny en s'asseyant sur la chaise près de la table vide que j'essuie.

Ma timidité a son paradoxe. Me produire au Dream Club ou encore devant mon conservatoire, c'est une autre paire de manches. C'est aux antipodes de la célébrité, du moins ce n'est qu'un mince prélude qui pourrait m'y mener.

Je veux vivre dans la discrétion, ne m'exposant que quand j'ai envie de m'amuser avec un piano devant des gens. Voilà ce que je suis : un paradoxe déconcertant. Tantôt sur le devant de la scène, tantôt dissimulée.

Lenny a gardé sa perruque d'Elvis Presley. Il a chanté *Can't Help Falling in Love* devant le public après la prestation de Magnolia. Je lui retire son postiche.

— Je suis un peu fatiguée pour jouer, mais tu as été génial.

Dans ses prunelles sombres, je discerne qu'il est ravi. Il me souffle que venant de moi c'est le plus beau des compliments.

Que ça soit à Boston ou à Memphis, mon entourage a toujours été gorgé de testostérone. Mais ici, le milieu est bien différent. L'amitié de Lenny m'est vraiment précieuse. Son côté paternel envers moi me réchauffe le cœur. À Boston, je suis respectée à ma juste valeur, que ça soit au Dream Club ou à Indy Records. Braden et les garçons se montrent prévenants avec moi, et je m'entends à merveille avec eux. Je ne mets pas Jayde dans le même sac, évidemment.

Jayde, lui, a une façon bien à lui d'agir avec les femmes, Cody m'a souligné ce détail la dernière fois.

— C'est le petit Darren qui te dépose ? demande Lenny.

Depuis notre rencontre, Darren vient tous les soirs au Dream Club pour discuter avec moi. Il m'a avoué qu'il adorait passer du temps en ma compagnie et que ça le changeait des fausses amitiés qu'il s'est coltinées dans son ancienne vie à Quincy, au nord de Boston, où il vivait avec ses parents.

De mon côté, je l'apprécie énormément, sans doute parce qu'il me rappelle mon petit frère : même ambition, même style, même sensibilité.

Je souris en songeant à hier quand il a glissé sur une flaque d'eau à l'extérieur.

— Oui, il est vraiment adorable et très marrant.

J'ai détecté chez lui cette vulnérabilité qui me comprime le cœur. Darren est gentil, mais les autres ne se gênent pas pour en tirer profit et il a des difficultés à les cerner.

Il m'a confié toutes ses amitiés ratées. J'en ai déduit qu'il manquait beaucoup de jugeote. Il accorde sa confiance rapidement ; je le comprends à son attitude avec moi alors qu'on ne se connaît seulement que depuis à peine trois semaines. Dans le fond, il a juste besoin de se sentir accepté et aimé pour ce qu'il est.

— J'ai parlé aux bikers qui ont troué tes pneus ! s'exclame Lenny en m'invitant à m'asseoir en face de lui.

Mon visage se fend d'une grimace de dégoût quand je songe à ces connards. Lorsque je réalise qu'on a pris ma défense, je suis embarrassée. J'ai toujours eu l'habitude de me débrouiller seule.

— Lenny… tu n'as pas à te donner la peine d'intervenir pour ce genre de choses…

— Ils ne traîneront plus dans le coin, Iris. Tu peux être sereine. Et pour ta voiture, je suis parti voir un ami pour qu'il te fasse une petite ristourne, tu n'en auras pas pour beaucoup. D'ici deux jours, tu pourras la récupérer.

— Tu n'aurais pas dû te donner autant de mal pour moi, fais-je timidement en serrant mes mains sous la table ronde.

Il m'adresse un clin d'œil amusé.

— Mais ce n'est rien, aucune fille n'a à subir ça… mais tu dois me promettre de calmer tes pulsions de colère.

Mon indépendance et mon orgueil viennent de prendre un sacré coup, mais la prévenance de mon ami m'apaise. Lenny est mon ange gardien. Ma joie est immense, mais je suis beaucoup trop pudique pour la dévoiler. Je n'ai pas l'habitude qu'on se soucie ainsi de moi.

Le mal que j'éprouve à me reposer sur l'épaule de quelqu'un me lacère la peau violemment, je n'y arrive pas.

Je lui adresse un sourire, touchée.

— Merci infiniment, Lenny.

Il se redresse avant de poser la main sur ma tête comme témoignage de son affection.

— Ce n'est rien, Iris, tu sais très bien que tu peux toujours compter sur moi. D'ailleurs, ton ami est arrivé.

En me retournant, j'aperçois Darren avec son éternel air timide scotché sur sa bouille de bébé. Il me fait un signe de la main, et je m'empresse d'aller vers lui.

— Donne-moi cinq minutes, et je termine !

Il acquiesce gentiment, et je lui offre un verre pour le faire patienter le temps que je finisse. Dès qu'il a appris pour ma voiture, il s'est proposé de me déposer chez moi jusqu'à ce que je trouve une solution. Il est vraiment adorable.

Dans son SUV gris, il met de la musique, et je souris lorsque je reconnais le groupe Journey.

— Tu as bon goût, dis-je alors qu'il est concentré sur la route.

— Je l'ai vu sur ton téléphone.

Hébétée, je le fixe en fronçant les sourcils.

— À quel moment t'as eu accès à mon téléphone ?

— La dernière fois tu me l'as laissé et il n'arrêtait pas de biper. Je l'ai pris en main, comme un certain Bryce te harcelait de messages. Bon, je te rassure, je ne les ai pas lus, mais j'ai eu envie de voir ta *playlist*. Sérieux, Iris, mets un mot de passe !

— J'ai la phobie de l'oublier, confessé-je en boudant.

— L'oublier ? s'esclaffe-t-il. T'as qu'à mettre ton empreinte, à moins que tu ne craignes qu'une nuit des lutins viennent pendant ton sommeil pour la changer.

— Oui, avoué-je en fuyant son regard.

Un rire tonitruant éclate dans l'habitacle, et je me sens rougir.

— C'est bon, arrête de rire ! Je vais en mettre un maintenant, bougonné-je en faisant la moue avec les bras croisés.

J'ai l'impression d'être complètement *has-been* niveau technologie comparé à lui, alors que je n'ai que trois ans de plus.

— C'est qui Bryce ? demande-t-il, toujours avec ce sourire rieur.

— Un pote hyperactif, marmonné-je.

Le mot est faible. Bryce parle, crie, bouge et s'excite dans tous les sens. Sa joie n'est pas contenue comme celle d'un être humain normalement constitué. Il n'est calme que quand il compose auprès de ses amis et lit des mangas. Visiblement, ce sont ses calmants personnalisés.

Il a beau être le plus jeune et immature des quatre, c'est un véritable passionné qui s'investit à fond dans son travail. Sa présence égaye n'importe quelle pièce comme une étoile en haut d'un sapin de Noël.

Chaque jour, j'ai le droit à un nouveau manga à lire de sa part, sauf que je me retrouve avec une pile d'un bon mètre alors que je n'en suis qu'au premier qu'il m'a prêté.

Il a beau être un électron libre, il apporte une légèreté et une bonne ambiance qui sont rafraîchissantes quand on doit se confronter à la mine renfrognée de Jayde en toute circonstance.

Cody et Dustin semblent être le juste milieu entre les deux autres. Le premier est d'un optimisme infaillible, et il a un amour débordant pour la vie, tout comme le révèle le tatouage au niveau de son cœur, qui exprime son engouement pour la vie et dit : « Dolce Vita. »

Je l'admire réellement. Il est loin de représenter l'éternel insatisfait qui se plaint alors qu'il détient tout ce dont il a besoin. En plus, il est doté d'une modestie peu commune. Cette semaine je me suis posée avec lui, il souhaitait me montrer ses idées de mélodie. Armé de sa guitare, il m'a joué un morceau qu'il venait de créer il n'y a même pas une heure et il a été époustouflant.

J'ai vite compris qu'il était le plus proche de Jayde. Pourtant, tous deux sont diamétralement opposés. Le jour et la nuit. L'un est un rayon de soleil, l'autre l'ombre de la terre lors d'une éclipse.

Quant à Dustin, c'est le meneur qui s'ignore. Il calme Bryce d'un regard noir ; ce dernier finit toujours par se cacher derrière Cody, si ce n'est moi. Le Texan a cette capacité d'analyser chaque situation ; il semble connaître chaque membre de son groupe comme sa poche. On m'a dit qu'il était la plupart du temps grognon, qu'il réprimandait les débordements de Bryce, l'enthousiasme rêveur de Cody ou encore les crises de colère de Jayde.

Il a beau avoir cette façade froide et rigide avec les autres, avec moi il manifeste une bienveillance sincère. Dès qu'il m'observe, je discerne une admiration inédite mêlée d'un émerveillement insoupçonné dans ses yeux noirs. C'est flatteur et si bizarre à la fois. Du peu que je sais de lui j'ai déduit que Dustin a eu des responsabilités assez jeune et qu'il a grandi plus vite qu'il ne fallait. Je le vois dans sa manière d'agir et de se comporter, il exprime la maturité à l'état brut.

Darren se gare devant chez moi, et pour la première fois je l'invite à monter dans mon appartement. Il me suit et, une fois à l'intérieur, écarquille les yeux, ne s'attendant sûrement pas à mon capharnaüm.

— Désolée, je n'ai pas rangé, dis-je, amusée, en soulevant les fringues qui tapissent mon canapé pour les poser sur une chaise.

Une technique ancestrale inventée par les bordéliques.

Il balaie les lieux d'un regard.

— Il est sympa ton appart.

— Vraiment ? C'était le plus lambda et le moins cher que j'ai trouvé, ce qui m'arrangeait parfaitement.

Mon appartement a une carence sévère en décoration. Darren dirige son attention sur l'unique photo que j'ai décidé d'afficher dans mon chez-moi. Il saisit le cadre posé sur le meuble de télévision. Ce geste anodin suffit à affoler mon cœur de la pire des manières.

— Waouh, qui est ce canon ? s'extasie-t-il en déviant ses yeux chocolat sur moi.

Malgré cette tristesse envahissante, je ne peux réprimer un léger rire.

— Mon frère, dis-je simplement derrière lui.

— Je ne savais pas que tu avais un frère !

— Ouais… avais…

Darren se tourne vers moi, visiblement conscient d'avoir touché ma corde sensible. Je secoue la tête pour lui dire que ce n'est rien, et il me prend subitement dans ses bras.

Cette soudaine chaleur humaine m'ébranle. Penser à Chris déclenche en moi une douleur qui m'empêche de respirer, j'étouffe cruellement. Les larmes que j'essaie de retenir me brûlent les rétines. Je me détache timidement de Darren, puis déglutis. Je refuse de montrer mes souffrances à qui que ce soit.

— Je suis vraiment désolé, Iris…

— Tu ne savais pas… Ce n'est pas grave, murmuré-je doucement.

Une lueur de peine brille dans son regard chocolaté, comme s'il fondait devant moi.

— Je suis trop maladroit et je te mets dans des états pas possibles, se confond-il en excuses.

Je lui adresse un faible sourire.

Darren est comme un petit garçon qu'on a constamment envie de protéger et de serrer dans nos bras pour exterminer ses cauchemars. Il est irréfutable que je vois en lui mon cher Chris. Ses yeux étaient tout aussi doux et emplis de tendresse, mais ils étaient d'un bleu cobalt rappelant les profondeurs des océans. Sa peau était aussi laiteuse que la mienne.

— Ce n'est rien, Darren. En plus il détesterait me voir ainsi, lancé-je en passant la main dans mes cheveux avant de pousser un soupir.

J'arrive encore à imaginer sa voix m'interdisant de puiser dans mes dernières forces pour le défendre. Je le couvais comme un oisillon tombé de son nid, je refusais que les horreurs de la vie l'atteignent, je voulais le préserver pour qu'il réalise ses rêves. Mais dans toute cette histoire, j'avais beau user de mes poings quand on s'en prenait à lui, c'est lui qui me protégeait avec sa douceur et sa franchise.

Il était différent. Il était né dans un monde qui n'a jamais été le sien. Quitter Memphis était notre odyssée, mais à la fin Chris s'est envolé. Un ange finit toujours par rejoindre le ciel, et sa disparition m'a enterrée six pieds sous terre.

« À quoi bon les écouter, Iris ? C'est une perte de temps, nos rêves sont plus importants que les conneries qui fusent de leurs bouches. Tu seras la plus grande pianiste et compositrice que le monde ait jamais connue, et moi je serai comédien à Broadway. C'est sa notre destinée ! »

Sa différence était à la fois sa force et sa faiblesse aux yeux des autres.

Je lève le visage vers Darren, puis lui souris gentiment avant de poser la main sur son épaule.

— Je suis sûre que vous auriez été amis. Tu me fais beaucoup penser à lui.

— C'est vrai ? Il est tellement beau que j'aurais eu du mal à me contenter d'être son ami, dit-il, amusé.

Je suis étonnée.

— Tu es gay ?

— Non, je suis bi… D'ailleurs, je crois que c'est la première fois que je le dis de vive voix aussi facilement.

Il rougit subitement en se frottant la nuque.

— Tu dois vraiment avoir confiance en moi pour me faire cet aveu, souligné-je.

— Oui, c'est un fait, j'ai une confiance aveugle en toi, j'ai cette sensation que je peux tout te dire…

Cette confession me retourne le cerveau. Pourquoi a-t-il cette image de moi ? Pourquoi peut-il avoir confiance en moi ? Avec mon passif, personne ne perdrait son temps à tenter de me comprendre ou à devenir mon ami.

— Pourquoi moi, Darren ? l'interrogé-je en baissant la tête.

— Je t'admire, Iris… La première fois qu'on s'est rencontrés, tu as pris ma défense sans me connaître, tu n'as pas supporté les propos racistes de ce bouseux, tu as foncé sans hésiter et, je ne sais pas… tu m'as paru spéciale et phénoménale !

On m'a toujours réprimandée pour cette impulsivité qui me colle comme une seconde peau. La rage, la colère, c'est tout ce que je peux offrir aux autres, ce sont les seules émotions qui me submergent et, sans elles, je suis dans le flou.

Je ne suis pas douée pour dévoiler mes sentiments. L'unique personne que j'aie jamais aimée a été enterrée… Mon cœur est beaucoup trop blessé pour s'ouvrir de nouveau à l'amour.

— Je n'aurais jamais cru que tu aurais une telle image de moi… Quand mes pulsions l'emportent sur la raison, on me prend plus pour une bête de foire qu'autre chose, confessé-je en haussant les épaules.

— Une bête de foire ? N'importe quoi ! Je trouve ça tellement nul les gens qui s'attardent sur notre apparence plutôt que sur qui nous sommes, il faut arrêter les préjugés. Toi, tu ne discrimines personne contrairement à beaucoup, tu traites les autres comme tes égaux. On mesure la valeur d'un homme à ses actes et non à son reflet dans le miroir ou selon qui il est attiré. Avec toi, je ne me suis jamais senti jugé. C'est pour ça que je tiens à toi, Iris.

Ces paroles sincères sont un baume apaisant sur mon âme. Je lui souris.

— Merci, Darren. Moi aussi, je tiens à toi.

Le lendemain, je franchis l'entrée du conservatoire, les yeux rivés sur les notes inscrites sur mon carnet. Hier soir, après le départ de Darren, je me suis hâtée à la tâche pour griffonner cet amas d'idées, poussée par un élan d'inspiration saisissant.

Le mieux est que je les montre directement à Jayde, en espérant que cette fois-ci il sera plus ouvert au dialogue sans m'imposer ses exigences lunatiques.

À force de me dicter ses ordres, il s'est barricadé dans une forteresse faite de despotisme et d'entêtement. Ce besoin de tout contrôler est viscéral pour lui. Il tente de m'éloigner afin de faire faiblir ma ténacité. Il n'a pas tenu sa promesse. J'avais l'espoir qu'il soit plus conciliant, mais ses paroles n'étaient qu'un leurre. La mauvaise foi d'un homme le rattrape toujours, et je suis fatiguée de me battre contre un mur, alors j'ai décidé de changer de stratégie, et de vraiment le prendre pour un mur.

Le seul moyen d'atteindre ma destination est d'ouvrir sa porte. Et il n'y a pas forcément besoin de parler pour ouvrir une porte, non ? Ce n'est qu'un mouvement du poignet.

Les seules choses que Jayde ne peut pas contrôler sont mon silence et mon indifférence. Donc je me tais et j'écris. Je l'écoute sans rien dire et j'utilise mes neurones pour parvenir à le satisfaire en m'incluant sans qu'il s'en rende compte.

Quand Jayde a lu la chanson la dernière fois, j'ai vu le vacarme qui implosait dans sa tête. Il l'aime mais refuse de l'admettre, et c'est là que j'ai réalisé que j'avais réussi à ouvrir une porte dans le mur qu'il dresse autour de lui. Quant à Braden et au groupe, ils l'ont validée, ce qui a amplement suffi à me rendre joyeuse.

J'adore ce job ! La dernière fois, Braden m'a gardée dans le studio après mes heures passées à batailler silencieusement avec Jayde, et m'a proposé de m'enseigner le fonctionnement des tables de mixage, me disant que ça pourrait me servir plus tard. J'ai accepté directement, et il m'a donné un premier cours.

Pouvoir travailler avec des gens du métier et élargir mes connaissances ne fait que renforcer ma conviction que ma place est dans le domaine musical.

Enfant, je voulais créer, créer pour émouvoir, laisser une empreinte, ne serait-ce que chez quelques personnes, qu'elles garderaient à vie.

Jouer au piano mes compositions, être la parolière discrète que les producteurs s'arrachent, voilà ce dont j'ai rêvé secrètement toute ma vie, et là… je commence à m'épanouir. Je respire vraiment. J'ose vivre pour la première fois parce que je me rends compte de la chance que j'ai.

Je saisis l'instant avant qu'il ne s'échappe à tout jamais.

Malgré mon léger retard à mon cours de musique classique, je me dirige précipitamment aux toilettes afin de soulager ma vessie. Quand je ressors, le couloir est pratiquement vide à une exception près… Une silhouette toute de noir vêtue est adossée à un mur contre lequel elle a calé un pied avec désinvolture. Une casquette, des lunettes, la capuche d'un sweat noir avec le logo du groupe Pink Floyd.

Ne me dites pas que…

Plus la distance s'annihile entre lui et moi, plus je reconnais l'individu qui se cache derrière cet accoutrement, ou plutôt ce putain de parasite qui n'a rien à faire ici !

— Qu'est-ce que tu fiches ici ? m'énervé-je en essayant de parler doucement.

— Du calme, la vipère, marmonne-t-il comme si ma voix lui perçait les oreilles.

Jayde est dans mon conservatoire, comme si c'était normal. Comment l'a-t-on laissé entrer ? Je pousse un grognement et empoigne son sweat en l'attirant dans un coin, loin des regards indiscrets.

— Pourquoi t'es là ? grommelé-je en le lâchant.

Il baisse sa capuche. Une ébauche de sourire insolent se dessine sur ses lèvres, il me déstabilise. Il cale une épaule contre le mur et enfonce les mains dans les poches de son jean noir avec nonchalance.

— Ça te dérange que je sois là ? Mmm, intéressant.

Il se frotte le menton toujours avec ce sourire présomptueux, comme s'il réfléchissait à son prochain plan machiavélique pour me nuire.

— Oui, putain ! J'étudie ici, et personne ne sait pour mon travail. Et si quelqu'un te reconnaissait ? Je suis foutue !

— J'en ai rien à battre. Je suis passé parce que je n'ai pas ton numéro et que visiblement tu es inconnue des réseaux sociaux. D'ailleurs, je trouve ça très bizarre. T'as fait une *sextape* pour être bannie d'Internet ?

Il débite ces mots d'une traite tandis que j'inspecte les alentours pour voir si des curieux ne nous observent pas. Puis je réalise ce qu'il dit et lui lance un regard assassin.

— De un, je n'ai pas été « bannie » ; de deux, ma vie ne te concerne pas ; et, de trois, tu ne m'as toujours pas dit pourquoi t'étais là !

Son sourcil s'arque.

— Pas la peine de venir ce soir pour taffer, je suis occupé.

Non, mais c'est le pompon !

— Tu t'es déplacé juste pour me dire ça ? Tes amis ont mon numéro, je te signale !

Il hausse les épaules comme si rien n'avait d'importance.

— J'ai pris cette décision sur le chemin et j'étais seul.

— J'ai du mal à te croire… Maintenant barre-toi !

Mon ordre sonne sec. Sa présence me déconcerte et encore plus lorsque je n'y suis pas préparée psychologiquement.

J'ai l'impression de mener une lutte intérieure constante contre moi-même, comme si je m'empêchais de comprendre ce que Jayde déclenchait en moi.

Il remet sa capuche. Je le pousse pour l'inciter à s'en aller, et je l'entends étouffer un rire.

— T'es ridicule, dit-il en posant son index sur mon front pour m'arrêter.

— Putain, Jayde, va-t'en ! Si on te reconnaît, tu ne vas pas t'en sortir et moi non plus.

— T'avais qu'à ne pas accepter de bosser avec moi, si tu ne voulais pas connaître la rançon du succès.

— Mais ça n'a rien à voir ! Ici c'est mon école, et tu n'as pas le droit de te pointer dans la mesure où je fais tout pour ne pas être remarquée.

— Tes fringues disent le contraire, pourtant. Non mais sérieux, qui met encore de nos jours des chemises à carreaux autour de la taille ?

Je fronce les sourcils et baisse inconsciemment les yeux vers ma tenue. Je porte un jean noir accompagné de mes fidèles Dr. Martens, j'ai un body qui révèle légèrement ma poitrine et une chemise à carreaux grise me sert de ceinture autour de la taille. J'ai aussi enfilé ma veste en cuir. Je ressemble à une bikeuse, encore plus avec ma couleur de cheveux.

Je n'ai pas le temps de rétorquer que le bruit des talons de Mme Allen me sort de ma léthargie. Elle se dirige vers la classe, puis me lance un regard curieux tout en inspectant le parasite à côté de moi.

— Iris, le cours va commencer, dépêche-toi. Et vous, jeune homme, je vous conseille de faire de même.

Ma peau me brûle dès l'instant où Jayde agrippe mon bras en me traînant vers la prof.

— Bien sûr, madame, comptez sur moi. Iris ne pouvait pas s'empêcher de tenter de me mettre le grappin dessus.

À ce moment-là, mes yeux pourraient être des arcs qui lancent des flèches de feu lorsque je l'observe. Allen nous ouvre la porte, nous incitant à entrer avant elle. Jayde me pousse à l'intérieur, et à cause de tous ces regards autour de nous je réfrène une sournoise envie de l'étrangler et de l'insulter.

— Je vais te tuer, murmuré-je de manière à ce qu'il soit le seul à l'entendre.

— Voyons, Iris, on ne s'adresse pas de la sorte à son camarade de classe, répond-il calmement en me suivant de près pendant que je rejoins ma place habituelle au fond.

— Un camarade non, mais un connard oui.

Il s'assoit à ma droite et analyse tout ce qui nous entoure.

— Tu vas vraiment assister à ce cours de musique classique ? Ta vie est aussi vide que ça ? marmonné-je, agacée, en croisant les bras.

Il sourit de manière diabolique.

— Non, mais, vu que ça t'énerve, je jubile.

— Tu es un psychopathe.

— Tu ne m'apprends rien.

Excédée, je le fusille du regard dans le but de lui communiquer toute la colère que sa présence non désirée éveille en moi. Dans le rôle parfait de l'ignorant, il se contente de m'offrir un sourire suffisant comme si cette situation était normale.

S'il m'énerve, une partie de moi frémit en le sachant si près de mon corps réceptif. Je suis perdue face à cette tension palpable entre Jayde et moi. Ce type me débecte, m'horripile mais m'électrise également, et c'est désarmant.

La voix tranchante d'Allen m'extirpe de notre affrontement visuel. Je détourne les yeux de lui afin de me concentrer sur le cours d'aujourd'hui. Seulement, sentir Jayde à mes côtés me déstabilise, d'autant plus lorsque je réalise que tous les regards sont rivés sur nous. Un juron franchit alors mes lèvres.

— Si le cours ne te plaît pas, t'as qu'à sortir, la vipère ! s'exclame soudain le parasite.

Je bous intérieurement. À deux doigts d'exploser, je secoue la tête pour me ressaisir, puis verrouille mes yeux bleus sur lui, avant de rétorquer :

— Tu ne manques pas de culot ! Tout le monde me fixe à cause de toi.

— Et alors ?

Si nous étions représentés par les sept péchés capitaux, il serait la rencontre parfaite entre l'orgueil et la luxure, tandis que, moi, je rumine avec ma seule amie : la colère.

— Je n'ai jamais traîné avec qui que ce soit ici, encore moins avec un mec. Ils vont se poser un tas de questions maintenant, et par ta faute ! Alors t'as intérêt à ne pas révéler qui tu es, le menacé-je.

— Remercie-moi. Au moins personne n'aura de préjugés sur tes tendances saphiques. Et si je révèle qui je suis, tu feras quoi, hein ? me défie-t-il en plissant les yeux à travers les verres de ses lunettes.

— Ta disparition ne me posera aucun problème, affirmé-je en observant Allen poursuivre son monologue.

— Un poids plume ne peut pas soulever la carcasse d'un homme, persifle-t-il.

— Une carcasse ? Non, moi, je vais te découper en morceaux et les donner aux chiens errants !

— T'es morbide comme fille.

Je m'enfonce dans mon siège comme si ça allait m'aider à me camoufler des regards indiscrets.

— Oui, t'as même pas idée, soufflé-je.

— Fais pas ta timide. T'es assise à côté d'une rockstar. Toutes les nanas rêvent de ça, et encore plus si c'est moi, déclare-t-il fièrement.

Je pousse un soupir agacé.

— Fais pas semblant de faire la gueule. En plus, on m'a souvent dit que les filles c'est mignon quand ça boude. Visiblement on aime bien me mentir.

Respire. Respire. Respire.

— Qu'est-ce que ces chaises ne sont pas confortables, maugrée-t-il.

Jayde bouge et me cogne par inadvertance le bras et la jambe plusieurs fois. Faisant abstraction de cette chaleur qui me chamboule dès l'instant où il me touche, je tape sa cuisse de ma main en le sommant d'arrêter sur-le-champ ce numéro de gamin.

Il marmonne dans sa barbe des mots incompréhensibles, et je me concentre derechef sur les explications d'Allen. Seulement, Cassie Donovan nous scrute avec intérêt, l'imbécile à mes côtés et moi. Il ne serait pas surprenant qu'elle soit une fan de Jayde et de son groupe, et la peur qu'elle le reconnaisse me liquéfie sur place.

— Jayde, s'il te plaît, ne te fais pas remarquer, dis-je en serrant les mains.

Si Cassie découvre que je travaille pour lui, non seulement toute l'école le saura, mais en plus je ne serai pas tranquille toute l'année.

— Tu m'as dit « s'il te plaît » ? m'interroge-t-il, perplexe, en se tournant vers moi. Faut me supplier pour que ça marche.

— Tu sais ce qui ne marchera plus ? Tes couilles quand je vais les exploser avec mes godasses.

— Vous deux !

Je sursaute en entendant ce cri qui transcende le silence de la salle. Le doigt d'Allen est pointé vers Jayde et moi. Lorsqu'elle sent qu'elle a capté notre attention à tous les deux, elle nous fait signe de sortir de l'amphithéâtre.

Mon visage s'empourpre alors que tout le monde me fixe. Sans rien dire, je me lève en prenant mon sac, Jayde à mes trousses, et je sors de la salle.

— T'es content ? m'énervé-je, furieuse.

Sa main se pose sur son cœur, comme si mes paroles lui faisaient mal.

Quel acteur minable !

— C'est toi qui as ouvert ta bouche en premier, m'accuse-t-il en me désignant. Je n'ai fait que te répondre, t'es vraiment de mauvaise foi.

Au summum de l'irritation, je me dirige vers mon banc habituel pour annihiler mes envies de meurtre, mais apparemment Jayde a prévu de me tourmenter jusqu'au bout aujourd'hui.

— Tu vas te prendre la tête pour ça ? dit-il, amusé, en s'installant à côté de moi.

Je souffle de mécontentement.

— Si tu ne prends rien au sérieux dans la vie, sache que ce n'est pas mon cas !

— Je n'aurais jamais cru que la vipère serait aussi coincée.

— Je ne suis pas coincée !

Encore et toujours las, il souffle à son tour, puis attrape mon paquet de cigarettes ainsi que mon Zippo personnalisé dans mes mains. Il examine de près l'inscription avant de me montrer le second.

— Pourquoi t'as choisi cette phrase ?

— C'est un de mes tatouages, fais-je en le lui prenant.

J'allume une cigarette avant de la coincer entre mes lèvres, tout comme lui.

— Tu t'es fait tatouer « Recule, Satan » en latin ? lâche-t-il, troublé.

J'acquiesce en remontant la manche de ma veste pour qu'il voie l'intérieur de mon poignet.

— Oui.

— Ouais, je confirme, t'es morbide comme fille.

— C'est pour faire honneur à mon deuxième prénom, Santana.

— Heureusement que personne ne réfléchit comme toi. Si quelqu'un s'appelait Homer, tu penses vraiment qu'il se ferait tatouer un donut ?

C'est plus fort que moi, mon visage se déride et passe d'une mine renfrognée à un rire sincère. Puis je coince à nouveau ma cigarette entre mes lèvres pour en prendre une autre bouffée, et il fait de même.

— Tes tatouages sont aussi morbides que les miens, dis-je en regardant son bras et en imaginant le dessin caché par l'épaisseur de son sweat.

Il me fixe avec satisfaction.

— Ouais, je sais, ils me représentent bien.

— Tu en as combien ? demandé-je avec curiosité.

— Six, et toi ?

— Neuf.

— D'autres serpents et êtres répugnants ?

Je le défie en étrécissant les yeux.

— Si on veut.

La fumée que je souffle se mélange à celle qui s'évade de sa bouche. Les particules se mêlent, se fondant en une seule entité avant de se faire transpercer par un courant d'air. Je dévie les yeux vers lui.

— Pourquoi tu ne veux pas admettre que tu aimes la chanson qu'on a écrite ?

— Parce que je n'aime pas mentir.

Son éternel désintérêt me perturbe. Sa cigarette coincée entre les lèvres accentue davantage cette allure de mauvais garçon qui lui va comme un gant.

— Je te supporte, parce que je n'ai pas le choix, Iris, me confie-t-il avec provocation.

— Je vais faire abstraction de toutes tes rebuffades. Pourquoi tu ne peux pas travailler aujourd'hui ?

— J'ai des trucs à faire.

— C'est grave ?

La curiosité est un vilain défaut.

— Non. Là je suis censé faire un shoot avec les gars, mais je déteste ça, et ce soir je suis occupé, m'explique-t-il en soufflant encore de la fumée.

J'arque un sourcil.

— Pourquoi tu détestes ça ?

— C'est le jeu des questions, là ?

Je hausse les épaules.

— Si tu veux.

— Être devant les objectifs me rappelle constamment qu'on épie mes moindres faits et gestes… Après, c'est le travail et la rançon de la gloire, je ne pourrai jamais arrêter ça. À force on s'y habitue, mais c'est pesant.

— Je comprends, ça ne doit pas être simple d'être ainsi exposé. Mais comme tu dis, c'est la rançon de la gloire.

Jayde semble perdu dans une profonde réflexion.

— C'est pour ça que tu n'as aucun réseau social ? Tu as peur d'être exposée ?

Bien trouvé.

— Oui, un peu… et je ne me sens pas trop à l'aise à l'idée que mon visage apparaisse partout sur un fil d'actualité.

— C'est ridicule, Iris, et surtout pas logique. Tu travailles dans l'univers de la musique. Dans ce milieu, les gens sont comme des requins à la recherche de reconnaissance pour survivre. Tu bosses pour un label reconnu. C'est une chance inouïe pour n'importe quelle personne comme toi.

— Je sais bien, mais personne n'est au courant que je collabore avec vous, si ce n'est Lenny et mes deux professeurs. Ici, je veux que ça reste comme ça. Je connais par cœur les intentions des gens, surtout ceux qui ont un intérêt pour toi purement calculé.

Mes mots semblent le désorienter.

— Alors quoi ? Tu vas demander à ce que ton nom n'apparaisse pas sur l'album ?

— J'ai fait mes calculs. Quand votre album sortira, je serai presque diplômée, et puis je pense que d'ici là je me serai faite à cette idée.

— C'est quoi ton but ?

Avec mon index je lui fais « non » en secouant la tête. Il tente de me questionner pour éviter que je le fasse.

— Tout doux, mon mignon, c'est à mon tour de t'interroger.

Il grimace et souffle fort avant de déposer son mégot sur le banc, et je fais de même.

— Ton premier album, tu l'as écrit dans quelles circonstances ? lui demandé-je.

Il m'observe avec intensité.

— Comment ça ?

— *Chaos Theory*, tu l'as écrit à une certaine période de ta vie ?

Il s'adosse au banc en croisant les bras.

— J'ai juste écrit ce que je ressentais vis-à-vis de la vie et de ce que je pensais des gens.

— Bah dis donc, tu as une piètre opinion de la vie, souligné-je en le regardant, amusée.

Tout le contraire de son meilleur ami.

— Ce n'est qu'une réalité. J'ai grandi dans l'optique que je n'aurais rien facilement et que la vie peut être une sacrée garce quand elle s'y met. Tout ce que j'ai, je le dois à mon travail, je l'ai acquis à la sueur de mon front, et c'était un véritable chaos pour que j'atteigne cet objectif.

— C'est pour ça que tu veux appeler le deuxième album *J. Black* ? Pour te rendre hommage ? en déduis-je.

— C'était le but, puis tu es arrivée pour tout faire capoter.

L'amertume dégouline de sa voix.

— Pour être honnête, j'aime beaucoup ton premier album. Seulement, si tu fais le deuxième de manière identique, ça risque d'en faire trop. Braden m'a donné ses directives, et je devrai les suivre et toi aussi, déclaré-je sans le lâcher des yeux.

— Apparemment tout le monde veut me commander, marmonne-t-il dans sa barbe.

— Je ne dirais pas commander, juste t'ouvrir les yeux.

— Ouvrir mes yeux par rapport à quoi, la vipère ?

— Que tu as suffisamment de talent pour exploiter les limites de la musique malgré les restrictions que tu t'infliges.

— Je rêve ou tu m'as fait un compliment ?

Je souris.

— Je peux être une garce parfois, mais je reste honnête.

Jayde arbore une mine perdue, ses yeux sombres se verrouillent aux miens. Je hausse les épaules.

— À mon tour de te poser une question, relance-t-il. C'est quoi ton objectif dans le domaine de la musique ? Si tu ne veux pas être exposée, ça risque d'être compliqué.

Le voir troquer cet indéfectible désintérêt pour cette sollicitude inédite m'ébranle et me captive à la fois. Jayde me fascine, et je déteste l'admettre.

Il peut se montrer soucieux des autres, mais seulement quand ça l'arrange. Je n'arrive plus à le suivre.

— Je voudrais être compositrice et pouvoir jouer de la musique à ma guise dans n'importe quel style, mais c'est tellement dur d'en vivre de nos jours. C'est un milieu très fermé.

— Tu peux avoir des ouvertures et te démarquer, tout dépend avec qui tu collabores. Pour le coup, t'es bien partie, vu que tu me colles au cul comme une sangsue, se moque-t-il avec un sourire goguenard.

— Braden m'a assuré que ce serait un tremplin pour ma carrière. Je suis faite pour travailler dans l'ombre, mais je dois t'avouer que, si un jour j'ai l'occasion de jouer devant un public une composition classique, j'aurais du mal à refuser.

Il opine du chef, puis pose le coude sur son genou sans détourner les yeux de moi.

— Et ta voix ? En général, c'est la voix notre plus bel instrument.

J'ai attisé sa curiosité et j'en suis plutôt fière. Avoir l'ascendant sur lui est très satisfaisant, bizarrement. Je lui souris à nouveau.

— C'est à mon tour de te questionner.

Il redresse le buste pour me faire céder.

— Tu ne veux vraiment pas répondre à la mienne ?

— Bien essayé, mais non. Donnant-donnant. Et puis je pense qu'on a assez joué à ce jeu pour aujourd'hui.

La distance entre nos deux corps semble s'être réduite.

— Tu n'es pas une grande curieuse.

— À quoi bon être curieuse, si tu ne coopères pas tout le temps pour te montrer sincère ?

Il étrécit les yeux en me dévisageant. Son souffle caresse ma peau, une odeur mentholée mêlée à celle de la nicotine.

— T'as vraiment envie de me connaître, la vipère ? demande-t-il doucement.

Cette question semble dissimuler de l'inquiétude.

— Quoi que je dise, tu le retourneras contre moi, murmuré-je sans détourner le regard.

— Pas forcément, mais tu peux être sûre que dans les deux cas je te pourrirai la vie.

— Tu me la pourris déjà, marmonné-je en faisant la moue.

Autour de nous, des tas d'étudiants passent, mais j'ai cette sensation d'être seule avec lui. Mon cœur caracole dans ma cage thoracique, et mes sens féminins se manifestent après un long coma.

— Que je te connaisse un peu mieux serait bénéfique pour les chansons, Jayde.

Là c'est mon côté artistique qui resurgit, je dois réussir à faire baisser le pont-levis de sa forteresse indestructible.

— Crois-moi, tu n'aimerais pas me connaître, et je ne peux pas avoir confiance en toi.

Tu dois avoir confiance en moi.

— Qu'est-ce qui te fait dire ça ?

— Ton vagin.

— Pardon ? fais-je, hébétée, en me retenant de rire.

— Difficile d'avoir confiance dans le sexe opposé, alors que vous êtes les plus hypocrites entre vous, m'explique-t-il sérieusement.

Aucun de nous n'a changé de position, tout comme aucun de nous n'ose détourner le regard.

Jayde envahit mon espace vital avec sa carrure imposante. Jayde envahit chaque parcelle de mon oxygène. Jayde m'envahit… tout simplement.

— Je ne vais pas te contredire, mais tu ne crois pas qu'il peut y avoir des exceptions à tout ça ?

Il n'a pas tort, les filles hypocrites sont partout, mais pourquoi faire ce genre de généralités ? Les hommes manipulateurs et hypocrites existent tout autant ! Personne n'est suffisamment bienveillant dans ce bas monde. Si une personne semble l'être avec vous, réfléchissez à deux fois à ses intérêts ; et, si vous ne soupçonnez rien, alors vous êtes un sacré veinard.

— Ce n'est pas une règle, c'est un fait.

Cette affirmation me donne des frissons.

Qui t'a fait souffrir, Jayde Black ?

— Et si j'étais l'exception qui confirme la règle ?

Ce n'est plus ma facette de compositrice qui s'adresse à lui, mais la femme éteinte qui sommeille en moi. Jayde m'attire, et je ne suis pas sûre que ça soit une bonne chose.

Il penche son visage. Jayde détruit les dernières miettes de mon espace vital et les avale. Et, avant que je ne succombe à cette attraction qui se joue de nous, un téléphone sonne et fait exploser cette bulle dans laquelle nous étions.

Je détourne les yeux et rougis d'embarras. Quant à Jayde, il sort son portable de sa poche et, avant qu'il ne réponde, j'ai le temps de voir le nom de la personne qui l'appelle : son père.

Je sens son corps se raidir, et ses mains enserrent avec force l'appareil. Il se redresse en fixant l'écran avec méfiance.

Un épais voile de peur a remplacé l'insolence habituelle sur son visage. Son silence et ses yeux perdus dans le vague en disent tellement plus que lorsqu'il parle.

Je me lève à mon tour et m'approche de lui, presque inquiète de l'état de choc qu'il exprime sans s'en rendre compte.

— Jayde…

— Je dois partir.

Il s'en va presque en courant tandis que mon cœur se serre, étrangement.

13. Envol toxique

Jayde

Arrête de bander. Arrête de penser à elle.

J'enfonce la tête dans mon oreiller et grogne lorsque le piercing au niveau de mon arcade s'y accroche et tire sur ma peau.

Nul besoin de jeter un œil à l'heure. Mon corps a été formaté depuis ma naissance pour se réveiller à 7 h 30. Peu importe quand je me couche, mon cerveau est déjà programmé pour mon réveil. Jamais je n'ai goûté au plaisir d'une bonne grasse matinée. Je me demande ce que ça fait, d'ailleurs.

Ma nuit a été peuplée de cauchemars. Je revois *cette scène* que je tente d'éluder constamment comme le pire des froussards. Si ce n'est pas dans mes songes, mon père m'y confronte sans cesse avec ses mots durs et crus, sans se soucier de l'effet nocif que ça a sur moi.

Quel hypocrite je fais à lui reprocher ce manque d'indulgence, alors que dans le fond je suis aussi abject que lui avec les autres.

On récolte ce que l'on sème.

Notre insensibilité est commune, mais la sienne sera toujours plus tranchante.

Dans mon cauchemar, des échardes de saphir ont jailli du sombre brouillard, un bleu cobalt fascinant et hypnotisant. Et la stupéfaction m'a envahi dès l'instant où j'ai reconnu la fille de l'autre côté de la brume.

Iris.

Pas la fleur, mais juste une fille, *la fille.*

Son prénom est comme un stimulant excitant sur ma langue.

Je la vois, et mes neurones se grillent pour laisser parler le sud de mon anatomie.

Bordel de merde !

Je suis pathétique. Qu'est-ce que je lui trouve, bon sang ?

Baiser me permet de me vider les couilles et d'annihiler la rage qui me consume, mais là c'est une autre paire de manches, je suis inéluctablement attiré par cette peste aux cheveux améthyste. Obnubilé par ses yeux bleus, aimanté comme un rien par ses lèvres charnues.

Je me désespère.

Même l'histoire d'Ève et de sa putain de pomme me semble compréhensible. Elle croque le fruit défendu, et la voilà châtiée du jardin d'éden à tout jamais. Iris est ma pomme, une pomme juteuse et alléchante. Iris est mon fruit défendu et, si je la croque, ce sera l'apocalypse.

Je planais dans un fantasme insolite et totalement démesuré. Iris a fait volte-face dans mes songes, une étincelle violette aussi vive que la lumière. Je me réveille avec le délicieux souvenir de son corps dans mon esprit.

Je ne suis plus sûr d'avoir la force de feindre le rôle de l'indifférent.

Seulement, si j'échange mon masque d'ignorance, je serai le pire des irréfléchis.

Iris a beau être une teigne, elle est diaboliquement sexy. Elle veut me connaître, elle l'a dit. Elle veut savoir qui je suis ! Mais qui de la femme ou de la parolière souhaite découvrir les fêlures de mon être, les morceaux brisés de mon cœur ainsi que la raison de la douleur au fond de mon regard ?

Quand il s'agit de réussir dans le métier, on est prêt à écarter tous les obstacles qui se mettent sur notre chemin. Je suis à la fois son but et son obstacle.

Iris m'étudie sans faiblir, me guette telle une lionne face à la proie que je suis, mais c'est moi le prédateur ! Et non l'inverse !

Elle veut me connaître.

Difficile de chasser cette idée qui tourne dans les coins les plus sinueux de mon esprit désabusé. Iris l'a prononcée sans retenue, avec sincérité, et ça m'a *presque* touché.

La femme ou l'artiste ? Je ne le saurai jamais.

Cette nana s'est compartimentée en deux hémisphères distincts : Iris, la compositrice acharnée, mue par une détermination implacable, qui ne se laisse pas intimider, une âme d'artiste faite pour triompher dans le métier, et Iris, la femme au cœur de glace, taillée dans la banquise mais pas indestructible. Je suis son réchauffement climatique. Derrière ses murailles, je discerne sa sensibilité et ce qu'elle éprouve à mon égard.

Ni mes barrières ni les siennes ne peuvent contrôler cette attraction déroutante entre nous.

J'attire Iris, mais ce n'est pas surprenant, j'attire toutes les filles... En revanche, je n'avais jamais été autant captivé. Je sais qu'une simple baise ne suffirait pas pour que je m'en lasse. Je suis aux antipodes de mon principe de ne jamais coucher deux fois avec la même fille : je n'ai même pas encore goûté le corps d'Iris et j'espère déjà recommencer.

Je suis tombé bien bas. Me voilà obsédé par la fille qui fait craquer mon ami, et on ne sait même pas ce qu'elle éprouve pour lui.

Mon érection matinale est un supplice, mais la vivre alors que je suis bombardé d'images de ma coéquipière d'écriture est pire encore.

Ma bite est sur le qui-vive, et l'ampallang crocheté à mon gland me fait réagir alors qu'il se frotte contre la surface de mon matelas.

Intéressant.

— Arghhhh.

L'Iris de mes pensées a la bouche muselée. Seules ses prunelles azur me lorgnent avec intérêt. C'est une erreur fatale de l'imaginer.

— Putain !

Pour la deuxième fois, je grogne à cause du piercing sur mon sexe, ce qui me pousse à me redresser. Il fait des siennes, et je suis à deux doigts de me tripoter comme un ado prépubère, *la loose.*

Laisser une femme m'embobiner serait une erreur impardonnable de ma part. J'en ai déjà fait les frais. Elles vous bercent tous d'illusions, puis s'en vont du jour au lendemain sans explications.

Je suis un putain d'automate avec les filles. Je les baise sans réfléchir. Elles sont absolument toutes les mêmes.

Je ne pourrai jamais faire confiance à une femme. Je veux juste du sexe sans promesse ni attaches. La meilleure des blagues qui sonne comme une supercherie monumentale, c'est quand elles osent me parler d'amour pour me retenir. À quoi pensent ces connes quand elles me disent qu'elles m'aiment ? Elles ne me connaissent même pas !

Mes secrets me pourchassent sans arrêt et m'empêchent d'avoir une vie normale. Si Iris continue d'écrire avec moi, elle finira par le savoir. La base dans l'écriture d'une chanson, c'est de mettre à nu ses sentiments. Mes remparts céderont, et je l'imagine déjà se moquer de moi.

Haha, Jayde, t'es un gros looser. Tu ne vas jamais réussir, arrête de te voiler la face.

Je ne veux plus jamais entendre ça.

Personne ne doit savoir. Personne ne doit le voir.

Qui je suis. Ce que je suis réellement.

J'ai tellement honte de ce que je suis, maman. Mais tu es partie, et j'ai sans cesse l'impression d'être en chute libre. Tu as promis de me rattraper, mais tu m'as menti. J'ai les os et le cœur brisés.

Je suis un camé sans bonnes intentions envers le sexe opposé. Un connard avec mes amis qui, malgré mon comportement exécrable, ne m'ont jamais abandonné. Un fils indigne et décevant. Un frère hypocrite qui s'étouffe dans sa jalousie. Voilà ce que je suis.

Je me retourne et tombe sur le dos. Mes yeux se figent sur la carte du monde placardée au plafond. Je pointe du doigt tous les lieux que j'ai eu la chance de visiter avec Cody quand on était à la fac, pleins de rêves. Le Canada. Le Brésil. L'Argentine. Le Japon. La Thaïlande. La France. L'Angleterre. Il nous reste encore tellement de choses à découvrir, tellement d'endroits à explorer.

On est toujours assoiffés de rêves, mais cette notion évolue avec le temps : les rêves subsistent mais deviennent plus terre à terre.

La porte de la pièce s'ouvre, et nul besoin de me redresser pour savoir qui c'est, le miaulement qui émerge est une réponse suffisante.

— T'es réveillé, mon chou ?

Un second miaulement me dérobe un grondement, et je

relève mon buste pour voir Cody entrer dans ma chambre avant de s'allonger sur mon lit.

— Ta bestiole n'a pas intérêt à poser ses pattes sur mes draps !

— Quelle petite nature !

Il marmonne dans sa barbe et fait sortir son chat avant de fermer la porte de ma chambre, puis se rallonge le plus normalement du monde sur mon matelas.

— Putain, Cody ! Deux mecs dans un lit, c'est forcément gay !

— Oh ! ça va, je te rappelle qu'on habite ensemble depuis six ans, déclare-t-il comme si c'était une explication suffisante.

— Et alors ? D'ailleurs, comment ça se fait que tu sois debout ? Ce n'est pas ton genre, lui fais-je remarquer.

Je cale les mains derrière ma nuque en continuant de fixer ma carte du monde tandis que lui est allongé sur le ventre de l'autre côté.

— Je fais le *Miracle Morning*. C'est un mode de vie qui consiste à se lever plus tôt et qui a pour principe d'apporter bonheur et succès dans notre vie et surtout un gain de temps considérable. J'ai toujours du mal à me réveiller tôt mais, vu que j'adore méditer, je me suis dit que ça valait le coup de tenter.

Une expression pour décrire Cody : *peace and love.*

— Depuis que je te connais, tu médites et fais du yoga. Ça t'a servi à quelque chose ?

— Jayde, de nous deux, c'est moi le détendu, toi la boule de nerfs. Faut bien s'équilibrer, se moque-t-il en fermant les paupières.

— T'as pas intérêt à dormir ici et à baver, sinon je te tue.

Mon ton est sec, ma menace très sérieuse.

— Du calme, je ne dors pas, je repose mes yeux. Hier t'es rentré tard, t'étais où ?

Sa voix est inquisitrice, il veut savoir si j'ai rompu ma promesse : de ne plus consommer de drogue.

— Je n'ai pas fait ce que tu crois, j'étais seulement avec Tate.

Stupéfait, il rouvre les paupières.

— Sérieux ? Ça fait longtemps qu'il n'est pas venu nous voir ! Il va bien ?

— Ouais, ça va, fais-je, pensif.

— Y avait ton père ?

— Je l'ai vu vite fait avant de sortir avec Tate, mais, tu le connais, ce n'est pas mon plus grand fan.

— Fais pas attention à ce qu'il dit. Y a des parents, ils boostent leurs enfants de cette manière. Ils ne sont pas tous doués pour montrer leur affection.

Si tu savais.

— Son affection, il ne la montre qu'à Tate, marmonné-je.

— T'es jaloux ?

— Jaloux ? Je n'ai rien à jalouser, je suis riche, je ne manque de rien et ce n'est pas ma famille qui va changer un truc à ma vie.

Mensonge. Mensonge. Mensonge.

Corde sensible effleurée, aboiement assuré.

— Je sais bien, Jayde… mais je peux comprendre ce que tu ressens.

Je le fusille du regard.

— Je ne ressens rien.

— Je déteste quand tu te renfermes comme ça. Je veux juste t'aider, répond-il en se retournant pour se mettre sur le dos.

Ma soirée se rembobine comme un disque raillé dans mon esprit. Revoir Tate me liquéfie à chaque fois. Je redeviens le petit garçon perdu et sans réel point d'ancrage baigné dans l'obscurité glacée alors que mon aîné irradiait dans le soleil.

Le temps a fini par égrainer les particules de lumière autour de lui. À présent, Tate s'exhibe dans les ténèbres.

Mon père n'a jamais accepté cette douloureuse vérité, et je suis son bouc émissaire… alors que je n'y suis strictement pour rien.

Mon paternel a toujours eu la capacité de contrôler Tate, contrairement à moi, et maintenant il se retrouve avec deux têtes brûlées.

Durant ce dîner, mes mots sont demeurés cadenassés dans ma gorge. Tate débitait tout et n'importe quoi, comme si sa vie était normale, comme si rien n'avait changé. Il n'a pas parlé de maman ni du fait qu'il dépensait beaucoup trop de fric – mon fric. Il m'a confié brièvement que papa l'appelait presque tous les jours pour s'assurer qu'il ne manquait de rien, du moins que je lui fournissais tout ce dont il a besoin.

Putain, heureusement que je suis blindé.

Quoi que je fasse, Walter Black ne sera jamais satisfait. Pour lui, je n'aurais jamais dû être chanteur. C'est une perte de temps et pas un vrai métier, je n'avais pas les capacités requises comme il me le disait toujours. Les fantômes de mon passé ne pouvaient s'imaginer qu'un tel destin m'attendait. *Le destin de mes rêves.*

Les moqueries et les jugements font toujours mal, mais n'est-ce pas le châtiment de toute personne qui ne rentre pas dans une case ?

— Tout va bien, Cody, soufflé-je.

La porte s'ouvre à la volée. Bryce entre en *moonwalk* vêtu de son pyjama Harry Potter, un pantalon et une chemise bleu nuit, comme les vieux, avec des motifs de lunettes rondes et de baguette magique.

Dustin ne tarde pas à faire son apparition. Il roule des yeux en voyant le nabot faire son show.

— T'es ridicule, commenté-je, agacé.

Il fait une pirouette à la Michael Jackson digne du clip de *Billie Jean* avant de se mettre sur la pointe des pieds en faisant « Hihiii ».

— Pas autant que toi. Je ne savais pas que t'avais besoin de Cody pour dormir, me charrie-t-il.

— Pas ma faute si vous aimez constamment me coller, braillé-je.

Bryce saute sur mon lit, et je l'éjecte immédiatement avec mon pied. Il fait alors une chute mémorable, qui nous fait tous éclater de rire, y compris la victime.

— Putain, Bryce ! Tu te gamelles tellement de fois qu'on devrait te faire un show bêtisier rien qu'à toi ! s'exclame Dustin en s'asseyant dans le fauteuil au coin de ma chambre.

Ce dernier est le seul d'entre nous à être habillé pour la journée. Tout me laisse imaginer qu'il a hâte d'être au studio pour retrouver sa dulcinée. *Cette peste de dulcinée.*

— J'y ai pensé, renchérit Bryce en se redressant. D'ailleurs, j'ai créé un compte TikTok juste pour faire des gags vidéo. Jayde, t'es celui qui a ouvert le bal. J'ai posté la vidéo de toi quand je t'ai cassé un œuf sur le crâne. Fallait que le monde voie ta face à ce moment-là, c'était épique !

— Rappelle-moi pourquoi je ne t'ai pas tué quand tu as fait ça ? grommelé-je en m'adossant à la tête du lit.

— Oh ! ça va ! J'ai fait des millions de vues avec ça ! Cody, Dustin, je vous conseille de faire gaffe, je risque vraiment de vous faire des pièges partout, prévient-il avec un air diabolique tout en se frottant les mains.

— Super, marmonne Cody, exaspéré.

— Pourquoi tu perds ton temps avec ces conneries ? demande Dustin en écarquillant les yeux.

— Parce que je n'aime pas m'ennuyer… En plus, j'ai découvert des trucs trop bizarres sur ce réseau social.

— Comme ?

— Y a une chanson française qui fait un *buzz* monstre, j'ai cherché les paroles et la traduction, et… ça ne veut absolument rien dire, explique-t-il, perplexe.

— Elle parle de quoi la chanson ? fais-je, amusé en observant ses mimiques d'enfant.

— J'en sais rien, mon vieux. La meuf parle des caleçons sales de son mec, puis elle lui dit : « Hors de ma vue. »

— T'as peut-être mal traduit, réplique Cody en se retenant de rire.

— Bah non… je sais me servir de la traduction automatique, je ne suis pas idiot, tu sais ?

Dustin se lève en frappant des mains afin d'attirer notre attention.

— Préparez-vous, les gars, dit-il en faisant abstraction des histoires de Bryce.

— Détends-toi, putain, Iris va pas s'enfuir, ronchonne le nabot.

Une chose improbable se produit, une chose surréaliste : Dustin s'empourpre.

— Putain, mec, tu rougis ? s'esclaffe Cody.

— Comment vous…

— Dustin, t'es pas discret, rétorque Bryce. Ça crève les yeux que tu la kiffes. Dis-lui directement les choses. Cette fille ignore complètement l'aphrodisiaque qu'elle est, donc porte tes couilles et fais-le-lui comprendre.

Nous ouvrons tous les trois grand la bouche face à son discours. Il hausse les épaules comme si ce qu'il venait de dire était insignifiant.

Je n'ai jamais douté de l'intelligence de Bryce. C'est un gars bien, extrêmement créatif et survolté. Je réalise qu'il est aussi très observateur.

— Bah quoi ? Ce n'est que la stricte vérité, ajoute-t-il.

— Elle me plaît, mais je ne la connais pas suffisamment pour l'inviter à sortir, se confie Dustin en se frottant la nuque, visiblement embarrassé de nous parler de ça.

— Écoute, y a des chances qu'Iris ne te voie pas de la sorte, poursuit Cody, inquiet. Ne te fais pas de faux espoirs.

— Elle t'a dit quelque chose ? demandé-je, intrigué, en le scrutant minutieusement.

Cody souffle, et la mèche azur qui était sur son front remonte.

— Non, mais ça n'a pas l'air d'une fille intéressée par ce qu'on peut dégager. En plus, elle collabore avec nous. Si elle couche avec toi, Dustin, ça pourrait compromettre son travail avec nous tous.

— Laisse-le tenter sa chance, intervient Bryce en fronçant les sourcils. Iris n'est pas du genre à ouvrir facilement les cuisses, faut la mériter, donc je pense que, s'il se passe un truc entre Dustin et elle, c'est qu'elle aura mûrement réfléchi.

— À quel moment vous l'avez analysée ? braillé-je, agacé qu'ils me parlent d'elle tellement ça en devient douloureux pour mon caleçon.

— C'est toi qui es aveugle, m'accuse Bryce en soupirant. J'adore discuter avec elle.

— Tu la harcèles de messages, nuance, corrige Cody pour le taquiner.

— Bon, un peu… mais je lui ai passé quelques-uns de mes mangas. Je m'assure qu'elle les lit, c'est tout !

J'hallucine ! Ils ont tous tissé des liens avec elle ! Alors que c'est moi qui reste enfermé entre quatre murs en sa présence pendant trois heures.

— Mais pour revenir à ce qu'on disait, reprend Bryce sérieusement, je ne pense pas que tu aies une chance avec elle, Dustin.

— Sympa, le nabot, ronchonne le Texan en faisant la moue.

— Tu peux toujours tenter, mais je ne crois pas que tu l'intéresses de la même manière qu'elle t'intéresse.

— Visiblement, Bryce a un cerveau pour réfléchir et nous sortir des trucs pareils, se moque Cody, hilare.

Je reste silencieux, happé par cette discussion qui ne me laisse pas… indifférent.

— Tu dis ça parce que, toi, tu veux coucher avec elle ? s'enquiert Dustin en le fixant, les yeux plissés.

— Bah non ! C'est vrai que de nous quatre je suis le plus irrésistible et le plus sexy, les filles ont tendance à me préférer mais, pour Iris, je ne sais pas trop… Je pense que de nous quatre c'est avec Jayde qu'elle s'entendrait le mieux.

Je fronce les sourcils. Ma perplexité est facilement perceptible par mes amis, qui m'observent tous.

— Pourquoi tu dis ça ? fais-je en tentant de paraître détaché.

— Bah, c'est toi qui es supposé écrire avec elle, logiquement tu dois être sans aucun filtre à ses côtés, et c'est une fille qui inspire la confiance. Tu peux te confier les yeux fermés avec elle. C'est une fille vraiment bien.

— Tu la connais à peine, Bryce, maugréé-je, exaspéré.

— Une fille qui intervient dans une baston pour défendre un Black sans se soucier de la montagne de muscles qui lui fait face, ça en dit long sur ce qu'elle est, crois-moi.

— Il n'a pas tort, ajoute Dustin en esquissant un sourire. Elle m'a subjugué… C'était waouh, quoi.

— Elle a marqué les esprits ! s'exclame Cody, l'air songeur.

C'est vrai que c'était atypique de voir une fille réagir ainsi. Iris est une femme aux multiples facettes, et ce côté guerrière est extravagant.

— Alors, Dustin, t'es prêt à tenter un truc ? Au moins tu seras fixé, réplique Bryce en observant l'intéressé.

— Je ne sais pas trop…

— Quel trouillard ! surenchérit le nabot. Bon, je ne sais pas vous, mais je suis d'humeur fêtarde. Ça vous dit qu'on fasse une petite soirée ici ?

— Tu veux inviter qui ? l'interroge Cody, soucieux.

— Bah, nos potes.

— C'est nous tes seuls potes, espèce d'abruti, l'insulte Dustin en lui donnant une lourde tape derrière le crâne.

— Une fête ne serait pas de refus, les coupé-je brusquement.

Mon meilleur ami me lance un regard noir. Une fête est une raison valable pour se soûler la gueule, oublier ses problèmes, masquer ses peines. Se défoncer, baiser… plein de trucs de ce genre, tout ce que j'aime quoi.

— Pas question ! s'insurge-t-il.

— Pourquoi pas ? réplique Dustin. Je ne suis pas contre. Bientôt on sera sous les feux des projecteurs. On a déjà fait notre premier shooting, excepté Jayde, évidemment, qui ne s'est pas pointé.

J'étais avec ta dulcinée, mais je préfère ne pas te le dire.

— Allez, Cody, fais pas ton vieux ! On se fera une soirée en comité réduit avec deux-trois mannequins et les groupes avec qui on a partagé la scène à nos débuts, argumente Bryce en prenant une mine de chien battu.

L'intéressé laisse ses épaules s'affaisser, signe de capitulation évident, puis pousse un profond soupir.

— Très bien, marmonne-t-il en se redressant pour sortir de la pièce.

— YEAH ! s'écrie Bryce, tout heureux. Je vais baiser du lourd ce soir !

— Allez, changez-vous maintenant ! C'est l'heure d'y aller. Le chauffeur passe dans trente minutes. On doit commencer à travailler sur la musique de la première chanson, déclare Dustin en quittant la pièce.

Je suis seul avec Bryce et je lui jette mon oreiller pour qu'il se décide à déguerpir de ma chambre. Avant qu'il ne franchisse le seuil, il se tourne vers moi avec un sourire sournois.

— Je vais inviter Iris. Dustin va perdre tous ses moyens, ce sera très drôle !

Puis il s'échappe sans attendre que je réplique.

« Inviter Iris » ? J'ignore qui de Dustin ou de moi va perdre ses moyens, parce que je ne suis pas sûr de pouvoir gérer mes pulsions en étant sur mon propre terrain.

Malgré moi, mon père a semé le chaos qui règne sans relâche dans mon esprit. Revoir mon frère a ravivé un certain ressentiment chez moi. Je ne peux pas lui en vouloir pour ce qu'il est. Je ne peux pas être abject avec lui. Je suis le seul à véritablement le comprendre parce que la démence m'habite autant que lui mais dans des contextes totalement différents.

Tate était mon modèle, le sportif à qui tout réussit, l'étudiant en finance au succès irréfutable. Tate avait la vie rêvée. Une belle gueule. Une belle caisse. Un avenir florissant au côté de mon père. Mais il suffit d'une unique pomme pourrie pour contaminer tout le panier. D'un rempart usé pour faire céder la forteresse.

Tate s'est étiolé à vue d'œil devant nous sans qu'on ne puisse rien faire. Une myriade d'émotions le mitraillait, il n'était plus lui-même. Le départ de ma mère a été un électrochoc pour nous tous, mais il a été encore pire pour lui.

La folie. La dépression. L'excitation.

Rien n'était normal, tout était décousu, sans aucune mesure.

Plus je fixe les yeux de mon frère, identiques aux miens, plus j'y vois le reflet de ceux de mon géniteur me répétant que je suis responsable *des fautes* de mon aîné. Quand je croise mon père et mon frère, je suis tétanisé par la honte, je ne suis plus moi-même, juste un trouillard qui n'a pas assez de couilles pour porter sa dignité. Je ne suis rien. Je ne suis personne.

Tate tient à moi, mais il a vite compris qu'il avait cet ascendant sur moi. Je suis une putain de marionnette qui fait ce qu'il veut quand il veut comme pour pallier ce que j'ai pu provoquer en lui. Et je ne peux même pas affirmer mon désaccord avec le pouvoir qu'il détient sur moi.

La bipolarité de mon frère nous a plongés dans un précipice, et seuls les Black peuvent faire semblant d'en ignorer les conséquences.

14. Baiser empoisonné

Iris

Après ma journée de cours intensifs et mes répétitions en solitaire dans la salle de musique de l'université, je m'accorde une pause-café en compagnie d'Amber. Nous étions dans des salles côte à côte, et à la fin elle m'a invitée à l'écouter chanter. Des frissons m'ont parcourue tout le long de sa reprise d'une de ses chansons : *On my Way.*

Sa voix est un mélange entre le timbre d'Etta James et la puissance des cordes vocales d'Aretha Franklin. Amber a une prestance remarquable sur scène. C'est une diva à l'état pur, un diamant étincelant qui captive toute l'attention. Il est clair qu'elle va faire un malheur le soir du concert. Son corps voluptueux aux formes généreuses est magnifique, elle a confiance en elle et n'en a rien à foutre de ne pas rentrer dans les diktats de la beauté féminine : mince sans vergetures, un ventre plat, des jambes fuselées, une taille marquée. Amber est aux antipodes de tous ces codes, et la manière dont elle assume ses différences est tout bonnement admirable. Elle dégage une assurance que je lui envie tant.

— Iris, tu as quelqu'un en vue ? me demande-t-elle en prenant une bouchée de son gâteau au chocolat.

Sa question m'extirpe de mes pensées. Après avoir bu une gorgée de mon café, je réponds simplement :

— Non, du tout, je n'ai pas la tête à avoir quelqu'un dans ma vie.

— Hein ? Mais ça nous tombe dessus sans qu'on s'y attende. Voyons, chérie, je suis sûre que tu fais se retourner les hommes sur ton passage, déclare-t-elle, avant de prendre une seconde bouchée de son fondant.

Ce qu'elle dit m'amuse un peu.

— Pas tant que ça. Et toi ?

Elle affiche un air songeur, puis une ébauche de sourire étire ses lèvres.

— Alors moi, je me suis retrouvée avec tous les types d'hommes à éviter. Du coup, je fais un break de ce côté-là dans ma vie.

— Sérieusement ? Tous les types d'hommes ?

— Oui ! Au lycée j'étais éperdument amoureuse d'un toxico, ensuite j'ai été avec un véritable nympho qui en pinçait plus pour mes formes que pour celle que j'étais, puis j'ai eu le malheur de sortir avec un mec qui voulait tout contrôler, en l'occurrence me faire renoncer à mon rêve de monter sur scène.

— Ma pauvre, tu n'as pas eu de chance, dis-je, désolée qu'elle ait pu avoir des relations aussi… chaotiques.

— On apprend de ces choses-là. Maintenant, mon corps et ma chatte sont en sécurité, lâche-t-elle en cachant sa poitrine avec une mine faussement offusquée.

— Tu les as tous aimés ? demandé-je, un tantinet curieuse.

— Quand j'y songe… pas vraiment, peut-être le toxico, seulement parce que j'avais dix-sept ans et qu'à cet âge-là j'avais une vision de l'amour magnifiée. Mais pour les deux autres, ce n'étaient pas des sentiments aussi forts. Le véritable amour, ça prend aux tripes. Parfois, j'aimerais bien le vivre pour pouvoir m'en inspirer.

— Rêver, c'est bien aussi pour patienter, la taquiné-je.

— Je rêve de tellement de choses, si tu savais, répond-elle en plongeant la main dans ses cheveux de jais lâchés. Et toi alors ? L'amour qui prend aux tripes, tu l'as déjà vécu ?

Je hausse les épaules.

— Non, jamais. Je n'ai jamais eu de relation sérieuse avec un homme, et je ne pense pas que je sois prête pour ça.

Les yeux ambrés de ma pote s'arrondissent. Elle demeure bouche bée, avant de demander :

— Jamais ?

J'opine.

— Jamais jamais ? répète-t-elle, toujours aussi estomaquée.

J'acquiesce avec un sourire timide.

— Jamais.

— Pourquoi tu ne te sens pas prête ? Crois-moi, c'est toi qui intimiderais ces messieurs. Tu as tout ce qu'il faut, bon sang ! Tu t'es regardée ? dit-elle en me matant avec une adoration sincère.

Je suis touchée.

— C'est très gentil, Amber. Mais je n'ai rien de spécial pour intimider qui que ce soit… et puis pour m'accorder une relation sérieuse avec un homme, je devrais… vraiment lui faire confiance…

Une confiance absolue, viscérale. C'est le tréfonds de mon être qu'un homme devra remuer dans tous les sens pour me faire fondre, me conquérir émotionnellement. Tout est dans les sentiments, mais je suis beaucoup trop réfractaire pour céder à n'importe qui.

— Tu as peur d'être trahie si ça se finit mal ?

— La trahison est propre à chacun, mais, ce que je ne supporterais pas, c'est qu'on se serve de mes faiblesses pour me nuire. Il faut mériter ma confiance et, une fois qu'elle est perdue, mon pardon est inconcevable. C'est définitif.

— Ah, ouais ! Faut pas déconner avec toi ! Donc si quelqu'un te faisait du mal, je n'aurais même pas à intervenir pour te défendre… même si je serais prête à le faire.

Sa sollicitude m'émeut. Elle se comporte comme si elle et moi étions amies depuis toujours. Moi qui ai l'habitude de ne traîner qu'avec des hommes, être en compagnie d'une fille comme elle, aussi pétillante que bienveillante, me donne du baume au cœur.

— J'aime beaucoup la manière dont tu t'assumes, déclaré-je soudain.

— Mes parents m'ont toujours appris que je devais m'accepter telle que je suis. J'ai toujours été enrobée, et tu connais les enfants, ils sont cruels entre eux. J'étais la victime de moqueries quotidiennes à cause de ma couleur de peau et de mes cheveux frisés… C'était un calvaire. Puis j'ai eu une révélation ! m'explique-t-elle en claquant des doigts comme si cette révélation était l'idée du siècle.

— Laquelle ?

— J'ai écouté Aretha Franklin. Je t'assure, cette femme, c'est mon idole ! Ce qu'elle écrit, ce qu'elle dégage, ça m'a envoûtée, et j'étais tellement fière de lui ressembler. Alors j'ai commencé à faire ma diva, et, crois-moi, se prendre pour une diva à sept ans, ça reste ancré en toi toute une vie, déclare-t-elle, amusée.

La musique est le porte-parole des maux que nous masquons. Elle est le remède qui annihile nos chagrins, c'est l'antidote de la douleur.

— C'est vrai qu'elle est indétrônable Aretha, et c'est bien que tu aies pu te reconnaître dans ses mots.

Elle a les yeux dans le vague.

— Pour faire changer les choses, il ne faut pas agir en fonction des autres, tu dois agir comme bon te semble.

— Tu as bien raison. J'admire beaucoup ta façon de voir les choses, répliqué-je, totalement sous le charme.

— Tu as des célébrités qui t'ont marquée au fer rouge ?

— Mmm, Otis Redding est mon âme sœur musicale, plaisanté-je en riant doucement. Disons que c'est le premier artiste que j'écoutais.

— Je comprends mieux ton tatouage sur le devant de l'épaule, « Try a little tenderness ». C'est ta chanson préférée ?

— Une de mes chansons préférées, oui. J'ai même un second Zippo avec cette inscription. J'ai une attache sentimentale à ce titre. Tu as d'autres coups de cœur, à part Aretha ?

— Etta James, Michael Jackson ou encore le groupe The Doors. La liste est bien longue, rigole-t-elle. Et toi ?

— Le groupe Oasis est un de mes favoris, mais aussi Nirvana et tout ce qui reste dans ce registre. Je voue un véritable culte aux groupes de rock.

— Moi, je n'en écoute pas très souvent, mais en ce moment j'ai un faible pour le groupe Madness. Le chanteur est trop trop sex, et sa voix c'est juste orgasmique. Tu connais ?

Terrain miné.

Un tantinet embarrassée, je m'évertue à ne rien laisser paraître. Je n'ai pas envie qu'on sache que je suis leur compositrice avant que je ne finisse mon boulot, ou du moins que Jayde s'investisse à 100 %. Il est mon épée de Damoclès et, s'il donne du sien, elle ne sera plus suspendue au-dessus de ma tête.

— Si on veut, répliqué-je.

— Leur dernier single est classé en première position depuis leur dernier concert. *Bipolar*, cette chanson est extra ! Je fais trop ma groupie, excuse-moi, mais je dois t'avouer que c'est rare qu'un groupe me fasse autant d'effet !

Je me désespère à vouloir déguiser la vérité, surtout que je ressasse mes résultats non concluants avec Jayde. Hier, il est parti sans me jeter un regard, me laissant avec ce feu au creux des reins qui s'intensifiait plus ses lèvres s'approchaient des miennes.

— Je connais vite fait… mais c'est vrai que la chanson *Bipolar* est très belle. Le chanteur a une manière particulière d'écrire ses chansons. Son premier album est très intéressant.

— Je suis bien d'accord. L'album *Chaos Theory* mérite un succès monstre. J'ai hâte qu'ils sortent leur deuxième album. S'ils font un concert à Boston, on ira ensemble, ce sera chouette !

Ouais, s'il sort un jour…

— Pourquoi pas, dis-je tout simplement avec un sourire forcé.

Je jette un vif coup d'œil au cadran de ma montre : 16 heures. C'est l'heure pour moi d'aller au studio. Je finis rapidement mon cheesecake au caramel et m'empresse de partir après avoir payé pour Amber et moi, ce qui me vaut une multitude d'insultes, mais j'en fais abstraction.

Je n'ai pas encore récupéré ma voiture par manque de temps et surtout par manque de moyens. J'attends de recevoir mes pourboires des prochains jours pour réunir la somme qu'il me faut ; je n'en suis plus très loin de toute façon.

Au studio, l'étage est plongé dans un silence de cathédrale. À travers la petite vitre carrée sur la porte de la pièce d'enregistrement, j'aperçois Cody et Bryce avec une guitare, chacun en train de s'égosiller derrière la vitrine en plexiglas de la cabine insonorisée. Bryce me remarque et s'empresse de se lever pour m'ouvrir la porte.

— Hé, Iris ! Jayde est dans la pièce du fond, comme d'habitude.

— Merci !

— D'ailleurs, avant que tu ne le retrouves, je voulais te demander si ça t'intéresse de venir ce soir chez nous. On organise une petite fête avec des gens qu'on connaît bien. Ça te dit ?

— Désolée, Bryce, mais je travaille, décliné-je poliment.

— Allez, s'il te plaît ! Je te montrerai ma collection de mangas dans ma chambre ! Pitiiiiié, me supplie-t-il en joignant ses mains comme s'il faisait une prière.

Comment lui résister ? Cette frimousse d'ange est à croquer. Il est tellement attachant. Le petit Bryce est une version de Peter Pan qui s'envoie en l'air en cachette avec la fée clochette, c'est son seul côté mauvais garçon.

— Bon, je vais y réfléchir. Si je passe, ce sera pour quelques minutes, capitulé-je face à lui.

— Génial !

Il lève le bras comme s'il brandissait un trophée.

— Bon, je te laisse travailler avec les autres.

Je me dirige vers la salle de musique où je découvre Jayde de dos face à la fenêtre.

— Jayde ?

Aucune réaction. Silence de mort.

— Jayde ? répété-je en m'approchant de lui alors que je dépose mon sac sur la table.

Mes pas annihilent cette distance qui nous sépare. Pour la première fois, je ne suis pas aspirée par ce fossé entre nos deux corps. Plus j'avance vers lui, plus mon cœur s'affole. Il fixe l'horizon derrière la grande baie vitrée, et je l'entends ahaner. Son buste se soulève au rythme de sa respiration saccadée. Il se raidit en constatant ma présence, visiblement déstabilisé.

Lui guette l'extérieur ; moi, je le guette lui. Il inspire et expire comme s'il était oppressé. Jayde se résout enfin à se tourner vers moi et, dès l'instant où mes yeux entrent en contact avec les siens, une chaleur inouïe m'envahit. J'en fais abstraction, car son expression me vrille les tripes.

Je fais face à un Jayde ravagé. Un Jayde en vrac et complètement secoué par ses souffrances profondes.

Le voir dans cet état me fait mal. Je suis presque choquée de le découvrir aussi… démuni.

Les paroles restent coincées dans ma gorge. J'ai conscience qu'aucune ne peut effacer ses maux. L'éclat de ses prunelles ne reflète ni sa lubricité ni sa fourberie habituelles, seulement le mal-être.

— Est-ce que ça va ? murmuré-je avec inquiétude.

Son corps d'apollon tremble de manière sporadique. Mon angoisse augmente. J'ignore comment l'aider. Seuls les battements de ses paupières témoignent de sa présence à mes côtés.

Mon trouillomètre monte dangereusement. Je ne suis jamais sûre de rien avec cet homme à la façade de glace, mais je dois l'extirper de sa léthargie. Délicatement, ma main saisit son poignet. Son pouls pulse à vive allure.

Ses paupières se ferment, il lutte contre sa respiration erratique. Jayde secoue la tête de gauche à droite comme pour chasser les ténèbres tapies en lui. Préoccupée par son état, je resserre mon étreinte sur son poignet. Lentement, mon autre main remonte le long de son bras pour l'agripper. Mes doigts enlacent les siens et, dès l'instant où il se laisse faire, c'est mon cœur qui s'affole irrévocablement.

— Jayde… je suis là.

Je parle doucement, pour qu'il soit le seul à m'entendre. Les yeux toujours fermés, il penche sa tête vers la mienne, nos fronts s'arriment l'un à l'autre et nos souffles se mêlent.

— Respire, Jayde. Ça va passer, susurré-je près de ses lèvres.

Le silence est devenu sa réponse préférée. Je regrette presque les instants où il me traitait de vipère. Ses doigts se cramponnent aux miens avec plus de hargne, comme s'il craignait que le sol se dérobe sous ses pieds et que la chute lui soit fatale.

Mon cœur palpite encore plus fort. Sa paume est brûlante et suffit à m'incendier tout entière. Je vacille intérieurement, troublée par notre proximité. L'un de nous doit lutter contre ses faiblesses pour soutenir l'autre, et en l'occurrence sa détresse devient ma faiblesse.

Il serre fort ma main. Je deviens sa bouée de sauvetage et je suis en apnée, perturbée par l'effet qu'il a sur moi.

Clac. *Retour à la réalité.*

Le fossé entre nous ressuscite. Jayde revient d'entre les songes. Il bat en retraite, et la chaleur nichée au fond de moi se confronte à ce courant d'air qu'il parsème en s'éloignant. Malgré la distance, notre lien visuel perdure inlassablement. Ses yeux aussi froids que la glace me happent, et je les trouve si beaux.

Il détourne soudain la tête alors que mon sang afflue vers mes pommettes, et je réalise que je suis totalement sous son charme. Je déglutis difficilement.

Les poings de Jayde se serrent, et sa mâchoire se crispe. Il affiche de nouveau un air farouche.

— Je…

— Ne dis rien, le coupé-je brusquement. Tu n'as pas à donner d'explications. Si tu vas mieux, on peut reprendre le boulot ; sinon on décale. C'est comme tu le sens.

Jayde vient de mettre un terme à sa scène d'angoisse pour l'occulter avec un masque aussi glacial que la banquise qui a heurté le *Titanic*. Le pont-levis est remonté, la forteresse est de nouveau protégée. Mais la brèche demeure, les signes sont visibles. Ses dents se plantent dans sa lèvre inférieure. Ses sourcils se froncent. Ses pupilles me mitraillent. Je devine que les questions se bousculent dans son esprit.

Est-ce de la curiosité ? De l'intérêt ? Une question mal placée ?

Nul besoin de farfouiller à travers sa faiblesse pour avoir des réponses à mes interrogations profondes. La réelle victoire, c'est quand l'intéressé lui-même délie enfin sa langue pour se confesser.

— C'est *donnant-donnant*, Jayde. L'autre jour tu m'as aidée durant ma crise d'angoisse, et là j'ai fait pareil.

Touché.

Il affiche un air faussement contrit. Une myriade d'émotions luit dans ses prunelles. Le voilà captivé. J'adopte une attitude totalement détachée, muselant le chamboulement de mon âme.

Jayde vient de me bouleverser en utilisant ma sensibilité. Jayde vient de me renverser comme un château de cartes. Jayde vient d'envahir mon esprit, m'ôtant toute réflexion.

Il s'éloigne en enfonçant les mains dans les poches de son jean, puis s'assoit avec son éternelle désinvolture sur la chaise et finit par me fixer par-dessus son épaule. Nous voilà à la case départ. Il tire une clope qu'il allume, étale ses jambes sur la table, prend une latte et rejette la fumée.

— Bouge ton cul, la vipère. Écris ce que je dicte.

Tiens donc, un revenant.

Bryce m'a envoyé un chauffeur pour me récupérer au Dream Club et me ramener à la fête dans leur penthouse. Le nabot ne fait pas les choses à moitié, et je détecte qu'il y a anguille sous roche. Mais de toute manière, j'allais me pointer à cette soirée, pour des raisons… que je n'ai pas envie d'expliquer.

Voir si Jayde va bien.

La ferme, conscience.

Durant notre séance de travail, son indifférence aussi irréductible que rigide a récidivé. Il est resté fidèle à ses habitudes. Rien ne le change, et surtout pas un plongeon dans l'angoisse. Son comportement m'intrigue. Il est toujours loin de moi quand il s'agit d'écrire. Il ne jette jamais de coups d'œil à mes feuilles, même pour vérifier ce que je retranscris.

Aujourd'hui, il s'est contenté de me donner ses idées pour cette deuxième chanson. Le thème : l'enfer. Et je ne sais pas du tout pourquoi le monde d'Hadès l'inspire autant. À quel moment de sa vie a-t-il vécu un enfer ? Est-ce lié à cette crise d'angoisse impromptue ?

Son sang-froid me fascine. Je n'arrive pas à déceler qui il est. Son aura, cette force authentique qui émane de lui, me subjugue sans que je puisse le contrôler.

Je ne peux plus le nier, Jayde Black m'attire, de par son sex-appeal, sa force d'expression, sa prestance. En dépit de son mépris, j'ai vu son impuissance et la misère émotionnelle dans ses yeux. Je n'ai jamais ressenti ça avant…

Je ne suis plus sûre d'avoir la force de cacher ce que j'éprouve pour lui. Plus le temps file, plus j'ai la sensation que c'est réciproque. Et si on dérape, qu'est-ce qu'on fera ? La tension entre nous est électrique, et le jour où les crépitements seront plus forts que nous ce sera… l'apocalypse.

Le chauffeur me dépose devant un building immense et avant-gardiste. Je suis dans un des quartiers les plus huppés de Boston, non loin de Indy Records.

— Merci beaucoup, monsieur, dis-je poliment dès qu'il m'ouvre la porte.

Le quinquagénaire aux cheveux grisonnants me gratifie d'un sourire sincère.

— Il n'y a pas de problème, ma fille. Ces petites canailles habitent au dernier étage, m'explique-t-il en me pointant du doigt le sommet de l'immeuble. Ah ! et rappelez à Jayde, je vous prie, que demain il a un shooting et qu'il ne pourra pas y échapper.

Malgré des iris d'un gris froid, ses yeux sont rieurs et il arbore un air enjoué.

— Je n'y manquerai pas, monsieur…

— Johnson, me précise-t-il. Passez une bonne soirée, mademoiselle Lance, et n'hésitez pas à remettre mes canailles à leur place, surtout le grincheux.

— Je suppose que vous parlez de Jayde ?

— Exactement. C'est le plus grincheux des garçons que j'ai rencontrés, mais c'est aussi celui qui a le plus grand cœur.

Je ris jaune.

— Vous êtes sûr de ne pas confondre ?

Amusé, il secoue la tête de gauche à droite.

— Du tout, mademoiselle.

Lorsque je pénètre dans l'immeuble, c'est magnifique, plus grand et plus beau que tout ce que j'ai pu voir dans ma vie. Le hall d'entrée est d'un blanc immaculé, diverses plantes d'intérieur dans des pots longent les murs et des cadres aux peintures modernes y sont accrochés.

Je prends l'ascenseur, qui est au fond du corridor, jusqu'au quarantième et dernier étage. Dans le couloir traînent plusieurs personnes. J'avance jusqu'à la porte et me rends compte que ça n'a rien à voir avec la soirée en comité réduit dont m'avait parlé Bryce… Il y a de nombreuses personnes, notamment des journalistes, et je reconnais certains chanteurs qui jouaient au Dream Club avant de signer un contrat avec une maison de disques, ou encore des mannequins du milieu de la mode et que j'ai déjà aperçus sur des panneaux publicitaires.

Je pars à la recherche d'un des garçons sans prendre la peine d'étudier leur appartement bondé de monde. Je foule le sol en marbre du grand salon où plein de corps bougent au rythme de la musique. Des shots de vodka traînent un peu partout, et je finis par me cogner contre un mec bourré qui s'excuse en me caressant les cheveux comme si j'étais un chat. Je grimace et m'échappe en continuant d'avancer dans le couloir.

— Iris ?

Malgré le son puissant d'Eminem, je reconnais la voix de Dustin qui m'interpelle. Je me retourne vers lui, ravie d'enfin trouver quelqu'un que je connais.

— Salut, Dustin !

Il est un peu pâle et me paraît légèrement éméché. Il vacille sur ses jambes. Tout m'indique qu'il ne tolère pas vraiment l'alcool.

Ses pupilles sont dilatées. Il me fixe, hébété.

— Qu'est-ce que tu fais ici ? réplique-t-il en plongeant la main dans ses cheveux.

— Bryce m'a invitée, et je suis passée. Où sont les autres d'ailleurs ?

— Je crois que Cody et Bryce sont dans la piscine avec des amis et Jayde… Je n'en sais rien. Bouge pas, je vais te ramener un verre. Tu veux quoi ?

— Euh… une limonade, je veux bien, dis-je timidement.

Il sourit.

— Bouge pas, j'arrive ! me lance-t-il, excité, avant de se faufiler parmi les gens présents.

J'analyse ce qu'il y a autour de moi, et longe le couloir en croisant des filles magnifiques. Le sourire jusqu'aux oreilles, elles proclament être à la recherche de Jayde Black. Je fronce les sourcils en découvrant des personnes réunies autour de quelques portes. Sûrement les chambres des garçons.

— Elles sont fermées ! s'exclame une grande rouquine, visiblement déçue.

La meuf était au niveau d'une chambre qui me semble être celle de Bryce, puisqu'une affiche du personnage Ryuk, un dieu de la mort tiré du manga *Death Note*, y est placardée. J'arrive à la fin du premier tome et je suis plutôt satisfaite de ma lecture. En face de la chambre de Bryce, j'aperçois une porte entrouverte. Inquiète que des gens aient pu se faufiler dans l'intimité d'un des garçons, je décide d'entrer pour vérifier qu'il n'y a personne.

Je franchis le seuil et découvre une nana en train de fouiller les tiroirs d'une table de nuit. Elle sursaute dès qu'elle sent une présence à proximité.

— T'es qui, toi ? me menace-t-elle, la mine renfrognée.

Énervée, j'adopte un ton condescendant :

— Et toi, t'es qui ?

— Je suis la petite amie de Jayde Black, dit-elle fièrement en remuant ses longs cheveux blonds. Et ici c'est sa chambre.

Je souris machiavéliquement et lui mens :

— C'est drôle parce que ce matin Jayde Black se tapait une nana et ce n'était pas toi.

Elle prend une attitude offusquée et sort de la pièce, furieuse. Je me rends compte que je dois effectivement être dans la chambre de Jayde. Tout est blanc et épuré, moderne mais sans réels artifices. Lentement, je m'avance vers son bureau, où je découvre par-dessus un poster de son groupe.

Son lit est immense, et la baie vitrée offre une vue splendide qui me fait écarquiller les yeux. Tout Boston est face à moi, cela me donne l'impression d'être la reine du monde. Je n'aurais jamais cru que Jayde Black aurait une chambre aussi nette, bien loin du bordel permanent dans sa tête.

Un bruit sourd contre la porte me sort de ma rêverie. Je me précipite pour voir ce qui se passe. Jayde est contre un mur, hilare devant une fille, sans doute un mannequin encore. Elle est en train de faire une danse lascive. Sa robe est si minuscule que cela me fait grimacer. Ses seins rebondissent et ses hanches suivent le rythme.

Jayde semble dans un état second, il a une mine de déterré. Le numéro de *lap dance* ne paraît pas l'exciter plus que ça. J'approche de lui et constate qu'il empeste la marijuana.

Oh non…

— Tiens, voilà la vipère, dit-il avec un sourire d'imbécile.

— Casse-toi ! s'exclame l'autre greluche.

— Crois-moi, ma jolie, je te rends service. Il ne connaît même pas ton nom et risque de te jeter comme une sous-merde demain, marmonné-je, exaspérée.

— Elle n'a pas tort, réplique l'intéressé, mort de rire.

Où est passé mon Jayde grincheux ?

Il ricane face à la jalousie de la meuf. Cette dernière me mitraille de haine avec ses billes vertes. Avant qu'il ne puisse prendre une seconde latte de son joint, je le lui arrache des mains et le balance au sol. Il me fixe, ahuri, et ne réagit pas.

— Le spectacle est terminé, dis-je à l'intention de la fille, qui semble deux fois plus furieuse. Et toi, tu dois reprendre tes esprits, ajouté-je au junkie de service.

Il est complètement *stone* et ramolli. J'ignore les protestations de la meuf et agrippe Jayde pour l'entraîner dans sa chambre.

— Haha, Iris… t'es… une putain de vipère… et mais qu'est-ce que tu fais toi ici d'abord…

Il est euphorique et à la fois… flasque.

Son bras est par-dessus mes épaules, je le soutiens physiquement et il ne se rebelle aucunement. Bien au contraire, il débite des mots incompréhensibles.

— Et toi, t'es un gros mollasson, tu pèses une tonne, déclaré-je en le poussant à l'intérieur de sa chambre avant de refermer la porte.

— Un quoi… ? lâche-t-il, totalement à l'ouest.

— Laisse tomber, t'es défoncé, mec !

— J'entends rien à ce que tu dis, panique-t-il soudain.

Un violent coup de froid s'abat sur moi dès qu'il s'écarte.

— Jayde, tu dois reprendre tes esprits, lui expliqué-je en essayant de m'approcher de lui à nouveau.

— Quoi ? Pourquoi ? Je vais bien ! Je ne veux pas retourner à l'hôpital !

Hein ? Mais qu'est-ce qu'il raconte ?

Il n'est pas dans son état normal. Au bord de l'angoisse, il fait des pas dans tous les sens. Il s'arrache presque les cheveux en y passant inlassablement ses doigts. Ses opales sombres expriment la peur. Je suis de plus en plus inquiète, car je n'ai aucune idée de la manière dont je dois me comporter pour le calmer.

Au fond de sa chambre, je remarque une porte ouverte sur une salle de bains. Je la lui pointe du doigt pour qu'il comprenne qu'il doit s'asperger d'eau, mais il me mitraille littéralement avec ses billes noires. Je souffle fort et lui attrape le poignet des deux mains en le tirant vers moi.

— Viens avec moi, Jayde. Je te promets que je ne t'emmène pas à l'hôpital, je veux juste t'asperger le visage.

Il se laisse faire, mais l'hésitation luit encore dans ses rétines. Je le prends avec moi à reculons en lui chuchotant que tout va bien pour lui. Son état est indescriptible, en dents de scie, entre l'euphorie et la panique. Il trébuche légèrement, et je le rattrape, le forçant à se maintenir contre moi.

— T'as besoin d'une douche glacée ! m'exclamé-je.

— Peut-être… mais… pas d'hôpital, hein ? Tu ne me mens pas… comme tout le monde…, balbutie-t-il tel un gamin.

L'anxiété dans sa voix éraillée me poignarde le cœur. Il est à la fois à la ramasse et sur le qui-vive face au moindre danger pour lui. Jayde est totalement détruit de l'intérieur, au point de se punir avec des substances illicites.

Doucement et sans le brusquer, je le fais entrer dans sa cabine de douche en le positionnant contre la paroi.

— Iris… tu me promets, y a pas d'hôpital…, dit-il avec une tristesse infinie dans les yeux.

Mon cœur se fend à nouveau face à sa douleur percutante. S'il est faible à cet instant, je serai suffisamment forte pour nous deux.

— Je te le jure sur ma vie, Jayde, je ne laisserai personne t'emmener, déclaré-je sincèrement avec toute la tendresse que je peux offrir.

Avant que je ne m'éloigne pour activer le pommeau de douche, il retient mon visage entre ses mains puissantes. La distance entre nous est si mince que ma raison ne peut lutter, mes sentiments me prennent aux tripes.

— Tu me le promets ! s'exclame-t-il doucement alors que son pouce effleure ma lèvre inférieure. Tu me gardes avec toi…

Ces yeux. Cette voix. Cette vulnérabilité. Tout chez lui fait écho à ma mélancolie.

— Oui… Jayde, personne ne t'enlèvera à moi.

Son souffle caresse mon visage, et je tressaille. Je suis en proie à cette attirance interdite. Mon cœur palpite alors que mes yeux ne voient que lui.

Le feu qui s'éveille au creux de mes entrailles n'annonce rien de bon. Nos corps sont arrimés l'un à l'autre. Son cœur bat si fort que j'ai du mal à me détacher de lui et à rompre le contact entre nous.

Je veux le sentir plus près et laisser sa peine résonner en moi pour qu'il ne soit plus le seul à l'éprouver.

Jayde est obnubilé par mes yeux… puis mes lèvres. Moi, je suis obnubilée par tout. Par lui. Mes remparts cèdent. C'est une Iris inédite qui éclot en moi, une Iris ensevelie depuis bien trop longtemps. Et elle éclot dans ses ténèbres à lui.

Il m'envahit, me magnétise. Jayde m'envahit l'esprit, il envahit chaque parcelle de mon corps, c'est un déluge dans mes veines. Un cocktail brûlé par l'attirance et refroidi par la souffrance.

Boum.

Mon cœur implose. Sa bouche s'écrase violemment sur la mienne, et il m'entraîne vers la paroi adjacente pour se coller contre moi. Un jet d'eau tiède s'abat sur nous. Sa langue s'enroule à la mienne dans une danse torride, et j'agrippe mes doigts à son pull nacarat complètement trempé pour m'empêcher de flancher contre lui.

Jayde a pris possession de mes lèvres, et je ne réfléchis plus, je ne pense à rien. *C'est mon premier vrai baiser.* Avec un homme qui, malgré ses déboires, me captive.

Est-ce mal ?

Il m'embrasse, me dévore. Et le pire… c'est que je ne veux surtout pas que ça s'arrête.

15. Apparence trompeuse

Iris

Je succombe.

Dans ma vie j'ai été la proie de beaucoup de choses, mais c'est bien la première fois que je suis à la merci du désir.

Désir.

Si Jayde me le fait éprouver à cet instant, ce mot devient mon préféré, subitement.

Désir.

Mon Dieu !

Mon corps est envahi. Mon âme est envahie. Jayde m'envahit.

Plus d'espace, plus de barrières, plus de masque. Une Iris s'est révélée dans les yeux de Jayde Black. Je réponds à son baiser de mon plein gré, ses mains restent ancrées à mon visage, et sa bouche scellée à la mienne.

Doux et sauvage à la fois, exalté et incandescent, Jayde m'embrasse avec passion. Sa langue prend l'ascendant sur la mienne. La chaleur de son corps m'irradie tout entière. Mes doigts s'entortillent dans ses mèches ébène trempées. Mon bas-ventre s'enflamme.

Le jet d'eau tiède qui coulait sur nous se raréfie et, lorsqu'il s'arrête, la fougue s'évapore. Jayde détache ses lèvres des miennes, son front collé contre le mien. Nos souffles saccadés s'entrechoquent.

— Merde… Dustin, murmure-t-il en secouant légèrement la tête.

Je fronce les sourcils, perplexe.

Dustin ? Pourquoi pense-t-il à lui ?

Jayde semble figé à cause de je ne sais quoi, et moi non plus je ne bouge plus. Aucun de nous n'ose se déplacer, comme si nous étions enchaînés. Trop près pour s'éloigner mais pas assez pour succomber.

Une mince distance nous sépare. Je suis toujours plaquée contre la paroi de la douche, entièrement mouillée tout comme lui. La tension entre nous est palpable. Ses yeux me fuient, il reste silencieux.

— Jayde…, dis-je en accrochant mes doigts à son pull.

Les paupières closes, il remue la tête en se frottant les tempes avec les mains.

— Il a raison… Je suis personne…

Sa voix brisée me secoue. Son poing s'abat sur le mur sans puissance, pas loin de mon visage. Il a une respiration erratique. Complètement désemparée, je saisis brusquement son menton.

— Regarde-moi, susurré-je.

C'est plus fort que moi, je ne supporte pas de le voir ainsi. Aussi… faible et triste.

Mon pouce caresse sa peau. Il déglutit difficilement comme s'il se retenait de déverser son chagrin. Il ouvre les paupières, et je finis par plonger dans l'océan sombre de son regard. Je me noie dedans et je suis en apnée dans sa souffrance.

— Tu n'es pas personne.

Mon affirmation le fait frémir. J'enserre sa joue de ma main avec cette tendresse qu'il convoite secrètement.

Ce soir-là, ma sensibilité l'emporte sur mon jugement et ma raison. Ses yeux expriment une myriade d'émotions insaisissables, un cocktail de douleur qui dissipe l'éternelle lueur narquoise qui y brille.

— Tu es *quelqu'un* Jayde, susurré-je pour le rassurer.

Il est déconcerté, perdu, et pour unique réponse il baisse le regard. Mon cœur s'emballe dès l'instant où je le vois se renfermer.

— Jayde ? intervient une voix à l'entrée de la salle de bains.

Je sursaute légèrement. Il s'écarte et me tourne le dos en se prenant la tête entre les mains. Je pivote moi aussi, et découvre Cody et Bryce dans l'embrasure de la porte, leurs visages inquiets.

— Jayde ? répète Cody en accourant vers lui.

Je sors de la cabine, cédant ma place à Cody pour qu'il parle à Jayde. Ce dernier s'adosse puis s'accroupit totalement. Je ne bouge pas d'un iota, me sentant beaucoup trop impuissante.

— Hé, Jayde ! s'exclame son meilleur ami en se mettant dans la même position, tentant de l'obliger à le regarder.

Celui-ci tremble, les mains toujours plaquées sur son crâne comme s'il craignait que le ciel ne s'effondre sur lui.

— Pardon… Cody. Je… je n'ai pas tenu notre promesse… pardon…

La paume de Cody se place sur la nuque de Jayde afin de l'inciter à croiser ses yeux.

— Ce n'est rien, ma poule. Moi aussi, je n'ai pas assuré ce soir. Allez, viens, tu dois te reposer.

Cody l'aide à se relever, et Bryce accourt pour prêter main-forte. Je fixe cette scène qui m'émeut profondément.

Bryce se propose de l'amener dans une autre chambre afin qu'il dorme et de mettre un terme à cette foutue fête. Cody le lâche et reste avec moi. Tous les deux nous scrutons le nabot guider Jayde encore plongé dans son marasme.

— Merci, Iris…

Ses cheveux bleutés sont trempés également, et il passe la main dessus afin de les écarter de son front.

— Ce n'est rien, mais son état… est inquiétant.

Il hausse les épaules.

— C'est compliqué. Tu as bien fait de le mettre sous l'eau. C'est la seule chose qui lui fait réellement reprendre ses esprits… Est-ce qu'il t'a fait quelque chose ?

À part dévorer ma bouche, rien.

— Non, je… j'avais peur qu'il glisse, alors je l'ai maintenu et l'eau a coulé sur nous…

Vilain mensonge.

Je me rappelle la saveur du désespoir de ses lèvres sur les miennes. Elles me brûlent comme l'enfer. Jayde vient de me marquer au fer rouge.

Soudain, Dustin apparaît sur le seuil de la porte en titubant.

— Mec… il y a Jayde qui… Oh ! Iris, je te cherchais… Il a plu ? Pourquoi t'es dans cet état ?

Il transpire l'alcool et visiblement il ne le supporte pas si bien que ça.

— Jayde ne va pas très bien. Je vais le voir et congédier les autres. Dustin, donne des vêtements secs à Iris, dit Cody. Et merci encore, Iris, poursuit-il avant de sortir.

J'acquiesce avec un faible sourire face aux prunelles bleues de Cody, puis détourne mon regard vers Dustin.

— Suis-moi, *mi bella* ! s'exclame-t-il en ouvrant grand les bras.

Faisant abstraction de son état euphorique, je le suis sans broncher, toujours perturbée par l'épisode qui vient de se dérouler. Lorsqu'il s'adresse de nouveau à moi, je tilte que nous sommes dans une pièce différente quand il me tend un sweat.

Je suis dans la chambre de Dustin. Trois murs sont blancs, et le quatrième est bleu nuit avec des posters divers et des photos polaroïd dans tous les sens. Il a un grand lit, un bureau avec un milliard de babioles ainsi qu'une armoire aux portes coulissantes.

— Merci pour le sweat, fais-je en évitant son regard.

— Tu as l'air perturbée, remarque-t-il.

Sa voix est douce, mais mon cœur caracole dans ma poitrine.

Je suis aussi tendue qu'un string ! Faut se calmer, Iris.

— Je… je n'en sais rien…

Je redresse le visage pour croiser ses prunelles sombres. J'y discerne de la convoitise, ce qui insinue en moi un soupçon de peur à cause de son probable taux d'alcoolémie. Il se penche vers moi, et je l'esquive sur la droite. Il se raidit.

J'ai les joues cramoisies.

— Dustin…

— Je… je… Désolé, lâche-t-il, aussi gêné que moi et en se frottant la nuque avant de sortir de la pièce.

C'est quoi cette putain de soirée ! Je n'y comprends plus rien.

Je dépose son sweat sur le lit, embarrassée de le porter après ce qu'il vient de se produire.

Je lui plais vraiment ? Ou est-ce seulement l'alcool qui l'a rendu audacieux ? Lui qui est d'habitude si calme et toujours dans la retenue…

L'imaginer s'intéresser à moi me déstabilise. Qu'est-ce qu'il peut me trouver ?

Je chasse mes idées et m'en vais. Je dois rentrer chez moi. Sinon je vais devenir folle. Bryce m'arrête dans le couloir.

— Iris, je vais te déposer chez toi, et tiens, ma veste, tu vas attraper froid sinon. Je ne veux pas que ma compositrice préférée chope la crève, fait-il en me lançant un clin d'œil.

J'opine timidement et enfile sa veste à capuche avant de la fermer. Il n'y a plus personne dans le penthouse, un silence de cathédrale y règne. Je quitte les lieux en compagnie de Bryce qui met son bonnet, et nous embarquons dans son 4x4.

— Tu n'as pas trop froid ? me demande-t-il en allumant le chauffage dans l'habitacle.

Je lui souris.

— Non, ça va, merci.

— Désolé pour la soirée. En général, elles sont bien meilleures. Tu n'as pas dû t'amuser, dit-il, navré.

Je le regarde conduire.

— Pas vraiment, mais ce n'est pas trop mon truc les fêtes… Tu m'as un peu forcé la main pour que je vienne.

— Je voulais que tu sois là, avoue-t-il.

— Pourquoi ?

— Bon, la vraie raison, je préfère ne pas l'admettre, mais en vérité je t'aime beaucoup ! s'exclame-t-il d'un ton joyeux sans quitter la route des yeux.

Je ris.

— Je ne vais pas chercher à savoir la vraie raison dans ce cas. Et toi, tu t'es bien amusé alors ?

Il fait la moue.

— Bof… Une personne que j'attendais devait venir, mais elle a eu un empêchement.

Je lui adresse un regard inquisiteur.

— Une fille ?

— Haha non, un pote que j'ai rencontré sur Internet.

— Un pote du web, rien que ça ? le taquiné-je avec un sourire malicieux.

— Hé ! Je ne suis pas gay, ma petite ! T'imagines la frustration pour mes admiratrices.

— Mais tes fans homosexuels sont tout aussi charmants, le nargué-je.

Il se marre également.

— Je n'en doute pas. En fait, ce pote est effectivement un de mes fans. Je discute souvent avec lui. Il habite à New York et j'avais envie qu'il vienne, mais c'est dur pour lui de se libérer du temps.

— Oh ! dommage. J'espère que tu auras l'occasion de le rencontrer en vrai et que ce n'est pas un détraqué.

— Non, je ne pense pas, j'ai fait des recherches sur lui… Du moins, Jayde s'en est assuré.

Je hausse un sourcil.

— Comment ça ?

— Jayde ne laisse personne s'approcher de notre cercle facilement. Il s'assure toujours de nos fréquentations et, comme je suis plutôt… naïf, je ne vais pas te mentir, il vérifie toujours si je ne m'adresse pas à des psychopathes. On en a fait les frais dans le passé en termes de mauvaises rencontres, alors maintenant on prend nos précautions, surtout lui.

— C'est une bonne chose que vous soyez sur vos gardes. Quand on est au sommet, les gens malsains et avides finissent toujours par graviter autour.

— C'est clair… Dis, tu pensais vraiment que j'étais gay ?

— Non… mais ça m'a effleuré l'esprit pour être honnête.

— Pourquoi ? Enfin… je ne prends pas ça pour une insulte, je suis loin d'être homophobe, bien au contraire. Je suis même membre d'une association qui lutte contre l'homophobie.

Surprise, je me tourne vers lui.

— C'est vrai ?

— Oui, je n'aime pas qu'on différencie les gens… et je sais ce que ça fait d'être mis sur un banc de touche parce qu'on n'entre pas dans « les normes ». Je prône la tolérance et je suis à 100 % pour défendre la cause LGBT.

— Tu as toute mon admiration, déclaré-je. Et pour te répondre, une fois tu as mentionné que tu avais dormi avec Jayde. Les autres se sont peut-être moqués en pensant que c'était une blague, mais j'ai bien vu que tu disais vrai.

— Heureusement qu'ils ne m'ont pas cru, Jayde m'aurait trucidé, souffle-t-il.

— Moi, je t'ai cru. Tu es beaucoup trop franc pour débiter des mensonges.

Il inspire profondément, comme s'il réprimait des confessions secrètes.

— C'est une longue histoire… Je… En fait, j'ai un trouble déficitaire de l'attention, ça me poursuit depuis que je suis gosse.

Au son de sa voix enrouée par cet aveu, je devine qu'il a eu une enfance difficile.

— Je ne tenais jamais en place, bon… ça n'a pas vraiment changé, mais j'ai beaucoup de mal à rester concentré. J'étais en échec scolaire, et les conflits entre mes parents n'ont jamais été faciles pour moi. Heureusement que j'ai fait de la musique, ça m'a beaucoup aidé à me canaliser mine de rien. À l'époque Cody était mon voisin, et c'était mon seul ami. Je le considérais comme mon grand frère… Disons qu'on s'est bien trouvés lui et moi, vu que nous sommes tous les deux enfants uniques. L'année dernière, mes parents m'ont invité à dîner à la maison, et je sentais qu'il y avait une embrouille, qu'ils allaient probablement m'annoncer leur divorce, mais je n'arrivais pas à l'envisager. Dustin était au Texas, et Cody était avec sa copine, donc j'ai demandé à Jayde de m'accompagner et il a accepté.

Bryce marque une pause dans son histoire touchante, puis après un profond soupir, poursuit :

— Le dîner, c'était un enfer, Iris. Ils m'ont annoncé qu'ils étaient en fait divorcés depuis presque un an. Ils attendaient que je sois stable dans ma carrière pour m'en informer. Quand on est rentrés chez nous, j'ai versé toutes les larmes de mon corps, je tremblais, je n'arrivais pas à m'arrêter. Je culpabilisais aussi, je me disais que c'était ma faute, tout ça… Jayde a passé la nuit avec moi à me réconforter, et à me faire comprendre que je n'y suis pour rien. Il ne m'a pas lâché d'une semelle, Iris. Je n'oublierai jamais son geste.

Mon cœur rate un battement. Malgré les apparences, on peut réellement compter sur Jayde.

Bryce est ému.

— Jayde, c'est vraiment quelqu'un de bien, Iris. Il se montre en permanence exécrable, mais dans le fond, crois-moi, c'est le meilleur. Tu n'as pas idée de ce qu'il nous apporte.

— Je ne le voyais pas comme ça.

— On ne perçoit la vraie nature de Jayde que dans ses actes. Par exemple, faut savoir que, si quelqu'un fait du mal à Cody, Jayde l'étripe. Notre guitariste tombe très vite amoureux, il s'attache et bichonne sa meuf comme pas possible. Toutes ses relations ont été désastreuses, et la dernière en date lui a fait le plus gros coup de pute. Elle a profité de sa notoriété pour se faire un nom dans le mannequinat et l'a largué méchamment pour faire le *buzz*. Il a été anéanti.

— Le pauvre…

— Elle s'est tellement servie de Cody qu'elle est devenue connue. Seulement, Jayde ne l'a pas laissée s'en tirer comme ça. Il a stoppé sa carrière avant qu'elle ne décolle. Tu connais Olivia Smith ?

— Non.

— Normal, Jayde l'a effacée de partout, s'esclaffe-t-il.

— Waouh… c'est à la fois surprenant et bizarre.

— On ne sait pas comment il a fait, mais clairement elle l'a bien mérité. Putain ! Comment on peut faire du mal à Cody ? C'est le copain que toutes les filles rêvent d'avoir !

— Il finira par trouver chaussure à son pied, ne t'en fais pas. En tout cas, je suis contente que tu aies pu te trouver une seconde famille vraiment unie, tu es épanoui avec eux et je suis certaine que l'avenir te réserve encore plein de belles choses, dis-je, touchée, en posant la main sur son genou.

Bryce sourit en me jetant un coup d'œil.

— Merci, ma fleur préférée. J'ai quitté l'école à dix-sept ans parce que ce n'était pas fait pour moi, et je voulais baigner dans le monde de la musique. À ce moment-là, Cody et Jayde formaient déjà leur duo. Cody était d'accord pour que je les rejoigne et, quand j'ai vu que Dustin était leur troisième membre, j'ai décidé de les suivre. Ça me semble remonter à tellement longtemps alors que ça fait à peine trois ans.

Il est adorable. Les yeux rougis, il montre une sensibilité à fleur de peau. On a toujours cette irrépressible envie de le prendre dans ses bras.

— Ton trouble handicape beaucoup ta vie ?

— Pas vraiment, je suis assez hyperactif, mais Madness me calme instantanément. Et aussi le regard noir de Dustin, il est très flippant.

— Pourtant, quand il est bourré, il est loin d'être effrayant, plaisanté-je pour alléger l'ambiance.

— C'est un gars bien Dustin, c'est lui le chef. Il n'aime pas trop ce rôle, mais c'est dans sa nature de tout mener et il est assez discret et très modeste.

Je rougis en songeant au moment où il a tenté de me dérober un baiser. C'est un très bel homme, mais je ne suis vraiment pas prête à être avec qui que ce soit.

— Tu sais, Dustin a été sujet à beaucoup de moqueries au début de notre carrière à quatre, m'explique Bryce.

— Pourquoi ça ?

— Il vient d'une commune du Texas. Il vivait dans une minuscule maison, entassé avec ses parents et ses frères et sœurs. C'était très dur pour eux de s'en sortir financièrement. Ses parents se retrouvaient souvent au chômage. Les médias ont lancé des rumeurs comme quoi il dealait de la drogue pour subvenir aux besoins de ses proches et qu'avec son passé de « pauvre délinquant » il n'avait pas sa place parmi nous. Comme Jayde est issu d'une famille aisée, les journaux disaient qu'il l'avait pris dans le groupe par charité… enfin, des tissus de mensonges, quoi.

— C'est révoltant ! m'énervé-je.

— Dustin faisait semblant de s'en foutre, mais on voyait que ça lui faisait mal. Du jour au lendemain, les articles ont tous été supprimés, plus aucune information de ce style n'a circulé, comme si ça n'avait jamais existé. On ne sait pas exactement qui a fait ça, mais les gars et moi on croit que c'est Jayde.

— Vous pensez vraiment que c'est lui ?

— Oui, il passe son temps à le nier. Il déteste que les gens se montrent reconnaissants envers lui, alors il agit dans l'ombre. Ce n'est pas la première fois qu'il nous aide en secret. Même pour l'histoire de Cody, il nie.

— Comment vous avez compris qu'il était derrière tout ça ?

— Le véritable déclic, c'est quand une fois Dustin s'est retrouvé obligé de verser une énorme somme d'argent pour rembourser le crédit de ses parents. Il voulait les aider, mais ce n'était qu'au début de notre carrière, et on n'était pas encore sûrs que notre premier album marcherait. Par chance, on a rencontré rapidement les faveurs du public. Dès qu'il a été payé, Dustin s'est rué pour transférer le fric sur le compte de son père, mais ses parents l'ont appelé et lui ont demandé pourquoi il faisait un second virement.

Je suis sans voix.

— Iris, on était les seuls au courant. Si ni Cody ni moi n'avons fait ce virement, c'est forcément Jayde. Mais il nie tout en bloc, alors on respecte son choix de taire ce qu'il a fait.

— Je n'arrive pas à le croire…, commenté-je, déboussolée.

— Je te l'ai dit, Iris, Jayde c'est vraiment quelqu'un de bien.

Les mots se cadenassent dans ma gorge. Jayde est… si mystérieux. Cet élan de générosité vient-il réellement de lui ?

— Bon, en vérité, Jayde est blindé ! Et depuis notre succès, il l'est deux fois plus. Tous les quatre, on est complètement différents, et je suis celui qui pleure pour un divorce, poursuit-il avec un rire jaune en se frottant la nuque.

Il se gare devant chez moi. Je me penche vers lui pour mettre la main sur son genou et lui communiquer mon soutien.

— Tu n'es aucunement responsable du divorce de tes parents, Bryce. Ce genre de choses arrive à n'importe qui. C'est dur d'être témoin de ça, mais c'est la vie et on ne peut pas y faire grand-chose. Ce que tu peux faire, c'est de continuer à les voir et d'espérer leur bonheur à chacun.

Il acquiesce avec un faible sourire.

— Tu as raison. Merci, Iris. Je t'ai déballé une partie de nos vies parce que tu appartiens à l'équipe et que tu comptes vraiment pour moi. Même si on ne se connaît que depuis un mois, tu m'inspires confiance et je suis à l'aise avec toi.

Je suis émue par ses paroles.

— Je t'apprécie beaucoup moi aussi.

— Je peux te demander de tenir le coup pour Jayde ?

— Comment ça ?

— Je sais qu'il est difficile et que ça ne doit pas être facile pour toi. On n'a jamais écrit ses textes avec lui. C'est avec son âme qu'il les rédige. C'est son jardin secret. On ne comprend pas pourquoi il est aussi borné et taciturne à ce sujet, mais on le laisse faire, parce qu'il en a besoin.

— Il ne se confie pas beaucoup à vous ? demandé-je.

— Pour être honnête, on ne sait pas grand-chose sur son passé. On n'a jamais osé l'interroger, mais clairement ça ne doit pas être joli joli.

Je m'en doute.

— Je suis patiente, Bryce, et ce travail compte beaucoup pour moi. On a déjà écrit une chanson, c'est un bon début. Mais je t'avoue que j'espère qu'il soit plus ouvert et moins despotique.

— Ce n'est pas impossible, j'ai confiance. Cet album doit être le meilleur. Jayde rêve d'être au sommet, d'exploiter ses souffrances pour que cela fasse écho chez les gens. C'est ce que nous voulons : entrer dans l'histoire, laisser une empreinte sur les personnes qui nous écoutent.

— Je tiendrai le coup, Bryce, dis-je avant de lui embrasser la joue.

M'apprêtant à sortir de son véhicule, je vais retirer sa veste quand il m'arrête en levant le bras.

— Rends-la-moi demain. Bonne nuit, ma petite fleur, me taquine-t-il avec un sourire coquin.

— Je hais ce surnom ! Passe une bonne nuit, le nabot.

Chez moi, je prends une douche brûlante, puis file sous mes draps.

Mon esprit me projette inlassablement le souvenir des lèvres de Jayde scellées aux miennes. Une intimité que je n'ai jamais partagée avec qui que ce soit. Ce soir j'ai vu Jayde, malgré son apparence de connard fini, tel qu'il est réellement pour la première fois. Sa tristesse et sa douleur ricochent encore sur mon âme. Un masque de raclure pour cacher une sensibilité aiguë.

Tiraillée et confuse, je pose les doigts sur mes lèvres. J'ai goûté à son chagrin, à son désespoir et à sa rage. Jayde est malheureux et il dissimule parfaitement son jeu.

« Je ne suis personne. »

Comment un homme si arrogant peut-il dire une telle chose ? Dans la vie, tout est illusion. Quand on ne sait pas, on ne juge pas et, quand on ne comprend pas, on n'invente pas. Je regrette amèrement de l'avoir étiqueté comme un connard égocentrique. Pourtant, je cerne bien les gens d'habitude…

Il se détruit lui-même intérieurement. L'alcool et la drogue ont mis en exergue ses pires souffrances et ses faiblesses les plus coriaces. Ses secrets sont bien ensevelis dans son cœur et surtout pas prêts à être exhumés. Il m'obsède.

Les heures défilent, et le sommeil me fuit. Les idées noires de Jayde ont fait émerger les miennes. Comme un disque raillé, je revois mon existence à Memphis.

Survie. Survie. Survie.

Mon corps était jeté en pâture aux yeux d'hommes dépourvus de morale. J'étais excédée par l'atmosphère du club de strip dans lequel je travaillais ; tout allait à l'encontre de mes principes, j'étais la plus hypocrite des féministes.

Me défendre est devenu une nécessité lorsque mon père m'a clairement fait comprendre ce vers quoi ma vie allait dévier. Je n'ai jamais eu le choix. J'ai dû me taire et me soumettre. Mais le venin subsistait en moi, c'était mon arme.

Se donner en spectacle. Se laisser toucher. Se laisser caresser… parfois même plus.

Porcelaine. Aussi blanche que de la porcelaine mais aussi pouilleuse qu'une bouche d'égout. Recluse dans mon ancienne chambre après mes soirées de travail, je rêvais qu'un homme puisse m'aimer malgré tout. M'aimer parce que je méritais cette tendresse dont j'avais tant besoin. Une tendresse que je n'ai presque jamais eue, si ce n'est grâce à mon frère qui était près de moi.

Je ne suis pas le genre de fille qui plaît pour la vie. Moi, on me conçoit uniquement pour une nuit. Personne ne peut aimer une fille avec un passif comme le mien. Une fille qui cache bien son jeu juste en mentant sur son nom de famille.

« Je n'ai plus d'identité. Pourras-tu me dire qui je suis ?

Et en dépit de ma vraie nature, pourras-tu m'aimer telle que je suis ?

M'accepter pour ce que j'ai à offrir ?

Parce que moi, quand j'aime, c'est pour la vie.

Essaie un peu de tendresse avec moi…

Et pour toujours mon cœur sera à toi. »

Je fredonne les paroles de ma chanson. Une chanson secrète cachée dans un tiroir aux côtés de plein d'autres qui ne concernent que moi. Ces chansons-là m'appartiennent, et ne seront jamais vendues.

Mes yeux s'embuent de larmes, et j'éclate en sanglots, parce que parfois la vie est si injuste.

Et si je n'étais pas aussi résistante ? Je suis fatiguée de me battre. De vivre.

Moi aussi, je ne suis personne.

Le lendemain, les interrogations se bousculent dans ma tête. Je ne songe qu'à l'instant où Jayde et moi allons nous retrouver seuls. Mon appréhension est à son apogée. J'ignore comment il va, ce qu'il pense, s'il a tout oublié.

Je suis en proie à une extrême confusion, mes lèvres me brûlent constamment et un désir ardent vrille mes tripes. Une part de moi me pousse à croire que ça a compté pour lui, d'une manière ou d'une autre. Mais je ne me leurre pas. Je connais les hommes, et le mot *assumer* ne fait pas partie de leur vocabulaire.

Braden m'indique que Jayde est déjà installé dans la salle de musique. Plus je m'approche, plus mon cœur bat la chamade. Quand j'ouvre la porte, il est assis sur sa chaise. Dès qu'il lève les yeux vers moi, je n'y décèle que… du mépris.

Brusquement il se redresse. Je referme derrière moi.

Il fallait s'y attendre.

Il pointe son index vers moi, le regard lourd de reproches.

— Tout ce que tu as vu hier, tu l'oublies, c'est clair, la vipère ?

Ses yeux pourraient être des fusils de guerre. Sa voix est rude comme une menace. Je croise les bras et feins l'indifférence.

— Sinon quoi ?

— Sinon je gâcherai ta vie, je flingue ta prometteuse carrière quand je veux, me prévient-il méchamment.

Et encore une fois, Jayde Black l'impitoyable refait surface.

16. *Mad mad mad*

Jayde

J'ai la haine. Une haine incommensurable.

Je vais tuer Bryce.

C'est un maelström de colère qui rythme mon sang. Un bordel sans nom : une gueule de bois épouvantable, des pleurnicheries mal placées devant une fille torride qui n'est pas censée me voir dans un état aussi déplorable, et un baiser volé empoisonné.

Qu'est-ce qui m'a pris, putain !

Je me hais. Éperdument.

Un mal de crâne me torpille le corps. Je veux vomir et qu'on m'ouvre la tête avec un scalpel pour exterminer la tumeur de mes souvenirs.

Boire était une erreur, surtout que j'étais déjà sous l'influence de la weed. Hier soir rien ne s'est passé comme prévu. Je me rappelle très bien ce que j'ai dit, ce que j'ai fait. La rage me vrille les tripes à m'en donner la nausée. Je me suis trompé moi-même. J'ai révélé une part de moi qui devait hiberner jusqu'à la fin des temps.

J'ai rompu une promesse envers mon meilleur ami et j'ai trahi mon autre ami. Je me déçois.

Seulement… c'est l'attirance qui a pris le dessus sur tout. J'étais en transe et en confiance… avec Iris.

Le cobalt de ses yeux est ce à quoi je me suis raccroché pour ne pas oublier. Iris a été mon point d'ancrage pour une soirée. Et ce que j'ai ressenti est totalement incohérent. J'ai encore le goût de ses lèvres dans ma bouche. La culpabilité m'envahit ; le plus dur à accepter est que *j'ai aimé ça.*

Je n'ai jamais été le genre de mec à me jeter sur une fille que l'un de ses amis voudrait avoir. Le *Bro Code* est nécessaire dans un groupe aussi soudé que le nôtre.

Ressaisis-toi, Jayde ! Tu as mis les choses au clair avec la vipère !

Alors pourquoi je me repasse en boucle ces images obscènes d'elle et de moi. Je suis sur des charbons ardents.

« Personne ne t'enlèvera à moi. »

Ses mots me bercent encore. La sincérité qui transpire d'elle me transperce l'âme. Je n'ai jamais vu de fille comme elle. Elle n'a rien demandé en retour. Elle a demeuré près de moi pour me soutenir dans ce tsunami de détresse. Et toute la semaine de travail qui a suivi, aucun jugement n'est apparu dans ses beaux yeux malgré mon comportement détestable.

Premier jour, air condescendant et ordres secs.

Deuxième jour, mépris et distance.

Et tout le reste de la semaine, ma haine se réveillait dès que je franchissais la porte pour la retrouver.

Elle était là, toujours là. Je croyais la dénigrer pour l'éloigner de moi, mais en réalité c'est moi qui étais à sa merci.

Le goût de mon désespoir dans ce baiser arraché m'envahit la bouche. J'ai cédé à la tentation en l'embrassant. Cette fille m'obnubile. Iris n'en a rien à foutre de Jayde Black la super star. Elle me voit, moi.

Mes déboires nourrissent la presse. Tout ce qui est superficiel est bon pour adoucir le cœur des avides de ragots. Mais ma vie privée est scellée à double tour. J'en ai fait une affaire personnelle.

Pour ce meurtre morbide pour lequel on m'a jeté la pierre, j'étais seulement au mauvais endroit au mauvais moment.

Je suis fou. Complètement taré, tordu.

Le nom de notre groupe reflète la démence, parce qu'elle est ma muse. Ma démence est ma souffrance. Mes peines sont ma folie. Je n'ai à proprement parler aucun trouble mental, mais un artiste n'est-il pas considéré comme un déjanté ?

« Personne ne t'enlèvera à moi. »

Je n'arrive pas à oublier. Ou plutôt je ne veux pas oublier.

Mes amis ont beau être présents, il y a tellement de choses

qu'ils ignorent... Des choses que j'ai ensevelies à tout jamais et dont j'ai terriblement honte. Les exhumer reviendrait à me dévoiler exactement tel que je suis. Et je déteste ce type.

Je masque sans arrêt aux yeux des autres cette peine impitoyable qui me tord les boyaux. Je dois faire des efforts incommensurables. Toute ma vie j'ai fait les frais de la personne que je suis réellement. Une pauvre victime dont la différence est son fléau personnifié.

Les seuls instants où ma sphère de protection se désagrège, c'est lorsque mes émotions d'artiste écorché dominent le reste. J'exorcise mes démons en écrivant ; mes chansons sont le reflet de mes douleurs.

On a beau détester nos ténèbres, elles sont les ficelles de notre existence. Explorer une cassure est toujours inspirant.

La musique est mon cœur artificiel, elle apaise mes maux. Elle me donne un équilibre entre déchirement et soulagement. Mes paroles m'enveloppent et me préservent de ma propre misère.

La drogue, le sexe, l'alcool sont des moyens de me calmer sans réel intérêt. Et la weed, c'est terminé, je n'en veux plus. Je suis à fleur de peau depuis que mon père a refait surface dans ma vie. Je me remémore inlassablement le petit garçon faible que j'étais aux yeux d'un paternel strict et sévère. Je suis une bombe à retardement. Mes secrets vont éclater avec toute cette haine tapie en moi si je ne reprends pas le contrôle.

Mon frère est devenu plus aigri qu'il ne l'était. La découverte de sa bipolarité a été un cataclysme. Tout tourne autour de lui. Et au moindre de ses faux pas, je suis le bouc émissaire. Sa maladie n'a fait que renforcer l'amour que mon père avait pour lui. J'ai beau avoir fait mon possible pour l'impressionner, il a continué à me dévaloriser et je n'ai récolté que des remarques blessantes. Les fêlures s'accentuent dans mon âme, et mon cœur se fend avec les cicatrices rouvertes par les maux terrés en moi depuis l'enfance. Mon masque en titane est mon seul héritage.

— Jayde ?

Bryce fait irruption dans ma chambre en passant la tête par l'embrasure de la porte. Cette voix de gamin qui n'a pas mué me fait grogner. Il n'aurait jamais dû inviter Iris. J'ai horreur qu'on me voie aussi… faible.

Se dévoiler est comme offrir un flingue à quelqu'un. Quand il enclenche la gâchette, on réalise l'erreur qu'on a faite en exposant ses failles.

— Tu m'en veux encore, Jaydounet ?

— À ton avis, sale branleur ? grommelé-je sans lui jeter un regard.

Allongé sur le dos dans mon lit, je fixe la carte du monde sur le plafond en poussant un profond soupir. Il ferme la porte derrière lui, et j'entends crisser ma chaise de bureau quand il s'assoit dessus non loin de moi.

— Mec, c'était juste une fête. Ce n'est pas grave si Iris t'a vu défoncé. Ça ne change rien.

Elle m'a vu me lamenter avant que je ne l'embrasse comme un affamé. Oui, ça ne change rien, bien sûr.

— Ferme-la, Bryce.

— Allez, arrête de ruminer. J'ai un scoop, s'empresse-t-il de dire, amusé.

— Quoi ? Que tu n'as pas fini ta puberté à dix-neuf ans ?

— Hé ! Je te signale que je vais avoir vingt ans bientôt ! Enfin bref, la semaine dernière pendant la fête, Dustin était éméché.

— Et ? On est majeurs contrairement à toi, raillé-je avec sarcasme.

— Oh ! ça va. Avec tes vingt-quatre ans, tu te la pètes trop ! Je vais te faire une blague et la poster sur TikTok, me menace-t-il.

— C'est quoi ton scoop ? soufflé-je, agacé.

— Dustin a essayé d'embrasser Iris.

Je me redresse subitement sur les coudes et jette un regard stupéfait à Bryce. Celui-ci a les bras croisés et semble fier de la bombe qu'il m'a lancée. Je comprends mieux le comportement étrange de Dustin depuis la soirée. Il ne vient quasiment pas au studio ou s'arrange pour partir bien avant l'heure de pointe de la vipère.

— Pourquoi « essayer » ? fais-je, perplexe.

— Bah, elle l'a repoussé gentiment. Ce con s'est senti embarrassé. C'est logique maintenant, pourquoi il a fui le studio durant la semaine.

— Ouais… C'est lui qui te l'a dit ?

— Oui. Je l'ai tellement emmerdé pour savoir ce qu'il avait qu'il m'a jeté ce ragot en pleine figure.

— Et… il se sent comment par rapport à ça ?

— Bah, tranquille… Il a compris qu'il ne lui plaisait pas. Il met du temps à avaler ça, c'est tout. Je pense que demain il discutera de ça pour crever l'abcès.

— D'accord… mais je ne saisis pas pourquoi elle l'a… rejeté.

Après Cody qui est considéré comme « le meilleur petit ami de l'année », Dustin vient en deuxième position en termes de relation. Il croit en l'amour comme une fillette qui s'extasie devant un Disney. Il rêve d'avoir une femme, des enfants et d'habiter dans une grande maison. Il veut éviter à son prochain toutes les privations qu'il a vécues plus jeune.

— Il n'est pas son style tout simplement. Tu penses quoi, qu'une fille se jette sur tous les mecs canons ?

Pourquoi elle m'a laissé l'embrasser ? Alors que Dustin est mille fois mieux que moi.

— Ouais… mais je n'ai pas envie qu'il soit déstabilisé par tout ça, fais-je en me mettant debout.

— Jayde, il n'en était pas amoureux, c'était juste un béguin qui n'était pas réciproque. Ce n'est pas un problème, à moins que tu en cherches un pour virer Iris ? Je connais ton sadisme, Satan.

À dire vrai… ça ne m'a même pas effleuré l'esprit. MERDE ! Alors que c'est la première idée logique que j'aurais dû avoir pour la chasser d'Indy Records. Putain ! Je subis une « sadismetomie ».

— J… je…

— Tu bégayes ? s'exclame Bryce, les yeux arrondis.

— Quoi ? Non ! mens-je effrontément.

— Putain, qu'est-ce qui t'arrive ? Bouge pas, je vais ramener Dr House, commente-t-il en se dirigeant vers la porte.

— Il n'existe pas, sale noob ! lancé-je, ennuyé.

— Je m'en tape ! Sa misanthropie devrait te guérir, tu dois voir un épisode.

— Je vais te coller un procès au cul pour abus de connerie, marmonné-je en sortant de la chambre derrière lui.

Il s'esclaffe, puis se jette sur le canapé où Cody s'amuse avec la PS4, son chat scotché à son flanc.

— À quoi vous jouez, les amoureux ? ronchonne Cody, visiblement agacé de perdre.

— À rien, le zoophile, répliqué-je en mettant ma veste en cuir.

— Où tu vas, mon chéri ? poursuit-il sans détourner le regard de l'écran.

— Voir Tate et faire un tour.

— Je peux venir ? intervient Bryce, les yeux pétillants.

— Non.

Sec et efficace.

— Charmant, marmonne-t-il en boudant.

— Dustin ne va pas tarder à rentrer, je vais lui demander de nous ramener des pizzas, lâche Cody.

J'enfonce ma casquette sur mon crâne.

— Il est où ?

— Parti voir un vieux copain de fac à lui.

— Dites, les gars, on peut avoir une pizza parsemée de frites ? nous interroge le nabot, l'air plongé dans une réflexion intense.

— Bryce, on t'a dit d'arrêter de regarder des dessins animés, le met en garde mon meilleur pote.

— Mais je n'ai jamais vu ça dans un dessin animé !

— Visiblement les dessins animés sont plus intelligents que toi, soufflé-je en sortant du penthouse avant que mon crâne n'implose face à ses conneries.

Je l'aime bien, mais parfois… il débite trop de bêtises. De nous quatre, c'est le plus sensible mais aussi le seul à ne pas dissimuler ses émotions. Il n'a pas peur de s'exposer, et rien que pour ça je l'admire.

Même si je me moque de lui constamment avec sarcasme, il est conscient qu'il peut compter sur moi à tout instant. L'amitié sincère n'est pas étalée aux yeux des autres, elle se vérifie dans l'intimité. C'est le fondement de notre groupe.

La nuit s'installe doucement sur Boston. Je roule à toute allure vers l'appartement de mon frère. Je dois lui rendre visite pour voir si tout va bien. Je me gare dans l'allée du parking, salue le gardien de l'immeuble d'un geste de la main, et prends l'ascenseur jusqu'au dernier étage.

Mme Sharp, la femme que j'ai embauchée pour s'occuper de lui, m'ouvre la porte avec un air étonné. Ce n'est pas dans mes habitudes de venir si tard. Un sourire s'affiche sur son visage marqué par la vieillesse et une vie rude.

— Monsieur Black, ça me surprend de vous voir là ! dit-elle en me suivant.

— Oui, ma visite est assez impromptue, je l'admets. Vous allez bien ?

— Oui, tout va bien ! Vous voulez un café ou quelque chose à manger ? J'ai fait une tarte aux pommes, Tate m'a dit que c'était votre dessert préféré quand vous étiez enfants.

Le simple fait d'entendre « tarte aux pommes » me rappelle ma mère. Mon cœur se comprime, et je décline son offre alléchante.

— Du nouveau avec Tate ? demandé-je en m'asseyant sur le canapé en cuir.

— Il est relativement calme mais ses achats se poursuivent. Je le suis comme si j'étais son ombre sans lui paraître oppressante. Ces derniers temps, il est très heureux, je crois que ça a un rapport avec votre père.

Cette dame d'un mètre cinquante aux cheveux grisonnants, attachés en une petite queue-de-cheval basse, est remplie de bonté. Elle s'occupe de Tate comme si c'était son fils. Je lui suis si reconnaissant de supporter mon frangin. Elle lui fait à manger, nettoie l'appartement et lui tient compagnie pour alléger sa solitude et le distraire.

— Je vous remercie de votre prévenance. Est-ce qu'il dort ?

— Non, il bouquine dans sa chambre.

— Je vais aller le voir.

Avant que je ne m'éloigne, elle retient mon attention en m'interpellant. Elle se tortille timidement.

— Monsieur Black, désolée de vous demander ça, mais je dois

rentrer chez moi la semaine prochaine. Ma fille est sur le point d'accoucher, et j'aimerais être là.

Je hausse les épaules.

— Pas besoin de vous excuser. Partez quand vous voulez, vous n'êtes pas obligée de rester tout le temps avec Tate. Il doit apprendre à être indépendant.

— Vraiment ? Merci infiniment, monsieur ! C'est mon premier petit-enfant, c'est important pour moi, déclare-t-elle, toute joyeuse.

— Toutes mes félicitations. Je dirai à mon chauffeur de vous raccompagner chez vous dès que vous serez prête.

Toute la reconnaissance qu'elle me porte illumine son visage.

Si j'ai enchaîné les déboires aux yeux de la presse locale, mon frère est loin d'être un saint. Mais on ne peut jamais lui en tenir rigueur. Je crains tellement ses phases dépressives que je ne lui refuse jamais rien. Sa frénésie d'acheteur compulsif est un cancer pour moi. Il balance mon argent dans tout et n'importe quoi ! Le pire est que mon père l'incite à poursuivre. Évidemment, comme c'est à mes frais, il s'en contrefiche. Il se venge en dilapidant mon fric.

J'entre dans la chambre de Tate. Dès qu'il me remarque, il se lève, visiblement satisfait de ma visite. Il est plus grand que moi. Il doit faire plus d'un mètre quatre-vingts, ce qui le rend impressionnant, mais sa perte de poids le fait ressembler à un échalas.

— Jay-Jay, je ne m'attendais pas à te voir, dit-il en me prenant dans ses bras avec un sourire rayonnant.

Chez lui, tout est noir et blanc. Cheveux et yeux d'ébène et une peau diaphane qui contraste avec le tout. Nos traits sont assez différents : la vulnérabilité se peint sur les siens, la suffisance sur les miens. Il s'assoit sur son lit.

— Tu sembles te porter bien, remarqué-je en l'observant.

— Oui ! Papa et moi déjeunons presque tous les jours ensemble, et il est prêt à me prendre sous son aile pour me remettre sur les rails.

— Vraiment ?

— Oui, il est fier de mon combat, et il veut m'aider.

Je déglutis difficilement en passant la main dans mes cheveux noirs.

Fier ? Putain !

Mon père est complètement inconscient.

— Tate, je ne crois pas que ça soit une bonne idée…

— Quoi ? s'exclame-t-il, presque furieux, en se redressant.

— T-tu… tu dois voir un spécialiste pour faire des examens…

— Pourquoi ? Tu penses que je suis fou ? lance-t-il avec une voix tranchante.

— Fou, non. Mais tu te berces d'illusions, tu refuses de reprendre ton traitement depuis quelque temps et tu ne fais pas attention à ce que je dis ! C'est ta santé qui est en jeu. Papa et toi avez beau faire semblant, moi je n'ai pas oublié ce qui s'est passé…

— Ah ! et il s'est passé quoi, hein ? Mêle-toi de ton cul, Jayde. Je fais ce que je veux et j'en ai marre que tu mettes sur mon dos Mme Sharp armée de tranquillisants jusqu'aux dents si je fais un faux pas.

Colère et amertume se discernent dans ses abysses oculaires. Sa mâchoire est crispée par l'énervement.

— Tate…

— T'es jaloux, c'est tout ! Papa se donne du mal pour moi et il n'en a rien à cirer de ta vie sous les projecteurs. Quand tout le monde connaîtra ton secret, tu penses vraiment qu'on te prendra au sérieux ?

Je serre les poings.

— À ce que je sache, t'es bien content de te servir de mon fric pour acheter des babioles à la con !

— Je n'ai pas besoin de ton fric ! Papa m'en donne suffisamment maintenant.

— Arrête de retourner ta veste, t'étais heureux de me trouver quand t'étais au plus bas ! Il ne pouvait même pas te regarder en face !

— Je m'en tape ! Le passé empêche les gens d'avancer. Je veux vivre l'instant présent, Jayde. Barre-toi maintenant !

— Me barrer ? T'es sérieux ?

— De toute façon, tu n'as fait que m'aider pour donner une bonne image à papa, pour qu'il t'aime ne serait-ce qu'un peu, mais j'ai un scoop pour toi. Pour lui, tu restes l'enfant faible qui ne supporte rien dans la vie ! Maman est partie, et on sait très bien pourquoi.

Il se trompe, je ne veux pas de la reconnaissance des autres, je veux seulement faire ce qui me semble être juste. Son agressivité me cisaille le cœur. Même si Tate est l'être qui me détruit le plus, il est mon frère. Il a été mon premier héros.

Mais cette fois, j'arrête les frais. Je quitte sa chambre en claquant la porte de toutes mes forces. Je ne peux plus supporter ces réprimandes constantes. Dans la cuisine, Mme Sharp me scrute avec un air désolé. Puis elle me sourit en me donnant une petite boîte avec la moitié de la tarte aux pommes.

— C'est pour vous.

Je m'approche d'elle en sortant un chèque et note une somme à cinq chiffres avant de le lui tendre.

— Merci pour tout, madame. Vous n'êtes plus obligée de revenir pour lui. Restez près de votre famille et tenez, en guise de remerciement, pour tout ce que vous avez fait pour mon frère et l'aide que vous m'avez apportée. Gâtez votre petit-enfant.

Ses yeux s'arrondissent quand elle lit la somme inscrite.

— Monsieur Black… c'est beaucoup trop…

— Ne vous cassez plus la tête à chercher de nouveau job, je continuerai à vous envoyer votre salaire dans quelques mois, l'informé-je en acceptant la boîte à gâteau qu'elle me tend.

— Oh ! monsieur, merci de tout mon cœur… Vous êtes…

— Pas la peine de me remercier, l'interromps-je en levant ma main. Je dirai à mon chauffeur de passer vous prendre demain afin de vous conduire chez vos proches.

— Si vous avez besoin de quoi que ce soit, je serai à votre disposition, dit-elle, les yeux embués de larmes. Merci pour tout… Sans vous, je ne sais pas ce qui aurait pu m'arriver. À la mort de mon mari, j'ai cru ne jamais m'en sortir et je ne voulais pas mêler mes enfants à mes soucis financiers. Vous avez été si généreux avec moi… Vous avez empêché que je sois expulsée… Je ne vous serai jamais assez reconnaissante.

Sa sincérité me fait sourire. Je hoche la tête timidement, puis quitte l'appartement en envoyant un message à M. Johnson pour le prévenir de passer la chercher demain.

Dans ma voiture, je tape furieusement le volant. J'aurais pu exploser devant Tate. Il me met sur les rotules, il m'énerve si fort que j'ai envie d'éclater sa tronche d'hypocrite angélique. Je n'arrive plus à le comprendre. Il a toujours su qu'il exerçait une sorte d'influence sur moi, et depuis la dégradation de son état psychologique il est devenu perfide et sournois.

Mais je ne pourrai jamais lui dire ses quatre vérités, tout comme je ne pourrai jamais dire à mon père ce que je ressens réellement.

J'étais jaloux. Jalousie dictée par l'affection dont j'ai été privé contrairement à lui. Je n'ai jamais pu être un enfant insouciant, normal et heureux. La jalousie est ma blessure, ma hantise, mon inspiration, mon carburant. Mais elle est surtout ma démence. J'enviais tout ce que je n'étais pas. Je haïssais tout ce que je ne pourrais jamais être. Les diktats de la société ont toujours été mes ennemis. Les préjugés sont l'ignorance. On s'élève dans une société où les gens ont conscience du prix des choses mais n'ont la valeur d'aucun principe.

Alors que je conduis, le panneau en néon « Dream Club » attire mon attention. Je me frotte les yeux avec mon pouce et mon index, puis tourne le volant afin de me garer dans le parking. Apercevoir la Ford de la vipère me fait froncer les sourcils. Elle a pu se payer le remplacement de ses pneus éclatés ? Je coupe le contact et place ma casquette noire sur mon crâne. Je remonte mes lunettes et enfonce les mains dans les poches de ma veste en franchissant le seuil de l'établissement.

À peine ai-je un pied à l'intérieur que je remarque la vipère lever haut les bras au centre du bar, les yeux teintés de rage rivés vers son interlocuteur.

Putain, la furie a encore frappé.

Elle pointe du doigt le pauvre malheureux qui a osé la mettre dans cet état. Avant qu'il ne saisisse sa main, elle lui donne un coup de genou avec force dans les parties génitales.

Awtch ! Je n'aimerais pas être à sa place. RIP pauvres couilles.

Un petit cercle de personnes se forme autour d'elle et sa…

victime. Cette nana est un sacré paradoxe : elle se retient de me flanquer la raclée de ma vie durant nos séances d'écriture, mais en dehors de ces quatre murs c'est une véritable bombe à retardement. J'ai vite compris qu'il ne faut surtout pas chercher Iris.

Son sang-froid est impressionnant. Le serpent sur son corps est un animal qui lui va à ravir. Son corps… j'ai envie de l'explorer comme une odyssée interdite. Il y a deux versants dans sa personnalité : la femme et l'artiste. Laquelle a été présente pour moi *ce soir-là* ?

Dès l'instant où ses yeux s'accrochent aux miens, la réponse est claire comme de l'eau de roche : *elle est les deux.*

17. Gatsby, le magnifique

Iris

Tenderness.

Le nom de mon morceau pour le concert à la fin du mois est choisi, en hommage à mon idole Otis Reding. Parce que tout le monde a besoin de tendresse dans une vie.

L'idée de ce titre me vient alors que, les yeux perdus dans le vague, je frictionne avec un torchon la surface en bois d'une table et que mes oreilles se délectent d'une douce symphonie jouée par une violoniste sur la scène du Dream Club.

Seuls les habitués sont présents en ce jour de semaine. En général, le beau monde rapplique les week-ends, encore plus si un groupe que le public aime bien se produit.

— À quoi tu penses ?

La voix rauque de Darren me sort de ma réflexion. Je le vois tirer une chaise et s'y asseoir.

— Au dernier morceau que j'ai écrit, dis-je tout simplement.

Je prends place à ses côtés.

— Tu n'aurais pas dû te donner du mal pour venir. J'ai récupéré ma voiture, tu sais, l'informé-je en lui pinçant le nez.

Il me sourit.

— Je sais, mais je voulais te voir, moi ! En plus, avec un peu de chance, d'ici l'année prochaine, je serai installé à New York, donc je dois profiter de toi.

— C'est décidé ? Tu lâches médecine définitivement ?

— Oui. Mes parents sont réticents à cette idée, mais je veux faire quelque chose qui me plaît. Même si je les déçois un peu, je pense que leur seul souhait est que je m'épanouisse.

— Oui. Ce sont tes parents, c'est normal qu'ils veulent que tu sois heureux, et je suis contente qu'ils puissent t'encourager.

— Tu viendras me voir à New York ? Quand je serai une giga star à Broadway ? lâche-t-il en levant les bras.

Je reste muette tant je suis ahurie par la présence soudaine de mon amie Amber au sein du bar. Elle savait que je travaillais ici, mais c'est bien la première fois qu'elle débarque, à l'improviste. Ses yeux sont rougis par les larmes. Je me redresse et me précipite vers elle.

— Iris…

Sa voix est chargée en émotions : l'effroi, le traumatisme, l'insécurité. Ses épaules tressaillent sous ses sanglots répétés. Je lui prends la main et la fais asseoir à la place que j'occupais près de Darren. Ce dernier semble aussi soucieux que moi.

— Amber, qu'est-ce qui se passe ?

Le fait qu'elle soit dans cet état me fait vraiment quelque chose, elle qui est d'habitude si joyeuse et pétillante…

Amber pleure doucement, puis inspire profondément avant d'expliquer la raison de son tracas.

— J… je sortais de mes répétitions, et il commençait à faire nuit… Je me suis dit que j'allais venir te voir et sur le chemin… des gars m'ont suivie. J'ai eu la peur de ma vie, si tu savais… Ils avaient des propos racistes atroces et déplacés vis-à-vis de mon corps. J'étais terrorisée. Ils disaient qu'avec tout mon gras ils devaient être au moins trois pour me baiser… J'ai cru qu'ils allaient me violer…

Je serre les poings. Je me mets à sa place, et mon cœur saigne. J'ai été dans la même situation qu'elle. Voilà pourquoi je n'ai aucun mal à m'imaginer victime encore une fois d'un harcèlement de rue.

C'est une des raisons pour lesquelles j'ai toujours été combattive. La loi du plus fort se résume à attaquer avant de se faire attaquer.

— J… je suis désolée, Amber, dis-je tristement en essuyant ses larmes.

— L'essentiel, c'est que tu vas bien, tente de la rassurer Darren.

— Le pire dans tout ça, souffle-t-elle avec émotion, c'est

qu'avec tout ce qu'ils m'ont dit je me suis sentie dégueulasse avec ma tenue qui met en valeur mes formes. Ça m'a renvoyée à des souvenirs à l'école, quand on se moquait de mon poids et de ma couleur de peau…

Dévastée, elle camoufle son visage dans ses mains. On n'est jamais préparé à se faire bombarder ainsi. Cette facette de diva téméraire s'est totalement effritée.

Darren me lance un regard peiné avant de s'approcher d'elle. D'une voix douce, il déclare :

— Moi, je te trouve magnifique.

Je lui souris tendrement.

— Ne dis pas n'importe quoi. Je dois ressembler à de la merde avec tout mon maquillage qui a coulé, ajoute-t-elle avec un rire jaune.

— Serais-tu en train de me traiter de menteur ? rétorque Darren sur un ton faussement dramatique en posant la main au niveau de son cœur. Parce que je n'apprécie cela que modérément ! Nous, les hommes, on aime les formes et crois-moi, ma jolie, t'es une femme splendide.

Un faisceau de lumière extermine soigneusement le nuage gris au-dessus de sa tête. Dans le regard d'Amber, je discerne qu'elle est presque amusée.

— J'aime bien ton ami, déclare-t-elle en séchant ses larmes avec le mouchoir que je lui tends.

— Amber, je te présente Darren. Il est parfois fou, mais il est très gentil.

— Tu sais, Iris, en général quand on dit d'une personne qu'elle est gentille, ça veut dire que dans le fond on la trouve moche, annonce-t-il en croisant les bras.

— Alors je rectifie. Tu es très très gentil.

— Petite insolente !

Un rire sincère monte dans la gorge d'Amber, qui a visiblement retrouvé son sourire lumineux habituel. Elle lui serre la main.

— Ravie de te rencontrer, Darren.

Vu que je suis en bonne compagnie, Lenny m'accorde une pause. Mes deux amis discutent entre eux et font plus ample connaissance. Le feeling est immédiat. C'est tellement nouveau et agréable pour moi de me sentir ainsi entourée.

Lenny, Amber, Darren, et je peux presque compter les membres du groupe Madness. Bryce et Cody sont ceux avec qui j'ai le plus d'affinités. J'aurais aimé que ce soit pareil avec Dustin mais, depuis la soirée où il a tenté de me dérober un baiser, il m'évite comme la peste. De toute ma semaine de travail, je ne l'ai pas croisé une fois… Je me sens presque fautive de ne pas être attirée par lui, mais je n'ai rien à lui offrir.

En réalité, celui avec qui je dois sérieusement avoir une conversation est Jayde, mais j'appréhende sa réaction. Si je suis pudique avec mes sentiments, lui l'est deux fois plus. Il fait comme si rien ne s'était passé. Seulement, mon empathie se rallie à sa cause désormais, et je n'arrive pas à lui parler, par peur de le déstabiliser.

Que fait Jayde quand il est aux abois ? Il aboie, tout simplement. Alors je me tais. J'écoute ses envies, mais Jayde est toujours déconcerté. Pourquoi ? Parce qu'il aimerait encore m'embrasser. Il a beau masquer son trouble, je devine sans mal que l'attirance que j'éprouve à son égard n'est pas à sens unique, bien au contraire… On dit souvent que la haine attise la passion. Je refusais d'y croire, mais là…

Ce que Jayde ignore, c'est que nier une réalité ne la rendra jamais inexistante.

Avec lui, on fonce tout droit vers un mur où on se pétera les os. Il ne veut pas s'ouvrir. Il me voit comme son ennemi alors que je souhaite seulement partager cet amour pour la musique qui nous lie.

Pendant de longues minutes, Darren et moi cherchons à réconforter Amber. Au final, mon charmant ami se propose de la déposer chez elle. J'ai encore du boulot. Mon service se termine dans une heure, mais, avec le peu de personnes qu'il y a, il se peut que Lenny me laisse partir plus tôt.

En se levant, Amber se heurte à un type et lui écrase le pied par inadvertance. Embarrassée, elle se confond en excuses, mais le gars, baraqué comme une montagne, lui adresse un regard aussi froid que la banquise.

— Pousse-toi, le gros lard, déclare-t-il en la bousculant.

Amber, outrée, se retrouve la cible de propos déplacés pour la seconde fois de la soirée. Sidérée, je cligne des paupières pour tenter de calmer l'énervement qui monte en moi. En vain. Dans ces moments-là, toute ma raison disparaît.

— Comment tu l'as appelée ? lancé-je à cet énergumène en me redressant.

Il arque un sourcil avant de me jauger de ses yeux marron d'un regard mi-amusé mi-hautain.

— C'est toi qui as parlé, le troll ?

Son ton condescendant m'exaspère. Darren m'attrape le bras, mais je m'écarte pour rétorquer :

— Le troll ? T'as quoi ? Trois ans d'âge mental pour utiliser un vocabulaire aussi pauvre !

Ni une ni deux, il s'avance, furieux. Quelques gars du bar s'approchent de nous, comme poussés par la crainte que ça dégénère. Pour ceux qui me connaissent, ma réputation n'est plus à faire.

— Les gros tas ont toujours des naines de copines pour les défendre ? crache-t-il avec véhémence.

— T'as intérêt à t'excuser auprès d'elle, sale enculé, le menacé-je, hors de moi.

— Pour qui tu te prends à me parler comme ça, sale chienne ?

À bout, je lui donne un coup de genou en plein dans les couilles. Il se plie en deux et, avant que je lui assène un uppercut, quelqu'un attrape mon bras à la volée. Lenny me retourne vers lui, puis me cache derrière lui.

— Sortez de mon bar, lâche-t-il à la montagne de muscles. Je n'accepte pas une telle intolérance et un manque de respect envers mon personnel.

La petite foule se dissipe. Mes amis demeurent bouche bée tandis que mon patron… m'observe avec un regard noir. C'est bien la première fois que ça arrive.

— Iris, dit-il durement, n'en viens pas aux mains sans en avoir discuté avec moi avant. Combien de fois t'ai-je dit de te contenir et de m'en parler pour que je règle la chose ? C'est la troisième fois cette semaine !

Je rougis. J'ai l'impression d'être grondée comme une gamine de cinq ans.

— Ce n'était pas sa faute, intervient Darren. Il a insulté Amber alors qu'elle n'était pas au top de sa forme.

Les yeux de Lenny vont de moi à Darren puis à Amber avant de recommencer. Il finit par soupirer et nous laisse en nous disant de faire attention.

— Iris, tu n'aurais vraiment pas dû prendre ma défense. Je suis habituée à ces réflexions, réplique Amber, très gênée.

— Tu n'as pas à t'excuser, la rassuré-je.

— Les vasectomies gratuites, c'est la spécialité de la vipère.

Cette voix rocailleuse me fait frissonner. Je tourne la tête et croise des yeux aussi sombres qu'une nuit sans lune. Mon cœur part au galop. J'ai l'impression que l'oxygène se raréfie dans mes poumons. Jayde Black dans toute sa splendeur.

Il nous surplombe tous les trois avec sa taille imposante. Je me sens tellement petite à côté de lui… mais jamais frêle telle une brindille.

J'étrécis les yeux, méfiante.

— Qu'est-ce que tu fais là ?

— Je ne savais pas que tu côtoyais des armoires à glace, Iris, intervient Darren, perplexe.

Je réalise soudain qu'il y a une chance pour que mes amis découvrent sa véritable identité.

— Tu es un ami d'Iris ? poursuit Amber, visiblement intéressée.

Vu que je lui ai expliqué que je ne souhaitais fréquenter aucun homme, elle doit se poser des questions.

— Plutôt crever, réplique Jayde.

Un sentiment de gêne me rattrape. Comment le présenter ? Au rictus sournois sur ses lèvres, je comprends qu'il est ravi de m'embarrasser. Comme si ça lui réchauffait le résidu lui servant de cœur.

— C'est…

Un enfoiré.

— C'est…

Un connard trop sexy !

— Gatsby ! Oui, Gatsby, mon voisin.

— Quoi ? réplique l'intéressé en me mitraillant du regard.

— Bon… bah, on va vous laisser, déclare Darren, gêné.

Dès que mes amis sont partis, je compte me faufiler derrière le bar, mais *Gatsby le Magnifique* m'agrippe le bras.

— Comment tu m'as appelé ? Je rêve ou t'as dit Gatsby !

Il ne paraît pas trop énervé… plutôt déconcerté.

— Je ne savais pas quoi dire, soufflé-je en l'obligeant à me lâcher avant de retourner derrière le comptoir.

— Espèce d'idiote ! Gatsby, c'est son nom de famille. Quel affront à M. Fitzgerald !

— Oh ! la ferme ! Qu'est-ce que tu fais là d'abord ? Mis à part m'énerver, marmonné-je en croisant les bras.

Il hausse les épaules et s'installe sur un tabouret en me demandant une bière sans rien ajouter. Perdu dans ses pensées, il retire sa casquette l'espace de deux secondes pour recoiffer les mèches de ses cheveux en arrière avant de la remettre en place.

Jayde est étrange ce soir. Cette visite impromptue me surprend. Je l'interrogerais bien sur ce qu'il lui arrive, mais là, tout de suite, j'ai l'impression que ce serait une sacrée erreur…

— C'est le dernier film que j'ai vu et, étant donné qu'il s'appelle Jay lui aussi… Gatsby m'est venu automatiquement, expliqué-je tandis que je lui sers une bière fraîche.

— Je suppose que tu parles de la version de 2013, fait-il après une première gorgée.

— Il y a une autre version ?

Il soupire.

— Oui, qui date de 1974 avec Robert Redford. Tu n'es pas une cinéphile, toi.

— Moi non, mais toi, visiblement, oui.

— Qu'as-tu pensé du film ? demande-t-il en croisant les bras sur le comptoir.

— À vrai dire, j'ai lu le livre avant de voir le film. En général, je préfère le roman à l'adaptation, mais j'ai beaucoup aimé DiCaprio dans ce rôle, Gatsby est un personnage fascinant. Il cachait bien son jeu derrière toutes ses soirées fabuleuses.

— Pour moi, toute sa beauté réside dans sa complexité. Malgré toute sa richesse et l'extravagance de ses soirées avec l'aristocratie, il ne faisait que peindre son désarroi et sa mélancolie. Daisy m'insupporte.

— Je crois que c'est la femme tout court qui t'insupporte, le nargué-je, amusée.

Il roule des yeux. Ses doigts tapotent sur la table, et il secoue la tête avant de plonger son regard dans le mien.

— Les femmes non cinéphiles m'insupportent encore plus, lâche-t-il avec un sourire goguenard.

— Je ne suis pas très films. C'est toujours trop long, et je ne me vois pas y consacrer deux heures de mon temps comme ça.

— C'est quoi ton film préféré ? me questionne-t-il en étrécissant les yeux.

— Je ne veux pas te le dire, fais-je en aspirant mes lèvres.

— Pourquoi ? Attends, non, ne me dis pas que c'est cette daube de *Twilight*…

— Quoi ? Non et puis le fantastique, ce n'est pas mon truc. Mais je ne te dirai jamais mon film préféré, tu vas te foutre de moi et je te supporte assez comme ça.

— Donc, pour conclure, tu es une compositrice à la dérive sans culture cinématographique qui offre des vasectomies à celui qui ose dire un mot de travers ?

Dans le mille !

Je m'efforce d'effacer le goût amer de la haine qui se distille sur ma langue quand je songe à mon altercation de tout à l'heure. C'est plus fort que moi, j'ai les injustices en horreur.

— Il avait traité mon amie de « gros lard ». Ça m'énerve qu'on s'attaque au physique des femmes… C'est révoltant.

— J'ai arrêté de t'écouter au moment où tu as dit « amie ». Ça me sidère que tu en aies.

Il ne peut pas s'en empêcher !

— On est deux alors.

— Tu règles tout par la violence, déclare-t-il sérieusement.

Notre échange visuel s'intensifie, si bien que mon rythme cardiaque augmente à nouveau. Je passe furtivement la main dans mes cheveux, puis m'assois en tailleur sur le comptoir juste en face de lui. Ses sourcils se haussent.

— Je te l'ai dit, je ne supporte pas les injustices.

Il se lève et regarde autour de lui, constatant que le bar est quasiment vide. Il ne reste que Lenny et deux de ses amis avec qui il discute, ainsi que quelques serveurs qui s'apprêtent à s'en aller. Jayde prend place à mes côtés sur le comptoir, puis croise les bras.

— Et si tu es en infériorité numérique, tu feras comment face à une énième crise ?

— C'est notre jeu des questions qui reprend ? demandé-je en me tournant vers lui pour l'observer.

— Tu m'agaces avec ton jeu des questions, ronchonne-t-il.

— Tu vois, ce que je ne comprends pas avec toi, c'est qu'en dehors des quatre murs du studio tu as plus de conversation. Rentre-toi dans la tête que toi et moi on forme un duo et, si tu continues à te défiler, tes potes vont nous mettre des menottes.

Bryce me répète sans cesse qu'il finira par m'enchaîner à Jayde, et je n'en ai vraiment pas envie. Quel calvaire ce serait !

— Ne prends pas Bryce au sérieux, souffle-t-il. La plupart du temps il débite des conneries.

— Je pense qu'au contraire il est très fort mentalement et assez intelligent pour tolérer ta mauvaise humeur.

— Faudra faire avec, ma vieille. T'as choisi ce job, tu connais les circonstances.

— La seule circonstance, c'est que tu es un gros con qui va finir par avoir les couilles arrachées, le menacé-je en mimant avec ma main comme si je tirais quelque chose.

Il arque un sourcil avant qu'un rictus sournois n'étire ses lèvres.

— Si tu veux m'aguicher, laisse ta main monter de haut en bas, et ce sera parfait.

— Tu es dégueulasse, lancé-je en lui donnant une tape sur le bras.

Il rejette la tête en arrière en s'esclaffant face à ma grimace.

Son rire semble si sincère que c'est comme un grand bol d'air dont il a été privé qui lui permet de respirer de nouveau. J'ai bien compris que la seule raison de sa présence ce soir est qu'il voulait se changer les idées. Au lieu d'aller retrouver ses meilleurs amis, il a choisi de passer son temps avec moi. Mais jamais il ne l'avouera.

— Pour répondre à ta question, dis-je, je m'en fiche de l'infériorité numérique. J'ai appris à ne pas me laisser faire, c'est tout.

Dès l'instant où je croise son regard, mes pommettes rougissent. Il s'est rapproché de moi après sa blague. Je contemple attentivement son visage.

— La violence résout tout finalement, réplique-t-il doucement.

La tension monte crescendo entre nous. Mon cœur bat si fort que je l'entends dans mes tempes et mes oreilles.

— Pourquoi tu es là ? murmuré-je en détournant les yeux.

— Je ne voulais pas rentrer chez moi et j'avais envie de prendre un peu l'air.

— Pourquoi ?

— Tout doux, la vipère, c'est à mon tour de poser les questions.

— Ah, maintenant, les règles du jeu comptent ?

— Oui, quand c'est moi qui le décide.

— Tu as toujours été aussi dictateur ? grommelé-je.

— Tout à fait. Pourquoi tu veux apprendre à me connaître ?

Une émotion insolite se discerne dans ses yeux, qui n'a rien à voir avec les excès de stupéfiants ou d'alcool. Jayde est préoccupé par ce que je vais dire, comme si mes paroles pouvaient tout changer. Tout changer à propos de notre duo. Et changer pour nous.

Dans un fulgurant flash-back, je me remémore le moment où j'étais contre la paroi de sa douche alors que nos lèvres étaient scellées dans un baiser à la fois doux et indompté… Et je devine qu'il y songe également.

Putain ! Qu'est-ce qu'il m'a fait ?

— Parce que j'en ai envie et, si tu ne l'as pas encore compris, parce que moi aussi je veux que l'album *J. Black* soit une réussite.

Il baisse la tête et pousse un profond soupir, alors que j'enchaîne :

— Jayde, donne-moi une bonne raison pour que tu ne t'investisses pas à fond dans le duo qu'on est censés former. Je rampe pratiquement à tes pieds pour que ça fonctionne, je prends énormément sur moi pour te satisfaire, on a écrit deux chansons et je n'ai pas du tout l'impression que tu sois content à 100 %. Tu ne dévoiles rien, alors qu'on est supposés faire tout le contraire.

Pitié, réponds-moi sérieusement.

— J'ai toujours été habitué à travailler en solo, souffle-t-il.

— Je veux une vraie raison, Jayde, pas ta fierté mal placée ni ton habitude à rester seul.

Il se tait, soupire à nouveau puis me jette un dernier coup d'œil avant de sauter sur ses pieds pour se remettre debout.

— Il n'y a rien à dire ? continué-je en penchant la tête sur le côté.

Pas besoin d'être un génie pour deviner à son air détaché qu'une très bonne raison existe. Une raison qui le tiraille tellement intérieurement que c'est infernal pour lui.

Que caches-tu, Singer Killer ?

— Je vais rentrer.

Sale lâche qui fuit !

— Notre conversation n'est pas finie, Jay.

— Si, je viens d'y mettre un terme.

Là, je suis dans le studio. L'appréhension court dans mes veines comme un lièvre sous stéroïdes. Je suis en avance, et Jayde n'est pas encore ici, ni aucun gars d'ailleurs, juste Braden, qui m'a accueillie en m'informant que les garçons sont en shooting photo et qu'ils ne tarderont pas à débarquer.

La nuit, je n'ai fait que songer à cette relation inexpliquée que j'ai avec Jayde. On souffle le chaud et le froid avant qu'une tempête féroce ne terrasse le peu des fondations « solides » qu'on se – ou plutôt que je me – démène à édifier.

Je veux qu'il me fasse confiance, j'en ai vraiment envie, mais… cela semble presque inenvisageable.

Des secrets le hantent, le poussant à avoir un tel comportement. J'ai besoin de sa totale coopération, sinon ça ne marchera pas, et Braden me virera malgré lui.

— Je suis là, vipère aigrie ! s'exclame Jayde en faisant irruption dans la pièce.

Il claque la porte avec son pied, les mains enfoncées dans les poches de son jean noir, et me scrute avec cette expression lasse. Je jette un coup d'œil à ses lèvres attrayantes.

Concentre-toi, ma vieille !

— Viens t'asseoir, dis-je en tapotant le banc du piano où je suis. J'ai composé une mélodie assez calme et je me suis dit que ce serait une bonne intro pour la chanson qu'on écrit en ce moment.

Un trait barre son front, signe de son mécontentement.

— Calme ? Tu te fous de moi ? Je veux du puissant, pas du calme !

— C'est Braden qui me l'a demandé. D'ailleurs, il a aussi ajouté qu'on doit au moins écrire une chanson d'amour pour l'album.

Ses yeux sont aussi ronds que des soucoupes. Je l'ai pris de court. Avant qu'il ne me bombarde d'insultes, je me dirige vers lui en lui montrant mon premier paragraphe pour la chanson d'amour.

— Lis-le, dis-je durement. Fais-toi ton propre avis avant de juger.

Ses prunelles tanguent entre mes yeux et la feuille que je lui tends.

— Je vais t'étrangler, lâche-t-il froidement.

— Tu ne veux pas au moins essayer de te faire une idée ? OK ! Alors, écoute ce que j'ai composé.

Il paraît furieux.

— À quoi tu joues ? Au dictateur ? T'as pas encore compris que rien ne marche avec moi.

—Je ne joue pas, je fais mon travail. C'est toi qui joues avec mes nerfs et me fais perdre mon temps ! C'est quoi ton problème ? Lis et écoute au moins ce que j'ai fait !

— Je ne veux pas !

— Pourquoi, nom de Dieu !

D'un coup ses yeux s'écarquillent à nouveau. Il recule de quelques pas, la respiration erratique. Il regarde dans tous les sens comme s'il cherchait une issue, puis se concentre de nouveau sur moi, l'air furibond.

— Je t'ai dit que je ne veux pas ! Fous-moi la paix maintenant. Si t'es pas contente, dégage !

— Dans tes rêves, mon vieux ! J'ai un contrat à respecter. Alors dis-moi pourquoi tu ne fais pas ce que je te dis !

Je m'avance vers lui et lui plaque la feuille sur le torse pour lui communiquer toute ma véhémence. Il se déride, l'embarras le prend de court et il ne sait plus quoi faire.

— Arrête…

Sa voix s'affaiblit, et il continue de s'éloigner de moi, mais je lui tiens tête et agrippe sa chemise à carreaux.

— Ne te défile pas ! Réponds, putain !

Et là une déflagration se produit dans ses yeux.

— Je suis dyslexique !

Il me pousse sans pour autant me faire tomber à dessein, juste pour m'écarter de son espace vital, comme si je l'étouffais et l'empêchais de respirer.

La bombe a explosé.

Je cligne des paupières, perdue autant que lui que cet aveu semble faire souffrir.

L'énervement s'impose sur son visage. Il serre les poings et, avant que je n'ouvre ma bouche, il enchaîne :

— Et je suis sourd d'une oreille.

Quoi ?

— T'es contente maintenant ?

Il sort en claquant la porte alors que la honte m'envahit.

18. Sans scrupules

Jayde

— *Regardez, c'est l'ovni !*

Je marche rapidement tout en maintenant ma main contre mon oreille gauche, priant encore une fois Son Goku de toutes mes forces pour qu'on me lâche la grappe aujourd'hui. *Mais je déteste déjà ce jour-ci, comme hier et tous les jours précédents, ainsi que demain et tous les autres jours à venir.*

Faites-moi disparaître.

On me projette brusquement au sol, et d'instinct je me recroqueville comme un bébé dans le ventre de sa maman. Toute mon énergie est consacrée à protéger mon visage. Je reçois des coups partout sur le corps tandis que des rires cruels d'enfants s'élèvent près de moi. Des coups de pied massacrent mon sac à dos, détruisant ainsi le goûter que papa m'a acheté. On m'arrache de force mes lunettes et… mon appareil auditif.

— *Laissez-moi !*

Je refoule tant bien que mal les sanglots qui risquent de me submerger.

Vince, un élève de ma classe, brandit mon sonotone comme un trophée devant ses quatre amis. Je m'efforce de me redresser en sentant chaque hématome brûler ma peau.

— *Rends-le-moi…*

Ma voix presque aiguë révèle ma défaite.

— *Tu as parlé, l'ovni ? s'exclame Vince, amusé. Je te rends ta merde si…*

Des doigts agrippent violemment le col de la chemise que maman m'a achetée hier, qui doit être complètement salie par la terre dans laquelle j'ai roulé.

— … tu arrives à lire cette phrase.

Nick, l'ami de Vince, déploie une feuille blanche sur laquelle une phrase est écrite.

T n e.

u e z

s a

Tout se mélange. Rien ne va. Les lettres se déplacent, je ne parviens à en capter aucune. Je transpire la peur et la sueur. Mon cœur tambourine dans ma poitrine. Panique.

Bon sang, Jayde, lis !

Échec. Je n'y arrive pas. La concentration décampe et ne revient pas.

Tout le monde dans la cour se moque de moi. Un paria, voilà ce que je suis. Vince balance mon sonotone dans la poubelle et frappe mes lunettes de vue d'un coup de pied.

La cloche sonne, et ils s'empressent tous de rentrer en classe. Je me redresse lentement et ramasse avec soin mes lunettes. Par chance, les verres ne sont pas cassés, mais les branches sont légèrement abîmées. Je cherche mon sonotone dans la poubelle mais ne le trouve pas ; les boîtes de jus, les sachets de chips et plein d'autres cochonneries l'ont englouti…

Je suis le bouc émissaire de la lâcheté humaine.

Avec un dégoût profond, je plonge la main dedans pour le repêcher et pouvoir le nettoyer une fois à la maison. Hors de question qu'il rentre de nouveau dans mes oreilles avec tous ces microbes. Je le retrouve et l'enveloppe dans un mouchoir en papier que je range dans ma poche. Je m'essuie le visage et époussette mes vêtements sales à présent…

Je ne suis personne.

En classe, je suis le dernier à entrer. Tête baissée, je serre les lanières de mon sac à dos empoussiéré comme si ma vie en dépendait. Au fond de la salle, je m'installe sans croiser le regard de personne ; je déteste être fixé.

Tout le monde me fixe.

Tout le monde me juge.

N'ai-je pas ma place dans ce monde ?

J'entends des messes basses.

Je dois fuir.

Et vite !

— Jayde ?

La maîtresse m'appelle. Je me redresse immédiatement, et manque de tomber de ma chaise sous l'effet de la surprise.

Elle me sourit en me désignant la place à côté de son bureau devant le tableau et un mur blanc placardé de dessins d'enfants.

— C'est à ton tour de raconter ce que tu veux faire plus tard. Viens ici.

Mon cœur tambourine à cent à l'heure dans ma cage thoracique, des perles de sueur froide apparaissent sur ma nuque.

Respire, Jayde, respire…

Me voilà face à la classe. Des rictus goguenards et des expressions dédaigneuses s'affichent sur les visages de mes camarades.

— Alors, Jayde ? m'encourage la maîtresse avec un sourire chaleureux.

Elle est au courant de ma situation et se montre très compréhensive avec moi, allant à mon rythme, mais elle ne pourra jamais freiner le harcèlement que je subis.

— Moi, plus tard, je voudrais devenir chanteur comme Kurt Cobain.

Des éclats de rire parcourent la salle. Les battements de mon cœur se déchaînent.

L'humiliation me laisse un goût âcre dans le palais. Le goût de la défaite. Le goût de la haine.

— Tu ne sais même pas lire !

— T'écoute à peine quand on te cause, l'ovni ! Comment tu veux écouter ce que tu chantes ? me balance à la figure Vince.

Ces mots me blessent. Un handicap peut-il vraiment déterminer qui nous sommes ? Les enfants de neuf ans n'ont-ils pas le droit d'avoir des rêves ? D'espérer qu'un jour ils deviennent réalité ?

On m'a toujours dit qu'un enfant sage peut obtenir ce qu'il veut. Je n'ai jamais été aussi sage pourtant… Je suis la victime de mon entourage. Personne ne croit en moi.

Une bile acide me brûle la gorge. Je leur lance à tous un regard furieux tandis que la maîtresse les somme de se taire. Je refuse qu'on me dise que j'en suis incapable. Je suis le seul à en juger !

Même Kurt Cobain a dit dans sa chanson qu'on doit venir comme on est, rester comme on est… Je ne peux pas changer qui je suis, mais je peux changer la façon dont les gens me jugent en faisant ce que j'aime faire.

— J'y arriverai ! rétorqué-je en serrant les poings.

Il en résulte un silence choqué. Personne ne s'attendait à ma répartie.

— Toi ? T'es sérieux ?

Vince arbore un air condescendant.

— Oui. Je vais réussir, affirmé-je sans ciller.

Pour la première fois, je ne baisse pas les yeux.

Pour la première fois, j'accepte qu'on me fixe.

Pour la première fois, je me bats.

— Je vais réussir parce que je ne ressemble à aucun de vous ! Tu viendras ramasser mes poubelles plus tard !

L'anxiété et la rage bouillonnent si fort en moi que je parle sans réfléchir. La peur me saisit.

L'affront fait toujours peur.

L'affront fait toujours mal.

Au cœur, à l'estomac, à la tête, à l'âme.

Tout s'agite en moi. J'ai la nausée, le vertige, je me sens terriblement mal… Je vomis.

À ce moment-là, j'ai réalisé le sens des paroles de la chanson du groupe Nirvana *Come as You Are*. Je l'ai toujours aimée et j'ai finalement compris que ce n'est que dans la mélancolie que la véritable signification des paroles nous frappe et nous laisse sans voix.

Come as you are.

La honte a inséré ses griffes acérées dans ma chair dès mon plus jeune âge et maintenant elle ne me lâche plus. C'est ma seconde peau, celle qui obstrue ma vision du monde, celle qui handicape ma confiance en moi. Néanmoins, mes démons n'ont jamais éteint ma voix, bien au contraire.

Je suis atteint d'une surdité unilatérale et de dyslexie. Je crois bien que c'est la première fois de ma vie que je le dis à quelqu'un.

Je me suis toujours accroché à mes rêves pour survivre car, s'il y a bien une chose que j'ai comprise, c'est que le cœur et l'esprit offrent l'immortalité aux mauvais souvenirs. La vipère est au courant, maintenant que j'ai implosé, comme un volcan en éruption.

Iris

Ma main tremble tandis que j'appuie sur la sonnette du penthouse des garçons. En bas, j'ai croisé leur chauffeur qui m'a fait entrer sans souci grâce à sa clé et a indiqué au gardien que j'étais une amie du groupe.

J'inspire profondément. Tous les indices que Jayde a dispersés derrière lui ont trouvé leur place, et maintenant je comprends qui il est vraiment. Les mots s'étouffent dans ma gorge, car je ne sais plus quoi dire exactement.

Le bruit de la porte m'extirpe de ma léthargie. Je redresse la tête et découvre Dustin sur le seuil de la pièce. Ma présence l'interpelle, ses sourcils sont arqués par la surprise.

— Iris... qu'est-ce que tu fais là ?

C'est la première fois que je le revois de si près depuis sa tentative pour me dérober un baiser.

— Salut... Dustin, je suis venue pour discuter avec Jayde. Est-ce qu'il est là ? dis-je timidement.

— Oui, il est là. Entre, je t'en prie.

— Oh ! non, pas la peine, je veux seulement lui parler rapidement.

— Je vais l'appeler alors... mais avant...

Il ferme à moitié la porte derrière lui, puis s'approche de moi.

— Je tiens à m'excuser pour la dernière fois.

Devant son mea-culpa, je rougis.

— J'ai été distant avec toi ces derniers temps parce que, pour être honnête, ça m'a refroidi... Je ne voulais pas te mettre dans l'embarras, c'est juste que... Voilà, tu es une fille super et je me sens bien avec toi, et j'étais bourré aussi... J'ai suivi ma pulsion du moment et je veux sincèrement m'en excuser.

Cette franchise est si rafraîchissante qu'elle me détend instantanément. Je lui adresse un sourire, et son visage se décrispe.

— Ce n'est rien, Dustin. Ça m'a gênée, certes, mais je ne t'en veux pas du tout.

— Je suis rassuré. J'avais un peu cette crainte que tu m'en veuilles, mais je veux vraiment qu'on soit amis. Je ne suis pas du genre à me morfondre, me lance-t-il avec un clin d'œil.

Je suis heureuse que cette histoire soit derrière nous.

— Avec plaisir.

— Je vais aller chercher Jayde maintenant, m'annonce-t-il en rentrant.

Cette conversation m'a légèrement déridée, mais mon anxiété est toujours aussi pesante, surtout quand Jayde Black claque la porte derrière lui pour me faire face.

La honte m'envahit, son regard noir me paralyse et je déglutis difficilement.

— Salut…

Ma voix est aussi frêle qu'une allumette, je me sens ridicule et il ne dit rien. Il se complaît dans un mutisme pénible pour moi.

— Jayde, je suis désolée.

Un pli barre son front, il croise les bras. Parfois un silence est plus éloquent que des mots.

— J… je me sens mal par rapport à ça. Je veux qu'on recommence à zéro… Je n'aurais pas dû te pousser à bout…

— Vraiment ?

Sa voix me fait frissonner, un sentiment de culpabilité m'assaille.

— Oui… Je suis sincère…

Me fusillant d'un regard noir, il annihile la distance entre nous.

— Je m'en contrefiche de ta sincérité.

Je recule à peine.

— Q… quoi ?

— Qui me dit que tout ça ne se retournera pas contre moi plus tard par ta faute ? crache-t-il avec véhémence.

Là c'est moi qui me tais, je suis surprise par son agressivité.

— Tu crois vraiment que je vais te laisser te balader seule

dans la nature avec le plus honteux de mes secrets ? C'est donnant-donnant, Iris. Tu l'as dit toi-même.

Il… il veut mon secret ?

Je fronce les sourcils.

— Pardon ? Tu te rends compte de ce que tu réclames ? Je ne répéterai pas ce que tu m'as dit.

Ses doigts m'agrippent, comme les griffes d'un lion qui enserrent sa proie. Son offensive me terrifie, me pousse dans mes retranchements comme jamais auparavant. Je suis au bord de la crise d'angoisse.

Je ne peux pas lui révéler mon passé, c'est impossible !

— Je m'en tape ! Là, c'est moi qui fixe les règles. Si tu veux te barrer, c'est ton problème ! Je ne te crois pas, je ne crois pas les filles de ton espèce qui font des promesses sans les tenir, qui donnent de l'espoir puis le dérobent comme de sales petites garces.

La haine se lit dans ses yeux. Jayde est farouche. Détenez un morceau de lui, il vous dépouille de tout. J'ai du mal à respirer et à riposter. Le mal-être de Jayde est réel. Il est le prédateur et la proie en même temps. Il veut tout me prendre, garder son ascendant sur moi grâce à un moyen de pression, car il est persuadé que je peux briser sa carrière à cause des secrets qu'il m'a confiés.

— Tu es horrible, murmuré-je sans baisser les yeux.

— Donnant-donnant, répète-t-il d'un ton tranchant pour me faire céder.

Il me fusille du regard avec aversion. L'emprise de ses mains sur moi n'est rien comparée à ce qu'il provoque au fond de moi. Je suis sa proie, une biche aux abois.

— Je te déteste, dis-je en essayant de dissimuler le trouble qu'il a semé en moi.

Je le déteste de me rendre aussi faible pour la première fois depuis si longtemps.

— Je ne te retiens pas. Barre-toi de mon studio. Et si jamais un de mes secrets refait surface, tu seras dans ma ligne de mire. L'enfer n'est pas à Memphis, la vipère. L'enfer, il est en moi, et je vais te détruire jusqu'à te réduire en cendres.

19. Âmes brisées

Jayde

Crac.

Les pieds du lit grincent sur le sol.

— Hum, Jayde…

Un gémissement aigu claque sur le mur.

Puis un autre, et encore un autre, et encore… jusqu'à résonner à l'infini dans ma tête gorgée de débauche.

Mon œuvre favorite après la musique demeurera toujours le sexe jusqu'à l'extase.

L'odeur de la luxure envahit l'air. Chaque coup de reins m'expédie dans un espace-temps où j'oublie tout.

Aucune once de weed ou d'alcool ne circule dans mes veines, j'ai l'esprit totalement clair et mon sexe coulisse dans le vagin de cette nana pas trop mal qui m'a fait les yeux doux toute la soirée.

Des cils noirs et surmaquillés. Des seins plus vrais que nature à première vue mais que j'ai découvert siliconés en les touchant. Elle a fait preuve d'une confiance en elle impressionnante pour m'appâter. Elle croit qu'elle a réussi à m'avoir… Seulement, c'est moi qui l'ai eue.

Une barbipute, qui se leurre dans ce petit monde, comme j'aime les prendre. Ses parois intimes se resserrent autour de moi tel un étau et m'envoient directement au septième ciel. Je grogne et rugis comme un lion. Je revendique ce qui m'appartient pour ces prochaines heures. Ni son âme ni son cœur, juste la partie de son corps qui m'intéresse et sa soumission.

Elle m'a parlé de ses problèmes, mais je n'en ai rien à foutre.

Me défouler est mon seul désir. Oublier est mon unique souhait. Mon plaisir, ma jouissance, mes règles, mon jeu.

Mes mains retiennent ses poignets au-dessus de sa tête, où ses longues extensions blondes sont étalées dans un désordre plaisant. Alors que je suis au bord de l'explosion, j'augmente le rythme. La délivrance est proche.

« Je te déteste. »

Attends… quoi ?

Mon plaisir qui était monté crescendo redescend avec la même fulgurance. Je secoue la tête et me retire de… Je ne sais plus son nom.

Le seul qui me vient à l'esprit, c'est celui qui évoque une fleur… couleur lavande.

Des yeux captivants, des taches de rousseur sur un nez fin, une peau aussi claire que de la porcelaine…

Putain.

L'imaginer maintenant équivaut à un uppercut dans ma gueule. Songer à elle ne fait qu'exacerber un désir refoulé, et la haine resurgit dans mes veines. Le paradoxe émotionnel qu'elle déclenche en moi me fait totalement vriller. Je ne tiens tellement pas en place que je me relève et remets mon pantalon qui traîne sur le sol sous le regard ébahi de la fille, qui a les cuisses encore ouvertes.

— T… tu t'en vas ? Mais… mais on n'a pas fini…

Aucun son ne s'extirpe de mes lèvres. La migraine et la colère m'assaillent. Je lui jette un coup d'œil sinistre pour lui témoigner le profond désintérêt qu'elle m'inspire, puis je me barre.

Après cette partie de jambes en l'air inachevée, ce n'est pas la frustration qui m'anime, mais un sentiment plus intense et incontrôlable. Une de mes barrières a cédé. Je me suis mis à nu aux yeux d'Iris et je refuse d'être le seul à découvert. Le donnant-donnant va prendre un véritable sens désormais.

Le trajet jusqu'à chez moi ne m'a jamais semblé aussi long. Je suis à pied comme j'ai toujours préféré me déplacer. Il est 3 heures du matin, et les rues de Boston sont pratiquement vides. Il fait frais. Mon cœur palpite, et je suis la victime du prélude d'une crise d'angoisse. Tentant de la refréner, je prends de profondes inspirations et je tapote faiblement le bas de mon cou pour le stimuler.

« Fais comme moi, Jayde. Si tu as une crise d'angoisse, on doit faire ça. »

La voix de Tate chantonne dans mes oreilles. Je renifle et frotte mes yeux comme si ce geste allait empêcher ces flash-back dérangeants de refaire surface. Je me sens harassé. Mes pas foulent la rue où j'habite. Je croise un des gardiens de la résidence et entre dans l'immeuble.

Soudain l'image de cette vipère s'impose dans mon esprit. Cette nouvelle emprise me bouscule intérieurement. Jamais une fille n'a réussi à avoir cette influence sur moi. Demain je serai face à elle pour une explication qui a intérêt à me satisfaire, sinon je la fous dehors, quoi qu'en disent les autres.

Ma santé mentale avant tout. Avec cette conne, je n'ai que des ennuis.

J'insère ma clé dans la serrure de la porte. Je suis interpellé par le fin liseré de lumière qui se faufile en dessous. Je rentre et découvre Bryce assis contre le mur, recroquevillé sur lui-même. Je fronce les sourcils, et m'approche rapidement de lui. Il redresse la tête, et me fixe avec un regard aussi vide que le néant.

— Tu reviens plus tôt que d'habitude, marmonne-t-il en détournant son visage du mien.

Au son de sa voix, je comprends qu'il a pleuré.

— Qu'est-ce qui ne va pas ? demandé-je doucement en m'agenouillant devant lui.

— Rien…, reprend-il en tentant d'effacer les traces de larmes séchées sur ses joues.

Je grogne.

— Bryce, pas à moi.

Rares sont les moments lorsque je l'appelle Bryce, et non le nabot.

— Je me suis coupé, déclare-t-il durement.

Il me montre sa paume éraflée superficiellement.

— Et c'est ce qui te met dans cet état ? dis-je, sachant pertinemment que ce n'est qu'une facette de ce qui le tracasse.

— Non… J… je… je me suis souvenu qu'une fois on m'avait

blessé intentionnellement à la cantine de mon collège pour me « calmer », confie-t-il en faisant des guillemets avec ses doigts.

Je m'en doutais.

Il n'y a pas plus cruel que les mioches.

— J'en suis désolé, mon vieux… mais tu sais très bien qu'ici personne ne te fera du mal.

— Ce n'est pas ça, Jayde… Cette coupure de rien du tout a été suffisante pour me remémorer le fait que j'ai toujours été un fardeau pour mes parents, je ne tenais jamais en place, je n'ai pas fini l'école à cause de tout ça et je me suis accroché à un rêve que je n'aurais jamais cru devenir vrai…

Ses larmes recommencent à couler. Il semble piégé dans sa mélancolie et son passé douloureux. Il a vécu des expériences en partie similaires à ce que j'ai traversé ; l'attachement que j'ai pour lui est donc particulier.

— Tu as ta place dans Madness, n'en doute jamais. Et celui qui dit l'inverse, tu sais très bien que je le détruirai sans souci, affirmé-je avec assurance.

Il sourit.

— On dirait un psychopathe qui parle…

— Ton chagrin t'a fait oublier que j'en étais un ? le nargué-je.

— Disons que je t'estime plus que ça, admet-il.

Je me redresse et lui tends la main pour qu'il fasse pareil. À peine je le lâche qu'il me serre brusquement dans ses bras. Je grimace d'embarras. Les gestes d'affection, ce n'est pas trop mon truc, je les évite au maximum.

— Merci, Jayde, et j'en profite pour te faire chier un peu en te faisant un câlin d'amitié, réplique-t-il, presque hilare.

Je grogne. Une des portes des chambres s'ouvre, et Cody en sort en se frottant les paupières.

— C'est quoi ces bruits…

Ses yeux s'écarquillent quand il nous découvre dans cette position, ce qui accentue mon malaise. Mon meilleur ami se tord de rire en nous pointant du doigt.

— Je ne savais pas que je vous dérangeais, les gars. Vous êtes trop mignons, les amoureux.

Bryce ricane en me lâchant avant de m'administrer une tape sur la joue. Je leur lance à tous les deux des regards noirs, puis Cody se jette sur moi pour me serrer contre lui à son tour.

— Fais pas ton timide, mon chéri. Je t'aime comme t'es, dit-il avec une voix mielleuse à vomir.

— Oh ! ta gueule ! Lâche-moi, espèce d'oxydant ambulant.

Je tente de m'échapper en me faufilant comme un ver de terre, mais Bryce se joint à Cody et me voilà pris en sandwich entre ces enfoirés.

Je vais les tuer pour le meurtre de mon espace vital !

Ils se frottent contre moi tels deux caniches en manque d'affection et, comme si cela ne suffisait pas, Dustin débarque dans le salon pour voir la raison de ce remue-ménage.

Face au spectacle devant ses yeux, un rictus narquois se dessine sur ses lèvres et il s'empresse de nous photographier.

— ARGH ! Lâchez-moi, bande de couilles molles ! lancé-je, sur le point d'exploser.

Je me débats comme un lion en cage, et ils finissent par me lâcher, sous leurs éclats de rire à tous les trois. Je rumine et me dirige vers ma chambre, mais Dustin m'arrête dans mon élan en agrippant mon bras.

— Tu es rentré plus tôt ce soir. Tu n'as pas pris ton pied avec la blonde qui t'a chauffé toute la soirée ?

On était tous les quatre à une fête privée. La blonde de tout à l'heure m'a fait du rentre-dedans, et j'ai fini par céder à la tentation.

— J'ai changé d'avis au dernier moment, soufflé-je en me dégageant.

Je m'empresse d'entrer dans ma chambre.

Iris.

Iris Santana Lance.

Iris Santana Conner.

Mes sens sont en éveil. Je perds la tête dès que je songe à elle. Je ne parviens pas à déterminer si elle est dans mon camp, ou si je dois la considérer comme une ennemie ou encore un des monstres qui ont gâché mon enfance, me forçant à ériger cette forteresse autour de moi… Elle me désarçonne complètement, et je n'ai jamais connu ça avant.

Il en faut beaucoup pour me troubler. Et là… je suis plus que troublé.

Iris n'a jamais tenté de me manipuler depuis que je me suis montré vulnérable avec notre baiser, ou depuis que je lui ai révélé des secrets à mon sujet. Mais je m'en veux terriblement de lui avoir balancé ça, elle pourrait s'en servir.

Personne ne le sait. Même pas Cody, mon meilleur ami, avec qui j'ai partagé mes ambitions, ma passion, mes rêves, mon envie de découvrir le monde.

J'ai tellement honte de ce que je suis…

Lorsque mon nom a commencé à être connu dans les médias, les gens de mon passé ont eu deux genres de réaction : tenter de renouer les liens avec moi malgré nos antécédents – tout ça pour profiter de mon succès –, ou faire en sorte de me nuire en dévoilant mes secrets les plus intimes, cette honte que je trimballe au fond de moi.

Seulement, j'avais prémédité ce genre de coups bas. Je ne me suis pas fait uniquement un nom dans l'industrie musicale, j'ai investi tout mon argent un peu partout. J'ai beaucoup de contacts et d'alliés dans les mondes de la presse et de la justice. Si mon nom est sur le point d'être cité, je serai le premier au courant, et surtout le premier à détruire les rumeurs sur moi. Personne ne peut m'atteindre, et tous ceux qui m'ont connu avant ont amèrement regretté d'avoir essayé de se frotter à moi. Je suis intouchable. J'ai le contrôle sur tout.

Si je suis arrivé ici aujourd'hui, c'est à la sueur de mon front.

Il me fallait ma liberté. Quitter la maison a été une épreuve presque olympique. Mon père ne supportait pas l'idée de me voir partir, en ayant conscience de mes véritables aspirations d'avenir. Alors… alors il m'a gardé sous son influence en me forçant à faire des études, me disant que, si je ne me soumettais pas, il s'arrangerait pour que ma carrière ne décolle jamais.

Moi et les études… une longue histoire. C'était comme s'il cherchait un moyen d'encore plus m'humilier avec mes complexes.

Même si ce n'étaient probablement pas ses intentions, je le percevais ainsi.

Alors j'ai décidé de voir grand, de me lancer un défi. Mes études se sont fondées sur un pari. Si j'obtenais mon diplôme, il me devait une certaine somme. Bien sûr, j'ai gagné l'argent et en prime la plus belle amitié de ma vie : Cody Norton.

Mes liens avec mon père sont quasi inexistants. Tate a toujours été son préféré, sûrement parce qu'il se conformait sans mal à ses désirs. À présent, Tate est à la dérive et refuse de voir la réalité, et mon père ne l'aide en rien. J'ai essayé de faire quelque chose, mais rien n'a marché. Ma jalousie… voilà leur prétexte quand je souhaite leur ouvrir les yeux…

Iris me provoque. Elle exhume une partie de moi qui ne me semblait pas exister.

Elle s'est excusée… Jamais personne ne s'est excusé ainsi. Elle était touchée… Jamais personne n'a éprouvé ça pour moi. Je n'ai pas décelé de pitié dans ses yeux azur, mais de la sécurité et… de la tendresse. Tout ce que j'ai toujours désiré *avant*. Mais je ne peux pas me permettre le luxe d'accorder ma confiance, pas tant qu'elle ne m'aura pas révélé certains de ses secrets. Iris est la seule personne dont il m'est impossible de prévoir le comportement. Va-t-elle rester ? S'en ira-t-elle au risque de porter préjudice à sa carrière ?

Iris semble si accessible et intouchable à la fois. Une rose noire attrayante mais bourrée d'épines tranchantes, l'obscurité mêlée à une beauté sauvage. Il n'y a que les yeux pour l'admirer mais personne ne peut l'approcher.

Une angoisse inédite m'envahit, mais d'un point de vue extérieur j'arbore un masque impénétrable. Je franchis le seuil de la pièce, et découvre Iris assise au piano. Dès l'instant où son regard croise le mien, mon cœur caracole. Je retiens ma respiration et ferme la porte derrière moi.

Vêtue tout en noir, elle porte une camisole si fluide et révélatrice que j'aperçois chaque tatouage sur sa peau d'albâtre. Je m'évertue à me concentrer sur ses prunelles pour ne pas dévier sur sa poitrine parfaitement proportionnée par rapport à sa fine morphologie.

J'inspire profondément, enfonce les mains dans mes poches et réfléchis à la vitesse de la lumière à ce que je devrais lui dire, mais aucun mot ne parvient jusqu'à ma langue.

Iris me fixe avec un air dur. Ses paupières se ferment, puis elle inspire elle aussi. Elle se met debout en restant impassible. Je louche pour observer les taches de rousseur sur son nez, avant de dériver sur son décolleté qui révèle son tatouage le plus hypnotique et fascinant : un serpent enroulé autour du sceptre du dieu de l'enfer…

Avant que je me fasse griller dans ma contemplation, je verrouille mes yeux aux siens. Ses lèvres s'entrouvrent et, dans une voix piquée par la frustration, elle souffle :

— J'ai été stripteaseuse.

Quoi ?

Un pli barre son front, m'indiquant le mépris que cela lui inspire. Quant à moi… je suis sous le choc.

— T'es content ? lâche-t-elle, l'air toujours aussi dur, en s'asseyant à sa place. Maintenant pose ton cul pour qu'on puisse enfin travailler.

Iris

L'anxiété me submerge, et je tremble de rage. Je me croyais forte… mais je ne le suis pas. Je craque après cet aveu honteux qui me tire vers le bas et met à mal mes espoirs. Dans des circonstances normales, je n'aurais jamais accepté de me dévoiler autant, mais ai-je le choix ?

Après ma révélation, je masque mon visage avec mes mains. Je veux éviter de le voir se foutre de ma gueule. Je réfrène mes larmes douloureusement. Le pire morceau de mon âme est ancré dans la fourberie de Jayde.

Je sens sa présence à ma droite, et le banc tremble légèrement lorsqu'il y prend place. Mon cœur part au triple galop. Je ne bouge pas d'un iota. Je n'ose pas le regarder et me confronter à sa condescendance.

— Je comprends mieux certaines choses maintenant.

Sa voix m'extirpe des ténèbres dans lesquels je me cache depuis si longtemps. Dans un élan de courage, je tourne la tête vers lui et le contemple attentivement. Il observe droit devant.

— Je t'ai traitée de stripteaseuse la première fois qu'on s'est rencontrés et tu m'as renversé dessus la moitié d'une bouteille de vodka, murmure-t-il, l'air perdu dans ses souvenirs.

Comment oublier notre première altercation ? Ma vie a basculé ce jour-là.

Avec le temps, j'ai appris à le connaître. Derrière cette fumée se fardait une poussée de haine qui le consumait intérieurement. Jayde ne croit en rien… mais dans le fond qui est-il réellement ? Il m'a considérée comme une ennemie, déclenchant cette guerre entre nous alors qu'au final… cette aversion n'avait d'autre revers que notre indéniable attraction.

Qui aurait imaginé ce qui arriverait par la suite ? Je hausse les épaules et réponds :

— Tu l'avais mérité.

Il opine du chef, puis plonge ses opales sombres dans les miennes. Pas un soupçon de plaisanterie, le sérieux suinte de son visage.

— Sans doute, souffle-t-il en passant la main dans ses cheveux.

Je cligne des yeux.

— Tu reconnais tes torts, ou je suis en train de divaguer ?

— C'est un mirage. Tu as de la poudre de perlimpinpin dans les yeux.

Si le sarcasme n'existait pas, Jayde Black l'aurait inventé.

Je joins les doigts sur mes cuisses et réfrène un rire faiblard face à sa remarque.

— J'ai eu une méningite quand j'avais huit ans, lâche-t-il.

Il avait déjà toute mon attention, mais là… Mon cœur se serre quand j'entends cet aveu et que j'imagine tout ce qui a pu lui arriver durant sa jeunesse.

— Je suis désolée, Jayde… Ça n'a pas dû être facile pour toi, tu étais si jeune.

Je redresse la tête pour épier sa réaction. Il écarquille les yeux.

Nos épaules s'effleurent, de même que nos jambes. Quand je réalise notre proximité, mon rythme cardiaque s'accélère encore. Cette aura virile et puissante qu'il dégage m'enveloppe comme dans un cocon. Je frémis et je perds presque tous mes moyens.

Reste calme, Iris.

— Pourquoi tu sembles surpris ? demandé-je doucement.

Il baisse légèrement la tête et m'analyse, comme s'il voulait s'immiscer entre les rouages de mon cerveau pour mieux me comprendre.

— J… je… je ne suis pas habitué à ce qu'on soit désolé pour moi…

Il bégaie.

Jayde bégaie…

Il est déstabilisé. Je dois lui montrer que je n'ai jamais été aussi sincère de ma vie.

— Je t'ai avoué quelque chose qui me fait terriblement honte, admets-je, la voix presque brisée. Je déteste cette partie de mon passé. Si je te l'ai dit aujourd'hui, c'est à cause de toi, mais je peux comprendre la raison qui t'a poussé à faire ça, donnant-donnant… Je ne connais pas toute ton histoire, mais je peux faire des déductions quant aux séquelles que tu as. J'ignore si je peux te faire totalement confiance, avec ta méchanceté gratuite, mais j'ai envie d'essayer.

Cette fois-ci, ses yeux ressemblent à des soucoupes.

— P… pourquoi tu veux me faire confiance ? Tu as bien vu tout ce que je suis… avec ma méchanceté gratuite.

Jayde a conscience de ses actes. Ça doit être le premier homme que je rencontre qui assume tout ce qu'il dit, tout ce qu'il fait. Passer pour un connard aux yeux des autres, il n'en a rien à battre. Mais passer pour un homme aux multitudes faiblesses… il préfère crever asphyxié plutôt que cela se produise.

Voir le pire est toujours plus intéressant que voir le meilleur chez les gens. Ma confiance, je ne l'accorde pas facilement. Seulement, l'obscurité de Jayde Black m'attire plus que je ne le voudrais.

— Si tu m'as balancé tes secrets, c'est parce que tu te sentais mal à ce moment-là. J'ai constaté ces derniers jours que tu n'étais pas en grande forme. Et dans le fond, tu sais que tu peux avoir confiance en moi, tu ne veux juste pas l'admettre.

Il me scrute en riant jaune.

— C'est la meilleure.

— Quoi ? Tu vas dire que j'ai tort ? rétorqué-je en arquant un sourcil.

Poussant un faible grognement, il détourne la tête alors que j'adopte une expression rieuse.

Il se déride ensuite et soupire profondément avant de croiser de nouveau mon regard.

— Tu étais forcée d'être stripteaseuse ? demande-t-il sérieusement.

Ai-je le choix de lui en révéler davantage sur moi ou non, si je veux espérer un retour de sa part ? Marchander avec lui est si difficile… Pourtant, c'est la seule solution.

— Oui… Mon père m'y a obligée, rétorqué-je faiblement en baissant la tête.

— Pfff, connard, marmonne-t-il dans sa barbe.

J'arque un sourcil et aspire mes lèvres, guettant la moindre de ses réactions. Par cette insulte à mon paternel, il m'ôte les mots de la bouche.

— Tu as bien de la chance qu'il ne t'entende pas, commenté-je pour alléger mon mal-être. Et ça me prouve que, même si tu es au courant de mon véritable nom de famille, tu n'as pas approfondi plus.

— Non, je n'ai pas cherché davantage. La vérité est que je voulais juste un moyen de pression, mais je ne suis pas suffisamment curieux pour fouiller la vie des gens, du moins… pas à part si j'y suis forcé.

— Mon père s'appelle Joe Conner. C'est un joueur de poker assez connu dans le Tennessee. Il est surtout connu pour ses dettes, et il fallait que quelqu'un ramène de l'argent pour rembourser tout ça…

Je remarque ses poings sur ses genoux si serrés que ses phalanges en deviennent blanches, c'est presque inquiétant.

— Ça a déjà mal tourné pour toi ? questionne-t-il durement.

Le ton de sa voix me fait frémir.

— Disons… que je m'arrangeais pour ne pas finir en prison pour meurtre, dis-je en ponctuant ma phrase avec un rire faux.

— D'après ce que je connais de toi à l'heure actuelle, je n'aurais jamais imaginé que… tu aies un tel vécu.

— Oui, je sais. Mais si tu t'en tiens à ce que les gens montrent à la surface, tu ne connaîtras d'eux qu'une toute petite partie.

— Ouais, rien de nouveau de ce côté-là… Mais toi… tu es si impulsive et en même temps tu as fait preuve de tellement de sang-froid quant aux hypothèses sur ton passé que j'ai pu émettre, jamais je n'aurais pensé à ça.

— J'étais beaucoup plus impulsive avant. Là j'essaye de me canaliser… Ce n'est pas évident. En chassant le naturel, il revient toujours au galop.

— Le naturel chez moi, je le chasse constamment.

Pourquoi fais-tu ça ?

— Je ne vais pas te juger, Jayde… Je n'ai pas la légitimité pour le faire.

Il semble encore légèrement angoissé et se frotte la nuque énergiquement comme pour évacuer son stress. Ses épaules s'affaissent alors qu'il pousse un profond soupir.

— Je suis dyslexique et disons… que j'avais beaucoup de problèmes avec les autres enfants. J'ai passé énormément de temps à l'hôpital et, quand t'es gamin, tu ne comprends pas forcément tout ce qui arrive. La seule chose qui me calmait, c'était quand ma famille était là, et que mon père me faisait écouter les chansons qu'il aimait.

Il marque une pause et inspire difficilement. Refusant toujours de croiser mon regard, il poursuit son récit :

— J'avais la constante impression d'être dans le coma mais, quand j'écoutais Kurt Cobain… je me sentais revivre. Je n'en pouvais plus de me battre, j'étais épuisé de tout, de ce que je subissais déjà à l'école et, avec ce nouveau problème auditif, j'avais conscience que le calvaire serait plus rude… mais la musique a été un peu comme un guide spirituel et je savais que c'était ça, ce que je voulais faire. C'était l'évidence de ma vie.

Je n'aurais jamais cru que la souffrance de Jayde soit aussi ancienne. La musique l'a sauvé, le libérant de sa détresse.

Il me révèle une partie de lui, suivant les termes de notre accord : donnant-donnant. Pourra-t-on céder un jour une part de nous sans rien attendre en retour ? Juste l'envie de se découvrir.

Un cœur brisé contre un autre cœur brisé. Deux âmes écorchées à leur manière par les coups d'un passé rigoureux. Malgré toutes nos fêlures, nous sommes encore là aujourd'hui. Ma noirceur valse avec la sienne, oscillant entre répulsion et attraction.

— Tes amis ne le savent pas, n'est-ce pas ? fais-je doucement en cherchant son regard.

Il reste toujours la tête baissée.

— Non… Je ne peux pas.

Il est triste de se cacher de la sorte, et je ne peux réprimer toute ma compassion mais aussi mon admiration pour lui.

— Je ne vous connais pas depuis très longtemps, mais je vois dans leurs yeux que tu comptes pour eux. Personne ne te jugera, Jayde.

— C'est trop tard maintenant, Iris. De toute manière, ça n'a pas d'importance.

Il déteste l'idée d'avoir tort. Je décide de ne pas approfondir et ramasse mon sac pour tirer mon cahier d'écriture sous son regard inquisiteur. Je le dépose sur le piano et me tourne vers lui.

— J'aimerais connaître ta manière de procéder pour écrire tes chansons. Ça m'intéresse vraiment, et je suis prête à m'adapter à toi.

— T'adapter à ma façon d'écrire ? répète-t-il avec une mine intriguée.

— Je ne vais jamais te forcer à faire quelque chose qui te met mal à l'aise. Je deviendrai tes yeux s'il le faut, lui affirmé-je.

Mes paroles semblent le faire réfléchir.

— J… je… je gribouille depuis que je suis jeune. Je me suis

créé une sorte d'alphabet rien que pour moi avec des signes précis qui déterminent mes idées. Je prends beaucoup de temps à écrire… En soi, mon problème, c'est que les lettres se mélangent trop dans mon esprit pour que je parvienne réellement à lire. Je suis très lent, mais vraiment, et ça me porte énormément préjudice. Quand je finis ma chanson, je la tape sur un traitement de texte et la passe au logiciel de correction, ou je l'envoie à mon orthophoniste qui est un vieil ami.

— Très bien, je vais faire de mon mieux pour correspondre à tes attentes. Seulement, j'aimerais savoir si écrire des chansons toujours bruyantes, très « sonores », c'est lié à tout ça.

— Je veux être certain que la musique soit suffisamment puissante pour la sentir vibrer dans tout mon corps.

Oh…

Je hoche la tête et mords ma lèvre inférieure en me concentrant sur mon carnet d'écriture. Un morceau de papier dépasse entre les feuilles, et curieusement il tire dessus.

— C'est quoi ? demande-t-il en me mettant sous le nez une place de concert.

Je le regarde.

— Il y a un concert à la fin de la semaine dans mon école, et ça c'est une place de libre.

— Tu vas jouer ?

— Oui, je vais jouer un solo de classique au piano.

Une idée complètement loufoque me foudroie.

— Tu veux venir ? C'est la dernière place.

Il fronce les sourcils.

— Moi ? Venir à ton concert de classique ? Tu te moques de moi ?

— Non… et puis il n'y a pas que du classique… Je me suis dit que ça pourrait te changer les idées après tout ça…

Il grimace.

— C'est un plan foireux, j'en suis sûr, tu vas me mettre à côté de gens bizarroïdes.

Je ris.

— Mais non, tu es le seul à qui je l'ai proposé…

Qu'est-ce que je fous ?

— Pourquoi tu ne demandes pas à ton patron ? Ou encore à tes deux potes qui pensent que je m'appelle Gatsby ? lâche-t-il en croisant les bras.

Je veux que ça soit toi, pour une raison que j'ignore totalement.

Tu as planté ton obscurité dans la mienne, et je suis à la lisière de la démence quand tu es près de moi.

— Tu vas arrêter de me poser des questions comme ça ? Soit tu dis oui, soit tu dis non. Me casse pas les couilles, dis-je pour esquiver le sujet.

— Tu n'en as pas, et je prendrai ma décision le jour venu.

— Même pour ça tu dois y mettre du suspense ?

Il sourit sournoisement.

— Tu as tout compris.

— Je sais que tu vas venir, répliqué-je.

Il adopte un ton condescendant.

— C'est mal me connaître.

Toutes les nuances de Jayde Black sont fascinantes.

— Tu crois ? Pourtant, on vient vraiment de franchir un cap.

— Pour ce cap, c'est à toi de fournir des efforts. Pas moi, marmonne-t-il, agacé.

Il me fait confiance ?

— Tu as déjà fait le plus gros en termes d'efforts. Alors je ne doute pas que les choses vont évoluer.

— Qu'est-ce qui te fait dire ça, la vipère ?

Oui, il me fait confiance.

— Intuition féminine.

20. L'ombre d'un regard

Iris

Respire.
Fais éclore ton talent devant ces gens.
Respire.
Mets-toi à nu en chansons.
Tendresse, je te sens.
Respire.
Ne craque pas.
Respire.
La tendresse sera là.

Je me raccroche sans cesse à ce mot, pour m'éviter la chute libre vers mes démons. L'appréhension m'envahit, mais elle me fait sentir vivante. Monter sur scène me procure des sensations indescriptibles.

Iris Lance ne se met jamais en avant totalement. Mes casseroles restent dans les coulisses, c'est mon âme de pianiste passionnée qui se révèle.

Mon index contourne l'ourlet de ma lèvre inférieure afin d'estomper cette micro tache de rouge à lèvres bordeaux que j'ai faite en me maquillant.

Les pinceaux, les palettes, les paillettes… tout ça a fait partie intégrante de ma vie autrefois. Je recouvrais la honte que j'éprouvais en dansant à moitié à poil devant des charognards sans morale. Je peinturlurais mon visage comme un clown triste dont l'existence n'a été qu'une succession de tragédies.

Je me maquille ce soir pour me donner une image lisse et plus confiante. Paraître plus ou moins normale aux yeux des autres, avoir l'air sans problème et prête à tout pour réussir.

Pour dissimuler l'extravagance de mon look, j'ai opté pour une combinaison noire fluide avec de la dentelle au niveau des manches. S'il n'y a pas de décolleté sur le devant – pour cacher mon sceptre de Satan avec mon joli serpent –, mon dos est dévoilé en un V plutôt stylé. Une bribe d'encre reste néanmoins visible sur cette partie de mon corps. On y voit la moitié d'une Iris, ainsi que les dernières lettres du prénom de mon frère : Chris.

Mes cheveux courts sont coiffés en un chignon tressé bas, qui me fait presque office de couronne. Aucune idée de comment j'ai réussi à faire ça, mais je ne vais pas m'en plaindre !

Mes doigts me démangent. L'excitation mêlée au trac frétille dans mes veines. Tiraillée entre l'euphorie et un stress fulgurant, je sais que ça me passera, malgré mon cœur qui tambourine. Jouer devant un public ne me fait plus peur comme il y a un an. Grâce à Lenny et à mes représentations au Dream Club, ma crainte de monter sur scène s'est dissipée.

Ma discipline et mon entraînement pendant toutes mes années d'apprentissage ont réellement porté leurs fruits. Je joue les yeux fermés, m'imaginant seule ainsi dans une salle vide.

Être seul est bien plus simple qu'être entouré, peut-être parce que c'est le meilleur moyen pour se préserver des autres. Les autres sont effrayants, à vous scruter d'un regard condescendant, à vous juger sur votre apparence. Ou, pire encore, à vous planter un couteau dans le dos quand vous leur avez fait confiance. Au final, les étrangers ne nous feront jamais aussi mal que ceux proches de nous.

Se servir de ma douleur, de mes souffrances et les diffuser sans limites dans ma musique. Ma solitude et ma détresse demeurent mes plus belles muses. Je puise sans relâche dans mes tourments pour m'inspirer.

Des pointures du milieu seront présentes, et chacun de ceux qui se produira ce soir essaiera de les impressionner. Un combat de fauves risque d'éclater. C'est la course à la première place.

En un an, il y a eu au moins une trentaine de concerts, et bien sûr à chaque fois un groupe d'étudiants est sélectionné pour y figurer. J'ai déjà participé à quelques-uns depuis que je suis ici, mais c'est toujours aussi intimidant, surtout que cette fois l'enjeu est plus grand.

À force de m'essayer à plusieurs styles musicaux, je n'arrive plus à déterminer ce qu'il me faut vraiment. Une part de moi rêve secrètement de me consacrer à la musique classique. L'Europe est l'endroit le plus propice pour ça. À Memphis, j'avais un poster du splendide opéra de Vienne dans ma chambre. J'ai des rêves plein la tête. Je suis comme un électron libre, j'erre sans trouver ma place, une véritable âme vagabonde.

Je ne me fais aucune illusion pour ce soir. Ma prestation sera simple comparée aux autres. La plupart des artistes ont décidé de faire équipe avec des danseurs pour ajouter du cachet à leur passage sur scène, les chanteurs ont fait appel à des choristes, tout le monde souhaite briller et c'est tout à fait à leur honneur. C'est important de se démarquer.

Jayde va-t-il venir ? Je le lui ai demandé la dernière fois qu'on s'est vus, mais il est resté très évasif, et j'ai quelques doutes sur sa réponse. Pourquoi assisterait-il à ce concert ? Je ne représente rien pour lui. Et je me trouve très stupide de le lui avoir proposé !

Les artistes ont tous invité des membres de leur famille, des proches… et moi je me retrouve avec un rockeur au bord du gouffre.

Il ne viendra pas, c'est évident. Je ressens un pincement au cœur.

Respire.

Pour me rendre au théâtre affilié à l'école, le Boston Performance Center, je décide de marcher, ce qui a tendance à me détendre. Je longe Massachusetts Avenue, qui y mène directement ; ce n'est pas loin de mon conservatoire.

La façade de style néogothique dégage un charme de l'époque victorienne. La devanture est beige, avec trois immenses fenêtres en verre lambrissées sur le haut. J'attends que la foule à l'entrée diminue avant de pénétrer dans les lieux. À la réception, je montre mon badge et on m'indique les coulisses. Vu que je suis parmi les premiers à passer, je dois déjà me présenter là-bas. Avant que je n'y aille, mes yeux balayent l'endroit bondé de monde. Toutes les personnes ici sont bien vêtues, et je me sens presque étrangère avec ma combinaison achetée dans une friperie chic. Je resserre ma veste en cuir contre ma poitrine comme si ce geste allait me protéger du regard des autres.

— Iris !

La voix d'Amber m'extirpe de mes réflexions. Elle est accompagnée d'un couple, probablement ses parents. Sa robe à sequins est aussi brillante que le soleil et évoque les années 1970. Je m'imagine sur le plateau du film *La Fièvre du samedi soir*, avec John Travolta et son déhanché légendaire. Après lui avoir fait un signe, je m'approche d'eux pour les saluer.

— Maman, papa, je vous présente mon amie Iris. Un petit génie de la composition classique contemporaine, déclare-t-elle fièrement en tendant la main vers moi.

Je rougis.

— Ne dis pas n'importe quoi, fais-je en serrant la main de ses parents.

— Tu es venue toute seule ? me demande-t-elle.

Je crois que oui.

— Je…

Elle m'indique du doigt quelqu'un derrière moi.

— Ce n'est pas ton ami de l'autre jour là-bas ?

Je fronce les sourcils, puis finis par me retourner, curieuse. Mon cœur loupe un battement lorsque je remarque Jayde dans son accoutrement de célébrité qui souhaite passer inaperçue. Après la dame en noir, l'homme en noir.

Une chemise, un pantalon et aussi une veste en cuir tout en noir, en plus de son bonnet et de lunettes de vue. La touche la plus sombre dans tout ce florilège est son regard noir qui lui donne cet air de mauvais garçon qui lui va si bien.

Il est là !

Je suis boostée par un élan d'excitation. Je n'arrive pas à croire qu'il soit là.

Je m'excuse auprès de mon amie et de ses parents pour aller

vers lui. Les yeux perdus dans le vague, il attend probablement que les autres entrent.

— Tu es venu…, dis-je timidement une fois près de lui.

Sans gêne, il me reluque de haut en bas. Il arque les sourcils, presque surpris de me voir aussi… différente ? Je ne sais pas. Je resserre les bras contre ma poitrine, embarrassée. Sa présence me déconcerte. Pourtant, j'espérais qu'il se montre pour que je puisse lui ouvrir un peu les portes de mon univers.

Il hausse nonchalamment les épaules.

— Je m'ennuyais.

Je grimace pour lui signifier mon agacement.

Sale menteur !

— Bien sûr, tu t'ennuyais… Toi et trois autres colocs, il y a de quoi s'ennuyer, bredouillé-je.

Il m'adresse un sourire sournois.

— Tu veux que je me casse ?

Il a conscience de l'effet qu'il a sur moi, et il en joue… de la même manière que je le fais avec lui.

— Ta présence est vraiment inattendue, avoué-je calmement en souriant.

Parce que, oui, je suis touchée qu'il soit là. Mais je ne veux pas le lui dire en face, ça lui donnerait bien trop de pouvoir.

Il fuit brusquement mon regard.

— C'est bon, fais pas ta sentimentale, je peux toujours me barrer.

— Ça t'arrive de te montrer courtois de temps en temps ? Parce que, si ce n'est pas le cas, ma main adore foutre des baffes, marmonné-je en fronçant les sourcils.

Visiblement exaspéré, il roule des yeux avant de les étrécir comme un fauve qui guette sa proie.

— Tu fais quoi là ?

— Je cherche s'il y a une meuf pas trop mal qui pourrait rentrer avec moi ce soir. J'ai des besoins, tu sais, me nargue-t-il ouvertement.

— Je n'étais pas au courant que j'étais en face d'un animal, ronchonné-je.

— Tiens, tu ne connais pas le nom de cette meuf là-bas ? fait-il en pointant quelqu'un du doigt.

Incrédule face à son geste, je chope sa main au vol et lui tords le bras, le fusillant avec mon regard. Il ne bouge pas d'un iota, se contentant de me dévisager sans broncher malgré la douleur qu'il doit éprouver.

— T'es malade ou quoi ? On ne pointe pas les gens du doigt, voyons ! le rabroué-je.

Il retient un rire, puis reprend son sérieux avant de me désigner du menton quelque chose derrière moi.

— Pourtant, y a des filles derrière qui n'arrêtent pas de te montrer du doigt, et c'est clairement voulu.

Je me crispe, lance un coup d'œil par-dessus mon épaule et tombe sur la troupe de Cassie Donovan qui se moque ouvertement de moi. C'est toujours simple de s'attaquer à ceux qui sont en infériorité numérique. Je souffle fort, puis me reconcentre sur Jayde.

Je mens effrontément en lâchant sa main.

— C'est ton attention qu'elles veulent attirer, elles ne parlent pas de moi.

Il étrécit les yeux en m'observant avec insistance.

— T'es pas beaucoup appréciée, la vipère, pas vrai ? dit-il en croisant les bras, intéressé. Tiens donc, j'ai envie de taper la discussion avec elles ; on a déjà un point commun, c'est bien parti.

— C'est naturel chez toi de vouloir m'énerver ? ruminé-je, vexée.

Et voilà. C'est exactement la réaction qu'il attendait. Je le devine à ce rictus insolent sur ses lèvres.

Maudit rockeur !

Je pousse un profond soupir alors que les lumières des spots placardés de tous les côtés clignotent, signe que le concert débute dans une poignée de minutes.

— Si je te demande de me garder une place à côté de toi, tu vas protester ? l'interrogé-je en enlevant ma veste pour la lui tendre.

Ses yeux s'arrêtent sur mon corps sans la protection de ma veste. Le voile d'intérêt qui recouvre alors sa rétine me fait frémir. Il la prend sans rien dire.

— Je suis la deuxième à passer.

— Pourquoi pas la première ?

— Ce n'est pas moi qui fais l'ordre, marmonné-je.

— On ne peut rien te demander, lâche-t-il en soufflant fort.

— Les troisièmes années et leurs invités sont sur la rangée du milieu. Choisis une place au fond à l'extrémité.

— Je m'assois où je veux. Ne me dis pas quoi faire, se rebelle-t-il.

— De toute façon, avec ton bonnet et tes lunettes ridicules, tu es facilement reconnaissable, ce n'est pas un souci, le provoqué-je pour me venger avec un sourire narquois.

— Petite peste ! Sans ça, je te vole la vedette et tu ne pourras pas t'en remettre.

— Ne t'en fais pas, j'ai survécu à bien pire, murmuré-je en regardant le reste des personnes entrer.

Respire, Iris. Ne panique pas.

Je tourne le dos à Jayde et fixe bêtement l'amphithéâtre qui se remplit. Une marée d'angoisse m'envahit, j'ai mal au cœur. Je manque d'air. Mon Dieu… c'est ça, la peur ?

Mes yeux se ferment, et je retiens mes larmes en pensant à Chris… Lui aurait eu les mots pour m'apaiser.

— Tu as le trac ?

Pour la première fois, sa voix se veut douce. Lentement, je me tourne vers lui, remplie d'appréhension sur ce qu'il va me dire, et fuis son regard.

— Je ne sais pas… Je ne suis pas du genre à avoir peur pour ça… mais oui, tu as raison, je ne suis pas très appréciée par certaines personnes… Et si tout le monde me jugeait comme elles ?

Je balbutie comme une enfant de cinq ans… Je me sens terriblement honteuse de dévoiler des faiblesses.

— Sur scène, il y a une seule chose qui compte, c'est ton talent.

Émue par ces mots, je redresse la tête et plonge mes yeux dans les siens.

— Si tu n'es pas appréciée, c'est parce que tu attises la jalousie et rien d'autre. Tous les domaines sont des milieux de requins. Sens-toi plutôt flattée. Sers-toi de ces ondes négatives pour booster ton niveau. Les gens sur qui on met le plus d'étiquettes sont les plus intéressants. Le côté mystérieux fait le charme, ça rend bien plus curieux.

D'une manière ou d'une autre, ce qu'il me dit me redonne confiance et m'arrache un sourire reconnaissant.

— Et moi qui te croyais bête, le taquiné-je.

— Eh bien, je vais ravaler mes derniers mots. Tu ne les mérites pas à cause de ton insulte envers mon génie, rétorque-t-il, faussement offusqué.

— C'est quoi tes derniers mots ? Accouche, sinon je vais te coller au cul toute la semaine, le menacé-je en pointant mon index sur son torse.

— Dégage, tu vas être en retard, dit-il en m'encourageant à y aller.

Je croise les bras tout en marchant à reculons pour l'observer. Il se moque de moi, puis fait pareil en se dirigeant vers la salle. Aucun de nous ne lâche le regard de l'autre. Notre relation se fonde sur le jeu du chat et de la souris, c'est à la fois excitant et effrayant. Juste avant qu'il n'entre dans la grande salle, ses lèvres remuent, soufflant silencieusement des mots inaudibles.

Inaudibles mais pas incompréhensibles.

La vipère est sexy.

Je craque une par une les articulations de mes doigts tremblants, mon cœur bat à tout rompre. Mes mains s'imaginent une dernière fois un clavier invisible devant moi, et je joue ma mélodie mentalement.

Tu vas y arriver !

Le premier numéro étant terminé, j'inspire profondément avant de prendre l'escalier qui mène à la scène. Droite comme un piquet, je m'avance vers le grand piano au centre de la plateforme éclairée sans jeter un coup d'œil au public.

J'admire la salle faite de bois des murs au plafond. Trois longues rangées se dressent face à moi, ainsi qu'une balustrade blanche avec des spots qui m'illuminent.

Respire.

Je prends place sur la banquette, et l'ajuste pour être le plus à l'aise possible. J'étends convenablement mes jambes, et ressens une vague d'émotion face à cet instrument que j'aime tant.

Une décharge électrique me traverse au moment où mes doigts frôlent les touches immaculées du clavier. Ce contact insuffle en moi cette inspiration lénifiante.

Les premières notes s'élèvent, et plus le son s'amplifie, plus l'adrénaline se diffuse à travers mes veines. Je revis. Mon cœur cogne dans ma poitrine. Je ferme les yeux, et imagine la partition qui se déroule devant moi au fil de l'avancement de ma musique.

Ce silence de cathédrale dans la salle manifeste l'intérêt du public envers ma production. Il est ma réussite. Ce rêve n'était qu'une simple inscription sur le mur délabré de mon ancienne chambre. Une promesse que je m'étais faite.

Je vis mon rêve. J'ai l'impression d'atteindre un nouveau palier dans ma carrière. Des portes s'ouvrent devant moi et m'offrent des chemins baignés de lumière, bien loin de l'obscurité à laquelle je suis habituée.

Je peux briller pour ce que je fais. Mais un jour vais-je briller pour ce que je suis ?

Hélas, je connais déjà la réponse.

Je me sens enveloppée dans un édredon en plumes, qui me protège des horreurs du monde. Je me leurre dans ma propre musique pour m'éviter la désillusion. Chaque note extermine un cauchemar.

Toute la tendresse dont j'ai manqué dans ma vie est ici, dans ma musique. Je ne serais pas aussi touchée s'il n'y avait pas une bonne raison. Une larme apparaît au coin de mon œil, elle dévale doucement ma joue.

La tendresse d'une caresse, d'un baiser, d'un amour vrai.

La tendresse d'un mot, d'un acte, d'un contact.

Cette ivresse musicale me submerge sans me couper la respiration. Je me sens comme une plume légère épousant l'air du vent.

Cette douce mélodie jouée par mes doigts frétille dans mes oreilles. Je ressens une euphorie grisante au creux de mon ventre.

La fin de mon morceau est proche, et pour la première fois

cette fin ne me rend pas triste. J'oublie tout, je revis, je m'éclate comme jamais.

Ma tête suit le rythme, mon cœur se gonfle continuellement de tendresse jusqu'à l'asphyxie. Ma mélancolie s'envole, je souhaite communiquer aux spectateurs ce nouvel espoir qui m'habite.

Je me sens bien.

Je souris.

J'ai fini.

À peine me suis-je détachée du piano que les applaudissements fusent dans la salle, me faisant presque peur sur le moment. Je sursaute légèrement en tombant nez à nez sur toutes ces personnes qui se sont levées pour moi…

C'est la fin que je voulais.

Je me redresse, et les remercie en m'inclinant timidement. Mes yeux se posent automatiquement sur la rangée réservée aux personnalités et aux professeurs. M. Cooper me gratifie d'un sourire empli de fierté en applaudissant fort. Je lui souris également avant de descendre de la scène, me dirigeant vers le fond pour chercher Jayde. Le retrouver est plus simple que je ne l'aurais cru, il a fait exactement ce que je lui ai demandé.

Avec sa grande taille ainsi que ses lunettes et son bonnet, peu de chances de ne pas le remarquer. Il est dans une rangée du fond, au bout pour que je n'aie pas à la traverser pour m'installer à côté de lui. Son regard s'arrime à mon corps alors que je m'approche de lui en tremblant. Je me demande ce qu'il en a pensé…

A-t-il aimé ?

Comment m'a-t-il trouvée ?

Sexy.

Je suis sexy pour lui.

Mon cœur bat la chamade lorsque je suis enfin devant lui. Mes joues virent au rouge tandis que lui ne détourne pas les yeux. Mes fesses se posent sur le siège en velours bleu à ses côtés. Je déglutis difficilement, m'imaginant déjà les remarques désobligeantes qu'il va me faire pour son propre plaisir.

— Je t'intimide ?

Oui.

— Non.

— Tu mens.

Oui.

— Non.

— Tu serais d'une nullité absolue au jeu du « ni oui ni non », souffle-t-il en s'enfonçant dans son siège.

— Et toi au jeu d'être sympa.

— Mais je n'ai encore rien dit, ricane-t-il.

Pas besoin de ça.

— Je vois à des kilomètres que ta remarque va me déplaire, dis-je en tournant la tête vers lui.

— Tu le vois dans mes yeux, c'est ça ?

— Peut-être bien.

— Tu sais ce que je vois dans les tiens ?

— Quoi ?

— Que tu es très intimidée, dit-il pour me mettre mal à l'aise.

— C'est ce que tu veux penser ?

Putain, je deviens mythomane.

Un faible rictus étire ses lèvres. Il secoue légèrement la tête avant de croiser les bras.

— Tu as été excellente.

Ses yeux obscurs épousent mes prunelles saphir. J'ai l'impression qu'un liquide chaud et agréable se diffuse dans ma poitrine. Avec tout ce qu'il peut se passer autour de nous, rien n'est suffisamment intéressant pour que j'observe ailleurs.

— Et maintenant… tu vois quoi dans mes yeux ?

Ce murmure suave me fait tressaillir, il a dit ces mots d'une manière si sexy… Tandis que son visage se penche légèrement vers moi, son souffle effleure ma peau.

— Quelque chose que je n'ai jamais vu avant, susurré-je près de ses lèvres.

De l'admiration.

Il détourne lentement la tête, rompant cette intense connexion afin de se concentrer sur ce qu'il se passe sur la scène. Je joins mes doigts sur mes cuisses, encore un peu retournée par l'émotion qui s'est emparée de moi lors de mon passage, et sa présence accentue davantage mon trouble.

— C'était original, déclare-t-il sérieusement.

— Tu le penses sincèrement ?

Je ne suis pas friande de compliments en général, parce qu'ils m'embarrassent, mais les siens… ont une saveur différente.

— Non.

Oh… douche froide.

— Si je le dis, c'est que je le pense, espèce d'idiote.

Argh, il m'énerve.

— Tu n'as pas l'option de répondre normalement, maugréé-je en roulant des yeux.

— Pas quand je suis face à une vipère idiote.

— Ta gueule.

Il soupire et croise les bras, concentrant de nouveau son intérêt sur le groupe qui chante.

— Il y a combien de numéros ce soir ?

— Une dizaine.

— Avant que tu ne joues, certaines personnes ont parlé de toi comme « le prodige de Cooper ». C'est qui, lui ?

— Ce n'est pas vrai, et Cooper est mon professeur de composition, avec qui je m'entends très bien.

— J'ignorais que t'étais la lèche-cul des profs, la vipère. Me voilà bien déçu.

— Sois pas jaloux, le nargué-je.

Il se tait et écoute la fin du numéro de ceux qui étaient sur scène. Les prestations se succèdent. Lui et moi finissons toujours pas commenter ce à quoi nous assistons, mais bien sûr Jayde ne fait que des remarques négatives sur les autres. La dernière à se produire est Amber. Je souris comme une idiote, tout excitée de l'entendre.

— C'est ta pote ?

— Oui ! Tu vas voir, elle est géniale… non, extraordinaire.

On dirait que je suis à côté d'une pierre. Mon enthousiasme contraste avec son impassibilité irréductible.

Dans toute sa splendeur, Amber rejoint la scène. Sa robe est divine, et la confiance qu'elle dégage se répand dans toute la salle. Je serre mes mains entre elles et l'admire avec sa voix merveilleuse, une voix qui rappelle les plus grandes divas que l'Amérique ait jamais connues. Plus les octaves augmentent, plus mon pouls s'emballe. Je suis totalement sous le charme et si fière d'elle.

— Putain…

L'injure de Jayde m'extirpe de ma contemplation. Je lui lance un regard interrogateur. Il se colle subitement à moi.

— Qu'est-ce que… qu'est-ce que tu fais ?

Cette soudaine proximité me perturbe.

— Le type à coté empeste la transpiration, murmure-t-il en grimaçant.

J'aspire mes lèvres, me retenant de rire.

— Rigole pas, je suis assez embarrassé comme ça.

— T'as cru qu'en te collant à moi tu allais moins sentir son odeur ? fais-je, amusée.

— Ouais, mais je me suis trompé sur ton compte. Une Iris, c'est censé sentir bon, et là je ne suis pas très satisfait.

— Connard ! Tu empiètes sur mon espace vital. Retourne auprès de ton pouilleux plein de sueur.

Ma tentative de me montrer menaçante échoue. Cette situation inconfortable dans laquelle il est me fait rire silencieusement.

— Tais-toi, la vipère.

Sans savoir ce que je fais, je pose les doigts sur son nez et je le lui pince.

Oui, j'ai cinq ans apparemment.

Il me gratifie d'un regard meurtrier. Seulement, il a beau être farouche et redoutable, cela ne m'impressionne pas. Je lui tire la langue.

— Je vais te tuer.

Je retiens un fou rire en entendant sa voix nasillarde comme celle d'un dessin animé. Sa main est sur ma bouche, et mes doigts lâchent son nez.

— T'es une calamité. Reste discrète, réplique-t-il sévèrement.

Je vois bien que lui aussi a envie de rire face à cette situation, mais un de nous deux doit se montrer raisonnable, c'est son rôle pour ce soir. Cette chaleur qui se dégage de sa paume me rassure comme… une caresse.

— Si tu baves sur ma main, je t'étrangle, la vipère.

Mon pauvre cœur s'emballe. Ses yeux noirs me surveillent, m'analysent avec fascination. Aucun homme n'a jamais eu une telle emprise sur moi.

Cette scène est gorgée de tension indomptée. Il ne détache pas le regard de moi, et je préférerais subir la sécheresse d'un désert que celle de son désintérêt.

Cette proximité m'enflamme et me rappelle notre premier baiser. Un baiser qui a remué tout ce qui n'allait pas en moi, un baiser qui m'a fait autant de mal que de bien, un bien infini.

Prise d'une pulsion inattendue, je caresse la mèche de cheveux ébène qui dépasse de son bonnet. Ses yeux s'écarquillent légèrement. Il semble surpris par la douceur de mon geste. Il retire sa main et fixe mes lèvres désormais à découvert. Je les mordille, retenant le désir enfoui en moi.

Qu'est-ce qui m'arrive ?

Soudain, une *standing ovation* explose. Nous sursautons tous les deux et remarquons que tout le monde se lève pour féliciter… Amber. J'ai raté la moitié de son show ! Tout ça à cause de l'attraction entre Jayde et moi. Je suis la pire des amies…

Le concert se conclut par des remerciements ainsi que des mises en avant de certains interprètes qui ont fait la meilleure prestation. Sans surprise, mon nom ne figure pas dans le top 3, mais ce n'est pas un échec pour moi, bien au contraire.

Nous sortons de l'amphithéâtre et, avant qu'on se confronte à nouveau Jayde et moi, Amber m'intercepte dans le grand hall avec un sourire béat et les yeux un peu larmoyants.

— Iris, tu as été géniale ! J'ai vraiment été émue par ta prestation, c'était épique !

— Merci beaucoup, Amber, dis-je, gênée. J'ai aussi adoré ta chanson, tu as été fantastique…

Heureusement que j'ai assisté à ses répétitions…

Je remarque que Jayde s'est un peu éloigné de nous. Il reste concentré sur son téléphone et patiente jusqu'à ce que je termine ma discussion. Il avait raison, tout est une question d'apparence. Avec son déguisement, il est solitaire au milieu de la foule alors que je suis certaine qu'en réalité tout le monde le connaît.

— Tu es venue à pied ? Tu veux qu'on te dépose, mes parents et moi ? m'interroge Amber.

Mes yeux s'orientent vers Jayde, qui semble avoir entendu la proposition de mon amie. Son regard est… indescriptible, si intense que j'en frémis.

— Je…

— Oh ! j'ai compris, lâche-t-elle en se retenant de rire lorsqu'elle remarque Jayde pas très loin. Faudra que tu finisses par me parler de ce Gatsby.

Mince ! C'est vrai, je l'ai appelé comme ça devant elle et Darren l'autre fois.

— Ouais…

— Sauve-toi, ma vieille ! Mais je veux tous les détails, dit-elle en se frottant les mains, excitée, avant de me laisser.

Un profond soupir s'échappe de mes lèvres avant que je ne m'approche de Jayde, les yeux toujours verrouillés sur l'écran de son téléphone.

— Tu rentres comment ? l'interrogé-je.

— À pied.

— Ça me surprend que tu n'aies pas demandé à ton chauffeur de venir te chercher, ou que tu ne n'aies pas ton bolide.

Nous sortons du théâtre et percevons aussitôt la froideur de la nuit.

— Je préfère marcher, ça me calme. Et toi ? Toujours à bord de ton vieux tas de ferraille ?

— Non… Je suis venue à pied. Tu n'es pas le seul à apprécier la marche la nuit. Et respecte ma voiture, ronchonné-je.

Nous descendons les marches du théâtre avant de nous élancer sur la grande avenue bordée de part et d'autre de restaurants et de boutiques en tout genre.

— Je vais aussi devoir te supporter sur le trajet alors ? rétorque-t-il, l'air ennuyé.

— Je me demande qui doit supporter l'autre.

Je croise les bras comme une barrière pour lutter contre le vent, tandis que lui avance à côté de moi, les mains enfoncées dans les poches. Il doit être au moins 23 heures, et certaines personnes sortent avec leur costume, puisque ce soir c'est également… Halloween. Avec tout ce qui arrive autour de moi, j'en ai presque oublié que c'est la fête des Morts aujourd'hui. Ça me surprend même que Jayde soit là au lieu d'être à une fête avec ses amis.

— Tu as passé une bonne soirée ? l'interrogé-je pour relancer la conversation.

— J'ai connu mieux.

Évidemment.

— C'est Halloween. J'ai pensé que tu participerais à une fête costumée avec d'autres célébrités et tes amis, dis-je doucement en regardant droit devant moi.

— J'aurais dû, mais je n'y suis pas allé.

— C'est surprenant quand on te connaît.

— Y aura sûrement des journalistes qui vont s'infiltrer, et je préfère les éviter dans ma situation.

Il me dit ça calmement, parce que lui et moi savons ce à quoi il fait allusion.

— Vraiment personne n'est au courant ? dis-je d'une petite voix en songeant à ses secrets.

— Personne, sauf si ton deuxième prénom c'est personne, raille-t-il.

Son attaque m'agresse. Je retiens mon souffle avant de prendre une profonde inspiration.

— Être personne est une solution à tout au final, non ? dis-je faiblement.

— Q… quoi ?

Je ne suis personne.

Il a répété cette phrase tellement de fois quand il était *stone* dans mes bras. Et là, il est déstabilisé.

— Personne n'attend quoi que ce soit de toi, rien du tout. Ne pas ressentir d'attaches est une libération pour l'esprit.

— C'est ce que tu crois ?

— C'est ce que j'ai vécu à Memphis. Aucune attache mais seulement une pression qui éclipsait ma vie. J'étouffais là-bas.

— J'étouffe constamment alors, me confie-t-il en haussant les épaules.

Je sais.

— Personne ne pourrait imaginer que Singer Killer dissimule autant de secrets, fais-je en tentant de lui dérober un sourire avec ce surnom qu'il apprécie.

— Mes fans ont de la ressource pour m'avoir trouvé un surnom qui claque autant, dit-il fièrement.

— Ils te représentent bien.

— L'origine de ce nom par contre est tout sauf joyeuse, souffle-t-il.

— Ils t'ont donné ton pseudo après ton arrestation pour meurtre cet été ?

— Ouais… J'étais au mauvais endroit au mauvais moment, et comme c'était un dealer, avec mes antécédents, on voulait m'inculper moi.

— Comment tu as pu t'en sortir ?

— Mon père est avocat, disons qu'il a bien fait son travail.

Je ressens une pointe d'amertume dans sa voix. Il n'est pas à l'aise avec toute cette histoire.

— L'essentiel est que la vérité ait été rétablie pour toi.

— Ma réputation a été encore plus entachée avec tout ça. Si j'étais chanteur en solo, je m'en foutrais, mais ça a des répercussions sur le groupe et mes amis.

— Laisse le passé derrière toi, Singer Killer. Il est peut-être ancré quelque part, mais jamais il ne définira qui tu es vraiment.

Il se tait. Le souffle du vent est l'unique son qui nous relie à présent. Je constate que nous arrivons au niveau de la rue où se trouve mon immeuble alors que lui habite de l'autre côté. M'a-t-il réellement raccompagnée jusqu'à chez moi dans ce froid ?

— Pourquoi tu m'as proposé de venir ?

Sa question me déplaît fortement, car je n'ai pas la réponse…

— Je suppose que je voulais te montrer un peu mon monde…

— Ça fait partie de ta règle donnant-donnant ?

Je hausse les épaules.

— Peut-être.

Nous avançons au même rythme. C'est alors que je remarque que je n'entends plus ses pas résonner. Je m'arrête net avant de l'observer avec curiosité par-dessus mon épaule. Soucieuse, je décide de me retourner pour lui faire face totalement.

— Pourquoi tu fais tout ça ? m'interroge-t-il en serrant les poings.

Il émane de lui une intensité déstabilisante.

— De quoi tu parles ?

Ma voix est presque inaudible. Un profond soupir s'échappe de ses lèvres que je n'ai pas cessé de contempler.

Il réduit la distance qui nous sépare, mais laisse un écart entre nous… comme s'il craignait de ne pas pouvoir résister à la tentation.

— De toi et moi.

Je rougis.

— Tu t'intéresses à moi, tu veux créer cette parfaite alchimie musicale entre nous, tu es là avec moi sans jamais me lancer un pique sur ce que je suis réellement, alors que tu es la seule à qui j'en ai jamais parlé. Je suis dépassé par tout ça…

Il fait un geste de bras qui indique l'espace entre nous. Un espace vide. Un espace qui détient notre connexion invisible.

— Dépassé par quoi, Jayde ? demandé-je calmement.

Il semble complètement désemparé. Il retire son bonnet et ses lunettes, puis passe les mains dans ses cheveux en poussant un profond soupir, comme s'il extériorisait l'angoisse obstruant sa gorge.

— Le fait de te faire confiance… Toi, tu me fais confiance, sinon je ne serais pas là…

Ses yeux me harponnent, m'implorent presque d'abréger ses doutes.

— J'ai été contrainte de te faire confiance, c'est différent. Mais j'apprends à te connaître et je ressens de moins en moins cette difficulté. Pour être honnête, ce n'est plus une contrainte pour moi. Et je sais que c'est réciproque, tu n'as pas besoin de me le dire, je le vois dans ton regard.

Toute son attention est sur mon visage. Il n'est pas habitué à avoir ce genre de discussions, apparemment. Je suis envahie par la peur, mais je refuse qu'il s'en aperçoive. Si l'un de nous doit avoir des craintes, l'autre se doit de soutenir les deux.

— Tu sais ce que je vois dans tes yeux ?

Mon pouls devient frénétique lorsqu'il annihile les derniers mètres qui nous séparaient.

— Toi et moi, on va se faire mal, vraiment mal, on va se casser la gueule, se briser les os et finir avec des hématomes, et le pire dans tout ça…

Ses mots m'électrisent, quelque chose de chaud se distille dans mes veines, je ne suis plus sûre de tenir en place.

—… c'est qu'on va aimer ça.

Je me sens nue devant lui, sans aucun secret ni artifice.

— Je suis terrifiée, murmuré-je.

Aucun de nous n'a la force de détourner le regard. Le temps n'existe plus, figé par cette collision entre nos deux âmes.

— Je suis terrorisé autant que toi, Iris. Tout ça parce qu'une part de moi a accepté de te faire confiance. Je n'ai jamais fait ça auparavant… Tu m'as poussé dans mes retranchements sans que je ne puisse faire quoi que ce soit.

Je reste muette, ne sachant plus quoi dire.

— Tu attises en moi tout ce qu'il ne faut pas… C'est trop douloureux et beaucoup trop bon à la fois pour que je l'arrête.

Il me tue mot après mot. Jayde Black a retourné mon monde.

— Alors qu'est-ce qu'on fait, Jayde ?

— On se casse la gueule, ensemble.

Notre attirance flirte avec le danger d'une flamme indomptable. Il bat des cils une fois, mon cœur fait un saut périlleux ; une seconde fois, et ce sont mes lèvres qui sont dans son collimateur.

Une frousse incommensurable se répand en moi à propos de ce qui pourrait se produire entre nous… et je ne peux pas succomber à tout ça… Ce n'est pas la femme en moi qui doit flancher, mais l'artiste qui doit tenir les rênes.

Je romps ce lien entre nous en reculant de deux pas. Il fronce les sourcils, dévoilant sa… déception ? Je l'ignore… Je fixe le haut de mon immeuble et, chamboulée par des émotions contradictoires, prononce la phrase la plus insensée qui soit :

— Tu veux monter ?

Dis non, rattrape ma connerie.

Un pli d'incompréhension barre son front. Je retiens mon souffle, aspire ma lèvre inférieure et me mets à m'imaginer diverses hypothèses sur les raisons qui me poussent à prolonger cette soirée avec lui. Et j'ai ma réponse : j'aime lui parler.

Ce n'est pas une affaire de sexe… Même si notre attirance physique nous consume beaucoup trop fort, cette connexion émotionnelle est ce que je préfère, car elle a plus de sens à mes yeux.

Jayde semble réfléchir en se frottant le menton. Face à son silence, mes illusions se désagrègent jusqu'à ce que sa voix s'élève enfin.

— Pourquoi pas.

21. *Broken dream*

Jayde

Sans le savoir, en acceptant cette proposition, je pénètre dans le temple du désordre.

C'est quoi ce bordel ?

J'atterris dans mon cauchemar personnifié : une pièce mal rangée. J'ai en horreur le chaos à domicile. C'est pourquoi ma chambre est impeccable et que je beugle comme une vache dès qu'un de mes colocataires ne nettoie pas derrière lui. Cette manie me poursuit depuis toujours, je dois avoir le contrôle sur tout. Absolument tout.

Des affaires traînent par-ci par-là. Par chance, rien ne jonche le parquet, ce qui permet de circuler sans encombre. Je sais de quoi je parle. Le foutu matou de Cody disperse ses jouets partout, et une fois Bryce est tombé à cause de ces conneries.

La vipère habite dans un foutoir. J'abuse peut-être un peu, mais une pile de vêtements colossale se trouve sur le canapé. Putain, j'en ai presque des sueurs froides, quoique… je ne pense pas que c'est dû au désordre qui m'entoure mais plutôt au désordre qu'Iris provoque à l'intérieur de moi.

Elle est la seule à me gratifier de cette attention spéciale que jamais personne n'a eue à mon égard. Iris m'a accordé la possibilité de la découvrir telle qu'elle est. Notre donnant-donnant tient la route, mais pour combien de temps ? La brèche est ouverte. Une chez moi, une chez elle. Nos démons flirtent ensemble pendant nos confessions dans un marasme écrasant. Une vague glacée me refroidit quand je songe qu'une personne connaît mes secrets, mais mes incertitudes s'évaporent dès que ses prunelles azur m'aspirent dans leur bienveillance.

Je me déride à l'instant où j'ose me noyer dans son regard. Ses yeux si expressifs me subjuguent à m'en faire vriller les neurones. Tout chez elle est authentique, unique.

Je ne sais pas ce que tu m'as fait, la vipère, mais on va se faire tellement de mal… et je risque de te détester pour ça.

— Je ne vais pas te dire : excuse-moi, je n'ai pas eu le temps de ranger, parce que clairement ici ce n'est jamais rangé, déclare-t-elle.

Miss Vipère ôte sa veste en cuir, révélant ce dos nu vertigineux qui me coupe le souffle, et la jette sur le sofa comme la dernière pierre de l'édifice de tissu qu'elle a construit.

Je grince des dents, ne sachant où m'asseoir.

— T'es crade.

Un rire étouffé s'extirpe de ses lèvres. Elle prend le tas de fringues et le soulève, délivrant le sofa de l'asphyxie, puis elle sillonne un petit couloir jusqu'à une chambre et ferme à moitié la porte derrière elle.

— Je reviens ! crie-t-elle.

Voilà. Je suis immobile comme une statue, et comme un con, au milieu de son capharnaüm. Les battements de mon cœur sont aussi frénétiques que ceux des ailes d'un colibri. Mes yeux fixent droit devant moi : *sa chambre.*

Mon esprit tordu s'imagine des images qui risquent de me porter préjudice d'ici une poignée de minutes dans la zone sud de mon anatomie.

Ne pense pas à elle. Ne pense pas à elle. Encore moins nue, Jayde.

Trop tard.

Elle s'est insinuée dans ma tête. Je ne l'envisage pas comme l'objet d'un désir inassouvi. À dire vrai, c'est indescriptible ce qu'elle anime en moi. Son passage sur scène me revient en mémoire. Avec ma défaillance auditive, j'ai appris à privilégier les chansons au son puissant et aux paroles déchirantes… mais ce soir c'est tout autre. C'était doux, calme. Une tendresse signifiante m'enveloppant jusqu'à l'âme. Ce don d'amadouer le public était saisissant, si prenant que, quand elle a terminé, tout le monde s'est levé, tout le monde a applaudi… sauf moi.

J'étais encore surpris. J'ai apprécié quelque chose qui est à l'opposé de mon répertoire. Et ça m'énerve. Parce que, si je lui dis ça, ça lui donnera raison. Je déteste avoir tort.

Je vais me casser la gueule.

Mes yeux balayent son appartement, analysant les moindres détails. Une télévision à écran plat de taille moyenne est disposée sur une commode, parsemée de cadres photo. Les murs sont vides. Une porte-fenêtre ouvre sur un petit balcon. Les volets sont fermés à moitié et laissent entrevoir les reflets du clair de lune.

Un synthétiseur est situé à droite du fameux canapé qui était encore victime d'une agression de tissu il y a moins de trois minutes. Juste en face, une table basse est recouverte de papiers et de carnets tous grands ouverts avec des choses écrites dessus.

Mon regard s'oriente vers la partie cuisine, et sans surprise ce n'est pas plus rangé que le reste. La vaisselle n'est pas faite, à la lisière du débordement. Des emballages vides sont sur le petit plan de travail près de la cuisinière. Et pour finir, son frigo est chargé d'un nombre incalculable de magnets, retenant quelques feuilles par-ci par-là.

— Pourquoi t'es planté là ? Je ne t'ai pas kidnappé, dit une voix moqueuse, m'interrompant dans mes réflexions.

La vipère refait surface dans mon champ de vision après avoir troqué ses vêtements de scène – très sexy – pour un jogging noir plus confortable et un sweat signé Nirvana. Elle est encore maquillée, et ses cheveux toujours coiffés en un chignon avec moins de tenue ; des mèches mauves se rebellent autour de son visage de poupée de porcelaine.

Son joli minois me captive à chaque fois. Un océan déchaîné par la passion éclate dans ses prunelles en permanence. Elle vit pour ses rêves et rien d'autre. Son corps frêle cache la rudesse d'un catcheur, et ses airs tendres sont le leurre d'une force indomptable.

Je ne vois pas en elle l'Iris délicate mais plutôt la rose noire aux épines acérées.

— Ça t'arrive de ranger ? demandé-je avec une grimace de semi-dégoût, les bras croisés.

Je dissimule ainsi mon trouble.

— J'ignorais que j'avais en face de moi Monica Geller, me nargue-t-elle en entassant les emballages avant de les jeter à la poubelle.

Je la suis, les mains enfoncées dans mes poches.

— Je ne supporte pas le bordel.

— Je n'ai pas le temps de ranger, admet-elle en lavant deux assiettes.

— Dis plutôt que tu as horreur de ça.

— Non, je t'assure que je n'ai pas le temps. Je me réveille tous les jours très tôt pour travailler sur des chansons, ensuite je pars à mon école, puis je vais au studio pour ensuite terminer ma journée au Dream Club. En vérité je vis dans ma voiture.

— Arrête de qualifier ta merde de voiture.

— Laisse ma Ford tranquille. Tu vois bien que je n'ai pas le temps, je bosse d'arrache-pied. Quand j'en ai l'occasion, je cuisine, ça me détend.

Alors qu'elle lave cette foutue vaisselle, ses mouvements sont mécaniques. Je l'observe et j'ai l'impression qu'un étrange liquide chaud se répand dans ma poitrine.

— Donc, tu cuisines, mais tu ne ranges pas, dis-je.

— Quand mon ventre entre en jeu, le reste n'a plus d'importance, rit-elle en se tournant vers moi avant de secouer les mains dans ma direction pour m'asperger de quelques gouttelettes.

J'arque un sourcil et la scrute intensément.

Quelle gamine !

Elle roule des yeux avant d'essuyer ses paumes sur son jogging au niveau de ses délicieuses hanches.

Attends... j'ai dit quoi ? Je dois couver un truc, une grippe. Peut-être la fièvre ?

— J'ai fait une tarte au citron, tu en veux ?

Une lueur de timidité brille dans son regard. Je n'ai pas le temps de répondre qu'elle ouvre son frigo et en sort son gâteau.

Une tarte au citron meringuée si réussie que je doute qu'elle soit capable d'un tel exploit.

— Toi ? Toi, tu as fait ça ?

Ma mine surprise semble l'amuser, et elle affiche un petit sourire malicieux.

— Non, c'est le pape.

— Très drôle, fais-je, agacé.

— Oui, c'est moi. Je l'ai faite avant le concert, en pensant que j'aurais de quoi me réconforter si je me ratais, ou me féliciter si j'étais fière de ma prestation, m'explique-t-elle en saisissant deux assiettes avec des couverts.

— Et là tu vas manger pour ?

— À toi de me le dire, réplique-t-elle avec un air sournois.

Sale peste !

— Pas la peine de gratter des compliments, marmonné-je en la fusillant du regard.

Je vais me casser la gueule.

Un faible rire franchit la barrière de ses lèvres pulpeuses. Elle déambule jusqu'à son canapé, me faisant un signe de tête pour que je la suive. J'obtempère et m'installe près d'elle. Violemment, elle débarrasse toute la paperasse qui servait de nappe et la balance sur le sol.

— Putain, Iris, grogné-je.

— Oh ! la ferme, monsieur Propre ! Je suis peut-être bordélique, mais ça l'est deux fois plus dans ton crâne. Ne te la ramène pas, marmonne-t-elle en s'asseyant en tailleur.

Prenant le grand couteau en main, elle se penche sur la table et coupe deux parts de tarte qu'elle dépose délicatement dans les assiettes. Elle m'en donne une avec une fourchette.

— Ne t'en fais pas, je n'ai pas mis de poison ! s'exclame-t-elle en rigolant.

— C'est pile ce qu'une sorcière dirait pour ne pas être soupçonnée.

— Je suis une sorcière maintenant ?

— Comme si tu ne le savais pas, soupiré-je. Les sorcières, ça se transforme en vipères.

— Tu as lu ça où ?

— Dans le conte horrifique que je vais écrire pour les gosses.

Mon ironie lui arrache un sourire, et un éclair d'amusement pétille dans ses iris.

Derrière elle s'alignent les cadres photo sur la commode. Le même jeune homme y apparaît en sa compagnie. C'est qui ce mec ? Un ex-amant ? Un ex tout court ? Un ami ? Un membre de sa famille ? Quelqu'un qu'elle a aimé ? J'ai envie de savoir.

— Tu ne goûtes pas ?

Sa voix douce m'extirpe de mes pensées. Elle semble nerveuse que je ne mange pas encore le gâteau qu'elle a fait. Cédant enfin à sa requête, je soupire et fourre un bout dans ma bouche. Un goût acidulé attise mes papilles, la crème au citron est délicieuse et la légèreté de la meringue fond sur ma langue.

C'est trop bon !

Dis-le-lui.

Plutôt crever.

Face à mon silence, elle se tortille, toujours assise en tailleur. Elle prend une bouchée avant de porter de nouveau son attention sur moi.

— Alors, tu aimes ?

Son index est entre ses lèvres où il y a des restes de meringue. Elle les suce sans me lâcher des yeux, attendant impatiemment un retour sur ce que je pense de sa cuisine. Elle n'y voit rien de sensuel, c'est clair et net, mais si elle savait combien elle est sexy en faisant ça !

— Oui.

Je réponds difficilement. Putain, je suis lamentable. Avec l'effet qu'elle a sur moi, je n'arrive même pas à garder le cap. Me leurrer à propos du désir que j'éprouve pour elle n'est plus d'actualité. Iris est mon aphrodisiaque personnifié.

Ses yeux s'étrécissent alors qu'elle guette la moindre de mes réactions. Je reste de marbre, continuant de manger sans la regarder en retour. Ce sentiment d'être à découvert me perturbe beaucoup trop.

J'ignore si je suis prêt à avoir une telle proximité avec quelqu'un.

Encore moins avec une fille que je connais depuis à peine plus d'un mois.

Une fille, putain. Je n'ai jamais été lié à une fille auparavant. Ni de près ni de loin.

Mes a priori étaient précis à leur sujet : des garces manipulatrices. Je me servais d'elles dans un but purement sexuel. Pas d'attaches, encore moins de comptes à rendre.

Mais elle a brisé toutes mes règles.

— J'aime beaucoup cuisiner, me confie-t-elle.

On a toujours qualifié mes yeux comme étant profonds, mais là c'est moi qui plonge sans prendre ma respiration dans l'océan impétueux des siens. Je suis captivé, un peu trop même.

Je vais me casser la gueule.

— Après la musique, c'est la cuisine qui me détend le plus, poursuit-elle en haussant les épaules.

— Tu cuisines de tout ?

— Oui, pratiquement. Je n'aime pas me contenter d'un seul style de plats. Après la musique, y a quelque chose qui te plaît bien ?

— Les films…

Je marque une pause en me penchant pour déposer mon assiette vide avant de m'adosser de nouveau.

— Et le sexe, terminé-je.

— Ce genre de détails, je préfère que tu te les gardes, commente-t-elle, l'air grave.

— Tu m'as posé une question, je te réponds, c'est tout, fais-je en toute innocence avec un sourire narquois.

Exaspérée, elle souffle fort.

— Fumer aussi me permettait vachement de décompresser, mais je tente de réduire ma consommation jusqu'à arrêter définitivement.

— Ça tombe bien, j'allais fumer.

Je tire mon paquet de ma poche, et constate que je n'ai pas mon briquet.

Foutu nabot qui pique mes babioles.

— Tu oserais fumer devant moi, alors que je te dis que j'essaye de stopper tout ça ? lâche-t-elle, faussement offusquée.

— Bah, justement, on va tester tes pulsions, la provoqué-je en la scrutant.

Voyant que je n'ai pas de quoi allumer ma clope, elle soupire avant de sortir de ses poches deux Zippo qu'elle me tend en même temps. Je les saisis et remarque les inscriptions dessus.

VADE RETRO SATANA.

TRY A LITTLE TENDERNESS.

— C'est en référence à un de mes tatouages. Tu te souviens, je m'appelle Santana ?

Bien sûr que je me souviens. Fièrement, la vipère remonte la manche de son pull et me montre son poignet.

— C'est un jeu de mots que j'aime bien, on va dire.

— T'es tarée plutôt. Et le second, *Try a little tenderness*, c'est un de tes tatouages aussi, non ?

Lorsque ses épaules sont dénudées parfois, mes yeux louchent sur ce tatouage sur sa clavicule.

— Oui, c'est une de mes chansons préférées.

— Alors, comme ça, tu es une admiratrice d'Otis Redding, conclus-je en allumant ma clope.

— Oui, totalement !

Parler de ce chanteur la fait doucement sourire.

— Tes tatouages ont une signification particulière, ou tu les as faits juste pour ton look de rockstar bidon ?

Elle n'en manque pas une pour me narguer.

— Je les avais bien avant d'être célèbre, sauf un ou deux, je crois. Et toi ? Avant ou après ton évasion du trou paumé d'où tu viens ?

— Moitié, moitié.

Une question me turlupine subitement l'esprit.

— C'était quoi ta couleur de cheveux avant ?

Elle s'esclaffe d'un coup, puis place les mains sur son crâne comme pour couvrir les racines.

Quelle gamine !

— Pourquoi tu veux savoir ? me demande-t-elle, les yeux plissés.

— Parce que je pose toujours cette question aux personnes

avec les cheveux décolorés. Cody m'a traumatisé avec tous ses produits chimiques.

La vipère réfrène un rire.

— Je ne te dirai pas ma vraie couleur, souffle-t-elle en laissant ses doigts s'emmêler dans son chignon.

Mèche par mèche, elle décoiffe ses cheveux courts et les libère en leur donnant un aspect encore plus rebelle.

— De toute façon, je suis sûr que tu avais les cheveux noirs.

— Pourquoi ça ? rit-elle.

— Une impression, seulement.

Je hausse les épaules.

— Alors reste avec ton impression.

— Donc tu ne vas rien me dire ? Hein ? Et ton donnant-donnant ne tient plus maintenant ?

— N'essaye pas de retourner la situation, réplique-t-elle.

Elle m'arrache soudain la cigarette coincée entre mes lèvres de ses doigts fins, ce qui m'ébranle. Son corps s'est rapproché du mien. Je sens son parfum à la vanille mêlé à l'odeur âpre de la nicotine.

Elle affiche un sourire malicieux en nichant la clope entre ses lèvres à elle. Sans déverrouiller ses opales saphir de mon regard, elle aspire une bouffée avant de souffler sa fumée sur moi. Je suis paralysé par toute cette électricité qui passe de son être au mien. Elle et moi savons très bien qu'entre nous ce n'est pas qu'une question de donnant-donnant. Le mérite revient à celui qui ne cédera pas le premier.

Elle m'attire si fort que c'en est douloureux. Pour l'oublier, je me jette sur d'autres filles, mais c'est toujours son visage qui refait surface. C'est une obsession. Mais je refuse de m'abandonner à la tentation.

Elle écrase la clope dans le cendrier sur la table.

— Quel est ton film préféré ?

— Tu ne risques pas de connaître vu comment tu es inculte.

— Dis toujours, me défie-t-elle.

— *Zodiac.*

— Avec le magnifique Jake Gyllenhaal ?

— Tiens, donc ta mémoire marche pour ce genre de choses.

— Comment ne pas se souvenir de lui ? lâche-t-elle avec un faible rire. Cela dit, je n'ai pas vu le film.

— Ouais, je m'en doutais, ce n'est pas de ton niveau, ce genre de film.

— Je t'emmerde !

— Tu ne vas toujours pas me dire ton film préféré ? l'interrogé-je, me rappelant notre dernière conversation autour de ce sujet.

Elle grimace.

— J'hésite.

— Très bien. De toute façon, quoi que tu dises, ce sera de la daube. Ce n'est pas comme si tu avais un large choix étant donné que tu dis que tu ne regardes pas de films en général.

— Je t'ai déjà dit que j'ai du mal à consacrer deux heures de mon temps à un film, et c'est pareil pour les séries.

— Tu ne regardes pas non plus de séries ?

— Pas vraiment.

— *Game of Thrones* ?

— Je n'ai vu que la première saison étant donné l'effet de mode que ça a pris, mais je n'ai pas trop aimé.

— Ce n'est pas vrai…, déclaré-je, abasourdi. Je ne te pensais pas prude, la vipère. Tu as vu *Breaking Bad* ?

— Je ne suis pas prude, rectifie-t-elle en boudant. Et non, je n'ai jamais vu.

— Putain… alors quoi ? Tu ne regardes réellement jamais de séries ?

— Bah… je n'accroche pas trop aux nouvelles séries.

— Moi non plus, mais ce que je t'ai cité c'est la crème de la crème en matière de séries. Et *Peaky Blinders* ?

— Quelques épisodes. Je suis tombée sur tellement de commentaires où on vendait le charisme de Thomas Shelby, et combien il était extraordinaire, mais là… il m'ennuie et ne me fait ni chaud ni froid.

Je m'esclaffe à gorge déployée. Cette fille débarque d'une autre planète !

— Quoi ? Pourquoi tu ris ? Je te fais rire ?

— Oui, effectivement. Tu viens tout juste de débiter les pires conneries qui soient, poursuis-je, toujours aussi amusé.

Elle croise les bras.

— Je suis bien trop décalée pour le commun des mortels, vous qui aimez tous la même chose sans aucune personnalité.

— Très bien, la vipère. Quelle série à tes yeux est au-dessus du reste ?

— Mmm, j'hésite vraiment à te le dire.

— Accouche, la vipère. Si je n'ai pas le droit de me moquer de ton film préféré, permets-moi au moins de me moquer de la série que tu aimes.

— *Une nounou d'enfer.*

— Pardon ?

— Fran et M. Sheffield, précise-t-elle. C'est rafraîchissant, et surtout ça me fait tellement rire, dit-elle avec une lueur insolite dans les yeux.

— T'es restée bloquée dans les années 1990 ?

— Si on veut.

— J'ai une préférence pour *Friends* question comédie.

— Eh bien, figure-toi que des répliques issues d'*Une nounou d'enfer* sont citées dans *Friends*, répond-elle sérieusement.

— Je n'arrive pas à croire que j'ai une discussion d'un tel degré avec toi.

— J'aimerais qu'on regarde un épisode d'*Une nounou d'enfer*, fait-elle avec une voix d'enfant.

— Même pas dans tes rêves les plus fous, la vipère, refusé-je sèchement.

— S'il te plaît !

— Non.

— Tu sais très bien que tu vas perdre face à moi.

— Tout cet élan de confiance vient de l'oxydant dans tes cheveux ?

— Connard de branleur !

— Justement je ne me suis pas branlé aujourd'hui…

Dès qu'elle rougit et me crie dessus en me tapant le bras, j'éclate de rire. La vipère est très prude visiblement.

— C'est quoi tout ça ? questionné-je en pointant de l'index la montagne de feuilles reposant sur le sol.

— Des chansons en tout genre.

— Elles sont classées ?

— Oui, il y a celles de certains groupes pour qui j'écris et les vôtres.

— Tu mélanges notre travail avec d'autres. Ce n'est pas très sérieux tout ça, je vais te fourguer un avertissement.

— Au cas où tu ne serais pas au courant, on avance à la vitesse d'un escargot, toi et moi. Donc c'est à peine si notre travail représente une feuille dans tout ce bordel, marmonne-t-elle, agacée.

C'est un sujet sensible. J'ai du mal à m'exprimer sur mes chansons en ce moment, parce qu'elle connaît mon secret. Ma méthode de travail est atypique, et la partager avec elle m'empoisonne les neurones.

— Tu bosses pour combien d'autres groupes ? Ou du moins comment tu procèdes ? dis-je pour détourner la conversation.

— Il n'y a pas de nombre fixe, ça dépend de ceux qui se présentent au Dream Club. Il y en a deux avec qui je collabore régulièrement, mais il m'arrive de le faire avec ceux qui ne sont que de passage. Mais je n'en ai pas tout le mérite, ce sont eux qui donnent les idées, je les aide seulement.

— Et tu es payée pour ça ?

— Oui, c'est toujours un plus pour moi. J'ai beau avoir une bourse, elle ne couvre pas tous les frais de mon école. Je suis obligée de travailler, mais heureusement j'y prends plaisir. Et je t'arrête tout de suite, c'est à mon tour de poser les questions, Singer Killer.

Eh merde !

— Ce que tu es aujourd'hui, c'est vraiment tout ce que tu voulais faire étant enfant ?

De sa voix se dégage une douceur insolite, comme une tendresse pour apaiser mes tourments. Elle ne cherche pas à me brusquer, bien au contraire.

— C'était ma raison de vivre.

Elle penche la tête sur le côté avec curiosité.

— C'était si puissant que ça ?

— Je n'avais qu'un seul rêve, rien d'autre ne pouvait me donner envie de continuer de la sorte.

— Ton enfance n'a pas dû être facile…

Si tu savais.

— On me jetait dans la benne à ordures, déclaré-je avec indifférence en me détournant pour ne pas rencontrer l'empathie dans ses yeux.

— Quand ça ? murmure-t-elle tristement.

— Au lycée. J'étais tellement solitaire, et on s'en prenait à moi. Je ne ripostais jamais, je ne parlais pas, je subissais seulement.

— Jayde…

— Ce n'était pas de la peur. La peur, c'est un sentiment qui te submerge, tu t'y soumets à l'avance, parce que tu es déjà enchaîné. Et si tu ne t'y soumets pas, tu la combats, tu la contres, ton instinct de survie contrôle tout. Moi, je ne ressentais ni la peur ni cette force de lutter.

— Tu éprouvais quoi, à ce moment-là ?

— De l'indifférence.

— Ce Jayde me semble loin derrière toi.

Je perçois l'intensité de son regard sur moi. Elle me sonde continuellement, comme pour déterrer encore plus mes secrets.

— Une part de lui existe encore en moi. Je ne peux pas me mettre à nu devant les gens, parce que c'est dans ma nature d'être comme ça, mais j'ai appris à demeurer stoïque face au reste.

— Tu es peut-être habitué à te montrer stoïque face à tout, mais rien ne nous hante plus que les choses qu'on ne dit pas.

Elle me tue avec ses sous-entendus.

— Tout le monde a des inquiétudes, Iris. C'est humain de dissimuler ses fissures.

— Tu dissimules qui tu es vraiment, Jayde.

— Peu importe, je n'ai jamais voulu être ainsi.

— Renier continuellement cette partie de toi risque de te faire mal.

Je me fais déjà mal en étant avec toi.

Je baisse la tête avant de me tourner vers elle, et ose pour la première fois depuis le début de cette conversation me perdre dans ses yeux. Compassion. Admiration. Tristesse. Tout cela brille dans ses iris. Mon cœur palpite. Mon cœur explose. Je n'ai jamais été considéré ainsi. C'est si nouveau pour moi. Est-ce que je mérite une telle attention ?

— Ta seule échappatoire, c'était la musique ?

Encore une fois, elle comble le vide sidéral de mon âme en s'intéressant à moi.

— Ouais. Je ne parlais pas beaucoup. Tout ce que je ne pouvais pas dire, j'essayais de l'écrire, même si c'était bourré de fautes ou encore mal écrit ; c'était mon unique moyen de me changer les idées. Mon père m'a inscrit à des cours de guitare. Il ne trouvait pas ça normal que je n'aie aucun ami à mon âge.

— C'est ton père qui t'a poussé à te lancer ?

La blague !

— Non. Il était contre. À vrai dire, personne ne misait sur moi, ni ma famille ni mes professeurs, et encore moins mes camarades...

Personne ne croyait en moi.

— Je comprends mieux ta fièvre de réussir et ta volonté de te débrouiller sans l'aide de quelqu'un d'autre. C'est difficile de ne pas se sentir soutenu.

— La seule personne qui t'accompagne toute ta vie, c'est toi-même. À quoi bon écouter les autres ?

— Si tu n'étais pas dans ce monde de la célébrité, tu serais différent ?

— Ça n'aurait rien changé pour moi.

— Vraiment ? Pourtant, réaliser ton rêve t'a propulsé au sommet. Parfois, ne pas faire aboutir son désir le plus profond peut changer une personne. Ce goût de frustration qui se déverse en nous est comme un poison.

— Ce ne sont pas les rêves brisés qui nous détruisent, mais ceux que nous n'avons pas eu l'audace de rêver. Je n'ai pas besoin de projecteurs pour confirmer ma passion, encore moins de la célébrité. La musique vaut plus que ça à mes yeux.

Que pense-t-elle de moi ? Va-t-elle poursuivre ce jeu d'attirance dissimulée ? Va-t-elle céder ? Ou serai-je le plus faible de nous deux ?

Un mince sourire étire ses lèvres pulpeuses. Elle passe la main dans ses cheveux avant d'inspirer profondément.

— Ce que tu as dit à l'instant est très poétique, avoue-t-elle.

Elle termine sa phrase en prenant un carnet au sol avant de le poser sur ses genoux. Un stylo est caché entre les pages. Elle le sort et me regarde à nouveau.

— Toi et moi avons un avis similaire sur l'importance des rêves. Même s'ils ne se réalisent pas, ils valent toujours la peine d'exister, déclare-t-elle en me pointant avec son stylo.

— Et tu veux en faire une chanson ?

— Pas toi ? Je trouve qu'on devrait vraiment exploiter ce côté de toi.

— Quel côté ? fais-je, intrigué, en fronçant les sourcils.

— Le côté écorché et poétique de ta personne, Jayde. Tout n'est pas tout noir dans la vie.

En disant cela, j'ai la sensation qu'elle souhaite se convaincre elle-même plus que moi.

— Si tu veux noter tout ça, ce ne sera pas comme d'habitude, maugréé-je.

Je refuse d'écrire quelque chose qui ne soit pas en accord avec tout ce que j'ai produit jusque-là. La puissance de la musique doit vibrer si fort en moi que j'en tremble. Là, je sais que je suis toujours en vie.

— C'est vrai que le tempo pourrait s'adoucir un tantinet, mais, Jayde, ces paroles, ces choses que tu viens de sortir de ton cœur, elles en valent la peine.

Je vais me casser la gueule.

— Je ne sais pas trop, Iris…

— On tente, Jayde. Ce n'est qu'un essai. Tu dictes, et j'écris.

— *Deal.*

Les heures défilent ; la notion du temps n'existe même plus. Avachi sur son canapé, je réfléchis, complètement perdu dans le vague. Iris est assise sur le sol à gribouiller sur son carnet en répétant les mots que je dis.

— J'ai besoin d'un prélude rythmique, dis-je en poussant un profond soupir.

— J'ai une guitare.

Je me redresse, perplexe.

— Tu sais en jouer ?

— Un peu. J'essaie d'apprendre, mais les claviers m'intéressent toujours bien plus, plaisante-t-elle.

— Ramène-la-moi, je vais tenter un truc.

Je change de position tandis qu'elle court dans sa chambre pour me dégoter l'instrument. Je frotte mes mains sur mon jean noir, atténuant leur moiteur pour jouer sans encombre. Elle revient avec et me la tend. Mes doigts glissent entre les cordes et à la moindre flexion je produis un son. Des notes vagabondent dans tous les sens dans ma caboche. Je me creuse la tête pour inventer une mélodie simple et jolie. Ça ne reste que de l'acoustique, mais j'essaye toujours d'imaginer ce relief plus puissant, plus tenace dans les oreilles.

Ses yeux sont braqués sur moi. Ne me laissant pas déconcentrer, je joue la partition qui s'est matérialisée dans mon crâne. Une succession d'accords m'inonde, j'improvise, mais c'est la meilleure façon de créer. Un sacré bordel créatif.

« Mon rêve brisé, tu me tiens en vie

Sans ton ombre, je ne saurais jamais qui je suis

Irréel, mais jamais oublié

Ta présence m'a fait grandir

Mon rêve brisé, tu as sombré dans mes démons sans jamais me détruire

Car sans toi je n'ai plus de guide »

Je chante, comme si ma vie en dépendait, perdu dans ma transe. Mon sang s'échauffe dans mes veines sous l'effet de ces paroles plus douces mais baignées dans ma vérité. Cette chanson n'incite pas à la destruction, elle suggère un rêve brisé. Brisé pour mieux se reconstruire après.

— C'est magnifique, murmure-t-elle dès que j'ai fini.

Je ne peux pas la regarder. Je suis encore plus à découvert à cet instant-là. Mes paupières se ferment. Je prends une profonde inspiration qui me permet de visualiser ce que je viens de chanter.

— Tu as un titre ? demande-t-elle, probablement embarrassée par mon silence.

Mes yeux louchent sur ses lèvres. La tentation est beaucoup trop forte, beaucoup trop impétueuse. Je réfléchis à la vitesse de la lumière. Si je fais ça, les répercussions seront terribles pour moi.

Je vais me casser la gueule.

— *Broken Dream.*

Les mots s'échappent de ma bouche comme une évidence, tandis que mes yeux n'ont qu'un seul objectif. Sa bouche à elle. Sa putain de bouche qui me fait bander comme un fou.

Barre-toi ! Barre-toi !

Mon état émotionnel est instable. C'est toujours ainsi quand je m'expose en chanson, tout est décuplé fois mille, et, lorsque je la vois, mon désir est renforcé. Iris attise beaucoup trop de choses en moi, je ne suis plus maître de rien, je lâche prise.

— Je dois y aller.

Je tiens le coup.

Mes yeux finissent par remonter jusqu'à ses prunelles, et j'ai cette sensation d'y distinguer une lueur de déception. Je n'en sais trop rien. Je bondis de ma place, découvre sur mon téléphone qu'il est 3 heures du matin, et prends mes jambes à mon cou sans la laisser me retenir.

Ce qui se passe entre nous est physique, viscéral, beaucoup trop colossal. Un jeu infernal qui nous effraie mais qui nous plaît.

Oui, je vais me casser la gueule, et peut-être même l'âme avec.

En mille morceaux.

Parce que, même si je la désire, elle me détruit. Comme un rêve brisé. Et parce que, même s'il anéantit, il ne s'oublie jamais.

22. À la dérive

Iris

— Alors comme ça, tu travailles avec le groupe Madness ?

— Oui.

Deux regards incrédules sont braqués sur moi. Mes deux amis semblent tiraillés entre l'incompréhension totale et l'euphorie qui se cache derrière.

— Avec Jayde Black ? s'enquiert Amber.

— Oui…

— Et Cody Norton ? poursuit-elle, les yeux aussi ronds que deux billes.

— Amber…

— Et Bryce Hood et Dustin Monroe ?

— Madness ? Le groupe Madness ? ajoute Darren.

— Amber, Darren, arrêtez ! maugréé-je. Vous répétez ça depuis quinze minutes !

Au lieu de servir les clients, je suis coincée derrière le comptoir à cause d'eux et de la léthargie visiblement prenante dans laquelle ils semblent bloqués.

— Non mais j'ai besoin de réaliser l'ÉNORMITÉ de tes mots, réplique mon amie en se massant les tempes. Putain, Iris ! T'es une sacrée veinarde !

— Il est comment Singer Killer ? enchaîne Darren.

— Le meurtre est vrai ou pas ? intervient-elle à nouveau.

— STOP !

Cette fausse rumeur commence à m'énerver alors que Jayde la supporte sans broncher.

Jayde a fauté plus qu'il n'a brillé mais, grâce à son silence tenace en guise d'arme inébranlable, son talent occupe le devant de la scène à présent. J'ai décadenassé les mots enfouis dans sa gorge ; ses maux s'échappent de ses lèvres et fanent sur mon cœur, éveillant en moi un maelström de sentiments.

Notre intimité émotionnelle est ce que j'ai vécu de plus intense dans ma pauvre existence. Ses secrets le ternissent de jour en jour, et pourtant ils m'inspirent, moi, la personne prête à tout supporter pour lui.

Jayde déclenche tout en moi.

La colère. L'empathie. La passion. La destruction.

Jayde me tue avec ses maux avant de me raviver avec ses mots.

Il a suffi d'un baiser, d'un secret, et me voilà à la merci d'un désir beaucoup trop prenant pour le renier à tout jamais.

La quête aux ragots concernant Jayde se poursuit dans les médias. Les journalistes ne cessent de poser des questions, et seul Braden leur répond. Aucun des gars n'accorde la moindre attention aux paparazzis. Du moins ce n'est pas prévu avant la parution de leur prochain album.

Bipolar se hisse toujours dans le classement des meilleures ventes, un mois après sa sortie. Ce succès monstre fait parler d'eux encore plus qu'avant, éclipsant légèrement les dérives de Jayde.

Ce que je vis avec eux est une véritable aubaine pour moi. Malgré les bâtons dans les roues que me met Jayde, l'équipe se montre excessivement bienveillante à mon égard. Braden est un ange tombé du ciel. Il me prend toujours à part pour m'enseigner le fonctionnement des tables de mixage et du studio d'enregistrement. La chanson *Broken Dream* lui a beaucoup plu. Cela a été un soulagement pour lui d'apprendre que Jayde accepte enfin de se laisser un peu guider par ce que je peux offrir.

À ce jour, nous sommes à deux chansons.

Lost, Broken Dream.

La troisième n'est pas encore entamée. Mais ça ne saurait tarder.

— Iris, tu te rends compte ! Tu fais ami-ami avec le groupe le plus en vogue du moment ! T'es vilaine de ne me l'avoir pas dit plutôt, commente Darren.

— Tu me fais regretter mon geste, marmonné-je en les esquivant pour servir un de nos fidèles clients.

Je déambule entre les tables, suivie par mes deux pots de colle d'amis.

— Iris Santana Lance ! s'exclame Amber.

Quelques têtes bien curieuses se tournent vers nous.

— Je travaille, Amber ! la grondé-je en la fusillant du regard.

Elle me pointe du doigt.

— Cette conversation n'est pas finie, jeune fille !

J'hallucine ! Qu'est-ce qui m'a pris de ne pas tenir ma langue de vipère ?

— Je vais t'étrangler si tu ne baisses pas d'une octave, protesté-je, embarrassée par les regards des clients.

— Tu n'oserais pas ? répond-elle en se retenant de rire.

— Oh que si, et crois-moi, si je fais ça, tu ne pourras plus jamais atteindre les notes les plus élevées. Ta carrière sera foutue.

Elle fait semblant de s'offusquer en déposant la main au niveau de son cœur.

— Je ne savais pas que j'avais Cruella en face de moi.

Je roule des yeux, et les plante là afin de prendre quelques commandes. Les mettre dans la confidence comptait beaucoup pour moi, ils m'ont suffisamment prouvé leur loyauté. Ce sont de bonnes personnes.

En continuant mon service, je discute parfois avec des habitués, qui sont aussi des amis de Lenny. Tour à tour, ils me racontent des anecdotes sur ce qui leur est arrivé durant leurs années les plus folles. La fougue de la jeunesse l'emporte sur tout. Profiter de la vie devient un mantra. À quoi bon penser à demain ? J'aurais tellement aimé pouvoir m'offrir ce luxe avant ou même maintenant.

De ma place derrière le comptoir, je vois Lenny sur scène, invitant Amber à chanter.

Merci, Lenny !

Au moins comme ça, je suis tranquille pour les prochaines minutes, sinon elle risquerait encore de me bombarder de questions.

Les premières paroles de la chanson *Halo* se diffusent dans le Dream Club, capturant l'attention des personnes présentes. Sa voix plus qu'envoûtante parvient à calmer les choses qui tournent en rond dans ma caboche. À l'instar des étoiles paumées dans une galaxie, mes pensées ont pour orbite une seule et même personne.

Jayde Black.

Putain.

J'en ai marre d'être focalisée sur lui.

Les verres défilent sur le comptoir. Je me baisse pour sortir des glaçons du mini-frigo afin de servir un cocktail à Lenny, qui vient de m'en commander un, tandis qu'Amber s'égosille encore sur scène pour un second round. Elle y a pris goût. Une ambiance *rhythm and blues* imprègne l'atmosphère du Dream Club. Elle est tellement talentueuse. Je lui souhaite d'être célèbre. Ainsi elle pourrait inspirer tellement de petites filles qui sont marginalisées par la société.

— Plusieurs clients m'ont déjà demandé qu'elle revienne ! s'exclame fièrement Lenny après avoir bu la première gorgée de son verre.

Je lui souris.

— Ça lui fera plaisir qu'on croie en elle.

— Tu restes cependant celle que tout le monde préfère entendre quand tu te mets au piano, me taquine-t-il avec un clin d'œil.

Je ris doucement.

— Au Dream Club ma place est derrière le comptoir.

— Détrompe-toi. Si depuis le début j'avais su que tu étais aussi douée, je ne t'aurais jamais dit de basculer derrière le bar et, bien sûr, tu as refusé ma proposition quand j'ai changé d'avis à ton sujet.

— T'es gentil, Racaillou, dis-je pour l'embêter afin de cacher ma gêne.

— Tu as de la chance d'être ma fleur préférée, sinon je ne t'aurais pas pardonné cet affront, déclare-t-il en faisant mine d'être offusqué avant de s'en aller.

Je réprime un rire en baissant la tête afin de concentrer mon attention sur le comptoir que j'essuie avec un chiffon. Une ombre fait irruption en face de moi. Je redresse le visage et tombe nez à nez avec… celui dont je n'attends jamais la présence ici.

— Salut, la vipère.

Bonnet vissé sur le crâne, lunettes de vue faisant barrage à ses yeux obscurcis par son mal intérieur, il est toujours et encore vêtu de noir.

— Salut… Que me vaut le déplaisir de ta venue ? répliqué-je pour le provoquer.

— La vodka, lâche-t-il simplement en prenant place en face de moi.

Je lui verse un verre.

— Tout va bien ?

— Ouais. Tu n'en as pas marre avec tes questions ?

Et toujours insolent.

— T'es seul ?

— Non. Cody est chez ses parents, et Dustin accompagne Bryce à l'aéroport pour récupérer un ami new-yorkais à lui.

— Pourquoi tu n'y es pas allé avec eux ?

— J'ai une tête à vouloir rencontrer des gens ?

Je réfrène un éclat de rire, avant de secouer la tête de gauche à droite pour dire non.

— C'est pas ta pote sur scène, là-bas ? demande-t-il, désignant la scène.

— Si, c'est elle.

— Comment elle se la pète, soupire-t-il en buvant une dernière gorgée.

— Je te demande pardon ?

— Je pensais déjà ça d'elle lors de son concert, mais je croyais que c'était dû à l'importance de la soirée, mais là c'en est presque embarrassant.

— T'es chanteur, je te rappelle.

— Je ne chante pas en bougeant les mains et en mimant une crise d'épilepsie.

Il ne changera jamais.

— Elle monte haut dans ses notes, c'est instinctif si elle fait ça.

— Moi aussi, je monte haut, marmonne-t-il.

— T'es là pour plomber l'ambiance ?

— À ton avis ? Sers-moi un autre verre.

Son irritation est visible sur son visage. Quelque chose ou quelqu'un a dû l'énerver, comme la dernière fois qu'il est venu ici.

— Tu as conduit jusqu'ici ? demandé-je.

— Non. T'as peur que je sois arrêté pour conduite en état d'ivresse ?

— Faut bien que l'un de nous soit responsable, soupiré-je en lui versant un deuxième verre.

Tandis qu'il boit, je m'occupe d'autres clients, mais une partie de moi m'oblige à le regarder régulièrement pour vérifier comment il réagit. Il est assis à l'endroit où je l'ai laissé. Ses yeux sont mélancoliques… si tristes.

— Quelque chose ne va pas, Jayde ? l'interrogé-je en revenant à lui.

Mon intérêt pour lui l'ébranle constamment. À la moindre petite attention de ma part, il me scrute avec incompréhension, comme si la sollicitude dont je fais preuve à son égard était impensable pour lui.

— Je n'ai rien. Je voulais juste prendre l'air, c'est tout.

Je tente à nouveau de lui tirer les vers du nez.

— Et ça t'a mené ici ?

Alors qu'il m'observe avec intensité, mes pulsations cardiaques basculent à un niveau critique. Un contact visuel avec lui est toujours aussi… casse-gueule.

Un profond soupir lui échappe.

— J'ai écrit une chanson.

— C'est vrai ? Tu veux me la montrer ?

Il hésite.

— Je ne l'ai pas corrigée…

Sa réserve quant à son écriture me poignarde la poitrine. Je me penche vers lui.

— Ce n'est pas grave, Jayde.

Il fronce les sourcils et se braque en reculant légèrement. J'ignore si c'est dû aux effets de l'alcool.

— Tu ne vas pas déchiffrer mon écriture, marmonne-t-il toujours aussi durement.

— On la déchiffrera ensemble.

Il se crispe encore davantage. J'espère qu'il s'arrêtera à ce troisième verre.

Avant qu'il ne puisse répliquer, Amber débarque en trombe, attirant nos regards vers elle. Visiblement ravie de sa prestation, elle ne remarque pas qui est face à moi.

— Iris, viens faire un duo avec moi, déclare-t-elle, confiante en ma réponse.

Derrière elle, Darren se montre plus observateur. Ses yeux semblent aussi ronds que des boules de bowling. Je comprends qu'il a reconnu Jayde.

Il pose vivement la main sur sa bouche.

— Oh ! mon Dieu !

Son excitation interpelle Amber tandis que Jayde reste totalement indifférent… à moins que ce ne soit du dédain que je déchiffre dans ses prunelles. Il braque son regard sur moi, arquant un sourcil, et c'est moi qui me sens terriblement embarrassée. Je rougis, et il écarquille les yeux, comprenant que j'ai tout avoué à mes amis.

— Je suis très très très fan de vous ! poursuit Darren sans remarquer que moi et Jay continuons à nous fixer.

— Moi aussi ! Vous m'avez fait aimer le rock, enchaîne Amber, les yeux débordants d'admiration.

Je les fusille du regard, mais ils sont trop impressionnés pour s'en rendre compte.

Au même moment, la sonnerie du téléphone de Jayde retentit. Il se redresse sans rien dire, tourne le dos et esquive la situation en sortant à l'extérieur pour répondre.

— Pas très commode, celui-là, rétorque Amber.

Bah, voyons !

— Ça vous apprendra ! Vous avez envahi son espace vital en un millième de seconde, les grondé-je à tour de rôle.

— Dis donc, ton Gatsby vient souvent te voir, on dirait, continue-t-elle en me lançant une œillade pleine de sous-entendus.

— Il est juste là pour boire un verre.

— Oui, bien sûr. Boston est bondé de bars, et c'est dans celui-là qu'il vient, comme par hasard !

— Ça ne veut rien dire ! D'ailleurs, ne faites pas attention à son comportement, s'il se montre rustre. Disons que… c'est presque normal.

— Rustre ? Moi, je dirais rabat-joie.

— Hé, bébé ! On parle de Jayde Black tout de même, intervient Darren, toujours aussi émerveillé par la rencontre qu'il a faite.

— Tu perds ton temps, mon chat. T'es pas son genre, commente Amber, amusée, en lui pinçant la joue.

— Je suis habitué à avoir le cœur brisé, dit-il, feignant le désespoir.

— Bref ! le coupe-t-elle avec une grimace. Iris, viens, on fait un duo toutes les deux !

— Je t'ai déjà dit que je ne chantais pas, soupiré-je.

— Même du Stevie Wonder ? m'implore-t-elle avec son beau regard chocolat.

Vilaine tentatrice.

— Au piano seulement, cédé-je.

Je suis faible. Honte à moi.

— Faudra m'expliquer un jour pourquoi tu ne chantes pas, souligne Darren en mettant son index sur le menton de manière interrogative.

J'esquive sa question et presse le pas vers le piano en lançant un clin d'œil à Lenny, qui est ravi de me voir me produire. Amber monte à nouveau sur scène, incitant les musiciens à s'armer de leurs instruments. Mes fesses se posent confortablement sur le banc du piano au centre parfaitement étudié du bar. Juste après avoir craqué mes doigts, je débute le prélude de la chanson *I Wish*, ma préférée de Stevie. Mon amie entame les paroles de sa voix suave teintée de passion pour la musique. Les autres instruments suivent le rythme, les cuivres et les cordes.

Le son entraînant me fait bouger les jambes et la tête, c'est plus fort que moi. Cette chanson dégage une telle ivresse que même le plus grincheux des hommes serait emporté par le rythme. Enveloppée dans le *groove*, dépouillée de mauvaises ondes, je devine qu'un sourire lumineux s'épanouit sur mon visage.

Ressentant des fourmillements dans les doigts, j'accélère la cadence en même temps que les autres musiciens. Amber monte dans les octaves et captive les oreilles du public. Certaines personnes se lèvent pour bouger leur corps, emmitouflées dans l'allégresse des mots de Stevie. Lenny est le premier à inviter une de nos serveuses à danser. Il me gratifie d'un clin d'œil avant de la faire tourner sur elle-même.

Mes Dr. Martens tapent de plus en plus fort sur le sol, et ma tête remue dans tous les sens sans que je me détourne du clavier, avec lequel je navigue, comme un marin pas prêt à jeter l'ancre et à quitter sa bulle de bonheur. La musique est mon océan. La musique est l'amour. *Mon amour.*

A contrario de tout mon corps qui *groove*, mes lèvres demeurent scellées par une serrure impénétrable. Ma voix ne sera jamais mon plus bel instrument, donc j'ai décidé d'exceller au piano.

J'écrase les doigts sur les dernières touches, et Amber achève sa performance. Tout le monde applaudit alors qu'elle reprend son souffle après être montée si haut. Je me lève et l'applaudis à mon tour en la gratifiant d'un sourire fier. Elle fait de même envers moi et remercie les trois musiciens qui nous ont accompagnées.

Lenny m'envoie un baiser avant de se diriger vers Amber, probablement pour lui proposer de revenir souvent. Mon petit Darren accourt vers moi pour me féliciter avec un câlin empreint d'affection.

— T'as été fabuleuse !

Je souris en lui pinçant le nez.

— Va dire ça à Amber.

— Tu vas arrêter de te dénigrer comme ça ? maugrée-t-il.

Je ris.

— Je ne me dénigre pas, mais c'est sa voix qui a tout fait.

— Je vais aller la voir, mais je tiens à préciser que y en a un dans la salle qui ne t'a pas quittée des yeux.

Sa remarque me laisse confuse. Je plisse le front. Darren me fait une mimique faciale m'indiquant d'observer derrière lui. Jayde, toujours installé à la même place, semble noyé dans l'océan de mes yeux.

— Je comprends mieux maintenant pourquoi t'étais discrète sur ton job de compositrice, murmure mon ami. Tu sors avec lui ?

— Quoi ? Mais non !

— Non ? Ce n'est pas la première fois qu'il vient, et en plus tu as osé me mentir et me dire qu'il s'appelle Gatsby.

— Évite de l'appeler comme ça devant lui, dis-je, troublée.

— Oui, oui, ne t'en fais pas, mais après votre mariage je ne me gênerai pas.

— T'es complètement dingue !

— J'adore te taquiner, s'esclaffe-t-il. En tout cas, j'ai hâte de découvrir toutes les chansons que vous allez écrire.

— On est un peu au ralenti, parce qu'on a mis du temps à trouver un certain terrain d'entente, mais ça commence à se construire.

— Vous étiez en désaccord ?

— Si tu savais…

— Oh ! tu sais, les plus belles histoires débutent comme ça.

— Ça suffit ! Espèce de fouine !

Il rit aux éclats avant de m'embrasser le front et d'aller retrouver Amber, qui discute encore avec Lenny et quelques autres clients. Mes opales dérivent sur Jayde. Son verre toujours à la main, il n'a pas détourné le regard. Je m'approche de lui et bascule derrière le comptoir. Je croise les bras sur le plan de travail, et il fait de même. L'électricité crépite entre nous, et la distance qui nous sépare me semble si… réduite.

— Tu ne chantes jamais ? m'interroge-t-il.

— Non, moi je joue du piano.

— Même une casserole s'égosillerait en écoutant du Stevie, grommelle-t-il, boudeur.

— Pas moi, lâché-je, amusée. Tu as bu combien de verres ?

— C'est mon troisième, souffle-t-il en le levant avant de le finir cul sec.

— Bon… Tu me montres ce que tu as écrit ?

Il hausse les sourcils et inspire avant de croiser les bras.

— Tu n'es pas censée servir ? raille-t-il.

— Je prends ma pause, ce n'est pas grave.

De la poche de sa veste en cuir il sort une feuille pliée en quatre, qu'il dépose délicatement sur la surface en marbre. Ses doigts sont toujours dessus. Je glisse les miens et frôle à peine sa main. Faisant abstraction des battements frénétiques de mon cœur, je ramène vers moi le morceau de papier sans jamais quitter ses yeux. Je le déplie et le lis en silence.

Je l'entends prendre une profonde inspiration. Je ressens sa gêne. Je pense que les premières gouttes d'alcool se distillant dans ses veines le rendent un tantinet malléable. Je constate que tout est compréhensible pour moi, malgré les quelques fautes d'orthographe qui ne me dérangent aucunement. Les mots défilent et me font sourire. C'est… Profond. Prenant. Puissant. Un triple P parfait. Et Jayde Black en est l'auteur.

— T… tu comprends ?

La lueur de doute dans ses prunelles sombres n'est que le reflet de toute la mutilation psychologique qu'il a subie à cause de son handicap. Moqueries et intimidation.

— Oui, je comprends.

Ma voix se veut douce pour panser ses plaies. L'alcool le rend plus accessible. J'ai plus d'audace à transgresser la bulle en titane dans laquelle il s'emprisonne.

Jayde me ranime, en tant qu'artiste, en tant que femme.

— Je ne vois pas ce que tu pourrais y changer, lâche-t-il en posant son menton sur sa paume, me fixant attentivement.

Sa façon de me regarder me trouble toujours autant.

Lui et moi, nous sommes deux corps en ruines. Ruinés par les aléas de la vie.

— Dans ta chanson, tu parles d'illusions. Pourquoi tu ne citerais pas des choses que tu aurais voulu avoir et que tu n'as jamais eues ? proposé-je.

Il roule des yeux.

— Je peux avoir tout ce que je veux.

— Il n'y a pas une chose que tu aurais voulu obtenir étant plus jeune ? Un bien matériel, par exemple. Ça pourrait être ton point d'ancrage dans ta chanson.

— Elle est pourrie ta question.

Argh !

— Tu dis ça parce que tu n'as pas de réponse.

— Oui, mais ça ne change rien au fait qu'elle soit pourrie, dit-il en prenant une autre gorgée de son verre. Toi, y a un truc que tu aurais aimé avoir ?

— Arrête de boire, grommelé-je en décidant fermement de lui arracher le verre des mains, car il est ivre. Eh oui, y a quelque chose que j'aurais aimé avoir.

Il se montre curieux.

— Et c'est quoi ?

Je pose son verre près de moi et, lorsqu'il tente de le reprendre en douce, je lui tape la main fort avec un torchon.

— Aïe ! Sale garce !

— Tes mots me touchent en plein cœur, branleur.

Il me fusille du regard.

— Réponds.

— J'ai toujours rêvé d'avoir un vinyle d'Otis Redding. Mais bon, je n'avais pas les moyens et c'est pratiquement introuvable actuellement tellement c'est rare.

— T'es une sacrée groupie, la vipère, se moque-t-il.

— Du moment que je ne suis pas la tienne, ça me va.

— T'es fan de moi, joue pas les insensibles. Tu me mates dès que j'ai le dos tourné.

— Quoi ? Ne prends pas tes rêves pour une réalité, Ducon !

— Ducon ? T'en as d'autres des comme ça ?

— Revenons à la chanson, veux-tu ? maugréé-je.

— *Smoke and Mirrors.*

— Pardon ?

— La chanson s'intitule *Smoke and Mirrors.*

— Bien choisie. Je pense que tu devrais plus approfondir certains points, cela dit.

— Ce n'est pas en citant des objets à la con qui vont me servir de points d'ancrage dans mes illusions, ronchonne-t-il, l'air las.

— Tu sais, certains objets ont de la valeur aux yeux des gens, plus que tu ne le crois.

— Rien n'a de la valeur pour moi.

— OK ! Faisons l'impasse sur l'objet. On va se contenter d'émotions. Qu'est-ce que tu ressens ?

— L'envie de baiser la blondasse que j'ai vue sortir tout à l'heure, réplique-t-il avec un sourire carnassier.

Je m'impatiente :

— Jayde !

— C'est un sentiment comme un autre, se justifie-t-il innocemment en haussant les épaules.

— Bon sang ! Je n'aurais jamais dû te laisser boire !

— Oh ! tu sais, dans tous les états possibles, j'aurai toujours envie de sexe.

Il ne s'arrête plus !

— Tu me désespères.

— Et toi, qu'est-ce que tu ressens ?

C'est quoi cette manie de me retourner mes questions ? Une preuve de plus qu'il est soûl…

— L'envie de te foutre une baffe.

— Ne te gêne pas, si tu n'as pas peur d'y laisser ta main, me menace-t-il avec un regard meurtrier.

— Ne t'en fais pas, je suis très bien entraînée. Maintenant, appuie-toi sur de réelles émotions.

— La haine.

— Bon… et quelque chose de plus… lumineux, c'est possible ?

— Comme ?

— L'amour par exemple.

— Connais pas ce mot.

— Tu n'as jamais été amoureux ?

— Pourquoi tu fais l'étonnée ? T'as pas compris que j'ai en horreur la gent féminine ? Je te tolère à peine.

— Waouh, merci d'être aussi clément avec moi, fais-je avec sarcasme, les yeux plissés.

— Je n'ai jamais eu d'amie fille. Ni de copine ni quoi que ce soit, avoue-t-il, l'air détaché.

— Que des plans cul, conclus-je.

Il sourit fièrement.

— Tu vois quand tu comprends.

— Donc… jamais, jamais ?

— Jamais, souffle-t-il, exaspéré. Et toi ?

— Quoi et moi ?

— T'as déjà éprouvé ça ?

— Non, jamais, admets-je en haussant les épaules.

— Alors pourquoi tu me casses la tête à être surprise ? grommelle-t-il.

— Parce que…

— Parce que quoi ?

— Tu es très rude dans tes propos, dis-je en le regardant, incrédule.

— Peut-être, râle-t-il.

— Tu ne t'es jamais attaché à une fille dans ta vie ?

— Pourquoi je me prendrais la tête avec ça ?

— Parce que parfois c'est bien d'être en osmose avec quelqu'un sur qui tu peux compter. Et surtout quelqu'un qui t'accepterait comme tu es, lui expliqué-je doucement.

— Je ne vois pas l'intérêt. On naît seul, on crève seul.

Waouh, quel philosophe ! Philosophe de mon cul, oui.

— Et entre ces deux extrémités toute une vie existe, rétorqué-je pour lui faire ravaler ses paroles.

— Une vie peut se limiter à une seconde.

Il pense avoir réponse à tout ?

— Une seconde peut durer une éternité dans le cœur d'une personne qui a su saisir l'instant, affirmé-je.

Mécontent, il me le fait savoir avec un regard noir et un profond soupir.

Dans ta gueule !

— Je ne veux pas m'attacher à qui que ce soit.

— Par peur ?

— Pas que.

— Alors quoi ? Je ne suis pas celle qui croit le plus en l'amour, mais parfois c'est bien de se rattacher à ça afin de se dire que de belles choses peuvent encore exister dans ce monde.

Touché.

Je viens de le percuter. J'ignore comment exactement. Mes paroles ont réussi à insérer une émotion nouvelle au fond de son regard. Je vois presque les rouages de son cerveau surchauffer.

— Comment je pourrais croire en l'amour, si la personne qui est censée m'aimer le plus m'a abandonné quand j'en avais le plus besoin ?

Aussi douloureux que du poison. Aussi violent qu'un coup de poing à la jugulaire. Je vacille presque intérieurement. Je perçois la mélancolie dans ses yeux. Parfois, j'aimerais m'y noyer pour dénicher toutes ses déceptions, ses souffrances, et l'en sevrer à tout jamais. Nul besoin d'être un génie pour comprendre que c'est sa mère qui l'a laissé tomber.

— Je suis désolée, susurré-je, sincèrement triste pour lui.

Voici la genèse de tous ses ressentiments. Une mère qui a renoncé à son boulot, abandonnant son jeune garçon dans un océan de misère.

— Maintenant oublie ton idée d'évoquer tout ça dans cette maudite chanson, me lance-t-il, colérique.

Il a comme un trou béant dans l'âme, d'où les démons s'échappent pour le tourmenter inexorablement.

Pendant un bon long moment, il reste dans son coin, terré dans son mutisme. Je suis assise au fond du bar, armée d'un stylo avec lequel je traduis ses maux en encre. Je gribouille et prends aussi le temps de corriger certaines fautes, en les lui expliquant. J'ignore si ça l'enchantera, mais je fais de mon mieux pour l'aider. On a beau se confier l'un à l'autre, une retenue existe toujours entre nous. Soyons réalistes, si on ne passait pas notre temps à s'embrouiller et à trouver des compromis, on ne serait jamais arrivés à un tel stade. Même si au début on ne pouvait pas du tout se blairer, je crois que les choses ont suffisamment évolué aujourd'hui. Je soigne mon écriture afin qu'elle soit le plus lisible pour lui. Je veux qu'il se sente totalement à l'aise avec moi, qu'il n'y ait aucun rempart pouvant gêner notre avancée dans notre travail.

De l'autre côté, Jayde continue de boire après qu'une serveuse l'a encore servi, évitant toujours mon regard. Argh ! Il est carrément alcoolique !

Le bar commence à se vider. Mes amis sont partis à leur tour, n'osant pas me déranger. Enfin, il ne reste que Lenny et Jayde.

— Ça va, ma fleur ?

Je lève le visage vers un Lenny souriant, qui pose la main sur le haut de mon crâne.

— Oui, je finalise cette chanson, dis-je en indiquant la feuille.

— Je l'ai reconnu avec son bonnet et son air dur, réplique-t-il, amusé, en désignant Jayde d'un signe de tête. Il coopère plus facilement avec toi maintenant, non ?

— Oui… il y a du progrès, mais il se braque dès que j'essaye de lui tirer les vers du nez, soupiré-je, exaspérée.

— Tu l'intimides beaucoup, on dirait.

— Qu'est-ce qui te fait penser ça ?

— Il a beau être de l'autre côté du bar, ses yeux ont du mal à se décrocher de toi.

— Il conspire contre moi, c'est normal.

— Sache une chose, Iris : le cœur d'un homme est plus facile à atteindre qu'on ne le pense.

— Ouais, bah, je me demande s'il en a un, des fois, tellement il est contradictoire, marmonné-je, l'air boudeur.

Il rit avant de me pincer la joue pour me taquiner.

— Il en a un, crois-moi. Personne ne regarde aussi longuement une femme sans au moins un battement de cœur qui rate.

— Ce genre de répliques, dis-les à ta femme, veux-tu ?

— Ma fleur est bien ronchonne ce soir, plaisante-t-il. Je vais faire la comptabilité dans mon bureau, puis je m'en vais.

— Je m'occupe de la fermeture en attendant alors.

— Très bien.

Un Jayde mélancolique erre dans le bar vide, le regard perdu dans le vague avec son quatrième verre de la soirée. J'attrape la chanson que j'ai terminée avant de la déposer sur la table où il est.

— Je l'ai finie, déclaré-je.

Il secoue la tête de droite à gauche, presque indifférent.

— Prends le temps de la lire. J'ai fait des petites modifications seulement, expliqué-je.

— Je la lirai demain, souffle-t-il en retirant son bonnet et ses lunettes.

Ses cernes bleutés attestent d'une fatigue accrue. Il a tellement bu que je me demande s'il pourra rentrer. Il se frotte le visage énergiquement comme si ça allait lui donner suffisamment de force, puis il se redresse dans un bond qui me surprend. Ce mec tient bien l'alcool, on dirait.

— Tu devrais rentrer, Jayde.

— Toi aussi, rit-il en posant les mains sur son crâne.

— Je remets les chaises à leur place et range la vaisselle, puis je m'en irai, dis-je, épuisée de son comportement instable ce soir.

— Alors je reste !

— C'est comme tu veux, dans ce cas.

Je préfère éviter d'entrer en conflit avec un Jayde bourré. À chaque fois que je range une chaise, il la retire avant de s'y asseoir. Je le gronde comme un enfant et l'oblige à réparer sa bêtise mais il n'en fait rien.

— Eh ! Ça suffit !

— Je fais ce que je veux !

— Non ! Tu me fais perdre mon temps. Si tu continues, je vais te ligoter avec ma ceinture !

— Je ne suis pas contre le bondage, même si je n'ai jamais testé.

Il explose de rire en rejetant la tête en arrière.

Je roule des yeux, lasse de ses enfantillages, et poursuis ma tâche avant qu'un bruit de sa part n'attire mon attention. Je me retourne et le découvre debout sur le bar.

— Mais qu'est-ce que tu fabriques ? Descends tout de suite ! m'écrié-je en accourant vers lui.

Un sourire goguenard et sournois ourle ses lèvres tentatrices. Il lève les mains avant de s'avancer le long du bar, puis sort son téléphone en enclenchant une chanson et enchaîne avec des applaudissements.

— *Because I'm happy... Clap along if you feel like happiness is the truth...*

Non, mais je rêve !

Finalement, la vodka ne le fait pas seulement vriller... elle lui donne le sens du rythme. Tout en chantant, il danse de la même manière que Pharrell Williams dans son clip.

— *Because I'm happy... Clap along if you know what happiness is to you.*

— Jayde ! Attention tu vas tomber !

Je m'affole en le voyant presque déraper sur une flaque d'eau sur le comptoir, mais il ne réagit même pas. À l'extrémité, il fait un saut périlleux avant d'atterrir sur ses deux jambes dans une réception parfaite.

Sa petite danse se poursuit, et il s'élance vers le sol. Son unique socle, son crâne sur lequel il tient en équilibre à l'aide de ses mains. Je ne trouve rien à dire, les mots m'échappent face à son talent et je décide de me dérider avant d'aller jouer la chanson au piano. Jayde réprime un éclat de rire et se lance dans les paroles qu'il connaît par cœur.

Il est vraiment doué et enchaîne les figures de *break dance* sans faute ni aucune chute. Je joue du piano, l'accompagnant dans son numéro, sans déverrouiller mes rétines de lui. Il me captive, et son rire me fait frémir.

Sur un dernier salto, il achève sa danse et je fais de même avec le morceau. Son hilarité emplit la pièce. Il passe les mains dans ses cheveux noir corbeau, puis s'avance vers moi, une lueur machiavélique dans les yeux.

— Tu as fredonné, déclare-t-il en me sondant d'un regard brûlant.

— P… pardon ? balbutié-je.

— Tes lèvres ont bougé pendant que tu jouais.

— Je…

Merde.

— Tu as chanté sans t'en rendre compte, poursuit-il, plus que fier de son manège. On ne peut pas résister à cette chanson agaçante que tout le monde connaît.

— Non, rétorqué-je, aussi pourpre qu'une pivoine.

— Tu ne sais pas mentir, la vipère. Pourquoi tu ne chantes pas ?

Il me surplombe de toute sa taille. Je me sens minuscule devant lui.

— Ce serait trop m'exposer…

Un pli barre son front, avant qu'il n'enfonce les mains dans les poches de son jean et incline légèrement le visage de biais sans se décrocher de mon regard.

— En quoi c'est différent avec le piano ?

— Ma voix ne pourra jamais être l'instrument qui m'identifie, ce serait davantage un déploiement de ma personne et j'ai une certaine retenue, admets-je timidement, prise au piège entre son corps massif et le piano derrière moi qui effleure mon dos.

— Tu ne veux jamais exposer cette partie de toi ? souffle-t-il avec tant de douceur que cela m'ébranle.

— Non… C'est au-dessus de mes forces.

— Pourtant, c'est ce que tu attends de moi.

Cette tension entre nous est palpable. Mon estomac se tord, et j'en ai des sueurs froides. Il a fallu que je rencontre cet homme pour connaître l'intimidation par moments.

— Quoi ?

— Tu veux que je m'expose davantage… sur ce que je suis vraiment.

Quelque chose d'insolite se manifeste au fond de ses yeux, quelque chose qui me prend aux tripes.

— Non… Jayde, je n'attends pas ça de toi, chuchoté-je.

Même en étant un peu bourré, il a conscience des choses. Cette idée vole en éclats à la seconde où sa main s'arrime à ma joue. Tout se rompt en moi. Je le fixe, bouleversée par la tendresse de sa caresse. Ravagée par ce qu'il me fait éprouver.

— Alors quoi ? dit-il en penchant la tête vers moi.

— Je veux juste que tu sois toi.

Son pouce glisse avec une sensualité ardente jusqu'au bas de mes lèvres. Je m'évertue à rester calme devant lui, ne souhaitant pas passer pour une prude à ses yeux.

— Je suis moi, déclare-t-il avec de la douleur dans la voix.

Même lui a du mal à le croire…

— Peut-être mais pas entièrement, Jayde.

— Je…

Il ravale ses paroles, puis inspire difficilement avant de baisser si bas la tête que son front s'arrime au mien. Son pouce est toujours sur ma lèvre inférieure, la caressant comme pour s'assurer que je suis bien réelle.

— Je suis fatigué.

— Je sais, murmuré-je.

Sans réfléchir un instant, je dépose un baiser tendre sur la pulpe de son pouce.

— Jayde, sache une chose : avec moi tu pourras toujours être toi-même.

Mes paroles résonnent en lui. Pas besoin qu'il me le dise, je le sens à travers notre alchimie, à travers tout ce qui se produit entre lui et moi.

Lentement, il se détache de moi avant de remettre son bonnet et ses lunettes. Je l'observe attentivement et lui souris gentiment.

— Tu veux que je te dépose ? proposé-je.

— Je préfère marcher, refuse-t-il calmement.

— Très bien. Bonne nuit, Jayde.

Il opine du chef, puis se dirige vers la sortie.

— Une dernière chose, Iris.

Il s'arrête dans son élan, me lançant un vif regard par-dessus son épaule.

— Oui ?

— Toi aussi, tu peux être toi-même. C'est *donnant-donnant.*

23. Singer Killer

Jayde

Tate : Je suis minable, Jayde, pardonne-moi.

Tate : J'ai besoin de toi.

Tate : Je t'aime, frérot. Tu me manques.

Chaque mot est une balle de plomb me transperçant le corps profondément. Chaque mot me détruit.

Je n'ai pas eu de nouvelles de lui depuis notre altercation chez lui, le soir où j'ai décidé de ne plus lui donner d'argent. Il vit aux crochets de mon père, et aux miens aussi. Maintenant, pour ma part, je romps le cordon.

Depuis quelques jours, c'est un harcèlement constant. Les appels manqués inondent mes notifications. Ses messages encombrent ma boîte de réception. Mon silence le tue, et il se venge en ravivant mes maux.

Ces derniers messages datent d'hier soir, mais ceux qui les précédaient étaient tout sauf… aimants et fraternels.

Tate : Je te déteste ! Tu m'abandonnes comme maman !

Tate : Pourquoi elle est partie sans même nous dire au revoir ? C'est ta faute ! Avec tous tes problèmes de santé à gérer, elle n'en pouvait plus !

Tate : T'es pas mieux qu'elle.

Le départ de notre mère est la plus grosse fissure de la famille Black. Elle nous a quittés sans prévenir. Elle s'est comme volatilisée dans la nature. Sans raison ni explications. Et le plus dur pour moi, c'est que j'étais avec elle… la veille de sa disparition.

Tate et mon père voient en moi la cause de son départ, de la décomposition des Black. Ou du moins… la goutte d'eau qui a fait déborder le vase. Nous n'étions pas la famille la plus heureuse ni la plus exemplaire ; chacun faisait sa vie quand je ne la gâchais pas avec mes convocations à cause de mes notes catastrophiques, mes nombreux rendez-vous chez le psychologue ou encore l'orthophoniste. Un enfant mal dans sa peau qui se terrait dans le mutisme le plus solide.

Ma mère est partie au moment où j'étais prêt à m'autoriser à me reposer sur elle car elle me tendait enfin la main. Ma relation avec elle était en dents de scie, entre distance et crainte de la proximité. Elle veillait sur moi de loin, d'un œil attentif, sans jamais percevoir les fêlures que je dissimulais derrière mon mur d'indifférence et d'indolence.

On dit que l'amour d'une mère est indéfectible et si éternel qu'il dure même après la mort. L'amour d'une mère fait partie intégrante de notre âme, et je ne suis pas sûr de le ressentir en moi.

Cecilia Black vivait avec passion, mais j'avais le sentiment d'avoir éteint cette flamme en elle à cause de mes problèmes. Mon attitude n'a fait qu'approfondir ce fossé entre moi et le reste de la famille.

Tout était plus simple avec Tate. Il était plus ouvert, plus joyeux, il réussissait, alors que moi… je suis Jayde Black après tout.

Le nom Black me va si bien. Noir. Obscur. Aussi sombre que ma solitude.

Isolé de tout, évitant le moindre contact avec les autres élèves des écoles où j'ai pu être, j'ai été malmené dans tous les sens. Il a fallu que je rencontre Cody sur le campus de notre université pour que j'apprenne à tisser des liens. J'ai eu la chance qu'il soit sincère et ait beaucoup de délires pour atténuer la morosité de mon existence.

Avant Cody, Tate était mon seul confident. Nous étions très proches, à défaut de ne pas briller de la même manière. Il avait beau m'occulter avec son ombre, ça n'avait aucune importance pour moi. C'était mon grand frère, mon héros. Bien que mes rêves de rockstar lui paraissaient audacieux, il ne s'est jamais moqué de moi et n'a pas réduit mes espérances à de vulgaires sornettes. Il n'y croyait pas, je le voyais bien dans son regard, mais me rabaisser n'a jamais été son objectif. Il m'a appris à conduire, à danser le *break dance*, et, même après la révélation concernant ses troubles bipolaires, il a continué de me soutenir.

Sa maladie a eu l'ascendant sur lui. Par moments, ce n'était plus mon frère qui me faisait face, mais un inconnu au comportement démesuré. Il souffrait, et je souffrais aussi. C'était comme si son état psychologique impactait le mien. Deux ans nous séparent ; pourtant, je suis devenu l'aîné après ça.

Pendant ses crises, j'étais sa victime. Le responsable du départ de notre mère. Un départ qui a été l'électrochoc de Tate. Cela nous a détruits, mais visiblement c'est Tate qui en a le plus souffert. Mon père m'en voulait, et une part de Tate a suivi cet exemple. J'étais mis de côté, le laissé-pour-compte. Toute cette histoire remonte à il y a sept ans… et pourtant je suis encore enchaîné à ce merdier.

Sept années de silence. Ma mère s'est volatilisée. Peut-être même qu'elle est morte.

À cette pensée, j'ai un pincement au cœur.

Maman… cela fait si longtemps que je n'ai pas prononcé ce nom.

Tu m'as abandonné au moment où j'avais le plus besoin de toi.

Confus. Paumé. Désaxé. Je n'ai plus les mots exacts pour traduire mes émotions décousues.

Dans le studio, les gars et moi avons chanté *Centuries* de Fall Out Boy, comme le veut notre coutume de partager ce moment ensemble où on s'éclate sur nos morceaux préférés, chaque jour. À présent, nous travaillons sur la musique de la chanson *Broken Dream.*

Tous les quatre nous accordons nos idées respectives. Les paroles épousent parfaitement le tempo que nous avons en tête. C'est différent de ce que nous faisons en général. Pas de percussions puissantes ni de solo de basse endiablé. Un entre-deux. Entre la douceur d'un baiser et l'explosion d'un brasier. Je ne suis pas habitué à cette mesure mais, vu comme mes amis sont emballés, je suis prêt à tenter.

— Normalement demain on fera notre premier essai ! s'exclame Dustin en tenant dans les mains la partition de musique.

— Je suis vraiment fan des paroles, poursuit Bryce en fredonnant sans cesse les mots qu'Iris et moi avons écrits.

Ensemble.

Ensemble.

Ensemble.

Ce mot résonne comme un inlassable écho dans mon esprit, il m'enferme dans une cage et me prend aux tripes.

Cody sourit fièrement.

— Elle est géniale. Tout ce que tu fais est génial, mon vieux. Ne doute jamais de toi.

Cody, la personnification de la bienveillance entremêlée à un optimisme infaillible. Toujours là à me rassurer, à me soutenir, il fait toujours vibrer ma corde sensible en agissant avec une telle prévenance.

— Merci, dis-je simplement.

Les heures défilent. Je réalise qu'Iris a du retard. Cela ne lui ressemble pas. Devrais-je m'inquiéter ? Nul besoin de l'appeler de toute manière. Bryce vient de le faire, et elle est… injoignable.

Je tente en vain d'écarter toutes ces questions qui éclosent dans mon crâne en ce qui la concerne… Je ne sais plus quoi penser. Notre relation fondée sur le précepte *donnant-donnant* me rend dingue. Le pire dans tout cela, c'est que ça me plaît de savoir qu'il y a cet échange entre nous.

Je ne serai jamais celui qui se dévoile le plus. Je ne serai jamais celui qui se confiera en premier. Ce sera elle, toujours elle, encore elle. Iris a compris. Elle a compris que, si ce n'est pas elle qui se lance, je ne le ferai jamais. Dès qu'elle est là, je suis mis en confiance.

Dans la salle d'enregistrement, nous sommes tous les quatre avec Braden à analyser derechef nos nouveaux morceaux. Notre producteur en est fier et les valide tous sans exception. Les enregistrements débutent bientôt, et j'ai bien envie de balancer sur les plates-formes de musique des *teases*, histoire de faire le *buzz*.

— J'ai envie qu'il y ait une version acoustique de *Bipolar* dans l'album, déclaré-je en coupant la parole à Braden.

— Toi ? Toi, tu veux faire de l'acoustique ? m'interroge-t-il en se frottant le menton.

Les yeux sont braqués sur moi. Ils semblent tous surpris. Cette nouvelle lubie les interpelle. Cela n'a jamais été mon domaine de prédilection. Mes raisons sont pourtant évidentes, mais pour eux cela reste nébuleux, puisqu'ils ne sont pas au courant de ma surdité.

Je veux faire ça… pour Tate. J'en ressens le besoin. Il est en moi, coincé dans mon esprit comme s'il en était le maître.

Il hurle en moi, importunant le silence de mon âme. Sa voix me chahute dans tous les sens, me perturbant en permanence.

Tate accroît le déséquilibre dans lequel je vis.

Chanter avec seulement une guitare me fera plonger dans une sérénité et un calme lénifiant. Je serai armé de mon instrument pour combattre les démons de Tate cachés en moi.

Malgré tous ses travers, il reste mon frère. Je lui ai cédé une partie de mon âme, une partie de moi qu'il rudoie comme bon lui semble, et la plupart du temps j'ai la sensation qu'il m'envahit tout entier pour bien me faire entrer dans le crâne que je suis le fautif de tout ce qu'il nous arrive.

Mais celui qui endure le plus, c'est Tate, et moi je suis l'éponge qui absorbe son malheur dès qu'il me voit.

— Tu veux faire une démo ? propose mon producteur, l'air enjoué, en se frottant les mains.

J'opine du chef, saisissant la guitare nichée dans le coin de la pièce. Avant que je ne pénètre dans l'habitacle pour chanter, la porte s'ouvre à la volée. Iris débarque devant nous, essoufflée.

Le premier détail qui me saute aux yeux, c'est le bandage autour de son poignet. Je fronce les sourcils et m'approche d'elle instinctivement. Seulement, la distance qui nous séparait se retrouve emplie d'obstacles : mes amis.

— Qu'est-ce qui t'est arrivé ? s'exclame Braden en désignant son bandage.

— J'ai eu un accrochage avec un type en voiture. Sous le coup de l'énervement, j'ai frappé le capot de sa bagnole de toutes mes forces et je me suis fait un peu mal, explique-t-elle en grimaçant.

Devant les autres, elle semble si frêle. Pourtant… cette femme est pleine de ressources. Une force de la nature incontestable. Elle se bat pour ses droits, affirme ce qu'elle pense sans songer une seconde aux jugements des autres.

— Tu t'es battue avec lui ? demande Dustin.

— Un peu…, répond-elle, gênée, les joues rougies.

— Tu n'as rien d'autre ? s'inquiète Cody.

— Non non, j'ai juste la main blessée.

Ses prunelles azur me cherchent et, lorsqu'elles me trouvent, un faible sourire étire ses lèvres. Quelque chose de brûlant m'opprime la poitrine. Je me dirige vers la cabine avec ma guitare.

Derrière la vitrine, je lance un regard à mes partenaires. Braden s'assoit face à la table de mixage, entraînant Iris avec lui. Mon producteur semble lui expliquer ce qu'il compte faire avec des gestes. D'un signe de tête, on m'indique de commencer à chanter.

C'est la première fois de ma vie que je chante sans la puissance sonore d'une guitare électrique ou bien la force de frappe des baguettes d'une batterie. Cette forme de simplicité m'ébranle. Alors que je suis installé sur mon tabouret, mes doigts frôlant les cordes de mon instrument, je chante :

« Seul, dans cette boîte de Pandore qui est mon unique fortune.
Avec cette voix guidant mon cœur jusqu'à ce qu'il se brise.
Elle m'appelle. Elle me hurle : «Tu n'es personne.»
Je ne suis personne ?
Plus d'émotions. Plus de sentiments.
L'euphorie m'étreint. La dépression m'éteint.
Un écho me divise. En mille parties.
Bipolaire à l'extrême.
Dans cet état émotionnel.
La démence sera ma fin.
Et ta présence n'y changera rien. »

Ces paroles ont été une évidence. Une réalité. Ce qu'éprouve Tate. Ce qu'il m'inflige sans songer aux dommages collatéraux que je dois endurer. Ma présence ne change rien à ses yeux, et pourtant… je me suis divisé en deux pour lui. J'ai fini de me leurrer sur la nature de l'homme. Un éternel insatisfait. Comme mon frère, comme mon père. Aucun d'eux n'échappe à la règle de ce que je pense être la fourberie de l'être humain, moi y compris. Cependant, il y a toujours des exceptions et on ne peut pas mettre tout le monde dans le même sac.

J'ai beau exprimer les plus profondes fêlures qui me tailladent le cœur, cette sensation insolite qui m'enveloppe lorsque je chante me réchauffe l'âme, et c'est incroyable. Terriblement agréable. La musique est ma meilleure arme mais aussi l'épée de Damoclès au-dessus de ma tête.

Je suis déchaîné comme un tsunami. Des vagues d'émotions déferlent dans mes veines, distillant tous mes sentiments en vrac : l'amertume, la haine, la rancœur. Je suis à la fois vulnérable et imbattable. Mes cordes vocales tremblent sous le poids de mes mots. La lourdeur de leur sens m'écrase et m'élève à la fois. C'est toute cette contradiction émotionnelle que je déterre. Tout ce bordel en moi a besoin de s'exprimer, mais ce n'est jamais assez. Il a beau être délivré, il demeure enseveli en moi, comme prisonnier.

La vie est une succession de moments, la mienne est une démence permanente. Je sombre dans la folie. Je perds l'esprit. Je meurs dans ma tourmente et revis dans l'encre des mots que j'écris.

Je me bats contre moi-même, tout comme mon frère qui s'évertue à se délivrer de ses chaînes. Nous sommes liés dans la même spirale de cauchemar.

La vie se résume-t-elle à affronter ses démons ? À dissimuler ses secrets ? Être totalement soi-même est si dur de nos jours.

La vie n'est pas un chemin à prendre, c'est un sprint où les démons sont à nos trousses. Si tu t'arrêtes, ils te bouffent. Voilà tout.

Mes doigts font vibrer les cordes de la guitare, et chaque note produite est suivie par la distension d'une de mes cordes vocales, libérant mes maux en paroles.

Cette gêne que j'éprouve face aux sons moins forts s'atténue au fur et à mesure. Si je peux apprécier du Mozart ou encore du Beethoven, je peux me confronter à un Jayde entraîné dans une tonalité moindre que d'habitude. Pourquoi m'a-t-on retiré cette oreille musicale, cette partie de mon corps dont j'ai le plus besoin après ma voix ?

Je maudis cette bactérie.

Je maudis ce foutu hôpital où j'ai été enfermé pendant des semaines.

Je maudis les regards pleins de pitié qu'on m'a adressés.

Et je maudis les anesthésiants qu'on m'a donnés pour calmer mes crises.

Je devenais fou dans cette pièce dénuée de vie. Je me demandais sans cesse pourquoi le petit garçon que j'étais subissait cela. Cette méningite a été la goutte de trop pour moi. Avec la dyslexie dont je ne me sortais pas, cette surdité n'a fait qu'empirer les choses. Je n'existais que par ces handicaps. Voilà pourquoi je les renie autant aujourd'hui.

Si je n'avais pas étouffé ces secrets, je ne serais célèbre que par ça. La rockstar sourde et dyslexique atteint des échelons. Comment fait-il pour composer avec ces deux inconvénients ? Je vois d'ici les gros titres. Je préfère encore être reconnu pour ce meurtre que je n'ai pas commis que pour ça.

Près de la fin de ma prestation, quelque chose me captive, deux saphirs imprégnés de tendresse. Une tendresse qui n'est réservée qu'à moi. Ce regard aussi doux que de la soie, je peine à y croire. Iris est un rêve.

Iris peut être tendre comme les pétales d'une rose et aussi piquante que ses épines. Cette femme est un paradoxe à elle seule. Elle me bouleverse et me détruit. Puis elle m'élève avec toute cette attention qu'elle m'offre sans concession.

Iris est une rose noire.

Douce comme la fleur et sombre comme sa couleur.

Mon numéro s'achève. Je suis troublé, désemparé. Mon équilibre ne tient qu'à un fil. J'ai l'impression d'être un funambule, suspendu dans le vide.

Mes amis affichent un sourire fier, m'en arrachant un au passage. Braden me fait un signe OK de la main, m'informant que tout est enregistré tandis qu'Iris… Elle me sourit timidement en mimant quelque chose d'indéchiffrable avec ses lèvres pulpeuses. Les lèvres les plus tentantes que j'aie jamais vues de ma vie.

— Franchement, ce que tu as fait là, ça va vraiment apporter quelque chose à l'album, une nouvelle phase de Jayde Black, commente mon meilleur ami lorsque je quitte la cabine.

J'acquiesce avant de diriger mon regard vers le bandage qui enroule la main d'Iris. Je ne me demande même pas si elle a eu mal. Je crois surtout que celui qui s'est mis en travers de sa route a dû s'en mordre les doigts.

Alors que les autres restent avec Braden, la vipère et moi sortons de la pièce afin de nous retrouver seuls pour poursuivre l'écriture de notre chanson *Smoke and Mirrors*. Je m'assois au piano de notre salle d'écriture tandis qu'elle prend place sur le banc juste à côté de moi.

— Comment ça se fait que tu te lances dans l'acoustique ? me dit-elle, visiblement amusée.

Négligemment, je hausse les épaules, sans me soucier de son regard malicieux. Sa présence suffit à remettre en cause toutes ces choses enfouies en moi. Toutes ces choses que je veux oublier. Iris me remet en cause, moi.

— Je voulais m'exprimer avec plus… de profondeur.

Exprimer ce que je ressens. Exposer les sentiments de mon frère. Tout ce que nous dissimulons, l'exploiter dans les paroles d'une chanson.

— C'était magnifique.

Cette simple phrase suffit à me mettre K-O.

— Tu as de quoi arranger ta voiture ? répliqué-je subitement, tentant d'oublier cette boule de gêne qui obstrue mon cœur.

— Non, malheureusement, dit-elle en poussant un faible soupir. Ce n'est pas grave. Je marcherai le temps d'économiser pour la réparer.

— Tu devrais plutôt économiser pour en acheter une nouvelle. La tienne est un vieux tacot qui va bientôt rendre l'âme.

Elle croise les bras avec un air dur.

— MA voiture va très bien. Je vais tenter de la remettre sur pied.

— S'attacher à des objets, c'est une connerie. Ta Ford est vieille, elle va tomber en morceaux incessamment sous peu.

— Je ne m'en sépare pas, fait-elle catégoriquement.

— T'es une tête à claques, la vipère, soufflé-je.

— Je n'ai pas les moyens de m'acheter une voiture. Tu as vu la taille de mon appartement ? dit-elle sérieusement.

Mes mains s'enfoncent dans les poches de mon jean. Ma posture nonchalante laisse croire que je n'en ai rien à foutre de sa présence. Seulement, je suis trop attentif à ce qu'elle confesse, aussi absorbé que les marins pris au piège par le chant des sirènes.

— C'est vraiment impossible ?

— Oui. Je dois régler une bonne partie de mes frais de scolarité, j'ai le loyer à payer et il faut bien que je mange. Je fais attention au moindre centime, Jayde. Acheter une voiture, même si je suis bien rémunérée, serait irresponsable de ma part. Je songe au long terme. Tu peux me traiter de Picsou, ça m'est égal.

Sa mine déconfite m'ôte toute envie de la charrier. Après tout, c'est son droit de rester près de ses sous.

— Tu te prives de beaucoup de choses ? demandé-je, intrigué.

— Ce n'est pas que je me prive, mais disons que je ne ressens pas ce besoin de dépenser mon fric. J'ai vu de mes propres yeux ce que ça fait de tout perdre à cause de l'avidité et de l'irresponsabilité. L'argent, ça change les gens. Je me suis habituée à vivre simplement. Je veux juste me contenter du nécessaire. Mon seul vrai plaisir, c'est la cuisine.

— Tout le monde désire la richesse, Iris. Ne va pas me faire croire qu'avec des millions de dollars tu te contenterais de vivre simplement. Tu l'as dit toi-même : l'argent change les gens.

— Je ne suis pas inquiète pour cela. Je sais d'où je viens, Jayde, je sais ce que j'ai vécu. Toute cette encre sur ma peau, c'est mon histoire. Mon train de vie s'améliorerait certes, mais je ne pourrais pas me permettre de m'afficher avec plein d'extravagance.

Une lueur insolite brille dans ses yeux, une once de mélancolie, voire de nostalgie.

— Je n'ai jamais connu ce genre de vie à vrai dire, déclaré-je en baissant la tête.

— Une vie où on manque de tout ?

J'opine du chef.

— C'est normal, Rocky, tu es né avec une cuillère en or dans le cul, se moque-t-elle gentiment.

Ne me souris pas. Ne me tends pas la main. Si tu me cèdes de telles offrandes… je me perdrai en toi.

— Rocky ? Vraiment ? fais-je, ennuyé.

— Oui, comme dans le *Rocky Horror Show*, poursuit-elle avec ses railleries.

— Ça ne pouvait pas être Rocky comme Sylvester Stallone ?

— Dans tes rêves, Rocky, me défie-t-elle.

Je roule des yeux.

— Je ne suis pas né avec une cuillère en or dans le cul. Mais un couteau en or blanc dans le cœur.

— Quel poète ! rit-elle.

— Effectivement je ne manquais de rien, mais je n'étais pas du genre à réclamer ou encore à m'exposer devant les autres.

— Vraiment ? J'aurais cru que tu étais pourri gâté.

— Oui, je sais. On le pense souvent.

— Comment c'était alors ?

— Quoi ?

— La vie où on ne manque de rien ? demande-t-elle, la tête penchée sur le côté.

Ce faible mouvement suffit à ce que sa mèche améthyste de devant recouvre la moitié de son joli minois. Un revers de main, et elle dégage son visage. Je suis de nouveau hypnotisé.

— Mon père est avocat, et disons qu'il est réputé dans son monde. Il est lui-même issu d'une famille aisée, donc ça se perpétue.

— Et tu as tout bousillé dans son arbre généalogique parfait, c'est ça ?

Je souris fièrement.

— Oui, j'y ai mis le feu.

— C'est pour ça que ta relation avec lui est… délicate ?

— Ouais… mais je gagne bien ma vie, je ne manque de rien. C'est vrai que j'ai toujours eu certains privilèges, mais je ne voulais pas avoir cette étiquette. Il m'a fait voir les meilleurs médecins quand j'ai eu mes problèmes et m'a inscrit dans les meilleures écoles. C'était un sacré choc pour lui que je réalise mes rêves et renie la voie qu'il voulait que je poursuive, qui était monotone et insipide selon moi.

— C'est ton père, c'est normal qu'il veuille le meilleur pour toi. À ses yeux, la vie d'artiste n'est certainement pas fiable sur le long terme.

— Le meilleur pour moi ? Ça se voit que tu ne le connais pas, ris-je amèrement.

— Il ne t'a pas soutenu ?

Une bile acide me brûle la gorge. Comment on est arrivés à parler de mon géniteur ? Je me maîtrise au son de la voix d'Iris. Elle ne m'accuse de rien, ne m'attaque pas, ne me juge pas. Ses mots sont beaucoup trop doux pour me brusquer, mais mon aversion pointe le bout de son nez.

— Oublie ma question, ajoute-t-elle précipitamment comme si elle réalisait son erreur.

Deux heures plus tard, nous sommes toujours dans cette pièce. Tous deux avachis sur le canapé contre le mur. Iris lit encore et encore les paroles de la chanson *Smoke and Mirrors*. Sa voix est devenue un écho constant dans mon esprit. Avec son bandage, elle s'est forcée à écrire de la main gauche sans une fois me jeter un regard pour que je prenne la relève. Ce geste m'a fait un effet beaucoup trop… déroutant.

— Je suis fatigué, lâché-je en m'étalant davantage sur le canapé, l'effleurant presque.

Ma tête n'est pas loin de son épaule. Si je laissais la gravité s'en mêler, c'est dans ses bras que j'atterrirais. Le pire dans tout ça, c'est que ses bras seront toujours ouverts pour moi. Cette lueur de tendresse pétille inlassablement dans ses magnifiques yeux. Une tendresse taillée sur mesure pour moi.

— Tu veux qu'on arrête ? dit-elle doucement en tournant la tête vers moi.

Si je me penche un peu plus, mon seul but ne sera que sa

bouche. Mon unique aspiration : assouvir mon désir. Ses lèvres. Ses yeux. Elle.

Putain, tout en elle me fait chavirer comme une barque perdue dans la tourmente de la mer. C'est une magicienne. Je n'en peux plus d'être à la merci de toutes ces tentations sans pouvoir y succomber.

— Non, mais j'en ai marre de travailler ici.

— Tu veux qu'on aille chez moi ? Il m'a semblé qu'on a été plus efficaces l'autre soir.

— Ça dépend. Tu as des gâteaux chez toi ?

Elle se retient de rire.

— Oui, j'ai fait des cookies.

— J'accepte ton offre !

— On y va à pied ?

— Non. Ma voiture est garée en bas.

Dans le vestibule de l'entrée, avant qu'on ne franchisse la porte coulissante menant à l'extérieur, je détecte un groupe de paparazzis par-delà la vitrine. Par réflexe, je saisis le bras d'Iris et la tire jusqu'à l'ascenseur.

— Qu'est-ce qu'il y a ? s'exclame-t-elle, paniquée par mon comportement inattendu.

Je ne lui réponds pas. Mon regard continue de guetter la douzaine de journalistes dehors. Je retire ma veste noire, puis l'enfile à Iris, qui semble perdue.

— Mets ça et va chercher Braden. Dis-lui de t'indiquer l'issue de secours. J'irai te prendre de là-bas.

— Mais qu'est-ce qui se passe ? s'inquiète-t-elle en attrapant mes mains, qui étaient sur le point de faire monter la capuche pour recouvrir sa tête.

Ce simple contact suffit à m'apaiser alors que la présence des parasites de l'autre côté m'avait énervé.

— Il y a des paparazzis dehors, répliqué-je en baissant ses mains doucement.

— Pourquoi tu me mets ta veste ? dit-elle, éberluée.

— C'est toi qui m'as dit que tu ne voulais pas que ton visage fasse la une. À ton avis, ils vont dire quoi en te voyant avec un rockeur à la dérive ?

Ses yeux s'arrondissent. Je l'entends déglutir lorsque je lui couvre la tête de la capuche de ma veste. Sans me rendre compte de ce que je fais, je lui effleure les joues avant de lui répéter de prendre l'ascenseur et de faire ce que je lui ai demandé. Elle s'exécute, toujours avec ce soupçon d'égarement luisant dans l'œil.

Je sors et repousse tout homme osant envahir mon espace vital. Je tape dans un appareil-photo, qui s'écrase au sol, cassé en deux. Je riposte dès qu'on m'approche de trop près.

— Jayde Black, comment réagissez-vous face aux rumeurs du meurtre dans lequel vous avez été impliqué depuis l'été dernier ?

— Singer Killer est un surnom que vous acceptez ?

— Est-ce vrai que vous travaillez avec une compositrice pour votre nouvel album ?

— Êtes-vous réellement innocent dans le meurtre de Kirk Howard ?

Les flashs m'aveuglent, brûlent ma rétine. Leurs mots sont comme des balles qui transpercent mes oreilles avant que la douleur ne se répande dans le reste de mon corps. Je les repousse comme je peux, mais ils m'aspirent sans vergogne dans une spirale de scandale. On me tire le bras, et j'éclate mon poing dans le micro que le paparazzi maintient. Mes yeux sont à nouveau la proie de ces flashs infernaux.

— Barrez-vous ! s'écrie soudain la voix de Braden derrière moi.

Un œil ouvert, j'observe deux gardes du corps en compagnie de mon producteur qui éloignent mes détracteurs. Une main sur mon épaule m'extirpe de ma torpeur. Des étoiles mouchètent ma vision. Deux hommes bâtis comme des dieux grecs s'occupent des journalistes en furie, les rembarrant afin qu'ils se décident enfin à déguerpir du quartier.

— Tu aurais dû m'attendre avant de sortir.

Une préoccupation sincère émane de sa voix grave. Je lui fais un signe de tête pour montrer que tout va bien.

— Il faut bien que je me confronte à eux.

— Tu sais très bien que tu ne mérites pas ça. Ils sont encore sur cette histoire de meurtre ?

— Ouais… mais j'ai dû casser une caméra et un micro, ça fera la une à la place du dealer décédé, fais-je avec sarcasme.

— Combien de fois t'ai-je dit de te contrôler ? me réprimande-t-il sans hausser la voix.

— Tu te retenais de faire la même chose, joue pas les moralisateurs.

— Bon, je l'admets. Cela dit, je n'ai pas envie que tu sois perturbé par toutes ces rumeurs. Tu vaux plus que ça. Ne les écoute pas.

— Dit celui qui me gronde à chaque faux pas, ironisé-je avec une grimace.

— Tu sais très bien que, quand je te passe un savon, c'est pour te cadrer. Tu as beau être talentueux, tu demeures insupportable.

— Je ne suis pas un enfant à qui tu peux passer des savons.

— Je ne te considère pas comme un chanteur qui me rapporte une tonne de blé, mais comme mon petit frère, si ce n'est mon fils. Toi et les autres, vous êtes comme ma famille. Si je te recadre, c'est pour ton bien. Tu montres le pire de toi, Jayde, alors que nous savons très bien qu'au fond tu es bien plus que ça.

— Qu'est-ce que tu veux dire par « le pire de moi » ?

— Imbu de ta personne, égocentrique, irrespectueux envers les autres et surtout les femmes. Je ne te demande pas de dévoiler aux médias une image de toi lisse, j'ai bien compris que tu n'en avais rien à foutre de ce qu'ils disent à ton sujet, j'aimerais juste que tu explores ce côté bienveillant chez toi. Je pense que tu te sous-estimes beaucoup trop.

— Tu as fini ?

— Tu vois ? C'est exactement tout ce que je viens de dire, marmonne-t-il. T'as de la chance que j'ai beaucoup d'estime pour toi.

— Oui, je sais. Tu aurais très bien pu rompre notre contrat après ce scandale…

— Je n'aurais jamais fait ça. J'ai signé avec vous, c'est jusqu'à la mort.

La sincérité de ses paroles me fait du bien.

— Néanmoins, tu t'es calmé ces dernières semaines. Cody

m'a dit que tu tentais d'en finir avec la weed, je suis fier de toi. Les addictions détruisent des vies.

Je n'ai pas touché à la marijuana depuis la soirée chaotique dans notre appartement. Mes dérives ont changé. Les fêtes, la weed, l'alcool, même le sexe, ça fait des semaines que je ne m'y suis pas consacré. Un divertissement insolite accapare mon attention. Iris est devenue mon obsession. Tout chez elle éveille en moi un réel sentiment d'apaisement, chose que je ne réussissais pas souvent à atteindre avant. Je ne comprends pas ce qu'il m'arrive dès qu'elle montre toute cette douceur envers moi. Je ne le mérite pas. Pourquoi s'obstine-t-elle ?

Iris est la meilleure de mes addictions. C'est peut-être pour ça que je suis persuadé que je vais me casser la gueule plus que je ne l'aurais fait en étant camé.

— Merci à toi d'avoir préservé Iris de tout ça, reprend Braden, appuyant la main sur mon épaule. Elle t'attend à l'arrière du bâtiment.

— Ouais, j'y vais.

Avant que je ne monte dans ma Porsche, il me retient par le bras, m'obligeant à me tourner vers lui. Perplexe, je fronce les sourcils, appréhendant ce qu'il a à me dire.

— Ça se passe bien, vous deux ?

— Disons qu'on a fait beaucoup de concessions, dis-je simplement.

— J'ai beaucoup parlé avec elle, c'est quelqu'un de bien. Ne va pas tout foutre en l'air.

Je lui adresse un sourire narquois.

— Pourtant, tu sais bien que c'est ma spécialité ?

— Notre équipe l'a adoptée. C'est une travailleuse. Je vais lui apprendre tout du domaine. Comme ça, elle pourra avoir de plus grandes opportunités dans sa carrière.

Je hoche continuellement la tête avant qu'un détail ne me revienne.

— En parlant d'elle… tu comptes la payer quand ? l'interrogé-je en feignant l'indifférence pour cacher mon embarras.

— Je pensais lui donner une prime à Noël, le mois prochain.

— Fais-le avant, répliqué-je sans réfléchir.

Il paraît intrigué.

— Pourquoi ça t'importe ?

Ses yeux marron me sondent. Braden Gill est très doué pour lire en vous. Je me demande ce qu'il voit en moi, mis à part un rockeur au bord du gouffre. Quoique… je me suis pas mal assagi, mais bon.

— Je… Si tu n'as pas l'argent pour le verser avant, prends-le sur ce que tu me dois, dis-je, fuyant sa question.

— Ne t'en fais pas pour le fric, ce n'est pas ça qui manque ici, mais tu as piqué ma curiosité avec cet élan de gentillesse envers ta vipère adorée.

— Oh ! la ferme ! Et ce n'est pas ma vipère adorée.

— Alors juste ta vipère ? raille-t-il avec un sourire en coin.

— Non, fous-moi la paix !

— C'est mignon que tu t'investisses dans votre collaboration. Par contre, je t'interdis formellement de coucher avec elle ! Tu m'entends ? Je te coupe les couilles et j'en fais un porte-clés que Bryce gardera précieusement si ça arrive, me menace-t-il, presque amusé.

— Je ne compte pas toucher ta protégée, grommelé-je avant de démarrer.

C'est elle qui m'a touché.

À l'arrière du bâtiment, je retrouve Iris contre le mur, les mains enfoncées dans les poches de ma veste et la capuche recouvrant sa chevelure lilas. C'est irréfutable, la voir dans mon vêtement me fait clairement de l'effet. Il est grand sur elle, contrairement à ses fringues habituellement moulantes, mais ne la rend pas moins désirable. Le bleu de ses yeux pétille dès qu'elle me remarque. Je m'arrête, et elle monte sur-le-champ. Nul besoin de la regarder, je devine que son esprit vif regorge de questions sur ce qui vient de se produire.

Alors qu'elle est sur le point de retirer ma veste, je la stoppe, ce qui accentue sa mine interrogative, avec ce fin pli qui barre son front. Mes doigts enlacent son poignet. Sous sa peau, je sens son pouls qui bat à tout rompre, presque aussi rapide que le mien.

— Garde-la, on ne sait jamais qui on croisera.

Je démarre puis m'élance sur la route.

— Ils t'ont sauté dessus ? demande-t-elle d'une voix tracassée.

Le fait qu'elle se préoccupe de moi me touche en plein cœur.

— Ouais, comme des charognards, fais-je en poussant un profond soupir.

— Si tu ne veux plus écrire pour ce soir, on peut arrêter.

— Au contraire, c'est là où j'en aurai besoin.

Je la vois opiner du chef avant de s'enfoncer dans le siège en cuir. Ses yeux scrutent attentivement les moindres détails de mon bolide. Ce n'est pas la première fois qu'elle monte dans ma bagnole, pourtant elle a la même réaction : gênée de se retrouver dans un tel luxe.

— Je voulais te remercier, dit-elle subitement.

— De quoi ?

Mon regard reste concentré sur la route, mais difficile pour moi de ne pas tourner la tête pour l'observer.

— De prendre en compte ce que je te dis. Je t'avais parlé du fait que je ne voulais pas m'exposer aux yeux des médias, et tu as respecté ça en m'éloignant des vautours à appareil-photo, ça veut dire que tu m'écoutes. C'est pour ça que je te remercie.

Elle veut ma mort.

— Parce que t'as l'impression que je ne suis pas quelqu'un à l'écoute ?

— Je ne sais pas. Tu as l'air de t'en foutre de tout, déclare-t-elle sans langue de bois.

— J'écoute tout ce qu'on me dit, mais, oui, jouer l'indifférent est mon activité favorite.

— Tu as toujours été comme ça ? Imperméable à tout ?

Pas à tout. Pas à toi.

— Oui. Rien ne peut m'atteindre, mens-je effrontément.

— Je ne parle pas avec beaucoup de personnes, en réalité je n'ai jamais osé m'ouvrir à qui que ce soit de la sorte, et constater que tu m'écoutes, c'est satisfaisant, me charrie-t-elle.

Je sens ses yeux sur moi. Ils me caressent. Ils me font du mal, parce que je ne peux pas les voir ; les miens sont sur cette foutue route qui ne veut pas finir.

— Ouais, bah, c'est donnant-donnant, la vipère.

— Mais moi, je t'écoute quand tu me parles, Rocky.

— M'appelle pas comme ça, marmonné-je entre mes dents.

— Tu préfères branleur ?

Son rire s'élève dans l'habitacle. Je souffle, exaspéré par ces railleries infantiles.

— Va pour Rocky alors, rechigné-je en serrant le volant.

— T'as vraiment cru que j'attendais ton avis ? Je t'appelle comme je veux, l'obsédé.

— Tu prends trop tes aises. Je vais te foutre un coup de pied pour te sortir de ma bagnole.

Elle adopte un air faussement dramatique.

— T'oserais pas, tu tacherais le siège.

— Pas grave, je comptais l'emmener au lavage après toi.

— Connard.

Là, c'est moi qui souris, fier de lui avoir cloué le bec.

— Pour revenir à ce que tu disais, tu ne parles pas à beaucoup de gens, parce que tu sais d'ores et déjà qu'ils ne t'écouteront pas ?

— Oui, c'est difficile de partager ce qu'on ressent.

— Le meilleur moyen de capter l'attention des autres, c'est de flatter leur ego.

— Ce n'est pas faux. Là, tu es sûr qu'ils t'écouteront, rit-elle.

Cela me paraît malheureusement vrai. Mais on n'est pas certain qu'ils vous écoutent sincèrement.

— Tu fais des efforts de rangement, maintenant ? fais-je en m'asseyant sur son canapé, étudiant minutieusement son intérieur.

— Tu m'as grondé la dernière fois, marmonne-t-elle comme une gamine. Mais ne te méprends pas, j'ai tout transporté dans ma chambre question bordel, ajoute-t-elle amusée, avant de s'installer près de moi.

— Tu me répugnes, la vipère. Tu vis dans un taudis, range au moins.

— T'as fini ton monologue, monsieur Propre ? Parce que, si

tu veux, j'ai un rasoir électrique dans ma salle de bains, je te fais la boule à zéro quand tu veux.

— Je resterai sexy, même sans un gramme de masse capillaire.

— Tu rêves !

Elle explose de rire en jetant la tête en arrière avant d'ajouter :

— Tu ressemblerais à un œuf dur que Cody aurait envie de saler.

Je roule des yeux exaspérés, puis elle sort un carnet noir d'un des tiroirs de son meuble télé. Plusieurs feuilles s'en échappent et tombent au sol, ce qui a le don de me faire tiquer.

— Tu veux les ramasser peut-être ? se moque-t-elle. Prosterne-toi pour les prendre, parce que, moi, je ne le ferai pas.

— On t'a déjà dit que t'étais une garce ?

— Oui, souvent. D'ailleurs, tu m'as affublée de ce nom plus que les autres.

— J'ai bien fait, grommelé-je dans ma barbe en m'adossant au canapé, les bras croisés.

— J'ai eu d'autres idées pour la chanson. Les voici, explique-t-elle en me tendant une feuille écrite de haut en bas.

Seulement, mon attention se porte plus sur ce cahier que je n'ai jamais vu avant, car oui, mine de rien, je me suis familiarisé avec ses habitudes. Et celui-ci, elle ne me l'a jamais montré avant.

Je le désigne en le pointant du doigt.

— Ça c'est quoi ?

— Ce sont *mes* chansons.

— Tes chansons ? Personnelles, tu veux dire ? Ou bien pour les autres groupes ?

— Non, personnelles.

Sans réfléchir, je m'en saisis. Une curiosité mal placée me pousse à l'examiner. Iris ne réagit pas, et moi je suis beaucoup trop occupé à découvrir ce qu'elle y cache.

Je parcours les pages. Avec ma difficulté pour aligner les mots, seuls quelques-uns me sautent aux yeux sans que je comprenne véritablement le sens des phrases. Une feuille gribouillée du même nom attire mon attention. Il inonde la feuille blanche, du haut de la page jusqu'au bas.

Chris.

Des Chris partout.

Chris envahit toute une feuille.

Chris a donc envahi sa vie.

Exactement comme un vide m'envahit à cet instant.

Je m'évertue à garder les lèvres scellées pour ne pas poser de questions. Cette page est imbibée de souffrance. Une souffrance beaucoup trop profonde pour qu'elle se confie à moi sur ce sujet. Je tente de ne pas m'éterniser sur cette feuille et la tourne pour découvrir d'autres textes, d'autres mots, d'autres titres. Vu l'ancienneté de ce cahier, elle le trimballe depuis des années.

— Tu les as écrites quand ?

— Ça remonte au lycée. J'écrivais des textes et des chansons mais rien de bien sérieux. Celles que j'ai commencé à écrire depuis que je suis ici sont mieux… travaillées, on va dire.

— C'est laquelle la première que tu as écrite après ton arrivée ? demandé-je en la regardant.

— C'est celle-ci, m'indique-t-elle en tournant encore quelques pages. Elle s'appelle *Stranger in the Night*.

J'arque un sourcil.

— Pourquoi ce titre ?

— Parce que j'avais rencontré un inconnu ce soir-là, dit-elle simplement en haussant les épaules.

— Pas très original, la vipère, vraiment pas original du tout.

— Te moque pas, rit-elle face à ma mine ennuyée. C'était quelqu'un de très inspirant. On a marché dans les rues de Boston toute la nuit.

— Ça remonte à quand ?

— Quelques semaines après mon arrivée ici et mon embauche au Dream Club. C'était un client. On a erré dans les rues et on a discuté longtemps.

— Tu as couché avec lui ?

Faut que je me calme.

Elle rougit.

— Euh non…

Quelle prude cette fille !

J'affiche un air moqueur.

— Tu veux un scoop ? Il voulait juste te mettre dans son lit et visiblement il a échoué.

— Quoi ? Mais non n'importe quoi ! Ça se voyait qu'il ne voulait rien faire, c'était vraiment platonique.

— Il t'a parlé de quoi ?

— De sa vie, de ses regrets, de sa famille. Il avait une façon d'en parler comme si… tout allait s'arrêter demain et que plus rien ne comptait.

— Je trouve ça bizarre qu'un mec fasse ça, mais bon, on ne réfléchit qu'avec notre queue à une certaine heure de la nuit.

— Il n'était pas comme ça avec moi, un véritable gentleman, le défend-elle en me lançant un regard noir.

— Ouais, y a toujours des idées salaces derrière ce masque, dis-je pour lui ouvrir les yeux.

— Je t'assure que non. Il me parlait de ses parents et de son frère avec beaucoup d'insistance.

— Il voulait faire vibrer ta corde sensible. On se victimise devant la fille pour qu'elle accepte de coucher. Ne sois pas naïve, la vipère.

— Je ne suis pas naïve, tu sais. Les mecs comme toi, je les connais, rétorque-t-elle en étrécissant les yeux.

J'arque les sourcils.

— Les mecs comme moi ?

— Oui, ceux qui veulent juste baiser et rien d'autre.

— Déride-toi, la vipère. Une partie de jambes en l'air, ça change une journée.

— Toi, déride-toi, Rocky. Le sexe va finir par te rendre sénile.

— Tu l'as revu ? dis-je pour clore le sujet sur ma vie sexuelle… inexistante depuis quelques semaines.

— Non jamais, c'était la rencontre d'une nuit.

— Ça t'a marquée tant que ça pour en faire une chanson ?

— Oui… C'est la première personne avec qui j'ai eu une vraie conversation depuis que j'avais quitté Memphis comme une voleuse, confie-t-elle en fixant ses mains jointes sur ses cuisses, comme si elle était intimidée.

— Et ton patron, tu n'es pas proche de lui ?

— Si, très, mais je n'ai pas copiné avec lui dès mes premiers jours de travail. Maintenant il se comporte comme un père avec moi.

— Tu as d'autres chansons de ce style ?

— Oui, j'écris beaucoup, mais ces chansons, je les garde vraiment pour moi.

— Pourquoi ne pas les partager ?

Elle m'intrigue.

— Je n'y songe pas pour l'instant. C'est pour moi ça, extérioriser le surplus qui est dans mon crâne, tu vois ?

— Ouais, je comprends.

Je te comprends beaucoup trop, même.

Au bout de quelques heures, je suis allongé sur son canapé tandis qu'elle est au sol près de la table basse en train de gribouiller je ne sais quoi. Notre chanson est terminée. Du moins, quand je serai seul chez moi, je déciderai de son sort. Je frotte mes yeux et me redresse, épiant ses mouvements. Sa main gauche manipule difficilement le stylo, alors que la droite est emmitouflée dans un bandage qui lui ruine son aptitude à écrire plus rapidement.

— Ça facilite la vie d'être ambidextre, dis-je en m'installant par terre à côté d'elle sur le sol.

Cette proximité entre nous me fait frissonner. Je déglutis lorsque je la vois se remettre sur pied afin de pousser son synthétiseur près du canapé pour s'y asseoir.

— J'espère juste pouvoir jouer du piano.

— C'est urgent ?

— Pour moi, oui.

Je l'imite et prends place à ses côtés, tandis qu'elle frôle délicatement son poignet emprisonné dans son bandage.

— Choisis une chanson, me demande-t-elle en superposant ses mains sur les touches du clavier.

— Mmm, joue *Stop Crying Your Heart Out*.

Elle me dévisage. Une lueur d'admiration éclate dans ses iris.

— Pourquoi ce choix ?

Je hausse les épaules.

— Je ne sais pas… C'est ma chanson préférée d'Oasis.

— C'est une de mes préférées, admet-elle avec un sourire radieux.

— Au même titre que *Try a Little Tenderness* ?

— Oui, au même titre.

Elle rit, avant que son regard ne plonge sur les touches du clavier.

Délicatement, sa main blessée effleure l'instrument, et la seconde la rejoint assurément. Ses doigts survolent les notes, comme si cette place leur était destinée. La mélodie envahit la pièce. Mon cœur suit le rythme de cette chanson que j'apprécie tant. Sur un coup de tête, je me mets à chanter, mes cordes vocales épousant le moindre son qu'Iris produit avec son talent.

Mon intervention l'incite à croiser mon regard. Inexorablement, je me noie dans l'océan de tendresse de ses yeux. Heureusement, je connais les paroles par cœur, et elles coulent sans que j'aie besoin de me concentrer. Mon rêve serait que n'importe qui éprouve ce sentiment avec un texte que j'aurais écrit.

Je voue un véritable culte à la courbe de ses lèvres. Cette tentation causera assurément ma perte. Mes ardeurs sont beaucoup trop intenses pour que je puisse les refréner. Cette fille… J'ai beau ne l'avoir jamais goûtée, elle me fait plus d'effet que tout ce que j'ai pu avoir.

Ses lèvres bougent. Elle fredonne. Doucement. Lentement. Et là, elle chante. Iris chante.

Iris chante avec moi.

« *Cause all of the stars*
(Car toutes les étoiles)
Are fading away
(Sont en train de perdre de leur éclat)
Just try not to worry
(Essaye simplement de ne pas t'inquiéter)
You'll see them some day
(Tu les reverras un jour)
Take what you need
(Prends ce dont tu as besoin)
And be on your way
(Et mets-toi en route)

And stop crying your heart out
(Et arrête de pleurer à chaudes larmes)[1] »

Des frissons dévalent mon épine dorsale jusqu'à coloniser le moindre centimètre de mes bras. Une tempête fait rage en moi, un tsunami de sentiments que je ne suis pas sûr de connaître. Ça me rend dingue.

Je vais me casser la gueule. Je vais aimer ça. Je vais me démolir.

Je l'entends pour la première fois, et je me demande si je suis le premier avec qui elle partage ça. Nos voix se fondent l'une dans l'autre. La sienne est un peu rauque et aussi douce que du velours. Notre connexion me paraît indestructible. La fin du monde pourrait éclater dehors, rien ne pourrait nous séparer. J'ignore comment mais, quand elle m'observe, j'ai cette impression qu'un morceau de moi s'est détaché pour s'ancrer en elle. Je suis en elle, elle est en moi, pas besoin de sexe pour ça.

Je suis intensément la courbe de ses lèvres alors qu'elle chante. Une lueur de timidité entremêlée d'inquiétude se reflète dans son regard azur. C'est devenu trop dur pour moi de camoufler l'effet qu'elle me fait. Elle est sexy à en tomber par terre, mais elle a en plus ce quelque chose que je n'ai jamais vu chez qui que ce soit. Elle est audacieuse, douce, impressionnante, un cocktail aphrodisiaque pour n'importe quel homme. Je décide de me taire pour l'entendre davantage, la laissant achever seule la chanson sur les deux dernières phrases du refrain.

Au milieu du silence, une tension tangible crépite entre nous. De l'électricité court-circuite mes veines. Bientôt ce seront mes neurones qui vont cramer.

— C'était plus fort que moi, déclare-t-elle soudain, fuyant mon regard en fixant droit devant elle.

Ses joues rosissent. La voir dans cet état, vulnérable, me surprendra toujours.

— Pourquoi l'avoir fait maintenant ?

— Parce que… avec toi ça me semble plus facile, avoue-t-elle en plongeant ses prunelles dans les miennes.

1. Chanson écrite par Noel Gallagher. (NdA)

Court-circuit.

Je cligne des yeux comme si j'étais sous l'effet d'une hallucination auditive.

— Avec moi c'est plus facile ?

C'est bien la première fois qu'on me dit ça. J'ai toujours été associé à la complexité.

— Tu sais tellement de choses sur moi… J'ai dû développer une certaine aise avec toi, explique-t-elle en haussant les épaules, montrant qu'elle ne sait pas quoi ajouter.

Moi aussi.

— Tu as peur de chanter en public ?

— Je ne sais pas. Je ne suis pas fan de ma voix, elle est rauque. Je trouve que je joue mieux que je ne chante.

— Tu ne devrais pas penser comme ça. Une fille avec une voix rauque, ça passe tout aussi bien.

— Ouais, mais là avec ma voix on va se demander combien de cigares j'ai fumés dans ma vie, lâche-t-elle en prenant un air faussement offusqué.

Je lève les yeux au ciel.

— T'abuses, la vipère.

— Chanter c'est comme si on s'exposait encore plus. Ça me semble compliqué de le faire. Avec le piano, je me sens protégée par l'instrument. C'est sans doute psychologique, après tout.

— Oui, je pense aussi. Tu n'as jamais chanté devant quelqu'un ?

— Si, une personne.

À voir la nostalgie qui scintille dans ses yeux azur, j'en déduis qu'elle songe à ce Chris…

— J… je devrais partir, dis-je, subitement embarrassé par cette gêne au creux de ma poitrine.

Je me redresse et, avant que je ne me dirige vers la porte, elle m'arrête en attrapant ma main.

— Attends, je te donne quelque chose !

Depuis sa cuisine, je la vois sortir une boîte. Ensuite, elle saisit ma veste sur le dos d'une chaise, que j'ai failli oublier, et elle me tend le tout avec cet air candide scotché sur son joli minois.

— Ce sont mes cookies, il m'a semblé que tu en voulais.

— Tu me les donnes tous ? dis-je, intrigué, en les prenant.

Elle rit.

— Oui.

— Tu n'en gardes pas pour toi ?

— Non, ceux-là sont empoisonnés, me taquine-t-elle en roulant des yeux. Contente-toi d'accepter ce qu'on te donne.

— Euh… merci.

Je sors de chez elle, avec la conviction que cette fille finira par avoir ma peau. C'est définitif.

24. Thanksgiving orphelin

Iris

C'est devenu une habitude de poursuivre nos séances d'écriture chez moi. Voir Jayde dans mon salon, perdu dans ses pensées, me bouleverse à chaque fois. C'est simple, il lui suffit de fredonner pour me faire chavirer. Je n'ai jamais éprouvé ça auparavant, c'est beaucoup trop… prenant, déroutant et effrayant. J'ai appris à l'accepter comme il est, à aller vers lui pour qu'il s'ouvre davantage à moi, même s'il est la plupart du temps dans sa bulle. Je suis attirée par lui comme un papillon par une flamme.

En ce moment, je suis installée en tailleur sur le sol de notre salle d'écriture et je relis silencieusement nos chansons, entourée des garçons. Depuis plusieurs heures maintenant, le groupe et moi revoyons tout ce qu'on a pu faire ces deux derniers mois,

— C'est quoi vos projets pour demain ? demande Bryce, les yeux rivés sur son téléphone.

Visiblement, lui pense plus à Thanksgiving qu'à l'album.

Dustin se lève pour s'étirer, probablement fatigué d'être resté assis depuis si longtemps.

— Je pense retourner au Texas pour la journée.

— Ah ouais, tu y retournes juste pour un jour ? T'as du cran, se moque Bryce. Moi, je vais chez mes grands-parents, et toi, Cody ?

— Je vais chez mes parents, et il y aura probablement des membres de ma famille, dit-il avant de se tourner vers moi. Iris, tu retournes à Memphis ?

Sa question me secoue. Retourner à Memphis ? Impensable. Rien ne m'y rattache.

— Oh non… je reste à Boston pour les fêtes.

— Ta famille ne vient pas te voir ? s'enquit Bryce, les yeux écarquillés.

Contrairement à sa première question, celle-ci déclenche en moi une décharge électrique prête à calciner mes veines. Je déglutis difficilement, essayant de trouver une réponse qui n'éveillera pas les soupçons.

— Occupe-toi de ton cul, le nabot, marmonne Jayde en lui assénant un léger coup derrière la tête.

Mon cœur loupe un battement suite à cette intervention inattendue de Jayde. Mon regard accroche le sien. Au lieu de l'indifférence habituelle, j'entrevois quelque chose de différent dans ses yeux sombres, quelque chose qui déchaîne en moi des vagues d'émotion intense.

Ma pauvre Iris, dans quel pétrin tu t'es encore fourrée.

— Aïe ! Tu t'acharnes toujours sur moi ! se plaint Bryce en frottant son crâne.

Jayde tourne les yeux vers lui en entendant ses paroles. Je reprends mes esprits.

— Et toi, Jayde ? demandé-je, curieuse de connaître ses projets.

— C'est une perte de temps de lui poser cette question, intervient Dustin, amusé.

L'intéressé pousse un profond soupir avant de croiser les bras, puis s'éloigne de ses amis pour s'adosser contre le mur. Il est clair que son but est de fuir la discussion.

— Jayde n'est pas le plus grand fan des fêtes de famille, c'est pour ça que c'est le grincheux de la bande, explique Bryce en cherchant du regard son ami.

— Mon vieux, t'es sûr, tu ne veux pas venir avec moi ? lui propose Cody.

Jayde détourne la tête.

— Je t'ai déjà dit non, sans façon.

Après ça, chacun reprend son travail initial. Discrètement, je scanne les réactions de Jayde. Comme à son habitude, il paraît hermétique à tout.

J'ai des projets pour demain soir. J'ai préféré ne pas en parler ici, mais il se peut que je partage mon programme avec Jayde. Pourquoi pas ? Ça pourrait nous permettre d'échanger davantage. Ce serait purement professionnel ! En plus, je doute qu'il accepte.

À la fin de la journée, avant que je ne me rende au Dream Club, je m'approche de Jayde alors que le reste du groupe sort de la pièce. De mon sac, j'extirpe un bout de papier où l'adresse de ma destination pour Thanksgiving est inscrite.

Il plisse le front, ne comprenant visiblement pas. Ses yeux remontent lentement de la feuille à mes prunelles.

— Qu'est-ce que c'est ?

— L'endroit où je serai pour Thanksgiving.

Il arque un sourcil.

— T'as pas dit que tu ne le fêtais pas ?

— Je le fête, mais pas en famille.

Il comprend clairement que c'est une invitation. Tel que je le connais, il est si curieux qu'il en oublie de me rire au nez.

— Qui te dit que je vais venir ? lance-t-il.

« Pourquoi tu désires ma présence, la vipère ? Tu veux que je mette le feu ? » Voilà ce que ses yeux me renvoient comme message subliminal.

— Tu viendras, affirmé-je.

Je veux qu'il soit là.

— Tu as l'air bien *sûre de toi, la vipère.*

Oui, je le suis.

— T'es beaucoup trop curieux pour ne pas ramener ta fraise, le défié-je ouvertement avec un regard plus que condescendant.

Mes bras se croisent au niveau de ma poitrine pour la mettre en avant, ce qui ne lui échappe pas.

— Mes yeux sont plus haut, bouffon.

Je joue avec le feu. Je l'attise constamment. Lui aussi d'ailleurs. La balle demeure toujours au centre, cela dit. Face à ma rebuffade, je le vois ravaler un juron. Il ne supporte pas l'idée d'être attiré par moi, moi non plus d'ailleurs. Ça nous est tombé dessus, nous voilà pris au piège.

Il contracte sa mâchoire carrée.

— Je ne suis pas curieux.

Il est en rogne. Je lui ai fait baisser la garde. Tous les deux nous sommes sur le qui-vive. Nous avons passé des heures à parler, à écrire, à être ensemble. Qui va craquer le premier ?

— C'est vrai, tu ne l'es pas.

Il étrécit les yeux, perplexe.

— Alors tu retires ce que t'as dit ?

— Tu peux jouer l'indifférent autant que tu le veux, tu sais très bien qu'avec moi tu ne le seras jamais totalement. Alors non, je ne retire pas ce que je dis, parce que je pique constamment ta curiosité, Singer Killer.

Sur ces derniers mots, je le laisse en plan avant de m'en aller à mon second travail de la journée. Comme je n'ai plus de voiture, tous mes déplacements se font à pied. Pour le moment, je laisse ma Ford chez Lenny, dans le garage de sa maison, le temps que j'économise pour les réparations. Évidemment, mon patron a insisté pour prendre en charge les frais, mais je le lui ai interdit, et aujourd'hui il m'en veut de ne pas le laisser s'occuper de moi.

Sa sollicitude me rappelle constamment que je n'ai jamais eu droit à une telle prévenance de la part de mon père biologique. Lenny est comme un père de substitution, mais cet élan de bienveillance me fait tiquer plus qu'autre chose.

Toute ma vie je me suis battue pour être indépendante. Je n'ai jamais pu compter sur quelqu'un les yeux fermés. C'est une lutte acharnée avec moi-même pour réussir à accorder ma confiance à autrui, mais cette année j'ai fait des exceptions, mes remparts ont faibli face à la joie de vivre de Darren, la passion d'Amber et le dévouement des garçons. C'est comme si une nouvelle Iris était née. Seulement, je ne change pas qui je suis au fond.

Peu habituée aux relations amicales, j'ai tendance à rester seule, et Darren et Amber ont commencé à me faire la remarque que je n'allais jamais vers eux, que je travaillais beaucoup trop et que je refusais toutes les sorties. Cela prouve leur intérêt pour moi, mais je n'ai jamais été celle qui fait le premier pas…

Du moins jusqu'à ce que je croise la route de Singer Killer. J'ai brisé une de mes règles fondamentales pour lui, mais après tout nous brisons toujours nos règles pour quelqu'un, non ? Et dans ce cas, c'est à dessein professionnel.

Arrête ton char, t'es complètement obsédée par lui !

Je ne suis pas obsédée par lui !

Un peu… ?

J'ai dû rassembler toutes mes forces pour parvenir à l'exploit de me faufiler entre les murailles qu'il érige. Jayde n'est pas fermé à l'idée de se confier, d'apprendre davantage à me connaître, mais quelque chose l'en empêche. Il est farouche, et son désir de tout contrôler guide son existence.

Je cède à ses caprices en lui dévoilant chaque jour un petit bout de ma personne. Donnant-donnant. Toute notre relation est fondée sur ce principe. Seulement, je me demande à quel moment ça n'a plus été donnant-donnant pour ma part. Tout semblait si simple au début…

Lui parler est devenu une habitude. Il m'écoute attentivement, malgré son air impassible. Rien ne m'a jamais semblé aussi vrai que ce que je partage avec lui. Rien ne m'a semblé aussi vrai que le désir que j'éprouve pour lui.

Jayde

Putain. Qu'est-ce qui m'a pris de venir ?

La gêne m'envahit. Mes yeux ne cessent d'épier le moindre mouvement autour de moi. Il y a tant d'agitation que je suis sur le point de perdre la tête. Cette vipère va me le payer cher.

Je suis assis dans mon coin, c'est-à-dire une chaise plaquée contre le mur. On pourrait croire que je suis un psychopathe.

Peut-être que c'est le cas en fin de compte.

Iris m'a traîné dans un vieux gymnase transformé en cantine où l'on accueille des familles dans le besoin, pour un repas de Thanksgiving à partager tous ensemble, une centaine de personnes.

Je ne me sens pas du tout dans mon élément. Je remonte mes

lunettes sur mon nez en observant tout autour. Quatre longues tables sont disposées de manière parallèle. Des cartons sont dans le fond, sûrement pleins à craquer de fringues et autres fournitures à donner. Les enfants courent dans tous les sens pendant que des adultes sont assis.

Iris Lance se tient derrière le large comptoir. Je l'observe servir les personnes se présentant à elle avec une assiette. Un sourire illumine son visage. Sa chevelure lilas est coiffée en un chignon un peu emmêlé qui laisse échapper plusieurs mèches encadrant son visage délicat. Une myriade d'émotions se succèdent dans ses yeux bleus. Je saisis la plus évidente pour moi : la joie.

Sa joie d'être là est aussi claire que de l'eau de roche. Iris est heureuse d'aider les autres, de faire du bien autour d'elle. Parce que, si les rôles étaient inversés, elle aurait aimé qu'on lui tende la main.

Se sentant probablement observée, elle croise mon regard. Son petit nez se plisse, un tic bien à elle qui montre son incompréhension. À force de la fréquenter, j'interprète de mieux en mieux son comportement.

Fut un temps où j'aurais préféré fuir à toutes jambes plutôt que de partager des instants avec elle… mais, à l'heure actuelle, ma vie ne se résume qu'à elle. Nous travaillons constamment ensemble. Au studio. Chez elle. Le pire dans tout ça, c'est que rien ne m'a jamais semblé aussi naturel.

Un fin pli barre son front. Elle soupire, signe qu'elle est agacée.

Par quoi ?

Par moi évidemment, quelle question ! J'ai ce don de l'irriter. Je la pousse à bout, mais elle revient toujours. C'est peut-être pour ça que je prends goût à elle, je ne fais aucun effort et elle le sait très bien.

Donnant-donnant.

Cette phrase me va si bien.

Iris semble demander à une jeune femme de la remplacer. Elle soulève un plateau, puis se dirige vers moi. D'après ses sourcils froncés, je vais me faire gronder.

— Je ne t'ai pas ramené ici pour que tu restes les bras croisés !

Et c'est reparti !

— Je devrais porter plainte pour kidnapping, raillé-je en me mettant debout, la dépassant d'une bonne tête.

— Tu pourrais, mais tu ne le feras pas, par honneur. Déjà que je suis plus forte que toi, toute la gent masculine se moquerait que tu te sois fait enlever par une fille plus jeune que toi.

— Sérieux, la vipère, pourquoi tu m'as emmené ici ?

Elle sourit fièrement.

— Je t'ai laissé le choix de venir ou pas, et tu es venu.

— Je pensais que t'allais me ramener dans un *escape game* où j'aurais pu t'abandonner, pas côtoyer les pauvres !

— Hé ! Excuse-nous, monsieur J'ai-plein-de-fric, mais tu vas descendre de tes grands chevaux et aller servir les enfants.

— Pardon ?

— Tu as très bien entendu.

Abasourdi, je réitère :

— Pardon ?

Elle soupire profondément avant de me tendre le plateau.

— C'est Thanksgiving, Jayde.

Une lueur de tristesse brille dans ses yeux. Finalement, sa joie camouflait de la peine imperceptible. Voir ces gens aussi heureux d'être avec leurs proches doit lui rappeler davantage sa solitude.

— OK, soufflé-je en lui prenant des mains le plateau.

Elle m'offre un sourire tendre. Mon cœur fait un salto arrière dans ma poitrine. J'ai envie de fumer mais, si je sors une clope ici, il n'y aurait pas qu'Iris qui me passerait un savon.

Déambulant entre les tables, j'arrive à celle des enfants, puis pose au centre la purée avant de m'enfuir, mais quelqu'un me retient en attrapant le tissu de mon jean noir. Je grogne puis baisse la tête pour voir qui ose me toucher.

— Quoi ?

Une petite fille d'environ cinq ans m'adresse un sourire béat. Elle risque de se choper un torticolis à force de lever le cou pour me regarder.

— Monsieur, reste avec nous, demande-t-elle de sa petite voix.

— Quoi ? répété-je.

— Reste avec nous. C'est Thanksgiving ! s'exclame-t-elle en levant les bras, tout heureuse.

— Non, j'en ai pas envie, dis-je durement.

Un jeune garçon se lève de l'autre côté de la table, le regard noir. Deux têtes blondes, des yeux bruns à la forme identique. À leur ressemblance frappante, je comprends qu'il y a un lien de parenté avec le gnome collé à mes basques.

— Elle vous demande de rester, me réprimande-t-il.

Non mais je rêve ! C'est maintenant un gosse de quinze piges qui me gronde !

Je serre les poings, puis sens une nouvelle pression au niveau de mon genou droit. Le gnome continue de me tapoter dessus. Son sourire demeure intact malgré ma rebuffade. Tous les enfants à la table m'épient intensément. Je déteste être fixé.

J'obtempère et finis par prendre place avec eux pour éviter le scandale, mais intérieurement je fulmine.

Je me soumets à des enfants, putain !

La petite fille pousse son assiette sur la table pour venir s'asseoir à côté de moi.

Seigneur ! Donnez-moi la force de ne pas la faire pleurer.

— Je m'appelle Rosie.

Un autre prénom de fleur ? Super !

— Je m'en fiche.

Elle me montre ses cinq doigts.

— J'ai cinq ans et demi.

Blasé, je l'observe de haut. Apparemment, je ne l'intimide pas le moins du monde, exactement comme une certaine personne.

— J'en ai vingt-quatre. Je te conseille de te tirer parce que je n'ai pas la meilleure des réputations avec les filles.

Elle fronce les sourcils.

— Je m'appelle Jayde, soupiré-je.

— Oh ! Jayde ? La star préférée de mon frère a le même nom que toi ! réplique-t-elle, toute joyeuse.

Ouais, ton frère le merdeux.

— Tu n'as que ton frère ici ? demandé-je, l'air détaché.

— Non, y a mon papa là-bas, dit-elle en me montrant un homme qui sert des personnes âgées.

— Que ton papa ?

— Oui, je n'ai pas de maman.

Elle hausse les épaules en prenant une bouchée de purée.

— Moi non plus, répliqué-je sans réfléchir, les yeux perdus dans le vague.

— Toi ? Tu es tout seul ?

— Je suis venue avec… elle, soufflé-je en pointant du doigt Iris.

— Iris ? s'extasie-t-elle, la bouche pleine.

J'opine du chef.

— J'adore Iris ! C'est la meilleure ! Je veux être comme elle !

L'idée d'avoir une seconde Iris en face de moi me donne envie de vomir.

Je grimace.

— Tu veux me casser les couilles, c'est ça ?

— Hé ! intervient une voix un peu dure.

Son frère entre dans mon champ de vision et s'assoit en face de nous.

— Willy ! Il connaît Iris ! s'exclame Rosie.

Il fait une drôle de moue à sa sœur.

— Arrête de m'appeler Willy ! C'est William, bon sang !

Elle lui tire malicieusement la langue.

— Non, c'est Willy.

Il lève les yeux au ciel. Moi aussi d'ailleurs.

Je te maudis, la vipère !

— Jayde, tu veux manger ? propose Rosie en me tendant sa cuillère pleine de purée.

— Non, merci.

Son frère arque un sourcil.

— Vous ne mangez pas ?

— Je ne suis pas venu ici pour manger.

Au même moment, je sens une main presser mon épaule. À son odeur de vanille, je devine qui c'est. Iris vient de déposer une assiette devant moi et me murmure à l'oreille :

— Mange, Jayde. Même si je t'ai kidnappé, je fais en sorte de bien nourrir mes victimes.

Je fixe la purée et un morceau de dinde.

— Ça va, les enfants ? demande-t-elle aux mômes. Vous ne manquez de rien ?

William lui sourit timidement.

— Non, merci beaucoup, Iris.

— C'est très très bon, Iris, réplique Rosie joyeusement.

— Je suis ravie que ça te plaise, ma chérie. Ce monsieur ne vous embête pas trop, j'espère ? se moque-t-elle en me désignant, cette fois-ci les mains sur mes épaules.

Alors qu'elle est si près de moi, j'ai l'impression qu'une chaleur inédite crépite entre nous. On n'a pas besoin d'être collés pour ressentir cette alchimie.

— Non ! C'est mon ami, intervient la petite en me gratifiant d'un autre sourire.

— Sois gentil avec la petite Rosie, Jayde, entends-je derrière moi. Les enfants, si vous avez besoin de quoi que ce soit, n'hésitez pas à venir me voir. Je vous ai laissé de côté une tarte aux pommes pour vous et votre père.

— Merci, Iris ! Je t'aime !

Après cette déclaration dégoulinante et baveuse, Rosie saute dans les bras de la vipère. Touchée, Iris la câline et lui embrasse la joue avant de la faire asseoir correctement et de lui essuyer la bouche avec une serviette en papier. Elle s'en va, me laissant avec le gnome et son frère.

— Willy, je veux être comme Iris, déclare-t-elle.

— Si tu es aussi belle qu'elle, je vais devoir surveiller tout ce qui se passe autour de toi, se retient-il de rire.

Je mange en les écoutant discrètement.

— Rosie, tu es reconnaissante envers quoi ? poursuit-il, le sourire aux lèvres.

— D'avoir le meilleur papa et le meilleur frère du monde.

— Toi, tu veux me demander quelque chose, plaisante son frère.

— Je veux le vélo rose comme dans la pub, admet-elle en jouant avec ses doigts.

— Rosie… tu sais très bien qu'on ne peut pas maintenant.

— Et pour Noël ?

— D'ici là on verra.

— Et toi, Jaydou ? Tu es reconnaissant pour quoi ? demande-t-elle en se collant à moi.

— Je n'ai pas fêté Thanksgiving depuis plus de sept ans. Je ne connais même plus le sens que cette fête peut avoir, admets-je en soufflant.

— Je ne vous ai jamais vu avant. Vous êtes venu avec Iris ? intervient William.

— Ouais.

— C'est ta fiancée ? me questionne Rosie, amusée.

— Plutôt crever.

William fronce les sourcils.

— Elle est géniale, Iris. C'est plutôt à vous de vous remettre en question.

— T'as quoi, quinze piges ? Et tu parles de sujets que tu ne connais pas.

— Vous savez, vous ne passez pas inaperçu, tout le monde se demande qui est ce type tout en noir de la tête aux pieds. Ce soir, c'est censé être une fête conviviale, qui réunit des personnes sans beaucoup de moyens mais qui gardent leurs valeurs. Ma petite sœur s'est gentiment mise à côté de vous, parce qu'elle déteste voir les personnes seules, mais elle est encore jeune pour discerner les faux-semblants.

Ses mots n'ont aucun effet sur moi. Et puis quoi, encore ?

— Tu ne me connais pas, petit.

Rosie tape la table de la main.

— William, arrête !

Il se fâche contre elle :

— Ça ne te regarde pas, Rosie.

— Laisse mon nouvel ami tranquille !

— Putain, ce n'est pas ton ami ! Arrête de penser que toutes les personnes avec qui tu parles te veulent du bien !

— T'es méchant !

Elle pleure et se lève pour partir en courant.

Sans réaliser ce que je fais, je suis le gnome entre les tables. Je la rattrape avant qu'elle ne tombe au sol devant le comptoir et la porte dans mes bras. Des larmes coulent le long de ses joues, elle sanglote sans un bruit.

Elle ne se débat pas et finit par nicher sa tête au creux de mon cou. Je ne sais pas pourquoi je me suis mêlé de cette histoire… Enfin si, la voir en pleine confrontation avec son frère m'a rappelé… ma relation avec le mien.

Je sors avec elle afin qu'on prenne l'air, puis la dépose par terre.

— T'es mon ami, Jayde ? dit-elle en essuyant ses yeux.

Bon sang…

Je m'agenouille devant elle pour être à sa taille.

— Oui, je suis ton ami.

— William, il est méchant, sanglote-t-elle en se frottant les yeux.

— Il s'inquiète pour toi, c'est normal. Tout le monde n'est pas forcément gentil. Et les frères, c'est très difficile à comprendre.

Je reste totalement impassible tandis qu'elle penche la tête sur le côté.

— Tu as un frère ?

— Oui. Il est plus grand que moi et me fait beaucoup de mal, avoué-je malgré moi.

Ses bras entourent mon cou. Elle me câline et m'embrasse la joue.

— Elle est où, ta maman ? l'interrogé-je en me décollant d'elle.

Elle sourit en pointant du doigt les étoiles.

— Elle est dans le ciel. C'est celle qui brille le plus.

Je réprime un triste sourire avant de jeter à mon tour un œil au clair de lune.

— Qu'est-ce que tu veux faire plus tard ? continué-je en la regardant à nouveau.

— Je voudrais être docteure pour sauver plein de gens, mais à l'école on m'a dit que je suis une peureuse et que je vais pleurer avec le sang, confesse-t-elle timidement en jouant avec ses doigts, comme gênée par son aveu.

— Et tu les crois quand ils te disent ça ?

— Oui…

— Ils se trompent. Tu peux être tout ce que tu veux, ne les

écoute pas. C'est eux qui ne savent rien. Tu feras un très bon médecin.

Un éclair d'admiration traverse ses iris bruns. Mes mots semblent lui insuffler de la confiance en elle.

— Ne laisse jamais quelqu'un te dire qui tu es, d'accord ?

Elle sourit en hochant la tête.

— Oui, Jayde.

La leçon est imprimée dans sa petite caboche, on dirait.

— Tu me promets aussi de ne plus pleurer ?

— Oui, dit-elle plus fort, tout amusée.

— Tu veux vraiment le vélo de la pub, alors ? demandé-je en soupirant.

— Oh oui ! Il est rose et il a plein de paillettes, s'extasie-t-elle, faisant de grands gestes avec les mains.

— Alors il est à toi.

Elle se fige, éberluée.

— Quoi ?

— Tu m'as fait une promesse et, comme je sais que tu vas la tenir, j'ai envie de te féliciter.

— C'est vrai, Jayde ?

— Oui, Rosie.

Elle se jette sur moi pour me serrer contre elle.

— Tout doux, le gnome, dis-je, ennuyé, en la détachant de moi.

Elle saute partout et court dans tous les sens autour de moi.

— C'est bon, calme-toi, le gnome, râlé-je.

Je sors de ma veste un petit carnet avec un stylo que je garde toujours sur moi pour écrire, et gribouille un autographe au nom de Willy pour qu'il comprenne que c'est moi avant de donner la feuille à Rosie.

— Donne ça à ton frère, il comprendra.

Ses yeux tentent vainement de déchiffrer mon écriture légèrement chaotique, puis elle me gratifie d'un sourire dévoilant toutes ses dents avant de rentrer en un sprint tel Speedy Gonzales.

Je retourne à l'intérieur et croise une grande dame avec des cheveux poivre et sel courts, et une paire de lunettes noires sur le nez. Elle porte un badge autour du cou : « Caroline Hall, organisatrice ». Je m'approche d'elle pour lui poser des questions sur cette association. Un sourire se dessine sur ses lèvres avant qu'elle ne se présente :

— Bonsoir. Je me présente : Caroline Hall. Je suis l'organisatrice de cet événement. Iris m'a dit que vous étiez un ami à elle et que vous aviez accepté de venir. Ça me fait très plaisir. Je vous remercie. Les enfants ont l'air de vous apprécier, dit-elle en lançant un regard à Rosie, qui raconte avec joie à son père ses dernières péripéties.

— J'en doute, répliqué-je en haussant les épaules avec indolence. Et que fait votre association ?

— Elle s'appelle *Take my Hand*, et j'en suis la présidente. Mon équipe et moi nous récoltons des fonds afin d'aider les personnes en difficulté. Nous essayons de faire du mieux qu'on peut pour faire le bien autour de nous, explique-t-elle avec une pointe de fierté.

Pendant qu'elle me parle, je scanne les gens autour de moi. Toutes ces personnes n'ont pas les mêmes privilèges financiers que moi, pourtant leurs sourires lumineux irradient la salle d'une atmosphère chaleureuse. Elles sont sûrement plus heureuses que moi je ne l'ai jamais été.

Cette situation me déprime. Mes yeux se verrouillent sur Rosie dans les bras de son père. À côté, William fixe, l'air ébahi, l'autographe que je lui ai fait passer.

Prends soin de ta sœur, Willy. Réalise tes rêves et aide-la à réaliser les siens.

Jayde Black, le merdeux à qui tu voulais filer un poing

— Je… je veux faire un don, coupé-je la présidente dans son monologue.

— Oh… merci beaucoup, dit-elle, gênée, en se frottant le bras.

Je sors mon chéquier, qui ne me quitte jamais à cause de Tate – il est toujours susceptible de me demander de l'argent – et j'y inscris une somme qui pourrait effrayer n'importe qui ici. Mon interlocutrice semble d'ailleurs choquée en apercevant le montant.

— Monsieur… je ne peux pas accepter, c'est beaucoup trop.

Cette femme est sincère dans ses intentions, c'est évident. Ses doigts tremblent. Je retire mon bonnet et mes lunettes devant elle, et ses yeux s'écarquillent. Elle me reconnaît. Je ne l'aurais pas cru, mais ça fait tout de même plaisir.

— V… vous êtes le chanteur, Jayde Black ?

Elle papillonne des yeux, comme si elle croyait avoir une hallucination.

— Mon fils de dix-sept ans est très fan de vous, poursuit-elle, intimidée.

— Content de l'entendre.

— Merci infiniment ! Vous ne savez pas ce que ça représente pour toutes les personnes ici. Merci mille fois !

Elle se volatilise je ne sais où, et je souffle fort en constatant que plusieurs personnes dans la salle m'ont reconnu. Seulement, personne n'ose m'approcher, les derniers gros titres des journaux dont j'ai fait l'objet ne jouent pas en ma faveur.

William s'avance vers moi, éberlué.

— J… Jayde Black ?

Je roule des yeux en enfonçant les mains dans les poches.

— Oui, morveux, c'est moi.

— J… je…

— C'est bon, pas la peine de t'excuser, dis-moi juste où t'habites. J'ai promis à ta sœur un vélo Barbie.

Embarrassé, il se frotte la nuque.

— Vous n'êtes pas obligé… Elle est jeune, ce n'est qu'un petit caprice qui va passer.

— J'insiste.

Il rougit et me donne leur adresse. Je la mémorise afin de donner des directives à M. Johnson, mon chauffeur.

— J'adore vos chansons, monsieur Black. J'espère vraiment un jour assister à un de vos concerts ! s'exclame William, des étoiles dans les yeux.

— Quand les concerts reprendront, je dirai à Iris de te filer une place.

Émerveillé, il ne semble pas trouver ses mots, mais il n'a pas besoin de me remercier. Je le gratifie d'un sourire avant d'aller retrouver la vipère qui discute avec un homme un peu âgé. Ma main se niche automatiquement au creux de sa taille pour attirer son attention, mais, si je suis honnête, j'avais juste envie de la toucher. Le vieillard me sourit puis s'en va.

Elle m'observe avec surprise.

— Tu as enlevé ton déguisement ?

Je hausse les épaules.

— Ouais... Ce n'est pas cette tranche d'âge qui va me reconnaître. Bon, on y va maintenant.

— Oui, on y va, ne t'en fais pas. Le kidnapping touche à sa fin, plaisante-t-elle, le sourire aux lèvres.

— Tu vas me le payer de m'avoir mis dans une position aussi inconfortable.

— Arrête ! Je suis sûre que tu y as pris goût.

— J'ai une tête à vouloir prendre du plaisir ?

Le sarcasme transpire de ma voix. Je suis blasé, je veux rentrer.

Elle aspire ses lèvres, puis attrape le bonnet dans ma main, avant de me l'enfoncer sans douceur sur le crâne. La moitié de mon visage est camouflée. Je n'y vois rien.

— C'est mieux comme ça, rit-elle gaiement.

Je réajuste mon bonnet.

— Deuxième affront de la soirée. Tu vas finir sous les ponts.

— Tes menaces sont aussi inutiles que le T-shirt de Donald Duck. C'est vrai, quoi ? Il porte un haut alors que tout le bas est à découvert, tu trouves ça normal ?

Elle m'épuise. Je lui fais comprendre qu'elle doit se la fermer, puis j'agrippe son bras pour l'entraîner vers la sortie. Elle fait la moue. J'adresse un signe de la main à Rosie qui me répond par un cœur formé avec ses doigts.

Sacré gnome qui vit encore dans un monde de Bisounours.

— Tu me déposes ou tu me laisses errer seule dans la nuit de Boston ? demande Iris une fois que la brise nous frappe de plein fouet à l'extérieur du gymnase.

Je sors les clés de ma voiture.

— Je ne te dépose pas, je te séquestre. C'est différent.

— Tu n'as pas encore compris que je suis plus forte que toi ? C'est dingue, tu veux te faire humilier, j'ai l'impression.

Ses yeux azur pétillent de malice. C'est son passe-temps favori de se foutre de ma gueule. Je préfère me taire.

À notre arrivée devant chez elle, je me gare et attends qu'elle sorte de ma Porsche.

— Tu veux monter ? Je t'ai laissé de côté une tarte aux pommes vu que c'est Thanksgiving. *L'apple pie*, c'est sacré !

Un sourire étire ses lèvres, et la tendresse dans ses yeux éveille en moi un sentiment inédit.

— Tu en as fait une pour moi ? dis-je, sans cacher ma surprise.

— Bah, oui… J'ai cuisiné pour pas mal de personnes ce soir. C'était clair que je t'aurais laissé ta part de côté. J'en ai fait une pour toi et Lenny.

— C'est mon gâteau préféré, la tarte aux pommes.

— C'est vrai ?

— Ouais, c'était ce que je préférais manger enfant.

C'est ce que ma mère me faisait.

Le capharnaüm habituel de son appartement est localisé dans sa cuisine. Avec tout ce qu'elle a pu préparer, cela ne m'étonne pas. Je me laisse tomber sur le canapé et étale mes longues jambes sur la table avant de sortir une clope tandis qu'elle range un peu.

— Ça t'a plu, au moins ? me lance-t-elle.

— T'es pas très douée pour le kidnapping, j'ai subi pire comme torture.

J'allume ma cigarette et la coince entre mes lèvres. La nicotine m'envahit immédiatement.

— Une torture aussi mignonne que Rosie, tu n'en trouveras pas d'autre, se moque-t-elle.

— Trop collante surtout.

— Elle est adorable, je l'aime beaucoup.

— Tu fais partie de cette association depuis longtemps ?

— Oui, j'ai rencontré Caroline au Dream Club un soir, et je me suis proposée comme bénévole. Bon, je ne suis pas le membre le plus actif, mais elle sait qu'elle peut compter sur moi pour des repas comme celui-ci. J'aime cuisiner. Autant partager mes plats avec des personnes qui en ont besoin.

— Donc ce n'est pas ton premier Thanksgiving comme ça.

— Non, c'est mon deuxième. D'ailleurs, j'aimerais te remercier.

— De quoi ?

— De ce que tu as fait, dit-elle plus calmement.

— Et qu'est-ce que j'ai fait ?

Je joue à l'ignorant, mon rôle préféré. Las, je me redresse pour me poster face à la porte-fenêtre dont les volets sont suffisamment remontés pour que j'aperçoive le ciel constellé d'étoiles. Ce soir, les rues de Boston sont bien calmes. Tout le monde est chez soi, en famille, à déguster de la dinde bien grasse, à partager des anecdotes aussi sirupeuses qu'ennuyantes, et sûrement à étaler ce en quoi ils sont reconnaissants.

Et moi ? Je suis reconnaissant de quoi ?

— Je t'en prie, Jayde… Caroline m'a dit…

Putain, un don, c'est censé être anonyme !

Énervé, j'ôte violemment ma clope de mes lèvres et souffle fort la fumée. D'une pichenette, j'expédie ma cigarette à moitié consumée sur la table basse. Tous les autres dons que j'ai pu faire dans ma vie sont secrets, je ne veux pas en parler, même avec mes amis.

Face à mes poings serrés et à mon mutisme, Iris m'observe, comme si elle déchiffrait les rouages dans mon cerveau. Elle attrape soudain ma main gauche, ce qui déchaîne en moi un flot de sensations. Ses doigts frôlent les miens, et un milliard de picotements rampent sur ma peau.

Mon cœur tambourine dans sa cage, et mon sang semble entrer en fusion comme la lave d'un volcan. Lentement, je me retourne vers elle, sans désunir nos mains à présent enlacées.

— Je voulais te remercier, susurre-t-elle en les regardant.

Ce contact, je ne parviens pas à m'en défaire, il me consume et me rend dingue.

— Ne me remercie pas…

— Si. Merci d'être venu, je voulais que tu sois là. Je le voulais vraiment, déclare-t-elle.

— Pourquoi ? Je ne suis pas le type le plus exemplaire, raillé-je.

— Tu es toi, et ça me suffit.

Sa sincérité me désarme. Je vaux réellement quelque chose à ses yeux.

— Je ne crois pas que ça te suffirait.

Ma voix est faiblarde, mais la puissance de mes paroles la frappe de plein fouet. Ses sourcils se froncent, et une tristesse sans pareille luit dans ses iris.

— C'est plutôt moi qui devrais te dire ça… On ne baigne pas dans le même milieu.

— On n'est pas si différents que ça.

Une étincelle brille dans ses yeux, animés par une cascade d'émotions. Doucement, elle s'approche de moi, nos mains toujours enlacées. Mon regard accroche le sien, et mon rythme cardiaque s'accélère. Mon âme est comme arrimée à la sienne, je suis figé.

Iris a de l'audace pour nous deux. Elle prend les devants. Ses lèvres effleurent les miennes avec douceur comme une caresse qui éveille mon désir, et j'en veux plus, je veux la dépouiller de tout. Son baiser passionné remplit mon âme jusqu'à ras bord de toute la tendresse qui m'a manqué au cours de mon existence.

Avant qu'elle ne puisse se détacher de moi, j'agrippe sa nuque et lui interdis de s'éloigner. J'ai besoin de l'avoir contre moi. Pour approfondir ce baiser. Pour avoir plus. C'est comme le coup de grâce qui détruit le château de cartes. Iris me donne le feu vert, et je hais l'idée d'être hors course après tant de retenue.

Les épines de cette fleur étaient ses cicatrices. Maintenant mes secrets se mêlent aux défenses qu'elle a érigées pour nous protéger du monde extérieur.

Ce soir, elle est ma rose noire jusqu'à son dernier pétale.

Le donnant-donnant n'existe plus.

Pour cette nuit, c'est moi qui donne.

25. Une épine dans le cœur

Iris

Mes barrières s'effondrent. La chaleur prodiguée par sa main sur ma nuque se propage le long de ma colonne vertébrale. Des sensations insolites se diffusent dans mon corps. Pour la première fois, il s'éveille en moi un réel désir, celui que je n'ai jamais éprouvé, celui dont j'ai secrètement rêvé.

Les lèvres de Jayde sont douces et s'unissent aux miennes, sa langue ne me laisse aucun répit, c'est beaucoup trop torride pour moi. Jayde m'ouvre les portes de la vraie luxure.

Dès que nous rompons notre baiser, son front se pose contre le mien et nos souffles ne forment désormais plus qu'un. Une tempête crépite en nous, le goût de sa bouche est encore sur ma langue, et… j'en veux encore. Je décide d'écouter cette voix qui me hurle de faire ce dont j'ai réellement envie. Ses yeux sont animés par le même feu qui m'habite.

Jayde est plus rapide, il prend l'initiative et son odeur masculine m'envahit. Sa bouche m'envahit… et bientôt Jayde va m'envahir.

Ses doigts tirent sur mon haut, et d'un coup je me retrouve en soutien-gorge. Une lueur ardente brille dans ses iris, et je me sens vraiment femme pour la première fois de ma vie.

Machinalement, mes mains agrippent son pull avant de le lui retirer à son tour. Jayde Black est torse nu dans mon salon. Avec ses tatouages, c'est comme une œuvre d'art, je suis envoûtée par leur complexité.

Son torse est recouvert d'une aile d'ange qui s'étend du côté droit vers son épaule. Mes doigts en suivent les lignes. Sous sa peau, je ressens chaque vibration, chaque pulsation, ce qui témoigne qu'il est aussi captivé que moi par cet instant.

Je caresse son bras droit, où « Memento mori » est inscrit. Jayde frémit dès que j'effleure ces mots. La signification de cette phrase m'échappe, mais je devine que c'est lié à la mort.

— Pas de questions...

Sa voix est dure, elle ressemble à un arc qui tire les mots comme des flèches.

Jayde a mal, mais sa douleur n'éteint pas son désir. À peine ai-je le temps de dire quoi que ce soit que sa bouche se plaque contre la mienne et que ses mains empoignent mes fesses, m'incitant à m'agripper à lui pour qu'il me soulève dans ses bras.

Mes jambes enlacent sa taille avec ferveur, et cette nouvelle proximité me fait rencontrer le renflement au niveau de son pantalon. Je retiens presque un gémissement face à ce contact.

— Fais pas ta prude, la vipère ! Tes gémissements ne sont pas un crime, lâche-t-il en me plaquant contre le mur, son visage enfoui au creux de mon cou.

L'inévitable arrive, je rougis. Je déteste qu'il me traite de prude. Je ne le suis pas, j'ai juste beaucoup de réserve... en ce qui concerne le sexe.

— Arrête de me traiter de pru... Hum...

Ma corde sensible est touchée. Ses lèvres se baladent sur ma peau, laissant leur empreinte. Il me mord, m'embrasse, me fait *sienne* pour cette nuit. Son bassin se presse contre le mien, éveillant une tempête au centre de mon désir. Un feu ardent se consume au creux de mes reins.

La passion est une chose que je n'ai jamais vécue. Ce sentiment m'est affreusement inconnu. Je me suis toujours demandé ce que cela faisait de se sentir convoitée pour ce qu'on était et non simplement pour son corps. Mon passé de stripteaseuse m'a laissé un goût amer.

Le sexe a toujours été une punition que je subissais malgré moi sans pouvoir lutter. La plupart des hommes me débectent, ils sont guidés par les pulsions de leur queue plutôt que leur intelligence.

Mais cet homme-là... Je n'aurais jamais cru trouver en lui tout ce que je voulais ressentir pour être en osmose avec ma part de féminité. Pourtant, je refuse de me méprendre sur la nature de notre relation. Peut-être que pour Jayde Black je ne suis qu'une simple carcasse qui finira par ouvrir les cuisses pour lui. Seulement… j'ai cette intime conviction que ce n'est pas cette image qu'il a de moi.

Cela fait-il de moi la pire des idiotes ?

Il me mordille l'oreille. Je pose la main sur sa joue pour le pousser à me regarder droit dans les yeux, et c'est ce qu'il fait. Les ténèbres dissimulées dans son regard m'aspirent dans une spirale sans fin. Ma poitrine monte et descend au même rythme que la sienne. Nous haletons tous les deux.

Sans m'en rendre compte, j'atterris sur mon lit, trop étourdie par ses caresses. La main de Jayde se faufile à l'intérieur de mon pantalon, et une onde de chaleur s'abat au niveau de mon sexe, tandis que sa langue sème des baisers sur ma poitrine.

Tout va si vite. Mes seins et mes jambes sont à découvert. C'est confirmé, c'est un virtuose dans l'art de la sensualité. Ses gestes sont parfaitement étudiés, le corps de la femme ne semble avoir aucun secret pour lui.

Serai-je l'exception qui confirmera cette règle ?

Mais le temps n'est plus à la réflexion. La bouche de Jayde se referme sur mon téton. Je gémis si fort que mes ongles se plantent dans ses larges épaules. Il m'aspire entre ses lèvres avant de jouer avec le bout de sa langue.

Oh ! mon Dieu !

Je me tortille sous lui, bouleversée par cette nuée ardente qui se répand en moi. Il joue avec mon autre sein de la même manière, et c'est tout aussi délicieux, divin.

Dans ma culotte ça pulse, et je referme légèrement les cuisses, soudain stressée.

Jayde me domine de toute sa stature. Après mes mamelons gonflés de plaisir, sa bouche poursuit son exploration vers mon ventre. Ses doigts effleurent chaque zone tatouée, que ça soit mon iris sur le côté ou encore mon petit dragon de l'autre. Il embrasse le creux de ma taille. Cet endroit s'avère tout aussi sensible que mes seins. Je suis prise de soubresauts au moindre contact de sa bouche sur ma peau.

— Hum… Jayde…

Ce sourire goguenard, je le sens, oui je le sens au bas de mon ventre. Alors qu'il me caresse, une effervescence d'émotions m'enflamme.

— Détends-toi, Iris… Je n'en ai pas fini avec toi.

Sa voix suave me fait frémir. Je ne réponds plus de rien lorsque ses longs doigts s'insèrent sous le tissu de ma culotte et qu'il prend conscience de l'effet qu'il me fait en accédant à mon intimité.

Il gémit mon nom avant de se mettre à caresser mon clitoris. Mon cœur ankylosé bat pour deux. Des morceaux brisés de mon âme ensevelis sous la souillure de mes souvenirs vibrent à nouveau. Jayde insuffle la passion jusqu'au fin fond de mon être.

Un doigt me pénètre. Je m'arc-boute contre lui. La pression de son érection m'ébranle. L'imaginer au bord de la jouissance par le simple fait de me voir nue m'excite encore plus.

Putain, je suis toute nue.

Tu sais, c'est ça le concept de baiser, cocotte.

Un second doigt s'infiltre en moi. Je pousse un cri aigu qui le fait doucement rire. Je tremble, m'inonde de chaleur et me consume en cendres. Ses mouvements circulaires me font totalement vriller. Ce n'est pas ma première fois, mais c'est tout comme.

Alors que je suis au bord de l'extase, il se retire, ce qui me frustre intensément. Je grogne, le manque est violent.

— C'est donnant-donnant, Iris.

Notre mantra est comme un retour de manivelle. Il ne me fera pas jouir sans qu'il en profite également. Ses obsidiennes m'analysent, tout mon corps est à sa merci. Il me guette comme le prédateur qu'il est.

Ses coudes sont près de ma tête. Il penche le visage vers le mien. Son souffle fouette mon cou. Le contact de ses lèvres m'émoustille toujours autant. Les sensations qu'il éveille en moi se réitèrent sans jamais s'amenuiser.

— Dis-moi ce que tu veux, susurre-t-il au creux de mon oreille avant de me mordiller le lobe.

Mes doigts se resserrent sur le drap avant que j'ose enfin le toucher. Ma main caresse son bras gauche. Je m'attarde sur ce tatouage que je n'ai pas eu le temps d'observer tout à l'heure. Je soupire de plaisir lorsqu'il frémit alors que je frôle son corps, ou encore son âme.

Sur le dessin étrange qui recouvre une partie de sa peau, un individu à genoux hurle, la bouche grande ouverte, les globes oculaires à deux doigts de sortir de leurs orbites. Son expression est déformée par la douleur et la mélancolie. Des fragments de peau, comme des filaments, s'élèvent de ce corps baigné dans la souffrance, créant une ombre au dos courbé par l'effroi comme si elle tentait de se dissocier de son hôte.

Que cela pourrait-il bien dire ?

Soudain, une main incandescente se pose sur mon cou. Jayde l'enlace avant de remonter vers mon menton, me redressant le visage pour qu'il soit le centre de mon attention. Une myriade d'émotions traverse ses yeux sombres. La peine se discerne encore derrière tout son désir.

Je le regarde, absorbée inexorablement par toute l'aura qui émane de son corps fort et chaud au-dessus de moi.

Oui, Singer Killer est un surnom qui n'augure rien de bon, mais Jayde Black est bien plus que ça. Une âme écorchée sensible à la musique, déversant ses désillusions, sa rage et ses peines dans ses paroles.

Jayde Black n'est pas une personne horrible. Je regrette amèrement mon premier jugement sur lui. C'est quelqu'un de bien, il est altruiste, ne cherche pas à briller par ses bonnes actions, il est loyal, prêt à tout pour ceux qu'il aime. Toute sa vie a été semée d'embûches. Sa persévérance l'a mené au sommet. *Toujours croire en ses rêves*, c'est le précepte de son existence. Il n'a pas peur de rêver, c'est ce qui fait carburer son ambition.

C'est pour toutes ces choses-là… qu'il est unique à mes yeux.

— C'est toi que je veux, lui dis-je en caressant sa joue.

Mes mots effacent cette douleur au fond de ses yeux. Sa main sur mon cou descend jusqu'au creux de ma taille, et il m'embrasse fiévreusement. Sa langue tournoie avec la mienne. Je resserre davantage mes jambes autour de lui, sentant son sexe palpiter contre le mien.

Le bruit de sa ceinture est un électrochoc. Mes démons reconnaissent ce son. Je subis ses caresses. Il me touche, je me consume, mais je reste figée, pétrifiée.

Porcelaine.

Mes yeux fixent le plafond sans que jamais je voie ce que Jayde me fait. Mon cerveau est brouillé par un tsunami de contradictions. Si Jayde ravive mon corps un instant, les ténèbres m'étreignent par la suite méchamment.

Porcelaine.

Non… Pas cet écho… Pas ces voix…

Porcelaine. Porcelaine. Porcelaine.

Je suis sur le lit, mais mon esprit s'enfuit. Je prends conscience qu'il bouge autour de moi. L'ouverture d'une braguette, le frottement de son pantalon contre ma peau, le son du latex déployé. Je suis à mi-chemin de l'inconscience. Mes yeux sont ouverts, et le martèlement de mon cœur me fait réaliser davantage que je suis sur le point de coucher avec un homme. Ma peur a refait surface.

Respire. Tu le *veux. Tu peux le faire.*

Brise tes chaînes, ma vieille.

C'était mon choix d'être ici ce soir, dans ses bras, sous son corps, et là je deviens spectatrice des sentiments que j'ai toujours voulu éprouver.

Porcelaine.

Un kaléidoscope de flash-back m'assaille. Les ombres de mon existence me vrillent les tripes et bourdonnent douloureusement dans mes tempes.

Jayde se colle à moi. Sa bouche parsème inlassablement des baisers sur ma poitrine comme pour me détendre. Ce soir, il est mon remède dans la tourmente. Je me raccroche à lui pour faire taire le vacarme des voix dans ma tête.

Porcelaine. Porcelaine. Porcelaine.

Je déglutis lorsque j'ose enfin poser les yeux sur son sexe proéminent. Je remarque le bout métallique qui orne son gland, mais ne pose aucune question, et une décharge électrique me tétanise dès l'instant où je le sens me pénétrer.

Respire. Respire. Respire.

Prends du plaisir.

Ses va-et-vient commencent puis accélèrent, et je suis paumée dans cette spirale, où je ne ressens rien.

Je suis morte de l'intérieur.

Porcelaine. Porcelaine. Porcelaine.

Abîmée, cassée.

Jayde gémit, Jayde va vite, Jayde revit dans le désir.

Iris se fane, Iris se démolit, Iris pleure dans l'oubli.

Les démons de mon passé sont comme des casseroles cadenassées à mes chevilles. Je ne suis pas assez forte pour pouvoir m'en délivrer...

Par instinct de survie, mon corps réagit en suivant la cadence de Jayde, mais mon esprit est ailleurs. Il ne se doute de rien et grogne davantage, proche de la jouissance.

Jayde dit quelque chose contre mon oreille, puis je réalise qu'il n'est plus en moi. Il me surplombe toujours. Il se redresse sur ses coudes...

Ses mèches de cheveux ébène pendent autour de son visage. La colère tremble dans ses yeux, dans une menace silencieuse.

Il le sait.

Sa mâchoire se contracte. Le sexe ne l'a finalement pas suffisamment calmé comme il l'aurait souhaité. J'ai échoué... *encore une fois.*

— Pourquoi tu as simulé ? me réprimande-t-il, la voix dure.

26. Harmonie charnelle

Iris

Mes joues s'empourprent, et mon cœur tambourine de plus en plus fort. Une distance s'instaure entre Jayde et moi sur mon lit tandis que je remonte la couverture pour dissimuler ma nudité. Cette situation m'angoisse, c'est atroce. Je ne sais plus quoi dire ni quoi faire. Ce sujet sensible mis sur le tapis ne fait qu'accroître mon malaise.

Il est sur des charbons ardents. Un orage éclate dans son regard. Il est irrité, c'est normal. Je suis minable, c'est tout aussi normal.

— Pourquoi tu as simulé ? répète-t-il, l'air toujours mécontent.

— Je…

Je ne peux pas.

Mon instinct de survie se manifeste, mes poings se serrent. Mon âme a beau s'être fissurée. Encore une fois, ça n'empêche pas mon masque de glace de refaire surface.

— Va-t'en.

Ma voix porte la rudesse de mes démons. Je lui montre mon côté garce.

Généralement impassible, il écarquille les yeux, confus.

— Quoi ?

Un pli barre son front.

— Je veux que tu t'en ailles, enchaîné-je sévèrement. Tu crois quoi ? Que ça me plaît d'être comme ça ? Avec tes réprimandes, tu donnes à ce qui vient de se passer un aspect vulgaire, que je ne peux plus supporter. Alors, je te demande de partir.

L'incompréhension flotte dans son regard mais sans doute

aussi dans son esprit. Je suis envahie par la honte. Alors je riposte comme un serpent qui crache son venin.

Sans piper mot, il se rhabille et ne me jette aucun regard. Je fixe droit devant moi, fuyant tout contact visuel avec lui. Je l'entends s'en aller et claquer la porte, clôturant ainsi cette soirée désastreuse.

Voilà. Ce que je redoutais le plus s'est finalement… produit. Mes démons ont gagné.

Je n'ai jamais pu connaître l'orgasme. Je pensais qu'avec Jayde ce serait différent… Le lien qui nous unit est profond, sans fioritures, dénué de mensonges ; je suis totalement en confiance. Entre nous, c'est comme des feux d'artifice. Ça surprend, c'est explosif, c'est palpitant. Jamais un homme ne m'a laissé de telles marques.

Mais vu ce cuisant échec… je me suis leurrée comme une imbécile.

Seule, frigorifiée, je reste dans mon lit, enveloppée dans mes draps. Je me sens vidée et démunie.

Cette nuit avec Jayde aurait dû être ma délivrance, j'aurais vaincu cette frustration, mais je me suis bercée d'illusions. Les chaînes de mon passé m'entraînent comme une ancre sous l'océan. Un raz-de-marée de souvenirs me submerge, et je le laisse m'engloutir. Je pleure pour mes remords, je pleure pour mes regrets, je pleure pour ma culpabilité. Je pleure pour tout ce qui m'a blessée. Le temps ne guérit pas les cicatrices, on apprend juste à vivre avec. Je cohabite depuis si longtemps avec toutes ces fêlures qui m'étiolent l'âme.

Mes sanglots s'intensifient, m'étranglent. Je tremble comme si le froid de l'Antarctique venait de se faufiler en moi.

Porcelaine.

Au final, ils n'ont jamais eu tort de m'appeler ainsi. Je me brise comme la porcelaine. En mille morceaux.

Sans jamais pouvoir les réparer.

Jayde

J'ai été frustré dans ma vie, mais jamais à ce point.

Merde !

Trop de questions. Trop de zones d'ombre. Pourquoi a-t-elle agi ainsi ? Elle va me rendre dingue !

La nuit blanche que je viens de passer ne résout en rien mon trouble. Ai-je commis une erreur quelque part ? Je savais que la vipère était prude et qu'elle ne s'adonnait pas au sexe régulièrement, j'ai appris à lire entre les lignes.

Iris a beau avoir des yeux d'ange, une tempête sans merci se déchaîne en elle constamment.

Rage, mensonge et réticence rythment mon existence.

Regret, violence et souffrance marquent sa réalité.

Derrière ce masque inébranlable, un bout de femme ne demande qu'à éclore. Ses barrières en titane auraient pu définitivement céder dans mes bras, mais je n'ai pas réussi à l'en délivrer.

C'est la première fois de ma vie que je me soucie du plaisir d'une de mes partenaires. Je me suis préoccupé de ma façon d'agir, du moindre effleurement.

Ce désir irrépressible m'étreignait férocement. Mes pulsions primaires brutalisaient mes sens et ma bonne conscience. Avec Iris, je ne devais pas faire de faux pas, je ne voulais ni l'effrayer ni la brusquer…

« Va-t'en. »

Je me suis pris un uppercut en pleine poire. Non seulement je désirais cette fille comme un fou mais, quand j'ai réussi à franchir ce pas, c'est elle qui ne me voulait pas…

Elle a simulé.

Après avoir écarté l'idée que mon orgueil s'est pris une sacrée gifle, je réfléchis à ce qui a pu m'échapper, et j'en viens à la conclusion qu'Iris cache quelque chose.

Et ce quelque chose n'a rien à voir avec moi.

Enfin, j'ose l'espérer.

Elle était là, douce et réceptive à tout ce que je pouvais lui offrir, puis son attitude a brusquement changé du tout au tout. Une sorte de léthargie s'est emparée de son corps, qui l'a empêchée de se perdre entièrement dans mes bras.

Lorsqu'elle m'a sommé de m'en aller, elle n'était pas furieuse.

Non… elle ne l'était pas.

Malheureuse. Elle était seulement malheureuse.

Je sens un poids qui affaisse mon matelas. Nul besoin de me tourner pour savoir de qui il s'agit. L'odeur du décolorant empeste ma chambre. Cody s'allonge et s'étend pour se mettre à l'aise.

J'ai passé ma journée seul dans le penthouse. Il est le premier à être entré. Mes yeux restent bloqués sur la carte du monde à mon plafond, je rêve d'évasion constamment.

— Comment s'est passé ton Thanksgiving ? Tu l'as passé où, surtout ? Vu que l'appartement est dans le même état où je l'ai laissé, me questionne-t-il en poussant un soupir.

Je tourne mon visage vers lui.

— Je l'ai passé avec Iris.

Il fronce les sourcils, visiblement stupéfait. Puis un sourire fend son visage, et je roule des yeux, exaspéré.

— Avec ta vipère ? Vraiment ? Vous avez fait quoi ?

— Elle m'a traîné dans un repas pour les nécessiteux. Et toi ? Ton Thanksgiving ?

— Oh ! chouette ! Le mien s'est bien passé. Mes parents ont regretté ton absence.

— Bizarre que tes parents m'apprécient autant. C'est rare que je sois le préféré de quelqu'un, ricané-je.

— Oh ! arrête ! Tu sais pertinemment que mes parents t'adorent quoi que peuvent dire les articles. Ils te connaissaient bien avant la célébrité, et en plus tu es mon meilleur ami depuis si longtemps.

— Parfois je me demande comment tu peux me supporter.

— Dis pas ça, ma poule, t'es mon âme frère, tu le sais très bien.

— D'où te vient cet élan d'affection ? fais-je, mi-amusé mi-ennuyé.

— Faut bien compenser, tu n'es pas du tout démonstratif, alors j'en montre suffisamment pour nous deux.

Je me retiens de sourire. Il n'a pas tort de se servir du terme « âme frère », je ressens exactement la même chose pour lui. L'essence de notre amitié c'est qu'on est sur la même longueur d'onde, et on se complète. Pour ses faiblesses, je suis sa force ; pour mes dérives, il est mon arme.

On se lance un regard entendu, puis on se concentre à nouveau sur cette carte du monde qui rythme notre soif de découvrir le reste de la planète.

— Après l'album, il est temps de reprendre le projet *Asian Tour*, déclare-t-il.

— Si mon arrestation n'avait pas eu lieu, on l'aurait fait avec les gars en plus de cette tournée.

— Vois le bon côté des choses, on est en route vers un deuxième album. *Bipolar* reste un des titres les plus écoutés du moment, et Braden s'intéresse de près au projet « tournée mondiale ».

— Tu crois que ça marchera, ce deuxième album ?

— *J. Black* ? Les chansons écrites pour l'instant sont géniales. J'ai hâte qu'on commence à les enregistrer.

— J'appréhende beaucoup, Cody.

Il se redresse, m'observant d'un air soucieux.

— Qu'est-ce qui t'arrive ? Tu n'as jamais douté de ton travail, et là…

— Je suis humain, je peux avoir des doutes, tu sais ?

— Notre album va faire un carton. On fera une tournée mondiale. Les salles de concert seront pleines à craquer. On sera nominés aux Gramm, et tout le monde oubliera cette histoire de meurtre.

— Ton optimisme est inébranlable, me moqué-je de lui en passant les bras derrière la tête.

— Je crois en nous. On a travaillé tellement dur.

J'opine du chef.

— Les autres ne sont pas encore là ?

— Bryce rentre ce soir, et Dustin demain.

Son chat, Jimi Hendrix, saute sur son torse ; Cody s'esclaffe avant de l'attraper pour le caresser. Qu'est-ce qu'il peut être gaga avec ce chat de malheur !

— Je peux te poser une question ? dis-je avec réticence.

Il rit.

— Tu le fais déjà.

— Est-ce que ça t'est déjà arrivé de ne pas… réussir à satisfaire une fille ?

Il se fige soudain. Même son matou doit se demander pourquoi il a arrêté. Cody se tourne vers moi, ébahi.

— Je rêve ou tu m'as vraiment posé cette question ? Toi ? La bête sexuelle de notre nation ? En plus, tu poses cette question à un looser qui s'est fait plaquer, tromper.

— Tu n'es pas un looser, Cody, dis-je sérieusement. Et tu méritais mieux que ces pintades de seconde zone. Le seul problème, c'est que tu n'as jamais été doué pour distinguer l'amour et le désir. Tu ne fais pas la différence, mon vieux. T'es un amoureux de l'amour.

— Ouais… mais j'ai fait des progrès, non ? Je n'ai pas été en couple depuis presque un an, et je n'ai rencontré personne.

— Tu veux te caser ?

— Franchement, non. J'ai encore besoin d'être seul, d'apprécier ma propre compagnie et de vivre notre prochain succès pleinement. Je sais ce qu'il me faut et je ne suis pas pressé de l'avoir.

— Content de te l'entendre dire, répliqué-je, fier de lui.

— Sinon… dans tout ça, pourquoi tu t'intéresses aux désirs des femmes et au fait de les satisfaire ?

— Je me remets en question.

— Toi ? Te remettre en question sur le sexe ?

Je hausse les épaules.

— Si tu penses avoir un problème, chose dont je doute, prône la communication, c'est vraiment important. Ça peut être embarrassant au début, mais ça en vaut la peine, je te le dis, parce que je sais que c'est compliqué pour toi de t'ouvrir.

— Communiquer ?

Purée… Juste m'imaginer parler de ça avec elle, je suis envahi par l'incertitude.

— Dis-toi que les secrets qui sont un fardeau pour toi seront aussi éternels que tes chansons, alors autant t'en libérer pour de bon, lâche-t-il avec un rictus.

Je hoche la tête alors que je suis perdu dans mes réflexions.

— C'est dommage que Tate ne vienne plus nous voir comme avant, déclare-t-il.

Cody est le seul à être au courant de la maladie qui affecte le cerveau de mon frère.

— Je ne lui ai pas parlé depuis un bon moment, admets-je.

— Tu l'évites toujours ?

— J'ai besoin de faire un break avec lui.

— Il t'en demande toujours autant ? m'interroge-t-il d'un air embarrassé.

— C'est la raison première pour laquelle j'ai coupé les ponts.

— Jayde, c'est ton frère…

— Un frère qui refuse de se soigner et qui nage dans le déni, et au lieu de l'en sortir mon père plonge avec lui.

— Je t'ai dit que c'était important de communiquer.

— La communication ne marche pas avec eux, ils ne m'écoutent pas.

Cody se lève de mon lit, son animal de compagnie blotti dans ses bras. Avant de sortir de ma chambre, il me jette un regard lourd de sens par-dessus son épaule.

— Espérons qu'avec Iris ce sera différent pour toi.

Je suis au Dream Club, toujours dans mon accoutrement. Je scanne l'endroit à la recherche d'une chevelure améthyste ou encore d'un regard océan unique. Je ne la vois pas, mais je repère son patron, Lenny. D'un pas confiant, je m'approche de lui. Il se tourne vers moi, l'air intrigué.

— Bonsoir, je cherche Iris, je suis…

— Je sais qui tu es, m'interrompt-il avec un sourire. Iris est à l'arrière, c'est sa pause. Tu peux la rejoindre, m'indique-t-il en pointant du doigt une porte avec un panneau « Réservé au personnel ».

Je le remercie d'un mouvement de tête. Cet homme est assez impressionnant, costaud et massif. Tu m'étonnes que la vipère se sente en sécurité avec lui.

Je pousse la porte, franchis le seuil et atterris à l'extérieur, dans une ruelle éclairée par des réverbères. C'est pratiquement vide. Il y a une poubelle, un banc et… Iris assise dessus en train de fumer.

— Je croyais que tu voulais arrêter de fumer ! m'exclamé-je, les mains enfoncées dans mes poches, m'avançant vers elle à pas de loup.

Son corps se raidit instantanément au son de ma voix. Elle se redresse, me fait face et son mégot s'écrase au sol.

— Qu'est-ce que tu fais là ? s'enquit-elle, visiblement mécontente de ma présence.

Sa tenue de serveuse est différente des autres. Elle est la seule à porter un pantalon, contrairement à ses collègues qui ont des jupes et dévoilent leurs jambes. Je ne comprends d'ailleurs pas cette différence.

La voir aussi troublée me perturbe tout autant. Je feins l'indifférence afin de mieux endosser ce rôle de médiateur entre elle et le plaisir sexuel.

Dès qu'elle m'observe ainsi, je me perds dans les vagues de ses tourments intérieurs. Iris canalise ses peurs, sans jamais pouvoir les dompter.

— Un goût d'inachevé m'a mené jusqu'à toi, déclaré-je sans déverrouiller mes yeux d'elle.

Lorsqu'elle se détourne de moi, c'est comme un coup de massue en plein visage.

— Iris, ne pars pas, dis-je.

— Je ne peux pas te regarder en face, confesse-t-elle, le dos tourné. Je t'en prie, rentre chez toi.

Sa voix me supplie.

— Alors ne me regarde pas et donne-moi une cigarette, continué-je.

Je prends place sur le banc tandis qu'elle ne bouge pas d'un iota, toujours debout.

— Jayde, c'est déjà assez embarrassant comme ça…

— Je ne suis pas venu ici pour te réprimander, je voulais m'excuser.

Elle se crispe, puis pivote vers moi, la surprise se lisant sur son joli minois.

— Q… quoi ?

— Je n'aurais pas dû te sauter dessus, avoué-je en soupirant.

Ses épaules s'affaissent, comme si elle capitulait. Elle s'avance avant de s'asseoir à côté de moi.

— Ce n'est pas ta faute…, commence-t-elle faiblement. C'est moi qui ai fait le premier pas, c'est moi qui ai voulu que ça arrive, ne te sens pas coupable. J… je suis désolée…

Je suis touché par sa sincérité, par son envie que je ne culpabilise pas.

— Ne t'excuse pas, Iris. J'aurais aimé que tu me le dises avant.

— Je n'en voyais pas l'utilité, réplique-t-elle.

Nous ne nous regardons pas, nous fixons le bitume. Seules nos voix donnent un sens à cette situation.

— Tu en avais envie ? demandé-je.

— Oui, vraiment envie.

Je devine qu'elle rougit.

— Pourquoi tu ne me l'as pas dit ?

— J… je… je pensais qu'avec toi ça marcherait.

Qu'avec moi ça marcherait ?

— Le fait de jouir ?

— Oui, je ne l'ai jamais vécu… et je me suis dit qu'avec toi…

— Tu t'es dit qu'avec moi ça fonctionnerait, complété-je son aveu.

Je la sens se tendre à côté de moi. Tout s'aligne dans mon esprit, je comprends mieux ses réactions.

— C'est à cause de ton ancien travail ? Tu éprouves du dégoût envers les hommes, et ça te bloque ?

Son passé de stripteaseuse n'a pas dû la laisser indemne.

— Je… Avant que je sois forcée d'avoir ce travail, j'étais vierge… Je voulais avoir le choix de perdre ma virginité, tu vois ? Et je savais qu'on se serait servi de moi si je la gardais.

Putain.

— J'ai vécu ma première fois avec le seul gars qui me trouvait à son goût dans mon lycée. Je pensais que j'éprouverais du plaisir, mais ça n'a pas été le cas. Au fond de moi, je n'étais pas prête à franchir ce pas et je me suis forcée à le faire. J'ai tellement regretté que ça m'a poussée à me conditionner pour tout le reste.

J'ai peur de poser la question qui triture mes neurones.

— Est-ce qu'on t'a forcée à… ?

— Non, on ne m'a pas violée, Jayde. J'ai eu un rapport avec un seul client. J'étais consentante, malgré moi. Je voulais savoir ce que ça faisait d'une part et je savais que dans le fond lutter n'aurait servi à rien. Je n'ai rien ressenti, si ce n'est du dégoût.

Ses confessions sont comme des balles en acier qui me perforent le corps. L'entendre m'avouer tout ça me tiraille dans des émotions contradictoires. La colère, la peine, la douleur.

— En débarquant ici, je me suis dit que tout ça était derrière moi, que je pouvais laisser mon corps s'exprimer, mais ça n'a pas marché non plus.

Un étau resserre ma gorge. C'est moi qu'elle a choisi afin de l'extraire de ce cercle vicieux.

— Le sexe est une question de confiance, Iris. Tu aurais dû me le dire.

— Qu'est-ce que ça aurait changé ?

Pour la première fois depuis le début de ses confidences, nos regards s'entrechoquent. Des frissons dévalent le long de ma colonne vertébrale. Un ouragan se reflète dans ses prunelles. Elle est au bord du gouffre, mais se maintient avec brio pour que la chute n'ait pas lieu.

— Tout. Tout aurait changé.

Ses traits s'adoucissent, mon cœur bat dans tous les sens.

— J'espérais que tu ne fasses pas attention, dit-elle, honteuse, en aspirant ses lèvres.

— Avec moi aucune chance. Je ne vais pas te mentir, je peux me montrer très égoïste au lit, mais je sais reconnaître une fille qui simule. Je ne l'ai pas réalisé jusqu'à la dernière seconde avec toi, je me sentais venir, mais j'ai cru t'avoir perdue à ce moment-là, c'est là que j'ai compris.

— J'ai dû énormément te frustrer, lâche-t-elle, toujours aussi gênée.

— Oui, énormément, mais ne te sens pas coupable pour ça. Ce que je veux te dire, c'est que le sexe c'est censé représenter du plaisir et non une torture. Tu as gardé cette vision à cause des obstacles que tu as rencontrés. Je comprends que tu ne puisses pas te laisser aller avec n'importe qui. On devient vulnérable, à la merci de notre partenaire. Ce n'est pas seulement une mise à nu physique, c'est plus que ça.

— En venant ici, je voulais me débarrasser de tout ce qui me rattachait à Memphis, et tout ce que je viens de te dire me hante constamment, susurre-t-elle.

J'annihile la mince distance qui nous sépare en me déplaçant tout doucement sur le banc. Son corps est inerte. Seules ses paupières clignent quand elle me voit approcher d'elle. Elle tressaille.

Iris n'est pas fragile, elle est forte, on ne veut pas la protéger parce que c'est le danger qui la fuit et non lui qui la pourchasse.

— Qu'est-ce qui t'a fait penser qu'avec moi ça pourrait marcher ? l'interrogé-je.

Elle aspire sa lèvre inférieure avant de plonger ses yeux dans les miens.

— Je te l'ai déjà dit, avec toi ça me semble plus simple.

Elle m'a choisi.

— Simple ?

— Je me sens bien avec toi. Tu sais tellement de choses sur moi… Ça a beau me perturber, mais j'apprécie ta compagnie, vraiment. Mais de toute évidence j'ai fait du mal à ton ego plus qu'autre chose, dit-elle, visiblement toujours aussi peinée de m'avoir fait perdre mon temps selon elle.

— L'Iris que je connais aurait très bien pu me faire ce coup tordu, tenté-je pour lui arracher un sourire.

Et ça marche. Même s'il est vraiment petit, ça compte quand même.

— J'aurais fini par craquer moi aussi.

Je le lui avoue. Il faut qu'elle sache que tôt ou tard c'est moi qui aurais sombré dans la spirale d'attraction qui nous guette elle et moi, depuis le début.

— Si tu ne m'avais pas embrassé, j'aurais fini par le faire, poursuis-je en haussant les épaules.

Elle arque les sourcils.

— Alors je te plais ?

Voilà, elle n'en manque pas une.

— Ne change pas de sujet.

Face à la tournure de la conversation, elle n'est plus embarrassée. C'est désormais moi le centre d'attention. Si ça lui fait plaisir que j'endosse ce rôle, alors je prends volontiers la relève.

— Ça ne te fera pas de mal de l'avouer.

Ce sourire malicieux refait surface sur son visage. Ses yeux sont si expressifs qu'ils deviennent aussi rieurs que sa bouche tentatrice.

— T'es bandante, c'est ce que tu veux entendre ? marmonné-je en grimaçant.

— J'aurais préféré un terme plus subtil, mais, bon, je ne dois pas m'attendre à grand-chose venant de Jayde Black, réplique-t-elle, amusée, en haussant les épaules.

— Est-ce que tu me fais confiance ? dis-je à cause d'une idée saugrenue qui me traverse.

— Pourquoi cette question ?

La méfiance se discerne dans sa voix.

— Si tu étais prête à le faire avec moi, c'est que tu as confiance en moi et c'est ce dont tu as besoin pour t'éviter ce désagrément qui te dérange tant.

— Aux dernières nouvelles, ça n'a pas marché, répond-elle avec ironie.

— Parce que je ne le savais pas. Je t'ai dit que ça changeait tout.

— Qu'est-ce que ça signifie ? m'interroge-t-elle, perdue.

— Qu'on va recommencer.

Je déclare ça le plus normalement du monde. Peut-être que je veux encore goûter à son corps. Peut-être que j'ai envie d'être le premier à lui faire éprouver tout ça. Peut-être que j'ai ce besoin de l'aider. Peut-être que je le fais pour moi et peut-être que je le fais pour *elle*.

— QUOI ? s'écrie-t-elle en se mettant debout, les yeux aussi ronds que des billes.

— Je vais te faire jouir, la nargué-je en me redressant à mon tour.

Le rouge lui monte aux joues.

— Mais tais-toi !

Iris aurait pu figurer dans un dessin animé tant sa réaction est presque infantile. J'ai heurté sa corde sensible.

— Accepte et arrête de faire la prude, la taquiné-je.

C'est plus fort que moi, j'ai besoin de faire retomber la tension avec mon sarcasme. Iris me lance un regard noir, puis retrouve sa couleur initiale. Elle croise les bras en me dévisageant.

— Et qu'est-ce que tu y gagnes ? finit-elle par dire.

— Tu fais disparaître cette frustration que tu as fait naître en moi.

— Tu te fous de moi ?

— Non. Tu m'as déstabilisé, et je veux me débarrasser de cette sensation. Quant à toi, il est clair que tu as envie de surmonter ça, tu es allée plus loin que ce que tu espérais. Maintenant que je le sais, tout changera.

— Tu penses vraiment ce que tu dis ? C'est tordu, non ? s'enquit-elle, peu sereine.

Dans ce genre de conversation, je suis aux antipodes de ce que j'aurais pu être avec une autre fille.

— Il y a une chose que j'ai apprise : tout le monde est fou ; être tordu n'a rien d'effrayant, c'est plutôt distrayant.

Elle roule des yeux face à ma réponse peu convaincante avant de pousser un profond soupir d'incertitude. J'arrive à percevoir les rouages de son cerveau qui surchauffent face à ma requête. Elle ne sait pas quoi faire ni quoi dire. Mais avec moi, elle sait qu'elle peut avoir confiance.

— C'est donnant-donnant, la vipère.

27. *Not that good*

Iris

— Iris !

La voix d'Amber résonne si fort dans le Dream Club qu'elle attire l'attention de tout le monde. Je roule des yeux avant de croiser les bras, la scrutant avec perplexité. Sur ses hauts talons de femme fatale, rien ne peut l'arrêter.

Qu'est-ce que j'ai encore fait ?

J'ai eu le droit à plusieurs sermons sur mon attitude non sociable. Je ne réponds pas aux messages et, avec mon emploi du temps bien chargé, je n'ai pas le temps de voir mes amis. Darren et Amber tentent de me faire sortir de la spirale dans laquelle je m'enfonce.

— Qu'est-ce qu'elle a encore fait ? se moque Darren en s'appuyant sur le marbre du comptoir, les yeux pétillants de curiosité.

— Elle a refusé un rencard avec Michael Smith, dit-elle à côté de lui face à moi, comme si elle avait envie de me sauter dessus.

Je fronce les sourcils.

— Comment tu le sais ?

— Je t'ai vu lui foutre un vent. À vrai dire, tout le monde l'a vu ! Un mec canon et aimable t'invite à sortir, et tu déclines ? Allô, ici la terre qui tente de joindre Iris dans son petit monde.

En à peine quelques mois, Amber se montre très à l'aise avec moi et déploie toutes les facettes de sa personnalité. La pire ? L'Amber intrusive.

— De un, je n'ai pas le temps pour un rencard et, de deux, je ne veux pas sortir avec des mecs, soufflé-je en prenant un plateau pour servir un client à sa table.

— Sale nombriliste ! rétorque Amber derrière moi.

Je déambule entre les tables. Elle me suit sans se soucier de qui que ce soit. Je retourne à mon poste derrière le bar, Amber toujours à mes trousses, et je croise le regard soucieux de Darren.

— Bon… je ne connais pas ce type, mais pourquoi refuser un rencard ? Tu travailles trop, meuf. On ne te demande pas de l'épouser mais juste de t'amuser un peu, réplique-t-il en haussant les épaules.

— Darren, Amber, dis-je en les regardant tour à tour. C'est gentil de vous inquiéter de ma vie sociale et amoureuse, mais… il ne me plaît pas, admets-je en poussant un profond soupir.

Ce n'est pas lui que je veux.

— Et si tu avouais que tu penses à quelqu'un d'autre ? déclare mon amie avec un sourire malicieux.

— Q… quoi ?

Je sens le rouge me monter aux joues.

— C'est bon, Amber, laisse-la, intervient Darren en sentant mon embarras.

— Bon, je vais chanter, sinon je risque de m'en prendre à ta chevelure améthyste, je ne suis pas une criminelle capillaire, lance-t-elle avant de s'en aller de manière théâtrale vers la scène.

— Elle est folle, soufflé-je en passant la main dans mes cheveux.

Darren sourit de façon adorable.

— Amber, c'est de la dynamite, elle implose pour un rien, mais c'est ce qui fait son charme.

— Qu'elle n'implose pas sur moi.

— Tu es trop fermée.

— Quoi ?

— Tu es une huître, Iris.

— Tu viens de me comparer à un fruit de mer ?

— Je respecte le fait que tu sois secrète. Le truc, c'est que parfois j'ai l'impression que tu ne me fais pas confiance, alors que moi j'ai une confiance aveugle en toi.

— Tu sais, je n'ai jamais vraiment eu d'amis jusqu'à toi et l'autre folle qui s'égosille sur du Mariah Carey.

Amber enflamme la scène en chantant *All I want for Christmas is You*. Nous sommes début décembre, ce qui signifie que l'esprit de Noël s'installe petit à petit.

Il sourit gentiment.

— Je suis flatté. Je ne te demande pas de changer mais juste de réaliser qu'on peut passer à côté de beaucoup de choses en se terrant dans sa propre sécurité.

— Comme quoi ?

— Des souvenirs. C'est important d'en avoir. Quels sont ceux que tu chéris le plus, Iris ?

Sa question me bouleverse. L'unique chose qui se matérialise entre mes neurones, c'est le visage de mon défunt frère.

— Ceux avec mon frère et, pour tout te dire, ce sont les seuls souvenirs que j'ai de ma vie d'avant ici…

— Et tu ne crois pas que c'est l'occasion de t'en créer de nouveaux pour cette nouvelle Iris que tu deviens ?

— Une nouvelle Iris ?

— Plus ouverte, plus sûre d'elle, plus confiante. Lenny m'a dit qu'en débarquant ici tu étais d'une méfiance acérée, et plus les jours passent, plus tu baisses ce pont-levis qui te protège.

— Tu sais très bien que c'est plus facile comme ça… avec ce pont-levis.

— Tu sais, Iris, parfois se casser la gueule émotionnellement, ça fait du bien, parce que le regret n'existera jamais.

Je le regarde, éberluée. Il pose sa main sur la mienne, me gratifiant d'un sourire plus que réconfortant. Ce geste me communique toute l'affection qu'il me porte. Ses yeux chocolat me sondent avec douceur. Je m'en veux tellement de ne pas pouvoir être l'amie qu'il mérite d'avoir.

— Tu comptes beaucoup pour moi. Je veux que tu sois heureuse et que tu ne te caches pas derrière cette tonne de travail que tu t'infliges. Décompresse de temps en temps. En tout cas, Amber et moi nous serons là, dit-il en caressant ma main avant de me lâcher.

Il s'éloigne de moi, puis s'arrête pour ajouter :

— Et tu sais quoi ? L'huître cache une perle. Je n'ai pas besoin que tu t'ouvres à moi pour que je sache que tu en es une, mais n'en prive pas les autres.

Je n'ai pas le temps de répondre qu'il est déjà avec Amber pour la féliciter de sa prestation. Tout ce qu'il m'a dit tourne en boucle dans ma tête. J'ai baissé mes remparts sans le vouloir. Beaucoup de gens ont réussi à me mettre en confiance, par leur bienveillance, leur sincérité et leur attention. Mais je ne renvoie jamais les bons signaux.

J'ai bien trop peur de me casser la gueule. Qu'est-ce qui m'empêche de me dévoiler davantage ? La frousse ? Le manque de confiance en moi ? La peur d'être jugée ? Peut-être les trois en même temps…

Depuis Thanksgiving, Jayde et moi nous sommes revus au studio et nous avons travaillé avec le groupe sur la musique des premières chansons. Les premiers enregistrements débutent bientôt, d'après Braden un peu avant les fêtes de fin d'année. Pour l'instant, Jayde et moi avons rédigé quatre chansons. C'est plutôt satisfaisant, surtout qu'elles ont été plus que validées par les autres.

Nous travaillons sur le cinquième morceau. Nous souhaitons y aborder les addictions. Se réfugier dans l'alcool pour éponger ses peines, se corrompre l'esprit avec de la drogue pour enjoliver le plus horrible des souvenirs. Tout oublier et être dans un havre de paix l'espace d'un instant. C'est éphémère, pourtant tellement facile de s'y noyer.

Jayde est rodé de ce côté-là. De ce que j'ai compris, il a eu des soucis avec la marijuana, mais il n'en prend plus. Ses amis étaient présents durant cette conversation autour des addictions. Cody portait ce regard fier sur son meilleur ami, un sourire comblé de satisfaction.

Penser à Jayde fait battre mon cœur plus vite. Je songe à ses beaux yeux noirs, à sa bouche, à son corps athlétique, à sa voix suave… Tout en lui me galvanise.

Jayde m'envahit.

Mon addiction à moi, c'est la liberté. J'use et abuse de mon instinct de survie pour déployer mes ailes.

Des débris de mon passé entravent mon présent. J'aimerais me délester de ce poids et j'ai la sensation que j'y parviendrai avec Jayde.

Il est cette tempête emportant sur son passage les fragments craquelés de mon âme. Il est le tsunami de mon océan de secrets. Je suis tombée en lambeaux, et lui met en valeur chacun de mes morceaux.

Je veux suivre le courant puissant qu'il représente dans ma vie, mais je songe déjà à ma chute. Si je plonge inéluctablement… ce serait irréversible.

Les heures défilent, et la fermeture approche. Darren et Amber sont partis, me précisant qu'ils veulent qu'on se voie demain pour déjeuner. Je n'ai pas cours les prochains jours, je me voyais mal refuser. J'ai des partitions à préparer pour mes cours de musique. L'avantage est que j'ai des tas de musiques en réserve. L'inspiration ne me quitte pas. Je carbure au café pour rester éveiller.

Lenny me raccompagne toujours chez moi après mon service depuis que je ne suis plus véhiculée. Je m'occupe de la fermeture seule tandis qu'il fait la comptabilité dans son bureau ou bien dans le studio au-dessus du bar pour plus de tranquillité.

Je range les chaises du comptoir du bar quand j'entends la porte qui s'ouvre. Je soupire… Encore une personne qui ne sait pas lire qu'on est fermés.

— C'est fer…

Je me tais en découvrant Jayde en train de refermer la porte derrière lui.

— Qu'est-ce que tu fais là ?

Une légère panique s'empare de moi. Je ne m'attendais pas à le voir.

— Surprise, la vipère ?

Encore et toujours en noir, il affiche un rictus roublard, et ses yeux pétillent de… lubricité ?

— Un peu… Surtout qu'il se fait tard, répliqué-je en fronçant les sourcils.

Il est 1 h 20.

— Tu es toute seule ?

En plissant les paupières, il analyse les alentours, cherchant la moindre présence.

— Non, Lenny est à l'étage… Et toi ? Qu'est-ce que tu fais là ?

— Tu sais très bien pourquoi je suis là, déclare-t-il en enfonçant les mains dans ses poches.

Quelques mètres nous séparent, mais j'ai l'impression de sentir la chaleur irradier de son corps. D'une manière ou d'une autre, sa présence me perturbe. Je lui tourne le dos et reprends ma tâche.

Bon sang, Iris ! Calme-toi.

Je suis intimidée, j'ai chaud.

Il est derrière moi, tout près, je le sens. Son souffle brûlant agresse ma peau. Je déglutis difficilement. Une main effleure ma taille, et je ne bouge plus, confuse à cause de ce torrent ardent qui naît en moi.

— Dis-moi, Iris…

Ce murmure me fait tressaillir. Je sens son parfum viril et la confiance qu'il érige de front pour rester inaccessible.

Mes doigts se resserrent sur le comptoir. Sa main s'attarde au creux de ma taille. Je suis marquée au fer rouge dès qu'il me touche.

— C'est quoi ton fantasme ?

Oh ! mon Dieu.

— Q… quoi ? bégayé-je.

— Qu'est-ce qui t'excite ?

Je ressens son sourire goguenard derrière moi. Je pivote légèrement la tête, n'osant toujours pas accrocher son regard sournois. Il prend plaisir à m'incommoder en parlant de sexe parce qu'il a l'ascendant sur moi, et c'est ce qu'il aime. Contrairement à nos batailles passées, je ne suis pas en mesure de rivaliser sur ce terrain.

Les martèlements de mon cœur sont le seul son que mon corps émet.

— Tu ne sais pas ? susurre-t-il à mon oreille.

Je secoue la tête doucement.

— Tu ne trouves pas excitant le fait qu'on peut se faire prendre ?

Mon cœur fait des saltos arrière, le sol pourrait se dérober sous mes pieds, ces mots m'embrasent inexorablement.

— Qu'est-ce que ça te ferait, Iris ?

Ses dents mordillent le haut de mon oreille. Son torse est plaqué contre mon dos, réchauffant mon corps et mon âme entièrement.

Ma respiration devient saccadée lorsque je sens sa main remonter doucement vers ma poitrine de manière presque hésitante.

— Qu'est-ce que ça te ferait si je te prenais sur ce bar, là tout de suite ?

Mon Dieu !

J'ai si chaud… C'en est presque indécent.

Ses lèvres s'attardent sur mon cou, il y sème des baisers avec ferveur. Son torse est un réel maintien ; sans lui, mes jambes m'auraient lâchée.

— Jayde…

— Pas la peine de parler, ma *rose noire*. On n'en a jamais eu besoin toi et moi pour se comprendre.

Il a raison.

Je me tourne vers lui. Désir et sensualité se discernent dans ses yeux. Je me soumets à lui, succombant à tous mes instincts.

La bouche de Jayde s'écrase sur la mienne, brisant mes chaînes, enflammant mon cœur, consumant mes neurones. Sa langue ne tarde pas à titiller la mienne et, dans le feu de l'action, je le sens qui m'assoit sur le comptoir. Naturellement, mes cuisses s'écartent pour l'accueillir, mes doigts tirent sur ses cheveux et mon souffle erratique épouse le sien dans une tempête de désir.

Lenny est en haut, la porte du bar n'est pas fermée à clé. N'importe qui peut entrer, pourtant seul Jayde compte.

Sa main glisse entre mes cuisses, frottant sur le tissu de mon pantalon. Je l'entends grogner contre ma bouche et je lui mordille la lèvre inférieure. Son front se colle au mien. Nous sommes essoufflés, coincés dans cette bulle que je voudrais ne jamais quitter.

— Toi, me mordre, c'est très excitant, ricane-t-il tout en laissant sa main longer le long de ma cuisse vers mon entrejambe.

Je le regarde, légèrement groggy, et me rappelle sa promesse : « On va recommencer. » Encore et encore, parce qu'il aime ça et parce que je veux ça. Perdue dans notre donnant-donnant, j'ai cédé une part de moi. Je suis comme liée à lui, émotionnellement et physiquement.

— Pourquoi tu es la seule serveuse ici à ne pas mettre de jupe ? susurre-t-il en caressant ma cuisse.

Son odeur me submerge. Ses lèvres parcourent la peau de mon cou. Je suis déboussolée. Entre mes cuisses, tout se déchaîne. Je sens ce renflement derrière son pantalon et la pression de sa main qui se rapproche de mon entrejambe.

— Je suis complexée, avoué-je entre deux halètements, la tête rejetée en arrière.

Je ne l'ai jamais dit à personne.

Brusquement, il s'arrête, mais la tension entre nous continue de grésiller. Son visage demeure près du mien. Son expression exprime sa confusion.

— Par quoi ?

Un pli barre son front.

— Je... j'ai des cicatrices et beaucoup trop de vergetures.

L'avouer comme ça, à un tel moment, me bouleverse. Une bile acide me remonte à la gorge. J'ai encore du mal à me détacher de cette vision de mon corps déplorable. Moi qui prône l'acceptation de soi, je suis la pire des hypocrites.

— Je n'y ai pas fait attention, fait-il en se remémorant notre première fois.

— C'est ce que j'espérais, murmuré-je en baissant la tête.

J'étais légèrement enrobée avant. L'effet yo-yo a été dur sur mon corps. J'ai des vergetures sur le côté des cuisses, ça m'a toujours complexée, et je me suis dit que mettre une jupe les rendrait visibles aux yeux de tous, c'est psychologique. Quant à mes cicatrices... j'ai déjà reçu des coups de mon père... pour protéger mon frère.

Je ne garde pas de bons souvenirs de cette période.

— Ce n'est pas disgracieux, lâche-t-il en soupirant comme s'il voulait me convaincre.

Je détourne mon visage du sien.

— C'est mon propre regard qui compte et non le tien.

Je ne peux pas le voir... en parlant de *ça.*

— Tu le penses vraiment ?

Sa main saisit la mienne et me tire vers lui. J'atterris sur mes pieds, ma poitrine collée à son torse. Éberluée, je sens mes pommettes rosir sous l'intensité de son regard.

— Je ne sais plus ce que je pense quand je suis avec toi, chuchoté-je timidement.

— Et quand tu n'es pas avec moi… tu penses à quoi ? dit-il sur le même ton.

À toi.

J'ignore si ces mots sont véritablement sortis de ma bouche, je n'ai plus de filtre en sa présence.

Ses yeux s'écarquillent, et doucement sa main épouse la forme de ma joue.

Ce geste est si affectueux venant de lui. Je décèle cette incertitude en lui, comme s'il avait peur de m'abîmer. Je suis terrifiée. Mes sentiments actuels valent-ils la peine d'exister ? Je me piège toute seule, au final.

Sa tête se penche, ses yeux ont pour ligne de mire mes lèvres. Soudain il s'éloigne de moi en reculant de quelques pas. Je détourne le visage et trouve Lenny qui s'approche avec un air confus de voir Jayde ici.

— Bonsoir… Iris, je te raccompagne toujours ? demande-t-il en posant les yeux sur moi.

— Je m'en charge.

Je n'ai pas le temps de répondre que Jayde réplique déjà. J'opine du chef à Lenny pour lui faire comprendre que je pars avec le rockeur.

Je veux qu'on avance sur notre chanson.

Il m'a soufflé ces paroles dans la voiture, et nous voilà à travailler sur le texte. Assise en tailleur sur le sol, j'écris ce qu'il me dicte et pousse un profond soupir.

— Quoi ? fait-il en se redressant.

M. Black prend sans vergogne ses aises dans mon chez-moi. Il s'allonge sur mon canapé, sort ce qu'il veut de mes placards pour manger et en plus critique ma déplorable relation avec le rangement. En somme, il se croit tout permis, cet enfoiré.

Je pose la tête sur la table basse.

— Je suis fatiguée.

Je l'entends s'approcher. Assis à côté de moi, il saisit mon stylo, puis tire la feuille vers lui.

— Je veux qu'on finisse cette chanson rapidement, marmonne-t-il.

Coincé entre ses longs doigts, le stylo tremble avant de se diriger vers le papier. Il se ravise au dernier moment, sentant mon regard appuyé sur lui.

— C'est ça mon complexe, déclare-t-il en s'affaissant, l'air défaitiste.

Son visage pourrait exprimer une quelconque peine, mais Jayde est sans doute l'être qui contrôle le mieux ses émotions que je connaisse.

— Tu n'as pas à complexer là-dessus, fais-je en le regardant tristement.

— J'ai vingt-quatre ans, et les lettres se mélangent constamment dans ma tête. Et évidemment je n'ai pas la meilleure ouïe pour m'aider avec le son, ajoute-t-il en fronçant les sourcils.

— Tu n'as pas à avoir honte de ça.

En même temps que je lui murmure cela, mes doigts épousent les siens en tenant le stylo.

— Un stylo et une feuille n'ont pas à te faire si peur, encore moins le jugement des autres, dis-je doucement sans changer de position.

— Ça n'aurait rien changé pour le Jayde de sept ans.

Il observe nos mains enchevêtrées.

— Là, je m'adresse au Jayde de vingt-quatre ans. Tu te soucies tant que ça de ce que les autres pensent de toi ?

Il hausse les épaules nonchalamment.

— À vrai dire, je ne sais pas… Je suppose que c'est paradoxal chez moi.

— Les autres déforment toujours la vision qu'on a de nous-même, Jayde. Les complexes qu'ils considèrent comme des faiblesses font ta force.

— Je ne vois pas en quoi être sourd d'une oreille me rend plus fort, la vipère, me nargue-t-il avec un demi-sourire narquois.

— Tu peux dire ce que tu veux pour te dénigrer, tous ces

morceaux brisés en toi t'ont poussé à te surpasser. C'est ta force, la raison pour laquelle tu as réussi.

— Je ne peux pas exposer ça en public, ça ferait scandale…

Une autre faille, le doute. Mon cœur se resserre.

— Ne l'expose pas, mais ne te dénigre pas. Je ne supporte pas de te voir te remettre en question à cause de ça, admets-je malgré moi.

Cette révélation le fait froncer les sourcils. Je tente d'esquiver ce qu'il a à me dire et le pousse à écrire d'une pression de la main. Je place la tête contre son épaule et le lâche en l'observant écrire. La plénitude de ce silence me détend. Je me sens apaisée et j'ai l'impression qu'il l'est aussi.

Je pensais que tu pouvais me guérir.
Si enviable dans les moments sombres mais avec un fonb pourri qui incite à la démolition.
Tu es ma destructiom, mon abbiction.
Pour moi, tu n'es pas si don que ça.
Mon abbiction, ma destructiom.
NOT THAT GOOD.

Son écriture est légèrement difforme, mais ça ne la rend guère illisible, et c'est l'essentiel. Je repère deux, trois fautes d'orthographe, mais ce n'est pas méchant.

— Tu peux me dire si j'ai fait des fautes, au point où on en est, soupire-t-il, ennuyé.

Il m'écoute attentivement quand je lui explique ses petites erreurs avec bienveillance pour qu'il ne se sente pas rabaissé. Il se contente de hocher la tête.

— C'est quoi ton addiction ? Je sais que ce n'est ni l'alcool ni la drogue, demandé-je ensuite.

Nous sommes toujours assis sur mon plancher, épaule contre épaule.

— Je crois que mon addiction ce sont mes mensonges, avoue-t-il franchement.

Je redresse le visage pour mieux l'observer. Il plonge son regard dans le mien.

— Tu n'as pas à complexer sur ton corps, ni pour tes cicatrices ni pour tes vergetures ou pour quoi que ce soit.

Ces petits mots de rien du tout suffisent à m'émouvoir. Je lui souris sincèrement.

— Alors ne te dénigre pas toi non plus, dis-je en lui touchant le bout du nez avec mon doigt pour le taquiner.

Il plaque ses lèvres contre les miennes. Je me laisse aller à l'assaut de sa langue. Ses mains caressent mes joues avant de se perdre dans mes cheveux courts.

Je me retrouve bientôt sur mon lit. Perdue quelque part entre la panique et la passion, je me résous à céder à la seconde. Passion avec un grand P, si grand qu'il enveloppe tout mon être dans un édredon d'une douceur incomparable.

Le choc de mon corps contre celui de Jayde est un séisme. Alors qu'il est au-dessus de moi, ses lèvres commettent les prouesses les plus exquises. Mes mains sont au-dessus de ma tête. Je suis incapable de faire quoi que ce soit tant je suis envoûtée par sa langue dans ma bouche.

Il s'arrête, son front arrimé au mien, ses yeux clos. Je l'observe par-dessus mes cils, fascinée par sa beauté. Ses cheveux sont légèrement ébouriffés. Sa poitrine remonte et descend.

— Dis-moi, Iris, est-ce que tu t'es déjà touchée ?

— Quoi ?

Je crie presque tant cela me prend au dépourvu et m'empourpre sur-le-champ.

— Ne fais pas ta timide, ricane-t-il en se laissant tomber à côté de moi sur le matelas.

— Pourquoi tu poses cette question ?

— Si tu ne connais pas ton propre plaisir, tu ne sauras jamais ce que tu veux. Je suis certain que tu caches un godemichet dans tes tiroirs ! s'exclame-t-il, amusé, en se redressant pour chercher dans ma table de nuit.

Je saute sur lui à califourchon, l'empêchant de fouiller dans mes affaires.

— Waouh, tu prends les devants, fait-il avec un air suintant la débauche, les mains nichées au creux de ma taille.

Je lui adresse un regard noir.

— Je n'ai pas de godemichet, et pour répondre à ta question : non, je ne l'ai jamais fait.

— Pourquoi ?

Il croise les bras derrière la tête contre le mur, me jaugeant attentivement alors que je suis sur lui, toujours vêtue de ma tenue de serveuse : un pantalon et un haut noir.

— Je ne sais pas… Ça ne m'a jamais traversé l'esprit. Tout ce qui est charnel me passe au-dessus.

— La sexualité ne devrait pas être taboue, que ce soit pour les hommes ou pour les filles. Personnellement, je trouve ça très excitant qu'une fille se touche… surtout si elle pense à moi, ricane-t-il sournoisement en approchant son buste du mien.

— Si je me touchais, je penserais à Henry Cavill, le taclé-je volontairement.

— Dans ses collants de Superman, t'es sérieuse ?

Il semble ennuyé et roule des yeux avant de me faire basculer sur le lit, se retrouvant derechef sur moi.

— Tu as bien des paillettes sur le visage quand tu montes sur scène, ris-je en effleurant sa joue.

— N'importe quoi, marmonne-t-il en pinçant un de mes tétons entre ses deux doigts.

— Aïe, gémis-je en soulevant mon bassin, surprise.

— Quand ce sera ma langue, tu diras quelque chose de plus fort que ce vulgaire « aïe », dit-il doucement en laissant glisser les doigts vers le bouton de mon pantalon.

— Qu'est-ce que tu fais ?

Le centre de mon désir palpite fort quand Jayde se rapproche de son but. J'attrape sa main par réflexe avant qu'elle ne se faufile dans ma culotte. Une vague d'appréhension brille dans ses prunelles. Je prends une profonde inspiration, m'évertuant à me détendre. Il capte mon trouble et penche son front contre le mien.

— Fais-moi confiance.

Je me laisse happer par son regard. Délicatement ses lèvres

épousent les miennes, et au même moment je le sens guider mes doigts vers la fente de mon sexe.

— Détends-toi, susurre-t-il entre deux baisers sur mon menton puis sur mon cou.

Ses baisers m'enivrent, et mes doigts en moi me prodiguent une sensation exquise. Je m'arc-boute, entrant en collision avec la protubérance cachée derrière son pantalon. Ses doigts conduisent les miens. Chaque rotation me fait éperdument flancher, me poussant à libérer de plus en plus de gémissements.

— T'es tellement excitante comme ça, geint-il en léchant mon cou.

Un feu ardent embrase tous les recoins de mon corps. Je suis dans un engrenage de sensualité beaucoup trop captivant pour le quitter.

— À qui tu penses quand tu fais ça ? murmure-t-il au creux de mon oreille.

Connard.

— Superman…, gémis-je.

— Sale peste, ricane-t-il en enfonçant encore plus profondément mes doigts à l'intérieur de moi. Même comme ça, tu cherches à me défier.

Je tremble entre le rire et le plaisir. Cette tension palpable entre nous me consume. Je suis près de perdre le contrôle lorsque je sens un liquide chaud s'écouler de mon sexe. Je suis essoufflée, totalement en vrac.

Je retrouve lentement mes esprits lorsque je me délivre de l'emprise sous-estimée de mes doigts. Jayde lâche ma main, et je le vois remonter son index vers ses lèvres.

Une scène d'un érotisme pure se déroule au-dessus de moi. Lascivement sa langue passe sur son index, il lèche mon goût. Cela m'excite totalement, et mon souffle demeure erratique.

— La prochaine fois, dit-il en embrassant mes lèvres, ma faisant partager sa gourmandise érotique, ce sera directement ma langue.

Son sexe en érection se niche au creux de mon entrejambe. Nos vêtements nous séparent, mais qu'il soit si près me fait perdre pied.

— Ça te plaît de me sentir ? s'enquit-il fièrement en s'appuyant davantage.

Oh merde…

Je hoche lentement la tête, complètement conquise.

— Touche-moi, déclare-t-il sans filtre.

Mes yeux s'écarquillent de crainte face au poids de ses mots. Il attrape ma main avant de la guider à nouveau à l'intérieur de son pantalon.

— Jayde… Tu…

— Ne dis rien, murmure-t-il comme pour m'apaiser.

Tu me rends dingue.

Me voilà contre sa verge, chaude et dure, mes doigts emprisonnés par les siens au-dessus. La seule chose que je vois, ce sont ses yeux, qui ne se déverrouillent guère des miens. J'enchaîne de longs va-et-vient qui lui font fermer les paupières. Mes doigts sentent quelque chose de métallique sur son gland. Je mordille ma lèvre pour m'empêcher de poser une question et de rompre cet instant.

— Continue, lâche-t-il en grognant.

Sa main lâche la mienne, il me laisse poursuivre seule. J'y vais doucement et le sens prendre de plus en plus d'ampleur. Je mouille alors que des images de nous deux totalement nus envahissent ma tête.

— Tu fais ça tellement bien, dit-il en nichant sa tête au creux de mon cou.

Ses dents me mordent la peau. Il y dépose des baisers, et toute cette peur enfouie en moi s'évapore.

— Iris…, gémit Jayde, au bord de l'extase.

Il n'en peut plus. Il s'éloigne directement de ma main avant de se diriger vers la salle de bains dans le couloir. Je me sens complètement désorientée.

À son retour, il se laisse tomber sur mon lit, presque exténué. Il est allongé à côté de moi. Une mince distance nous sépare. Je l'annihile en me tournant vers lui afin de mieux l'observer.

— Tu as un piercing sur le sexe ?

— Ouais. Ça amplifie les sensations, fait-il en riant face à ma perplexité.

— Je comprends mieux pourquoi tu l'as fait, alors, dis-je en me retenant de rire.

Je n'arrive pas à croire qu'il m'a pénétré avec *ça*.

— Mes tatouages et mes piercings, je ne les fais jamais par hasard, marmonne-t-il.

— C'est vrai que tes tatouages sont assez spéciaux…

— Les tiens aussi, répond-il rapidement en me fixant.

— Non, les tiens le sont plus.

— Comme quoi ?

— Ce dessin bizarre sur ton bras, ça veut dire quoi ?

Il lève celui-ci pour mieux voir son propre tatouage. Deux silhouettes se divisent violemment, se déchirant presque l'une de l'autre. Celle qui subit cette séparation hurle à l'agonie. Comme si c'était… *un trouble psychologique*.

— C'est personnel, souffle-t-il en se levant.

Plus de failles, de l'indifférence.

— Et le « Memento mori » ?

Je le regarde arranger son T-shirt et remettre sa veste pour partir.

— C'est un rappel qu'à la fin, peu importe ce qui se passe, on va mourir. Se souvenir que ce qui nous attend nous met tous à égalité et au même niveau. J'avais besoin de m'en rappeler avant… Ça m'aide à me détacher de tout ce qui m'entoure et même de mon corps pour privilégier mon âme et faire ce qui me fait vraiment du bien.

28. Piège sentimental

Iris

J'ai une migraine infernale, et la raison en est simple, je sors d'une conférence où un célèbre agent artistique nous a expliqué l'envers du décor du monde de la scène. Les coulisses empestent la tromperie et l'hypocrisie. Bien sûr, il n'a pas recouru à ces termes. Les siens étaient plus… édulcorés, mais il nous laisse comprendre que la compétition est rude, et que c'est une véritable fosse aux lions.

En plus, la salle de conférences où j'étais reflétait exactement l'atmosphère décrite par notre interlocuteur. Chacun trouvait un moyen de se démarquer. Les ambitieux se sont sans doute jetés sur l'agent à la fin de la conférence.

J'inspire profondément une fois à l'extérieur, loin de toute cette ambiance… qui ne me ressemble pas.

Suis-je présomptueuse de penser de la sorte ? C'est vrai qu'avec Madness j'ai la plus belle des opportunités, que n'importe qui de ma promotion pourrait envier. Les choses auraient-elles été différentes si je n'avais pas été celle que Braden a choisie ? Est-ce que j'ai mérité une telle mise en avant ?

Le doute se distille dans mes veines. Je me frotte le front comme si cela pouvait m'aider à l'effacer de mon esprit.

— Iris !

La voix de M. Cooper m'extirpe de mes réflexions. Je tente de sourire pour dissimuler mon trouble. Je n'ai pas le temps de le saluer qu'il me lance :

— Un ami à moi de New York est venu assister au concert. Il est à la tête de l'académie de musique classique là-bas. En cette période, il fait une visite générale des plus grandes écoles du pays. Il t'a repérée toi, et deux autres étudiants dans ma classe, pour participer à un concours qui pourrait vous amener une reconnaissance internationale si vous êtes sélectionnés. Ça se déroule généralement en Europe.

Quoi ?

— Je… Moi ? fais-je en me pointant d'un doigt tremblant.

Il me sourit.

— Oui, toi.

J'ai du mal à assimiler cette nouvelle.

— Tu n'es bien sûr pas obligée d'y aller, dit-il, visiblement soucieux de me voir aussi silencieuse.

Tout à l'intérieur de moi me hurle que je devrais réagir.

— J… je… je ne sais pas quoi dire.

— Saisis cette chance ! C'est un concours très fermé, et peut-être que tu pourras faire partie des personnes sélectionnées pour te mesurer aux meilleurs.

Bien sûr que je le veux !

— Je suis honorée d'avoir été choisie, dis-je, encore émue.

Il me sourit avec fierté.

— Je suis heureux que tu te lances. Tiens, sa carte, contacte-le par mail, il t'enverra un formulaire à remplir, et il t'expliquera tout ce que tu as à faire, mais, d'après ce que je sais, tu joues une de tes compositions devant un jury. Le premier concours se passe à New York.

Cette ville était mon ancien rêve, et j'ai un pincement au cœur en y songeant, mais j'essaie de l'ignorer. Une ribambelle de mercis franchit la barrière de mes lèvres, mais ce mot me semble si banal devant toute la reconnaissance qui gonfle mon cœur.

Ma tête est pleine d'espérances, mais je doute à nouveau : ai-je vraiment mérité ce présent ?

J'enchaîne les bonnes nouvelles et les succès. Une bonne étoile semble enfin flotter au-dessus de moi, mais pour encore combien de temps ? Le bonheur est éphémère alors que la douleur est infinie. C'est ce que je ressens pour Chris.

— Je ne m'en remets pas, les gars, pleurniche Bryce.

Mes yeux sont verrouillés sur le clavier du piano. Je suis assise sur le banc au côté de Cody. Nous travaillons ensemble sur la mélodie de la dernière chanson que Jayde et moi avions écrite. Le nabot, comme Jayde aime si bien l'appeler, suscite notre attention avec ses jérémiades.

— Les gars, je vais pleurer, je vous jure, cette scène me détruit !

— La ferme, le nabot, crache Jayde, concentré sur notre morceau avec Dustin de l'autre côté de la pièce pour tester les percussions de la batterie.

— Tu nous emmerdes avec tes mangas, rechigne Dustin en roulant des yeux.

— Qu'est-ce que tu as ? lui demandé-je gentiment pour contrebalancer la brutalité des deux autres.

Un sourire franc étire ses lèvres. Il se redresse en déposant son manga sur le canapé où il était installé.

— J'ai commencé hier ce manga, il s'appelle *The Promised Neverland*, je ne suis qu'au quatrième volume et mon cœur devient poussière, me raconte-t-il de manière théâtrale.

— C'est vraiment sa passion, souffle Cody à ma droite en réprimant un rire.

Bryce se met à sautiller dans tous les sens dans la salle de musique, en tenant entre ses mains le cinquième volume qu'il décide de lire immédiatement.

Avant qu'il ne se jette sur le canapé pour reprendre sa lecture, Jayde lui arrache le livre des mains.

— Occupe-toi de ta basse au lieu de me casser la tête avec les trois gosses de l'histoire !

— JAYDE, NON ! PITIÉ !

Il le supplie en s'accrochant à sa jambe, provoquant les rires de Cody et de Bryce.

— Hors de question, le nabot ! Tu vas répéter ta partie et fissa !

Bryce mime des sanglots, et Jayde libère sa jambe de l'emprise de son ami. Le nabot marmonne dans sa barbe, et l'affuble de diverses insultes infantiles.

— Tu es vachement despotique aujourd'hui, dis-je devant tout le monde.

Jayde me lance un regard noir, et je lui réponds avec un doigt d'honneur.

— C'est toujours comme ça, se plaint Bryce.

— Et encore, parfois c'est pire, poursuit Cody en appuyant sur les touches graves du piano, donnant une sonorité dramatique à ses mots.

— Je ne suis pas despotique, déclare Jayde en nous observant.

— Oui, c'est vrai, tu frôles la tyrannie, confirmé-je en levant les yeux au ciel, ce qui amuse ses amis.

— Les filles ne s'en plaignent pas au pieu, bien au contraire.

Touché coulé.

Il a osé, le fumier.

Son regard se fait carnassier, et il rit. Je me raidis dès que cette allusion plus qu'évidente résonne dans la pièce.

— Garde ce genre de détails pour toi, le menacé-je, les sourcils froncés.

Et là est déclarée une guerre de regards.

— Je n'ai aucun souci à étaler le fait que toutes les filles avec qui j'ai des rapports apprécient fortement mon côté… entreprenant. Tu n'es pas de cet avis, la vipère ?

Oh ! mon Dieu !

— Q… quoi ?

— Que les filles préfèrent les hommes dominateurs ?

Connard.

— Je ne sais pas…

Je déglutis difficilement. Il veut me mettre dans tous mes états ?

— En général, plus un homme se montre dominant, plus il veut compenser un certain manque… de volume, si tu vois ce que je veux dire, rétorqué-je pour lui clouer le bec.

Dustin explose de rire en rejetant la tête en arrière. Quant à Cody et à Bryce, ils arrivent à se retenir, mais n'en sont pas loin. Le principal intéressé ne réagit pas à ma rebuffade. Je me contente de lui envoyer un sourire suffisant en battant des cils.

L'intensité de son regard semble me communiquer une certaine phrase : « Tu es sur mon terrain de jeux. » Maintenant que j'y pense, voit-il d'autres filles ? J'imagine que oui. La frustration que j'ai fait naître en lui ne cesse de s'accroître à chaque fois que quelques centimètres nous séparent. Cela me procure une sensation plus que désagréable.

Pourtant, il trouve toujours le moyen de me posséder d'un regard, d'un mot, d'un baiser. Il me marque au fer rouge, mais son empreinte la plus indélébile est celle qu'il laisse sur mon âme meurtrie.

Jayde est prêt à tout pour m'avoir. Son regard symbolise sa convoitise. Il veut me corrompre, que je m'abandonne dans la chaleur de son corps et à ce désir brûlant.

Ses yeux me scrutent avec intensité. Entre nous, c'est toujours comme ça. Puissant, déroutant, indomptable.

C'est quoi ce sentiment qui m'envahit ? Et cette perte totale de contrôle de mes émotions ? Je n'ai jamais été comme ça.

Je suis ensorcelée. Effrayée. Perdue. Tétanisée.

Je me casse la gueule, et mon cœur n'est pas à l'abri malgré ses barbelés.

Braden fait irruption dans la pièce au bout d'une heure, demandant à s'adresser à Jayde et à Dustin. Ils sortent tous les deux et, comme un enfant qui suit ses parents, Bryce leur emboîte le pas, sa curiosité piquée au vif. Je reste avec Cody à peaufiner au piano le morceau qu'on bosse depuis ce matin.

— Je prends la guitare, on le fait en acoustique sur le refrain.

J'opine du chef, et nous commençons à jouer. Mes doigts vacillent sur le clavier, ils flottent comme des nuages et chaque son est un orage musical. Les cheveux flambant bleus de Cody remuent dans tous les sens, rythmés par ses mouvements de tête. Il s'éclate sur sa chanson.

Cet essai est plus que réussi. À la fin, nous acquiesçons, confirmant silencieusement que c'est bon. La chanson est fin prête. Il n'y a plus qu'à s'accorder sur le rythme. Jayde et Dustin s'en chargeront.

— C'était génial ! Je sentais qu'il fallait ajouter du relief au refrain. Avec la basse, ça va encore mieux résonner ! s'exclame-t-il en s'asseyant sur le banc à côté de moi.

— T'es doué pour les accords. Tu as une oreille faite pour la musique.

Il sourit, tout mignon.

— C'est mon petit plus.

— Je pense que, tous les quatre, vous vous êtes bien trouvés, fais-je remarquer. Vous formez une entité complète.

— Et très complexe aussi, se moque-t-il.

— Un certain charme réside dans la complexité.

— Tu n'as pas tort. On est totalement différents. Aucun de nous n'aurait misé sur l'autre il y a quelques années. On est diamétralement opposés et pourtant si unis, confesse-t-il, son regard bleu perdu dans le vague.

— J'ai l'impression que vous revenez de loin, tous les quatre.

— C'est le cas. On a appris à se faire confiance. Parfois, j'ai l'impression que dans nos vies antérieures on a passé un pacte de sang et que là… tout prend un sens, comme une évidence. On est une famille.

Famille.

Ce mot réveille en moi de vieilles blessures et cette rancœur que je déteste par-dessus tout. Les mauvaises pensées ont une mécanique infaillible. C'est une récidive constante qu'on ne parvient jamais à freiner. J'ai la gorge serrée. Combien de larmes ai-je versées parce que je n'ai jamais eu ce sentiment d'être aimée ?

— Iris, ce soir on organise une petite soirée en comité réduit, tu veux te joindre à nous ? m'interroge Cody en m'extirpant de mes réflexions.

— En comité réduit ? C'est-à-dire ? Comme la dernière fois ?

— Non, y aura pas beaucoup de monde, seulement un autre groupe de rock. On a commencé en même temps et on voulait les voir avant qu'ils ne fassent une tournée dans le pays.

Je me frotte la nuque.

— Oh… je ne sais pas, je me sentirais de trop.

— Absolument pas. De base, on allait t'inviter à venir. Si tu veux, tu peux ramener tes deux amis, ceux avec qui tu traînes au Dream Club, dit-il gentiment.

— Darren et Amber ? T'es sûr que ça ne vous dérange pas ? Ils risquent de faire une syncope en vous voyant, et puis… c'est votre appartement, ça pourrait déranger les autres, la présence d'étrangers.

— Absolument pas ! Je ne leur ai jamais parlé, mais ils ont l'air sympa.

— Tu viens toujours en mode incognito au Dream Club. Je t'aurais présenté sinon.

— Je viens m'assurer que tu vas bien, c'est tout, lâche-t-il en haussant les épaules.

J'ai l'impression qu'un message se dissimule entre ses paroles.

— Je suis une grande fille, je sais me défendre, Cody. Je crois même que, si on est encerclé de trois types pas réglo, c'est moi qui te défendrai.

Il adopte un air faussement offusqué et met la main sur son cœur.

— Mon ego d'homme vient de se prendre une torgnole.

— Désolée, mon chou, le taquiné-je.

— Tu sais, je passe mon temps à me tromper sur le compte des filles que j'ai pu fréquenter, mais avec toi je suis certain que je ne fais pas fausse route.

— Ça s'est si mal fini avec tes ex ? demandé-je tristement.

— Ouais… C'était plus que chaotique, mais là je me sens mieux, je vais de l'avant et pour l'instant je préfère être seul et kiffer ma vie avec mes amis, dont toi alors… tu viens ce soir ?

Après tout, pourquoi pas ?

— Tu es vraiment sûre ?

C'est la dixième fois que Darren me le demande. Nous sommes tous les trois au bas du building où vivent les garçons. La démarche de Cody m'a assez surprise, mais je suppose qu'il voulait mieux m'intégrer dans leur quotidien en invitant mes seuls amis par la même occasion.

— Je vais faire une attaque ! s'exclame Amber une fois dans l'ascenseur.

— Ne les bombardez pas de questions, c'est clair ?

— Ils sont comment ? Tu nous conseilles de nous comporter comment avec eux ? En mode fan hystérique ? Groupie fanatique ? Indifférent total ? se moque Darren.

— Comportez-vous comme si vous étiez avec moi. Ce sont des personnes assez simples, donc soyez vous-mêmes.

— Je vais calmer mon côté groupie alors, réplique Amber en prenant une profonde inspiration.

À notre arrivée à leur étage, la grande porte d'entrée est ouverte. Dustin et un autre type sont contre l'embrasure et discutent gaiement. Le premier me remarque et me lance un sourire amical. Ses sentiments se sont taris avec le temps. Je suis bien heureuse que cette époque soit révolue. M'aimer est un jeu déjà perdu d'avance, je n'ai rien à offrir.

— Hé, Iris ! Content que tu sois là. Je te présente Michael Lane, il est l'un des guitaristes du groupe Lost Souls. Michael, voici Iris Lance, c'est notre compositrice et amie.

Michael Lane est un sacré spécimen, un visage avec des traits durs qui lui donnerait un air presque hautain s'il ne souriait pas. Son crâne rasé a quelques tatouages sur les deux côtés que j'ai du mal à analyser, une sorte de spirale bizarre. Son regard acier m'observe avec attention. Il se demande sans doute pourquoi je suis ici, qui plus est accompagnée de deux personnes qui ont des yeux aussi ronds que deux billes.

— Je suis Iris, enchantée. Voici mes amis, Amber Jones et Darren Brown.

— Ravi de vous rencontrer ! s'exclame Dustin. Mettez-vous à l'aise, poursuit-il en nous faisant entrer.

C'est la deuxième fois que je viens ici mais, contrairement à la première, nous sommes effectivement en « comité réduit ». Deux gars sont installés sur le canapé, avec chacun une fille sur les genoux, tandis que Cody, dans un fauteuil en face, discute avec eux. Dès qu'il me remarque, il se redresse avant de se diriger vers moi.

— Iris, je suis content que tu sois là, dit-il avec satisfaction. Enchanté, je m'appelle Cody Norton.

— C'est plutôt à nous de nous présenter, se moque Darren nerveusement en se frottant la nuque. Je suis Darren et voici Amber. Merci de nous avoir invités.

— Avec plaisir ! Vous voulez boire quelque chose ? De l'eau ? Une bière ? Ou encore du whisky ?

— Je suis pour la bière, réplique Amber, qui paraît émerveillée par l'attitude de Cody.

— Moi aussi, continue Darren.

Je décline l'offre gentiment et laisse mes amis suivre Cody pour qu'il les serve. Je m'avance vers le grand canapé où se trouvent les deux couples. Le premier homme est assez balaise. Avec ses jambes étalées nonchalamment sur la table, on devine qu'il fait au moins un mètre quatre-vingt-dix. La fille sur ses genoux est une blonde bien pulpeuse avec des formes sans doute alléchantes pour la gent masculine. Je n'ai pas vraiment l'impression qu'ils sont ensemble, vu la façon lubrique dont il me reluque.

— C'est toi la compositrice de nos petits gars ? demande-t-il. Ils ne m'ont pas dit que t'étais aussi sexy.

— J'adore ta couleur de cheveux ! s'exclame la blonde, presque fascinée.

— Salut, je suis Carter Lane, intervient le gars assis pas très loin du costaud. Fais pas attention à Nick, il drague tout ce qui bouge, et voici ma copine, Summer, dit-il en désignant la rousse sur ses genoux, qui m'observe également avec gentillesse.

— Je suis Iris, et, oui, je suis la compositrice du groupe Madness.

— Tu vas apprendre plein de choses avec eux, réplique Summer.

Carter et Summer ont ce qu'on appelle une alchimie plus qu'évidente. Physiquement ils ont l'air d'être faits pour former un couple. Un blond qui ressemble à un surfeur de Floride et une rouquine aux yeux bleus pétillants d'amour pour lui.

— Vous êtes tous dans le même groupe ? les questionné-je.

— Oui. Mon frère Michael et moi avons monté le groupe. Nous sommes les deux guitaristes, Nick est à la batterie et Summer au chant avec Lola.

La présumée Lola est la blonde cloîtrée sur les genoux de Nick. Elle me fait un signe de la main avec un sourire enfantin. Je me demande s'ils sont ensemble, elle et lui, mais je n'en ai pas l'impression malgré leur proximité.

Je leur souris.

— Je ne connaissais pas votre groupe, mais j'irai écouter vos chansons avec plaisir.

— Tu sais ce qui me ferait encore plus plaisir ? balance Nick en m'observant avec une débauche indécente dans les yeux.

— Qu'un toubib te coupe la queue ? dis-je du tac au tac, agacée.

— Ah bah, dis donc, faut pas déconner avec celle-là, réplique-t-il, amusé, en jetant la tête en arrière.

Summer me fait le signe OK avec sa main, fière de ma répartie pour le remettre à sa place.

— Je n'ai pas le souvenir que Jayde appréciait les tempéraments de feu. Il t'a baisée, dis-moi ? Parce que, si ce n'est pas le cas, moi aussi j'ai un python comme arsenal…

— Je ne t'invite pas chez moi pour faire les barbiputes.

Je me raidis subitement en sentant la présence de Jayde dans mon espace vital. Son torse est presque arrimé à mon dos, et je discerne sa main au creux de mes reins.

— Oh ! c'est bon, je plaisantais, Jayde, ricane Nick. J'ai bien compris qu'il ne fallait pas tourner autour d'elle, Bryce m'a mis en garde.

Cette fois, c'est Jayde qui se crispe en entendant ces paroles. La chaleur de sa main m'enflamme carrément. Sa réaction sème en moi un sentiment nouveau. M'imaginer à la merci d'un autre mec le dérange.

— Ça avance, ce nouvel album ? nous demande Carter à tous les deux.

— Si on veut, souffle Jayde derrière mon oreille.

Des frissons me traversent des pieds à la tête. Mon cœur bat si vite, et les sentiments que je m'évertue à ranger dans une boîte le rudoient fortement.

— Tu arrives à le supporter ? me dit Lola, amusée.

— Jayde est indomptable, ricane Carter.

— Disons que même la plus perfide des hyènes est domptable, rétorqué-je.

Mes interlocuteurs s'esclaffent. Même Nick est hilare. Son rire tonitruant attire l'attention de tout le monde, et les autres membres du groupe Madness débarquent, accompagnés de mes deux amis et de Michael.

Tout le monde a beau nous entourer, la seule chose qui me perturbe, c'est Jayde qui resserre son étreinte au bas de mon dos, attisant la moindre parcelle de mon corps.

— Tu vas me le payer, la vipère, susurre-t-il discrètement avant de rompre tout contact entre nous.

— C'est une perle que vous avez, commente Summer en regardant les garçons.

— Pas la peine de nous la piquer, menace Bryce en boudant comme un enfant, les bras croisés.

La discussion reprend son cours. Amber et Darren semblent très bien s'entendre avec Cody et Bryce. Les rigolades s'enchaînent entre eux. Je souris en voyant mes amis si à l'aise. Pour une fois que je les invite quelque part hors du Dream Club, je pense que ça doit leur faire plaisir que j'accepte de les laisser pénétrer dans cette partie de ma vie. Je quitte le grand salon pour passer la grande baie vitrée offrant un panorama sur Boston, là où Jayde est allé il y a quelques minutes.

Contre la balustrade, il fume tout en fixant le ciel bleu nuit constellé d'étoiles. Il me remarque et me tend sa cigarette, les lèvres fendues en un sourire narquois, testant ma volonté d'arrêter de fumer.

Le problème est que depuis quelques jours je suis stressée après mon inscription au concours de musique de New York. J'ai longuement parlé avec M. Ellis, l'ami de M. Cooper qui m'a repérée, et la pression n'a fait que monter quand je me suis imaginée là-bas.

— Ta parole vaut que dalle. Tu ne rates pas une occasion de fumer, lâche-t-il dès que je saisis la clope entre ses doigts.

— Je suis nerveuse, admets-je après avoir expiré ma première latte.

Il fronce les sourcils.

— Pourquoi ?

— J... je... je vais participer à un concours à New York.

— Un concours ? Quand ça ?

— En mai.

— C'est un peu loin pour être déjà nerveuse, tu ne crois pas ?

— Ce n'est pas le concours le problème, murmuré-je en regardant la vue.

— Il est où le souci, alors ?

Je n'ai pas le temps de répondre que Bryce nous rejoint en enfilant sa veste, suivi d'un autre garçon blond que je n'ai pas encore rencontré.

— Tu vas quelque part ? demandé-je à Bryce.

— On va sortir en boîte. Des places VIP nous sont réservées, et j'allais vous proposer de vous joindre à nous. D'ailleurs, Iris, je te présente Luke Julliard, l'ami dont je t'ai parlé, celui qui vit à New York.

Des yeux verts pétillants, un sourire charmeur et des traits délicats, ce Luke a une bouille d'ange avec ce petit air juvénile.

Je lui souris aussi poliment.

— Ravie de te rencontrer. Bryce m'a beaucoup parlé de toi.

— En bien, j'espère ? rit-il en frottant les cheveux de son ami pour le taquiner.

— Évidemment ! Je cherche à gagner des points auprès de toi pour devenir ton futur beau-frère, réplique le nabot en posant fièrement la main sur son cœur.

— Mais ce n'est pas possible ! Lâche l'affaire avec ma sœur, elle est déjà en couple, rétorque son ami en roulant des yeux.

— Pas besoin de gardien pour marquer un but ! s'exclame Bryce en bombant le torse.

— La seule chose que tu obtiendras, ce sera un œil au beurre noir et un nez cassé si tu te mesures à son mec.

— On en reparlera plus tard, soupire le nabot. Bon, vous venez ? On y va tous. D'ailleurs, tes amis sont de la partie, Iris, ils sont géniaux ! Je t'en veux de ne pas leur avoir fait croiser la route de l'être merveilleux que je suis plus tôt.

Il m'arrache un rire, et avant que je ne puisse répondre, Jayde intervient en s'avançant vers lui :

— On vous rejoindra plus tard.

Euh.

— Comme vous voulez, dit Bryce en haussant les épaules puis en s'en allant avec son ami qui nous salue une dernière fois.

— Depuis quand tu décides pour moi ? fais-je en me retournant vers Jayde, les bras croisés contre ma poitrine.

— Quand tu portes un décolleté où j'ai envie de me plonger dedans, ne croise pas les bras, tu ne fais qu'exacerber mon excitation, déclare-t-il en passant la langue sur ses lèvres.

— Mes yeux sont plus haut, l'obsédé.

— Mmm, cette paire-ci m'intéresse plus.

Ce sourire suffisant… J'ai envie… envie… de l'embrasser.

— Et puis… je sais que tu n'aurais pas accepté de partir avec eux. Ce n'est pas ton truc de faire la fête, Miss Coincée, lâche-t-il en revenant à l'intérieur, vide cette fois-ci.

— Pardon ? « Coincée » ? répété-je, choquée, en le suivant.

— Bah ouais, t'es coincée. Ta seule source d'amusement, c'est quand tu joues du piano, et pour moi ça compte pas.

— Je ne suis pas coincée, articulé-je, agacée.

— Si. T'es prude et coincée, mais t'inquiète, bébé, ta langue de vipère contrebalance tout ça, et c'est suffisant pour faire se dresser ma queue, se moque-t-il ouvertement en se servant un verre de whisky.

— Je n'ai pas les mêmes centres d'intérêt que vous, c'est tout !

Je cherche à me justifier auprès de qui, là ?

— T'es déjà vieille dans ta tête. T'as été conditionnée pour travailler toute ta vie, mais tu devrais lâcher prise de temps à autre. La musique aussi est pour moi un moment de décompression, mais je me détache d'elle parfois.

— Pourquoi ça ?

— L'effet de surdosage, ce n'est jamais bon. Tu peux finir par détester ça.

— Et tu fais quoi à la place ?

Il prend un second verre ainsi que la bouteille. D'un signe de tête, il m'incite à le suivre ; je m'exécute. On marche dans le couloir. Je ne manque pas une miette de son corps athlétique.

Joli cul !

Il ouvre une porte, et des flash-back de ma première fois ici assaillent mon esprit. Il était dans un piteux état ce jour-là, complètement à la ramasse. Perdu quelque part entre la folie et la souffrance. À partir de ce moment-là, j'ai compris que Jayde s'était fait une place dans mon cœur, sans qu'il le veuille et sans que je l'en empêche.

— Ta chambre fait la taille de mon appartement.

— Elle est plus grande, ricane-t-il en posant les deux verres qu'il a emportés sur sa table de nuit.

— Tout est immense ici ! Ton lit, ta télé, ta baie vitrée…

— Ma queue.

— Jayde ! le réprimandé-je en lui frappant le bras.

— Tu vas nier ?

— J'ai déjà vu mieux.

— Menteuse, ricane-t-il.

— Bon… tu n'as pas répondu à ma question tout à l'heure.

Il s'allonge sur son lit en retirant ses chaussures, puis sert un autre verre qu'il me tend. Debout, je le saisis timidement avant de le porter à mes lèvres et de boire une gorgée. Le liquide laisse un baiser brûlant au fond de ma gorge, avant de se distiller dans mon sang. Je ne bois quasiment jamais d'alcool, mais ce n'est pas un verre qui me fera perdre la tête.

Je décide de m'asseoir à côté de lui. Face à nous il y a une télévision écran plat au mur. Il l'allume et tombe directement sur le programme Netflix.

— Je peux passer une nuit blanche à enchaîner des films, explique-t-il.

— Tu essayes toujours de me faire cracher le morceau sur mon film préféré, c'est ça ?

— Exactement.

— J'ai deux films préférés : *N'oublie jamais* et *Retour vers le futur.*

— Tu avoues enfin ! Et pour tout te dire, je m'attendais à pire. J'adore aussi *Retour vers le futur,* les mimiques de Doc me font me tordre de rire, dit-il, le regard toujours perdu sur les choix de film.

— Je suppose que *N'oublie jamais* est un film que tu détestes vu que la romance en est le thème principal, déduis-je.

— Bof, j'ai vu le film quand j'étais ado parce que Rachel McAdams était canon.

— Je m'en doutais, dis-je en riant et tout en finissant mon verre.

— Je suis tenté de mettre un film, mais je sens que tu ne vas pas coopérer avec mes goûts. T'aimes ni *Game of Thrones* ni *Peaky Blinders* et t'as pas vu *Breaking Bad*, t'es une merde.

— T'as du toupet de me dire ça ! J'ai juste dit que je n'accrochais pas et puis je ne suis pas très séries. Je serais plus réceptive à des films.

— Je mets un classique, *Le Cercle des poètes disparus.*

Il ponctue ses mots en cliquant dessus directement. Je l'ai déjà vu, mais je suis prête à le revoir, surtout parce qu'il est bien et aussi parce que… *il* l'a choisi.

Je m'adosse à la tête de lit.

— J'aime bien ce film.

— Ouais, moi aussi.

Ce film prône l'importance de rêver. Comment lui et moi ne pourrions-nous pas l'adorer ? Rêver, c'était notre survie.

Partager cet instant avec lui pourrait être symbolique. Il s'est toujours retrouvé chez moi, à goûter ma cuisine, à écrire avec moi durant des heures, voire des nuits entières. C'est moi, cette fois, qui me faufile dans son intimité, pas parce que je me suis imposée non, parce qu'il le veut. Sinon je ne serais pas sur son lit à regarder un film avec lui.

Au bout d'une heure et surtout après deux verres supplémentaires d'alcool, je me sens à l'aise mais aussi libre. Libre. Ce mot sonne presque comme un objectif sur ma langue. Quelques centimètres nous séparent, et je ressens la chaleur de cette tension entre nous s'immiscer doucement sous ma peau.

— Pourquoi tu es nerveuse à l'idée d'aller à New York ?

Au départ, j'ai l'impression d'être victime d'une hallucination auditive mais, lorsqu'il met le film en pause, je réalise qu'il s'est réellement adressé à moi, *avec cette question.*

— Réponds-moi, dit-il en se tournant vers moi.

— J… je… Ce serait trop bizarre pour moi, avoué-je en bégayant.

— Pourquoi ?

Ses prunelles me sondent.

— J'étais censée aller au conservatoire de Julliard, confié-je timidement.

— Quoi ? Mais… pourquoi tu n'y es pas ?

Il est éberlué par ma révélation. J'ignore si c'est l'alcool qui délie ma langue, mais je me sens prête à lui exposer mes secrets.

— J'ai postulé dans plusieurs écoles, dont Julliard et Berklee. J'ai été prise dans les deux. Ma première destination, c'était Julliard, mais je ne supportais pas l'idée d'y aller sans Chris…

— Chris ?

— Mon petit frère… Il est décédé il y a presque trois ans maintenant.

Il ne dit rien, mais je sens qu'il est intrigué. Ses yeux font un appel de phares pour que je lui en dise davantage, pour que je lui fasse totalement confiance. Un dernier rempart à abattre pour que notre relation devienne absolue.

— Il avait postulé à l'Actors Studio de New York. Notre but, c'était d'aller tous les deux là-bas, mais malheureusement il a quitté ce monde, et je n'avais pas la force de me rendre dans cette ville toute seule, sans lui. Ça n'aurait eu aucun sens et ça m'aurait fait beaucoup trop mal.

Mes yeux s'humidifient, je n'ai pas peur de pleurer et de laisser ma peine s'exprimer. De toute manière, quand il s'agit de Chris, je suis incapable de me contenir.

— Comment il est mort ? demande-t-il, perdu dans ses pensées.

— Il est intervenu lors d'une bagarre un soir… À dire vrai, il n'était pas très… aimé dans notre ville natale.

— Pourquoi ça ?

Respire.

— Il était différent des autres garçons là-bas. Il s'affirmait, n'avait pas peur de dire ce qu'il pensait et surtout il était… gay. Pour mon père, c'était une honte et dans l'endroit où je vivais c'était une abomination. Chris ne l'a jamais dit de vive voix, mais tout le monde le comprenait, dans sa façon d'être… C'est terrible de dire ça, mais les apparences définissent pour certains ce qu'on est vraiment. On le trouvait chétif, efféminé, pas assez viril. Son style vestimentaire était très atypique. Les machos coincés du bulbe de Memphis le malmenaient avec des mots dégradants, Chris ne leur a jamais répondu. On s'en prenait à lui, mais il n'en avait rien à faire. C'est moi qui me sentais attaquée, je ne supportais pas de le voir se faire incendier. Il est mort, parce qu'il a défendu quelqu'un comme lui. On l'a poussé au sol, et son crâne a cogné contre le trottoir…

Cette histoire me vrille les tripes. C'est comme si du sel se déversait sur mes plaies à vif.

— Iris…

— Je l'attendais à la maison pour le dîner, il n'est jamais revenu.

Mon corps tremble, comme à chaque fois que je songe à son visage d'ange et à nos espoirs détruits.

— Je comprends.

Sa voix m'extirpe de ma souffrance.

— Tu comprends ? répété-je.

— Oui, je comprends. Je comprends que tu aies du mal à te projeter pour New York. C'est une ville magnifique, et je pense qu'il aurait aimé que tu y ailles, surtout pour saisir cette chance. Je comprends aussi pourquoi tu réagis toujours à la moindre injustice, pourquoi tu défends des causes qui te tiennent à cœur.

Mes yeux s'écarquillent, je suis surprise par ses déductions, je n'ai jamais vu les choses comme ça.

— J… je… Peut-être…

— Tu es humaine, Iris. Je comprends aussi que tu veuilles travailler sans relâche, ça te permet d'oublier tes peines. Seulement, tu ressens une culpabilité intense. Tu te dis que tu n'as pas pu être là pour lui, mais ce que tu éprouves ne changera pas la donne. Je connais ça, et ce sentiment est totalement irrationnel.

— Je ne supporte pas ce type de malveillance. Mon frère en a vécu toute sa vie mais, contrairement à moi, il s'en foutait de ce qu'on pouvait penser de lui. Ce n'est que quelques années plus tard que j'ai appris à me détacher du regard des autres, et encore… C'est tellement… injuste, il ne méritait pas ça.

Personne ne mérite ça.

Des larmes perlent au bord de mes paupières et dévalent mes joues. Réprimer ce chagrin m'est impossible. Pleurer devant lui pourrait me rendre vulnérable à ses yeux, mais ça m'est égal. Chris est une partie de moi.

— Ce n'est pas ta faute, murmure-t-il.

Je relève doucement le visage et tombe nez à nez avec le sien. Une lueur d'abattement brille dans ses pupilles. Ces mots-là, il ne les adresse pas seulement à moi, mais aussi à lui. Ma peine est le reflet de la sienne.

Avec Jayde, tout est décuplé. Sans Jayde, tout est dépeuplé. J'ai beau lutter, je ne peux plus nier mes sentiments pour lui. Jayde a volé une partie de mon cœur.

— Pourquoi tu culpabilises ? chuchoté-je à mon tour.

Il semble perdu dans ses pensées. Je caresse sa main pour lui rappeler ma présence.

— Est-ce que c'est un donnant-donnant ? souffle-t-il.

Cette question me pince le cœur et me fait réfléchir, mais je n'ai pas de réponse.

— Je ne sais pas, Jayde…

— Il y a bien longtemps que le donnant-donnant n'existe plus, *ma rose noire.*

C'est la deuxième fois qu'il me surnomme ainsi. Le contraste est important par rapport à « la vipère ».

— Pourquoi « rose noire » ?

— Emplie d'épines où je me pique sans cesse, et ton obscurité s'accorde à la mienne.

Mon cœur cabossé se revigore. Tout a un prix dans la vie, et le prix des sentiments est les bleus à l'âme qu'on cumule au cours d'une existence. Suis-je prête à me laisser piétiner par mes émotions ? À laisser Jayde devenir ma folie ?

Fuis. Fuis. Fuis.

Ma raison hurle à la démence de déguerpir.

Jayde devient ma démence.

Pourtant, Jayde est mon premier vrai baiser. Mon premier vrai toucher. Tout est vrai à ses côtés.

Le reste ne compte plus. Jayde me délivre petit à petit. Je me suis attachée à lui, plus que je ne le pensais, moins que je ne le voulais.

Je ne peux pas.

Sa bouche s'écrase sur la mienne, aspirant ma lèvre et mon âme avec. Je renais dans la chaleur de ce contact et meurs dans la froideur de sa distance. Mes pensées tournent dans ma tête à la vitesse de la lumière. J'accepte ses baisers, mon corps ne répond qu'à lui, mon cœur ne veut que lui. Cette évidence me frappe comme un éclair. Je suis en train d'offrir à Jayde mon affection sur un plateau d'argent.

Une de ses mains s'étend sur ma cuisse, puis l'autre rencontre la peau sous mon chemisier. Ma respiration devient erratique.

Fuis. Fuis. Fuis.

Il m'insuffle le désir à sa façon. Je le veux lui, plus que ma propre raison.

Nos souffles se mélangent avec ferveur, ses doigts épousent mon corps. Malgré mes complexes, j'arrive à sentir son admiration pour mon physique.

Il prend de la place dans ma vie sans m'étouffer, mais ce sont mes craintes qui m'asphyxient.

Il est terriblement torride, sexy. C'est un appel à la luxure. Quelle femme pourrait dire non à cet apollon ? Je cède à ses caresses, j'avale ses gémissements, je le désire tout entier. Avec ses fêlures, ses secrets, ses misères. Je l'accepte comme il est.

Fuis. Fuis. Fuis.

Ce n'est pas lui le problème, c'est moi.

Si cette nuit nos deux corps se mêlent, je ne pourrai plus m'en défaire… mais je ne lui suffirai jamais.

Une nuit avec moi pour lui ne représentera rien de plus. Une nuit avec lui pour moi représentera mon tout ultime. Je dois me confronter à cette réalité.

Singer Killer a volé mon cœur et, en attendant d'être prête pour lui…

— J… je dois partir…, murmuré-je alors que ses dents mordillent le creux de mon cou.

Il se crispe en réalisant ce que je viens de dire.

— Q… quoi ? fait-il, surpris, en reculant. Tu veux rire ?

Un cocktail de hargne et d'incompréhension brille dans ses yeux. Sa mâchoire carrée contractée, il se penche vers moi pour capturer derechef mes lèvres. Sauf que cette fois-ci je l'esquive en me levant du lit.

— Je veux rentrer chez moi, affirmé-je en arrangeant mon haut.

Je m'évertue à demeurer impassible. Je dois m'éclaircir les idées. Nous avons déjà parcouru du chemin ensemble, et l'idée de succomber totalement m'effraie encore un peu. J'ai besoin de temps. Du temps pour réfléchir à cette nouvelle étape que nous avons franchie. Je lui ai livré une partie de mon histoire, et mes sentiments n'en deviennent que plus forts.

Je veux être prête pour lui. Prête à accepter l'inévitable une fois que je serai perdue en lui.

Jayde est furieux et terriblement frustré. Un pli barre son front, puis un souffle d'exaspération s'échappe de sa bouche.

Pardon, mon Singer Killer, mais ce soir… je ne peux pas.

— Très bien, va-t'en, crache-t-il en se détournant pour ne plus me voir.

Et c'est ce que je fais. Je nous abandonne au bord d'un précipice où je serai la première à sombrer.

29. Mélancolique folie

Jayde

Je la déteste.

Je fais valdinguer violemment ma table de nuit d'un coup de pied, avant de jeter avec fureur le contenu de son tiroir. Des feuilles gribouillées de paroles inachevées et de secrets inavoués virevoltent de tous côtés. L'encre a toujours été le témoin de mes tourments.

Je rumine comme un fauve en cage, et fais les cent pas dans ma chambre. Je tourne en rond comme un con, animé par une palette d'émotions paradoxales.

Pour la première fois depuis longtemps, j'ai envie de prendre mon pied avec une bouffée de weed bien corsée, pleine d'arôme capable de me faire planer. La drogue que je consommais par pur plaisir pour me plonger dans l'oubli inéluctable de mes démons. Tracassé de ne pas en avoir sous la main, je saisis la première bouteille de Jack Daniel's qui me tombe sous la main.

Je l'ouvre et bois au goulot. L'alcool me brûle la gorge. Iris est devenue mon obsession, et la voir s'échapper entre mes doigts me met sur les rotules.

Je ne la supporte pas… quand elle me repousse.

Cette fille est à la fois mon aphrodisiaque et le couperet capable de détruire mon ego.

Je bois encore et encore, noyant mes peines et la violence de mes sentiments. Les ombres de mon passé resurgissent. Je suis assis sur le sol contre mon lit.

Quelque chose s'instille dans mes veines, quelque chose que je n'ai pas éprouvé depuis très longtemps… Le doute.

Le doute de tout, le doute de moi.

Sois honnête ! Ton talent, les gens n'en ont rien à foutre. Combien t'as baisé de meufs le mois dernier ? Ton dernier clash remonte à quand ? Le dealer mort ce soir-là… En suis-je vraiment responsable ? Voilà ce qui intéresse vraiment.

Songer à ce meurtre pour lequel on a voulu me faire porter le chapeau est la goutte d'eau qui fait déborder mon océan de secrets. Mon crâne explose à cause de la douleur, mon cœur déflagre sous la lourdeur de ses maux, et mon âme s'étiole dans la tempête de mes démons.

J'ai mal… tellement mal.

Je revois ce scénario en boucle, l'homme inconscient au sol, le sang suintant de son visage. Il ne respirait plus, il était mort. Je n'ai rien pu faire ce soir-là, et cette vision horrifiante me poursuivra jusqu'à mon dernier souffle.

Parce que je n'ai rien fait. Et que je n'ai pas changé les choses. Même maintenant ce secret impitoyable me laboure le cerveau. Je fais tout pour ne pas y penser, mais quand ça me tombe dessus… comment l'enrayer ? J'ai drapé mes blessures d'un voile d'incrédulité, pensant naïvement que mon esprit en serait purgé. J'ignore mes problèmes pour me persuader de leur absence, mais cette solution est plus provisoire qu'efficace.

Dans un geste lent, je dépose la bouteille à moitié vide à côté de moi. La texture épaisse du whisky m'apaise l'espace d'un instant. Je fixe un point sur le mur comme un point d'ancrage à ma tourmente.

Ma chambre ne ressemble plus à rien. Un amas de papiers est étalé sur le sol. J'y ai délibérément foutu le bordel. C'est à mon effigie, ravagé, saccagé, comme après le passage d'un cyclone. Ma mélancolie entraîne la folie de mes pensées. Tout se succède avec fulgurance, et dans cette obscurité une clarté lavande pétille. Je n'associe cette couleur qu'à une personne. Le violet de mes rêves les plus secrets. L'améthyste, ma nouvelle pierre préférée. Iris, l'unique fille qui a su me faire vibrer.

Ma rose noire a pris la fuite ce soir, semant derrière elle des graines de défaite dans mon être.

Pourtant, près de moi, je la sentais prête, consentante, vulnérable, douce, rien que pour moi. Elle l'était. Du moins, c'est ce que j'espérais. Mais comme toujours, je me suis leurré, ne voyant que ce qui me convenait. Un pas en avant, trente en arrière. Voilà où on en est, elle et moi.

Son corps, je voulais le posséder, mais ce soir je convoitais quelque chose d'encore plus précieux… sa confiance.

Échec cuisant, le prélude de mon taux d'alcoolémie pour la soirée.

Je chope de nouveau la bouteille et porte un toast seul à mes déboires. J'ai tout bousillé. Pas étonnant, vu le connard égocentrique que je suis. Je vacille sur le fil du rasoir, me coupant et saignant constamment. J'ai beau briller sur scène au point de me brûler et prendre feu, je ne suis qu'un raté dans le fond.

Ses confessions ont fissuré mon armure de glace, mélangeant leurs ombres avec les miennes. Elle et moi, on ne se retrouve que dans la douleur et c'est ce qui fait notre alchimie. Je souhaitais nous faire tout oublier, tout effacer, juste pour cette soirée, plonger dans les délices charnelles après les supplices de nos passés cruels…

Mais elle est partie.

« Je veux rentrer. »

Mon hallucination auditive me fait vriller. Je jette violemment la bouteille devant moi. Elle se brise en mille morceaux en heurtant le mur.

Qu'est-ce que j'ai fait de mal ? Pourquoi elle ne me fait pas confiance ? Elle s'est dévoilée à moi totalement, puis elle est partie ! Regrette-t-elle de l'avoir fait ? Peut-être même qu'elle ne veut plus de moi ?

Mes neurones surchauffent, j'ai mal au crâne. Mes tempes bourdonnent et je les masse.

— Tate… qu'est-ce que tu aurais fait ?

La démence est là. Je deviens fou. Je parle à une personne qui n'est plus là pour moi, qui n'a que ses intérêts en tête et qui pourrit mon existence. Mais comment lui en vouloir ? Je ne pourrai jamais. Malgré tout ce que j'endure psychologiquement à cause de lui… à cause de *son secret*.

— Pourquoi tu as fait ça ? Pourquoi tu ne me laisses pas t'aider comme un frère normal ? Tu as toujours été le préféré de tout le monde… et là ? Qu'est-ce qu'on peut en penser ? Tu m'as toujours dit de rester qui j'étais, de ne jamais changer. Pourquoi dire des paroles que tu n'appliques pas dans ce cas ? Ton hypocrisie envers moi me débecte. Tu m'accuses pour tout, sans jamais te remettre en question…

Cette douleur au cœur… je la connais. C'est une vieille connaissance, cette suffocante tourmente.

— Le Tate que j'ai connu ne se serait jamais comporté de la sorte. Tu te caches derrière ton handicap, fuyant ton traitement, les bras ouverts vers la décadence.

J'ai toujours été jaloux de lui. Jaloux de ce qu'il représentait. Jaloux de cette fierté qu'il éprouvait. Il était tout ce que je n'étais pas et tout ce que je voulais être. Moi, je n'étais qu'un petit garçon dans un corps émacié pour des rêves beaucoup trop gros à porter. Mais la vérité, c'étaient eux – mes rêves – qui me portaient.

Ce sentiment néfaste a l'effet d'un tisonnier incandescent sur mon âme. Tate reste le préféré. Sa relation avec notre père me rappelle durement que je n'aurai jamais le quart de cette affection.

Alors, je fais l'indifférent. J'ai toujours fait l'indifférent. C'est devenu ma nature.

— Je te déteste… autant que je t'aime, Tate.

Pourquoi j'ai si mal ? Ce n'est pas normal de souffrir autant. Je parle seul dans ma chambre, sans personne pour m'écouter. Après un instant laconique, je réalise ce qu'il se passe vraiment.

Mon téléphone est dans ma main. J'ai appelé Tate machinalement. Je lui ai laissé un message vocal, parce qu'il n'a pas répondu.

Mon cœur se serre violemment. C'est la première fois de ma vie que je lui parle ainsi. Ce n'est peut-être pas un face-à-face, mais me rendre compte que je lui ai dit tout ça… me tétanise autant que ça me délivre.

Au final, le seul perdant, c'est Tate. Mon père tente de le sauver en le soustrayant aux problèmes et aux conséquences de ses erreurs. On ne peut pas lui en vouloir d'agir de la sorte, mais la vie ne marche pas comme ça, malheureusement. Mon père est riche, rien n'est un frein pour lui quand cela concerne son fils.

Je suis bien placé pour le savoir. Quand on a du fric, tout vous sourit – l'hypocrisie incluse. L'argent vous ouvre toutes les portes. La plus attrayante ? Celle de l'immoralité. Quel prix sommes-nous prêts à payer pour cacher la vérité ?

J'ai toujours été mis de côté. Je n'ai jamais su ce que l'amour pouvait représenter. Mon apathie sentimentale vient de là. Si on n'a jamais été aimé, comment savoir ce que c'est.

Mon père voyait en moi un môme maigrichon qui refusait de se défendre devant les autres. Je me limitais à exister et je ne vivais que le temps des chansons que j'écoutais.

Pendant trois minutes, j'étais au paradis. Mes meilleurs amis étaient Kurt Cobain, Liam Gallagher ou encore Mick Jagger.

Ils m'ont sauvé, m'ont inspiré. L'immortalité de leurs morceaux était la mienne. J'ose espérer qu'un jour un garçon paumé éprouvera la même chose en m'écoutant et en y trouvant tout le réconfort dont il a besoin.

Je veux être immortel, comme eux.

C'est mon plus grand rêve.

Lourdement, légèrement confus, je me redresse sur mes pieds, évitant les morceaux de verre sur le sol et la flaque d'alcool.

Quelque chose de coloré attire mon attention. Une photo. Je me penche pour la saisir.

Tate est assis sur les genoux de mon père. Tous deux ont un sourire éclatant. Près de son époux, ma mère me porte dans ses bras, je ne devais pas avoir plus de trois ans. Tous irradient de joie et d'allégresse – faussement évidemment –, je suis le seul à tirer la gueule, boudant pour je ne sais quoi.

Pourquoi cette photo traîne dans un de mes tiroirs ? À quel moment l'ai-je subtilisée ?

Je m'attarde sur le doux visage de ma mère. Voilà à quoi se réduit mon souvenir d'elle. Un vieux cliché datant de plus de vingt ans. Le son de sa voix existe encore dans ma tête, résonnant comme un avertissement.

« Ne fais pas ça, Jayde. »

Ses traits fins dégagent une tendresse incomparable, une gentillesse innée et de l'amour pour les personnes qui l'entourent.

Alors pourquoi elle est partie ? Pourquoi m'a-t-elle laissé ? Elle m'a quitté au moment où je me rapprochais d'elle, au moment où j'étais prêt à baisser mes remparts… et maintenant je ne fais que les ériger, encore et encore…

Les femmes sont toutes perfides, traîtresses et hypocrites.

Si elle était là… les choses seraient différentes comment ?

— Tu m'as abandonné…

La douleur initiale logée dans mon cœur meurtri se propage dans le reste de mon corps. La voir est une piqûre de rappel.

Mes yeux, secs jusqu'à maintenant, s'humidifient. Je commence à voir flou.

— Je ne pourrai jamais te le pardonner…

Et je m'effondre en sanglots, dans mon désarroi.

À mon réveil, je suis recroquevillé sur le sol, enroulé dans un de mes draps et toujours habillé comme hier. En proie à une migraine insoutenable, je me lève, totalement dans les vapes, pour aller dans la salle de bains.

Mon reflet dans le miroir est tout sauf joyeux. Mes yeux sont gonflés et injectés de sang. J'ai l'impression de sortir d'un film d'horreur. Je mets mon piteux état sur le dos de l'alcool, puis m'asperge le visage d'un jet d'eau glacée avant de me diriger vers la cuisine pour prendre un cachet de paracétamol en espérant mettre en sourdine pour de bon ces acouphènes tonitruants dans mes oreilles.

Dustin est installé sur un des hauts tabourets entourant notre bar, la tête coincée entre les mains. Je m'assois en face de lui, tout en le fixant, intrigué par sa pseudo-léthargie, mais je demeure silencieux, prenant le temps de bien avaler avec de l'eau le comprimé censé atténuer ma douleur.

— Dustin, ça va ? dis-je, agacé de le voir inerte depuis quelques minutes.

— Mon père a un cancer de la prostate, déclare-t-il en daignant enfin me regarder.

Mes mains se crispent sur le plan de travail. Son annonce est brutale. Ses yeux noirs sont vides, soulignés de cernes. Ses cheveux sont totalement ébouriffés. La fatigue qui émane de son visage est palpable. Je ne sais pas me comporter dans de telles situations.

— Je suis… vraiment désolé…

Il pousse un long soupir, avant de passer lentement les mains dans ses cheveux.

— J'essaye de relativiser en me disant qu'au moins on l'a découvert à temps, mais le fait de savoir qu'ils sont loin de moi me pèse vraiment.

Tout ce qu'il peut faire de toute manière, c'est de relativiser et d'espérer que son père prenne en considération les recommandations des médecins.

— Pourquoi tu ne leur demandes pas de s'installer à Boston ? Pas loin de toi.

Il ne me répond pas et se frotte le menton.

— Pour le logement, tu n'as pas à t'en faire, poursuis-je. Je peux leur passer un de mes appartements sans frais ni rien du tout.

— Merci, mon vieux… mais ce n'est pas du tout ça le problème. Je ne pense pas qu'ils veuillent venir s'installer ici. J'ai déjà tenté en leur proposant de vivre dans un loft que j'ai acquis il y a quelques mois, mais ils sont attachés à leur Texas natal.

— Dans ce cas, si ton père veut consulter un spécialiste ici, tiens-moi au courant, je peux l'aider à trouver un bon médecin.

— Toi et tes relations, dit-il, amusé, en secouant la tête. Merci, Jayde, ça me touche beaucoup.

Il m'adresse un sourire. Même si celui-ci n'atteint pas ses yeux, je m'en contenterai. Dustin est très proche de sa famille et il est prêt à tout pour eux. Les initiales de ses frères et sœurs et de ses parents sont ancrées sur sa peau. Cette nouvelle risque de l'affecter pendant un bon moment, mais, quand il s'agit de maladie, on ne peut rien contrôler et il en a conscience.

Je me masse les tempes.

— Dure soirée ? T'as picolé visiblement, reprend-il en m'analysant à son tour.

— Ouais… Dure soirée…

Tu n'as même pas idée.

— Tu as fini ta nuit avec Iris ? fait-il avec un sourire goguenard.

— Non… Elle est partie un peu après vous.

— Et je suppose que ce n'est pas ce que tu voulais, déduit-il en m'observant minutieusement.

Je me tais, ne sachant pas quoi dire. Il a compris que quelque chose se tramait entre elle et moi. D'ailleurs, ils l'ont tous les trois compris.

— Tu sais, Jayde, c'est bien de prendre des risques parfois et d'ouvrir son cœur de temps en temps.

Je soupire de frustration, et mes yeux se fixent sur le marbre du plan de travail.

— Je ne suis qu'un raté…

— Le Jayde que je connais ne penserait jamais ça.

Sa voix rauque, pleine d'insinuations, me fait lever le visage. Je me confronte à son regard sévère.

— Il y a un temps pour tout dans la vie, Jayde. Les rires, les larmes, le bonheur, la tristesse, c'est à la fois cruel et magnifique mais tout aussi simple et difficile. On n'a rien sans rien. Tu es très bien placé pour le savoir et, si on en est là aujourd'hui, c'est parce que nous sommes des acharnés.

Il marque une pause, comme pour être sûr que je l'écoute.

Oui, je t'écoute, Dustin.

— Regarde : Bryce qui pleure parce qu'un manga est en rupture de stock, Cody qui joue les Roméo dès qu'il tombe amoureux, ou encore moi qui épie le moindre blog à notre sujet pour savoir de ce qu'on pense de moi. On est Madness parce que nous avons ce grain de folie qui nous unit. Notre différence est notre force. Si on réussit, tant mieux ; si on échoue, ça reste une victoire, parce qu'on s'est battus. Un raté est celui qui ne fait rien. Voilà pourquoi tu n'en es pas un. Tu te bats pour avoir ce que tu veux. Si tu ne te bats pas, tu n'as rien.

Je cligne des yeux, affecté par son côté moralisateur, qui arrive à m'extirper des brumes de l'alcool que j'ai avalé hier.

— Si tu t'es toujours battu pour avoir ce que tu voulais, alors bats-toi encore aujourd'hui.

Deux jours se sont écoulés. Je n'ai pas vu Iris. Je n'ai pas cherché à la voir, et elle non plus. Ma frustration est toujours présente, mais elle s'estompe. Avec les gars on a enchaîné les shootings et les interviews par rapport au succès de *Bipolar*, qui est toujours dans le top 3 des chansons les plus écoutées.

Aujourd'hui, Braden m'a demandé de le rejoindre au studio. C'est censé être notre journée *off*, c'est agaçant ! Surtout que je suis le seul qu'il a convoqué. Il va encore me passer un savon, je le sens. Pourtant, je n'ai fait aucune connerie !

Mis à part jouer à frotti-frotta avec la compositrice, tu n'as rien fait.

Avant que j'entre dans son bureau, Iris en ressort, suivie de mon producteur. Je me crispe en la voyant, ne m'attendant pas à la trouver ici, surtout après ce qui s'est passé.

Sale vipère.

— Ah, Jayde, t'es à l'heure ! Laisse-moi cinq minutes, je réponds à un coup de fil, et je reviens à toi, me lance-t-il avant de s'isoler à nouveau dans son bureau, nous laissant seuls, elle et moi, dans le hall.

Dans ses yeux aigue-marine, je discerne toute la palette d'émotions qui la tiraille. Regret, tristesse et angoisse lacèrent son cœur, et le mien aussi pour le coup. Je m'éloigne d'elle pour me réfugier dans la salle de musique.

Mais elle me suit.

— Jayde, attends !

Je suis raide comme un piquet au milieu de la pièce. Je ne dis rien, encore saisi par la frustration qu'elle a semée en moi. Je serre les poings, sentant cette bile acide remonter dans mon œsophage. Elle me déroute tellement que ça m'en est insupportable. Je ressens de la colère, pas envers elle, mais envers moi. Parce que je ne suis pas suffisamment bien pour la retenir le temps d'une nuit, peut-être même plus que ça. Je suis si égoïste que je ne parviens pas à le lui dire.

— Jayde, je suis vraiment désolée, c'est juste que…

— Non, c'est bon, la coupé-je sans bouger.

— Comment ça, c'est bon ?

Nos regards se heurtent. Je perçois l'incompréhension dans le sien.

— Tu ne réalises pas les efforts que je fais. Tu penses vraiment qu'avec d'autres filles je prends autant de temps ? Je pourrais te baiser, là, tout de suite, sans ménagement. Sur cette table ou même encore contre cette vitre. T'ouvrir les cuisses et te laisser des traces indélébiles, et tu ne pourrais même pas protester, parce que la seule chose que tu diras, c'est oui.

Elle écarquille ses yeux azur et, malgré sa bouche ouverte, ne parvient pas à dire un mot.

— Le problème dans tout ça, Iris, c'est qu'avec toi je ne veux pas être comme ça, alors que tu éveilles en moi le plus charnel des désirs. Je ne vis que dans la débauche, et tu contredis toutes mes convictions. Se confier et tout ce qui va avec, ce n'est pas mon genre, tu savais à quoi t'attendre, alors ne cède pas ta confiance pour la reprendre et te barrer sans me donner aucune explication si au final tu n'es pas intéressée.

Je m'en tape si je suis rude, si je n'ai aucun tact.

— Je suis intéressée…

Sa voix mélodieuse est presque inaudible, mais je la capte avec mon oreille valide tout en le lisant sur ses lèvres charnues comme j'ai appris à le faire quand j'ai du mal à comprendre.

— Je suis plus qu'intéressée, Jayde, répète-t-elle, un peu plus fort cette fois.

Et Iris ne me ment pas, elle ne ment jamais. Mes yeux se verrouillent aux siens. Je veux tout d'elle, alors qu'égoïstement je garde encore tout pour moi.

— J'ai juste… peur… J'ai peur autant que toi, même si tu ne le dis pas.

Est-ce que j'ai peur ?

Je veux fuir cette conversation, et vite ! Je dois me surveiller, rester sur mes gardes. Je ne fais pas dans le sentimental, je suis indisponible de ce côté-là.

Oui, tu as peur.

— Je n'ai pas peur de toi, affirmé-je durement en détournant le regard, l'air renfrogné.

— Je n'ai jamais dit que tu avais peur de moi.

Sa voix douce m'invite à lâcher prise. Je ne peux pas faire

ça. Je ne peux pas abandonner mon masque d'indifférence et montrer mes émotions. Paradoxalement, c'est ce que je fais en lui déballant mon sac.

— Je veux m'excuser pour toute la frustration que j'ai pu te causer et pas seulement celle de l'autre soir, enchaîne-t-elle en jouant avec ses doigts, les joues rosies par ses propos. J'ai vraiment envie de toi, Jayde. Ça n'a jamais été toi le souci, c'est plutôt moi.

C'est dingue !

Pendant que je me reprochais d'être le problème de son blocage, elle pensait la même chose d'elle. Sa tristesse me poignarde la poitrine. Je ne peux pas la laisser penser qu'elle est un fardeau pour moi, ce n'est pas le cas. Tout est régi par mon ego, mon putain d'orgueil. Je veux prendre du plaisir avec elle, encore et encore ; je n'arrive plus à me passer d'elle.

— Tu n'es pas le problème, Iris. Je suis toujours en demande, on me donne un peu et je sors les crocs pour tout prendre. Mon orgueil a l'ascendant sur beaucoup de choses, je ne pense qu'à moi sur tous les plans. Me choisir, c'est un jeu perdu d'avance, mais je suis trop égoïste pour te dire de choisir quelqu'un d'autre, même si ce serait mieux pour toi. Je suis tout sauf gentil, Iris, et je suis tout sauf bon.

On va se casser la gueule, ma rose noire, jusqu'à ce que tu n'aies plus d'épines et moi d'âme.

Alors qu'elle reste muette et stoïque, son regard azur me captive, et encore plus avec la myriade d'émotions qui s'y succède. Ses dents mordillent sa lèvre inférieure, ce mouvement sensuel la rend irrésistible. Elle insuffle en moi cette enivrante envie d'attendre le temps qu'elle voudra pour que je la possède enfin.

Je suis foutu.

Elle ne pipe mot, et une lueur indescriptible brille dans ses yeux. Je ne parviens pas à deviner ce qu'elle éprouve après ma tirade. Ses épaules s'affaissent. Elle passe la main dans ses cheveux colorés, avant de coincer une de ses mèches derrière son oreille.

Le violet clair de ses cheveux me fascine. Dès que je suis près d'elle, une de mes mains est toujours fourrée dedans, et joue sans cesse avec ses mèches rebelles. Depuis que je l'ai rencontrée, ils ont poussé. Ils encadrent davantage son joli minois, et j'adore ça.

— Tu as prévu quoi pour Noël ? m'interroge-t-elle subitement.

Hein ? Quel est le rapport ?

— Q... quoi ?

— Noël, c'est la semaine prochaine. Votre studio n'a aucune décoration festive, ni sapin ni guirlandes. C'est un peu déprimant d'ailleurs, et je me suis même demandé si vous le fêtiez et si vous n'aviez pas de vacances en cette période, mais Braden vient de me dire qu'il y aura un congé et que vous allez tous retrouver vos familles. Alors, je te le demande, c'est quoi tes projets ?

Je m'attendais à tout sauf à ça, et encore moins qu'elle s'adresse à moi d'un ton aussi calme, empreint d'empathie, au point où elle pourrait même me serrer dans ses bras, alors que c'est moi le rustre dans l'histoire.

— Je reste seul à la maison, dis-je simplement, encore déconcerté par la façon dont la conversation a dévié.

— Alors... tu veux bien le passer avec moi, chez moi ?

30. *Try a little tenderness*

Iris

Pommes de terre sautées ? OK !

Rôti de veau ? OK !

Tarte aux pommes ? OK !

Moi ? Tout sauf OK.

J'ai de la farine dans les cheveux, et des auréoles de transpiration ornent mon T-shirt au niveau de mes aisselles. J'empeste, et heureusement que la bonne odeur provenant du four estompe celle de ma sueur.

J'ai passé des heures à cuisiner. J'adore ça et j'espère avoir concocté un bon repas pour Jayde et moi. Je l'ai invité chez moi, comme si c'était normal. Et il a accepté.

« D'accord, je viendrai. »

Cette petite phrase a suffi à fendre mes lèvres d'un sourire radieux. Jayde piétine mon petit monde et mon petit cœur avec toute sa grandeur. Ma démarche l'a surpris, perforant son masque d'impassibilité.

Il m'en voulait de lui avoir fait confiance pour juste ensuite prendre la poudre d'escampette. Je me suis mise à nu émotionnellement, totalement. Avec lui, ma langue se délie et j'exprime tous mes maux ; rien ne m'a jamais semblé aussi simple que de lui parler. Comme si depuis le début c'était lui que j'attendais.

Lâchement, j'ai pris la fuite, parce que j'étais tétanisée par les sentiments qu'il éveille en moi. Éprise de Jayde Black, voilà ce que je suis. Sans être maîtresse de moi-même, j'ai perdu le contrôle.

Après cette soirée, nous avons tous les deux eu un électrochoc, chacun pensant qu'il était le problème de l'autre. J'ai senti sa culpabilité ruisselant dans ses veines et j'ai vu à travers ses yeux qu'il avait peur. Nous avons beau nous ressembler lui et moi, quelque chose le retient de lâcher prise.

Je l'ai coupé dans ses confessions pour l'inviter chez moi, c'était volontaire de ma part. Le persuader qu'il est tout sauf une mauvaise personne était perdu d'avance. Il est têtu et, la plupart du temps, seul son avis compte. Ses secrets, il les garde jalousement, comme si les confier à une personne était l'équivalent d'avoir un revolver au milieu du front.

Je sais que l'abandon de sa mère est à l'origine de cette crainte. Je peux le comprendre. Comment peut-on faire confiance aux autres, si la personne censée le plus compter pour nous nous abandonne à notre triste sort ?

Sa vie a été parsemée d'obstacles aussi impitoyables les uns que les autres, comme si son sort était scellé dès le départ : hospitalisation, harcèlement, problèmes familiaux. D'après ce que j'en ai déduit, sa relation avec son père est assez tendue.

Laisse-moi percer tes secrets, Singer Killer. Ils mourront en moi, sans jamais revivre chez toi.

J'ai envie de Jayde. Et ce n'est pas que sexuel. C'est tellement plus fort que ça…

Mais j'ai si peur, parce que ce ne sera jamais réciproque. J'ai peur qu'il s'en aille sans plus jamais me voir.

Quand nous aurons terminé l'album, qu'en sera-t-il de notre relation ? A-t-on une relation ? Je me fais trop d'idées, je deviens comme ces filles dans les comédies romantiques. Sauf que je suis plus dans un drame psychologique qu'autre chose.

Pour l'album, on a pris de l'avance, on a écrit le nombre de chansons demandées. Maintenant, il faut voir si Jayde veut en rajouter. Mon travail est pratiquement fini en ce qui concerne les paroles. La musique est en cours d'élaboration, et j'assiste les garçons avec mon piano dans leurs créations. Si je me souviens bien, mon contrat prend fin en février. Dans deux mois.

Le temps passe si vite… J'ai rencontré Jayde il y a quatre mois maintenant. On revient de tellement loin lui et moi avec nos débuts chaotiques.

Parfois, j'ai cette sensation qu'on se complète. Que les morceaux détachés de mon âme s'imbriquent dans les siens.

Je suis enfin prête pour ce soir. J'ai toujours eu le chic pour m'habiller de manière un peu osée en dévoilant quelques morceaux de peau. Je ne sais pas... ça me réconforte dans ma féminité de montrer un peu ma poitrine à travers un décolleté ou bien encore un dos nu avec mes tatouages. Je n'ai peut-être pas suffisamment confiance en mon corps, mais de cette façon je me sens bien.

Je mets toujours en avant le haut de mon corps, c'est ce qui me valorise le plus. Tandis que le bas... je fais tout pour ne pas le voir. J'évite les jupes et les robes comme la peste et le choléra ; d'ailleurs, même les shorts, je les ai bannis. Je suis toujours en pantalon. C'est très paradoxal pour une ancienne stripteaseuse.

Mais cette fois-ci... j'ai changé mes cartes. Je porte une robe noire longue près du corps avec de fines bretelles ; mon buste est légèrement dévoilé sans que ce soit trop osé. C'est un grand pas pour moi de me vêtir ainsi, surtout pour Jayde. Mes cheveux lavande sont relevés en un chignon un peu fouillis, et des mèches rebelles encadrent mon visage maquillé uniquement de mascara et de gloss rosé.

Je ne sais pas comment cette soirée va se dérouler, mais mon cœur bat la chamade juste à l'idée de le revoir. Face au miroir de ma salle de bains, je me fixe comme si mon reflet avait les réponses à toutes les interrogations de mon existence.

— Calme-toi, chuchoté-je.

Des bruits de pas me sortent de mes réflexions, suivis d'un claquement de porte. Je sors immédiatement, imaginant qu'un inconnu s'est introduit chez moi. La stupéfaction me traverse quand je découvre Jayde assis sur mon canapé, une jambe sur la table basse, les yeux rivés sur son téléphone.

— Mais... mais tu ne pouvais pas frapper comme tout le monde ? marmonné-je en croisant les bras. J'ai cru que c'était un voleur, moi !

— Y a rien à voler ici, la vipère. Tu vis dans un taudis, je te signale. La porte était ouverte, je suis entré, répond-il simplement sans me regarder.

— J'ai dû oublier de la fermer à clé en rentrant du supermarché. Et évidemment, t'annoncer ne fait pas partie de tes manières.

— Pourquoi m'annoncer ? Dès que je franchis une porte, les groupies savent déjà que c'est moi, déclare-t-il en se levant pour se poster face à moi.

Ses yeux me détaillent avec intensité, et je ne manque pas de faire pareil. Pour la première fois, sa tenue n'est pas complètement noire. Sa chemise nacarat a les manches retroussées, ce qui dévoile la tête de mort sur son avant-bras gauche ainsi que la montre Rolex à son poignet. Les premiers boutons sont ouverts, révélant son torse sculptural.

La tension entre nous est tangible, et sa façon de me contempler fait faire à mon cœur des acrobaties vertigineuses.

— Je. Ne. Suis. Pas. Ta. Groupie, articulé-je en appuyant mon index à chaque mot sur son torse.

Il hausse les épaules et feint l'indifférence.

— Mmm, ouais, t'es pas ma groupie. Je ne les dévore pas toutes crues en général.

Me sentant rougir, je plaque les mains sur mes joues. Son ricanement caresse mes oreilles, et je le fusille du regard pour me mettre dans un tel état.

— Alors ? C'est quoi le menu ? demande-t-il en déambulant dans mon appartement, les mains enfoncées dans les poches.

Il inspecte chaque recoin de mon appartement, et doit remarquer que je l'ai rangé pour une fois.

— Avant le menu, je veux qu'on décore mon sapin, dis-je en pointant du doigt le petit arbre près de ma porte-fenêtre.

— On est le 24, et ce n'est que maintenant que tu le fais ? me nargue-t-il en me soupesant.

— J… je… je ne voulais pas le faire seule.

Son visage s'adoucit face à mon aveu. Il soupire, puis s'approche de moi, les mains toujours enfoncées dans les poches de son pantalon noir.

— Je n'ai pas décoré un sapin depuis que j'ai quinze ans, dit-il, l'air songeur, en regardant mon arbre.

— Si longtemps que ça ? Tes amis et toi ne le faites pas ?

— Je ne participe jamais à ça quand ils le font au penthouse.

— Mmm, tu veux bien le faire avec moi ? Tes talents de Monica Geller pourraient nous servir pour qu'il soit esthétique, argumenté-je pour le faire céder.

— Tes compliments forcés n'ont aucun effet sur moi, réplique-t-il en roulant des yeux. Ton sapin est ridiculement petit.

Toujours à chercher la petite bête.

— Tes piques, garde-les pour toi, c'est tout ce que j'ai pu trouver hier !

Le sapin ne fait pas un mètre soixante, mais ça reste un sapin tout de même. D'une boîte avec quelques décorations que j'ai achetée dans un magasin à côté, je sors une première boule rouge pailletée puis la crochète sur les premières feuilles devant moi. Jayde souffle fort, capitulant visiblement, et vient à mon aide.

— C'est quand la dernière fois que tu as décoré un sapin ? me demande-t-il en saisissant une guirlande qui l'enroule.

— Avec mon frère, à Memphis, confessé-je en crochetant deux autres boules lumineuses.

Parler de Chris me serre toujours le cœur, surtout en cette période qui était son moment préféré de l'année et me le rappelle inlassablement.

— Tu étais proche de lui ? me questionne-t-il.

Je décèle une certaine gêne dans sa voix.

— Oui, très, on était très fusionnels.

— Jamais de dispute ?

— Non, jamais. On était plus soudés qu'autre chose. C'est lui, fais-je en lui montrant de l'index la photo de mon frère encadré sur le meuble télé.

Il s'arrête un instant pour l'observer. Je sais qu'il l'a déjà vue auparavant. Son regard s'attardait parfois sur le visage de mon frère.

— Vous vous ressemblez, reprend-il en enlevant tout ce que je viens d'accrocher pour mieux les aligner.

— Mais… pourquoi tu fais ça ?

— T'es visiblement pas douée, j'arrange tes gaffes.

— Mais Jayde ! Tout le principe c'est de le décorer, pas besoin que ça soit *clean*. L'esprit de Noël ne va pas juger l'alignement des guirlandes entre elles !

— La ferme, la vipère.

Je marmonne et lui jette des confettis au visage.

— Tss, gamine !

Il ne réagit même pas, trop happé par la position des décorations.

Ses cheveux noirs retiennent quelques confettis. Malgré une impétueuse envie, je m'empêche d'y plonger les doigts et de les caresser. Je prends le temps de l'observer, et le nœud dans mon ventre se tortille encore plus.

— C'est quand la dernière fois que tu as fêté Noël en famille ? demandé-je à mon tour en lui tendant une guirlande lumineuse.

— Après le départ de ma mère, on n'avait plus trop le goût aux fêtes. Déjà que je n'étais pas le plus enthousiaste pour tous ces événements familiaux, ça s'est accentué au fil du temps. Cody m'a invité plusieurs fois dans sa famille pour le fêter mais, depuis ces deux dernières années, je n'y vais plus trop ou sinon je les rejoins le 25.

— Pourquoi ça ? Ça t'éviterait de rester seul, pourtant.

— Ça me gêne, même si c'est mon meilleur ami, d'être là au milieu de sa famille. Ça me rappelle instinctivement… ce que je n'ai pas eu.

Ces mots pincent douloureusement mon cœur cabossé.

— Je comprends… Je ressens la même chose quand Lenny me propose de me joindre à eux, et je refuse systématiquement. Depuis trois ans, le 24 je reste seule.

— Pourquoi cette année c'est différent ?

— Depuis quelques mois, j'ai décidé de changer et de m'ouvrir un peu plus à la vie.

— Et tu trouves que ça a marché ?

— Tu ne serais pas là ce soir sinon, admets-je timidement, sentant mes joues devenir à nouveau écarlates.

Il opine du chef. Nous avons fini de décorer le petit sapin. Il ne manque plus que l'étoile que je sors de la boîte.

— Tu aurais aimé que tout soit différent ? lui demandé-je doucement en la lui tendant pour qu'il la mette.

Il saisit ma main, l'irradiant de sa chaleur, sans prendre l'étoile.

— Non… Je n'aurais pas envie de changer quoi que ce soit à ma vie, murmure-t-il en me sondant de ses yeux sombres.

— Ah oui ?

Tout ce que j'entends, ce sont les battements de mon cœur qui accélèrent suite à ce contact entre nous, ma main toujours enveloppée de la sienne.

— Si les choses étaient différentes, je ne serais pas là.

J'ignore si cette phrase englobe sa situation, sa présence ici ce soir, ou bien les deux. Il me regarde intensément et saisit l'étoile délicatement, avant de la poser en haut du sapin. Je souris comme une enfant face à ce spectacle dès que j'allume les guirlandes. Le sapin décoré donne une note plus festive à mon appartement.

Quand je vivais avec ma mère, on n'avait pas les moyens de se payer quoi que ce soit et, après son décès, lorsque notre père nous a pris en charge Chris et moi, nous avons essayé de nous procurer un vieux sapin et de nous faire des petits cadeaux en secret. Mon père était toujours trop occupé à picoler et à jouer au poker pour se soucier de nous.

— Alors ? Le menu maintenant ? fait-il en croisant les bras derrière sa nuque.

— Mmm, j'ai fait des pommes de terre sautées et un rôti. En dessert, j'ai préparé une tarte aux pommes et de la mousse au chocolat.

— T… tu as fait une tarte aux pommes ? s'exclame-t-il, troublé.

Je lui souris en sortant deux assiettes de mon petit placard.

— Oui. Je sais que c'est ton dessert préféré. Bon, par contre, je n'ai pas de vraie table. Ça ne te dérange pas qu'on mange sur la table basse ?

Jayde

C'est comme ça que je passe ma soirée du réveillon de Noël assis en tailleur sur le parquet, entre son canapé et la table basse. Je bois une coupe du whisky que j'ai apporté avec moi en venant ici. J'analyse Iris, installée à côté de moi. Son bras effleure le mien tandis qu'elle mange.

Il n'y a qu'elle pour bien s'apprêter dans une robe sexy et poser son joli petit cul sur le sol. J'aime ce côté indolent chez elle.

— Tu en veux encore ? me propose-t-elle juste avant d'avaler une autre bouchée de pomme de terre.

— Non, merci. Je réserve la place qu'il me reste pour la tarte, dis-je en étalant les bras sur le canapé derrière.

Mes yeux caressent son dos, et j'y découvre un autre tatouage :

CHRIS.

Une calligraphie artistique mettant en valeur le prénom de son défunt petit frère, bordé d'un iris de la couleur de ses cheveux.

J'enroule une de ses mèches libres autour de mon doigt et joue avec. Ses cheveux sont retenus dans une sorte de chignon flou, mais je les préfère largement lâchés.

C'est la première fois que je la vois en robe. Cet élan de coquetterie me surprend. Elle m'a déjà dit qu'elle n'aimait pas en porter. Avec ses bras à découvert et les fines bretelles sur ses épaules, ses tatouages sont plus visibles que jamais. Une véritable galerie d'art : des roses, des citations inspirantes, il y a de quoi en découvrir sur elle.

— Pourquoi tu as mis une robe, ce soir ? Ce n'est pas dans tes habitudes.

Elle tressaille, et j'ai presque l'impression qu'elle a avalé de travers. Elle tourne la tête vers moi.

— Tu n'aimes pas ?

— Si, un peu trop même, mais je pensais que tu n'appréciais pas d'en porter.

— C'est le cas, mais celle-ci est longue. Je suis plus tranquille psychologiquement.

— Donc je n'aurai jamais le droit de te voir en petite tenue ? Tss, quelle déception !

— Mais tu m'as déjà vue toute nue ! Qu'est-ce que tu racontes !

— Ce n'était pas suffisant, la vipère, soufflé-je en penchant mon visage vers le sien comme un prédateur.

Mon bras derrière elle, je la rapproche davantage de moi. Quand elle est là, je ne supporte pas la distance entre nous. Depuis notre conversation au studio, je ne fais que penser à ce qu'elle m'a dit : « Je suis intéressée. »

Je l'intéresse. Moi. Putain. Et là, maintenant. Je veux juste profiter, songer à moi et à elle. Oui à elle. Avant que ça ne prenne fin. Avant qu'on ne se casse la gueule.

— Quelle est la chose la plus fantasque que tu aies pu faire dans ta vie ? me demande-t-elle subitement en étrécissant les yeux.

Je fais mine de réfléchir. Iris est presque collée à moi, et ça a le don d'accélérer les martèlements de mon cœur. Mes souvenirs défilent dans mon esprit. J'en ai vécu des choses aussi bizarres que drôles, mais je finis par n'en sélectionner qu'une.

— J'ai fait du stop à poil à Vegas avec Cody, quand on avait dix-neuf ans.

Iris s'esclaffe en jetant la tête en arrière, elle rit à gorge déployée, et moi, comme un con, je la contemple.

Putain, qu'est-ce qu'elle est belle !

— Pourquoi vous avez fait ça ? se moque-t-elle encore.

— Personne ne voulait s'arrêter pour nous prendre. Alors on a décidé de forcer les routiers à s'arrêter en titillant leur curiosité.

— Sale exhibitionniste, lâche-t-elle, amusée.

— Et toi ? Après, venant de toi, je ne m'attends pas à grand-chose, coincée comme tu es.

— J'ai couché avec une rockstar, déclare-t-elle avec un sourire narquois.

Touché.

Elle m'a eu sur ce coup. Je n'aurais pas pu prévoir cette réponse, elle l'a dit d'une manière si naturelle que j'en ris.

— Pas mal, fais-je en laissant mes doigts caresser sa peau.

— Tu vois ? Je ne suis pas si coincée que ça, poursuit-elle, les lèvres étirées en un sourire terriblement attrayant.

— Mmm, tu resteras toujours coincée, la vipère. Et aussi prude.

— Pfff, de toute façon, je suis sûre que c'est ce que tu préfères chez moi, dit-elle en se redressant pour débarrasser la table.

— Bébé, tu sais très bien que, ce que je préfère chez toi, ce sont tes gros ni…, commencé-je en faisant comme si je caressais une poitrine tout en la suivant jusqu'à la cuisine.

— Arrête ! m'interrompt-elle en rechignant.

Je ris si fort que je dois me maintenir au plan de travail. Elle lève les yeux au ciel, puis sort du frigo une tarte aux pommes. Le fait qu'elle se souvienne que c'est ma gourmandise préférée me touche vraiment. Elle me coupe un morceau avant de me le tendre dans une petite assiette. Je prends directement une première bouchée.

— J'espère que ma cuisine te satisfait, rit-elle.

Je m'installe sur le canapé tandis qu'elle s'assoit sur la table juste en face.

— Je dois le reconnaître, tu es douée.

— Je le sais, je voulais seulement gratter un compliment.

— Quand j'ai une tarte aux pommes dans la bouche, on peut me faire dire n'importe quoi, la taquiné-je.

— De toute manière, on ne satisfait un homme qu'avec son estomac, lâche-t-elle en calant son menton sur sa paume.

— Et avec une bonne pipe aussi, ajouté-je pour l'agacer.

— Encore et toujours des allusions sexuelles, t'en as pas marre ? Le disque est rayé, il est temps de le changer.

— Pourquoi changer un disque qui a l'air de bien marcher sur toi ?

— Il ne marche sur moi qu'à travers l'ennui, nuance.

— Oh ! arrête ! Je suis sûr que c'est mon franc-parler qui te fait craquer.

— Absolument pas.

Je dresse un sourcil, fier de moi.

— Donc, je te fais craquer ?

— Non. Je cherche encore les raisons qui pourraient me pousser à craquer sur toi, rétorque-t-elle, toute contente.

Cette femme est un danger pour l'ego des hommes. Surtout pour les surdimensionnés comme le mien.

— Quelle langue de vipère !

— La vipère veut savoir si tu as passé un bon réveillon.

— Bizarrement, oui.

— Alors je peux t'offrir ton cadeau ?

Mon cœur bat trop vite, c'est humain ? Je suis malade ?

— Tu m'as fait un cadeau ?

— Oui… Ça te surprend ?

— Un peu, ouais…

Qu'est-ce qu'elle mijote encore ?

Iris se lève, se dirigeant vers sa chambre pour quelques minutes, puis revient à moi, portant dans ses bras une boîte. Merde… elle m'a vraiment fait un cadeau ! Et un grand en plus !

Elle sourit en la posant sur la table.

— C'est pour toi.

Elle s'écarte afin de me laisser l'espace nécessaire pour l'ouvrir. Tout le monde aime recevoir des cadeaux. Là je suis plus exalté par le fait que ce soit *elle* qui me l'offre que le cadeau lui-même. Je déballe le papier rouge avec des étoiles dorées avant de tomber sur une autre boîte qui contient un clap de cinéma où mon nom est inscrit, ainsi que celui du groupe.

Waouh.

— Comme tu es fan du cinéma… je me suis dit que ça te plairait. Quand je l'ai vu en magasin, je n'ai pas pu m'en empêcher.

Son joli minois est cramoisi, elle est toute gênée de m'offrir quelque chose d'aussi significatif. Je lui réponds d'un sourire et la remercie sincèrement. Parce que, oui, ça me touche vraiment cette petite attention.

— Je suppose que c'est à mon tour de t'offrir mon cadeau, fais-je en me frottant la nuque.

— T… tu m'as fait un cadeau ? s'exclame-t-elle, surprise comme moi il y a encore deux minutes.

— Bah… tu m'en as bien fait un, toi.

— Oui, mais… enfin… je n'aurais pas pensé que tu…

— Je suis peut-être un rustre d'habitude, mais je peux me montrer poli parce que c'est Noël, marmonné-je, ronchon.

— Je préférais quand tu souriais, souffle-t-elle en croisant les bras face à ma mine ennuyée.

— Le temps est limité pour ça.

Quand j'ai débarqué chez elle, la porte n'était pas fermée à clé. Je suis rentré en dissimulant immédiatement mon cadeau pour qu'elle ne me voie pas arriver avec. Je l'ai rangé sous le canapé en m'assurant qu'il n'y ait pas de poussière. Par chance, la vipère a bien fait sa soubrette en nettoyant son capharnaüm habituel.

— Tu l'avais caché ? fait-elle, étonnée quand je le sors.

J'opine du chef et lui tends mon cadeau emballé. Bon, vu la forme, elle se doute bien que c'est…

— Tu m'as offert le vinyle d'Otis Redding ? murmure-t-elle, ébahie, en le découvrant.

Iris est si touchée qu'elle en a les larmes aux yeux. Sa bouche est grande ouverte sous l'effet de la surprise. Je me suis rappelé qu'elle avait toujours voulu en avoir un. Je l'ai trouvé difficilement, il est très rare, mais j'ai eu de la chance. En plus, il est arrivé ce matin, juste à temps pour ce soir.

— Je n'ai pas les mots, susurre-t-elle en contemplant l'album.

Je m'adosse au canapé.

— Bah, ne dis rien.

— C'est beaucoup trop, Jayde. Mon cadeau paraît ridicule comparé au tien.

Je fronce les sourcils.

— Qu'est-ce qui te fait dire ça ?

— Le tien a plus de valeur, avoue-t-elle, toujours aussi émue.

— J'aime ton cadeau, confié-je franchement.

Effectivement, je ne le montre pas, mais son cadeau me fait plus d'effet qu'elle ne le pense.

— Vraiment ?

— Oui, vraiment.

— Je vais de ce pas mettre ma nouvelle acquisition en décoration quelque part, déclare-t-elle, tout excitée, en sautillant, le vinyle enfermé dans ses bras.

— Tu veux le mettre où ? dis-je, amusé face à son attitude.

— Dans l'entrée. Comme ça, ce sera la première chose que je verrai : *Try a little tenderness.*

Iris s'empresse de le déposer là-bas. Je suis sur ses talons et je l'observe l'ajuster au milieu sur le petit meuble avec les clés de chez elle et un tiroir sans doute rempli de babioles.

— Merci infiniment ! C'est la plus belle chose qu'on ne m'ait jamais offerte, confie-t-elle en se tournant vers moi.

Ses yeux pétillent de bonheur. Je ne l'ai jamais vue aussi heureuse, aussi libérée de ses chaînes que ce soir. C'est plus fort que moi, je lève la main et lui caresse la joue avec tant de douceur que je ne me reconnais plus, comme si instinctivement j'avais peur de l'abîmer.

Elle tressaille, et mes doigts glissent vers ses cheveux pour les détacher de leur élastique. J'aime quand ils sont lâchés, que je les retiens dans mon poing lorsque je l'embrasse et que je la possède.

— Je te préfère comme ça, susurré-je en me rapprochant d'elle.

Ma seconde main parcourt son dos, épousant chaque courbe et le tissu de sa robe qui me paraît de trop à cet instant.

Les pupilles de ma rose noire se dilatent. Je la titille en la caressant sans l'embrasser, je veux qu'elle le réclame. Ses bras entourent mon cou, annihilant encore un peu la distance entre nos deux corps chargés de désir.

— Pourquoi tu ne m'embrasses pas ?

Sa voix est sensuelle.

— Si je le fais, je ne pourrai plus m'arrêter.

— Qui te demande d'arrêter ? me défie-t-elle en mordillant sa lèvre inférieure.

La façon dont elle me le dit est comme un appel de phares, elle m'incite à toutes les choses que j'ai envie de lui faire.

— Alors commence, toi qui me regardes comme si tu souhaitais que je te mange toute crue.

Ses lèvres se plissent en réprimant un rire, puis Iris les scelle aux miennes. Une palette d'émotions m'envahit. Une protubérance apparaît dans mon pantalon tant je suis excité. Je dévore sa bouche, maintenant sa nuque. Je la veux tellement plus près de moi, si près que son âme ne formerait qu'une avec la mienne.

— Jayde… Hum, gémit-elle lorsque j'empoigne ses fesses.

Je romps notre baiser, essoufflé, en posant mon front contre le sien.

— Qu'est-ce qu'il y a ? demandé-je, les yeux fermés.

— J'ai vraiment envie de toi.

31. Éveil charnel

Iris

Désir…
C'est encore toi.
Et cette fois-ci,
Tu ne t'en iras pas.

Je n'ai jamais été aussi à ma place que dans ses bras, si chauds, si réconfortants que mon âme semble fondre dans son étreinte. Il m'embrasse, me dévore la bouche, sa langue me titillant au point de me rendre folle. Nous sommes dans ma chambre, près de mon lit, debout, enchevêtrés.

Ses doigts passent délicatement sous les fines bretelles de ma robe et les baisse de manière sensuelle. Je triture ma fermeture Éclair, et ma maladresse l'emporte ; je n'arrive même pas à l'ouvrir, beaucoup trop déconcertée par la présence de Jayde.

Ses lèvres déposent une pluie de baisers sur mon épaule tatouée de *Try a little tenderness*. Son cadeau me touche tellement… Il s'en est souvenu.

Je devine qu'il sourit contre ma peau. Il saisit ma main.

— Laisse-moi faire, Iris.

Ses mots m'enivrent. Je m'accroche à son cou comme si ma vie en dépendait tandis que sa bouche revient à la mienne, faisant accroître le désir qui brûle en moi. Il remonte le bas de ma robe jusqu'à mes hanches et, d'un coup sec, il m'empoigne les fesses pour me soulever. J'enroule facilement les jambes autour de sa taille.

Il m'étale sur mon lit, sans jamais se détacher de moi. Son corps au-dessus du mien me fait chavirer. Mes doigts flirtent avec les boutons de sa chemise ; je les ouvre lentement, mettant son torse finement musclé à découvert. Il s'en déleste, avant de m'ôter ma robe, me laissant en culotte et en soutien-gorge de dentelle noire.

Je remercie la déesse des tangas de m'avoir fait enfiler un ensemble sexy.

Je halète quand il embrasse la vallée de ma poitrine. Ma respiration devient erratique dès que je le sens badiner avec la pointe sombre de mes seins par-dessus mon soutif. Il ne tarde pas avant de le retirer pour malmener mes tétons avec sa langue de la plus délicieuse des façons. Il les lape, les suce. J'arc-boute mon bassin à chaque contact.

Plus je me soumets à ce désir, plus je lâche prise. Je ne pense plus à rien, seulement à lui et aux feux d'artifice qu'il déclenche en moi.

— Jayde…

Je gémis lorsque sa bouche traverse mon corps jusqu'à mon bas-ventre, semant partout des baisers enflammés.

— On t'a déjà dit que ma langue faisait des prouesses, bébé ?

Ces paroles érotiques ne font qu'accentuer mon désir. Avant qu'il ne touche l'apogée de ma féminité, une chaleur intense irradie cette zone-là.

Des baisers à l'intérieur de mes cuisses s'ensuivent. Ses lèvres flirtent avec mes courbes, et ce n'est que quand je sens son index effleurer ma peau qu'une piqûre de rappel s'insinue en moi. Mes trois cicatrices. Mes mains recouvrent mes yeux. Je suis à deux doigts de fondre en larmes lorsque Jayde commence à les embrasser. Puis il caresse mes vergetures, témoins des rondeurs que j'avais à dix-sept ans et que j'ai perdues avant de travailler dans ce club miteux.

— Je trouve ça très sexy, dit-il doucement.

Je suis sûre qu'il n'en pense pas un mot.

— Évite de me mentir dans ce genre de moment.

— Je ne mens pas, marmonne-t-il en me pinçant la cuisse. J'ai toujours dit que t'étais une tigresse, et faut bien des rayures pour affirmer ce côté chez toi. Et je trouve ça très sexy.

Mon cœur fait des loopings, et je souris, touchée. Il change presque ma vision des choses.

— Putain… j'ai jamais eu envie de quelqu'un comme ça, chuchote-t-il.

Son ton n'est ni taquin ni espiègle, mais sérieux. Des ondes de choc se propagent dans mon corps de haut en bas, jusqu'à mes orteils. Son souffle me chatouille et enflamme ma féminité.

— Je vais te faire jouir, Iris, comme on ne t'a jamais fait jouir.

Oh. Mon. Dieu.

Sa voix rauque éveille la totalité de mes sens. Je ne pense plus à rien, juste à nous. Sa bouche chaude titille mon clitoris. Mes halètements s'intensifient comme les battements de mon cœur. Un maelström de sensations se déverse en moi comme un tsunami.

— Jayde… Jayd…

Mes doigts enserrent ses cheveux d'ébène. Je tire dessus au rythme de ses coups de langue frénétiques. Je deviens folle. Son pouce s'insère en moi et dessine des cercles au départ paresseux et langoureux, avant de faire monter la pression et d'accentuer la cadence.

J'ondule des hanches. Je ne contrôle plus mes gémissements. J'ai les jambes en coton, et tous mes muscles tremblent. Au bout de quelques minutes, je me contracte autour de sa langue. Jayde fait naître en moi un orgasme renversant qui secoue tout mon corps. Ma tête bascule en arrière. Les yeux fermés, je pousse un ultime cri de jouissance.

Jayde dépose un baiser en dessous de mon nombril avant de remonter à mon visage. Un mouvement de friction entre ma poitrine et la sienne me fait reprendre pied avec la réalité.

— Je n'en ai pas encore fini avec toi, déclare-t-il comme une revendication.

Ce premier orgasme n'était qu'un prélude, une mise en bouche avant de passer aux choses sérieuses, et savoir que je suis aux premières loges m'excite affreusement.

Ses lèvres écrasent les miennes, avalant ce que j'allais dire au point que j'en oublie mes mots. Son corps chaud se presse contre le mien, et son sexe, toujours camouflé par son pantalon, se niche au creux du mien.

Jayde rompt ce baiser langoureux. Une faible distance sépare nos visages. Ses yeux noirs me sondent avec passion, j'y discerne une flambée de désir.

Il lit en moi et comprend que j'ai envie de lui, et cette fois-ci il y croit. Parce que j'y crois.

Cette nuit-là, c'est la nôtre.

Jayde enflamme mon cœur, apaise ma colère envers le monde et anesthésie mes souffrances pour de bon. Il me guérit de mes complexes et même de mes faiblesses. Singer Killer n'est pas un tueur, non ; il a juste volé mon cœur.

Un feu ardent me consume jusqu'à la moelle. Mes doigts glissent de ses épaules à ses bras. Je le caresse avec mes yeux mais aussi avec mes mains. Son corps est une œuvre d'art ; la galerie de ses démons et chacun de ses dessins me fascinent. Je souris toute seule en scrutant et en effleurant son abdomen musclé.

— Qu'est-ce qui te fait sourire ? susurre-t-il en frottant son nez contre le mien.

Puis il saisit une de mes mains avant de la faire passer au-dessus de ma tête, emmêlant nos doigts.

— Je suis juste bien.

Je sens son sourire contre ma peau alors qu'il poursuit son périple de baisers brûlants dans mon cou. Cette façon qu'il a de s'attarder sur mes parties érogènes a pour seul but de me rassurer, de me convaincre que je suis en sécurité avec lui. Dans cette bulle qu'il crée pour nous deux, comme notre chez-nous.

Si sa première main est toujours nouée à la mienne au-dessus de ma tête, la seconde agrippe le creux de ma taille, ancrant ses doigts dans ma chair. Mes gémissements ne faiblissent pas, Jayde a l'ascendant sur toutes les zones qu'il faut pour me rendre folle.

Un dernier coup de langue sur mes lèvres, et j'entends sa braguette s'ouvrir. En même temps, son front se presse contre le mien. Il est si près de mon visage que je ferme les yeux.

— Ne pense à rien d'autre, je te tiens la main, c'est notre point d'ancrage pour ce soir, pour te rappeler que c'est moi.

Cette attention tire une flèche au creux de mon cœur abîmé. Il me libère des dernières chaînes qui me liaient à mon passé. Jayde remodèle les morceaux de mon âme en une forme nouvelle, plus belle, plus sereine.

Je garde les paupières closes lorsque son visage s'éloigne du mien, concentrée sur sa main comme un phare qui me guide dans l'obscurité. Il ne me lâche pas. Pourtant, je le sens galérer un peu pour baisser son pantalon et sortir un préservatif. Puis un baiser sur le nez me fait rouvrir les yeux. Je le trouve tellement romantique, mais je m'abstiens de le lui avouer.

Nos regards s'imprègnent de l'autre. Son autre main caresse ma joue délicatement, comme si j'étais une poupée de porcelaine qu'il aurait peur de casser. Ses doigts enlacent toujours les miens, et l'excitation palpite au creux de mon bas-ventre.

J'inspire profondément lorsque je sens son sexe s'immiscer lentement en moi. Mes paupières se ferment un instant, puis un baiser volé sur ma bouche les fait papillonner avant que je les ouvre.

— Regarde-moi. Je ne veux pas que tu quittes mes yeux, dit-il avec une lueur indescriptible dans ses opales sombres.

J'opine du chef, avant de pousser un petit cri quand il me pénètre réellement.

— C'est moi, souffle-t-il près de mes lèvres.

Ma main libre s'agrippe à lui. Je plante mes ongles dans son dos. Je délivre une suite de gémissements de plaisir dès qu'il commence à bouger en moi.

— Prépare-toi à crier mon nom, bébé.

Je souris à cette remarque bien à lui, qui lui correspond tout à fait. Ses va-et-vient sont au départ lents, je vois mes vieux démons se dissiper progressivement. Ses coups de reins s'intensifient, et mon désir grandit, grandit…

Et je ne résiste pas. J'y succombe, affolant mes sentiments et faisant s'écrouler le château de cartes de mon chagrin. Ce soir, je ne suis plus une âme triste, errante et ne vivant que pour sa musique. Je me sens femme, comme je ne l'ai jamais été, pour la première fois, avec tant de ferveur, tant de passion que j'ai presque du mal à y croire.

— Jayde…

Oui, et tout ça c'est grâce à lui.

Avec Jayde, c'est soit on aime, soit on n'aime pas, et moi j'aime à une échelle inconcevable.

Je le laisse me prendre comme il l'entend. Je chavire dans une luxure divine. Je pose les yeux sur lui, m'abreuvant de ce regard comme si c'était ma mission sur terre. Tout comme moi, il est proche de l'extase.

— Dis-moi que ça te plaît, déclare-t-il d'une voix rauque.

— Ou… oui.

— Tu en veux plus ?

— Oui…

Ses hanches cognent contre les miennes furieusement. Nos corps ne forment qu'un dans une parfaite harmonie.

— Lâche-toi, bébé, jouis.

Je ne retiens plus rien. J'obéis et je jouis, en même temps que lui, dans un dernier gémissement de plaisir. Ce soir, notre lâcher-prise est notre salut.

Je reste allongée sur le dos, enroulée dans mes draps, tandis que Jayde jette le préservatif à la poubelle. Je fixe le plafond et repasse en boucle la scène. J'ai couché avec lui et je ne me suis jamais sentie aussi libérée de ma vie.

J'y suis arrivée.

Toute la tendresse dont je rêvais était présente ce soir, elle était dans ses bras. Je souris à cette idée. Il s'allonge sur le dos, les mains derrière la nuque, fixant, comme moi, le plafond.

— Je l'ai fait, murmuré-je en me redressant pour mieux le contempler.

Il se met sur les coudes.

— Tu te rends compte ? Je l'ai fait !

— J'étais là, tu sais ? Je suis au courant, lâche-t-il, amusé.

Je ris avant de plonger à nouveau sur mon matelas, cette fois-ci allongée sur le flanc pour l'observer. Il m'imite, et nos yeux se verrouillent.

— La vipère est comblée ? demande-t-il en arquant un sourcil.

Je continue de sourire.

— Oui, merci, vraiment, de tout mon cœur.

Un sourire commence à étirer ses lèvres, mais il se ravise soudain en se raclant la gorge avant de se redresser.

— J… je… je vais rentrer.

J'ignore la vague de déception qui s'instille en moi, et l'observe se rhabiller sans me regarder, comme s'il était subitement intimidé par cette intimité.

Une fois qu'il est prêt, j'enroule un drap autour de mon corps et le suis jusqu'au pas de la porte. Il a son cadeau dans les mains, et instinctivement je repense à celui qu'il m'a offert. Je jette un rapide coup d'œil à Otis Redding juste à côté de moi, et un sourire fend mes lèvres.

— Je suis content que ça te plaise, dit-il.

— Ça m'a beaucoup touchée, admets-je sans pouvoir m'arrêter de sourire.

— Merci pour le dîner… et le cadeau, déclare-t-il en le désignant.

Puis, dans un élan de douceur inattendue, Jayde se penche pour embrasser mes lèvres. Un baiser rapide, un baiser volé, un baiser qui me fait encore plus sourire.

— Merci à toi. Merci pour tout, dis-je, tout simplement heureuse.

Mes yeux lui font comme un appel de phares. Je veux qu'il m'embrasse de nouveau de sa propre volonté, comme une promesse que cette nuit a bel et bien existé et qu'il est ma tendresse incarnée.

Et c'est ce qu'il fait, il m'embrasse avec plus d'intensité que juste avant, et mon cœur fait des sauts périlleux. Le baiser est rompu, mais son visage est toujours près du mien.

— Peut-être que demain j'irai rejoindre Cody chez lui, susurre-t-il.

Je souris en hochant la tête.

— D'accord, alors on se revoit la semaine prochaine ?

Je n'arrête pas de sourire, il va me prendre pour une idiote.

— Oui… normalement.

— Joyeux Noël, Rocky.

— Joyeux Noël, la vipère.

Et de façon inattendue, Jayde m'embrasse la joue et, vu ses

yeux écarquillés, il en est le premier surpris. Embarrassé, il s'en va en me jetant un dernier regard, puis disparaît.

Désir, ce soir, tu m'as envahie,
Exactement comme l'amour que j'ai pour lui.

32. Black

Jayde

Aujourd'hui, on commence les enregistrements.

Enfin !

L'écriture des chansons est pratiquement terminée, sauf si nous voulons en rajouter plus tard, mais pour l'instant on doit préparer notre album *J. Black* pour qu'il rejoigne les plates-formes de musique. Cela fait des mois que j'attends ça, et on y est !

Après des tests son, des répétitions à foison, nous allons enregistrer la deuxième chanson – après *Bipolar* – de notre album. Ce sera *Smoke and Mirrors.* J'ai imaginé les paroles avec Iris, un soir chez elle.

Iris. Je n'arrête pas de penser à elle. Je ne l'ai pas revue depuis notre Noël à deux. Mon temps était pas mal pris avec le groupe, nous répétions jour et nuit, veillant à ce que tout soit parfait pour aujourd'hui.

Tout doit être parfait.

Mon côté pointilleux s'aiguise quand il s'agit de musique, plus que d'habitude. On n'a pas le droit à l'erreur. *Je* n'ai pas le droit à l'erreur. Si je me plante, les médias vont me descendre. Pour la première fois, depuis longtemps, la nervosité coule dans mes veines.

Iris. Songer à elle n'est jamais un moment insignifiant. Elle a trouvé une place en moi. Elle est partout, vraiment partout. Avec ses secrets, ses démons, sa musique et ses paroles. Iris vibre en moi, et c'est à la fois exaltant et terrifiant. Je me perds dans un dédale d'émotions contradictoires.

J'ai envie de la voir, au point que j'y pense constamment.

J'ai toujours utilisé le sexe comme une échappatoire, pour me noyer dans la luxure tout en ayant le contrôle sur tout, absolument tout. Mais avec elle, le sexe a une autre saveur, et il ne s'agit pas que de sexe. C'est l'intimité que nous voulons. Être regardés, admirés, touchés, caresser, se sourire, se susurrer des secrets. Non, ce n'est pas que du sexe avec elle, c'est plus que ça. Et c'est exactement ce « plus que ça » que je souhaitais au fond de moi.

Iris est tombée dans mes bras, elle m'a fait confiance malgré son passé impitoyable. Elle m'a choisi moi pour sa rédemption. Et oui, je l'avoue, toute cette histoire me fait quelque chose.

Je vais me casser la gueule.

— Vous vous rendez compte, les gars ? s'exclame Bryce joyeux. On va enregistrer notre deuxième album, c'est incroyable !

Nous sommes tous les quatre dans le long couloir, entre le bureau de Braden et la porte qui mène au studio d'enregistrement. Après notre penthouse, cet endroit est celui que je préfère le plus. Je m'y sens comme chez moi, à ma place. Entre tous ces instruments et les cadres avec des rockstars, je me rends compte que je reviens de loin, vraiment loin. Le Jayde de cinq ans n'y croirait pas.

— Ça va être génial, dit Cody en se frottant les mains.

Je retrousse ma manche pour regarder l'heure sur ma montre. Braden est au téléphone avec des journalistes ; il accepte des interviews de plusieurs magazines et émissions pour que nous puissions enfin sortir de notre silence.

Après le drame de ma pseudo-implication dans ce meurtre, on s'est retirés des réseaux sociaux, et on ne répondait plus aux appels de la presse. Il fallait faire taire les tabloïds et, bien que cela ait pris du temps, là, c'est un nouveau départ. Les concerts vont redémarrer, on tournera même peut-être un clip pour certaines de nos chansons. Ce deuxième album, c'est la résurrection d'une rockstar. C'est pour cette raison que je l'ai appelé *J. Black*, et que mes amis m'ont laissé faire ça. Ça n'a jamais été un caprice de ma part, juste un besoin.

Les gars, on a réussi. Je suis fier de nous.

— J'ai hâte de savoir ce que ça va donner à la fin, enchaîne Dustin avec un sourire content. Comment tu te sens, Jayde ?

Je les regarde tour à tour. Cody, l'homme aux cheveux peroxydés bleutés avec son optimisme à toute épreuve. Bryce et son air innocent. Dustin, notre leader, le ciment qui nous maintient unis. Je ressens une satisfaction incommensurable. Ces gars-là sont mes meilleurs potes et, même si on se fait la misère, nous savons qu'on serait prêts à tout les uns pour les autres.

— Je me sens bien, me contenté-je de dire, opinant du chef.

— Un peu plus d'enthousiasme Jayde, voyons ! intervient Cody en me secouant par les épaules. Mon poussin, faut se réveiller !

— Je vais bien, répliqué-je, à moitié amusé, tout en retirant ses mains. Je vais vraiment bien, les gars, merci.

Bouche bée, tous les trois clignent des yeux comme si j'étais un mirage sorti tout droit de leur subconscient.

— Il a de la fièvre, ce n'est pas normal qu'il ne m'ait pas encore crié dessus depuis ce matin, et là il nous regarde avec les yeux de l'amour, s'inquiète Bryce en posant la paume sur mon front.

— Tu as deux secondes pour enlever tes sales pattes, le nabot, grommelé-je, agacé qu'il empiète sur mon espace vital.

— Ah, je te retrouve, mon chéri ! Me voilà rassuré, se moque-t-il en s'écartant de moi et en levant les mains en l'air.

Parfois je me demande ce qu'il se passe dans sa tête. Il est tout le temps dans son monde, perdu quelque part entre les pages de ses mangas. Différencie-t-il la réalité de la fiction ? J'espère pour lui qu'il ne croit pas aux ninjas ou encore aux titans. Quoique, avec lui… il faut s'attendre à tout.

— Bon, les garçons, vous êtes prêts ? déclare Braden en sortant de son bureau, tout content.

— Y avait une fille sous la table à l'intérieur pour que tu aies un sourire aussi radieux ? marmonné-je, légèrement irrité par son retard, en m'adossant au mur, les bras croisés.

— Tiens donc, Jayde, toujours aussi… toi, répond-il en roulant des yeux.

Oui, toujours moi.

— Aujourd'hui on se charge de *Smoke and Mirrors*, comme vous le savez. On risque de rester tard, mais, bon, vous êtes habitués au métier, dit-il en passant les bras par-dessus les épaules de Cody et de Dustin.

— On n'attend pas Iris ? demande Bryce en levant le petit doigt comme un gamin.

— Elle devrait arriver d'un moment à l'autre. Je veux qu'elle assiste à cette étape ainsi qu'à l'éditing…

Ting !

Braden ne finit pas sa phrase que les portes de l'ascenseur au bout du couloir s'ouvrent. Mon cœur rate un battement.

Boum. Boum. Boum.

Il bat vite, trop vite même. Cela fait seulement trois jours que je ne l'ai pas vue, et je suis déjà dans cet état, putain. Qu'est-ce qu'il m'arrive ? Comment une fille peut me chambouler autant ?

Les portes s'ouvrent totalement.

Ce n'est pas Iris.

L'air se raréfie dans mes poumons.

C'est Tate.

Et ce n'est ni une illusion ni une hallucination.

Tate est là.

— Hé, petit frère ! Comment ça va ?

Tate Black dans toute sa splendeur. Un mètre quatre-vingt-dix pour quatre-vingt-dix kilos de problèmes vient de débarquer dans ma vie. Il est plus grand que moi, plus costaud aussi. Son visage émacié me trouble. Il ressemble de plus en plus à mon père. Ses cheveux de jais sont attachés à l'arrière en un petit chignon. Ses yeux m'aspirent dans leur tourmente. Il semble beaucoup trop enjoué, si bien que cela paraît faux.

Une joie démesurée dissimule toujours une hypocrisie calculée chez Tate Black. L'art des apparences est son hobby favori.

L'atmosphère se charge de non-dits. Il me scrute d'un regard narquois, l'air de me balancer « je suis là et je t'emmerde ». Le revoir, ici et maintenant, me désoriente complètement et fait se dissiper la douce allégresse qui flottait en moi.

— Eh, Jayde ! C'est ton frère ! s'exclame Bryce derrière moi, surpris, en s'avançant vers l'intéressé.

Mes amis et Braden ont déjà rencontré Tate à nos débuts, mais seul Cody connaît le revers de la médaille à propos de mon frère, et uniquement à travers mes confessions.

— Tate ! Ça fait longtemps, lance Dustin en lui faisant une accolade.

Tate devient le centre du monde, encore une fois. Comme dans mon enfance. Sa présence engendre mon absence, il m'efface comme une vulgaire rature faite sur une feuille.

Tout le monde s'approche de lui, tout le monde gravite autour de lui comme si Tate était un aimant. Même avec son teint vitreux et ses yeux noirs soulignés de cernes, il irradie.

— Comment ça va, mon pote ? demande Cody en lui tapotant la joue.

Arghhh, taisez-vous !

— Je vais très bien. Ça fait plaisir de vous revoir. Et vous, les gars ? Mon frère ne vous fait pas trop la misère ? me taquine-t-il au loin avec son regard goguenard.

Ferme-la, toi aussi.

Je suis le seul à être resté à ma place. Je n'ai pas bougé d'un iota, encore sous le choc.

— Qu'est-ce que tu fais là ? marmonné-je en m'avançant vers lui avec nonchalance, la mâchoire contractée.

— C'est toi qui m'as dit de venir, s'enquit-il gaiement l'air de rien.

Pardon ?

— Je ne t'ai jamais demandé de venir, articulé-je clairement pour être sûr que le message rentre dans son crâne.

— Ah si ! Tu m'as appelé l'autre soir, explique-t-il en arborant son air condescendant, sa main appuyée sur mon épaule. Et je crois même que t'étais bourré, frérot, constamment au bord du gouffre à ce que je vois.

Toujours là à taper où ça fait mal. Un pieu en plein cœur, voilà ce que Tate représente parfois pour moi. Je fronce les sourcils et assimile durement ce qu'il me dit. Un à un, ses mots lacèrent ma peau, ressuscitant les nébuleux souvenirs de cette sinistre soirée, peinte de mes démons les plus noirs, de mes doutes les plus enfouis.

J'ai un haut-le-cœur, et le nœud logé dans mon ventre, depuis que je l'ai aperçu, se tord encore plus fort.

Va-t'en. Dégage. Je ne suis pas prêt à te revoir.

— Oh ! ne dis pas ça, Tate ! intervient Bryce en passant un bras par-dessus mes épaules. Jayde s'est assagi et tout ça grâce à une fille.

Le nabot est définitivement mort, et enterré.

— Une fille, tu dis ? Jayde, s'éprendre d'une fille ? C'est intéressant ça, réplique mon frère en se frottant le menton, m'épiant en plissant des yeux.

— Eh ouais, c'est notre compositrice et ils sont toujours fourrés ensemble, poursuit le nabot, tout fier.

Je vais brûler toute sa mangathèque.

— C'est vrai ça, Jayde ? Tu t'es enfin décidé à t'intéresser à quelqu'un d'autre que toi ?

Fumier.

Je suis à deux doigts de rétorquer de la plus venimeuse des façons, mais Cody s'interpose entre nous, comme s'il avait lu dans mes yeux que je perdais patience.

— Tate, tu peux rester, mais on sera vachement occupés. On commence l'enregistrement du deuxième album, explique mon meilleur ami.

— Je tombe à pic alors !

Non, tu ne tombes pas à pic ! Barre-toi !

Mon meilleur ami m'agrippe le bras, puis me traîne vers le studio, m'éloignant des ondes négatives que projette Tate sur moi.

— Jayde, je sais que tu n'es pas ravi de le voir, mais tu n'as pas le choix. Profitez-en pour mettre vos différends de côté. Tu n'es pas trop énervé, ça va ?

L'inquiétude scintille dans ses yeux aigue-marine. Sa main appuyée sur mon épaule est comme un point d'ancrage pour me connecter à la réalité.

— Énervé ? Je suis furieux, bon sang ! Je ne veux pas de lui, Cody. Il ne veut pas changer et il ne changera jamais. Lui faire entendre raison, c'est comme faire des signes à un aveugle.

— Jayde… contiens-toi. Ce n'est pas le moment de faire une

scène devant les autres. J'ai vraiment l'impression qu'il veut faire un pas vers toi.

— Cody, tu vois le bon en tout le monde. Même à Staline, tu cherches des excuses, marmonné-je. Je resterai tranquille, mais qu'il ne tourne pas autour de moi. J'ai plus important à faire.

Il pousse un long soupir, puis les autres nous rejoignent à l'intérieur. Tate est fidèle à lui-même, avec ce rictus fourbe peint sur sa face de rat. Je l'ignore ouvertement et écoute attentivement les directives de Braden. Cody me masse les épaules, dans l'unique but de me faire oublier la présence de mon frère.

— C'est compris, les garçons ? demande Braden en se plaçant derrière les tables de mixage.

Nous hochons tous la tête et, avant que nous pénétrions à l'intérieur de la cabine pour pouvoir enfin chanter, Tate s'enquit :

— Tu as tout *entendu*, Jayde ?

Électrochoc.

Pourquoi il fait ça ? Mon corps se fige. Ces mots-là sont le leitmotiv de mes démons passés. J'ai cru ne plus jamais m'y confronter. Tant bien que mal je les ai inhumés dans les tréfonds de ma conscience. Maintenant, Tate, avec sa pelle de l'enfer, creuse pour remuer le couteau dans la plaie.

Personne ne peut comprendre le sens de sa phrase. Personne. Je me tourne vers lui avec colère, je le déteste autant que je l'aime.

Je serre les poings avec tant de hargne que mes jointures deviennent blanches. Il prend un malin plaisir à me provoquer de la sorte.

— Tu vas faire quoi, petit frère ? Me frapper ? me demande-t-il.

Impossible de juguler cette rage. Mon sang s'échauffe dans mes veines, et toute la lâcheté que j'ai pu ressentir par le passé dans ce genre de situation se dissipe. Mes poings se crispent, ma mâchoire se contracte. Avant que je ne lui rétorque ses quatre vérités, la lueur violette de ma vie fait irruption dans la pièce.

— Désolée, les garçons ! s'exclame une Iris essoufflée, avec les joues rougies et une respiration erratique.

Elle est derrière lui, toute belle dans sa tenue de bikeuse affirmée, toute douce avec son visage d'ange. Iris désamorce la bombe au creux de mon ventre. Ses yeux azur rencontrent les miens, et comme par magie la fureur en moi est neutralisée.

Un sourire timide fend ses lèvres charnues, et j'ai envie de me jeter dessus. L'embrasser à lui faire perdre haleine. La serrer contre moi avant de me faufiler comme un malfrat dans son corps parfait. Iris m'apaise. Iris me détend. Iris me rend accro.

Probablement intrigué par la quiétude qui doit émaner de mes traits, mon frère se retourne pour voir derrière lui.

— Tiens donc, comme on se retrouve, ma belle !

Quoi ?

La stupéfaction se lit sur son joli minois. Iris écarquille les yeux comme si elle ne croyait pas ce qu'elle voyait.

— Tate ?

Pardon ?

— Qu'est-ce que tu fais là ? s'enquit-elle en plongeant la main dans ses cheveux avec un faible sourire.

Ce semblant de sourire pour mon frère équivaut à une droite en plein de ma gueule.

— Je rends visite à mon petit frère adoré ! s'exclame-t-il en glissant son bras par-dessus mes épaules.

— T… ton frère ? souffle-t-elle, ébahie de découvrir notre lien de parenté.

— Attendez, vous vous connaissez ? intervient Bryce, intrigué.

Non, pas ça… pitié, pas ça.

— J'ai passé la plus belle nuit de ma vie avec elle, réplique mon frère avec cette satisfaction dans sa voix.

Et moi, c'est le pire jour de ma vie.

33. Rivalité fraternelle

Iris

Je n'arrive pas à y croire.

Jayde a un frère. Un frère. Et il ne m'en a jamais parlé… alors qu'il sait pratiquement tout de ma vie. Le poids de cette inégalité pèse soudain très lourd sur mes épaules.

L'ironie dans tout ça ? Je le connais.

— Attendez, vous vous connaissez ? s'exclame Bryce, l'air innocent, en s'approchant de nous.

— J'ai passé la plus belle nuit de ma vie avec elle, réplique Tate avec un sourire beaucoup trop fier en bombant le torse.

Les hommes dans la pièce ont la bouche grande ouverte, sauf Jayde, qui reste impassible. La réponse de Tate suinte la connotation sexuelle, et je refuse qu'on pense ça de moi.

Je ne veux pas que Jayde croit ça.

— Une nuit où on n'a rien fait, m'empressé-je de corriger.

— En tout cas, je suis content de te voir, reprend-il en lâchant son frère pour venir vers moi.

C'est lui mon *Stranger in the night*, comme l'indique la chanson que j'ai fait lire à Jayde, la dernière fois dans mon studio.

Tate a débarqué un soir au Dream Club, quelques mois après mon installation, soit il y a trois ans. Nous avons discuté des heures, et après la fermeture nous avons erré toute la nuit comme deux âmes en peine, poussées par le désir que notre voix soit entendue.

Je ne suis pas rentrée dans les détails de ma vie avec Tate. J'ai omis de lui mentionner que j'étais stripteaseuse, je n'ai évoqué que le décès de mon frère et mon envie d'être dans le domaine musical.

Lui me parlait de son petit frère – dont je ne découvre que maintenant l'identité –, du fait que leur relation était tendue, mais qu'il l'aimait par-dessus tout. Je trouvais ça très touchant, et cela me rappelait vaguement mon petit Chris parti si tôt. Sauf que, quand je les vois à présent, la haine qui vibre dans les prunelles de Jayde rend toutes les confessions de Tate improbables.

Quelle est la nature de leur relation ? Est-ce parce qu'elle est désastreuse que Jayde ne m'en a jamais parlé ?

— C'est l'inconnu de ma chanson, dis-je en le regardant dans les yeux.

J'ai cette envie de le rassurer, mais sa réaction un peu impulsive réduit en miettes les quelques espoirs que j'avais concernant nos retrouvailles, après notre lâcher-prise phénoménal.

Peut-être que j'en attendais beaucoup…

Je patauge dans une mare de contradictions infinie avec lui. Mon cœur se serre douloureusement. Jayde reste sans émotion, froid comme de la glace.

Une vague d'inconfort m'envahit. Jayde m'ignore et pénètre dans l'habitacle, derrière cette vitre en plexiglas. Puis ses amis le suivent pour jouer. Braden m'installe à côté de lui, face aux tables de mixage et au grand écran. Chacun des membres du groupe se place derrière son instrument, Dustin à la batterie, Cody à la guitare électrique, Bryce à la basse, et Jayde enferme le micro entre ses mains, après avoir calé le casque sur sa tête.

— Alors, Iris, on va enregistrer *Smoke and Mirrors* plusieurs fois, puis on passera à l'éditing, et au mixage, toi et moi ; je vais te montrer comment on fait. Tu n'es bien sûr pas obligée d'assister à tout. Tu peux partir quand tu veux si tu es fatiguée.

— Merci, Braden. Je suis prête à découvrir ça.

Tate est proche, derrière moi, ses mains appuyées sur le dossier de ma chaise. Je me tourne vers lui et rencontre son sourire charmeur. Tate ressemble à Jayde mais dans une version plus enjouée, plus ouverte aux autres. Je lui réponds d'un petit sourire, avant de me concentrer sur Braden.

— Là, ils vont faire une démo avec tous les instruments, puis Jayde chantera. Ensuite, ils passeront chacun leur tour pour jouer leur partie solo ; ça permettra une meilleure amplification de chaque instrument lors du mixage.

— Très bien !

— Vous pouvez commencer, les gars, leur ordonne-t-il à travers son micro.

— C'est très excitant, tout ça, me chuchote Tate à l'oreille, me faisant sursauter. On est aux premières loges !

Dans mes souvenirs, il n'était pas aussi… expressif, ou encore euphorique. Ce qui me fascinait chez lui, c'était sa vision des choses. Tate vivait comme si tout pouvait s'arrêter d'un moment à l'autre, comme si demain n'avait ni de valeur ni d'importance, alors que moi je ne *vivais* que pour ce *demain*, ou l'avenir auquel j'aspirais vraiment.

Là, je le trouve presque sournois vis-à-vis de son frère. Cela contrebalance énormément ce qu'il a pu me livrer à son sujet par le passé.

Mon regard dérive sur Jayde. La fureur est palpable sur ses traits. Ses yeux harponnent son frère sans ciller, et je n'ai pas l'impression qu'il me voit moi.

Mon cœur palpite, je pose la main sur ma poitrine. La voix suave de Jayde filtre à travers les baffles et fouette mon âme. Il se met à chanter comme si sa vie en dépendait. Et malgré cette vitre en plexiglas qui nous sépare, je me sens toujours aussi proche de lui.

Smoke and Mirrors est une chanson très significative, comme toutes celles qu'on a écrites, et cet album reflète une part de Jayde inexploitée. Il dévoile sa vulnérabilité sans pour autant y mêler haine ou mépris. C'est plus subtil ; c'est percutant, puissant, unique. Nous étions en osmose en le créant, ma sensibilité imbriquée avec ses faiblesses occultées. Jayde a un talent pour les mots, et nous leur donnons un sens, ensemble.

Ses cordes vocales délivrent les paroles, qui se répercutent directement sur mon cœur aux multiples bleus. Avoir en direct le résultat de ce que j'ai produit avec lui me comble de joie, un sentiment de fierté indescriptible se faufile en moi. Tout est en train de me sourire, je deviens si chanceuse que ma reconnaissance est immense. Mais pour encore combien de temps ?

Le trèfle à quatre feuilles va bientôt être emporté par un ouragan.

Les yeux de Jayde sont clos. On pourrait penser que sous ses paupières défilent les paroles du morceau. Je l'observe, et mon sang s'échauffe. Je nous revois constamment. Nos deux corps unis dans l'harmonie de nos gémissements et de nos sentiments. Quelque chose crépite au fond de mon ventre et vibre à la surface de ma peau.

Cette chanson évoque la mélancolie et toutes les illusions obscures qui, comme une ancre, nous font sombrer dans la profondeur du chagrin. Elle dit que parfois la tristesse parasite notre regard sur la réalité, et plus nous décidons de l'ensevelir, plus cela aura des conséquences, et c'est comme ça que des yeux pleurent, qu'un cœur se brise et qu'une âme s'étiole.

Il entonne le refrain, et une palette d'émotions découle de son chant. Il exprime la douleur à l'état brut. Des pulsations inédites me parcourent le corps. Sa peine et son déchirement se calquent sur mes mauvais souvenirs.

On se retrouve dans les paroles de Jayde, c'est ce que j'aime le plus. Il n'écrit pas que pour sa propre délivrance, bien qu'elle soit temporaire, il écrit pour tous ceux qui souffrent.

Je suis capable de lire entre les lignes : Jayde recherche l'immortalité musicale. Exister même si son corps n'est plus là, exister par le biais de sa musique qui aura su nous faire frissonner en l'espace de trois minutes. Juste trois petites minutes salvatrices où Singer Killer se libère.

Je réfléchis énormément depuis *notre* Noël. Mes sentiments sont troublants, et j'essaie d'imaginer les siens en me mettant à sa place. On commence par le début, un Jayde qui déteste les femmes et les considère comme de vulgaires poupées gonflables à prendre quand bon lui semble. J'ignore si depuis moi il a totalement changé, mais je sais qu'il ne couche pas avec d'autres, c'est déjà ça. Cette haine envers le sexe féminin est étroitement liée à sa mère, qui l'a abandonné du jour au lendemain sans explications.

Elle ne lui a laissé que l'amertume et le mépris, faisant décamper tout ce que l'amour pouvait représenter. D'ailleurs, il n'a jamais réellement connu ce sentiment, il me l'a confessé et pas besoin d'être un génie pour savoir qu'il le redoute. Céder sa confiance, aimer quelqu'un d'autre… tout ça, Jayde l'évite soigneusement, craignant trop fortement un possible contrecoup.

Je me refuse de faire des conclusions hâtives en ce qui concerne sa mère. La mienne est morte d'une overdose, me laissant à mon triste sort avec la responsabilité d'un petit garçon, avant que notre paternel nous prenne en charge, pour notre plus grand malheur.

Jayde repousse tout le monde, pour ne pas avoir à éprouver ce sentiment qui nous effraie tous : la déception. Hélas, oui, un jour nous finissons tous par aimer cette personne qui nous fait souffrir, et Jayde ne veut plus le revivre.

Une constatation me fait l'effet d'une douche glacée : est-ce qu'il m'évite pour ne pas ressentir de la déception ? Ou bien l'a-t-il éprouvée au moment où il a su que je connaissais son frère ?

La chanson s'achève. Tous les garçons sauf Cody sortent de la cabine. Ce dernier est sur le point de jouer son solo de guitare. J'observe Jayde. Tate s'avance vers lui tout en le félicitant, mais il n'a aucune réaction, il s'en va sans piper mot.

Mes yeux restent toujours braqués sur la porte à moitié ouverte, j'espère secrètement son retour imminent. Mais il ne revient pas. Tant de choses se bousculent dans ma tête, je suis tiraillée entre l'envie de le rejoindre et la crainte d'être plus rejetée que je ne le suis déjà.

C'est viscéral et surtout plus fort que moi, je ressens ce besoin de le voir. Je sors sans prévenir et me retrouve dans le long hall. La porte de la salle de musique est fermée, je suis certaine qu'il est dedans, mais je dois être subtile, sinon ce n'est pas un simple rejet qui va me tomber dessus.

Je frappe contre le bois de la porte, mais aucune réponse.

— Jayde… s'il te plaît, laisse-moi entrer.

Je pousse un profond soupir face à son manque de réaction.

— Iris.

Cette voix provient de derrière moi, mais ce n'est pas celle de mon rockeur torturé, c'est celle de Tate, son frère. Je me retourne, lui faisant face.

— Si tu cherches Jayde, je crois qu'il est carrément sorti du bâtiment.

Tate est plus grand, plus costaud et plus âgé que son frère aussi. Il a une sorte de folie insolite au fond du regard.

— Il n'a pas l'air bien aujourd'hui, dis-je avec tristesse en croisant les bras.

— Ça lui passera, ne t'en fais pas. Il réagit toujours ainsi quand il me voit, puis la tension retombe.

J'arque un sourcil.

— Pourtant, dans mes souvenirs, tu me disais que vous étiez proches.

— Les relations fraternelles ont des hauts et des bas. Bon, assez parlé de Jayde, ma belle ! Tu ne peux pas imaginer combien je suis content de te revoir.

Un sourire joyeux fend ses lèvres. Je dois admettre que ça me fait plaisir de savoir que je l'ai marqué comme il m'a marquée. Cette réciprocité… je ne l'obtiens pas toujours avec Jayde.

Je lui souris moi aussi.

— Je n'aurais jamais cru te recroiser un jour moi non plus.

— Ça m'arrivait souvent de repenser à toi, confie Tate en s'approchant de moi.

— Oui, ça m'arrivait aussi. Tu es la première personne que j'ai rencontrée ici à Boston qui s'est montrée bienveillante envers moi, ça compte.

— Ça me fait plaisir d'entendre ça. Viens, on retourne à l'intérieur, je sens que Braden a encore plein de trucs à t'apprendre et toi plein de trucs à me raconter. Jayde reviendra, il est sûrement sorti fumer, tel que je le connais.

Mon moral est totalement flingué. Jayde m'évite comme l'herpès depuis plus de vingt-quatre heures, et mes interrogations se bousculent autant qu'elles me bouleversent.

— Iris, ça va ?

La voix de Darren m'extirpe de cette pseudo-léthargie. Nous

sommes tous les deux chez Amber. Cette dernière a organisé une sorte de soirée pyjama pour nous trois, où potins et ragots seront sans doute au rendez-vous.

Je suis assise en tailleur sur le lit à baldaquin de mon amie. Sa chambre est plutôt grande et terriblement colorée, mais les murs sont blancs. Y sont accrochés des cadres avec des portraits d'Aretha Franklin ou encore de Whitney Houston, et des compositions florales. Comparé au mien, son appartement est plus vaste, lumineux et surtout mieux rangé.

Je triture l'ourlet de la manche de mon haut de pyjama en pilou-pilou, et détourne le regard vers mon ami. Je lis de l'inquiétude dans ses beaux yeux chocolat. Darren se montre soucieux pour moi. On ne se voit pas souvent. Je ne décroche pas toujours à ses appels, sous prétexte que je travaille beaucoup. Je suis la pire des amies, mais lui et Amber sont là pour moi, même quand je n'en ai pas besoin. Je crois que c'est ça la véritable amitié, vouloir être présent pour quelqu'un sans attendre forcément quelque chose en retour, si ce n'est son affection.

— À vrai dire… je ne sais pas trop.

— Tu as des soucis au travail ? demande-t-il avant de prendre une bouchée de pop-corn du sachet sur ses genoux.

Tout en mâchant, il joue avec les oreilles de la capuche de son pyjama jaune Pikachu.

Je me remémore mon déjeuner de tout à l'heure au restaurant avec Braden, le groupe et Tate. En face de moi, Jayde ignorait ouvertement ma présence tandis que son frère à mes côtés me faisait la conversation.

Le comportement de Jayde m'irrite. Si ça ne tenait qu'à moi, je lui aurais flanqué un coup de poing en plein dans la jugulaire, mais quelque chose m'en empêche. Je sens une rivalité entre les deux frères. J'avoue que ça me fait un peu mal que Jayde n'ait jamais mentionné Tate, mais vu son attitude je comprends pourquoi. Cela semble douloureux pour Jayde de le supporter. Donc je lui laisse du temps. Je ne veux pas m'interposer, mais je lui ai envoyé tout de même un message.

Si tu veux en parler, je suis là.

Message resté sans réponse.

Alors je patiente.

— Je n'ai aucun problème au boulot, ne t'en fais pas, lui dis-je doucement. J… je suis un peu perturbée.

— À cause de quoi ? intervient Amber en débarquant dans sa chambre, vêtue d'une serviette de bain enroulant son corps voluptueux.

— À cause de Jayde, confié-je en laissant tomber ma tête entre mes genoux pour me cacher.

Ça m'embarrasse de parler de cette partie de ma vie, mais j'ai envie d'avoir un avis extérieur et objectif, et je sais qu'ils me le fourniront sans langue de bois.

— Oh ! Iris, murmure tristement Darren en caressant mon dos.

— Qu'est-ce qu'il a fait ? demande mon amie.

Je la sens s'asseoir en face de moi, ce qui affaisse le lit.

— Rien, justement. Entre nous c'est… complexe.

— Il y a quelque chose entre vous ? me questionne gentiment Darren.

Je baisse les armes devant eux. Je me laisse aller à des confessions en ce qui concerne ma relation avec Jayde. Je leur raconte comment nous sommes passés de la haine à une attirance qui nous consume jusqu'à l'os : notre petit jeu de *donnant-donnant*, comment je suis tombée dans les mailles du filet, de notre nuit désastreuse la première fois jusqu'à la plus sulfureuse.

— Oh ! mon Dieu ! Tu as couché avec lui, réplique Amber, écarquillant les yeux comme des soucoupes.

— Tu ressens quoi pour lui ? m'interroge Darren.

— Q… quoi ? fais-je, prise au dépourvu.

Je les regarde à tour de rôle, sentant mon visage virer au cramoisi.

— Iris, enchaîne Amber, tu m'as dit une fois que tu ne pouvais pas t'imaginer avec quelqu'un si une connexion émotionnelle n'existait pas et que tu n'avais pas une confiance presque absolue en lui. J'ai l'impression que c'est ce que tu vis avec lui, le sexe n'est venu qu'après, et ce n'est pas ça qui détermine la nature de votre relation. C'est très profond entre vous.

Son air sérieux m'ébranle. D'habitude, elle est plus frivole, surtout en ce qui concerne les relations. Mais ce qu'elle me dit fait tourner les rouages de mon cerveau, ça me fait l'effet d'un boomerang qui me revient en pleine poire.

— J… je… j'ai des sentiments pour lui, mais…

Le penser et se l'entendre dire sont deux choses très différentes.

— Tu as peur que ça ne soit pas réciproque ? m'interroge Darren, toujours aussi soucieux.

Je me tais, continuant à triturer la manche de mon pull, sans oser les observer.

— C'est clair que c'est réciproque, chérie, me confirme Amber. L'autre soir, quand on était chez eux, il ne faisait que te regarder. Quand il vient au Dream Club, ce n'est que pour tes jolis yeux et, en plus, avec tout ce que tu nous as dit, je crois que pour lui ça fait bien longtemps qu'il est épris.

— Ce genre de mec ne traîne pas plus d'une nuit avec la même fille. Tu es l'exception, *son exception,* conclut Darren.

— Vous pensez que je devrais lui avouer ? dis-je, prise de panique.

— Pas avec des mots, parce qu'il risque d'éviter le sujet, mais le lui faire comprendre de manière subtile. Si ça se trouve, c'est lui qui fera le pas vers toi. Après tout, c'est ce con qui te fuit ! s'exclame Amber en retirant la serviette enroulant sa chevelure frisée.

— Je ne sais pas trop… Je suis tétanisée rien qu'en y pensant.

— T'es mignonne quand tu es comme ça, me taquine-t-elle. L'amour fait ressortir en toi de la timidité ainsi qu'une pointe de vulnérabilité. Ce n'est pas la première impression que tu donnes en général. Tu es plus douce comme ça, plus accessible. Et ça nous fait plaisir que tu nous en parles.

L'amour ?

J'arque un sourcil.

— Je ne sais pas trop comment le prendre.

— Ne nous l'énerve pas, Amber ! Pour une fois qu'elle se

confie, je veux immortaliser ce moment, réplique Darren, amusé, en enroulant ses bras autour de mon cou.

Je parviens aussi à en rire. Ces deux canailles m'ont remonté le moral mais, malgré leurs paroles pleines de bon sens, je plane encore dans les non-dits qui me séparent de Jayde.

Mes doigts glissent sur mon synthétiseur. J'écris un nouveau morceau, peut-être celui pour mon concours du mois de mai. Je ne dois pas me laisser submerger par les émotions de ma vie personnelle. Un café noir m'accompagne pour cette soirée qui, je l'espère, sera productive.

J'ai décidé de prendre un congé au Dream Club. Pour la première fois depuis longtemps. Ces petites vacances me permettent de profiter un peu de mes amis. Je commence à prendre vraiment goût au temps qu'on passe ensemble. Je me sens bien, libre.

Avachie sur mon canapé, je gribouille des notes dans le silence, mais j'entends bientôt quelqu'un qui frappe à ma porte. Confuse à cause de l'heure tardive, je m'approche lentement de l'entrée et, avant que je ne demande qui c'est, une voix résonne :

— C'est moi.

Jayde.

Jayde est chez moi, à 2 h 37 du matin.

J'ouvre la porte à la volée et le découvre. Bonnet vissé sur le crâne, mains enfoncées dans les poches et son éternel masque d'indifférence.

— Que fais-tu là ? dis-je en fronçant les sourcils, incapable de savoir ce que je ressens à cet instant.

— Je veux avoir des réponses ! s'exclame-t-il en entrant sans me demander l'autorisation.

Je ferme la porte à clé, puis croise les bras en me tournant vers lui.

— Des réponses à propos de quoi ?

— Tate et toi.

34. Rose noire

Jayde

La fureur ne me quitte pas et me pousse à exorciser ce sentiment en chanson. Dans la pénombre de ma chambre, je suis pris d'une inspiration nocturne saisissante. Les heures défilent, et je sonde mes pensées les plus profondes.

Plus j'écris, plus je réalise.

Mon écriture est hideuse mais, quand ça tournoie si vite dans mon crâne, je n'ai pas d'autre choix que de m'y soumettre. J'écris, j'écris, j'écris. Je fredonne, je fredonne, je fredonne. Jusqu'à ce que ça me percute, que ça me broie les os et que ça me lacère la peau.

Ma rose noire, tu t'es perdue entre les flammes.
Tu as laissé derrière toi tes pétales.
Le sang coulant de tes épines.
Et les larmes dans tes racines.
Douce rose noire, malgré les décombres,
Tu survis encore.
Dans les cataclysmes. Et même dans l'apocalypse.
Mon cœur s'écorche contre tes épines,
Je trébuche sur tes racines.
Ma rose noire, tu es mon espoir.
Tu fais faner mes mensonges, mes tristesses et mes idées noires.
Je veux que personne ne puisse me voir, car tu es la seule à savoir.
Même si je suis brisé,

Tes pétales me libèrent et ton amour me déchaîne.
Ma rose noire, même dans le noir,
Je ne vois que toi.
Et tu sais pourquoi ?
Parce que tu es à moi…

C'est pour Iris.

J'ai écrit une chanson pour Iris : *Dark Rose.*

La colère qui m'habite se traduit en sentiments intenses chauffés à blanc. Je n'aurais jamais cru qu'un jour la rage pourrait se dégager de moi en paroles aussi douces que de la soie. Je mets à nu une partie de mon âme que je n'avais encore jamais exploitée, et ma muse n'est autre qu'Iris.

Son visage m'apparaît. Je l'imagine sourire dans ma chambre alors que les faibles lueurs de la lune s'immiscent à travers mes stores. Puis une autre pensée beaucoup plus sombre surgit : Tate.

« Tu es la première personne que j'ai rencontrée ici à Boston qui s'est montrée bienveillante envers moi, ça compte. »

Ces mots-là derrière la porte ont eu l'effet de balles transperçant mon corps. *Il* compte pour elle. Tate compte pour ma rose noire. De là où j'étais, je ne pouvais plus bouger, réalisant ce qu'il se passait.

Pourquoi il a fallu qu'elle le connaisse ?

Pourquoi il a fallu que ça soit lui son Stranger in the night, *comme elle l'appelle ?*

Le destin prend un malin plaisir à me tourmenter. Je ne supporte pas cette idée. Je n'arrive pas à l'admettre, car je connais la réalité derrière tout ça. Dès que Tate se manifeste, je deviens l'ombre de son ombre.

Mon frère occupe une chambre chez nous. Mes amis lui ont proposé de rester, et je ne pouvais pas protester. Mis à part Cody, personne ne sait pour sa bipolarité. Évidemment, ça m'arrangerait que Tate ne soit plus dans mes pattes, mais disons que je le sens un peu différent. Il n'évoque en aucun cas notre père ni toutes ces choses qui m'accablent. Il est plus malléable, et parfois même agréable. Cela dit, il a compris comment jouer avec mes nerfs.

Oh oui ! Ça, il l'a très bien compris.

Tourner autour d'Iris comme si elle était son orbite.

Et le pire… c'est qu'elle paraît réceptive. Alors je ne la regarde plus, parce que la voir parler à Tate et rire avec lui vrille mes entrailles.

Le spectre de mes mauvais souvenirs tourbillonne dans ma tête. Tout remonte à la surface, ma tristesse, mes complexes devant Tate. Pour une fois, ma vie n'appartient qu'à moi, et voilà Tate qui débarque et fait tout voler en éclats. Il s'amuse avec mes amis, comme si c'étaient les siens, reste avec Iris comme si c'était… sa compositrice. Bientôt tout le monde se rendra compte de la supercherie, qu'il a tout pour lui, et que je ne suis rien devant lui.

Ce sentiment me fait souffrir, j'ai tellement honte de ce que je suis…

Même si Tate est à la dérive, il reste Tate. Le meilleur, le premier, le préféré. Et bien que je sois au sommet, je reste Jayde, le handicapé, le dernier.

Ma jalousie se déverse dans mes veines lorsque j'obtempère à ces idées. Je les comprends, mais je ne veux pas les admettre. Je refuse que Tate cueille ma rose noire. Ses pétales sont à moi, tout comme ses épines acérées. Je n'arrive guère à dompter ce feu qui me consume, ce feu qu'elle seule allume comme si j'étais une flaque de kérosène et elle le Zippo qui me tombe dessus.

C'est comme ça que je me retrouve chez elle en pleine nuit. Au milieu de son petit salon, les mains crispées et un nœud au ventre. Je l'épie, tiraillé entre l'envie de me ruer sur ses lèvres et celle de l'obliger à me répondre. La voir si peu vêtue a une incidence directe sur mes testicules. Elle porte une chemise de nuit à bretelles qui lui arrive aux genoux, ses pointes sombres sont visibles derrière le tissu, ce qui ne manque pas de me faire de l'effet.

— Je ne comprends pas, Jayde, admet-elle alors qu'une sincère perplexité s'affiche sur ses traits.

— Toute ma vie, ça a toujours été Tate. Rien que Tate. Tate le meilleur, Tate le plus génial ! Moi, j'ai toujours été derrière lui à ramper dans son ombre. Dès qu'il arrive, hop ! Jayde passe aux oubliettes. Alors je te le demande, le fait de le revoir, ça t'a fait quelque chose ?

— Quoi ? fait-elle, ébahie, la bouche ouverte. Tu es vraiment sérieux ?

— Oui, plus que sérieux. Tu l'as connu avant moi et, depuis qu'il est là, il te colle aux basques, et ça m'insupporte comme pas possible. Je veux une réponse maintenant.

Ses épaules s'affaissent. Elle pousse comme un long soupir de soulagement, avant de s'avancer vers moi tout doucement.

— Tu sais, j'avais compris que c'était tendu vous deux, mais je n'aurais jamais pu imaginer que tu éprouvais *tout* ça. Cette jalousie tenace.

Le fait qu'elle le dise me fait l'effet d'une secousse. Mes jambes flageolent, et je m'assois directement sur son canapé, camouflant mon visage entre mes mains.

— J… je… J'ai honte…

Le gamin sensible en moi prend l'ascendant et me commande comme un vulgaire pantin de bois. Tous mes mensonges m'assaillent.

Je sens Iris qui se baisse pour être à mon niveau, entre mes cuisses. Puis elle pose ses mains sur les miennes, toujours sur mon visage, mais je ne bouge pas.

— Jayde, tu n'as pas à avoir honte… mais laisse-moi te dire une chose : tu n'as rien à envier à qui que ce soit.

Je reste silencieux, je ne fais qu'écouter sa douce voix.

— Je sais que tu as souffert dans ton enfance et que ça a dû être dur pour toi de ne jamais être mis en avant, qu'on ne croit jamais en toi à cause de tes handicaps. Et je comprends mieux que ces complexes n'ont fait que s'accentuer à cause de ton frère. Seulement, Jayde, tu es plus que ça, tellement plus…

Ses mots me caressent à l'intérieur, Iris retourne mon cœur dans tous les sens.

— Qu'est-ce qui te fait dire ça ? soufflé-je en daignant enfin la regarder.

Ses yeux aigue-marine sont les plus beaux et les plus expressifs que j'ai jamais vus. Ils m'encouragent à me noyer dans leur profondeur, à me noyer dans sa douceur.

— Parce que je n'ai pas besoin de rencontrer d'autres gars pour te choisir toi, et même ton frère n'y changera rien.

Je n'arrive pas à y croire.

— Tu m'as évitée ces deux derniers jours. Tate est celui qui venait le plus vers moi. Je n'allais tout de même pas l'envoyer paître, avoue-t-elle, les mains sur mes genoux, toujours accroupie sur le sol pour me faire face.

— Il compte pour toi ? demandé-je, encore perdu dans ce tumulte.

Elle fronce les sourcils.

— Comment peux-tu comparer…

Je me noie dans l'océan de ses yeux, comme bercé par les vagues. Son index trace le contour de mes lèvres, et elle me sourit avant de s'approcher de moi.

— Pour tout te dire… tu es le seul homme que je vois, les autres n'ont aucune importance.

Putain… Je pousse un long soupir de soulagement qu'on pourrait confondre avec un gémissement tant ces mots me satisfont. Iris se redresse avant de me chevaucher, et plaque sa bouche contre la mienne. J'aime quand elle est audacieuse, j'aime quand elle prend les devants. J'aime quand je suis son choix, et non une option.

— Tu m'as manqué, murmure-t-elle en interrompant notre baiser, son petit nez se frottant contre le mien.

Pour unique réponse, j'écrase mes lèvres sur les siennes, y mettant plus d'ardeur. Elle halète sous les assauts de ma langue et se plaque contre mon sexe. Elle m'excite tellement.

— Doucement, Iris… sinon je ne pourrai pas me contrôler, dis-je en embrassant le haut de ses seins délicieux.

— Je ne veux pas que tu te contrôles, plus jamais, avoue-t-elle, les yeux pleins de tendresse, avec sa main qui me caresse la joue.

Ses yeux brillent. Je pousse un grognement, ravi de savoir qu'elle me laisse le champ libre. Je lui retire sa chemise de nuit et mets bientôt à nu ses mamelons.

Je lape ses pointes sombres chacune leur tour, joue avec au point de la rendre folle et qu'elle hurle mon nom comme si c'était la seule chose qu'elle pouvait dire. Les soubresauts de désir que je provoque en elle la font remuer contre mon érection, déjà prête pour que je la prenne.

Mes doigts se faufilent sous l'ourlet de sa robe et frôlent sa petite culotte. Je les ancre à la chair de ses hanches et l'appuie contre moi, tandis que ma langue malmène encore ses seins rosis par mon passage.

— Jayde…, gémit-elle bruyamment en rejetant la tête en arrière.

Elle me rend dingue.

— Crie mon nom, fais-moi savoir qu'il n'y a que moi.

— Oui… il n'y a que toi…

Putain.

Je veux être le seul pour elle.

— C'est moi que tu veux, hein ? dis-je avant de déchirer sa petite culotte.

Surprise, elle pousse un couinement. Dans ses prunelles azur une flambée de désir m'attise totalement.

— Juste toi, susurre-t-elle, son front pressé contre le mien.

J'ai si envie d'elle que j'en ai affreusement mal, et avant que je ne précipite les choses, en la marquant à tout jamais avec mes griffes, je lui souffle à mon tour :

— Moi aussi, je ne veux que toi.

Iris

J'ai l'impression d'être dans du coton. Mon corps est totalement ramolli suite aux assauts ardents de Jayde. Je suis sur le dos, les jambes toujours un peu tremblantes. Ses lèvres caressent mon ventre langoureusement.

— Ne me dis pas que tu as encore de la force, murmuré-je, les yeux fermés, tout en laissant mes doigts se perdre dans ses cheveux ébouriffés.

— Je ne me lasse pas de toi.

Il souffle ces mots contre ma peau, et cela me fait l'effet d'une allumette sur mon corps, qui embrase la mèche de mon cœur avant l'explosion. Sa bouche poursuit son périple jusqu'à ma poitrine. Je gémis de plus belle, enroule les bras autour de lui pour le serrer contre moi, et chuchote :

— Reste cette nuit, s'il te plaît.

Mes paupières sont toujours closes, je suis épuisée. Mais le sentir près de moi m'est presque indispensable. Jayde s'allonge et m'attire contre lui. Son odeur virile envahit mes narines, et je me laisse bercer par le rythme des mouvements de son torse.

— Bonne nuit, ma vipère.

35. Plonge avec moi

Iris

Les premiers rayons de soleil qui filtrent à travers mes stores m'agressent les paupières. Je grogne avant de rouler sur le dos pour changer de position, mais je me cogne à un corps tout chaud. J'ouvre les yeux et découvre Jayde, allongé sur le ventre, sur mon lit. Les souvenirs luxurieux d'hier défilent comme un kaléidoscope dans mon esprit, et je me sens délicieusement courbaturée.

Il dort paisiblement, son visage tourné vers le mien. Sa peau devient dorée aux lueurs du soleil. Attirée comme un aimant, je décide de m'allonger sur lui. Ma tête est au niveau de sa nuque, où je dépose un baiser, ma poitrine sur son dos et mes pieds atteignent presque ses chevilles.

— Brrdtk.

Le borborygme sortant de ses lèvres me fait doucement rire. Mes mains massent ses épaules, puis je vois sa tête tourner sur le côté. Il ouvre les paupières.

— Bonjour, chuchoté-je.

— Mmm, il est quelle heure ?

— Presque 10 heures.

— Je ne me suis jamais levé aussi tard, admet-il en me regardant par-dessus son épaule.

Je continue mes caresses, surprise.

— Vraiment ?

— Je me suis toujours levé tôt, toute ma vie.

— Il y a des raisons particulières à cela ? demandé-je, intriguée, en restant sur lui.

— Quand j'étais enfant, je partais très tôt à l'école pour éviter de croiser certains camarades, sinon on jetait mes affaires dans la poubelle, ou alors moi. J'ai dû garder cette boule d'angoisse quelque part au fond de moi, qui doit faire que je me réveille toujours aussi tôt.

— J'aurais dû te laisser dormir, dis-je avec une pointe de regret en embrassant son épaule.

— Non… Je suppose que, pour la première fois de ma vie, je suis serein et je ne pense pas à ce qu'il se passera ensuite.

Je souris contre sa peau, avant de poser mon front contre son épaule.

— Par contre, te savoir toute nue sur moi, comme ça, bah… c'est pas que ça me déplaît, mais ma queue est un peu, voire trop étriquée dans cette position.

— Oups.

Je ris en glissant à côté de lui, le drap enroulé autour de mon corps.

Je suis sur le flanc, et il se retourne pour être face à moi. Mes yeux se baladent sur son torse sculptural qui se termine par un ventre aux abdominaux ciselés et un V creusé. Sous la couverture, un renflement qui grandit à vue d'œil me décroche un rire.

— Sympa de rire pour ça, marmonne-t-il en se frottant le visage. Une fille normalement constituée serait plutôt émerveillée.

— Ce n'est pas ma faute si ta libido me fait rire, le taquiné-je. Alors, dis-moi, que fait Singer Killer un dimanche matin en général ?

— Tout dépend de ce qu'on veut faire, les gars et moi. Ça nous arrive de répéter, ou encore de sortir je ne sais où, sinon je regarde des films avec Cody. On fait un marathon cinématographique comme je l'appelle. Et toi ?

— Je prends un café, puis je m'installe devant mon piano et je joue.

— Tu ne t'arrêtes jamais on dirait.

— Jouer du Otis Redding de bon matin me met du baume au cœur.

Il se frotte la joue contre l'oreiller. Ses yeux noirs observent mon visage, puis se baissent vers mon corps. C'est là que je réalise que mon mamelon pointe vers lui. Un sourire étire ses lèvres avant que je recouvre mon sein.

— On ne rigole pas avec toi. Pourtant on a baisé comme des bêtes cette nuit, et tu trouves le moyen de te cacher de moi, proteste-t-il en se redressant, s'adossant à mon mur.

— Hé ! Ça n'a rien à voir.

— Mmm, oui.

— Je peux être très audacieuse, marmonné-je.

— Je ne demande qu'à voir ça.

L'impudence se distille dans mes veines. Je m'assois sur ses genoux et croise les bras comme une gamine, le défiant du regard.

— Tu veux une fessée ? se moque-t-il en laissant ses doigts traîner le long de mon dos.

J'aime quand il me caresse ainsi, comme s'il ne se rendait pas compte de la tendresse que cela implique.

— Abstiens-toi, je n'ai pas ton goût aventureux pour certaines pratiques sexuelles.

— Tu n'es audacieuse que pour flanquer des raclées, susurre-t-il en s'approchant de mon cou.

— Mmm, sûrement…, gémis-je lorsqu'il m'embrasse langoureusement à cet endroit.

— Tu te sens comment ? demande-t-il en continuant à me mordiller le lobe de l'oreille.

Cette question me fait réfléchir. Je ressens une profonde sérénité dans mon corps, mon âme et mon cœur. Jayde est un doux remède à mes maux.

— Très bien, vraiment très bien. Et toi ?

— Là, je me sens bien.

Sa réponse suffit à m'arracher un petit sourire, alors que mes doigts jouent sur ses pectoraux ciselés.

— Jayde… Pourquoi tu ne m'as jamais parlé de ton frère ? demandé-je, concentrée sur le jeu de ma main.

— Je veux éviter le contact avec lui, et pour ça je ne parle pas de lui.

— C'est si tendu entre vous ?

— C'est compliqué… Notre relation est très ambivalente. Tu vois ? C'est mon frère, je lui fais confiance et en même temps…

Il suspend sa phrase, comme s'il ignorait comment la compléter.

— Mmm, je comprends que tu ne veuilles pas m'en parler, mais tu sais que tu peux tout me dire, vraiment tout, avoué-je en plongeant mon regard dans le sien.

Sa main se crispe sur mon dos. Il me fixe comme si je venais de prononcer les mots les plus durs à supporter.

— Iris, je dois te dire que…

Il chuchote d'un ton désespéré, puis baisse la tête. Cette honte qu'il semble éprouver me lacère le cœur. Je caresse sa joue.

— Hé… je suis là, dis-moi ce que tu veux, Rocky, lui murmuré-je en embrassant son front.

Son visage se niche au creux de mon cou, et j'enroule les bras autour de lui, le serrant contre ma poitrine dans une étreinte rassurante. Jayde m'enlace comme si j'étais une bouée de sauvetage et que je lui extirpais la tête hors de l'eau. Nous restons un petit moment dans cette position, et j'ignore si cela réussit à l'apaiser.

— J'ai écrit une nouvelle chanson, souffle-t-il dans mon oreille avant de me lâcher.

Ce n'était pas ce qu'il voulait me dire initialement.

— Ah oui ?

— Je voudrais te la montrer. Ce soir, viens chez moi.

— J'ai prévu de faire un saut au Dream Club. J'ai pris un congé, mais je veux m'assurer qu'on n'a pas besoin de moi. Je viendrai quand même, lui promets-je, tout excitée de découvrir sa nouvelle création.

Un petit sourire étire ses lèvres. Je tuerais pour ce sourire que j'aime tant. Il ne le fait pas souvent, ce qui le rend encore plus précieux à mes yeux, surtout si j'en suis la raison.

Nous restons un moment dans le lit. Je le sens plus détendu et moins angoissé. Je suis à califourchon sur lui, le drap autour de moi, mais Jayde proteste en voulant me le retirer.

— T'es qu'un obsédé, dis-je, amusée, en pinçant ses pectoraux. Si obsédé que t'as un piercing sur la queue.

— Mmm, redis cette phrase en employant le mot grosse avant queue, dit-il en mordant mon épaule.

— Même pas en rêve !

— Tu as suffisamment détruit mon ego, il est temps de le reconstruire en exauçant mes petits caprices.

— Jamais de la vie, faut te faire redescendre sur terre.

— Ne fais pas la maligne, c'est toi maintenant qui vas devenir la MST ambulante.

Touché.

— Pique pas mes blagues, dis-je en dissimulant mon manque de répartie pour ce coup.

Son téléphone sonne, nous coupant dans nos chamailleries. Il grogne et ne décroche pas, préférant saisir une de mes mains dans la sienne.

— Tu ne réponds pas ?

— Pourquoi on aurait besoin de moi un dimanche matin ?

Je regarde nos doigts entremêlés, mon cœur fait des sauts périlleux dans sa cage thoracique. Une énergie agréable grésille au fond de mon ventre, je suis toujours dans cet état quand il est là.

— Approche, chuchote-t-il.

Son autre main effleure délicatement ma joue avant de se perdre dans mes cheveux, mais notre bulle d'intimité éclate encore quand son téléphone sonne à nouveau. Jayde marmonne des insultes, et je descends de lui afin qu'il se redresse. Il cherche son téléphone sur le sol dans une des poches de sa veste.

— Quoi ? grommelle-t-il à son interlocuteur.

Il se tait, puis pousse un profond soupir.

— J'arrive, conclut-il en soufflant d'exaspération.

— Est-ce que ça va ? l'interrogé-je en me mettant face à lui, les bras croisés sur mon drap devenu ma tenue attitrée.

— Je dois y aller, Tate demande à me voir, et ça ne peut pas attendre visiblement.

— Oh ! fais-je, un peu déçue qu'il s'en aille. J'aurais aimé que notre dimanche au lit se poursuive, mais je comprends, ton frère a besoin de toi.

Bon, j'ai changé d'avis. Je ne me suis pas rendue au Dream Club, trop pressée de retrouver Jayde et de découvrir cette fameuse nouvelle chanson. De quoi parle-t-elle ? Pourquoi l'avoir écrite sans moi ? C'est bête, mais j'aurais aimé y participer, comme tout le reste. Cependant, je suppose que mon opinion compte un peu, vu qu'il veut me la faire écouter avant de la montrer aux autres.

Cody m'ouvre la porte, content de me voir.

— Iris ! Jayde m'a dit que tu viendrais, mais t'as de l'avance, non ?

— Oui… J'espère que je ne vous dérange pas ?

— Du tout. J'étais dans le salon avec mon chat. Tate est sûrement avec Jayde dans la piscine, dit-il en me faisant entrer.

— Dustin et Bryce ne sont pas là ? demandé-je en pénétrant dans le penthouse.

— Non, ils sont sortis, Braden souhaitait les voir.

Sur le canapé se trouve son chat noir, Jimi Hendrix d'après mes souvenirs.

— Si tu veux parler avec Jayde, traverse cette baie vitrée, et va à droite. La piscine est derrière ce mur, déclare-t-il en me désignant du doigt le grand rempart à notre droite.

J'acquiesce en le remerciant, puis suis ses indications. Je découvre Jayde seul en train de faire des longueurs. Leur penthouse est phénoménal, je n'aurais jamais cru que c'était si grand de ce côté-là. La piscine est vaste et bordée de lumières. Quelques plantes dans des pots sont parsemées sur la plate-forme, et un petit espace contient deux canapés de jardin blancs, avec une table entre les deux.

— Tu t'entraînes pour les JO ? demandé-je, voyant qu'il n'a pas senti ma présence.

Il s'arrête, probablement surpris de déjà me retrouver. La journée s'est écoulée, et il n'est que 18 heures.

— Tu ne devais pas aller au Dream Club avant ?

Il nage jusqu'au rebord avant de s'y maintenir en croisant les bras dessus. Ses cheveux d'ébène sont rejetés en arrière, et ses cils sont gorgés d'eau. Je me penche, jusqu'à m'asseoir sur mes genoux, et caresse sa main mouillée.

— Oui, mais j'étais pressée de te revoir, susurré-je, les yeux perdus dans les gouttes qui perlent sur ses bras.

— Alors plonge avec moi, dit-il en se laissant tomber en arrière dans l'eau.

Plonge avec moi.

La signification de cette phrase est si forte pour moi. J'enlève mon pantalon et mon pull en mailles, me retrouvant en sous-vêtements. Jayde s'humecte les lèvres en me contemplant ainsi, à moitié nue, puis je saute dans l'eau chauffée.

— C'est agréable, hein ? fait-il en nageant vers moi.

— Je ne m'attendais pas à ce qu'elle soit aussi chaude.

— On est en plein hiver, mais avec les baies vitrées le froid n'entre pas, c'est toujours chauffé ici.

— Cody m'a dit que tu serais avec Tate, dis-je en me laissant flotter.

— On nageait ensemble, puis il est sorti.

— Et ça va, vous deux ?

— Ouais… si on veut. On a discuté un peu, et il semble sincèrement vouloir une bonne entente entre nous.

— Il reste chez vous ?

— Pas pour longtemps, souffle-t-il en s'approchant de moi.

Je me place dans un endroit où j'ai pied, afin de reprendre ma respiration. Mon dos est contre le bord, et Jayde nage vers moi tel un prédateur chassant sa proie. Ses mains se posent de part et d'autre du rebord derrière, et il m'enferme comme dans une cage. Pour la première fois, ça ne me dérange pas.

Je ne peux m'empêcher de songer à cette vulnérabilité qu'il m'a dévoilée hier soir. Toute sa vie, il a dû se comparer à l'image parfaite que son aîné lui renvoyait, sachant pertinemment qu'il n'arriverait jamais à l'égaler.

Il a honte de ce qu'il ressent, mais c'est humain la jalousie, tout comme la curiosité. C'est humain d'épier ce que les autres ont de mieux que nous et, même si c'est nocif, on le fait tout de même. Un doux poison, très lent à s'infiltrer dans le sang. Et sortir de cet engrenage est difficile. Malheureusement, on est parfois tellement occupé à voir ce que les autres ont qu'on est aveuglé et qu'on ne se rend pas compte de ce que l'on possède vraiment. Chacun est unique à sa façon, chacun brille d'un éclat particulier, c'est ce qui fait la beauté du monde.

Je veux que Jayde le comprenne.

— Tu sais…, dis-je timidement en levant la main vers son oreille droite, celle qui n'entend rien, tu n'as pas à te cacher, ou encore à avoir honte de ce que tu n'as pas et l'envier chez les autres. Tu as bien plus que tu ne le crois, Jayde.

Ses yeux s'entrouvrent de surprise.

— Parfois, je me demande ce que tu vois en moi. Tu es bien la seule, dit-il en crispant la mâchoire.

— Peut-être que, moi, je sais te regarder, rétorqué-je doucement en glissant la paume jusqu'à son torse. Je t'accepte comme tu es, et tu n'as pas besoin de changer quoi que ce soit. On emmerde ceux qui se moquent parce que tu mets du temps à lire ou ceux qui te jugent parce que tu n'entends pas très bien. Tu es déjà parfait à ta façon.

Parfait pour moi.

J'enroule les bras autour de son cou, et frotte mon nez contre le sien. Il ne bouge pas, encore figé dans cette position qui le maintient sur ses deux jambes.

— Je t'accepte comme tu es, mon Singer Killer, susurré-je avant de déposer un furtif baiser au coin de ses lèvres. Je t'accepte comme tu es, Jayde, répété-je pour lui communiquer ce que je ressens avant de l'embrasser.

Ce baiser est doux, dissimulant cette passion qui me consume. Son étreinte se referme sur moi. Il me dévore la bouche, et ses mains se baladent sur mon corps bouillonnant.

— Moi aussi, je t'accepte comme tu es, souffle-t-il entre deux baisers.

Ces mots-là valent tout l'or du monde, plus qu'une déclaration. Je n'ai jamais été douée pour montrer ce que je ressens, mais lui est parvenu à me le faire exprimer. Au point où j'ai réussi à faire un pas vers mes amis. Il m'a comme guéri le cœur, a pansé mes bleus avec cette tendresse bien à lui qu'il ne soupçonne guère.

Oui, il est tellement plus.

Pour la première fois je n'ai pas cette crainte de trébucher sur les remparts de son âme imperméable à tout ce qui est sentimental.

Sa bouche se perd dans mon cou, sa main entoure mon sein, avant de le sortir de mon soutien-gorge, puis il fait jouer son pouce sur mon mamelon. Je halète et pousse des gémissements.

— Je ne me lasserai jamais de toi, dit-il durement avant d'écraser ses lèvres sur les miennes, avalant mes soupirs.

Moi aussi, je ne me lasserai jamais de toi.

C'est inexplicable, je suis liée à lui inexorablement. Un morceau de mon être lui appartient.

Une vague de chaleur m'envahit, c'est si bon…

— Jayde, on ne peut pas faire ça ici, soufflé-je.

Pour unique réponse, il me soulève, me forçant à enrouler les cuisses autour de sa taille, et je sens aussitôt son érection naissante.

— Tu crois ça ? me défie-t-il en nichant son visage dans ma poitrine, la flattant de baisers mouillés.

Mes doigts tirent sur ses cheveux. Malgré cette brume charnelle qui nous enveloppe comme un édredon en plumes, j'essaye de rester concentrée et de l'empêcher d'aller plus loin. Dans un lit, oui. Mais dans une piscine… pas vraiment.

— Tu me rends dingue, lâche-t-il contre ma peau.

Plus il me chauffe, plus mon bouton de plaisir palpite.

— Mmm, Jayde… toi aussi mais… ce n'est pas le moment.

— C'est toujours le moment, dit-il en revenant à mes lèvres. Même ta voix te trahit, bébé.

— Mais on pourrait se faire prendre ici !

— C'est toi que je vais prendre, se moque-t-il en mordillant mes lèvres.

— Tu es irrécupérable, tu le sais ça ?

— Et toi, une petite menteuse. Si tu n'avais pas envie, je ne t'aurais jamais forcée, mais tu es si réceptive… T'es décidément pas douée pour jouer la comédie.

Oh ça non, vraiment pas.

Mon soutien-gorge flotte à la surface de l'eau, et Jayde titille mes pointes sombres avec ses mains tandis que sa langue valse avec la mienne. Des soubresauts secouent mon corps, je suis à sa merci.

Mes jambes se resserrent autour de sa taille, je m'appuie davantage contre le renflement de son short de bain.

Il m'a rendue accro à lui, accro à tout ce qu'il peut m'offrir.

J'ouvre les yeux pour le regarder et, d'un coup, je suis prise de panique en voyant Tate, dissimulé à moitié par le mur. Je crie de peur avant de me laisser tomber dans l'eau.

— Merde ! Désolé, je ne voulais pas te faire peur ! s'exclame Tate en sortant de sa cachette.

Je suis rouge écarlate. Jayde vire également au rouge mais pas à cause de la gêne. Non, lui c'est une fureur implacable qui l'anime.

— Qu'est-ce que tu fais là ! hurle-t-il en abattant son bras sur l'eau.

Jayde fait de son corps un bouclier, Tate ne peut pas voir ma nudité, mais je crains que ce dernier énerve davantage son frère.

— Je voulais te rejoindre… puis je t'ai vu vachement occupé et…

— Connard de voyeur, casse-toi avant que je ne te fracasse en deux, le menace Jayde en criant toujours.

— Hé, Jayde, ça va, murmuré-je en me collant à lui.

Je dépose même un baiser sur son cou pour l'apaiser.

Cela fonctionne, ses épaules se relâchent. Se confondant en excuses, Tate s'en va et nous laisse seuls. Jayde marmonne des insultes en frottant son front, j'enlace sa taille avec mes bras, et il finit par baisser la tête pour me contempler.

Sa colère le submerge toujours. J'embrasse l'endroit où se situe son cœur pour qu'il se détende encore.

— Il t'a vue ?

— Non… il n'a rien vu, le rassuré-je en embrassant à nouveau sa poitrine. Calme-toi, Rocky, ce n'est rien.

— Je vais le tuer, fulmine-t-il entre ses dents.

— Il ne m'a pas vue, répété-je en posant le menton contre son torse musclé.

Ses doigts caressent mes cheveux mouillés, puis il se penche pour m'embrasser, comme s'il voulait extérioriser son trouble.

— Tant mieux… Je n'aurais pas supporté qu'il te voie. Y a que moi qui ai le droit, déclare-t-il.

Je glousse dans ses bras.

— Oui, il n'y a que toi.

— Il n'y a que moi, articule-t-il en me fixant à chaque syllabe.

— Oh oui… que toi, Jayde.

Jayde

Iris porte mon peignoir, et nous nous dirigeons vers ma chambre. En chemin, nous croisons Cody. Iris rougit dans cet accoutrement, et je lui suis souffle d'y aller. Elle me laisse seul avec mon meilleur ami.

— Vous vous amusez bien, on dirait, me taquine Cody.

Avec la serviette autour de mon cou, je m'essuie les cheveux en lui lançant un regard noir.

— Où est Tate ? Je vais lui foutre mon poing dans la gueule.

— Pourquoi ?

— Il m'a espionné alors que je passais un bon moment avec elle. C'est la seconde fois de la journée qu'il me coupe dans mon élan.

Ce matin dans son lit et maintenant dans la piscine.

— Dans la chambre d'amis, je crois. Fais pas attention à lui. Il a dû être choqué que tu sois aussi complice avec une fille. En plus, il la connaît déjà. Ça doit lui faire drôle.

— Je m'en fous !

— Tu t'en fous de quoi ? intervient une voix derrière moi.

Tate.

Je me retourne, les mains crispées. Cody s'éloigne pour nous laisser discuter.

— Qu'est-ce qui ne tourne pas rond chez toi ? m'énervé-je.

— Écoute, je venais tout juste d'arriver et, je ne vais pas te mentir, je voulais savoir qui était avec toi ; et, quand j'ai vu que c'était Iris, c'est là où je me suis fait griller.

— T'aurais pu attendre pour me le demander, grommelé-je, ennuyé.

— Bah… T'avais l'air vachement occupé, je me suis dit que ce serait interminable et tu connais mon impatience.

— Oui, ton impatience, je la connais très bien, surtout si tu ne prends pas tes médocs, marmonné-je.

— Sois tranquille, frérot. Je les prends mes pilules, pas la peine d'en parler encore, ronchonne-t-il en enfonçant les mains dans ses poches.

— Si, j'en parle, parce que tu ne sembles pas avoir conscience d'à quel point c'est important, Tate.

— Jayde…

Pour la première fois, je sens que les frontières de sa démence se réduisent à néant. À cet instant, il est totalement lucide, et je sais qu'il comprend où je veux en venir. La vérité le frappe comme un coup de poignard.

— Tu. As. Tué. Un. Homme. Tate.

36. Excès de folie

Jayde

Kirk Howard, le dealer. Ma présumée victime selon les tabloïds. Le crime pour lequel tout le monde a cru que j'étais coupable… alors qu'en réalité… mon frère était le responsable.

Dans un accès de folie, mon aîné quémandait sa drogue, mais n'avait pas l'argent pour la payer, alors… il s'en est pris à lui. Ce soir-là, j'étais en route pour le récupérer. Je me suis retrouvé au *mauvais endroit, au mauvais moment.* Tout ce à quoi j'ai songé, c'était protéger Tate.

Mon père me répétait sans cesse cette phrase : *Préserve Tate de ses démons, Jayde.*

Et c'est ce que j'ai fait, au détriment de ce qui aurait pu m'arriver, sans imaginer une seconde les retombées sur mon avenir et ma célébrité. J'ai sommé mon frère de s'en aller, puis, la faute à pas de chance, la police a débarqué et m'a trouvé. C'est comme ça que mon groupe a sombré et que je suis devenu Singer Killer.

À ce moment-là, une seule voix résonnait dans mon crâne, celle de mon père, Walter Black. Il m'ordonnait de sauver Tate.

Je crois qu'une part de moi est restée coincée dans cette enfance que je déteste tant. Je suis toujours terrifié par les conséquences de désobéir à mon père quand il s'agit de Tate.

À part ma présence sur place, aucune preuve ne m'incriminait. Je demeure pourtant le suspect idéal, moi, le rockeur à la dérive, qui a pour alliés l'alcool et la weed. De ce que j'ai compris, la victime a été poussée contre une cage d'escalier, sa tête a heurté une marche avant de retomber sur l'asphalte du sol. Tate l'a assommé en un seul coup, rien qu'un seul.

J'étais prêt à tout avouer, à dénoncer mon frère pour cet acte immonde, causé par la maladie qui affecte son cerveau. Tate devait se faire aider. Pour moi, mon frère aurait ouvert les yeux sur le fait qu'il est sur le fil du rasoir, oscillant chaque jour un peu plus entre une euphorie violente et une dépression intense. Il devait en prendre conscience, il devait assumer ses actes. Ce n'est pas en ignorant une vérité qu'on la rendra moins réelle…

J'étais prêt à tout balancer, même si la peur me lacérait, mais au dernier moment… Walter Black m'en a empêché. Mon propre père refusait d'accepter les faits.

Son interdiction a engendré une énième déchirure entre lui et moi. Nos relations ont toujours été plus ou moins tendues, mais depuis cet incident… rien ne va plus et évidemment… je n'ai pas protesté longtemps. Pour eux, je suis déjà la cause du départ de maman. Si mon père avait perdu son fils aîné de cette façon, il ne m'aurait plus jamais adressé la parole.

Et le petit garçon encore en moi ne veut pas d'une autre cassure, même si le Jayde actuel refuse d'admettre cette idée.

Mon père est puissant et a de nombreuses relations dans le domaine judiciaire. Il a sauvé Tate, étouffant cette affaire, comme si elle n'avait jamais existé. La victime avait beaucoup d'antécédents, elle n'avait ni foyer ni famille, c'était plus simple de classer le dossier dans ceux pas importants et de ne jamais y donner suite. L'immoralité de cet acte a fait naître en moi cette rage envers mon père, qui a usé de son pouvoir et de son statut d'avocat de renom pour agir de la sorte.

Mais puis-je vraiment donner mon avis ? Moi qui n'ai rien dit, moi le lâche qui a fermé sa gueule pour préserver les quelques bribes de liens familiaux qu'il lui reste… Je suis un sacré hypocrite.

Je fixe Tate. Perdu dans ses pensées, les mains sur ses tempes et les yeux baissés, il n'ose pas me regarder en face, il n'ose pas me confronter. C'est moi son seul accès à la vie réelle alors que mon père l'entretient dans ses illusions.

Tate n'a jamais voulu faire face à la vérité, et il profite du statut de notre père pour me laminer avec des mots, tout ça pour que je lui évite la chute dans le précipice.

S'il est vraiment là pour se racheter une conduite, je l'accepterai ; seulement s'il devient sérieux et reprend son traitement correctement. Le soir du meurtre, il était shooté à la cocaïne, ce qui a accru davantage sa démence.

— Jayde… ne me laisse pas…, murmure-t-il, toujours sans me regarder.

Sa faiblesse me percute comme un ouragan. Malgré moi, je suis sensible à ses souffrances et à son chagrin. S'il fuit sa réalité, j'en suis le porteur pour l'éternité.

— Je ne te laisse pas, Tate, mais tu dois tenir ta promesse.

Ma main se loge sur son cœur. Au fond, je sais qu'il se sent seul et, même s'il fait tout pour me rendre la vie dure, j'ai conscience que c'est son unique moyen d'attirer mon attention vers lui. Le départ de ma mère l'a beaucoup trop affecté, et pour lui tout le monde peut l'abandonner.

— Je la tiendrai, déclare-t-il en me regardant enfin. Je prendrai mes médicaments.

Ses yeux sont légèrement embués de larmes, mais elles ne coulent pas. Il affiche un sourire fier. Mon frère, quelle que soit la situation, finit toujours par sourire, et cette attitude plaît ; c'est pour ça qu'il plaît autour de lui.

J'opine du chef, et il ébouriffe mes cheveux mouillés avec sa main, amusé.

— Bon, je te laisse, dis-je en m'écartant. Iris est dans ma chambre, et on doit parler.

Je dois lui montrer ma chanson. Dark Rose.

Il se frotte la nuque.

— Ça a l'air de marcher, vous deux.

— Ouais, si on veut, dis-je, un peu gêné.

Il se tait, et son regard se perd étrangement dans le vide. Tate semble être aspiré dans une réflexion profonde.

— Donc… tu penses que c'est elle, la bonne ?

— J… je… je l'ignore, Tate… On passe juste du temps ensemble.

— Ouais, mais elle t'accepte comme tu es ?

Je t'accepte comme tu es, mon Singer Killer.

Les mots d'Iris dans la piscine me reviennent, ils me percutent mais avec la douceur d'une caresse. Ce sentiment insolite coule inlassablement dans ma poitrine, pénétrant les moindres crevasses de mon cœur pour le reconstruire. Iris… Iris est merveilleuse, je n'aurais jamais imaginé avoir une telle pensée envers une femme un jour, ou éprouver *ça*.

Quand j'étais chez elle, j'étais à deux doigts de lui avouer mon ultime secret, celui qui me lie à Tate. Ce meurtre de sang-froid dont il est coupable. Je me suis désisté au dernier moment, voulant continuer à profiter de sa présence dans mes bras.

Mais je ne veux pas encore le lui dire. Je ne suis pas prêt à me délester de ce poids pour m'en débarrasser. J'ai bien trop peur de le faire. Je le soulève comme pour me punir de ce que je n'ai pas fait plus tôt.

Au final, je suis devenu comme mon père : j'ai usé de mon pouvoir et agis de façon immorale.

Je veux qu'on soit ensemble, le temps que l'écriture de cet album durera et après, le temps qu'on brûle dans cette passion enflammée.

On va se casser la gueule.

Mais pour l'instant, je veux vivre le moment présent avec elle. Avec ma fleur, avec ma rose noire, perdu entre ses pétales.

— Oui, elle m'accepte comme je suis.

Tate comprend le sens dissimulé dans mes paroles. Iris connaît mes petits secrets, ceux que j'ensevelis depuis toujours, ceux qui sont inavouables pour moi.

— Waouh… alors c'est sérieux, vous deux, ce n'est pas une simple aventure, déduit-il, visiblement surpris.

Je hausse les épaules sans vraiment lui donner de réponse. Je me retourne pour me diriger vers ma chambre, et enfin retrouver *ma rose noire.*

Lorsque j'entre, j'entends le bruit de l'eau couler sous la douche, derrière la porte de ma salle de bains.

Mmm, intéressant, c'est le moment idéal pour rattraper toutes les fois où nous avons été interrompus, ma petite Iris.

— Hé, Jayde ! s'exclame Tate près de l'embrasure de ma porte.

Argh.

— Oui ? dis-je en crispant la mâchoire, irrité par cette énième intervention de sa part dans mes pensées lubriques.

— Je vais sortir faire un tour, mais je viens de songer à un truc. Ton nouvel album, il va vraiment s'appeler *J. Black* ? se moque-t-il.

— Tu sais… je songe sérieusement à changer le nom, avoué-je en le regardant par-dessus mon épaule.

— Ah ouais ? Tu as des idées pour que ça fasse moins narcissique ?

— Si on veut.

— Et c'est quoi ton idée, même si ce n'est pas officiel ? Promis, je ne le dirai à personne, ajoute-t-il avec un grand sourire.

— Peut-être…

Je me tais, hésitant à lui dévoiler ce qui caracole dans mon esprit. Depuis que j'ai écrit cette nouvelle chanson, je songe à changer le nom de l'album. Mon monde s'est transformé en un violet envoûtant. J'observe Tate, avec cette impatience brillante dans ses yeux. Je soupire, avant de partager avec lui ma pensée la plus secrète.

— … Iris.

Bonus : « Bipolar »

Tate

Iris. Iris. Iris.

Ce nom me fait frémir.

Iris. Iris. Iris.

Une fille parmi tant d'autres pour moi, mais pas pour lui.

Iris. Iris. Iris.

J'erre dans les rues de Boston, comme une âme en peine. Je me sens mal. Très mal. Mon cœur paralysé à cause des coups de mon impitoyable passé tremble dans ma poitrine. Même mon corps tremble. Tout tremble en moi, comme si un séisme redoutable m'habitait.

Jayde va me laisser.

Jayde va m'abandonner.

Jayde me lâche pour une fille.

Mon esprit se joue de moi, un vent dément perturbe ma clairvoyance et mes idées ne sont plus claires. Je revois Iris dans les bras de mon frère. Les mots de Jayde à son sujet me percutent les neurones.

Elle connaît ses petits secrets.

Elle est spéciale pour lui.

Elle devient son tout.

Et moi, je ne deviens rien du tout.

Les souvenirs de ma mère défilent dans ma tête, et déclenchent mes larmes. Jayde va faire comme ma mère. Il va me laisser tomber. C'est évident. Pourquoi resterait-il avec moi ?

Je me sens faible, et cette douce folie est pernicieuse. Chaque pas sur l'asphalte me rapproche de quelque chose de douloureux dans mon esprit. Plus j'avance, plus je réfléchis.

Je fuis mon père parce qu'il devient comme Jayde, à vouloir me confronter à la réalité. Je n'ai pas mentionné ce détail à Jayde. Tel que je le connais, il aurait pris contact avec lui pour me rapprocher du précipice où j'évite de tomber à grand-peine depuis des mois.

Je veux rester dans ma bulle, sur mes propres rails, sans jamais voir la vérité en face. Je veux qu'on me comprenne, pas qu'on m'agresse avec l'épée de la réalité. Je veux ma mère. Je veux qu'on m'aime. Je veux que Jayde soit de mon côté. Je veux ma famille pour l'éternité.

À leurs yeux, je suis une bête de foire, une bombe à retardement. Alors je vis ma vie en me jouant des codes sans jamais me soucier du lendemain.

Mais ce soir, je suis proche de Jayde, proche de son affection, proche de son pardon. Il porte mes erreurs comme si c'étaient les siennes, et je sais qu'il m'en veut. Je suis conscient qu'il m'en veut pour plein de choses, mais il est tellement gentil dans le fond. Si gentil qu'il devient presque méchant avec tout le monde en compensation.

Un obstacle se dresse entre nous, je le vois très bien.

Un obstacle à la lueur violette hypnotisante.

Je dois faire quelque chose.

Iris est mon obstacle, celle qui éloignera mon frère de moi.

Et ça… je ne peux pas l'accepter.

Je dois faire quelque chose.

Si Jayde m'abandonne…

Je ne m'en remettrai jamais.

Remerciements

J'y suis arrivée, et je peine encore à y croire.

Tout d'abord j'aimerais remercier Sophie, qui a envoyé le mail qui a complètement chamboulé ma vie. Merci d'avoir cru en moi et de m'avoir permis de réaliser ce rêve que je porte secrètement depuis que je suis enfant.

Ensuite j'aimerais remercier mon éditrice, Florence, pour sa bienveillance ainsi que pour l'aide qu'elle m'a apportée sur cette histoire, la rendant meilleure que sa première version.

J'aimerais remercier ma famille pour m'avoir encouragée et surtout supportée dans mes périodes de doutes, quand plus rien n'allait. À commencer par mon grand-père, qui a toujours été pour moi un modèle de surpassement de soi. Ma mère, qui m'a toujours soutenue et a cru en moi, même quand je n'y croyais plus. Mon père et mon frère, qui m'ont toujours encouragée. Ma grand-mère et mes tantes Zala et Kenza, qui m'ont écoutée et conseillée. Ainsi que ma cousine, Maya, qui a toujours été la première personne à entendre mes idées d'histoire déjantées.

Je tiens aussi à remercier spécialement mes meilleures amies, Amel, Kenza et Fifi, qui sont présentes pour moi depuis le début. Notre amitié est retranscrite dans ce livre à travers les quatre garçons du groupe. Une amitié qui allie des personnes pas forcément destinées à être amies au départ compte tenu de leurs différences, mais dont la folie s'imbrique à la perfection.

J'aimerais adresser en particulier mes remerciements à Emy, mon amie et ma bêta-lectrice, qui a toujours été là pour moi. À Sarah, une de mes premières lectrices devenue une très bonne amie aujourd'hui. Ainsi qu'à Lou, ma petite sœur spirituelle, toujours là pour me soutenir.

Et pour finir, et pas des moindres, pour toute ma communauté Wattpad, je ne vous remercierai jamais assez d'avoir été derrière moi, me lisant, partageant avec moi vos ressentis. Merci à vous pour votre soutien indéfectible et tout l'amour que vous m'avez donné. Et comme vous le savez si bien, je vous retrouve bientôt pour la suite… sans sadisme, évidemment.

Composé et édité par HarperCollins France.

Achevé d'imprimer en août 2021.

CPI
FIRMIN-DIDOT

à Mesnil-sur-l'Estrée (Eure)

Dépôt légal : septembre 2021.

Pour limiter l'empreinte environnementale de ses livres, HarperCollins France s'engage à n'utiliser que du papier fabriqué à partir de bois provenant de forêts gérées durablement et de manière responsable.

Imprimé en France